21세기 한국시의 지형도

ARCADE 0003 CRITICISM 21세기 한국시의 지형도

1판 1쇄 펴낸날 2018년 11월 25일
지은이 함기석
펴낸이 채상우
디자인 최선영
펴낸곳 (주)함께하는출판그룹파란
등록번호 제2015-000068호
등록일자 2015년 9월 15일
주소 (10387) 경기도 고양시 일산서구 중앙로 1455 대우시티프라자 B1 202호
전화 031-919-4288
팩스 031-919-4287
모바일팩스 0504-441-3439
이메일 bookparan2015@hanmail.net

ⓒ함기석, 2018, printed in Seoul, Korea

ISBN 979-11-87756-32-3 03810

값 25,000원

*이 책 내용의 전부 또는 일부를 재사용하려면 반드시 저작권자와 (주)함께하는출판
그룹파란 양측의 동의를 받아야 합니다.
*잘못된 책은 바꾸어 드립니다.
*지은이와의 협의 하에 인지는 생략합니다.
*이 책의 국립중앙도서관 출판시도서목록(CIP)은 서지정보유통지원시스템 홈페이지
(http://seoji.nl.go.kr)와 국가자료공동목록시스템(http://www.nl.go.kr/kolisnet)
에서 이용하실 수 있습니다.(CIP 제어번호: 2018037412)
*이 도서는 한국출판문화산업진흥원 2018년 우수출판콘텐츠 제작 지원 사업 선정작
입니다.

21세기 한국시의 지형도

함기석

　지난 20세기는 시의 죽음, 예술의 불가능성이 예리하게 간파된 시기였다. 아우슈비츠 학살 이후 서정시는 불가능하다는 브레히트의 공언이 설득력을 얻었던 세기, 예술품이 간직한 절대적 미학의 윤리와 아우라가 상실되고 신의 죽음이 현실화된 세기였다. 인간의 이기적 욕망이 건설한 문명에 의해 인간의 존엄과 가치가 참살된 후 죽음의 비극을 예술로 극복하고자 악전고투한 세기였다. 세계는 전쟁광들의 정복 대상이 되어 철저히 파괴되었고 인간 또한 파편화된 개체로서 사물로 전락했지만, 아이러니컬하게도 전쟁의 무시무시한 공포와 참화 속에서도 꽃은 피었고 새로운 예술은 태동했다. 야만적 문명화와 전쟁의 광기 앞에서 세계는 두려움에 떠는 자신의 실존을 일그러진 알몸으로 드러냈고, 근대의 정신적 유산들을 부정하고 대체하는 다양한 예술 사조들이 나타나 새로운 미(美)의 지형도를 그려 나갔다. 인간의 행동과 내면성에 대한 탐구가 심화되었고 예술가들은 그 부조리한 죽음과 환멸의 세계를 시로 미술로 음악으로 연극

으로 무용으로 사진으로 다채롭게 담아냈다. 이것이 20세기 예술의
초상이다.

1990년대의 시

가깝게 1990년대를 되돌아보자. 1990년에 분단되었던 독일이 통
일되었고 1991년엔 소비에트 연방이 해체되었다. 연이은 동구권 공
산국가들의 몰락으로 동서 냉전 체제가 붕괴되면서 막강한 힘을 과
시하던 공산주의는 붕괴되었다. 이로 인해 세계는 급변했고 이 거
부할 수 없는 국제적 흐름은 한국의 정치, 역사, 경제, 문화, 예술 등
사회 전반에 걸쳐 막대한 영향을 끼쳤다. 마르크스의 유물사관을 토
대로 강력한 지배력을 형성하던 리얼리즘 문학의 헤게모니는 급격
히 약화되었고 우리 사회는 후기 자본주의 포스트모더니즘 시대로
본격적으로 진입하였다. 세계 전체가 고도의 인터넷 정보화 사회로
전환됨에 따라 국경이 없어지고 정치, 경제, 문화, 과학, 스포츠 등
자유로운 교류가 이루어지면서 우리의 문화 토대들이 선진국의 거
대 자본에 의해 무차별적 공습을 받게 되었다. 그 결과 문화 종속 현
상이 벌어졌고 시인들은 이데올로기가 전제된 거시적 시각보다 미
시적 감각을 통해 자본화된 도시의 부패한 모습과 인간의 욕망을 비
판적으로 응시하기 시작했다. 바깥의 거시 세계로 향하던 시선들이
사회의 내부, 도시의 내부, 육체의 내부, 정신의 내부, 언어의 내부
로 방향을 바꾸어 미시 세계로 관심을 돌리기 시작했다. 세계를 지
배하던 거인의 담론이 파열하고 붕괴하면서 그동안 가려져 있던 개
인 차원의 작은 세계들에 대한 본격적 개안(開眼)이 이루어졌다.

그 결과 민족 분단과 통일 문제, 민중과 계급 문제, 사회계층 간의
갈등과 충돌 문제, 경제적 빈곤이 초래한 소외와 고독의 문제 등 국

가 전반을 떠받치던 현실의 물적 가치와 토대들이 상대적으로 약화되면서 그 자리에 문화 주변부로 밀려 있던 개인의 육체와 욕망, 주체와 타자, 여성과 젠더, 기계와 생태 등이 중심부로 들어서면서 다양한 미시 담론들이 싹트기 시작했다. 아쉬운 점은 이런 담론들이 우리 토양에서 자생적으로 발아하지 못하고 서구 세계를 지배하고 유행하던 철학, 사상, 예술, 문화 등이 정치사회적 공백을 겪는 우리 사회를 급속도로 점유했다는 점이다. 우리 고유의 철학과 역사, 신화와 고전, 과학과 예술 등이 밑바닥으로으로부터 치고 올라와 서구의 것들을 비판적으로 수용하면서 우리 사회의 현재와 미래를 재성찰하게 하는 강력한 힘이 되지 못한 점은 아쉽다. 그럼에도 불구하고 우리 사회의 정보 인프라 발달, 멀티미디어 매체의 대중적 확산과 맞물려 소통의 다원화 현상을 낳았고 우리 문화 전반의 색채와 문양을 다양화시켰다.

시의 경우, 1980년대의 이데올로기 중심의 해체적 글쓰기를 사적 욕망의 차원으로 변용 발전시킨 1990년대식 아방가르드 계열의 실험시들이 나타났고, 사물과 현상의 인식론적 회의를 바탕으로 세계의 질서를 재편하는 시들이 나타났고, 도시 생활의 부조리와 권태 등 비인간화된 인간의 주체와 타자 문제를 전면화하는 시들이 나타났고, 거대 담론 논쟁이 약화되면서 이전과는 다른 서정시가 출현했다. 미약하지만 동양의 사색적 침묵의 세계를 추구하는 정신주의 시와 사물의 존재와 무를 극도의 짧은 분량으로 밀도 높게 구현하려는 극서정시도 시도되었고, 적대적 사회관계 속에서 파생되는 여성의 인권과 억압의 문제를 본격화한 페미니즘 계열의 시, 환경 파괴와 인공 자연의 도래를 둘러싼 심층적 비판과 논쟁을 낳는 생태시 등도 본격화되었다. 이처럼 1990년대 시의 스펙트럼은 매우 다양하며

1990년대 시인들의 다양한 실험 결과물들은 2000년대 한국시의 다원화 현상을 낳는 강력한 촉발제가 되었다. 1990년대의 시는 1980년대와 2000년대 시를 잇는 교량 또는 터널이며, 그 자체만으로도 당대의 독자적 미학과 형식을 구축했다.

거시적 시각에서 1990년대의 시는 대략 여섯 갈래로 분류해 볼 수 있다. 첫째는 해체와 부정의 정신으로 새로운 세계를 탐험한 포스트모더니즘 시의 흐름이다. 이들은 기존의 통념과 기법을 전복시켜 새로운 미학, 새로운 언어, 새로운 세계를 창출했다. 이데올로기에 물든 1980년대의 언어를 쇄신시켜 새로운 언어미학을 추구했고 새롭게 도래한 이념 공백의 세계를 신세대다운 발상으로 담아냈다. 둘째는 세계를 구성하는 사물의 존재 방식과 현상의 확정적 질서를 뒤흔들어 세계를 재구성하는 인식론적 시의 흐름이다. 이 흐름은 극소수의 시인들에 의해 한정적으로 이루어졌지만 통념과 관습에 사로잡힌 우리 시에 전면적 회의를 촉발함으로써 철학적 사유의 중요성을 환기시켰고 시 언어의 역할을 재성찰하게 했다. 셋째는 도시문명을 추구하고 비판하는 시의 흐름이다. 이들은 1980년대의 도시시를 승계하면서 도시인의 삶에 대한 의문과 죽음, 권태와 환멸을 낳는 현대사회에서 현대성이란 무엇인가 하는 문제를 심층화했고, 후기 자본주의 사회 속에서 젊은이들이 겪는 정신적 분열과 갈등을 담아냈다. 넷째는 자연을 새롭게 노래하는 신서정의 흐름이다. 이들은 자연을 노래하면서도 자연을 해체하고자 했다. 자연 속에서 어떤 의미나 통합된 사유를 발견하려 하지 않고 자연을 통해서 해체된 정신, 해체된 기억, 해체된 감정을 낯선 서정으로 발화했다. 따라서 자연은 객관적 자연이면서도 시인의 주관화된 자연이며, 복잡한 시인의 내면세계를 반영하는 대리물이자 인공의 매트릭스 자연이라는 성격을 띤다. 이 점이 이전 세대의 서정시들과의 차이점이다. 다섯째는 몸과 생활의 폐허를 노래하는 시의 흐름이다. 1990년대 신세대 시인들의 시적 소재는 코믹하고 가볍고 사소한 생활 주변의 것들이 많았는데, 몸에 대한 세밀한 해부학적 상상력이 한층 강화되었고 논리보다는 비약과 우연에 기대어 현대사회 속의 자본화된 몸을 그로테스크하게 그려 냈다. 사물로 변한 인간의 몸과 동물의 몸을 현미경으로 관찰하듯 극사실적 시각으로 포착하여 그 안에 잠재한 인간의 죽음과 폐허, 자본주의 세계의 비극성을 폭로했다. 여섯째는 리얼리즘 시의 도저한 흐름이다. 그러나 1980년대처럼 사회 문제, 정치 문제, 분단 문제 등을 극렬하게 노래하던 민중시는 급격히 퇴조하였고 이 계열의 많은 시인들은 전통서정시로 회귀하는 경향을 보였다.

　1990년대는 또한 여성시의 약진이 있었던 시기다. 1980년대의 놀라운 성과를 이어받으면서도 달라진 양상을 보이며 다원화됐다. 1980년대의 여성시가 남성 중심 지배 체제 하에서 억눌린 여성들의 고통과 소외를 이데올로기의 관점에서 저항과 자학의 언어로 표출했다면, 1990년대의 여성시는 기존의 문제들을 승계하면서도 그것을 풀어내는 언술과 발화의 방법론을 각자의 목소리로 육화해 냈다. 여성성 자체에 대한 근본적 고찰과 반성, 개인의 꿈과 무의식을 각자의 독자적 육성으로 발현했다. 자본주의 시스템 속에서 노예화되고 자본화된 여성의 육체, 향락적 욕망 해소의 소비 상품으로 전락해 버린 여성의 육체, 그 어두운 육체 안에 숨겨져 있던 폐허의 꽃밭들을 발견해 냈다. 어떤 꽃밭은 두려운 살들이 전시된 도살장이었고, 어떤 꽃밭은 극한적 슬픔으로 뒤덮인 갈대밭이었고, 어떤 꽃밭은 넋 나간 소녀처럼 미친 꽃들만 바람에 흔들리는 황량한 강변이었고, 어떤 꽃밭은 오염되지 않은 순백의 경쾌한 햇빛 벌판이었다.

2000년대의 시

그럼 2000년대의 상황은 어떤가? 21세기 초두부터 국제사회에서 큰 사건들이 터졌다. 2001년 9월 11일 미국 뉴욕 소재의 세계무역센터가 공격당하는 테러 사건이 터졌고, 2003년 봄엔 미국의 침공으로 이라크 전쟁이 발발했다. 이런 긴장된 국제 정세 속에서 신자유주의 체제를 내세운 거대 자본의 물결이 국내로 거세게 유입되면서 정치, 경제, 사회, 문화 전반에 걸쳐 또다시 큰 변화가 일어났다. 국가, 민족, 역사, 민중, 계급, 해방 등 거대 담론 테제들이 1990년대보다 더욱 빠른 속도로 축소 내지 폐기되었고, 20세기 문학이 견지해 왔던 정신적 사유와 방법들이 급격히 퇴조하면서 21세기의 새로운 상상력과 예술 형식들이 부상하기 시작했다.

2000년대 한국시는 이런 흐름 속에서 새롭게 등장한 신진 시인들에 의해 주도적으로 펼쳐졌다. 이들은 순수와 참여, 보수와 진보, 남성과 여성이라는 기존의 이분법적 구도가 와해된 상황에서 대중문화의 과감한 차용, 인접 장르 텍스트들의 상호 혼용, 언어의 유희적 활용과 작란(作亂), 과감하고 급진적인 발화 형식을 통해 사회성, 공리성, 도덕성을 추구하던 기성세대와 다른 시의 미학을 추구해 나갔다. 의미보다 의미를 발현하는 시의 메커니즘과 프로세스 자체를 중요하게 여겼고, 이전 시의 문법들을 과감히 파괴해 기성세대의 지배 담론에 저항했으며, 독자와의 소통보다는 독자적 세계관의 개진과 욕망의 개성적 분출에 더욱 집중했다. 그 결과 시는 더욱 난해해졌지만 우리 시단에 다성적 젊은 목소리가 다채롭게 펼쳐졌다. 감각과 환상, 주체의 분열, 인칭의 복수(複數), 이미지의 유동성, 의미의 불확정성, 서정의 탈서정화, 예술성과 정치성의 결합 등이 시인 별로 국지적으로 표출되었다. 그렇게 각자의 위치에서 각자의 시각 과 발성으로 젊은 시인들은 불투명하고 부조리한 현실의 이면, 개인 의 내적 세계를 탐색해 나갔다. 경쾌한 발화, 위악의 상상력, 환상의 서사, 그로테스크 이미지, 가상현실의 적극적 도입, 원근법과 선형 성이 제거된 낯선 시공간 연출, 언술 주체의 무의식적 표출, 소년 소 녀라는 미성년 화자의 전진 배치 등을 통해 세계를 미시적 감각으로 파고들어 가 우리 시의 미답지를 넓게 확장시켰다.

어떤 시는 의도적으로 서정의 핵자를 누락시켜 현실의 실상을 노 골적으로 노출했고, 어떤 시는 고전의 언어와 미적 가치들을 신화적 언어로 복원시켰고, 어떤 시는 음악이 되어 캄캄한 밤의 대기 속을 새처럼 날아다녔고, 어떤 시는 죽음의 서정을 밀도 높게 구사하여 존재와 무의 문제를 다른 방위에서 고찰했고, 어떤 시는 스스로를 소외시키고 폐위시켜 스스로를 참혹하게 처형하는 형식으로 자신의 존재를 증명했다. 그런 파괴 에너지를 발산하며 어떤 시는 애도의 방식으로 영원한 어둠의 해저로 가라앉기도 했다. 실험이 실험을 위 한 방법적 차원에 머무는 한계를 드러내기도 했지만 기존의 통념이 나 미적 가치들을 쇄신하고자 하는 도저한 움직임들은 지속되었다. 그리하여 불가능하다고 확정되었던 것들, 우리의 육체 속에 단단히 갇혀 있던 광기와 야수성, 이 무수한 타자들을 육체 밖의 세계로 거 세게 쏟아 내었다. 그렇게 21세기의 시인들은 우리를 낯선 빛과 어 둠의 세계로 안내했다.

그러나 큰 시각에서 보면 2000년대 시의 다채로운 출현 또한 1990년대 시의 연장선에서 작동한다. 서정의 근본적 변화는 늘 외 부가 아니라 내부에서 발아하므로 대상의 변화, 형식의 변화, 시간의 변화가 전제된 서정의 변화는 참된 서정의 변화가 아닐 수 있다. 주체 분열의 극렬화 현상이나 동일성 미학의 파괴는 21세기의 우리 시단에 새롭게 나타난 반(反)미학이 결코 아니다. 과거에도 현재에도 시인들은 자아와 사물의 괴리가 없는 유토피아 세계를 꿈꾸지만 그것이 실현되지 않는 현실에서 극렬한 자기 파탄을 경험하고 언어에 좌절하여 어둠의 나락으로 떨어지곤 한다. 이는 비동일성 원리가 서정시의 창작 토대 깊숙이 침윤된 채 동일성의 원리와 함께 기나긴 시간 동안 흘러온 역사의 변증법적 산물임을 의미한다. 대지와 대기의 관계처럼 하나의 현실 공간에 하나의 육체로 공존했던 것이다. 그렇다면 2000년대의 시는 이전의 1990년대와의 단절적 선 긋기를 통해 차별화되는 것이 아니라 1990년대 시학의 주체적 변용과 확장을 통해 다원화되었다고 보는 것이 타당하다. 1990년대의 시들이 우리 현대시의 개별화 단초를 열었다면 그것이 다원화되고 세분화되어 다층적인 목소리로 발현된 시기가 2000년대인 것이다.

　1990년대 시인들에게 그러했듯 2000년대 시인들에게도 시는 늘 새로운 출산이고 감각의 쇄신을 통해 세계의 통점과 흉터를 지각하는 행위다. 2000년대 시인들 또한 이전의 시인들처럼 감각의 쇄신을 감행했지만 감각의 구사 양태와 전언의 전달 방식이 달랐다. 시대와 역사 차원의 아픔이 사적 차원의 아픔으로 축소되면서 공적 울림은 적어졌지만 상대적으로 감각의 결은 훨씬 예민해졌고 그로 인해 이전에 보지 못한 낯선 감각의 언어 제국을 열었다. 그러니 2000년대 시인들의 시에 드러나는 세계의 축소 현상을 반드시 시인의 세계관의 축소, 사유의 왜소화라고 단정 지을 수 없으며, 그들을 미미한 소품의 시 생산자로 매도하여서는 결코 안 된다. 개인의 병적 언술이 사회 전체로 확대 적용되지 못하더라도 그 언술의 독특한 징후

자체로 의미 있는 것이다. 왜냐하면 안으로 축소되고 집중되면서 미지(未知/美地)의 안을 개척하고 확장하는 효과를 낳기 때문이다. 밖으로 내뻗던 원심 에너지가 안으로 집중되는 구심 에너지로 바뀌면서 그것이 역으로 시의 외연을 확장하는 역설적 효과를 낳기 때문이다.

2010년대의 시

2010년대의 시는 진행 중이다. 2010년대의 시는 2000년대 시에 대한 승계와 부정이라는 양면성을 지닌 채 다채롭게 움직이고 있다. 어느 시대에나 시인은 시를 통해 자신 속의 무수한 통념과 죽은 미적 가치들, 굳어 버린 고체들의 세계를 목격하고 그것들을 제거하려 끊임없이 싸운다. 시인은 자기 육체 안의 참담한 죽음들을 목격한 후 다시 자궁으로 회귀하여 재탄생하는 존재고, 그것조차 불가능할 때 상징적 자살을 시로 형식화하여 다시 미지의 미(美)를 꿈꾸는 존재다. 시인은 늘 외부의 죽음과 함께 자기 내부의 죽음까지도 통렬하게 응시하며 싸우는 존재들이기에 자기 안의 수많은 다양함과 강렬함을 발견하기 위해서 늘 '열림의 우주'를 지향한다. 오염되고 타락한 내 몸의 위험한 해저, 그 혼돈과 야만의 바닥으로 잠수해 들어가 죽음의 풍경들과 싸우고 유희한다. 1990년대 시인들이 그러했고 2000년대 시인들이 그러했고 2010년대 시인들 또한 언어의 쇄신, 언어의 용법과 구조의 혁신, 세계관의 파열과 확장을 통해 시의 혁신을 도모하고 있으며 자기 육체 안의 무수한 죽은 세계와 맹렬히 싸우고 있다.

2010년대 시는 이렇게 진행형이다. 어제도 오늘도 내일도 시는 언제나 진행형이다. 2010년대 시 또한 죽음 같은 처절한 언어 모험과 발화 놀이를 통해 각자의 방식으로 미래를 살아내고 있다. 관습적 언어로부터 탈주해 안정된 체계 질서를 위반하면서 무자비한 미(美)를 향해 죽음의 불나방처럼 달려들고 있다. 그렇게 어떤 시는 발 없는 새가 되어 황량한 도시의 상공을 떠돌고, 어떤 시는 재의 강물이 되어 생의 첫 수원지였던 자궁으로 흘러들고, 어떤 시는 텅 빈 광장에서 홀로 담배를 피우는 유령이 되어 떠돈다. 2010년대 시는 이렇게 진행형이다. 어제도 오늘도 내일도 시의 초상은 다차원의 얼굴, 얼굴을 뭉개 버린 얼굴, 이목구비를 확정할 수 없는 진행형이다. 이 미완성 세계에서 2010년대의 어떤 시인은 또다시 감각과 인식의 지도를 바꾸고 있고, 어떤 시인은 폭약처럼 스스로를 파괴하여 강철 같던 통념의 벽에 균열을 내고 있고, 어떤 시인은 아무도 본 적 없는 극지의 오지를 탐험해 그 아름답고 기이한 지형을 우리에게 선사하고 있다.

어느 시대에나 시는 늘 상상하는 육체고 상상되는 육체다. 감각의 육체고 고통의 육체고 희열의 육체다. 21세기 시는 실재하지 않은 방식으로 실재하는 기이한 육체다. 현실이 시의 리얼리티를 낳는 것이 아니라 현실의 수많은 풍경과 사건과 뉴스들이 우리에게 실재로 수용되도록 조작 또는 작동된다. 이 교묘한 은폐성은 21세기 현실과 시의 중요 특질 중 하나다. 게임 속의 가상현실과 가상공간은 더 이상 가상이 아니라 우리의 육체와 영혼을 강력하게 지배하는 실재다. 21세기는 이미 우리가 창출한 현실에 의해 우리가 허구화되는 세계다. 우리 모두가 픽션 속의 허구적 등장인물로 개체화되는 세계, 우리가 우리의 보편 감각으로 수용했다고 믿는 풍경과 실체가 일루전일 수 있는 세계. 이런 상황 속에서 2010년대 시인들은 움직이며 싸우고 울고 웃고 있다. 21세기 시의 매트릭스 현실은 미학적으로 재구성된 것이지만 현실 세계의 결여와 부재를 보완하는 대리 현실로 기능하면서 그 위상을 점점 높여 가고 있다. 이 매트릭스 인공 현실 안에 꿈과 자유와 해방을 갈망하는 2010년대 시인들이 직면한 현실의 암울이 있고 공포가 있고 희망이 있다. 이 암울과 공포와 희망이 이전의 선배들과는 다른 상상적 조작을 낳고 픽션의 상상력을 촉발하고 유희적 작란을 가속화한다. 2010년대의 낯선 언어들 또한 그들만의 실존의 현기이자 간절한 몸짓이다.

1990년대를 비롯하여 21세기 시인들이 남긴 수많은 발자국과 한숨과 가래들, 이들이 허공에 남긴 기묘한 담배 연기와 초승달과 죽은 새들, 이들이 죽음의 다리 난간에서 몸을 던지지는 못하고 울면서 돌아설 때 내가 보았던 그 아픈 눈빛들, 지난 10여 년 동안 나는 이들이 남긴 뜨거운 숨결과 비명, 웃음과 가래침, 콧물과 눈물을 받아먹으며 그들 가슴 깊이 들어가 그들이 절실하게 마주했던 세계와 나 또한 절실하게 마주하고자 했다. 이 책은 그 흔적이자 편린이다. 21세기를 함께 숨 쉬며 살아가는 시인들 그리고 애증의 독자들, 나의 사랑하는 벗과 가족들, 내가 살아 있을 때 햇빛 속에서 먼저 죽어간 풀과 나무와 벌레들, 이 글을 쓸 수 있도록 자신의 존재 전부를 내게 위임한 말들, 이들 모두에게 사랑과 감사의 마음을 전한다.

2018년 가을
함기석

차례

제2부

제3부

제4부

제1부

지형도 1.
21세기 N세대 시, 균열의 무늬들

1. 지층과 균열

지층은 제 몸에 시간의 무늬, 죽음의 무늬를 간직한다. 지층은 현재의 몸으로 과거를 말하고 미래를 예고한다. 지층은 존재의 죽음과 미래를 침묵의 형식으로 현재화한다는 점에서 과거의 증인이자 미래의 예언자다. 지층이 간직한 침묵의 목소리는 그 수를 헤아릴 수 없다는 점에서 무한의 복수(複數)에 가깝다. 즉 각각의 지층이 간직한 침묵의 무늬들 속에는 밤과 낮, 달빛과 햇빛, 아름다움과 고통, 불과 얼음, 폭풍우와 눈보라, 죽은 자들의 가혹한 비명들이 하나하나 아로새겨져 있다. 거기서 우리는 과거를 읽고 동시에 미래를 읽는다. 시의 말이 침묵의 파문에 의해 아름다운 무늬를 생성하지만 그 침묵에 의해 말의 존재가 부재로 환원되듯, 지층 속 침묵의 무늬들은 무수한 전언을 남기면서 소리 없이 사라진다.

지질학에서 지층은 비와 눈과 바람 같은 자연의 작용에 의해 모래, 자갈, 나뭇잎, 죽은 물고기, 죽은 짐승, 이름을 알 수 없는 수많은 동물들의 사체, 화산재 같은 토사나 암석이나 동식물들이 강바닥이나 해저에 오랜 시간 동안 쌓여 이루어진 층을 말한다. 각각의 지층은 서로 평행하며 자연의 외적 힘에 의해 변하는 가변성을 특징으로 한다. 지층의 구조는 크게 지각, 맨틀, 외핵, 내핵으로 구분되고, 지각과 맨틀의 일부분까지를 판(板)이라고 부른다. 지구는 여러 개의 판들의 결합으로 이루어져 있으며, 이 판들은 그 밑에 있는 맨틀 중 유동성 고체에 의해 서서히 움직인다. 이 판들의 충돌과 이동 때문에 지구에 지각변동이 발생하는 것이다. 해양판이 대륙판 아래로 미끄러져 내려가면서 해양판은 깊은 해구를 만들고, 대양판은 위로 솟구쳐 오르면서 지표를 변화시킨다. 이때 두 판의 마찰 때문에 지진이 생기고 마찰열에 의해 녹은 돌들이 마그마가 된다. 이 마그마가 폭발하여 땅을 뚫고 솟구치는 것이 화산이다. 이러한 화산에 의해 새로운 산이 생성되고 지구의 외양이 변한다.

지구에서 벌어지는 이러한 지각변동은 시의 시대별 변화와 매우 유사한 양상을 띤다. 시 또한 지구처럼 하나의 유기체 행성이다. 현재의 우리 시는 해양판(미래파 시)과 대륙판(미래파 이후 N세대 시)의 부딪힘과 미끄러짐에 의해 지각변동이 진행 중이며, 그 마찰열로 인해 지진과 화산 활동이 국지적으로 발생하고 있는 상황이다. 이 글에서는 대륙판 쪽의 융기에 따른 변화 양상, 즉 미래파 이후 등장한 N세대 시인들의 시를 통해 지각변동의 양상과 수위, 그 파괴력과 지속 가능성, 그들 시에 드러나는 결핍과 과잉의 한계점들을 살펴보기로 한다. 지진과 화산 활동의 근본 토대인 맨틀의 상태, 지각변동의 가장 중심부라 할 수 있는 외핵과 내핵의 화학적 상태, 해양판의 미끄러짐에 따라 새롭게 형성되고 있는 해구들에 대한 검토는 다음 기회로 미룬다.

2. 패러다임의 변화, 판의 이동

N세대(Net-generation) 시인들의 시를 세밀하게 이해하기 위해서는 이들 세대의 성장 환경, 문화 토대, 첨단 매체의 영향, 발화 패턴의 변화 등 이전 세대들과 구별되는 그들만의 독자적인 특징을 먼저 파악해야 한다. 주로 1977년부터 1997년 사이에 태어난 N세대 시인들은 디지털 기술과 함께 성장하였고, 일상생활 속에서 디지털 기기를 능숙하게 사용하고 응용하는 디지털 문명 세대이다. 집, 학교, 사무실, 커피숍, 도서관, 연구실, 놀이 장소 같은 의식주 공간, 학습 공간, 놀이 공간 등 어디서든 항상 인터넷 미디어를 활용해 쌍방향 의사소통을 한다. 컴퓨터 기기를 검색하여 자신에게 필요한 다양한 정보를 빠르게 찾아내고 그것을 즉각적으로 활용하고 응용한다. 텔레비전보다는 컴퓨터, 전화보다 이메일, 그리고 페이스북, 트위터, 카카오톡 등 다양한 SNS 환경에 훨씬 익숙하기 때문에 일방적으로 수동적 자세를 취해야 하는 텔레비전 시청자나 영화 관람자들보다 적극적 성향을 띤다. 따라서 사물과 세계에 대한 독자적인 시선, 강한 독립성, 개성적인 자기 언어 추구, 자율이고 개방적인 감정 노출, 자유로운 말과 생각의 표현 등의 성향을 나타낼 수밖에 없다. 이러한 외적 환경 조건들과 각자의 내적 기질들이 결합하여 개성적인 무늬와 목소리를 발현하고 있다.

일반적으로 N세대 시인들은 대중적 흐름과 보편적 유행을 따르기보다 자신만의 독자적인 패션과 문화를 추구하며, 자신만의 개성적인 스타일을 추구한다는 점에서 일종의 힙스터(hipster) 종족이다. 인디 성향이 저변에 확산된 음악, 미술, 영화, 건축, 패션 등 예술 장르에 관심이 많으며, 일반 대중과 자신을 구분하면서 지적 세련미와 우월감을 표현하는 성향이 강하다. 인디 문화 전반에 대한 이러한 관심과 호감은 이들 세대가 다른 어떤 세대들보다 타 장르 매체들의 영향이 다양하게 뒤섞인 혼종의 세대임을 암시한다. 이러한 자연스러운 이종 혼합의 환경 때문에 N세대 시인들의 시에 타 예술 장르의 영향, 시 이외의 다른 장르물들이 복잡하고도 다양하게 스며들어 있는 것이다. 또한 이들의 시에는 세계와 사물을 응시하는 시선의 변화, 반응속도의 변화, 그것을 표현하는 발화 방식의 변화가 눈에 띈다. 그러나 선배 세대들에 비해 급진적인 전환이나 사고의 판 자체의 급진적 변동은 없어 보인다. 국소적이고도 지엽적인 지진과 화산 활동이 벌어지고 있는 형국이다.

3. 감각에서 인식과 사유로의 좌표 이동

N세대 시인들의 시는 자아와 대상 사이에 오가는 감각의 네트워크, 그 복잡 미묘한 거미줄 그물망에 의해 의미가 계속 재생산되는 진행형 구조를 취한다. 대상에 대한 화자의 시선과 의식에서 시의 의미가 발생하던 전통적 방식에서 벗어나, 나를 둘러싼 확인 불가능한 타자들의 시선과 말, 그들과 나 사이에 형성되는 무수한 쌍방향 관계에 의해 의미는 지속적으로 재생산되면서 지연된다. 만약 시인이 이 복잡한 관계망 전체에서 일부만을 선택해 단일 사건으로 제시하면 시의 구조는 비교적 간명해진다. 그러나 일부가 아닌 전체를 제시하거나 선택된 일부 관계를 비틀어 제시하면 의미는 복잡해진다. 즉 시인이 감각과 직관으로 포착한 대상들을 무관(無關)의 관계 속에서 병렬하게 될 때 의미는 파악하기 어려워지고, 심할 경우 의미의 실종으로까지 이어진다. 연과 연 사이, 행과 행 사이에 수많은 공백들이 만들어져 이 공백들이 시의 의미를 전면적으로 차단하는 역할을 하게 된다. 그러나 이 공백들은 단순히 비어 있는 곳이 아

니라 무수한 사건과 말과 행위들이 채워져 무수한 의미를 만들어 낼 가능성으로서의 빈 공백들이다. 어느 한 가지로 귀결시켜 채워 둘 수 없는 불확정성의 공간이기 때문에 필연적으로 비워 둘 수밖에 없는 선택의 공간인 것이다.

　시인이 자아와 대상 사이에서 발생하는 이 공백의 문제를 천착할 때 반드시 언어가 개입된다. 나아가 대상과 언어의 관계 문제는 세계에 대한 직접적 표현의 문제와 직결되기 때문에 시인에게는 무엇보다도 중차대한 사안이다. 이 양자 간의 관계 고찰에 있어서 미래파 시인들이 감각에 중점을 두었다면, N세대 시인들은 객관적 사고에 더 중점을 둔다. 즉 시의 중심 좌표가 감각에서 사유와 직관으로 자리 이동하고 있다. 따라서 시인의 사적 욕망의 무작위적 표출보다 객관화된 풍경과 사물들이 제시되고 1인칭 화자들이 자주 출현할 수밖에 없다. 그런데 감각의 차원에서 인식의 차원으로 시가 이동하더라도 여전히 남는 것은 언어 문제다. 의미의 분화가 점점 심해져서 의미의 부재 또는 의미의 무화로 이어질 때, 대상과 세계에 대한 언어의 명명 문제와 자아의 복제 문제가 파생적으로 부각된다. 즉 자아와 대상 사이에 놓인 언어의 문제가 급부상하게 되고, 언어 자체에 대한 메타언어들의 시적 운용과 그 사이에서 분열을 겪을 수밖에 없는 자아의 자기 인식 문제가 필연적으로 동반된다. 언어의 의미 부정과 명명의 고정화로 드러나는 언어의 폭력성을 주목하는 시인들이 있다.

　　복제되고 다음 날 같다
　　가가 다에게 고백을 했다
　　전생에 나는 너를 잡아먹은 적이 있어

나는 외계인이 아니었어?

아니었어

아니었어?

어른이었어,

여자애라면 머리를 돌돌 말아 고정시켰지

노을과 환타가 동시에 쏟아졌을 때 가는 울었어,

다가 나에게 고백을 했다

강제적인 첫 경험들 말야

목이 부러진 인형에 얼굴을 붙여 주는 시간

내와 네의 발음을 구분하는 숙제

(중략)

나는 라에게 거짓말을 했다

—안미린, 「라의 경우」 부분

　발화 주체의 결정 불가능성과 발화 자체에 대한 회의와 부정이 깔려 있다. 이 시에서 나는 시적 화자로서의 나일 수도 있고, '가나다라'의 대명사적 존재로서의 나일 수도 있고, 발화의 전달자인 나일 수도 있고, 이들과 무관한 독립적 등장인물로서의 나일 수도 있다. 말에 의해 야기되는 명명의 메커니즘 속에서 나의 고유성과 정체성은 부정되고, 나는 무수히 복제되는 기계적 존재이자 부재의 대상으로서의 나일 뿐이다. 따라서 그런 나의 수많은 복제물들 사이에 오가는 나와 너의 모든 말들, 그 말들이 만드는 의미와 가치들이 모두 거짓이라는 비극적인 현실이 부각된다. 그런 가짜 현실을 시인은 언어의 명명, 말과 인간의 관계를 포착하여 신랄하게 드러내고 있다.

시인은 발화된 말 또는 문장들이 근본적으로 단일 의미 혹은 몇 개의 의미로 확정될 수 없는 현실, 발화 주체를 표현하는 언어 자체의 불완전함과 결핍을 직관적으로 통찰하고 있는데, 이 인식이 말과 대상 사이의 명명 문제에 국한되지 않는다는 점이 중요하다. 즉 대상들 사이의 관계 고찰을 통해 그들 사이에 벌어지는 말의 진위 문제, 그런 허구적 존재들로 구성된 세계에 대한 사유로 확장되고 있다. 인간과 세계 사이에 다리처럼 놓여 있는 언어의 발화 시스템 문제를 비판적으로 성찰하여 놀이 또는 유희의 감각으로 풀어내고 있다.

　　로라와 로라, 한 사람처럼

　　(중략)

　　의자의 이름처럼

　　의자에 앉은 쌍둥이처럼

　　의자에 앉은 이름이 같은 사람처럼

　　의자에 앉은 이름이 다른 사람처럼

　　의자에 앉은 긴 이름의 외계인처럼

　　의자에 앉은 오후 두 시의 햇빛처럼

　　의자가 많은 기차처럼

　　한 개의 의자가 정지한 밤처럼

　　한 개의 의자가 사라진 낮처럼

　　사색하는 코끼리처럼

　　사색을 중단한 사제처럼

　　사색에 놓인 시체처럼

　　(중략)

　　책상 위에 턱을 괴고

얼굴이 비대칭으로 자라나는

로라와 로라

—심지아, 「로라와 로라」 부분

로라와 로라는 계속해서 증식하고 고정된 대상으로 확정되지 않는다. 한 사람처럼, 두 사람처럼, 세 사람처럼, 네 사람처럼, 다섯 사람처럼 반복적으로 분열하며 복제된다. 나아가 사람의 의미에서 벗어나 의자, 외계인, 기차, 코끼리, 사제, 시체, 개, 묘비명 등으로 변주되기도 한다. 또한 밤, 낮, 감정 같은 비가시적 대상으로 변주되기도 한다. 이때 중요한 것은 존재의 자기 정체성, 의미의 고정화에 대한 부정과 함께 드러나는 자아의 비대칭 인식이고, 그런 인식이 나에게만 제한되지 않고 너에게로 확장되고 있다는 점이다. 나와 나 아닌 모든 존재들이 결국은 자아의 정체성 자체가 사라진 복제된 대상들이고, 그들의 활동 무대가 현실이자 세계인 셈이다.

심지아의 시에서는 자아와 세계에 대한 허위의 인식, 의미의 지연이 언어의 명명 문제를 통해 이루어지고 있다. 언어의 이러한 위악과 폭력성을 김승일은 낯선 상상력으로 접근한다. 언어의 캠프 안에 갇힌 사육된 존재들의 가면과 가면 뒤에 숨겨진 우리의 슬픈 자화상을 포착해 낸다.

이름을 불길해하는 사람들. 윤곽을 좋아하는 사람들이 있다. 나를 나라고만 소개하고, 너를 너라고만 부르는 사람들. 우리는 대명사 캠프에서 만날 거예요.

갈대를 그것이라고 하고. 바람도 그것이라고 하고. 그것이 그것에 흔들린다고 하면. 주문을 웅얼거리는 기분이 된다. 주문을 그것이라고 하고 기분을 무엇이라고 하면. 우리는 그것을 웅얼거리는 무엇.

당신은 어디서 살다 왔나요? 저기서요. 이럴 수가. 나도 당신처럼 저기서 왔어요. 당신의 저기와 나의 저기가 같다고 생각합니까. 그렇게 생각하면 위로가 되죠. 우리는 빙 둘러앉아서. 캠프파이어의 대명사가 되려고 한다.

황당하군. 여배우더러 이름도 없이 살라는 건 사형선고죠. 그녀를 그녀라고만 불러서 속상한 사람이 생겼다. 서운하면 돌아갔다가. 돌아오고 싶을 때 돌아오세요.

이름을 많이 부르면 빨리 죽는대. 엄마, 엄마, 자꾸 부르면 빨리 죽을까 봐. 나는 엄마한테 너라고 한다. 공교롭게도, 너도 나를 너라고 부르지. 죽음, 죽음, 자꾸 불러서 죽음은 더 유명해지고. 나는 나를 나라고 소개하네. 우리가 우리 속으로 더 깊숙이 들어갈 때.

대명사 캠프는 캠프의 대명사. 우리는 빙 둘러앉아서. 캠프의 윤곽만 남길 것이다. 캠프를 그것이라고 하고. 윤곽도 그것이라고 하고. 그것의 그것만 남을 때까지. 우리는 캠프파이어의 대명사. 우리는 그것에 흔들리면서. 우리는 그것을 중얼거린다.

—김승일, 「대명사 캠프」 전문

개인의 정체성이 소거되고 획일화되는 사회현상과 조직 체계의 속성을 대명사와 연계시켜 재미있게 고찰하고 있다. 존재의 자기 고유성이 박탈당하고 '이것' 또는 '저것'으로 공동화되어 지칭되는 현대인들의 개체성 몰락, 인공적 존재로서의 위상이 부각되어 있다. 나도 이름 없는 존재고 너도 실체 없는 유령의 존재로서 존재의 망실, 나아가 존재의 죽음을 체험하는 자이다. 나의 존재는 세계를 구성하는 구체적 물질 중의 하나로서 독립적 형태와 의미를 갖는 것이 아니라 일개의 부속물로 추상화 또는 간소화되는 존재이다. 즉 나를 나라고만 부르고 너를 너라고만 부르는 사람들이 모여 서로를 위로하고 서로의 상처를 공유하면서 안식을 찾는 공간이 대명사 캠프다. 그런 일반화 공간에서 강조되는 것은 구성원들의 개별적 특장이 아니라 전체적 윤곽이고 분위기고 아우라다. 그것들은 곧 연기처럼 일시에 사라져 없어질 것으로 캠프에 모인 각각의 존재들이 처한 실존의 위상이기도 하다. 이런 관점에서 보면 대명사 캠프는 언어적 상상 공간이면서도 우리가 살고 있는 이 첨단 자본주의 사회의 또 다른 이름이다. 현실 또한 죽음과 헛것의 이미지들이 지배하여 윤곽만을 남기는 곳이고, 우리는 우리라는 대명사적 존재로 통칭되는 유령체들이 아니던가.

4. 주체의 성격과 심리 변화

시의 주체는 사건의 주체로 움직이면서 시의 동선을 만든다. 이때 주체는 자기의 의지와 상관없이 독자의 관음증을 자극하고 유발하는 역할까지 맡는다. 즉 주체가 시 속 사건의 자기 고유 역할이 아닌 관음증 유도자 역할을 수행할 때 주체는 무의식적으로 자기 노출을 은밀하게 숨기려 한다. 주체의 이러한 자기 숨김 욕망은 전통적인 시에 흔히 나타나던 무의식의 발현 양태다. 그런데 N세대 젊은 시인들의 시적 주체들은 자신의 행위에 대한 은밀한 감춤의 미학이 아니라 노출을 통한 관음증 유발 욕망을 직접적으로 드러낸다. 주체가 행위와 말을 통해 사건의 주인공으로 행동하면서도 자신의 행동이 사건 밖의 독자들에게 노출되기를 계속해서 의식하고 바란다.

주체의 이러한 노출증과 관음증 유발 욕망이 담긴 시들이 많아지고 있다. 주체의 노출증 시선과 관음증 유도 시선, 이 둘을 동시에 관망하려는 제3의 시선이 삼각형의 구도로 나타나곤 한다. 이 제3의 시선에 의해 시는 균형과 불균형 사이를 오가며 중성적인 객관성을 유지하려 한다. 이러한 균형 감각과 관찰자적 응시가 강조되면서 주체의 분열 양상은 누그러졌지만, 주체의 성격과 심리는 더욱 복잡하게 변하고 있다. 시의 외형은 단순해지고 간결해진 것 같지만, 시의 내적 의미망은 더 복잡해졌고 해석의 루트 또한 더 다양해지고 있다.

　　사물함을 열었더니

　　늙은 염소가 얼어 있었어

　　목이 뒤로 꺾인 채

　　(중략)

　　세 번째 사물함을 열었더니

　　잃어버린 악몽이 가득 차 있었어

　　뱀의 눈을 가진 남자

　　하반신이 잘린 채 눈알을 뽑고 있지 뭐야

　　　　　　　　　　　　　　　　　　　　　　—김소형, 「사물함」 부분

사물함은 자아의 밀폐된 기억 공간으로 상처와 고통을 확인하는 밀실이다. 그 안에서 마주하는 것은 늙은 염소, 집 나간 엄마, 잃어버린 악몽, 길을 잃은 사물들이다. 그런데 시적 자아는 이 밀폐 공간을 관찰자 입장에서 객관적으로 응시하다가 결국은 그 속으로 함몰되어 들어간다. 그러고는 사물함을 안에서 자물쇠로 걸어 잠그고는 아예 상처 난 풍경의 일부가 되어 버린다. 세계와의 극단적인 대립 관계 또는 대화의 거부 의지가 느껴지는데, 주목되는 것은 시의 화자가 상처의 치유나 자기 극복을 목적으로 사물함이라는 기억 공간으로 들어가는 것이 아니라는 점이다. 화자의 행위는 계속 노출되면서 사물함 안의 그로테스크하고 불안한 장면들을 독자에게 중계하는 역할을 한다. 그런 노출을 통해 시적 자아와 세계의 피폐함을 더욱 객관적으로 드러내기 위함일 것이다. 즉 사물함의 개폐 행위와 그 속으로 사라지는 행위는 노출을 통한 세계 관음을 유도하기 위한 적극적 선택인 것이다. 이런 노출을 통한 관음의 유도 심리는 「눈」에서도 드러난다.

> 그곳은 흰 방이었다
> 둥!
> 먼 곳에서 북소리가 났지
> 질긴 살을 두드리는 소리였다
> (중략)
> 방이여!
> 영원히 굴러다오!
> 개의 입에 물려 있을 때에도
> 대지가 물어뜯을 때에도
>
> —김소형, 「눈」 부분

눈이 하얀 방으로 은유되어 있다. 화자는 고독과 고립의 상태에 처해 있으며, 걷고 걷다가 썩은 나무판자에서 잠자는 사내들 옆에서 잠이 든다. 그런데 깨어 보니 그들은 모두 죽은 자들이다. 화자가 체험하는 것은 죽음과 그에 준하는 공포들뿐이다. 그런데 화자는 눈이 멈추지 말고 영원히 구르기를 꿈꾼다. 화자에게 눈의 운동 정지가 곧 죽음이기 때문이다. 즉 눈의 멈추지 않는 운동성을 통해 시인은 죽은 사내로 비유되는 죽은 세계를 버리고 계속해서 움직이면서 새로운 세계를 볼 것이라는 욕망을 드러낸다. 시 속에서 눈은 보면서 보여지는 존재고, 화자 또한 눈을 보는 주체이면서 눈에게 보여지는 관찰 대상으로서의 객체이다. 노출과 관음이 동시에 이루어지고 있다. 시각적 인식, 감각의 문제와 관련된 눈 또는 눈알의 이미지는 유계영의 시에서도 목격된다.

> 세상에서 가장 못생긴 남자를 사랑하게 된 것 같아
> 눈알이 도마 위에서 굴러떨어져
> 열린 창문 틈으로 지켜본다
> 나는 길어지는 허리
> 칼날의 곡선
>
> 밤사이 아무 일도 일어나지 않았다
> 석간신문의 검은 면들은
> 굳게 닫힌 철제 대문처럼 흰 꿈을 터뜨렸다
> ─유계영, 「빛나는 토르소」 부분

눈알이 도마에서 굴러떨어져 열린 창틈으로 바깥 세계를 바라보는 상황은 섬뜩하면서도 아이러니컬하다. 이 시에서 중요한 것은 눈을 잃은 존재가 토르소라는 점이고, 세상에서 가장 못생긴 이 토르소를 화자가 사랑하게 됐다는 점이다. 왜 그런 그로테스크한 불구적 존재를 사랑하게 된 걸까. 눈의 역기능을 인식하고 있기 때문이다. 눈은 풍경과 세계를 시각적으로 감각하게 하여 사물의 형상과 색채와 무늬를 인지하게 하지만, 그러한 사실적 인식이 인간의 상상과 사고를 구속하고 제한하기 때문이다. 그러니 눈의 부정성을 버린 눈 없는 존재인 토르소야말로 사랑의 상대일 수 있는 것이다.

「빛나는 토르소」는 시인의 세계관을 잘 드러낸다. 세계를 구성하는 사물과 풍경들을 어떤 각도에서 어떤 정신으로 대면할 것인지에 대한 시작(詩作) 태도를 드러낸다. 재미있는 점은 토르소가 눈을 잃은 존재로 설정되긴 했지만 그 없는 침묵의 눈으로 세계를 누구의 눈보다 예리하고 정확하게 바라보고 있다는 점이다. 보는 행위를 노출하면서 노출을 통해 세계를 다시 보도록 유도하고 있다. 즉 노출과 관음의 이중 시선이 동시에 드러나 있다. 이러한 이중의 심리 때문에 그녀의 시에 극적 무대와 유사한 장면들이 자주 연출된다. 그러나 유계영의 시에서 노출을 통한 관음의 유발은 욕망의 차원보다는, 감각과 인식의 차원에서 동시에 펼쳐진다는 점이 특징적이다.

이혜미는 시각적 감각의 바깥 영역을 상상한다. 눈으로 확인 불가능한 비가시권을 시적 인식 대상으로 삼아 상상력을 펼친다는 점에서 통찰의 예리함을 보여 준다. 눈과 빛은 필연적으로 연계된다. 즉 눈을 감는 순간 빛은 차단되어 갇힌다. 어떤 대상도 시각적 형상으로 포착되지 않는다. 빛이 눈동자 속에 갇혀 서서히 죽어 간다는 것은 눈의 감각 기능의 한계를 인지하는 것이고, 눈의 한계성 인식을 통해 감각의 세계가 얼마나 왜곡되고 제한되어 있는지를 극명하게 드러내 준다. 사물과 사물, 사물과 사람 사이를 서로 오가는 시간들

을 통해 사물들의 새로운 명명법을 익히는 것은 세계에 대한 감각과
인식의 태도를 드러낸다.

눈 마주쳤을 때
너는 거기 없었다

물렁한 어둠을 헤집어 사라진 얼굴을 찾는 동안, 고개를 돌리는 곳
마다 시선의 알갱이들이 쏟아진다 산산이 뿌려진 눈빛들이 나를 통과
하여 사라져 갔다

나는 도망친다
빛으로부터
(중략)

이제야 나는 이곳에 도착한 것이다
눈을 감고
몸 안을 떠다니는 흐린 점들을 바라본다
발밑으로 빛의 주검들이 흘러내렸다

—이혜미, 「보라의 바깥」 부분

이 세계에 색(色)을 짊어지러 온 사람, 그는 유리로 만든 베일을
쓰고 대기권을 바라보며 생각에 잠긴다. 눈에 보이는 것과 그 보임
의 한계를 상상하며, 그리고 그 너머의 것들을 계속해서 상상한다.
그러면서 얼음 조각 속에 우연히 들어간 공기 방울처럼 스스로 찬란
할 수 있을까 하며 자문한다. 그런 상상과 사색 속에서 무엇과도 연

관되지 않는, 관여할 수 없는 존재들이 있다고 생각한다. 만져 보는 순간 깨지거나 휘발되어 사라져 버리는 위태로운 것들을 생각한다. 세계 속 인간의 존재 또한 그렇게 위태롭게 아슬아슬 존재하는 흐린 점들이라는 점에서 이 시는 공감대가 크다.

5. 은폐와 위장, 그리고 제로 주체

미래파 시인들은 시 속에서 자아의 분열과 증식을 통해 나로부터 나를 방출하는 방식을 취했다. 즉 시적 자아에 대한 불신을 점점 증폭시켜서, 나를 회의하는 것에서 나를 붕괴시키는 방향으로 공격 수위를 점점 높여 나갔다. 이들과 마찬가지로 N세대 시인들 또한 거대 자본 메커니즘과 물질 권력에 의해 언제 어떻게 퇴출될지 모른다는 불안과 자아에 대한 불신을 드러낸다. 이 증폭되는 불안과 불신 때문에 자아를 스스로 밀실로 유폐시키기도 한다. 흥미로운 것은 이 밀실로의 자발적 은거(隱居)가 자아에 대한 재인식을 싹트게 해 세계를 감각의 차원을 넘어 인식과 통찰의 시선으로 재구성하게 했다는 점이다. 일반적으로 자아가 어떤 강력한 대상으로부터 공격을 받아 수세의 입장에 처할 때 작동하는 방어기제는 대략 네 가지다.

첫째는 자아 스스로 갖고 있던 모든 위상과 힘을 스스로 내려놓고 자발적 방출을 택하는 방법이다. 이는 시에서 자폐적 이미지, 자기 비하 이미지, 자기 폄하 발언, 자기 증오의 공격적 노출, 자기 육체의 훼손 행위 등으로 파편화되어 나타난다. 둘째는 자아를 여럿으로 분산시켜 무질서하게 세계 속에 편재시키는 방법이다. 즉 복수의 자아를 만들어 중심을 산포시켜서 결국은 중심을 없애 버려서 공격의 목표점 자체를 없애 버리는 전략이다. 이는 대상으로부터 자신을 보호하기 위한 의지나 의식이 아직은 남아 있는 상태로 자아를 억압하는 폭력 주체에 대한 간접적 저항 방식이다. 셋째는 파편화된 자아를 2인칭 또는 3인칭으로 위장시켜 자아의 분열 양상 자체를 은폐하는 방법이다. 일종의 가면놀이인데 가면이 가면인지를 아무도 알수 없다는 점에서 세계의 자기 은폐 원리와 일맥상통하는 측면이 있다. 이 셋째 방어기제가 작동하는 시에서는 1인칭의 나, 2인칭의 너, 3인칭의 그와 그녀 등 시 속의 모든 등장인물들이 가면을 쓰고 있는 상태이므로 인칭의 구분 자체가 무의미해지고, 시는 전체적으로 혼돈의 양상을 띠게 된다. 즉 시적 자아의 실제 모습은 모두 구조 속에 무의식적으로 은폐되게 된다. 이런 방법은 언어 구조 속에 자신의 무의식을 숨겨서 자신의 마지막 부분은 철저히 보호하고 지키겠다는 고도의 생존 전략인 셈이다. 넷째는 자아 자체를 무인칭으로 무화시켜 자아의 전면적 부정으로 나아가는 극단적인 방법이다. 이것이 현실화되는 국면이 자살인데, 이때의 자살은 자신에 대한 전면적 공격이면서도 대상에 대한 분노의 극단적 역(逆)표출이라는 점에서 타살이기도 하다.

N세대 시인들의 고통에 대항하는 자아의 방어 양상은 주로 첫째와 둘째와 셋째 방법을 취한다. 이들의 시를 접하면서 놓치기 쉬운점 중 하나가 문장의 위장과 은폐다. 다시 말해 문장에 표층적으로 표현된 내용이 내용 그대로가 아닐 수 있다는 것이다. 의도적으로 은폐된 가면의 문장일 가능성이 있다. 즉 고통이 고통의 이미지로 직접적으로 표현되지 않았다고 해서 그 문장에 고통이 내재하지 않은 것이 아니라는 말이다. 즉 고통을 전달하기 위해 고통의 반대편에 있는 유희적 사건과 이미지들을 제시할 수도 있다는 것이다. 또한 고통으로 점철된 문장이라 하더라도 사실은 그 반대를 말하기 위한 은폐의 문장일 수 있다는 것이다. N세대 시인들의 시에 나타나는

의미의 분화와 산종 이면에 자아에 대한 이러한 비극적 불신이 그림자처럼 어른거리고 있다. 그래서 그런지 나는 그들의 시를 읽을 때마다 마음이 아프고 우울한 슬픔을 느끼곤 한다. 그러나 이러한 내적 고투의 이면에서는 고통을 위트와 트릭으로 변주하려는 놀이 의식과 유희 정신이 끊임없이 발아하는 법이고, 이 놀이와 유희적 언어 운용이 그들의 고통과 폐허를 더 교묘하게 은폐한다.

> 뾰족한 악몽을 밀어내고
> 담장에 오르는 새벽
> (중략)
> 붉은 새가 걷는다 붉은 새가
>
> 떼로 날아오르면
> 검게 찢어지는 하늘이
>
> 칼들이 쏟아져 내리고
> 아버지가 보인다
>
> 취한 손으로 가족들 발톱을
> 뽑아내는
>
> —남지은, 「넝쿨장미」 부분

화자의 유년의 상처와 공포의 기억들이 객관적 거리 두기를 통해 넝쿨장미라는 사물로 전이되어 있다. 지워지지 않는 악몽의 잔해들이 몸을 뚫고 나오는 새벽녘의 고통이 가시 이미지로 변주되어 있다. 넝쿨장미의 붉은 꽃은 화자의 내적 고통을 위장하는 이미지로 등장하는데, 붉은색 이미지는 붉은 새와 연계되면서 하늘을 찢는 공격의 주체로 작용한다. 이 찢어진 새벽하늘에서 칼들이 쏟아지고 아버지가 나타난다. 중요한 것은 이 아버지는 화자를 비롯한 가족들에게 가학적 폭력의 주체로 각인되어 있는 부정의 대상이라는 점이다. 이 시는 지워지지 않는 기억과 가학적 공포에 시달리는 가족들의 불안감을 새와 담장을 오르는 꽃의 풍경으로 은폐하고 있다. 떠나고 싶어도 떠날 수조차 없는 가족 구성원들의 비극적 공포와 불안이 풍경의 이면에 도사리고 있다. 결국 새는 새를 뚫고, 나는 나를 뚫고 나갈 수밖에 없을 것이다.

남지은 시에 나타나는 은폐와 위장은 역설적으로 상처의 깊이, 후유증의 심각성을 반증한다. 그녀의 시에는 전이(transference)의 상상력이 나타난다. 이미지의 전이, 장면의 전이, 상황의 전이가 반복된다. 이미지와 이미지가 충돌하거나 연계되면서 무의식이 노출되면서도 또 다른 무언가를 은폐한다. 그 패턴의 반복이 계속 나타난다. 하지만 그녀의 시는 초현실적 이미지들을 통해 자신의 무의식의 변화 양태를 형식 자체로 보여 준다는 점에서 흥미롭다.

덧붙여 말하자면 시 해석에 있어서의 무의식은 엄밀히 말해서 상징적 기호의 문장들을 통해 추출한 하나의 가설(假說)적 가능성일 뿐이다. 일반적으로 무의식을 지배하는 제1과정(Primary process)은 쾌락원칙을 추구하고, 의식을 지배하는 제2과정(Secondary process)은 현실원칙을 따른다고 정신분석학에서는 말한다. 쾌락과 충동의 세계인 제1과정은 합리적 이성이 지배하는 제2과정이 존재근거로 삼는 문법성, 규칙성, 논리성, 시간성, 모순율 등이 결여되어 있다. 이것은 압축(condensation)과 전치(displacement) 등의 독특한 운행 방식에 따라 움직이면서 시의 의미와 내용을 변주시킨다. 무의식의 이러한 이동과 연계시켜 시의 의미 변화 양상을 면밀히 살펴보면 N세대 시인들의 시가 미래파 시인들의 시보다 단순화되고 쉬워졌다는 지적이 섣부른 표피적 진단임이 여실히 드러난다. 남지은의 시에 나타나는 초현실적 이미지의 은폐와 위장은 백은선의 시에도 나타난다.

나는 오늘 새로 태어난 슬픔
그 누구와도 닮지 않은
뾰족한 은빛의 체온

눈동자 속으로 풍경이 파랗게 음각될 때
우리는 돌아오지 않는 고양이를 기다리고 있습니다
귀가 쫑긋한 나를 키워준 공포에게
오늘은 노란 무늬 참새를 오려 줄 거예요
(중략)
가위질하는 붉은 혀

자정을 알리는 종소리가
허공으로 스며들 때
감은 두 눈 위에
종잇조각을 올려 주는 작은 손

색색의 천을 덧댄 테이블보 아래
네 개의 다리, 마주 보는 두 소녀

각각의 손에 가위를 들고

—백은선, 「모자이크」 부분

하나의 풍경을 하나의 모자이크 조각으로 본다면, 풍경들의 조합으로 이루어진 세계는 각양각색의 천 조각들이 부조화의 조합 속에 어우러져 이어 붙은 모자이크 집합체라 할 수 있다. 이러한 전체집합으로서의 모자이크 세계는 오랜 시간에 걸쳐 결합된 결과물로서의 세계이다. 이미 견고하게 굳어 버린 획정된 세계이기 때문에 다른 많은 가능성들을 차단하고 은폐시킨다. 「모자이크」에서 가위를 든 두 소녀가 등장하여 확정된 모자이크 세계를 다시 낱낱의 조각으로 잘라 놓으려 하는 것은 이런 이유 때문이다.

화자의 두 자아이기도 한 두 소녀, 그들의 손에 들린 가위는 질서화되고 확정된 세계를 재분할하여 각각의 독립된 존재물로 되돌리기 위한 필연적인 도구인 셈이다. 시인에게 가위의 역할을 하는 것은 혀, 즉 말이다. 시인은 말을 통해 시를 통해, 사물과 풍경에 덧씌워진 통념들을 걷어 내고 낱낱의 개체로 되돌려 다시 바라보겠다는 의지를 드러내고 있다. 즉 모자이크된 조합물을 재분할하여 개체적 조각으로 환원시킴으로써 세계를 재인식하고 재구성하려는 야심찬 꿈을 꾼다. 기성의 패러다임으로 바느질되어 은폐된 세계를 낱낱의 조각으로 환원시켜 순수하게 있는 그대로 다시 바라보려는 의지를 드러낸다. 그러나 현실은 그리 호락호락하지 않는다. 그러니 그런 그녀에게 하루하루는 매일 태어나는 새로운 슬픔일 수밖에 없을 것이다. 백은선의 시의 특징들인 구성의 탈구성화 형식, 파편적 이미지들의 산종과 병렬이 자주 나타나는 것은 이런 이유 때문이다. 그녀의 시에는 세계에 대한 부정과 반동의 정신이 뿌리내려 있다.

N세대 이전의 미래파 시에는 사물과 세계를 응시하는 시선의 중층적 분화가 많았고, 시점의 위치 변화도 매우 불규칙적인 양상을 띠었다. 원근법에 의한 공간 구성이나 거리 조절이 소멸되면서 눈이라는 감각과 사물이라는 대상 사이에 평면의 동일화 상상력이 자주 나타나곤 했다. 즉 근대의 산물인 원근법의 핵심인 소실점이 소멸됨에 따라 입체 구도의 전면적 부정이 이루어졌고, 그에 따라 세계를 향한 시인의 시선이 중층적으로 복선화되었다. 따라서 주체의 분열은 점점 가속화되었고 주체의 소멸로까지 이어졌다. 그런데 이 빈자리를 빈 주체, 없는 주체가 채우고 있다. '주체가 없다'는 것과 '없는 주체'는 분명 다르고, N세대 시인들의 시에는 주로 후자의 없는 주체가 없어지지 않는 흔적으로 시의 후경에 희미한 흔적으로 존재한다. 나는 이들 N세대 시인들의 시에 나타나는 주체를 '제로 주체(0-subject)'라 부르고 싶다. 이 제로 주체가 1인칭의 나 또는 3인칭인 시인 자신의 이름으로 변장하여 시에 등장하곤 한다.

나는 나에게서 나왔다 예전에 나는 나로 가득 차 있었다

입안에서 우성이를 몇 개 꺼내 흔든다
사람들은 어떤 우성이를 좋아하지

우성이는 어둠이라고 부르는 곳에 살았다
그때는 우성이가 다를 필요가 없었다 심지어 미남일 필요조차
그러나 가장 다양한 우성이는 우성이었다

공기의 모양을 추측하는 표정으로 사람들이 서 있다

우성이가 사실인지 어리둥절하다

우성이를 만진다

우성이가 자신과 똑같다는 사실이 놀랍다

그러나 우성이가 모두 다르다는 사실은 놀랍지 않다

나는 애가 어디로 가는지 모르지만

수십 수백만 개의 우성이가 떠오를 거라고 말했다

—이우성, 「사람들」 전문

　수백만 개로 분화되어 공기처럼 떠오르는 우성이는 자아의 해체된 중심, 자아의 정체성 자체가 소멸한 위상을 대리하는 기표다. 사라진 없는 존재와 동일한 위상에 놓이기 때문에 우성이라는 말이 무수히 등장함에도 불구하고 우성이의 존재 좌표는 점점 희미해지는 아이러니가 연출된다. 즉 우성이는 사라졌는데도 사라지지 않고 남아 있는 흔적 같은 존재, 비유적으로 말하면 엎질러진 물의 자국 같은 기표 존재일 뿐이다. 물은 증발해서 제로 상태가 되었지만 구겨진 종이에 자신의 흔적을 선명하게 남기고 있는 상태 말이다. 즉 시의 언어 기표로서만 떠도는 주체, 사라진 자아를 대신하여 그 흔적으로서 말하고 유희하는 제로 주체이다. 다시 말해 무수한 우성이는 모두 제로 주체로서의 우성이를 은폐하기 위한 가면 설정인 것이다. 이러한 제로 주체의 은폐 때문에 상대적으로 시의 표면에서는 1인칭 나의 역할이 커진다. 그것이 독자의 눈에 1인칭의 부활로 비치는 것이다. 다시 말해 N세대 시인들의 시가 이전 미래파 시보다 다층적 의미 분화와 카오스 국면들이 현저하게 줄어들고, 외관상 말끔해지고 온건해진 것으로 비치는 것이다. 그러나 이것은 어디까지나 외관상 그런 것이다. 내적으로는 더욱 복잡해지고 있다. 좀 더 세밀하고 섬세하게 이들의 시를 내파해 가야 한다.

6. 사실적 환상과 픽션의 상상력

2000년대 미래파 시인들의 시에 나타나는 환상성이 자본주의의 물적 비만에 따른 결여 즉 현실의 결핍과 자아의 결핍을 보충하려는 측면에서 유입된 환상이라면, N세대 시인들의 시에 나타나는 환상성은 환상에로의 경사가 낳는 의사 환상이 아니라 자신의 경험적 현실이 곧바로 환상의 이미지와 서사로 변주된 실존적 현현에 가깝다. 예술적 환상성이 축소된 사실적 환상에 가깝다. 즉 시적 매혹을 강화하려는 의도에서 차용되는 환상이 아니라는 말이다. 또한 물적 리얼리즘의 과잉 때문에 발생하는 현실의 결핍을 보충하려는 의도에서 채워지는 대리 환상도 아니다. 미래파 시에 나타난 과잉된 환상성은 아이러니컬하게도 현실 속 환상의 결여가 낳는 빈자리를 보충하려는 반작용 성격이 강했다. 그러기에 환상에로의 집단적 이주 현상이 나타났던 것이다. 물론 이러한 환상에로의 집단적 유입이 주체의 분화와 주체의 소멸을 가져왔고, 현실의 결여를 비판적으로 보충하는 초현실적 서사들을 탄생시켰다는 의의는 크다.

여기서 생각해 보아야 할 점이 환상의 성격과 진정성이다. 어떤 하나의 환상 이야기 또는 환상 이미지가 내 몸의 가장 밑바닥까지 파고들어 나를 변화시키는 현실이 될 때, 그리하여 그것이 독으로 작용해 육체의 죽음으로까지 이어지게 한다면 그건 이미 환상이 아니라 내 몸의 실존이자 부정할 수 없는 치명적 사태인 것이다. 미래파 시인들의 시에는 환상 이미지들이 넘쳐 났음에도 불구하고 이런 환상의 변화 운동 에너지가 약했다. 그렇다고 N세대 시인들의 시에 나타나는 환상성이 그들의 한계를 극복하고 있는 것도 아니다. N세대 시인들은 환상을 생활의 일부로 체험하고, 환상을 몸의 일부로 겪고 숨 쉬고 있다는 점에서 환상을 시적 환상으로 차용하려는 의도 자체가 약할 수밖에 없다. 생활 속에서 늘 환상을 체험하고 있으니 그것을 시에까지 불러들여 시의 결핍을 보충하려는 반대 심리가 덜 생기는 게 당연하다. 실제로 이들은 문화 산업이 무수히 양산해 내는 SF 영화, 애니메이션, 환상적 카툰, 스마트폰, 컴퓨터 등 첨단 매체들이 제공하는 환상을 매일매일 현실로 체험하고 있다.

한마디로 이들에게 현실은 환상의 이미지로 뒤덮인 환상의 시뮬라크르 천국이다. 이들에게는 실물(實物)의 자극보다 환상적 이미지 (fantastic image)에 의한 감각적 자극이 더 실제처럼 느껴질 수 있고, 육체와 정신에 더 강력하게 영향을 미칠 수 있다. 따라서 아무리 사실적인 사유와 표현을 해도 그 사유와 표현 자체에 이미 환상적 허구 이미지가 내포될 수밖에 없고, 시뮬라크르의 허구 이미지들이 구조적으로 시의 내부로 유입될 수밖에 없다. N세대 시인들의 시에 허구적 상상력이 많이 나타나는 것은 이런 배경 때문이다. 따라서 시의 허구적 상상력 유입에 대한 옳고 그름의 논쟁보다, N세대 시인들의 시에 나타나는 픽션의 상상력 양상을 살펴보고, 그것들이 파생시키는 문제점을 첨예하게 검토하는 것이 중요하다.

우선 달라진 점부터 살펴보자. 최근 N세대 시인들의 시적 주체들은 관음증의 시선을 의도적으로 노출하면서 그러한 노출 욕망을 유희하기도 한다. 즉 등장인물들의 욕망과 그 욕망에 가린 은밀한 부분들을 베일에 가려 놓지 않고 표면화시킨다. 이는 이전 선배 시인들의 시와 비교되는 분명히 달라진 양상이다. 왜 그런 걸까. 무엇이 이런 변화를 가져온 걸까. 선배 시인들의 시에 등장했던 등장인물들이 비록 외적으로 시인과 무관한 가상의 인물이라 하더라도 어느 정도 시인 자신의 흔적과 상처가 덧씌워진 모습이었던 반면에, N세대 젊은 시인들의 시 속 등장인물들은 시인 자신과 완전히 차단되어 있는 경우가 많다. 즉 허구적으로 설정된 인물이 등장하여 허구적 세계를 픽션의 시선으로 객관적으로 건조하게 응시하며 사건을 만들어 간다. 시의 픽션화는 점점 가속화되고 있고, 인공적 허구적 상상력이 더욱더 팽배해지고 있다. 여기서 신중하게 생각해 봐야 할 점이 있다. 이들의 시 작업에 동반되는 허구적 상상력이 현실 인식의 결여라는 비판의 초점이 되기 이전에, 허구적 상상력이 역으로 현실을 사실적으로 반영한다는 아이러니를 띤다는 점이다. 허구적 상상력으로 펼쳐진 허구적 작위의 세계에서 허구의 인격을 부여한 허구의 인물들이 벌이는 허구의 작태들을 통해, 실제 세계의 허구성을 적나라하게 드러내기 때문이다. 그러나 이러한 현실 인식과 비판력이 결여돼 있다 하더라도 유희와 놀이의 지적 조작이라는 미명으로 그들의 시를 단두대에 올려서는 안 될 일이다. 유희적 허구 놀이 자체를 목표로 하는 시들도 있기 때문이다.

푸른 눈은 끝내 볼이 좁은 수도원 앞마당에 멈춰 섰다. 마지막 잉크병이 함락되며 암흑으로 물든 성은 다 돌아간 카세트테이프처럼 고요했다. 푸른 눈은 새끼발가락부터 힘껏 전류를 끌어올렸다. 침몰 직전의 긴 그린 기린처럼 속눈썹이 푹푹 내려왔다 올라갔다. 푸른 눈빛이 다시 한 번 빛났다. 푸른 눈은 암암리에 360도를 회전했다. 어디를 비춰도 화면 조정 커튼이 내려진 맨홀들뿐이었다. 위태롭게 연결되어 있던 푸른 눈의 실핏줄들이 불꽃을 떨어트리며 하나둘 끊겼다. 그때마다 성 전체가 깜박거렸다. 우두커니 빛이 사라지기 시작하는 잿더미 속에서 푸른 눈은 비로소 자신이 이곳에 남은 마지막 시시한 가로등 로봇임을 인정했다. 푸른 눈은 앤솔로지 피복이 은유적으로 벗겨진, 행성에서 가장 얇고 긴 외다리를 자동 기술로 해체했다. 별자리 경전이 새겨진 수도원 마당 위로 분리된 다리들이 대구를 이루며 제단처럼 쌓였다. 덩그렇게 솟은 푸른 눈은 우주 거미의 거미줄을 향해 노래를 읊으며 최후의 눈빛을 밝혔다. 검은 연기와 함께 푸른 눈이 침침하게 사라졌다. 흑백 눈물이 활활 흩날렸다. 하늘 위로 수억 개의 속눈썹 홀로그램들이 떠올랐다.

—김현,「지구」부분

    수도원이라는 공간은 유효기간이 얼마 남지 않은 복제 인간들과 사이보그들이 침묵 속에서 공동생활을 하면서 죽음을 기다리던 곳이고, 수도원이 있는 지구는 고독의 행성인 태양에 점점 가까워지면서 까맣게 구멍이 뚫리는 곳으로 설정되어 있다. 지구의 마지막 로봇인 푸른 눈은 우주 거미의 거미줄을 향해 노래를 읊으며 최후의 눈빛을 밝히고 검은 연기와 함께 침침하게 사라진다. 이 시는 최첨단 기계화된 미래의 세계를 묵시록적 관점에서 허구화하고 있다. 이 허구를 통해 지구의 고독과 그 속의 인간의 존재 의의를 관망해 보고 있다. 사물과 대상에 대한 시인의 감정이나 정서를 중요하게 취급하는 이전의 시들과 다르게 픽션의 서사 비중이 매우 높다. 따라서 효과적인 내용 전달을 위해서 영화적 구성 또는 소설적 구성을 따를 수밖에 없고, 그에 따른 서사의 미시적 장치들이 동원될 수밖에 없다. 특징적인 점은 시의 본문 내용을 보완하거나 변주하기 위해 각주의 형식으로 위장된 또 다른 서사를 삽입한다는 점이다. 지구, 수도원, 카세트테이프, 가로등, 트렌실흰나비배추벌레 등 다섯 사물들이 각주에 포진해 있는데, 이들은 각각의 기능과 용도를 부연 설명하면서 본문의 내용들을 구체화하거나 뒤트는 역할을 한다. 즉 이 각주들은 일종의 픽션 속의 픽션으로 기능하면서 서사의 왜곡을 더욱 가속화하여 허구성을 고조시키는 역할을 한다.

김현에게 픽션의 상상적 글쓰기는 현실을 재현하는 것이 아니라 감히 현실을 감행하는 실천의 장인 셈이다. 이런 시 쓰기 특성은 주하림의 시에서도 나타난다. 김현이 비교적 전체적인 맥락을 관장하며 개연성 있는 서사를 펼치는 반면에, 주하림은 서사의 연속성을 고의로 차단시키면서 각각의 독립 장면들을 옴니버스 식으로 길게 나열한다. 이때 시인은 사건의 등장인물들과 무관한 위치에서 사건의 구조만을 관장하고 연출하는 역할을 한다. 그러기에 시에 나타나는 인물들의 고백이나 감정적 상황을 시인의 것으로 착각해서는 안 된다. 즉 고백의 주체가 허구적 주체로 시인의 사적 자아를 반영하기보다는 현실의 물적 위악과 그것으로부터 상처받고 고통당하는 자의 입장을 대변하는 역할을 한다. 이런 이유 때문에 등장인물 대부분이 외적 섹슈얼리티를 발산하면서도 내적으로 깊고 아픈 상처를 숨긴 자들로 설정되는 것이다.

비벌리힐스 저택_깨진 거울을 통과하면
엉겅퀴 풀이 우거진 숲
구두 밑창이 떨어질 때까지 걸어도 걸어도 끝없이 굽어 있는 곳
아침 햇살, 떠난 창녀들이 뱉어 놓은 아이들
창녀들이 가게 벤치에 앉아 화장을 고친다
이곳 남자들은 페니스를 아무 구멍에나 쑤셔 넣기를 일삼고
여자들은 자신들의 찢어진 식빵에 오렌지 마멀레이드처럼

끈적거리는 것을 흘러넘치도록 놔둔다

그리고 프랑스 여자처럼 우아하게 그것을 베어 먹을 자세를 취하고

침대 아래

너희는 롤랑의 노래가 아니라, 벌어진 음부에서 떨어져 나간 무엇

배신과 패륜 치정이 검은 먼지로 떠다니는 이곳에서 태어났다

　　　　—주하림, 「비벌리힐스 저택의 포르노 배우와 유령들」 부분

　이 시에서 비벌리힐스라는 공간은 시 전체를 구성하는 유기적 연결 장소로 기능하지 않는 독립 공간이다. 사실적 공간이면서도 시인의 상상력에 의해 가공되고 연출된 허구의 공간이다. 그곳은 창녀들이 벤치에 앉아 화장을 고치는 곳이며, 수시로 거칠고 지저분한 섹스가 벌어지는 곳이며, 배신과 패륜과 치정이 검은 먼지가 되어 떠다니는 곳이다. 주목되는 것은 인물들의 거칠고 야만적인 행위들 이면에 죽음 충동의 그림자가 짙게 드리워져 있다는 점이다. 이 죽음 충동은 주하림 시의 섹슈얼리티와 긴밀하게 연계된다. 즉 인물들의 거친 말과 행동은 역설적으로 사랑의 상처와 심리적 고통, 그 아픈 상흔들을 은폐시키기 위한 반대 설정일 수 있다. 이러한 픽션의 상상력은 재현이 불가능한 시뮬라크르 현실에서 현실을 보다 사실적으로 반영한다는 점에서 아이러니컬하다. 주하림에게 독립적 서사를 탑재한 시의 옴니버스 형식이 현실에 대한 알레고리이자 삶을 실행하는 현장 체험일 수 있다.

　김현과 주하림의 시에는 허구적 가면 화자들이 등장하는데, 그 가면들의 역할이 일정한 위치에서 주어진 고유 임무를 수행하는 것에 그치지 않는다는 점이 중요하다. 시인의 주제 의식이나 사상에 종속되지 않는다는 말이다. 즉 가면들이 고정된 위치를 버리고 유동적으

로 옮겨 다니면서 예측하지 못한 발화와 행동을 하여 사건을 연쇄적으로 촉발시킨다. 때문에 하나의 통일성 있는 서사가 형성되지 않고, 수많은 미시적인 국면마다 수시로 사건이 발생하고 자주 장면이 전환되는 것이다. 따라서 강조되는 것은 서사 자체보다 서사의 구조와 그 구조 속에서 부유하는 존재들의 떠돌음과 부조리성이다. 전개된 하나의 서사가 뒤따라오는 서사에 의해 왜곡되거나 무화되는 양상 자체를 형식화하여, 그런 기이한 사태가 벌어지는 곳이 시 텍스트이자 현실임을 직접적으로 자각시킨다. 이런 측면에서 볼 때 픽션의 상상력과 극적 서사의 형식 차용은 다양한 가지치기를 통해 더욱 확산될 가능성이 매우 농후하다.

7. 공간의 위상 변환

N세대 시의 공간성은 소극적이면서 적극적이다. 공간이 공간을 구성하는 사물들과 인물들을 위한 존재의 자리가 아니라는 점에서 소극적이며, 사물과 인물들의 갈등 관계를 고조시키기 위한 회합 장소라는 점에서 적극적이다. 즉 어떤 미래를 담보하지 않는 지금의 사태를 전개시키기 위한 사건 촉발을 위한 준비 공간이자 진행형 공간이다. 미래와 현실을 동시에 담보하는 공간, 시간의 관성과 개념까지 내포한 적극적 포괄 공간인 셈이다. 물론 이 공간들 대부분은 현실의 재현이 아니라 현실의 결여를 보충하거나 현실을 재구성하기 위해 설정되는 상상적 공간들이다. 따라서 이 공간을 구성하는 사물이나 인물의 개체적 속성이나 행동 양태보다 중요해지는 것이 이들 사이에 배태되어 나오는 새로운 관계고, 그 관계가 파생시키는 어떤 징후들이다. 의미의 구속과 가치의 강박으로부터 벗어난 자율 공간이기 때문에 의미의 산종, 의미의 확산, 나아가 의미의 무화를

촉발하는 촉매 역할을 한다.

공간에 대한 이러한 개방적 성향은 자아가 반영된 인물의 욕망 재현, 가치 추구, 의미 추구에 대한 의식보다 그것들이 동기가 되어 발생시키는 타자와의 관계, 그 관계의 불모성과 불모성이 발아하는 현실의 바닥을 전면적으로 재인식하려 한다는 것을 알 수 있다. 이전의 선배 시인들과 다른 지점, 다른 방위에서 다른 방식으로 헛것 이미지들로 점철된 현실과 대면하면서 투쟁하고 있는 것이다. 즉 불신의 자아와 불모의 현실을 새로운 상상 공간으로 이주시켜 그 신(新) 공간 내에서 자율적으로 변주하여 현실을 재생산하는 방식을 취한다. 따라서 이런 허구적 공간에서 언어는 어떤 의미를 간직한 해석의 대상이기보다 허구적 현실을 떠도는 불모의 개체적 존재들을 대리하는 무기력한 기표가 된다.

가위를 들고 풍경을 자르는 너

만날 때마다 일그러지는 얼굴이 있었다 좁은 그곳에도 여닫히는 기관이 있어 밀실에 어울리는 표정이었다

밀실에 드는 광선은 분재에 남은 의지였다 몸을 비트는 펜다는 왜 자신의 생장에 반하여 어두운 쪽으로 잎을 벌리는지

그릇된 방향으로 분무기를 들고 분재에 물을 뿌렸다 밀실을 비추는 무지개
우리는 우리가 알고 있는 색깔만큼의 색깔을 발견하며

너는 밀실을 위해 정원을 지우고 있고 나는 정원을 위해 벽돌을 쌓고 있다 내가 물을 뿌리면 네가 멍든 몸을 비틀어

우리는 무지개 속에서 일손을 놓고 서로의 첫 얼굴을 바라본다
우리는 서로의 표정에 세 들어 사는 임차인, 서로의 얼굴에 대한 권리를 주장하고

펜다 잎사귀에 광선이 모인다
둥근 어둠, 이것은 유일한 합의점

―송승언, 「변검술사」 전문

가위로 풍경을 자르는 너와 분무기로 분재 식물에 물을 뿌리는 내가 등장한다. 나는 자신의 생장과 반대로 빛이 들지 않는 어둠 쪽으로 잎을 뻗는 식물을 관찰자의 시선으로 응시한다. 계속 응시하면서 현상과 존재의 양면성을 사유하고 비판적으로 자신을 성찰한다. 즉 분무기에서 분사되는 물, 물에 비치는 빛 때문에 나타나는 색깔의 존재, 그 색깔에 대한 눈의 감각의 한계 등을 사유한다. 이러한 모든 사유와 상상, 식물과의 은밀한 내적 교감이 이루어지는 공간이 밀실이다. 그곳에서 사물과 인간은 서로가 서로에게 세 들어 사는 임차인이다. 현실 속 자아의 위상과 사물의 위상을 동시에 부각시키면서 둘 사이의 존재론적 관계가 새롭게 배태된다. 인간과 사물이 서로가 서로에게 세 들어 사는 존재라는 새롭고 낯선 상상력이 획일화된 이 세계를 다시 보게 만든다. 또한 이 시는 사물과 인간, 어둠과 빛, 밀실과 정원 등의 이분법적 구도를 취하고 있지만 거기엔 이분법적 구도의 한계를 드러내려는 의도가 숨겨져 있다. 이는 사물과 인간의

관계가 이원적으로 양분된 상황 하에서는 합의점을 찾기가 어렵다
는 고백을 통해 확인된다. 펜다 잎사귀에 모인 빛, 그 둥근 어둠만이
유일한 합의점이라는 시각은 빛과 어둠이 하나의 육체라는 점을 상
기시키려는 시인의 내적 바람이기도 하다. 밀실이 은폐하는 어둠과
정원이 은폐하는 빛이 상호 대비되면서 하나로 공존하는 새로운 세
계를 시인은 갈망하고 있다.

거기를 지날 때마다 나는 반반을 고민한다.
간판에는 장의사라고 반듯하게 박혀 있고
미닫이문에는 영어로 드럼렛슨이라 적힌,
거기는 낡았지만 웃긴 구석이 있다.
관을 짜는 사람과 드럼을 두드리는 사람이
한 건물에 다른 집기를 들여놓고는
한 사람이 염을 할 때, 한 사람은 스틱을 닦을
거기, 나는 그들의 반반이 궁금하다.
(중략)
여기까지가 하나의 가설이다. 거기 주인이
시체를 닦으며 드럼을 치는 사람이거나
장의사가 망한 자리에 드럼을 치는 사람이
싼 값에 들어온 것일 수도, 그 반대일 수도 있다.
이 가설들도 진실과 거짓 사이의 이야기,
그래서 나는 끊임없이 반과 반을 고민한다.
내 생의 반쪽과 사과 한 알의 반쪽,
적도의 위아래 그리고 건물주와 세입자
내가 꼭 해야 할 일과 하지 말아야 할 일,

손쉬운 양분법도 거기를 지날 때 시작되었다.

나는 아직까지 거기의 문이 열린 모습을

본 적이 없다. 분명 이 동네에 거기는 존재하지만

드럼 소리와 곡소리를 듣지 못했을 뿐이다.

—백상웅, 「반과 반」 부분

    하나의 건물에 반반씩 장의사와 드럼 레슨 학원이 공존한다. 이런 기이한 입체 공간을 보며 화자는 여러 가지 추측을 하며 상상을 펼쳐 나간다. 이율배반적인 두 공간의 경계 지대를 통해 양분된 세계, 삶과 죽음, 진실과 거짓, 밤과 낮의 대비적 세계로 상상력을 확장시켜 나간다. 그러나 이 모든 상상적 추측들은 가설에 불과할 뿐이다. 즉 세계는 하나의 가설로서 존재하며, 그 점을 토대로 사물과 인공의 건물이 존재하므로 대상 건물의 실체에 대한 사실 여부를 판정하는 것은 불가능에 가깝다. 시인에게 세계는 그만큼 확정된 인식과 사실을 거부하는 공간이다. 따라서 확정성을 전제로 한 가설조차도 진실과 거짓 사이의 이야기, 그 경계 지대에서 발생하는 임시적 진단의 한 착오일 수 있는 것이다.

    세계는 늘 불안정하고 유동적이며 자기 존재의 실체를 변화무쌍하게 은폐하려 한다. 결국 화자가 바라보는 건물은 실체를 확인할 수 없는 존재물로서 누구도 단일한 의미로 확정할 수 없는 대상이 된다. 장의사와 드럼 레슨 학원이 공존하는 건물은 죽음과 예술의 동거 공간이면서, 무수한 이질적인 것들의 결합이 이루어지는 우리 실생활의 일부를 그대로 시 속에 옮겨 놓은 반영 공간이기도 하다. 이러한 대립적 배치와 구도를 통해 시인은 생의 이면, 현실의 이면, 세계의 이면을 반추하고 사유한다. 적도를 기준으로 상반된 위아래

지역을 하나의 육체로 보고 함께 사유하고 반성한다. 진실과 거짓, 존재와 부재, 사실과 환상 등 이분법적 구도를 취하고 있지만 이 양분(兩分)의 형식은 이분법적 사고와 확정의 한계성을 지적하기 위한 숨은 장치들이다. 전체적으로 대상 공간과의 객관적 거리 두기를 통해 관찰자적 입장에서 대상이 은폐한 대상의 이면을 부각시키고 그를 통해 삶과 자신과 세계를 반추하고 있다.

> 애인의 아이를 지우고 건너온 밤
>
> 도무지 어디가 아픈 줄을 몰라서 울음이 났다
>
> 그토록 발작하던 햇빛은 다 어디로 갔는지
>
> 자신에게서 빠져나와 모두 제 자신에게로 돌아가는 저녁
>
> 책가방 대신 애인을 업고 돌아오는 길이었다
>
> 빠져나간 것이 있다는데 더 무거워진 애인
>
> 그 중력이 싫었다
>
> (중략)
>
> 어딜까 지도에도 없는 그 땅
>
> (중략)
>
> 우리가 서로를 꼭 안고 달로 가는 꿈
>
> —박성준, 「삭」 부분

화자는 임신한 애인의 몸에서 자라는 아기를 낙태시키고, 밤에 애인을 업고 돌아온다. 여자는 몸에서 아이가 빠져나갔음에도 몸이 더욱 무거워졌고, 그래서 화자는 중력이 싫다고 고백한다. 이때의 중력은 물리학적 중력을 뒤집으면서 고통과 슬픔을 가중시키는 심리적·정신적 압박감으로서의 중력이다. 남자 화자는 여자의 슬픔에

공감하면서도 신체적으로는 아픈 곳이 전혀 없다. 그런 자신에 대해 슬픔을 느낀다. 즉 남자 화자가 우는 것은 낙태로 아이를 지운 여자의 슬픔 자체보다도 그런 슬픈 현실을 대하는 자신의 육체의 무통(無痛) 감각 때문이다. 이러한 시선은 현실의 부조리, 그런 현실에서 벌어지는 사랑의 불모성을 사실적으로 부각시킨다.

물론 남자 화자는 계속 애인과 함께 고통을 공유하고 분담하려 한다. 그러기에 서로가 서로를 안고 달로 가는 꿈을 꾸는 것이다. 먼 우주에서 온 것 같은 아기의 초음파 사진을 보며 달로 가는 상상을 한다. 달은 중력이 지구의 6분의 1이므로, 달로 가면 그만큼 고통과 슬픔이 줄어들 것이라 생각하기 때문이다. 이 시에서 달은 화자의 비애감을 줄일 수 있는 유토피아적 안식의 공간으로 설정되어 있다. 즉 지구의 현실, 현실 속의 사랑과 상처를 극명하게 대비시키는 역할을 한다. 또한 두 연인의 미래를 상정하는 역할까지 하기 때문에 물리적 공간이면서도 심리적 공간이고 시간적 공간이다. 이 시는 현실의 비극적 사태들, 그 사태 속에 방치된 존재들, 그런 사태들로부터 점점 무감각해져 가는 인간의 감각과 심리를 잘 포착해 내고 있다.

8. 한계와 문제점

어느 세대의 시인들이나 자기 세대의 독자적 고유성을 발현하면서 동시에 그 한계성을 드러낸다. N세대 젊은 시인들 또한 장점과 단점을 동시에 드러내면서, 그들의 계곡에서 그들의 물줄기를 새롭게 만들어 가고 있다. 나는 그들의 시를 가슴으로 사랑하고 매번 정성을 다해 읽으려 하고 즐기려 한다. 그들의 언어 계곡을 몇 번 놀러 갔던 경험에서 느낀 몇 가지 한계와 문제점들을 나열해 본다.

첫째, 서구의 문예이론, 타 예술 장르에서 이미 구현한 이미지나 사건, 외국 작가의 상상력에 대한 의존도가 높다. 특히 서사가 강조되는 시에서는 더욱 그러하다. 자기 고유성이 담보된 시공간의 창출, 독특하고도 근원적인 인물의 캐릭터 창출 등이 결여돼 있다. 이미지의 심미성, 언어의 형식미, 깊은 철학적 주제와 울림을 갖추지 못한 시들이 그 결핍을 서사로 채워 위장하고 있다. 서사의 도입이 필연적 계기, 실존이 담보된 간절한 당위성을 동반하지 못할 때, 시는 위선으로 이어지고 그것은 그리 오래 가지 못하는 법이다. 자신의 시에 아무리 아름답고 충격적인 서사가 도입된다 하더라도 자신과 자신의 땅, 자신의 삶이 누락되는 것보다 치명적인 것은 없다.

둘째, 시단으로부터 소외와 고립을 체험하지 않고 곧바로 시단의 중앙부로 편입된 시인들이 많다. 메인 스트림에 쉽게 합류한 젊은 시인들의 행복한 현재는 거시적 시각에서 보면 저주스런 미래이기도 하다. 시인의 자생적 저항력을 약화시키고, 시 세계의 확장을 제한할 수도 있기 때문이다. 고통과 고독의 시련을 통해 자아, 언어, 세계의 뿌리를 총체적으로 반성하고 통찰할 수 있는 기회를 박탈당하기 때문이다. 메이저급 출판사로부터 첫 시집 출간 계약 제안을 받거나 유명 평론가로부터 공인인증서 같은 주례사식 상찬을 받았다고 우쭐해하는 시인을 간혹 보았다. 그들은 그들의 몸에 그런 자본주의의 속물적 이물질이 깊게 스며들어 있음을 눈치채지 못하고 있었다. 또한 그에 대해 객관적 자기 인식을 하려는 반성적 시선도 부족했다. 오히려 그것을 경계하고 배척할 필요성이 전혀 없다는 자기 합리화 의식이 팽배했다. 자신에 대한 준엄한 평가 없이 안일하고 오만한 시 작업을 지속할 때, 영화(榮華)가 무덤이 되는 데는 그리 오랜 시간이 걸리지 않는다.

셋째, 시적 이미지의 조작, 언어 조절 감각이 매우 뛰어남에도 불구하고 감각적 접촉이 낳는 언어의 이면에서 발산되어 나와야 하는 통찰과 직관의 깊이가 약하다. 쓸데없는 수사, 현학적으로 선택된 어휘들, 불필요한 자기과시나 과장의 포즈가 눈에 거슬린다. 필연성이 결여된 기이한 통사 구조, 이유 없는 의미 단절도 나타난다. 이러한 사항들에 대한 근원적 고민과 통렬한 자기반성이 거세된 문장들은 단순한 시적 치장으로 전락할 가능성이 크다. 시의 형식은 삶에 대한 총체적인 외부 표출이자 자기 실존의 전면적 드러냄이다. 시단에 이제 막 나온 새내기 시인들의 사유 미숙과 수사적 치장은 어쩌면 당연한 현상인지 모른다. 하지만 서투름에 대한 불안감이 결핍을 보충하려는 의지와 긴장을 낳고, 그 결핍을 실제로 실천으로 옮겨 보충할 때만 자기 변화는 찾아온다. 이 점을 간과해서는 안 된다.

넷째, 미의식이 결여된 텍스트들이 시의 카테고리 확장을 위한 긍정적 형식 실험, 문체 실험, 스토리 실험 등의 미명 하에 정당화되고 있다. 특히 초현실적 환상 이미지나 초현실적 서사가 들어간 시들이 그러하다. 환상은 그 발아 토대가 우리의 육체고, 육체가 발을 딛고 있는 현실이라는 점을 망각해서는 안 된다. 즉 의미 있는 환상과 환각은 현실로부터의 탈출이라는 단순 기능을 뛰어넘어 현실의 재인식과 현실의 한계로부터의 극복과 도약이라는 긍정적 탈출 의지가 내재되어 있어야 함을 의미한다. 그것은 곧 인간의 근원과 세계의 뿌리를 향한 끊임없는 탐구 정신, 한계에 대한 치열한 도전 정신이 결여되어 있음을 뜻한다.

다섯째, 언어의 유희와 의미에 대한 사유 부족이 목격된다. 언어의 표현의 한계, 의미의 한계에 대한 절박한 인식이 역으로 놀이 의식을 낳고 유희 정신을 발아시키기도 하는데, 언어의 유희가 표면에서만 머물고 있다는 느낌이 자주 든다. 아직도 의미와 무의미의 관계를 이분법적인 사고 틀로 양분시켜, 대립적 국면으로만 해석하는 시각이 우세하다. 물질적 풍요가 육체적 포만과 과잉으로 나타날 때 정신과 정신의 언어 또한 비만증과 폭식의 충동에 시달리게 마련이다. 이런 비만 현상은 인간의 몸에서만 벌어지는 것이 아니라 우리 시에도 그대로 적용 가능하다. 이전에 비해 비만의 시들이 많이 줄어들긴 했지만 여전히 내장 비만인 시들은 많다. 우리의 현실이 고도비만증 환자라서 그 현실을 반영하려는 의도에서 그것을 의식적으로 형식화한 시들이 아니기에 하는 말이다. 가난한 정신, 없는 자들의 삶의 바닥을 가슴으로 보려는 시각이 필요하다.

여섯째, 시와 현실을 대하는 태도의 안일함이 느껴진다. 시에 대한 태도는 시를 둘러싼 제반 여건들, 즉 창작 이전과 이후의 모든 상황에 대한 태도를 말한다. 자기 한계를 직시하여 돌파하려는 에너지를 보이기보다는 구차한 자기변명이 많다. N세대 시인들은 자주 선배 세대들과의 차별성을 거론한다. 출생과 성장에 동반되는 무수한 사회적 환경, 경제적 배경, 문화적 차이 등이 세계관의 차이를 가져왔고 그러한 변화된 존재 토대 자체가 그들의 시적 태도를 형성했다고 주장한다. 시대의 변화와 그에 동반되는 환경의 변화가 예술가의 세계관과 표현 방식, 대상에 대한 인식과 사유의 변화를 가져오는 것은 지극히 당연하다. 그러나 그러한 변화들이 독자적 차별성을 띠고 시에 나타나지 못하고 오히려 선배 시인들의 세계관과 언술 방식, 인식과 표현을 따라하고 있는 시들도 눈에 자주 띈다. 즉 그들이 주장하는 차별성이 실천의 차원이 아닌 변명의 차원에 머물고 있다는 것이다. 더 큰 문제는 자신의 존재 토대에 대한 근원적이고도 깊이 있는 응시 과정에 동반되는 고통과 번민, 불안과 악몽의 체험을 감내하지 않으려 한다는 것이다.

일곱째, 세대 간의 단절과 균열은 어느 시대에나 예고된 물결처럼 밀려왔다 밀려가는 것이긴 하나 N세대 젊은 시인들은 그들만의 섹터를 구축하고 선배 시인들과의 영향 관계를 단절하려는 성향이 강하다. 자기 세대만의 독자적 개성을 추구하는 것은 지극히 당연하고 적극 권장해야겠으나 이러한 자기 폐쇄가 시 세계의 확장을 방해하는 장애물로 기능할 가능성도 크다. 시는 본디 영역이 없고 나이와 성별도 없고 좌우도 없는 자유를 지향한다. 그러나 자유 자체가 의미 있기 위해서는 정신적 이념이 물적 토대와 긴밀하게 연계되어 현실에서 하나의 육체를 이룰 때 가능하다. 그것은 나 외의 것들, 자기 세대 바깥의 것들, 자기 세대 바깥의 전통들, 나를 죽이려는 이종의 것들까지 폭넓게 수용하는 대승적 흡수력 없이는 지난한 일이다.

9. 비정한 현실

어느 시대에나 시간과 공간은 자신의 육체를 지우면서 자신을 연속적으로 재생시킨다. 즉 사라지는 자신의 육체를 통해서 시간은 미래를 계속 현재화하고, 공간은 세계 속에 자신을 새롭게 드러내어 세계를 재구성한다. 이런 측면에서 보면 첨단 문명사회가 가져오는 변화란 곧 시간과 공간의 구조 변화이고 그 구조의 질적 변화인 셈이다. 우리의 현실은 이미 놀랍고도 충격적인 환각 이미지들이 지극히 일상적인 풍경으로 전락해 버린 시뮬라크르 중독 세계다. 첨단 문명의 각종 매체와 기기들이 가져다주는 편리함과 환각에 중독되어 매체의 역기능과 기기들에 대한 반성적 통찰은 사라지고, 감각의 자극이 점점 더 높아지는 쪽으로 우리는 휩쓸려 가고 있다. 이 이동 과정에서 놀라운 이미지나 사건이 전혀 놀랍지 않은 이미지나 사건으로 전환되는 시간 차가 과거에 비해 점점 짧아지고 있다.

이러한 물적 환경 변화가 우리 시단에도 그대로 일어나고 있다. 과거로부터 지속되어 오던 시단의 변화 패턴 주기가 짧아지고 있다. 대략 10년 정도의 간격으로 바뀌던 시단의 큰 흐름이 7년, 5년 등으로 점점 짧아지면서 수많은 시인들이 등장했다가는 흔적도 없이 어디론가 금방 사라지곤 한다. 즉 대중가요계의 변화 패턴이 시단에도 그대로 적용되어 그 수순을 따라가고 있는 것이다. 이 흐름 자체보다 더 큰 문제는 수많은 신진 시인들이 시를 통해 드러내는 환각 이미지와 서사들이 그리 충격적이지도 새롭지도 않은 빤한 동어반복이라는 점이다. 이런 번잡하고 빠른 환경 변화 속에서 살아남기 위해 그들이 하는 것은 이질적 타 장르 텍스트의 무분별한 차용하기, 선배 시인들의 상상력 변주하기, 현재의 주도적 흐름에 발 빠르게 뛰어들어 동참하기, 문제적 테마나 주제를 끌어다가 적당히 뒤섞어 삽입하기, 파격적 형식을 통한 이목 끌기 등 부정적인 모습으로 나타나고 있다. 이것은 세계에 대한, 자아에 대한, 언어에 대한, 인식과 사유의 결여를 가져오고 필연적으로 우리 시의 하향 평준화를 가져올 수밖에 없다. 그렇다면 현재의 시점에서 N세대 시인들에게 가장 필요한 것이 무엇일까. 스스로 질문해 스스로 자기만의 해답을 찾아야 한다.

어쨌든 N세대 시인들 또한 일정한 시간대 동안 자본 문화 시스템 속에서 가장 효용성 높은 소비 상품이 되어 여러 논자들의 입에 오르내리며 상찬되고 비판되며 논의될 것은 자명하다. 그러나 그 효용 가치의 유효기간이 점점 짧아지고 있다는 점을 감안하면, 한동안의 폭발적 관심이 한순간에 붕괴되거나 대체될 가능성도 크다. 그런 냉혹하고 비정한 현실을 N세대 시인들 스스로 냉철하게 바라볼 필요가 있다. 현대 자본주의 사회에서는 시인을 비롯한 예술가들 또한 대중의 소비 상품으로 전락하여 일정 기간 동안 사용되다가 용도 폐기되는 수순을 거친다. 이 무섭고도 비정한 현실을 냉철하게 인식하고 대비하는 지혜와 용단이 필요하다.

지금의 현실은 인간이 가공한 이미지들이 역으로 인간을 공격해 지배하는 이미지 제국주의 시대다. 현실과 환상과의 경계가 없어진 지 오래된, 그러한 혼용의 이미지 자체가 이미 낡아 부유 중인 세계다. 그러기에 문학 바깥 영역으로 완전히 분류되었던 두뇌 공학, 유전공학, 미생물학, 세포학, 지질학, 현대물리학, 우주항공학 등의 첨단 과학 분야와 전통 인문학의 재결합, 즉 배타적 학문 간의 실제적인 국제결혼이 필요하다. 또한 새로운 변화를 반영하고 추동해 낼, 극단의 모더니즘까지 통합하여 새로운 개안을 촉발할, 새로운 21세기 리얼리즘이 대두되어야 한다.

지형도 2.
이미지 프리즘(Image Prism), 분광(分光)되는 색채들

    이미지는 망각된 시간대에 이루어진 지각 체험들의 현재적 재현 또는 정신적 모사(模寫)라는 점에서 기억과 자아의 문제와 긴밀하게 연계된다. 특히 시의 이미지는 선율이나 색채조차도 언어를 통해 이루어지기 때문에 일정 부분 시인의 감각과 상상력에 의해 무의식적으로 왜곡되고 변형된다. 다시 말해 시의 이미지는 대상 사물에 대한 표상 자체도 아니고, 대상에 대한 시인의 지각 체험 자체를 사진 찍듯이 그대로 옮겨 서술한 순수 언어체도 아니다. 시의 이미지는 대상들이 시인 특유의 감각적 표상으로 간접화하는 과정에서 산출되는 독특한 언어 변형 물질에 가깝다. 이런 관점에서 보면 이미지는 대상 세계의 사물 또는 풍경에 대한 시인의 의식이 외재적 언어 형태로 분출된 것이다. 나아가 이미지들의 집적에 의해 구현되는 미(美)란 시인의 이념이나 사상적 지향성이 감각적 형상으로 승화되어 나타난 결과물, 즉 대상 세계의 현상과 시인의 예술적 이념의 변증법적 통일체라 할 수 있다. 시인이 시에서 이미지를 구현하는 이유는 추상적이고 관념적인 대상 세계를 구체화하여 시적 정황을 보다 선명하게 전달하여 독자의 정서적 공감 또는 특정 반응을 유발하기 위함이다. 이미지에 대한 이런 목적론적 시각은 이미지가 시인의 특정 의식 하에서 시의 부속적 구성 요소로 사용되고 있음을 의미한다. 즉 이미지는 시인이 의도한 정서나 의미 등을 전달하기 위한 보조적 장치로 시인의 목적을 향해 수렴적으로 기능한다. 그러나 현재우리 시단의 어떤 시 텍스트들은 이미지의 수렴적 접근 방식 자체를 거부하고 이미지의 파편적 분산과 병렬을 통해 새로운 형식미를 추구한다.

백은선의 시에서 이미지의 연쇄적 발아는 무의식 차원에서 자동사의 운동성을 띠고 펼쳐진다. 그녀는 자아와 바깥 세계를 자유롭게 오가면서 이미지를 연쇄적으로 호출한다. 기억 속의 죽은 풍경들, 상처 난 시간들, 피와 관능의 욕망들이 대상 사물 속으로 자동으로 이입되어 시의 외연적 이미지로 분출된다. 이미지의 발아 측면에서 볼 때 백은선의 시는 끊임없이 움직이는 '유동성(流動性)의 이미지 시학'을 지향한다. 즉 그녀의 시는 부동의 세계에 대한 저항 또는 무의식적 대결 의식에서 발아되며 부동의 세계란 죽음의 세계, 망각의 세계, 부재의 시간대를 상징한다. 그녀의 시적 이미지들은 육체 속의 무수한 욕동과 충동, 망상적 피해 의식과 증오감, 타 버린 기억들, 즉 자신 속에 은폐된 무수한 타자들과의 치열한 대결 과정에서 쏟아져 나온 파편의 흔적들이다.

그녀의 시에 나타나는 이미지는 크게 두 가지로 구분된다. 첫째는 화석화된 시간의 지층들 틈에서 떨어져 나오는 기억의 파편들이고, 둘째는 억압된 욕망과 말에 대한 무의식적 저항의 분출물들이다. 전자가 고체의 성질을 띠면서 불특정 다수의 세계로부터 상처를 입는 방어자 역할을 하는 반면에, 후자는 액체 또는 동적 움직임의 물질로 설정되어 대상 세계에 상처를 입히고 조여들어 가는 공격자 역할을 한다. 재미있는 것은 상반된 두 가지 계열의 이미지 모두에서 자아에 대한 자학적 공격성, 상처에 대한 공포 심리, 사랑의 대상에 대한 불안감과 강박적 집착, 분열증적 사물 인식이 드러나고 그런 이미지들이 파편적 조각물로 흩어져 병렬된다는 점이다. 이 산종과 병렬이 조직화되어 질서를 갖출 때 그녀의 시는 모자이크 또는 아라베스크 양식을 띤다. 말하자면 그녀는 세계와 자아 사이에서 '이미지 컬렉터' 또는 '이미지 퀼트 제작자'의 역할을 맡는다. 그녀의 시 곳곳엔 과거, 현재, 미래의 상처와 고통, 불안과 공포, 울음과 희열이 은폐되어 있다. 이 아픈 이미지들의 조합과 흩뿌림 과정에서 흥미로운 점은 분열된 이미지들의 나열이 전혀 어지럽게 느껴지지 않는다는 점이다. 이는 시인 특유의 유려한 리듬 감각, 언어 배치에 대한 특수한 공간 감각 때문일 것이다.

금빛 지퍼가 운다 뱀을 열자. 여름이라고 써 놓고 겨울 쪽으로 기울어지는 입술. 발목을 아끼는 아가씨들. 차가운 시옷. 차가운 병. 뱀을 열자.

복도 끝에서 환자는 커튼을 먹는다. 하얀 증상이다. 펄럭이는 손목. 링거액처럼 열리는.

너는 차례를 잊는다. 병원의 공기, 병원의 금속, 병원의 뱀. 폭포 아래로 쏟아지는 뱀. 고동 소리. 벽돌의 허기. 뒤척이는 아가씨들, 까르르 자지러지는 아가씨들.

온도와 각도 의자의 고도. 국립미술관처럼 진동하는 책상들.
공기의 공기 냄새의 냄새 흩어지는 열 손가락.

너는 증상 이전의 이미지. 수화기 너머로 도착하는, 금빛 뱀을 열자.
겨울. 밤의 벽은 어둡고 치아와 혀는 함께. 임박하는 벽. 손목의 거대
한 힘을 너는 고민 없이 콘센트라고 부르지.

맞물린 공기처럼. 뱀을 열자. 여기. 호흡기를 매달고.

누가 노래를 부르는가? 뱀들 뱀의 세계 눈이 푹푹 내리는 스네어의
세계. 눈물은 경사면으로 흘러내린다. 볼트와 너트처럼.

치맛단 아래는 둥근 무릎들, 올려 묶은 머리채를 흔들며 복도를 가
로지르는 아가씨들. 무지막지. 무지와 막지 사이 뱀의 유언. 녹아내리
는 울먹이는 멀어지는 뱀을 열자. 오후 다섯 시와 새벽 세 시처럼 아가
씨들.

반복과 나열의 쾌락. 뱀은 그림자를 핥는다. 이 허기만큼 기꺼운 공
백을 안고. 불을 쥔 아가씨들, 등뿐인 가속처럼 뱀을 열자. 여기.

사막 없는 뱀의 무한. 열릴 것 같은 창백, 이미지
　　—백은선, 「이미지 없는 이미지」(『발견』, 2013.여름) 전문

「이미지 없는 이미지」에는 극도의 신경증적 불안 상태에 휩싸인

환자(화자)의 이상행동과 억압된 욕구 분출 욕망이 나타난다. 시의 곳곳에 기울어지는 입술, 펄럭이는 손목, 흩어지는 열 개의 손가락 등 훼손된 신체 조각들이 흩어져 있고, 환자는 병원 복도 끝에서 커튼을 먹는 기이한 행동을 한다. 시인의 감수성의 촉수들이 매우 예민하게 움직이고 있으며, 발산되지 못한 병적 고통의 신음들이 이미지 조각들로 쪼개져 텍스트 전체에 산포되어 있다. 화자가 반복적으로 열자고 말하는 지퍼 속의 뱀은 본능적 쾌락, 남성적 욕망의 주체, 말 또는 언어를 상징한다. 흥미로운 것은 뱀이 여성(아가씨들)에게 해(害)를 가하는 권력의 발원지로 부정과 공격의 대상이면서도, 화자의 성적 호기심을 끊임없이 자극하고 충동하는 긍정과 접근의 대상이기도 하다는 점이다. 이 이중 심리는 말과 세계에 대한 시인의 감각과 사유의 외재적 발현일 것이다.

어쨌든 볼트와 너트처럼 남녀 간의 사랑과 말이 서로를 필요로 하면서도 그것이 일종의 함정이자 덫이고, 그러한 음모와 은폐가 수시로 벌어지는 공간이 세계라는 시인의 인식이 중요하다. 병원에서 링거와 호흡기를 단 채 절박하고 간절한 공백 상태에서 그녀가 열고자 하는 금빛 세계는, 눈이 푹푹 내려 발이 빠져 빠져나올 수 없는 함정의 세계이자 눈물의 세계, 슬픔과 자학의 공간이자 뱀이 무한으로 늘어나는 공포의 세계이다. 그곳에서 시인은 시작도 끝도 없는 싸움을 유희적 언어 감각과 반복의 리듬으로 대항하려 한다. 그녀의 시에 이미지와 리듬의 밸런스, 파편적 이미지의 병렬과 반복, 긴 호흡에 따른 행과 연의 길이 조절에 대한 강박이 자주 나타나는 것은 이런 이유 때문이다. 결국 이미지 없는 이미지는 특정 목적을 갖고 사용되는 수단적 이미지가 아니라 즉흥적으로 튀어나오는 독립적 이미지이자 휘발성이 전제된 이미지라 할 수 있다. 문장의 진술 과정에서 즉흥적으로 개입해 들어오는 자의적 이미지로 시인의 무의식 창고에서 돌발적으로 튀어나오는 물질들이다. 뱀의 세계는 무한 반복되어 재생되었다가 사라지는 자아의, 없는 이미지들의 출현 시공간이자 생의 근원적 파토스 우물이고, 뱀을 여는 행위는 유희 충동의 무의식적 발현이자 억압된 기억들로부터 탈옥하고자 하는 시인의 내적 고투인 셈이다.

백은선의 시에 나타나는 이미지들은 대체로 정신적(심리적) 이미지(mental image)로 기능한다. 그것은 곧 이미지 자체가 시인의 내적 트라우마의 발현이자 기억의 단층에서 흘러나오는 상처의 물집들임을 암시한다. 이런 이유 때문에 화자가 직접적으로 드러나지 않는 시에서조차 이미지 이면에 '나는 누구인가' '내 기억은 진짜 나의 기억인가' 등과 같은 자기동일성(identity) 문제를 질문하는 그림자 화자가 어른거린다. 이 숨은 그림자는 실체를 갖지 않지만 시인 자신의 기억과 시간이 투영된 지워지지 않는 물적 흔적이자 악령 같은 존재로, 시인의 현재와 과거와 미래가 뒤섞인 혼융의 자아이기도 하다. 기억의 바다, 망각의 저수지에서 흘러나오는 흔적들의 노출에 대한 불안 심리 및 거부 심리가 이미지에 함께 묻어난다. 따라서 백은선의 시에서 이미지 자체도 중요하지만 이미지의 분출 과정, 이미지 이면에 잠재된 자아와 망각의 문제, 기억과 의식의 문제를 보다 심층적으로 고찰해야 한다.

데카르트나 칸트 같은 합리주의 진영의 철학자들에게 기억의 문제는 그다지 중요하지 않았다. 그들에게 진리는 기억과 상관없이 매 순간 동일하게 나타나야 하는 것이고, 의식은 자기 존재를 위해 다른 것을 필요로 하지 않는 실체였기 때문이다. 하지만 이들과 달리 베르그송은 의식은 곧 기억이라고 보았다. 베르그송의 의식은 시간 속에서 느끼고 경험하는 모든 내용들을 포함하며, 끝없이 흐르는 연속성을 띠며, 시간과 하나의 몸을 이루며 사라지지 않는 기억들이다. 또한 그는 현재의 의식에 나타나지 않고 잠재 상태로 의식의 수면 아래로 흐르는 것, 즉 망각된 것으로 착각되는 것을 무의식으로 본다.

백은선의 시뿐만이 아니라 장수진의 시에서도 기억에 대한 베르그송의 사유와 망각이 느껴진다. 백은선이 이미지의 병렬과 리듬의 조화를 통해 내적 고통과 욕망을 발화한다면, 장수진은 다소 직접적이다. 장수진의 시 텍스트는 대체로 독백조의 발화 형식을 취하며, 때때로 요설에 가까운 구어체 언술을 구사하며, 거친 리듬을 반복적으로 구사한다. 그러나 장수진의 시에서는 이런 외적 형식보다 중요한 것이 공간성이다. 그녀의 시 대부분에는 특정 공간이 설정되어 있고, 그 공간에서 특정 이야기와 시인의 자의적 환상이 발아한다. 시인은 자신의 내부에 쌓인 파멸적 이미지들, 자학적 이미지들을 화자의 입을 통해 독백조로 거침없이 분출하면서도 그러한 말과 행위가 벌어지는 시공간을 텍스트 뒤에서 조절하고 통제하는 연출자 역할도 한다. 말하자면 그녀의 시에는 두 개의 전혀 다른 화자, 즉 배우의 역할을 하는 1차적 화자와 연출자 역할을 하는 2차적 화자가 공존해 서로 길항하며 움직인다. 장수진의 시가 지극히 주관적이면서도 동시에 객관적인 이유가 여기에 있다.

재미있는 것은 이렇게 설정된 무대 공간이 현실 전체로 확장될 때가 많다는 것이다. 즉 인물의 말과 행동 하나하나가 거침없는 무의식적 독백의 형식을 띠지만, 그 대사와 대사가 울려 퍼지는 공간이 현실과 긴밀하게 연계됨으로써 시대를 조롱하는 유머를 발산하고 비극적 울음과 웃음을 동시에 유발한다. 장수진의 시에 나타나는 웃음은 주로 상황의 언밸런스, 인물의 희화화, 공간의 부조리성이 유발하는 차갑고도 씁쓸한 무채색 계열의 웃음이다. 무대 자체가 초현실적 공간으로 설정되는 경우도 있는데, 그것은 주로 일상적 소재들이 시인의 환상과 상상력에 의해 변주된 공간들이다. 이것은 그녀의 시가 지극히 현실적인 토대, 즉 일상 속의 시공간과 생활 속의 소재들로부터 발아함을 의미한다. 따라서 그녀의 시를 보다 깊이 있게 이해하기 위해서는 시의 소재나 공간 자체보다 일상적 소재에 대한 시인의 상상력, 일상적 공간의 시적 변주 과정에 수반되는 시인의 무의식적 상상력을 면밀하게 짚어 보아야 한다.

불붙은 날개를 저으며 하늘에 떠 있는
저것은 새인가 그냥 불일 수도
누군가 던진 손바닥 어쩌면 귤 몇 조각

예를 들어
자고 있는 언니를 불 지른다
뜨겁다면 언니는 날아오를까 불의 감각으로
그럴 수도

다 탄 몸의 뼈를 추슬러 하늘에 던진다면
작은 다세대 주택 모양으로 집을 짓는
흰 뼈들

쳐다본다 알 수 없는 마음으로
꿈은 잠든 자의 물렁한 집일까

무덤 같은 아주 개인적인 장소이거나

하늘에 하나의 무덤이 생긴다면
언니와 귤처럼 불룩한 잠의 질감일까
궁금하지 않아
각자의 무덤이 있겠지 자연스런 죽음이

배가 부드러워지는 상상을 해 잠이 들면
배꼽이 풀리며 둥 떠오를 거야 그러니까 나는
귤 한 조각의 곡선을 그릴 수 있어

다짐하지 않아서 부풀어 오르는 사적인 순간
하늘이 조금 내려와 야광달이
엄마처럼 가깝게 와 있어 만져 본다

모두가 멀지 않은 날
방문을 열고 언니를 바라보다 닿지 않게
쓰다듬는다 언니의 곡선대로
숨이 지나가는 방향으로

타인의 잠을 방해하지 않을 정도로
　　　　　　　―장수진, 「타인의 잠」(『시와 반시』, 2013.여름) 전문

　꿈은 잠든 자의 물렁한 집이자 무덤으로 설정되어 있다. 즉 꿈을
꾸는 행위는 무덤 속으로 들어가는 임사(臨死) 행위와 동일하다. 화

자는 잠 속의 꿈을 통해 죽음을 체험한다. 타인의 잠은 잠 속의 꿈꾸는 체험을 통해 타인의 죽음을 간접적으로 엿보는 행위와 동일하다. 이 시에서 이미지들이 조합하여 만들어 내는 시공간은 환상적이면서도 유머러스하다. 꿈을 꾸는 언니와 언니에 대한 화자의 상상이 결합해 제3의 공간을 만들어 낸다. 이것은 시인의 상상력이 '사물 + 죽음 의식 + 유머 + 소외감'을 지향해 자동적으로 움직이고 있음을 암시한다. 이 과정에서 시인은 이미지를 시공간을 채우는 하나의 물질 또는 물적 대상으로 삼는다. 허공에 불붙은 날개를 저으며 떠 있는 것을 하나의 대상으로 규정하지 않고 새, 불, 손바닥, 귤 조각 등 여러 물체로 변주하여 불확정 상태 그대로 허공에 놓아두고 자의적 상상력을 펼친다.

시인의 이러한 상상력과 무의식의 표출은 앞서 언급한 베르그송의 이미지 견해를 즉각적으로 떠올리게 한다. 베르그송은 물질을 이미지와 등치시킨다. 그는 이미지를 사물과 표상의 중간적 존재, 즉 관념론자가 표상이라고 부르는 것과 실재론자가 사물이라고 부르는 것의 중간물로 보고 이미지 안에 다시 신체, 행동, 지각 등 세 개의 중심축으로 세워 놓는다. 정신의 실재성과 물질의 실재성을 모두 인정하면서 베르그송이 이미지를 탐구했던 것은 기억의 문제, 정신의 문제를 보다 근원적이고 심층적으로 탐구하기 위함이었다. 결국 이미지의 문제는 시인의 기억 또는 망각과 밀접한 연관성을 띠고 그것은 다시 신체, 행동, 지각의 관점에서 세분화될 수 있다. 따라서 이미지를 물질의 시각으로 바라보는 장수진의 시는 신체 체험, 행동 체험, 지각 체험 등을 여러 등장인물들을 통해 동적(動的)으로 드러내는 언어 실험극이기도 하다. 망각된 시간과 기억들이 물질의 형태로 현현된다는 점에서 장수진의 시 텍스트는 '동적 물질성의 이미지

시학'이라 부를 수 있겠다.

백은선과 장수진의 시 텍스트는 지각과 이미지를 동일하게 보는 전통적 이미지론을 부정한다. 각각의 이미지 파편들에 묻어나는 시인의 의식이 외적 대상보다는 내적 대상을 지향한다. 의식이 대상에 대한 의식인 이상, 의식은 본질적으로 현상학적 지향성을 띤다. 따라서 지향성 자체와 함께 지향 대상의 실재 유무가 중요하다. 이것은 시인의 지각이 대상이 실재하는 것으로 정립할 때, 이미지는 이미지 자체로 대상의 부재를 정립함을 뜻한다. '이미지 없는 이미지', '타인의 잠 속의 꿈 이미지' 등은 전통적 이미지론에 나타나는 이미지의 통념적 기능과 목적이 거세된 이미지이며, 이러한 이미지들의 병렬과 반복을 통해 그들은 기억과 망각의 문제, 관능과 욕망의 문제, 자아와 소멸의 문제, 파멸과 죽음의 문제 같은 심리적이고 정신적인 문제들을 토해 내고 있는 것이다. 이들이 실제로 이러한 첨예한 문제의식과 심층적 사고를 갖추고 시 창작에 임하고 있지 않다 하더라도 이들의 시가 이러한 논쟁적 문제점을 함의하고 있다는 사실이 중요하다. 이들의 시에 나타나는 분절된 언어 모자이크들, 부조리한 초현실적 무대들, 인물들의 비상식적이고 분열증적인 말과 행동을 파편적 이미지들의 유희적 조작, 낯설고 특이한 공간 연출과 그로테스크한 이미지 동원을 통한 독자의 이목 끌기 등으로 단순화하여 평가절하해서는 안 될 것이다.

백은선과 장수진의 시에 나타나는 이미지들이 정신적(심리적) 이미지(mental image)라면, 안희연의 시에 나타나는 이미지들은 비유적 이미지(figurative image)에 가깝다. 그녀는 침묵을 내장시키는 여백의 미학으로 말의 부재를 말의 확대로 역(逆)치환하는 역량을 보인다. 안희연이 구사하는 이미지는 크게 두 가지다. 첫째는 전통적인 서정

이미지로 죽음과 부재의 세계를 고요하고 사색적으로 사유할 때 주로 나타난다. 둘째는 환각 또는 환상 이미지로 현대 문명사회 속의 개체적 인간을 다룰 때 주로 나타난다. 그녀는 현대사회 속의 인간군상들이 마주한 고독과 환멸을 건조한 언어미학으로 처리한다. 사실적인 현실 이미지와 비사실적인 비현실 이미지가 양립하면서 상호 침윤하는 양상을 띤다. 현실적 이미지는 부조리하고 불합리한 비현실적 이미지와 결합하여 현실의 참상을 극단적으로 부각시키는 역할을 하고, 반대로 비현실적인 이미지들은 합리적이고 수리적인 현실 이미지들과 결합하여 현실의 허구와 은폐성을 폭로하는 기제로 사용되곤 한다. 환각 이미지가 나타나는 시를 먼저 살펴보자.

　물을 것이 있는 사람들이 이곳에 찾아와요 나는 홀로 테이블을 지키고 앉아 목록을 작성합니다 축 늘어진 고양이를 안고 불이 꺼졌다고 말하는 것 나는 대답 대신 검은 고양이라고 적습니다 컨베이어 벨트는 쉬지 않고 돌아갑니다

　오후에는 아무도 찾아가지 않는 통조림을 하나둘 꺼내 봐요 뚜껑을 열면 나를 빤히 쳐다보고 있는 눈동자들, 나는 팔꿈치와 무릎을 만지작거리며 내 몸이 들어갈 만한 커다란 통조림을 상상하죠 아름다운 불 속에서 아주 잠깐 낮잠을 자는 거예요 얼굴이 다 녹아내릴 때까지

　어깨를 두드리기에 돌아보면 새하얀 커튼이 흔들리고 손이 닿지 않는 선반 위에도 잠들은 가득합니다 머리끝까지 지퍼를 올려 닫은 나무들 그림자만 덩그러니 앉아 있는 화단에선 꽃들의 목이 뚝뚝 잘려 나가지만 이제는 벽돌 위에 벽돌을 얹듯이 창밖을 바라볼 수 있어요 새

들은 새장 속에 있을 때 가장 멀리 날아가고

나는 천장까지 쌓여 있는 통조림을 보면서 이리저리 몸을 접는 연습을 합니다 물속에서 녹고 있는 물고기의 자세를 상상하면서 영원한 잠에 빠진 오필리아가 되어 이곳에서 걸어 나갈 아침을 기다려요 그러나 오늘은 몸 밖으로 뼈를 꺼내 입은 일요일 물을 것이 있는 사람들은 성벽처럼 줄지어 서 있고 나는 보이지도 않는 의자에 꼼짝없이 묶여 있습니다

—안희연, 「가능한 통조림」(『문학동네』, 2013.여름) 전문

카프카 소설에 등장하는 부조리한 일상, 조직 속의 유폐된 자아, 실존과 죽음의 문제 등이 「가능한 통조림」에서도 부각되고 있다. 시적 공간과 상황이 충격적이지만 시인의 전언은 차분하고 건조하다. 통조림 속에는 눈동자들이 빤히 쳐다보고, 화자인 나는 내 몸을 넣을 커다란 통조림을 상상한다. 물을 것이 있는 사람들이 찾아오는 곳에서 화자는 사무원처럼 정해진 업무를 처리하며 자신 또한 그곳에 구속되어 있으면서 벗어나고픈 이중의 욕망에 시달린다. 통조림 공장에서 죽은 것들은 통조림으로 재가공되어 똑같은 규칙, 똑같은 형체로 재생산된다. 죽음을 차곡차곡 천장까지 쌓아 놓고, 죽음을 일상의 물건처럼 대량생산하여 상품화하는 현실의 메커니즘을 신랄하게 보여 준다. 즉 권태의 반복 순환 구조를 시의 반복 구조로 차용해 화자는 잠을 통해, 잠이 동반하는 꿈에 의존하여 권태로부터 벗어나려 한다. 하지만 물을 곳이 있는 사람들은 성벽처럼 줄지어 찾아오고 화자는 보이지도 않는 의자에 꼼짝없이 묶여 업무를 처리하고 또 처리한다. 이 시는 현대사회의 권태와 작동 구조, 그러한 생산

조직 속의 일개 부속품으로 전락해 버린 개인의 황폐한 내면, 존재성 자체가 사라진 자아의 실체와 죽음 충동을 아이러니컬하게 보여 준다. 「가능한 통조림」은 가능한 미래를 상정하고 있지만 지극히 현재적이다. 환각의 이미지와 상상력을 통해 시인은 현대사회의 부조리와 폐허, 죽음과 존재의 의미를 되묻는다.

> 저녁은 죽은 개를 끌고 물속으로 사라지고
> 목줄에는 그림자만 묶여 있다
> 개보다 더 개인 것처럼 묶여 있다
>
> 그림자의 목덜미를 만지며 물속을 본다
>
> 걸음을 재촉하는 사람들
> 그 끝엔 낮은 입구를 가진 집
> 물의 핏줄 같은 골목을 따라 모두들 한곳으로 가고 있다
>
> 마음껏 타오르는 색들, 오로라, 죽은 개
> 나는 그림자에 대고 너는 죽은 것이라고 말한다
> ─안희연, 「물속 수도원」(『문학동네』, 2013.여름) 부분

기도라고 생각하는 순간 기도가 사라진다는 진술은 사유가 억압으로 작용해 기도하는 행위의 순수성을 훼손한다는 의미이다. 화자인 나는 물가에 앉아 물속의 풍경과 물속으로 사라지는 것들을 생각하고 있다. 그런 와중에 저녁이 개의 시신을 끌고 물속으로 사라지는 환상을 보고, 물속에서 수도원의 풍경을 보고, 개가 사라진 후 목

줄에 묶인 채 지상에 홀로 남은 그림자를 발견한다. 여기서 그림자의 존재는 의미심장하다. 그것은 지상에 남은 화자의 영적 자아가 개의 모습으로 투영되어 있기 때문이다. 즉 개가 물속으로 사라지는 과정은 죽음으로의 이행 또는 망각의 과정이고, 지상에 홀로 남은 그림자는 자신의 존재의 위상이기 때문이다. 이 시에서 저녁이라는 시간에 이끌려 물속으로 끌려 들어가는 개의 존재는 화자의 육체적 존재와 동일시되는데, 그림자와 하나였던 몸의 분리 경험이 삶과 죽음의 경계 지대에서 벌어지고 있다는 점이 중요하다. 즉 이 시에 설정된 저수지(호수, 바다)는 시인의 무의식 속에 잠재된 죽음이 투영된 세계로 이미지 자체는 정신적 이미지이나 죽음과 삶에 대한 사유를 촉발하는 비유적 이미지로 기능한다. 즉 개라는 물적 존재가 사라진 후 남은 헛것으로서의 존재인 그림자, 죽어서조차 줄에 묶여 행동반경이 제약되는 개의 그림자가 시인이 직면하는 자아의 그로테스크한 실체인 것이다. 개를 물속으로 끌고 들어가는 저녁은 죽음의 시간대이고, 나는 이 대목에서 죽음의 한계를 극복하려는 인간 존재의 한계성, 거역할 수 없는 거대한 시간의 잔인성과 냉기를 느낀다. 잠시 책에서 눈을 떼고 창밖 빈 하늘을 말없이 바라본다. 저 멀리 검게 물들어 가는 산 아래 아파트 단지가 보인다.

내가 상자를 열고 있을 때
한 아이가 아파트 옥상에서 몸을 던졌다
귀를 닮은 꽃들이 죽은 아이 곁에 피어 있었고
햇빛은 말벌 떼처럼 윙윙거렸다

내가 네 번째 물건을 찾고 있을 때

아이가 놀던 숲이 일그러졌다 펴졌다

다시 찢어지는 원고지였고

꽃잎들이 흰 접시처럼 땅에 떨어져 깨졌고

호수 위로 물고기가 떠올랐다

내가 뒤죽박죽 된 상자 속으로 들어갈 때

내가 아이의 옷과 사진첩의 먼지를 털고 있을 때

밤이 오고 개미 떼처럼 어둠이 몰려오고

폭우가 쏟아졌다

폭우는 사자의 갈기를 달고

성난 발자국을 남기며 지붕에서 지붕으로 뛰어다녔다

내가 상자 속에서 울고 있을 때

내가 냉수로 입속의 피와 남은 기억을 헹궈 낼 때

상자 속에서 아이의 마른 울음이 들리고 황토물이 쏟아졌다

나는 액자를 깨트리고 바닥에 주저앉아 오래도록

황토와 물과 소리가 분리되기를 기다렸다

─김현서, 「탱고라 불리는 상자」

(『시를 사랑하는 사람들』, 2013.7-8) 부분

「탱고라 불리는 상자」에 등장하는 소재들 즉 귀를 닮은 꽃, 말벌, 물고기, 개미, 사자 등은 시인의 심리적 이미지로 발아했지만 텍스트 안에서는 비유적 이미지로 기능한다. 이 실재하는 사물들이 소멸과 부재의 공간으로 독자를 인도한다. 화자가 상자를 열고 상자 속으로 들어가는 과정에서 마주하는 이미지들 대부분은 죽음과 연계

된 퇴락 또는 어둠의 흔적들이다. 화자가 상자를 열 때 한 아이가 아파트 옥상에서 투신한다. 죽은 아이 곁엔 귀를 닮은 꽃들이 피어 있고, 말벌처럼 햇빛이 붕붕거린다. 귀를 닮은 꽃 이미지는 그로테스크하지만 아이가 죽는 순간의 소리를 듣고, 아무도 듣지 못하는 죽은 아이의 침묵을 듣고 있다는 점에서 의미심장한 초현실적 오브제이다. 또한 햇빛이 말벌 떼처럼 죽은 아이 곁을 붕붕거리는 이미지는 아이의 죽음이 불러일으키는 슬픔과 무게를 강화시키는 역할을 한다.

그런데 여기서 주목되는 것은 아이와 상자의 실체다. 아이는 화자인 내가 상자를 열고 상자 안으로 들어갈 때에 상정된 아이다. 즉 기억 공간 속의 아이이자 시인의 또 다른 자아일 가능성이 크다. 의식 차원에서 호환해 낼 수 없는 시인의 망각된 기억 공간 속에서 무의식적으로 튀어나온 유아적 자아 말이다. 기억과 부재를 다룬 서정시에서 흔히 유아적 자아는 시인 자신의 연민과 추억의 대상이면서도 부정과 극복의 대상으로 설정된다는 점을 상기해 볼 때, 이 시 속의 아이는 성장 정지된 시인의 유폐된 자아로 보인다. 그런 자아가 죽음을 체험하는 장면으로 삽입된 것은 기억하기 싫은 시간들에 대한 시인의 현재의 고통을 반영한다. 화자는 상자를 열고 상자 속으로 들어가서 아이와 함께했던 장면이 담긴 사진첩을 안고 슬퍼하면서도 결국은 사진첩을 바닥에 깨트리는 이중성을 보인다. 이는 아이와 함께했던 시간들이 모두 사라졌다는 비극적 절멸감과 함께 그런 상황으로부터 결별하고 싶다는 심리를 동시에 드러낸다.

그렇다면 상자는 단순히 물질로서의 상자가 아닌 시인 자신의 정신적 심리 공간이자 기억의 공간, 망각된 무의식의 저장소임이 자명해진다. 즉 상자가 비유적 이미지이면서도 상징적 이미지로 변주되어 사용되고 있는 것이다. 상자 속에서 아이의 마른 울음이 들려오고 황톳물이 쏟아진다. 상자 속은 아름답고 따뜻한 곳이 아니라 죽음과 망각의 공간이다. 화자는 이 어두운 공간 속으로 자발적으로 이동한다. 이 자발성이 중요한데, 자발성의 원인은 상자 속의 망각된 사건과 기억들에 대한 시인의 궁금증과 호기심 때문일 것이다. 그러나 화자가 상자 속에서 마주하는 것은 자신의 비극적 모습, 즉 죽음의 풍경들이다. 결국 화자는 자아의 실체를 목격하고 울음을 터트린다. 이 슬픈 풍경과의 조우 이후 화자는 다시 현재적 입장을 취한다. 객관적인 관찰자의 입장이 되어 냉수로 입을 헹군다. 입속에 남은 피와 기억을 헹군다.

이 시의 재미있는 점은 상자가 보통 상자가 아닌 '탱고라는 이름의 상자'라는 점이다. 사물에 대한 음악적 명명과 환치의 상상력은 시인의 내적 태도 또는 기억의 공간에 대한 자세를 반영한다. 즉 유년의 부재 공간을 음악으로 변주하여 재발견하겠다는 시인의 시간 대면 방식을 드러낸다. 또한 증발한 부재의 시공간을 경쾌한 율동의 음악으로 접근해 자신의 망각된 무의식을 고요히 응시하겠다는 태도를 드러낸다. 시의 마지막 부분에서 이러한 관조와 기다림의 정서가 잘 드러나 있다.

이미지는 시인이 대상을 어떻게 지각(perception)하여 어떤 언어로 텍스트 속에 어떻게 배치하는가에 따라 그 기능과 효과가 달라진다. 또한 공간적인 위치 변동에 따라 시인이 그리고자 하는 물체의 외관도 현저하게 달라진다. 이런 콘스탄츠(konstanz) 현상이 벌어지는 곳이 세계이고 우리의 의식이고 시작(詩作)의 무대인 백지고 모니터다. 현재의 젊은 시인들의 시에는 대상에 대한 개념성보다 지각된 사물성, 정적인 상태에서의 수직적 사유보다는 동적인 상태에서의 수평적 지각, 메시지라는 중심 과녁을 향해 모여드는 수렴적 의식보다는 다의미적 해석을 유도하는 분산의 상상력이 다양하게 나타나고 있다. 이들은 시의 문자를 메시지 전달의 단순 도구로 환원하지 않으며, 진실을 드러낸다는 미명 하에 자신의 문자를 수단화하여 예술성을 축소시키지도 않는다. 세계의 진실은 세계가 갖은 본래적 속성처럼 해독 불가능한 상태에서 표명되어야 한다고 이들은 믿는 듯하다. 이들에게 이미지는 현실적인 대상도 아니고 상상적인 대상도 아니고 순수한 기억의 대상도 아니다. 이미지는 재현된 것으로서의 자기 정체성을 의문시하여 의미의 이동에 간접적으로 관여한다. 이미지는 뒤따라오는 이미지를 통해 미끄러지면서 해석의 가능성을 무한히 열어 놓는다. 이미지의 집적물인 시는 의미의 보관소가 아니라 의미의 확산을 낳는 발전소이며, 미적 이데올로기의 보관소가 아니라 죽은 미학과 이데올로기의 처형소이다. 거시적 시간의 흐름 속에서 하나의 기억이 또 다른 기억의 의해 망각되듯 이미지는 이미지에 의해 망각된다. 이것이 이미지의 운명이고 현대시의 운명이고 시인의 운명이다.

지형도 3.
분기하는 환상의 발화 방식

환상은 주체의 내부에서 경험되는 분열증적 상상과 달리 타자의 시선에 의해 잘 포착되지 않는다. 무의식적 발아 과정을 거치기 때문인데 최근 젊은 시인들의 시에 나타나는 환상의 발아 양태는 기계적이고 의식적이다. 재현 미학의 한계 극복이라는 환상의 시적 기능은 축소되고, 초현실적 서사와 이미지들의 편집 조합에 의해 모방적 환상이 확대 재생산되고 있다. 시에서 환상이 긴장을 잃지 않고 환상의 색채와 목소리를 선명하게 발현하기 위해서는 환상의 발아 토대가 필연적 당위성이 있어야 하고, 환상의 표출 과정 또한 시인의 진정성이 깃들어 있어야 한다. 환상이 환기시키는 미적 파장은 시 텍스트 내의 화자, 등장인물, 독자 사이의 긴밀하고도 팽팽한 긴장 관계에서 발생한다. 이 긴장 관계는 주로 사건과 정황의 초현실성에 대한 독자의 심리적 망설임을 통해 구체화된다. 허구의 조건들마저 사실로 변화시켜 받아들이게 할 때 환상의 서사로서 자격을 갖춘다. 즉 사실과 비사실의 경계점에서 독자를 계속 망설이게 하면서 독자의 심리를 무의식적으로 동요시키고 촉발시켜 경직된 인식 체계에 충격을 주고 관습화된 세계관을 뒤흔들어 새로운 개안으로 이어질 때 가치 있는 시적 환상으로 자리 잡게 된다. 역으로 말하자면 어떤 시에 초현실적 서사나 이미지가 넘쳐 난다고 해서 그 시가 환상을 잘 구현한 환상시가 되는 것은 결코 아니라는 말이다. 이 점에 대한 젊은 시인들의 인식 부족이 표피적 모방을 불러일으켜서 환상시의 양적 팽창에 따른 질적 저하를 초래하고 있다. 여기서는 지난 계절에 발표된 시들 중에서 비교적 환상성이 잘 구현된 시를 골라 분기(分岐)하는 환상의 다양한 가지들을 살펴본다.

1. 관찰과 연상이 낳는 서정적 환상—이혜미

이혜미는 현실과 환상의 점이지대를 표류하면서 냉기 서린 서늘한 감각과 사유를 보여 준다. 그녀의 시에서 화자들은 고독 속에서 누군가를 그리는 유폐된 존재로 등장하곤 한다. 이러한 고립된 화자의 설정은 세계에 대한 시인 자신의 서정적 정조나 슬픔을 내면화하기에 효과적인 장치인데, 대상에 대한 관찰자의 응시와 사유가 주관적 묘사로 흐르지 않고 절제된 문체를 통해 객관적으로 발현된다. 그녀의 시에서 주목되는 점은 이러한 문체의 발현 과정에서 언어의 리듬과 반복을 통해 실려 나오는 시인 고유의 호흡과 맥박이다. 그녀만의 숨결에 이끌려 나오는 언어들이 배후에 거느린 서늘한 음악과 무의식적 환상이다. 나는 그녀의 시에서 수사학적 이미지와 메시지를 재미있게 읽기도 하지만 그 배면에 그림자처럼 존재하는 음악의 실체와 배후, 환상의 수원(水源)이 궁금하다.

그녀의 시에는 손등과 손바닥처럼 하나의 몸에 공존하는 상반된 두 개의 육체, 사막과 설원처럼 하나의 세계에 공존하는 두 개의 상반된 장소가 나타나고, 이것들은 주로 결핍된 사랑의 관계로 설정된다. 이 결핍과 상처가 사물의 배후에서 서늘한 음악을 만들고 서늘한 공기 역할을 한다. 그러기에 그녀의 시는 소리의 공명에 의해 다채로운 음계를 만들면서도 따뜻한 낭만의 음계가 아니라 서늘한 적막을 거느린 냉기의 무조음계에 가까워진다. 또한 이 언어 음계들은 응집하거나 분산하면서 알 또는 거품의 형태를 취한다. 이 알과 거품의 이미지는 이혜미의 시에서 매우 중요한 역할을 한다. 왜냐하면 그녀의 시에서 둥근 형태의 알, 거품, 물방울, 열매 등은 생명의 대리물로 등장하면서도 죽음을 내포하고 있는 이율배반적인 존재물이기 때문이다. 이러한 소재들의 빈번한 사용은 사물에 대한 시인의 변증법적 시선과 세계 응시의 방법을 간접적으로 반영한다. 빛에서 어둠을 보듯 그녀는 생명이 태동되는 아름다운 알을 거품과 동일한 구조의 관이라는 유폐 공간으로 상정하곤 한다. 광범위하게 말해서 그녀의 시에서 모든 존재자는 자신의 생명 속에 내재되어 있는 죽음을 동시에 살아간다. 삶과 죽음을 동시에 응시하는 이러한 변증법적 대상 인식은 「소리굽쇠」에서도 잘 나타난다.

곡선은 닫히지 않는다

파고드는 진폭이거나 수신자 없는 공명이어서 한 번의 건드림에 온
몸이 운다 한 몸에서 갈라져 나온 두 가지를 가졌기에 마주 보는 절벽
이다 기울 수 없는, 서로를 향해 내뿜는 긴 호흡이다 소리로 접붙으려
는 고된 진동이다

사라진 부분을 복원할 때 순간의 지속은 가능한가 바람이 불면 가지

들 오래 휘파람 분다 (중략)

　순간을 떨고 있는 몸이 있다 조절되지 않는 박동이 있다 닿은 손길
에 진저리 치며 제 울음을 고스란히 전해 주는

　　　　　　　　　—이혜미, 「소리굽쇠」(『실천문학』, 2012.봄) 부분

　소리굽쇠라는 사물의 외적 특성과 내적 특성을 섬세하게 간파해
인간의 관계, 즉 사람과 사람 사이에 이루어지는 사랑의 교감 혹은
그리움 같은 서정의 본원적 문제들을 고찰하고 있다. 객관적 관찰
과 독특한 해석이 환상을 낳고 이 환상이 현실 속의 사물과 인간에게
로 전이된다는 점이 특징적이다. 전체 4개의 연으로 구성되어 있는
데 1연에서는 소리굽쇠의 외형 관찰을 통해 사물의 선적 특징을 제시
한다. 곡선이 닫히지 않은 개방형 곡선이라는 첫 문장의 선언적 제시
는 참과 거짓의 진위를 판정할 수 없는 비명제적 선결 조건으로 내
게 다가온다. 이 첫 문장의 진술은 관찰에 의한 사실적 진술이면서
도 공간에 대한 시인의 무의식적 지향성, 즉 공명을 통한 회절(回折)
과 간섭, 소리의 확장이 이루어지는 개방 공간을 시인이 무의식적으
로 욕망하고 있음을 드러낸다.

　2연에서는 진동과 공명, 소리굽쇠가 근원적으로 갖는 음성적 특
성을 주목해 그것이 마주 보는 두 절벽 사이의 긴밀한 호흡으로 해
석한다. 이것은 연인이나 부부 같은 남녀 간의 관계에 대한 고찰이
기도 하고, 인간의 감정적 간섭이 이루어지는 서정의 뿌리에 대한
고찰이기도 하다. 소리굽쇠는 폐곡선이 아닌 개방형 곡선이기 때문
에 소리의 공명과 회절을 일으키고 간섭현상을 일으킨다. 소리굽쇠
와 유사한 형태를 취하고 있는 사물이 나무인데, 특히 잘려 나간 나

못가지에 대한 감각의 촉수들이 미세하게 움직이고 있다. 여기서 나는 소리굽쇠에서 형태 연상을 통해 갑자기 나무로 비약하는 상상력의 급진적 전이를 주목한다. 이 비약에서 환상이 발생하고 있기 때문이다. 시인은 쇳덩어리 사물에서 식물로 상상력을 확장시켜 식물이 가진 상처를 통해 광물의 상처와 자신의 상처까지 함께 드러내고 있다. 그녀는 왜 이러한 상상력의 전이를 통해 대상 사물이 갖고 있는 상처를 객관적으로 보려는 걸까. 자신의 상처와 상처의 근원에 대한 해결되지 않는 궁금증 때문일 것이다.

전체적으로 이 시의 진행은 소리굽쇠라는 광물을 응시해 면밀히 관찰하기, 식물적 상상력을 통해 사유를 확장하기, 그 사유를 통해 사랑과 그리움, 존재의 고독이라는 인간의 실존 문제 고찰하기 순으로 펼쳐진다. 이 과정에서 진동과 공명을 일으키는 소리굽쇠의 두 기둥은 두 개의 대립 항으로 존재하면서도 서로의 존재를 가능케 하는 변증법적 상관물로 기능한다. 등과 배, 유(有)와 무(無), 제로(0)와 무한(無限)의 관계처럼 서로 마주 보는 대립적 위치에서 서로를 존재하게 하는 갈망의 대상들이다. 그러기에 소리굽쇠의 부르르 떠는 진동은 단독자인 물질로서의 진동 자체만이 아니라 상반된 위치에서조차 하나의 몸으로 존재하려는 존재자의 극한적 고통이 담보된 몸부림에 가깝다. 이것은 격렬한 고통과 감정의 균열을 동반하는 사랑의 행위와 다를 바 없다. 사랑에 빠진 자나 실연한 자의 심장박동이나 울음은 조절되지 않는다. 시인의 사물에 대한 이미지 묘사가 단순히 수사적 묘사에 갇히지 않고 존재와 서정의 문제로 확장되고 있음을 알 수 있다. 결국 순간을 떨고 있는 몸은 소리굽쇠 자신이면서도 온몸으로 울면서 사랑을 앓고 있는 존재자의 생생한 몸이고 그것이 우리라는 자각에 다다른다. 자신의 울음을 온몸으로 전하며 순간을 떨고 있는 소리굽쇠라는 한 쇳덩어리 사물의 존재 사태가 곧 우리의 고독한 실존 사태이자 현실이다.

2. 관계와 자의식에서 발아하는 언어적 환상—김언, 서대경

이혜미에게 언어가 사물로부터 인간에게로 가는 존재와 주검의 매개물이라면, 김언에게 언어는 인간이 사물로 전이되어 가는 과정의 부재와 망각의 도구로 사용되곤 한다. 그에게 언어는 현실과 현실의 무수한 부조리한 사건들을 다루는 거울이자 칼이다. 그러나 아이러니컬하게도 이 칼은 시인 자신을 무참히 공격해 자신과 자신의 글쓰기 행위 자체를 현실 속의 무수한 부조리한 사건들 중의 하나로 만들어 버리곤 한다. 그러기에 그의 시 쓰기 행위는 미지를 향해 나아가는 탐험이면서도 자신의 언어로부터 계속 도주하는 상처와 탈주의 풍경을 연출한다. 이 탈주의 풍경은 지워지는 세계를 동반하는데 이 지워짐의 과정에는 인습적이고 문법적인 세계에 대한 시인의 공격 심리가 반영되어 나타난다. 재미있는 것은 이 지워지는 풍경의 세계를 시인은 이미지로 묘사하지 않고 진술문의 형식 반복을 통해 문장 자체로 보여 준다는 점이다. 말하자면 그는 스크린에 자신의 말과 메시지를 영사해서 보여 주는 영화감독이 아니라 직접 행위를 통해 몸으로 세계를 무화시켜 새로운 세계를 구현해 내려는 백지광장의 행위 예술가에 가깝다. 그러기에 객관적 대상에 대한 관찰과 응시가 나타날 때도 그의 시는 대부분 글쓰기 자체와 그것이 구현되는 현장인 문장에 대한 사유가 동반된다. 그의 많은 시들이 문장이 문장을, 언어가 언어를, 시간이 시간을 뒤덮어 없애 버리는 연기(煙氣/延期)의 방식을 취하는 이유가 여기에 있다. 따라서 끊임없이 움직이려는 언어의 역동성이 중요하게 부각되고, 언어와 함께 움직이는 문장과 문장이라는 폐쇄적 틀에 대한 사유, 문장에 그림자처럼 붙어 있는 시간과 죽음이라는 문제를 우리는 고찰해야 한다.

김언의 언어가 갖는 역동성은 주로 비시 혹은 비시적 세계의 경계를 침탈하고 훼손해서 시의 영역을 확장하고 시의 내부 균열을 통해 관습화된 세계와 시인의 안일한 의식에 충격을 가하는 방식으로 전개된다. 도저한 부정의 운동성 시학이라 할 수 있는데, 시의 경계 지대에 둘러쳐진 거대한 가시철조망 울타리를 시인 스스로 언어의 입장에서 몸과 사유로 확장하려는 고투인 셈이다. 이 고투의 국면들을 그는 사건으로 처리하거나 문장의 발화 방식과 패턴 반복을 통해 형식적으로 재구성한다. 나는 그의 이러한 형식과 언술 방식에서 시정신과 실천 의지를 엿볼 때가 있는데 독특한 시작 행위 때문에 그것이 오히려 시의 난해성으로 작용하기도 한다.

김언 시의 난해성 원인은 대략 다섯 가지로 압축된다. 첫째는 건조한 형식과 낯선 문체, 둘째는 언어의 비문법적 사용과 중첩 배치, 셋째는 독특한 세계 인식과 의도된 모순 관계 설정, 넷째는 문장이 문장을 번복하는 진술의 반복 구조, 다섯째는 확정적 자아를 붕괴시키는 과정적 주체의 등장이다. 그의 어떤 시는 팔다리가 없거나 머리가 둘 달려 있다. 이런 불구의 문장들이 연달아 병렬되면서 자아의 파괴 또는 소멸을 행해 움직여 간다. 김언 시의 문장이 다른 시인들의 문장과 다른 점은 불구의 문장들이 불구의 방식 그대로 하나의 생명적 존재물이 된다는 점이다. 언어와 육체가 별개가 아니라 하나의 기이한 육체로 실존하는 양상인데, 실재하지 않으면서 실재하는 언어 육체라 할 수 있다. 그의 시에 거품 인간, 유령 등 비육체적 존재가 자주 등장하는 건 이런 언어관 때문일 수 있다. 사고나 판단이 없는 육체만의 존재, 존재의 죽음을 상징하는 영혼 없는 좀비 육체가 등장하기도 한다. 이 모두가 자기만의 문장 국가를 세우려는 창작 본능의 결과물들로 시인의 개성화 추구가 난해함과 소통 차단이라는 부작용을 낳기도 한다. 그러나 김언 시의 난해성 자체보다 더 중요한 점을 많은 평자들이 간과하고 있다. 그것은 그의 문장과 비시적인 글쓰기 행위 이면에 검은 안개처럼 짙게 깔려 있는 격정과 비탄이다.

그가 왜 비문을 사용하고 왜 그런 행위를 한계에 다다를 때까지 강박적으로 반복하는지 적극적으로 그의 입장이 되어 고민해 본 적이 있는가. 그가 왜 '소설을 쓰자'라고 탄식하며 그것을 자신의 시집 제목으로 내세웠는지 말이다. 그가 말하는 소설을 단순히 장르로서의 소설로 받아들이는 순진한 독자들이 많아 안타깝기만 하다. 김언 시에 대한 몰이해는 흔들리는 커튼을 바라보는 방식에 비유해서 설명할 수 있다. 커튼 뒤에서 분노와 슬픔에 찬 누군가가 천천히 몸을 움직이고 있다. 그는 어두운 그곳에서 자신의 상처 난 기억들 때문에 아파하기도 하고, 썩어 빠진 세상과 시단에 대해 분노하기도 하고, 위선적 사랑과 삶에 대해 환멸을 느끼기도 하고, 우울과 좌절에 빠져 홀로 울기도 한다. 그때마다 조금씩 커튼은 흔들리고 조명 불빛의 색조는 흐려진다. 이때 커튼과 일정한 거리를 유지하고 있는 독자의 눈에는 흔들리는 커튼만 보이고 커튼 뒤의 사람은 전혀 보이지 않는다. 게다가 커튼 자체가 이상하고 낯선 무늬들이 수놓아진 커튼이기 때문에 독자의 눈은 이 난해한 커튼 자체에만 머문다. 커튼 뒤의 사람을 상상할 여력이 없다.

식물은 경청하고 있다. 말하는 방식으로. 한계에 다다를 때까지 또 말하는 방식으로. 무슨 소린지 하나도 알아들을 수 없는 감정으로.

청각은 과격하다. 귀는 예민하고 더 예민해졌다. 이파리처럼 길고 넓은 귀는 헌 이파리를 죽여 가면서 새 이파리를 내보낸다. 줄기 하나가 단단해지고 있다. 신경은 더 가늘어지고 있다. 끝이 안 보이는 방식으로

성장을 미루고 있다. 성장을 동반하는 방식으로. 우울을 동반하는 방식으로 웃고 떠들고 욕하고 짐짓 반성하는 방식으로 방에 들어가서 문을 잠근다. 나는 경청하고 있다. 쫓겨나는 방식으로.

(중략)

나는 두 시간째 기다리고 있다. 나무는 십 년째 서 있다. 나의 판단이 맞다면 저 안에서는 소리는 이미 시작하고 있다. 방 안에서 창 안에서도 새로 돋는 이파리 안에서도.

경청하는 귀는 아무 소리도 내지 않는다. 창밖으로 삐죽 고개를 내밀고 있다. 들어오라는 손짓 같기도 하고 나가라는 발짓 같기도 한

그것의 일부는 이미 들어와 있다. 들어와서 사사건건 짖는다. 아주 작은 소리에도.

—김언, 「경청하는 개」(『세계의 문학』, 2012.봄) 부분

이 시는 식물과 동물과 내가 하나의 발화 방식, 즉 말의 침묵을 통해 말한다는 아이러니를 보여 준다. 상황의 모순, 진술의 모순 때문에 문장은 모호해지고 불가능한 문장의 형태로 나타난다. 식물의 성장을 동반하는 방식으로 성장을 지체시키고, 먼저 나온 이파리들은 죽고 새 이파리가 돋아나 식물의 청각적 감각 기능과 식물로서의 존재 기능을 동시에 수행한다. 주목되는 것은 이러한 식물의 성장 방식과 시간 변화를 시인이 자신의 시적 언어 진술에 그대로 적용하고 있다는 점이다. 자연이 말하는 방식과 내가 말하는 방식이 동일

한 한 문장이고, 말하기는 곧 침묵이라는 이름의 경청과 같다고 인식한다. 이전의 시들에서 펼쳐 보였던 것보다 시인의 시각과 사유의 품이 넓어지고 있는데, 이런 시각으로 세계를 응시하면 만물일여(萬物一如), 즉 나와 타자의 구별이 없어지고 모든 존재는 동일한 위상에서 한 문장에 놓이는 수평적 관계가 된다. 이러한 관계 설정과 문장과 언어에 대한 시인의 자의식이 환상을 낳고 있다. 최근 그의 시에서 간헐적으로 나타나는 환상은 물활론의 시각에서 착상된 것들이 많고, 그의 시에 나타나는 환상은 시의 표피에 거의 드러나지는 않는다.

> 자연이 말하는 방식과 내가 말하는 방식이 모두 한 문장이다.
> 나와 똑같은 인간이 나를 반대하고 있는 사실도 한 문장이다.
> (중략)
> 얼마나 많은 말이 필요할까?
> ―김언, 「한 문장」(『세계의 문학』, 2012.봄) 부분

자연과 내가 말하는 방식이 동일하므로 세계는 한 문장이고 그것마저도 과잉이라는 암시가 깔려 있다. 이러한 사유 때문에 앞서 진술된 문장은 뒤에 발생하는 문장으로 흡수되고 그 문장은 다시 다음에 오는 문장에 의해 흡수되어 사라진다. 이러한 문장들은 시간의 증발과 사물의 죽음을 동반한다. 시인은 문장이 진술되는 방식을 통해 소멸하는 시간과 시간 속에 잠재한 죽음을 동시에 보고 있는 것이다. 그의 시에서는 먼저 진술된 문장이 뒤따라오는 문장에 의해 삭제되거나 연기처럼 흩어져 버리는 환상을 연출하는데, 죽음 의식과 시간의 불멸성 때문에 문장들은 덮은 것을 또 덮기 위해 무한히

늘어나면서 지연될 수밖에 없다. 문장으로 문장을 지우는 행위의 연속, 이율배반적인 구문의 반복을 구사하면서 그는 언어의 구조적 텅빔, 즉 언어가 진술되면서 그 진술을 통해 빈 공백을 만든다. 이것은 일종의 망각을 통한 자아 비움이고 갱신을 위한 자기부정이다.

시의 후반부에서 방으로 들어온 나뭇가지는 침묵의 상태이지만 그 침묵을 통해 잠시도 쉬지 않고 말한다. 다시 말해 계속해서 짖어대는 개와 다를 바 없다. 즉 언어와 언어의 이면에 은닉된 죽음은 시인에게 서로가 서로의 그림자이고 실체가 없는 동전의 양면인 셈이다. 언어와 죽음을 하나의 몸으로 보면서 시인은 텍스트의 발화 토대, 발화 행위, 발화 의미가 삼위일체가 되는 순간을 욕망하고, 글쓰기 행위에 수반되는 존재와 사라짐의 문제를 고찰하고 있다. 결국 「경청하는 개」에서 시인이 궁극적으로 말하고자 하는 바는 식물과 동물의 말의 발화 근본이 침묵이며, 그것은 온갖 종류의 말로 변화된다 할지라도 근본적으로 '비어 있는 상태'로서의 무(無)일 뿐이라는 뼈아픈 자각이다.

서대경은 침묵과 정적을 사건으로 재구성한다. 그의 시는 매우 긴장감 넘치고 환상을 자아내는 독특한 장면들로 채워진다. 가장 특징적인 점은 경계의 무화다. 꿈과 현실의 경계, 실재와 가상의 경계, 꿈속과 꿈속의 꿈의 경계, 현실과 픽션의 경계, 나와 당신의 경계 등을 구별할 수 없게 하여 현실을 비현실로 탈바꿈시키고 비현실을 현실로 구체화한다. 이런 경계 무너뜨리기는 주로 구조적 장치에 의해 벌어진다. 시인의 시적 구조 장악력이 높기 때문에 비현실적 허구 스토리임에도 불구하고 사실적으로 느껴지게 된다. 스토리의 세부적인 구성, 사건의 흐름에 따라 전개되는 장면전환, 각각의 장면에 등장하는 인물이나 사물들의 거미줄 관계가 매우 치밀하고 정교하게 조직된다. 서대경의 시에 나타나는 환상은 구조적 환상이다. 언어 자체보다 언어들의 구조와 구조가 만들어 내는 무경계 서사들이 낯설고 기이한 환상을 만들어 낸다.

손을 벌리면 정적이 와 가만히 머문다 고요히 터지는 빛 속에서 너는 티브이를 켜고 화면 속에선 마라토너가 눈부신 빛 속을 달리고 있다 소리가 들리지 않는다 너는 커다란 창을 열어 바깥의 중력을 내게 보인다 잘디잔 은빛 실처럼 허공으로 쏟아지는 힘은 깨끗하다 이제 무얼할까 나는 눈을 감았다 뜬다 우선 이 둥근 방을 나가야지 당신과 함께 산책하러 갈 거야 하지만 내가 눈을 뜨면 당신은 사라질 텐데 이 방은 내가 불러들인 잠 바깥은 어둠에 싸인 침대와 자명종 창밖으로 비가 내리고 있다 너는 내 옆에 앉는다 너는 미소 짓고 있는 것 같다 가끔씩 자명종 시계의 초침 소리가 들려온다 아직 십오 분이 남았어 나는 햇살 속에서 부신 눈을 찡그리며 꿈 밖의 나를 훔쳐본다 꿈 밖에선 아직 비가 내리고 있다 너는 리모컨을 들어 볼륨을 높인다 어쩐지 화면이 점점 더 하얗게 윤곽을 지운다 빛으로 가득 찬 배경을 클로즈업된 마라토너가 달린다 길이 하얗게 폭발한다 창을 닫아야 해요 너의 속삭임이 잠시 빗소리와 섞여 든다 창틈으로 빗물이 들이칠 것이다 책이 젖으리라 나는 탁자에 손을 얹은 채 담배를 피운다 하지만 저 사내는 흐느끼고 있군 출근해야 하는 새벽에 침대 위에 엉망으로 사지를 웅그린 채 너는 말이 없다 우리는 자명종 시계를 바라본다 햇빛이 마른 정적의 마룻바닥을 긁어 댄다 내게 사랑한다고 말해 줘 당신은 아무것도 기억하지 못해요 이 방을 나서면 당신도 우리의 방도 모두 사라져요 마라토너가 달린다 마라토너가 점점 더 하얗게 빛나는 화면 속을 달린다 너는 달린다 너는 미소 지으며 긴 손가락으로 나의 이마를

톡톡 친다 창문을 닫아요 목욕물을 준비해요 길이 폭발한다 너가 웃고
있다 나도 웃으며 웃으며 탁자 위로 얹은 손을 들어 올린다 자명종 시
계를 움켜쥔다 너는 웃는다 마라토너가 달린다 길의 옆구리로 은빛 물
이 배어 나온다 움켜쥔 시계의 유리판을 바라본다 나는 웃는다 너는
달린다 너는 웃는다 너는 비명을 지른다 나는 시계의 알람 버튼을 누
른다 어두운 방, 머리맡으로 빗물이 들이치고 있다

—서대경, 「경계」(『백치는 대기를 느낀다』) 전문

3. 응시와 성찰에서 발아하는 육체적 환상─신용목, 김중일

신용목은 상처의 뿌리와 고통의 기원을 검은 빛의 더듬이로 섬세
하게 포착해 내는 곤충의 감각을 지닌 시인이다. 그의 시에서 정서
적 호응과 공감은 주로 유려한 묘사와 잠언적 경구 사이의 조화로운
균형에서 발생한다. 그는 자연의 사물들이 인간과 뒤섞여 혼재되는
삶을 배경으로 그들의 고통스러운 세부 국면들을 잘 포착해 내는데,
이때 주로 사용되는 것이 응시와 성찰을 통한 풍경의 내면화이다.
그는 응시를 통해 자기 성찰을 하고 이 성찰을 우리의 삶 전반에 적
용시켜 확장한다. 동심원의 형태로 확장되는 사유의 파장에 의해 그
의 시는 철학적 깊이와 넓이를 확보하면서 내적 울림을 갖추는 목관
악기로 변신한다. 그의 시는 풍경을 통해 풍경 내부를 사유하고 그
사유된 내부 풍경을 통해 풍경 바깥의 세계와 삶까지도 사유하는 아
름답고 아픈 바람의 음악이다.

그런데 조심스럽게 짚어 보아야 할 점이 있다. 그의 시에 나타나
는 풍경들은 대체로 바깥 세계에서 관찰과 응시에 의해 추출된 것
이긴 하지만 시인의 내적 심리와 비판적 시선에 의해 재구성된 풍
경, 즉 시인의 기억과 경험이 투사된 풍경이라는 점이다. 따라서 바

깥 풍경이 시인에게로 내면화되는 과정과 풍경의 변화 원인을 먼저 면밀히 짚어 보고 그것이 확산시키는 시적 효과에 대해 생각해 봐야 한다. 또한 풍경의 투사 과정에서 잠언의 경구들이 태어나고 있다는 점도 주목해야 한다. 어떤 시인들은 시에 철학적 깊이를 부여하기 위해 의도적으로 잠언적 진술을 시에 넣기도 하지만 신용목의 시에 서처럼 경구가 시적 파고와 깊이를 내장하는 경우는 흔치 않다. 풍경보다 관념이 앞서고 그 관념이 만든 철학적 사유의 경구를 문장에 억지로 삽입해 시적 부작용이 생기기 때문이다. 신용목의 시에 나타나는 풍경은 관념적 풍경도 아니고 물리적 자연 자체의 풍경도 아닌 시인의 무의식과 사유에 의해 육화된 신용목의 풍경이다. 그러기에 이 육화된 풍경들은 몸에 대한 사유와 접맥시켜 탐색해야 한다.

눈먼 자의 얼굴에는 가라앉은 대륙의 지도가 그려져 있다

지팡이 하나로 받쳐 놓은 대륙

오래된 폐허를 헤집기 위해 사람들은 안경을 쓰고 거리를 나선다
발굴은 보이지 않는 것을 보지 않는 것

나는 사람이 붉은 녹을 안고 쏟아지는 대륙을 지나가는 중이다
(중략)

눈먼 자의 머리 위로 새 떼가 하늘을 돈다 마지막 한 마리가 앉았을 때 위태롭게 가라앉은 대륙처럼

나의 사랑은 눈먼 자의 눈 속에 있다 깃털 무게에 눌려 침몰하거나
먼 하늘에서 빙빙 돌 뿐
　나의 대륙은 지평선을 허락하지 않는다

언제나 새롭게 발굴되는 폐허의 얼굴로

유리관 안에 놓인 촉처럼 돌도끼처럼 누운 돛대처럼
대지를 잃고 빛을 잃고 미래를 잃고
사랑해 눈먼 자의 예쁜 눈 화장처럼

아침마다 세면대에 물을 받아 붉은 지도를 더듬어 본다 눈을 뜨면
물과 함께 오랜 세기가 빠져나간다
　　　　　　　　　―신용목, 「얼굴의 고고학」(『작가세계』, 2012.봄) 부분

　이 시에서도 시인의 특장인 응시와 성찰의 시선이 공존한다. 눈
먼 자의 얼굴을 가라앉은 대륙으로 인식하고, 육체를 그것을 떠받
치는 지팡이로 보고 있다. 중요한 것은 그러한 시선보다도 그 시선
을 통해 유추해 내는 사유의 방향과 확산이고, 얼굴을 이루고 있는
숨은 뼈다. 이 숨은 뼈는 시에서 직접적으로 언급되지 않았지만 어
떤 낱말보다도 중요하다. 시인이 말하는 폐허의 구조적 실체이기 때
문이다. 그것은 곧 죽음을 전제로 발화되어 사라지는 시간이 응고된
대상이고, 죽음 이후까지 남은 폐허의 유일한 증거물이기 때문이다.
얼굴이 언제나 새롭게 발굴되어지는 고고학적 발굴의 대상이 되고
폐허의 유적지가 되는 이유가 여기에 있다. 얼굴을 폐허의 유적지로
인식하는 고고학적 탐사 행위는 시간과 역사 속에서 유유히 흘러가

는 사랑의 문제로 확장되고 육체에 대한 환상적 접근을 가능하게 한다. 대상에 대한 객관적 관찰과 응시에서 출발해 그 대상의 이면에 잠재된 인간의 본원적 문제, 육체의 현실과 환상을 해부학적으로 고찰하고 있다는 점에서 이 시는 심리적이면서도 현상학적 사유를 촉발시킨다.

최근 들어 그의 시에 나타나는 변화 중 하나는 풍경의 전이를 통한 사유의 확장 과정에서 비약이 심해지고 있다는 점이다. 나는 이 변화를 긍정적으로 보고 있다. 그동안 그의 시가 발산하는 사유의 효과에 비해 상상의 효과가 다소 왜소했기 때문이다. 행과 행, 연과 연 사이의 심리적 거리가 너무 가까우면 텍스트가 구현하려는 메시지 전달 효과는 높아지지만 텍스트가 지워 놓고 숨겨 놓은 문장들 사이의 상상 효과는 줄어든다. 어쨌든 응시와 성찰의 시선이 사물의 풍경에서 인간의 풍경으로 옮겨 가는 과정에서 존재와 시간에 대한 사유의 품이 더욱 넓어지고 있다는 것은 반가운 일이다.

「얼굴의 고고학」을 감상하면서 내가 가장 흥미로워 했던 점은 바람의 존재 여부다. 그의 초기 시에 줄기차게 등장했던 바람은 실체 없음을 본질로 하는 존재하는 모든 것들의 운동성, 즉 생명에서 죽음으로 죽음에서 다시 생명으로 순환하는 시간의 환원과 운동성을 상징하는 대표 표상이었다. 흔들리는 갈대나 팔랑거리는 나뭇잎이 주요 이미지로 제시된 시에서조차 그것들의 배후인 바람을 말하기 위함이었다. 이러한 바람의 이미지는 시인과 객관적 사물 사이의 갈등을 끊임없이 차단하면서도 연속적으로 연결시키는 세계의 유동성 또는 가변성을 암시했다. 위의 시에서도 직접적으로 언급되지는 않았지만 바람은 시의 배면에 엄연히 존재하면서 변화의 흐름을 주도하고 있다. 왜 배후로 숨은 걸까. 실체 없음을 실체로 하는 것이 모

든 존재자의 실체고 운명이라는 자각 때문 아닐까. 보이지 않는 바
람이 삶의 세목들을 구성하는 변화의 실질적 주체고, 인간은 영속하
는 시간 속에 잠시 존재했다 사라지는 유적 같은 고고학적 존재물일
뿐이라는 자각적 전언을 배후에서 알리기 위함 아닐까. 이 어둠 속
바람의 입장에서 보면 인간은 모두 눈먼 자이고 누구도 자신의 얼굴
에 그려진 폐허의 지도를 읽지 못한다. 아침마다 눈을 떠 보면 얼굴
에서 폐허가 된 시간, 폐허가 된 세기가 빠져나가고 새로운 지도가
펼쳐지지만 그것 또한 다시 폐허가 된다. 이 반복되는 시간의 잔인
한 구조 속에 인간은 누구나 갇혀 있고 인간의 슬픔이 거기에 있다.
그러기에 나는 다시 눈먼 자의 얼굴을 찢으러 간다.

　　김중일의 시에도 얼굴이 등장하는데 그에게 얼굴은 슬픔과 마주
하는 사색과 반성의 서정 공간이다. 발끝에서 시작된 울음이 파도처
럼 위쪽으로 타고 올라가다가 마지막으로 마주하는 육지, 바다의 끝
이다. 그러니까 눈썹은 바다가 달려와 육지를 만나는 가장자리, 파도
가 마지막으로 닿고 스러지는 해안선쯤 된다. 슬픔에 젖은 시인의 몸
의 진동이 파도처럼 물결을 일으키며 퍼져 나가다가 닿는 방파제쯤
된다. 사랑의 끝, 기억의 끝, 생명의 끝 지점이다. 그러나 인간적 절
망과 슬픔을 담아내는 그의 시에서 끝은 끝끝내 다시 시작이 된다.

　　눈동자는 일 년 간 내린 눈물에 다 잠겼지만, 눈썹은 여전히 성긴 이
엉처럼 눈동자 위에 얹혀 있다. 집 너머의 모래 너머의 파도 너머의 뒤
집힌 봄. 해변으로 밀려오는 파도는 바람의 눈썹이다. 바람은 지구의
눈썹이다. 못 잊을 기억은 모래 한 알 물 한 방울까지 다 밀려온다. 계
속 밀려온다. 쉼 없이 밀려온다. 얼굴 위로 밀려온다. 눈썹은 감정의
너울이 가닿을 수 있는 끝. 일렁이는 눈썹은 표정의 끝으로 밀려간다.

눈썹은 몸의 가장자리다. 매 순간 발끝에서부터 시작된 울음이 울컥 모두 눈썹으로 밀려간다. 눈썹을 가리는 밤. 세상에 비도 오는데, 눈썹도 없는 생물들을 생각하는 밤. 얼마나 뜬눈으로 있으면 눈썹이 다 지워지는가에 대해서 생각하는 밤. 온몸에 주운 눈썹을 매단 편백나무가 바람을 뒤흔든다. 나무에 기대 앉아 다 같이 뜬눈으로 눈썹을 만지는 시간이다. 겨드랑이나 사타구니의 털과 다르게 눈썹은 몸의 가장자리인 얼굴에, 얼굴의 변두리에 난다. 눈썹은 사계절 모두의 얼굴에 떠 있는 구름이다. 작은 영혼의 구름이다. 비구름처럼 낀 눈썹 아래, 새까만 비 웅덩이처럼 고인 눈동자 속에, 고인의 눈동자로부터 되돌아 나가는 길은 이미 다 잠겼다. 저기 저 멀리 고인의 눈썹이 누가 훅 분 홀씨처럼 바람 타고 날아가는 게 보이는가? 심해어처럼 더 깊은 해저로 잠수해 들어가는 게 보이는가? 미안하다. 안 되겠다. 먼 길 간 눈썹을 다시 붙들어 올 수 없다. 얼굴로 다시 데려와 앉힐 수 없다. 짝 잃은 눈썹 한 짝처럼 방 가장자리에 모로 누워 뒤척이는 사람. 방 한가운데가 미망의 동공처럼 검고 깊다. 눈물이 다 떨어지고 나자 눈썹이 한 올 한 올 떨어지기 시작한다.

그 사람의 가장자리에는 누가 심은 편백나무가 한 그루.

그 위에 앉아 가만히 눈시울을 핥는 별이 한 마리.
—김중일, 「눈썹이라는 가장자리」 전문

서사의 몇몇 단초를 갖추고는 있지만 서사를 확정하려는 시인의 의식은 전혀 나타나지 않는다. 오히려 감각의 새로운 발견, 서정의 다양한 응집에 집중하고 있는 것 같다. 슬픔의 정조를 강화하는 감각적 이미지들이 즉흥적으로 배치되면서 시의 의미망은 다양하게 확산된다. 일종의 개방형 텍스트로 눈썹을 인간의 은유로 보아도 무방할 것이다. 이런 측면에서 감상하면 이 시는 여리고 여린 순백의 아이와 피투성이 세계 사이에 가로놓인 슬픔의 심연을 응시하는 시로도 읽힌다. 그래서일까. 시 전체에서 세월호에서 죽은 아이들과 선생님에 대한 깊은 슬픔이 묻어 나온다. 인간의 존재, 존재의 비애를 탐색하는 시인의 진실한 침잠이 느껴진다.

시인은 지금 자신보다 약하고 자신보다 먼저 죽은 자들을 연민하면서 존재의 비애와 마주하고 있다. 그럼에도 시인은 어떤 감상적 상념이나 애도의 진술문을 함부로 흘리지 않는다. 또 한 가지 주목되는 점은 파도, 봄, 해변, 나무, 구름, 별, 바람 등 그의 시에 빈번히 등장하는 소재들은 대부분 자연물들이라는 것이다. 이런 낯익은 소재들을 시인은 서정적 환상의 이미지와 장면으로 새로이 창출하고 그를 통해 인간의 문제, 존재의 문제, 사회 공동체의 문제를 재탐색한다. 이는 그가 삶과 죽음의 국경 지대에서, 개인과 사회의 경계 지대에서, 서정과 서사의 중첩 지대에서, 일상과 상상의 혼합 지대에서 끊임없이 자신만의 독자적 시 스타일을 추구하고 있음을 의미한다. 김중일의 시는 현실의 경계에서 피어나는 무경계 의식이 낳은 환상적 서정의 꽃이다.

4. 억압과 모순에서 발아하는 동화적 환상─김성규, 김참

환상의 텍스트들은 허구의 구도를 통해 현실을 비판하기도 하고 초월하기도 하면서 자의적 의미망을 형성해 나간다. 이때 중요한 것이 환상의 발아와 이미지의 확장이 필연적인가 하는 점이고, 환상의 발아 토대가 무엇인가 하는 점이다. 김성규의 어떤 시는 몽환과 비애의 상상력을 펼친다. 이때 펼쳐지는 초현실적인 상상의 이미지와 환상들은 현실에서 발아하는데, 환상이 환상 자체를 위한 상상의 산물이 아니라 현실의 고통과 결핍을 보충하기 위한 대리 이미지로 등장한다는 점이 중요하다. 현실의 뿌리에서 태동되는 현실의 결여가 상상의 잉여로 나타나고 있다. 다시 말해 현실의 결핍이 시인의 무의식적 욕망에 의해 현실의 잉여로 대체되고 그것이 초현실적 환상으로 변주되어 문장에 자리 잡는다. 그의 시에서 허구적 환상의 이미지는 상처와 고통을 수반하고 그것들이 거미줄처럼 얽혀 자의적 의미를 발산한다. 따라서 그의 시를 감상하면서 이미지나 서사가 발산하는 재미와 충격을 느끼는 것도 좋지만 환상의 발아 토대인 결핍된 현실을 보다 적확하게 간파해야만 한다. 그 검은 그늘 속에 상처 난 여러 사물들과 풍경들, 시인의 결핍된 자아가 그림자처럼 어른거리기 때문이다.

> *사람이 타고 노는 짐승을 사람이 토막 내는 날*

책가방을 맨 아이들이 하늘을 날아다녀요 우리 아이 좀 잡아 주세요 경찰이 확성기를 켜고 권총에 총알을 장전한다 죽지 않는 곳을 맞혀 주세요 내일 퇴원하고 학원에 가야 되거든요 너희들은 항공기 운항을 방해하고 있단다 날아가는 아이를 향해 경찰이 총을 난사한다 마귀들과 뱀의 혓바닥에 현혹되지 않도록 지켜 주옵소서 아!

멘사에 가입된 아이들이에요 조심하라니까요 주머니의 구슬을 던지며 구름 사이로 날아가는 아이들 떨어진 자리마다 웅덩이가 파이고 불길이 일어 구슬에 담긴 사막이 지상에 펼쳐진다 총소리에 놀란 구렁이

가 겨울잠에서 깨고 기어간 자리마다 물길이 열린다 명백한 실정법 위
반에 국가의 안보를 위협하고 탕!

바다가 소리 지르는 뱀눈을 끄며 산 위로 기어오르리

피에 젖은 아이 하나가 떨어진다 간호사는 재빨리 상처에 구름을 쑤
셔 넣는다 응급실로 옮깁시다 일단, 상부에 보고부터 하구요 아들아,
학원 갈 수 있겠어? 아, 국민의 안전을 위해……, 죽지 않는 곳을 맞히
라고 했잖아요 아줌마, 사람이 하늘을 날아다닐 수 있어요? 가로수 꼭
대기에서 혀를 날름거리는 구렁이, 사탄의 징후예요 목사님, 지옥에나
떨어져라!

하늘은 뒤집어진 제 눈을 바로 뜨지 못하고

하늘로 날아오른 구렁이의 등 위에서 아이들은 손을 흔든다 거대한
강이 꿈틀거리며 서쪽으로 달아남 흐르는 뱀의 허리를 끊어 본보기를
보여 주어야 함

두 개의 혀를 가진 자들은 손아귀의 종잇장을 놓지 못하리

경찰청장의 브리핑이 생중계되고, 뱀의 옆구리에서 대공포가 터진
다 공책과 연필이 쏟아진다 증 거 물 압 수 홍 보 용 진 열 예 정 공권력 도
전 엄벌 원칙 항공기 운항 정상화 공책들이 빨갛잖아 빨갱이들은 다
죽어야 된다니까 분명 내 아들, 저 공책, 사람인 줄 알면서 쏜 거라구
요! 저건 괴물입니다 아줌마 자식이 아니라니까요 하하, 우리 청장님

은 절대 그러실 분이 아닙니다!

　저마다의 눈에 붕대를 감아 두어도

　누가 지금 잠든 뱀을 깨우고 있습니까? 공산당이 사탄의 혀로 부활
합니다 헌금하고 기도합시다! 연필을 던지고 삼각자를 던지고 공책을
찢어 바람에 날리는 아이들 구렁이의 등에 업혀 하늘로 날아간다 대기
권을 뚫고 우주로 날아간다

　동맥이 터진 태양은 하늘까지 피의 빛을 내뿜으리

　총을 쏘는 경찰의 머리 위로 구원의 증표처럼 피 묻은 공책들이 쏟
아지고 팔다 남은 면죄부를 줍듯 아우성치며 사람들이 몰려든다 감사
합니다 감사합니다 저에게도 한 장만, 한 장만……
　　　　　　　　　　　　　　—김성규, 「구렁이를 타고 날아가는 아이들」
　　　　　　　　　　　　　　　　　　　　（『창작과 비평』, 2012.봄) 전문

　「구렁이를 타고 날아가는 아이들」은 현실의 법과 권력 시스템 속
에서 고통을 겪는 아이들의 불행과 시대적 억압을 전래동화 속의 구
렁이를 매개로 환상적 서사로 풀어놓는다. 고통과 비애, 슬픔과 울
분이 동시에 느껴지는데 정작 시인은 이러한 감정들을 직접적으로
드러내지 않는다. 행과 연들의 구조적 배치와 아이러니컬한 상황 설
정으로 객관화시키기 때문이다. 또한 한 행으로 한 연을 대체해 시
인 자신의 전언을 이미지로 처리해 놓음으로써 서사의 다양한 해석
을 유도한다.

등장인물을 살펴보면 억압의 주요 주체인 엄마, 경찰, 목사가 나오고 피해 대상인 아이들이 나온다. 엄마는 아이가 학원에 가야 하는 일만 걱정하고, 경찰은 아이들을 현실의 위계질서와 권위에 도전하는 공공의 적으로 간주해 총을 쏘고, 목사는 아이들이 마취와 뱀의 유혹에 현혹되지 않도록 실현 가능한 현실적 대안을 제시하는 것이 아니라 종교적 관념 세계에 빠져든다. 이 시는 현실의 규제와 탄압, 어른들의 방임과 책임 회피로 영재 아이들이 죽음으로 내몰리고 있다는 현실 비판의 메시지와 함께 아이들의 탈출 욕망과 억압된 본능을 동시에 드러낸다. 억압의 수위가 높아짐에 따라 아이들은 마침내 연필과 삼각자를 던져 버리고 공책을 찢어 바람에 날린다. 이와 함께 구렁이가 등장하는데 구렁이는 위기에 몰린 아이들을 구해 내기 위한 구원투수이면서 아이들의 억압된 욕망과 본능을 대변하는 저항의 표출이기도 하다. 이 징그럽게 꿈틀거리는 구렁이에 대해 경찰은 공산당 빨갱이라고 간주하고, 목사도 사탄으로 규정해 아이들에게 해를 가하는 부정의 대상으로 간주한다. 그러나 이러한 탄압에도 불구하고 구렁이는 아이들을 등에 태우고 현실을 벗어나 하늘로 날아간다. 대기권을 뚫고 먼 우주로 날아간다.

　아이들을 태우고 우주로 날아가는 구렁이 이미지는 매우 초현실적이다. 하지만 이 구렁이는 역설적으로 초현실의 반대편에 위치한 현실의 결핍을 드러내고 현실의 억압에 저항하는 미적 주체 역할을 한다. 아이들 편에서 억압과 폭압의 현실에서 벗어나게 해 주는 해방구 역할을 하는데, 이 부분에서 내가 주목하는 것은 초현실의 이미지가 아니라 구렁이에 대한 시인의 동화적 상상과 서사 구도를 통한 메시지의 비약적 확산이다. 서양의 많은 동화들이 거대하고 징그러운 구렁이를 악의 존재로 설정하는 반면 동양의 동화들은 구렁이를 선한 존재로 등장시킨다. 이러한 동화 구성의 시각에서 보면 이 시에서 억압의 주체는 단순히 어른들에 그치는 것이 아니라 서양의 거대 문명이 된다. 정치, 경제, 문화, 역사, 철학 등 서양적 헤게모니가 억압의 주체가 되고, 그 피해 대상은 동양 문화 혹은 우리의 전통문화나 가치관이 된다. 이처럼 이 시는 이해와 감상의 스펙트럼을 다양하게 확산시킨다.

환상은 시의 내적 장치들, 시인의 무의식, 주체의 갈등과 고통, 독자의 심리적 동요, 언어의 미적 충격 등이 혼연일체가 되어 하나의 새로운 육체가 될 때 의미 있는 시적 환상으로 승격된다. 그러기에 환상성이 구현된 시에서 '환상이 있다'라는 차원보다 '환상이 왜 있는가'라는 존재론적 차원의 물음이 중요하고, 고통받는 주체와 타자의 욕망 사이에서 주체의 경험이 타자의 시선에 의해 왜 감지되지 않는지 곰곰이 생각해 봐야 한다. 1990년대와 2000년대를 거쳐 지금까지 이어져 오면서 현대시의 주요 흐름들 중 하나로 자리 잡은 환상시가 외관상 넘쳐 나지만 환상의 조건들을 충족하고 있는 시들은 의외로 매우 적다. 2000년대 환상시가 본격적으로 자리 잡을 수 있었던 것은 이전의 1990년대 선배 시인들의 선구적 작업이 선행되었기 때문이다. 그 한 사례를 다음의 시에서 엿볼 수 있다.

시간이 멈추자 나는 날았다 건물들은 허물어지고 길들이 지워졌다 시간이 멈추자 공중에 비탈길이 생겼다 나는 그 길을 따라 시간의 반대편으로 걸어 들어갔다 시간의 반대편에는 달이 있었고 별이 있었고 둥근 기둥이 있었다 두 마리 새가 기둥 위에 앉아 있었다 기둥 밑에는 장작이 타고 있었다 검은 치마를 입은 처녀들이 기둥을 향해 걸어왔다 그녀들의 얼굴에는 눈이 없었다 코도 없고 입도 없었다 그녀들은 기둥

을 지나 나무 밑을 걸어갔다 사람들의 머리통이 주렁주렁 매달려 붉은
열매로 익어 가고 있는 나무 밑을 지나갔다 나는 나무 뒤에서 휘파람
을 불었다 어디선가 두 마리 개가 달려왔다 여자들이 기둥을 향해 재
빨리 달렸다 시간의 반대편에는 달이 있었고 별이 있었고 두 마리 새
가 기둥 위에 앉아 있었다

―김참, 「시간이 멈추자 나는 날았다」

(『시간이 멈추자 나는 날았다』) 전문

김참은 주로 현실/환상의 경계를 지워 버리는 환(幻)의 상상력을
통해 기계적 인과법칙이 파괴된 초현실의 세계를 노래한다. '꿈의
채색화가' 또는 '환상을 보여 주는 마술사'의 상상력이 펼쳐지면서
언어의 유희성, 회화성, 비실재성이 강조된다. 초현실적 이미지와
서사를 통해 그는 상식과 고정관념이 파괴된 이상하고 낯선 꿈의 세
계를 그려 낸다. 「시간이 멈추자 나는 날았다」는 그의 첫 시집 가장
앞에 수록된 작품으로 시간이 사라진 세계, 탈(脫)인과성의 환상 세
계를 회화적으로 그리고 있다. 수많은 초현실적 사물과 사건들이 등
장하는 그의 많은 시처럼 이 시 또한 논리적 서사 구조를 띠고 있다.
그러나 이러한 구조의 완결성보다 매력적인 것은 '끝없는 꿈꾸기'를
가능하게 한다는 점이다. 이 시를 통해 나는 유희와 상상의 놀이를
즐기기도 하고, 시간의 속박 속에서 살아가는 현대인들의 쓸쓸한 내
면 풍경을 엿보기도 한다. 또한 시인의 꿈속으로 들어가 함께 길을
걸으며 그의 유년 풍경들을 엿보기도 한다. 그의 시들은 대체로 유
년의 꿈과 기억들, 그리고 현실의 삶이 주는 결핍과 상처들이 환(幻)
의 형상으로 거꾸로 투영되어 있다. 표피적으로는 현실과 동떨어진
비현실적 텍스트로 읽히지만 심층적으로 자세히 보면 그 비현실의

바탕에 현실의 아픈 기억과 경험들이 거울의 뒷면처럼 하나의 몸으로 붙어 있음을 알 수 있다.

환상에 대한 시인들의 반성적 사유와 발전적 비판이 필요한 시점이다. 환상의 성격과 시적 기능, 환상의 발아 과정, 환상의 허구와 실재 등 환상 전반에 걸쳐 심도 있는 고찰이 요구된다. 환상은 경이와 괴기 사이의 중간 지대를 어슬렁거리는 짐승이다. 빛에 의해 흰색으로, 어둠에 의해 검은색으로, 노을에 의해 붉은색으로, 호수의 물빛에 의해 푸른색으로 몸빛을 바꾸며 숲과 해안, 어두운 들길과 도로를 어슬렁거리는 짐승이다. 아름답지만 두려운 짐승, 그녀는 지금 어디로 발걸음을 옮기고 있는가.

시의 환상 미학이 추구하는 가치와 진리를 다시 생각한다. 꿈을 재현할 경우 꿈의 가치는 훼손되고 꿈의 진리는 파괴된다. 꿈을 묘사하는 시는 꿈을 죽이는 독소를 함께 내뿜기 때문이다. 따라서 환상과 현실의 관계를 어떤 시각에서 바라보고 어떻게 수용하는가가 매우 중요해진다. 양자 간의 관계를 대립과 충돌의 관계로 설정하면 환상은 현실의 대립 개념으로 정립되면서 현실의 도피처나 피난처로 규정된다. 그러나 양자 간의 관계를 보완 보충의 관계로 설정하면 환상은 또 하나의 현실이 된다. 이때 환상은 현실을 직시하는 또 다른 망루이자 마천루다. 21세기 시인에게 환상은 아름다운 도취이면서 재앙의 시작이다. 악몽이 시작되는 침실이고 아름다운 첫 정사가 시작되는 죽음의 예고편이다.

지형도 4.
변종의 감각들

꿈을 꾸는 자는 꿈꾸는 행위를 통해 무의식 상태에서 자신이 거주하는 세계를 창조한다. 꿈을 꾸는 자는 자신이 창조하고 있는 꿈의 세계를 보고 느낄 수 있을 뿐 그것의 발생 이유나 토대를 명료히 설명할 수는 없다. 최근 젊은 시인들이 창조해 내고 있는 비현실의 세계, 서사적 악몽의 그로테스크 세계들을 엿보며 나는 그들의 시작 (詩作) 과정이 꿈의 산출 과정과 매우 유사하다는 생각을 하곤 한다. 그들은 현실을 환각과 공포가 상연되는 섬뜩한 꿈의 무대이자 스크린으로 인식하고, 현실의 안팎에서 벌어지는 불합리한 사건들을 겹눈의 감각, 변종의 감각, 분열된 복수의 시선으로 응시한다. 그들이 그려 내는 꿈의 세계는 고통스러운 기억의 세계, 실재하지 않는 그림자들의 세계, 혼색의 상상 세계 등으로 치환될 수 있고 그것들은 현실의 또 다른 이름들이다.

1. 김현—파편화된 분열증 자아들

김현은 자아를 무수한 나로 파편화시켜 내가 아닌 대상들, 즉 그 (그녀) 혹은 가상의 인물로 치환시켜 등장시킨다. 이때 인물들은 세계 속의 '무수한 나'로 등장하지만 그들은 '없는 나'와 동일한 위상을 갖는다. 말하자면 김현은 나를 적극적으로 타자화시키는 허구의 방식을 취하는데, 이 타자화된 인물들의 행동과 상황을 통해 거꾸로 나를 관측하고 세계를 비판적으로 응시한다. 그의 시 텍스트들이 소설적 구성, 영화의 담론 양식을 취하는 것은 이러한 이유 때문이다. 소설적 사건 구성, 영화적 시나리오 전개 방식을 통해 그는 현실과 픽션, 실재와 환상, 사실과 비사실의 경계를 무화시켜 현실이 은폐한 현실의 또 다른 이면들을 누설시킨다. 그는 비시적인 방법으로 시에 접근하여 기존의 시가 갖고 있는 통념들, 시라는 견고한 성(城)을 부수려는 욕망을 드러낸다.

　늙은 수위가 실종된 지 이 주일째였다. 유키오는 금빛 놀이 각진 창밖을 내다봤다. 화단에 도열해 선 나무들의 잎사귀는 하루가 다르게 선명한 핏빛으로 물들고 있었다. 유키오는 칼집에 꽂힌 단도(短刀)를 만지작거리며 폴로네즈의 노래를 흥얼거렸다.

*

　자정을 알리는 괘종시계 소리가 긴 컴컴한 복도로 울려 퍼졌다. 교탁 앞 책상에 엎드려 있던 미시마는 허리를 똑똑히 폈다. 미시마의 희멀끔한 얼굴은 어둠 속에서도 눈에 띄었다. 분장이 단정한 가부키 배우 같았다. 미시마는 죽음이 덜 깬 눈으로 책상 서랍을 뒤졌다. 폴로네즈 빛깔의 입술연지를 꺼내 바르며 색깔 있는 입술을 흐느적거렸다.

　달빛이 소리 없는 교실에 풍성하게 밀려왔다. 폴로네즈를 차려입은 나무들의 그림자가 넘실거렸다. 미시마는 자리에서 일어나 까닭 없이 몸을 배배 꼬며 고개를 까닥까닥했다. 두 손으로 가슴을 천천히 쓸어 내리다가는 허공으로 쭉 뻗어 내버려 두었다. 뼈만 남은 손목이 한들한들 꺾였다.

(중략)

유리창을 사이에 두고 미시마는 유키오의 얼굴을 마주했다. 자기들의 얼굴은 계집애처럼 얌전하게 입을 맞췄다. 시간은 잘도 흘러서 미시마는 책상으로 돌아와 엎드렸다. 부러진 목뼈 조각을 떼어 내 책상 모서리에 이름을 새겼다. 유키오는 그 자리에 한참을 서서 미시마의 으깨진 뒷모습을 바라봤다. 거기 누구요.

수위는 유키오를 향해 손전등을 비췄다. 유키오는 빛을 받으며 이루 말할 수 없는 얼굴을 돌렸다. 눈을 감고 점점 더 걸어갔다. 수위는 느리게 뒷걸음질 쳤다. 폴로네즈 선율이 에워싼 복도 창문으로 나무들의 검은 눈동자가 어른거렸다. 유키오는 옷소매로 눈가를 닦았다. 어깨 근육 위에 내려앉았던 머리카락 몇 올이 나무 바닥으로 떨어졌다. 수위는 끝내 빛을 잃었다. 둘은 복도의 두꺼운 어둠을 향해 내달렸다.

(중략) 교실 뒤편 책상에 얼굴을 묻은 유키오는 아무도 모르게 뚝뚝 배를 땄다. 미시마의 해사한 죽은 얼굴이 파닥파닥 튀어나왔다. 미시마 유키오는 파도 소리를 들었다.

　　　　　　　　　　　　　—김현, 「폴로네즈 polonaise」(『문학과 사회』, 2011.봄) 부분

공포 속에서 사라진 어느 수위의 실종 사건을 다루고 있다. 실종의 배후에 있는 미시마와 유키오는 소설 『금각사』를 쓴 일본 작가 미시마 유키오의 이름을 분절시켜 만들어 낸 픽션상의 가공인물들이다. 그들은 도플갱어(Doppelgänger)고 자폐적 자아가 분열되는 체험

속에서 공격적 폭력과 자해 충동을 보인다. 유키오가 만지작거리는 단검이 그러한 행위의 매개물 역할을 한다. 소설 『금각사』에는 단검을 찬 해군사관 생도가 나오는데 주인공 아이는 생도가 허리에 찬 금빛 단검을 동경한다. 아이는 몸이 허약하고 선천적인 말더듬이로 주위 사람들로부터 놀림을 받곤 한다. 즉 아이에게 말은 자신의 내계와 외계 사이를 가로막는 자물쇠, 열릴 수 없을 정도로 녹이 슨 치명적인 자물쇠이다. 따라서 아이는 자신의 고독과 자폐를 대체해 줄 환각의 물건을 욕망하고 빛나는 금각의 세계를 동경하게 된다. 그것들을 통해 아이는 자신을 위무하고 자신을 놀린 친구들을 처단하려는 공격 본능을 드러낸다. 이 유폐된 자아를 가진 말더듬이 아이의 분신이 바로 시 「폴로네즈 polonaise」 속의 유키오다. 두 텍스트 간의 이러한 연결 고리를 이해하고 시에 접근하면 서두에 왜 금빛 놀이 각진 창과 단도가 등장하는지 알 수 있다.

　김현은 자신을 매료시킨 소설과 소설의 저자, 등장인물, 고유명사 등을 변주하여 자신의 상상 이야기 속에 등장시키곤 한다. 서사 공간 속에서 벌어지는 기이한 사건들을 통해 세계 속의 유폐된 자아, 분열된 자아를 보다 심층적으로 응시하려 한다. 자신의 대리 인물들을 충격적 사건 속으로 몰아넣음으로서 보다 객관적이고도 깊이 있게 자신을 바라보려는 욕망 때문이다. 부러진 목뼈에 뒷모습이 으깨어진 미시마, 단도로 배를 따고 배 속에서 미시마의 죽은 얼굴을 꺼내는 유키오 등 시인은 인물과 인물의 행위를 그로테스크하게 처리하여 그 충격의 파장을 현실 속의 자신에게로도 전한다. 그렇다고 김현의 시가 늘 그로테스크 이미지와 풍경들을 거느리며 자폐적 자아로 수렴되는 서사 공간을 연출한다는 뜻은 아니다. 오히려 그의 시는 다양한 시공간으로 확장 산포되면서 대상과 대상 세계의 균열,

찢어짐을 드러낸다. 사실의 비사실성을 폭로하고 현실의 허구와 허구의 실재를 중첩시켜 현실을 다시 보게 만든다. 이러한 시적 외투를 통한 내투 행위는 시인의 세계 대면 방식을 드러낸다.

「폴로네즈 polonaise」에서 폴로네즈라는 낱말은 여러 가지 의미로 사용된다. 노래 그룹 이름, 붉은 잎을 가진 나무 이름, 의복 양식, 춤곡 등으로 변주되어 서사 구성의 중요 매개물로 활용된다. 그런데 각각의 폴로네즈에 대한 각주들이 폴로네즈의 의미나 용도를 부연 설명하는 것에 그치지 않는다. 여기서 신중하게 짚고 넘어가야 할 점이 있다. 각주의 문제다. 시에 각주를 끌어들여 시의 외연을 확장시키는 실험은 몇몇 선배 시인들에 의해 선행된 바 있다. 그런데 김현은 각주를 또 다른 방향에서 접근해 활용한다. 그의 시에서 각주는 단순히 본문을 설명하는 부가 기능을 넘어선 역할을 한다. 각주를 통해 그는 사실과 허구의 이분법적 세계관을 와해시키려 하고 이러한 붕괴를 통해 현실과 현실 속의 자신을 좀 더 다층적으로 보려한다. 이러한 의도에서 수많은 각주들이 덧붙여지고 있음을 이해해야 한다. 이 점을 간파하지 못한 상태에서 그의 시를 접하게 되면 방대한 내용과 긴 각주들 때문에 시를 제대로 읽기도 전에 질려 버리고 부정적 선입견에 빠져 버리게 된다. 그런데 이 점을 간파하고 조심스럽게 시에 접근한다 해도 머리가 점점 복잡해지고 어떤 곤경에 봉착하게 된다. 김현에게는 시 텍스트가 스크린이라면 각주들은 스크린의 내용을 또다시 왜곡하는 의도된 자막이기 때문이다. 즉 그는 각주 속에서까지 사실적 내용과 허구적 내용을 의도적으로 뒤섞어 배치함으로써 텍스트 본문의 허구성과 사건들의 진위 여부 자체를 흐려 놓는다. 미결정 상태로 처리해 판단 자체가 불가능하게 함으로써 역설적으로 그러한 국면들이 우리가 처한 현실임을 환기시킨다.

관찰 행위 자체가 관찰 대상을 변화시키는 심각한 카오스 시공간, 불확정성의 세계가 21세기 우리가 직면한 현실이다. 결국 그의 시에서 '텍스트―텍스트 내의 인물들'의 관계는 '현실―현실 속의 우리들'의 관계로 확장된다. 그의 시적 서사 실험은 시 텍스트 밖에서 시를 안일하게 감상하려는 독자와 독자가 속해 있는 현실 세계까지 공격 목표로 삼고 있다. 그의 시적 방법론이 발산하는 에너지 파장의 힘이 여기에 있다.

2. 심지아―다층적 겹의 탈구조 욕망

심지아의 시에서 안정, 비례, 균형은 너무 비현실적이다. 그녀에게 현실은 아이러니컬하게도 너무 비현실적이다. 이 비현실을 바탕으로 그녀의 시는 다층적 겹의 구조를 펼쳐 보인다. 어떤 시는 하나의 문장을 둘러싸고 여러 개의 이미지 문장들이 회전하는 운동 시스템 형식을 취한다. 즉 여러 개의 행성을 거느리고 운동하는 항성의 우주적 장(field)에 가깝다. 이때의 중심 항성은 알, 차갑고 딱딱한 내부에 따뜻하고 부드러움을 감춘 물질의 속성을 띤다. 그런데 이 중심 문장이 주변의 이미지 문장들을 흡수하여 삼키기도 하고 역으로 이질적인 문장들을 토해 내기도 한다. 다시 말해 블랙홀과 화이트홀의 기능을 동시에 수행한다. 그렇다고 그녀의 시가 과학 시스템에 의해 구축되고 있다는 뜻은 아니다. 또한 어떤 중심을 구획하거나 과녁을 향해 응집하는 수렴적 운동성을 띤다는 말도 아니다. 그녀의 시는 상상, 기억, 사고 등을 구조화하면서 그 구조를 와해시키려는 탈구조의 충동을 동시에 드러낸다. 이러한 구조의 탈구조화 욕망 때문에 문장들이 고정된 하나의 시점에서 발화되지 않고 복수의 시점에서 동시다발적으로 발화되곤 한다. 이 점은 그녀의 시를 이해함에 있어서 중요한 방향성을 제시한다. 심지아의 시는 다양한 층위에서 포착한 다양한 시선들이 중층적으로 결합해 있는 기이한 입체 구조물에 가깝다. 이것은 자아와 대상 사이의 관계가 복선적이고 중층적임을 암시한다. 그녀는 발화 형식 자체를 통해 자신의 세계관을 드러내고 있는 셈이다. 세계를 고정된 시점의 문장으로는 포착해 낼 수 없다는 비극적 세계 인식 때문에 그녀의 시에서 틈이 자주 발생한다. 문장과 문장 사이에 크레바스가 만들어지곤 한다. 이 갈라진 틈, 이 검은 낭떠러지가 독자들에게 해석의 곤혹을 불러일으키지만 나는 이 틈, 이 매력적인 공백을 사랑한다. 그곳은 그녀의 무의식이 만들어 낸 검은 허공이고 나는 거기에서 실종되어 버린 시인의 아픈 꿈과 숨결을 느낀다.

　　정원에 위를 심었다. 죽은 아버지의 얘기다. 아버지는 알약 대신 꽃씨를 삼켰다. 우리에게는 정원이 있었지만 무언가를 심거나 가꿔 본 적이 없으므로 정원이라 말하기 무색한 것이었다. 나는 잠자리에 누워 가족들의 긴 식도로 정원에 물을 주는 상상을 하곤 했지만 그것이 위일 것이라곤, 그것도 아버지의 위일 것이라곤 상상하지 못했다.
　　흙 속에는 단단하게 굳은 집의 그림자가 묻혀 있었다. 가족들은 마당에서 죽은 자신을 바라보듯 낯선 표정으로 그림자를 내려다보았다. 그림자를 파자 혼선된 무전기처럼 소리들이 맥락 없이 쏟아져 나왔다. 우리는 말없이 곡괭이질에 몰두했다. 흙을 파내는 것인지 소리들을 찍어 내리는 것인지 알 수 없었다. 발등에서 자꾸만 피가 났다.
　　아버지의 몸에 더운 숨이 사라지기 전부터 아버지는 벽돌처럼 딱딱하게 굳어 갔다. 나는 아버지의 딱딱한 몸을 포개어 쌓은 벽 같은 것을 떠올리기도 했다. 만일 우리가 썩지 않는다면 아마도 누군가는 사람들을 벽돌처럼 쌓아 집을 만들었을 것이다. 그런 집에는 커다란 정원이 있을 것이다. 수없이 많은 꽃들이 밤과 낮의 순서로, 봄과 여름이 오는 순서로 피어나는 정원 말이다. 그리고 그 정원의 관리인은 날마다 꽃을 꺾어 벽돌의 틈새마다 끼워 놓겠지. 당신이 사랑했던 꽃들을.

(중략)

죽음 이후에도 그는 원하는 것이 있고 위 속에는 덩이진 미끄러운 씨앗들이 양서류의 알처럼 고여 있겠지. 꼬리를 가진 것들이 작은 동그라미 속에서 죽은 사람의 꿈을 흔들고 동심원의 끝에서 그는 눈을 뜬다. 그리고 꿈 밖의 사람을 바라본다.

녹슨 청동거울처럼 아무것도 되비추지 않는 정원에서 바람만이 예민한 털을 세우고 은밀한 야생동물처럼 정원을 드나들고 있었다.

　　　　　　　　—심지아, 「위(胃)의 정원사」(『딩아돌하』, 2011.봄) 부분

이 시는 죽은 아버지를 정원에 묻는 행위로 시작된다. 첫 행에서 '묻었다' 대신 '심었다'라는 언어가 사용되고 있다. 심는 행위는 식물적 상상력이고 소멸 이후의 재생 이미지를 거느린다. 즉 시인은 무의식적으로 아버지의 죽음 이후의 시간대를 상정하고 있다. 전체적으로 이 시는 알약 대신 꽃씨를 삼키고 죽은 아버지를 정원에 심는 행위와 행위 이후를 상상하는 내용으로 전개된다. 죽은 아버지로 벽을 쌓는 행위나 썩지 않는 죽은 사람들을 벽돌처럼 쌓아 집을 짓는 행위는 매우 그로테스크하다. 이러한 충격적 이미지들은 이미지 자체의 충격으로 끝나지 않는다. 죽은 아버지의 위 속에 양서류 알처럼 고여 있는 꽃씨들이 죽은 사람의 꿈을 흔들고 눈을 뜬다는 사실이 중요하다. 죽음 이후에도 원하는 것이 있다는 발언은 육체적으로는 죽었지만 비육체적으로는 결코 죽지 않는 아버지 세계의 법과 권

위를 표상한다. 그것들이 죽은 후에도, 즉 죽음이라는 꿈속에서조차 꿈 밖의 우리를 응시하고 있다는 설정은 서늘하다. 우리가 직면한 현실의 실체들을 보는 것만 같다. 그러나 시인은 아버지의 사체가 묻힌 정원을 녹슨 청동거울, 아무것도 되비추지 않는 녹슨 청동거울에 비유한다. 그런 정원으로 "바람만이 예민한 털을 세우고 은밀한 야생동물처럼" 드나든다고 말함으로써 아버지의 주검이 상기시키는 것들에 대한 시인의 태도를 드러낸다. 그것은 곧 기성세대의 권위에 대한 모멸과 반감이다.

죽은 아버지의 묘비에 글씨를 쓸 때 나는 궤도 밖으로 멀어져 가는 검은 포도 알에 비유되고, 허공의 입자들과 부딪혀 유령의 소리를 낸다. 이것은 아버지 세계의 가치 체제와 권위에 도전하려는 욕구를 드러내면서 자아를 실체 없는 유령으로 인식하고 있음을 나타낸다. 아버지의 죽음과 그의 묘비에 글씨를 새기는 행위는 시인의 시 쓰기 행위와 동일한 맥락에서 파악된다. 심지아의 많은 시들이 의미 파악의 곤혹을 불러일으키면서도 내적 리얼리티를 확보하는 것은 이런 이유 때문일 것이다. 그녀의 시에서 이질적인 이미지와 행위와 소리들은 거미줄처럼 눈에 잘 보이지 않게 연결되어 있다. 흙에 드리워진 집의 그림자를 보며 자신들의 모습을 보는 듯한 표정을 짓는 상황 속에서 땅을 파자 소리들이 맥락 없이 쏟아져 나온다. 가족들의 모습과 집의 그림자가 드리워진 땅이자 아버지가 묻힌 땅이기에 아마도 그 소리들은 아버지의 망언이나 욕설, 가족들의 수다 혹은 비명일 것이다. 그런데 소리들을 찍어 낼 때 발등에서 자꾸 피가 난다.

이 비현실적인 상황을 어떻게 받아들여야 할까. 그녀는 현실 속에 내재된 비현실을 시 안으로 적극적으로 끌어들여 그것을 부각시키고자 집중한다. 빛의 과잉 때문인 것 같다. 현실의 세계에서 눈이 사물을 보기 위해서는 반드시 빛이 필요하다. 그러나 빛이 너무 많은 곳에서는 눈은 오히려 아무것도 보지 못한다. 말하자면 그녀에게 현실은 빛이 극도로 초과되어 있는 시각이 무용한 세계다. 시인이 할 수 있는 선택은 눈을 닫고 닫힌 눈으로 세계를 더욱 깊이 바라보는 일이다. 그러기에 그녀는 계속 역전된 눈으로 세계의 심연, 기억의 배후를 바라보려 한다. 이런 전도된 시선, 역전된 상상력이 심지아의 여러 시편들에서 나타난다. 단순히 요약해 말한다면 그녀의 시는 온종일 거꾸로 돌고 도는 우주고 이 우주의 항성들이 펼치는 이상하고도 아름다운 궤도들이다. 자신의 통념과 획일화된 사고 틀에서 과감히 벗어나려는 욕망을 그녀는 계속해서 분출한다. 이러한 자기부정의 자세를 계속 유지하기는 쉽지 않겠지만 그 고통의 시간들을 즐기면서 감내할수록 그녀의 시적 개성은 더욱 또렷해지고 다채로워질 것이다.

3. 김성대―소리 없는 마임의 세계

심지아의 시처럼 김성대의 시 또한 다층적 겹의 구조를 띠고 펼쳐진다. 심지아가 주로 이야기를 통해 겹의 시선을 내장한다면 김성대는 자신의 정서를 화자에게 이입함으로써 겹의 구조를 취한다. 그러기에 시인의 위치는 시적 화자의 배후와 전면에 동시적으로 존재한다. 즉 시인은 관찰자적 시선을 통해 대상과 거리를 계속 유지하면서도 상황에 따라서 사물 속으로 즉흥적으로 동화되기도 한다. 이때 주로 사용되는 감각이 촉각이다. 이러한 감각적 이미지들은 주로 미세한 사물들, 인간의 작은 신체 기관들과 연결되어 나타난다. "귀가 마르는 말들", "팔이 떨어지는 소리/손에 금이 가는 소리"처럼 소리와 연계되고 그것은 침묵을 전제로 등장한다. 이 침묵은 김성대의 시에서 매우 중요한 역할을 하는데 자아의 내면 확장을 위한 명상적 침묵이 아니라 바깥 목소리의 죽음이 전제된 침묵이다.

　나는 진공 속을 달리고 있어. 너무 일직선이라 달리고 있었다는 것을 잊곤 하지. 누군가 발을 놓고 갔는데. 그런데 그건 그림자하고는 다른 걸 거야. 아빠,

　나는 왜 잠이 들어서야 달릴 수 있는 걸까. 내 몸에 식물이 흐를 만큼 오래 잠들어 있어야 하는 걸까. 그건 우주에는 인류뿐인가,라는 물음과 같은 고요란다. 그런 고요를 듣기 위해서는 봄을 다 써야 할지도 모르겠다.

　하지만, 나는 빛을 터는 나비의 고요가 아니잖아. 그림자를 벗는 뱀의 고요가 아니잖아. 아빠의 등에서 나던 겨울, 아빠의 꿈속에서 듣는 바람 소리가 고요를 흔들고 있었어.

　아빠, 발을 좀 디뎌라. 아빠는 그림자가 없는 날이 너무 많아. 산에라도 좀 다녀라. 오래 살아도 언제 살았는지 모르는 그림자가 있단다. 조심해라. 거기에 몸을 적시는 것은 자신이 누군지 알게 되는 일일 거란다.

　아빠, 그 달력들은 언제 다 쓰려고 그러는 거야. 며칠을 잠들어도 나는 발이 닿지 않았는데.

잠을 지우면 꿈만 남을까. 공기 없는 꿈속에 발을 놓고 올 수 있을까.
아빠의 고요가 나를 들고 있었으면 했지만. 나는 겨울 생물로 남을래.
내잠의질주를조금도띄어쓰지않을거야. 내 잠에서 그만 나와 줘. 아빠,

　　　　　　　　　　—김성대, 「고요한 질주」(『현대시』, 2011.4) 전문

　소리 없는 세계, 잠의 세계가 펼쳐지고 있다. 잠의 상태가 진공으
로 묘사되고 그것은 한계가 없는 무한직선을 향해 나아간다. 이렇게
진행되는 잠 속의 꿈을 시인은 진공 속의 고요한 질주로 본다. 달린
다는 행위 자체를 망각할 정도로 화자는 꿈속으로의 몰입 혹은 꿈속
으로의 이행(移行)에 중독되어 있다. 흥미로운 것은 꿈속으로의 이행
과정에서 화자가 스스로에게 던지는 질문들이다. "나는 왜 잠이 들
어서야 달릴 수 있는 걸까" "잠을 지우면 꿈만 남을까". 이 질문에는
자신에 대한 양가 심리가 잠재돼 있다. 즉 잠에 의존하는 자기 자신
에 대한 부정적 공격 심리, 그럼에도 불구하고 계속해서 꿈속으로의
질주를 멈추지 않겠다는 의지가 공존한다. "내잠의질주를조금도띄
어쓰지않을거야"는 그러한 의지의 형식적 표출이다. 중요한 것은 이
의지의 표출 배후에 아버지가 존재한다는 점이다. 시의 끝부분에서
화자는 "내 잠에서 그만 나와 줘. 아빠"라고 고요히 말한다. 자신의
꿈을 제약하는 존재, 꿈속에까지 등장해 내 꿈을 굴절시키는 존재에
대한 거부 심리를 드러낸다. 이러한 심리가 시인을 유폐된 꿈의 세
계로 끌어들이는 요인으로 작용하고 있다.
　「고요한 질주」를 비롯해서 김성대의 많은 시가 안팎이 차단된 유
폐된 세계의 침묵을 노래한다. 첫 시집에서 보여 주었던 귀머거리
토끼 이미지 또한 시인 자신의 자폐적 자아, 즉 자아의 정체성 자체
가 수립될 수 없는 그림자 자아가 투영된 대리물이라 할 수 있다. 그

의 시에 그로테스크한 적막감과 꿈의 이미지들이 자주 출현하는 것은 시적 자아의 토대가 이러한 유폐의 배경을 거느리고 있기 때문이다. 다시 말해 시인은 자신이 말한 것을 들을 수조차 없는 이상하고 모호한 세계 속에서 하나의 모스부호 혹은 그림자로 존재한다. 그러기에 그는 마임의 세계나 몽환의 잠 속 세계로 빠져들어 가 들을 수 없는 자신의 목소리를 들으려 하고 볼 수 없는 이미지들을 보려 하는 것이다. 이 아프고도 절박한 꿈으로의 이행은 물론 시인 자신조차도 명료히 의식하지 못한 무의식 차원에서 진행되고 있다. 그 결과 시인의 몸에 내재된 섬세한 감각과 정서가 꿈 이미지들로 변주되어 시 전반에 걸쳐 안개처럼 산포되고 그것이 의미 해석의 모호성을 낳게 된다. 김성대의 시가 거미줄처럼 하나의 의미망을 형성해 수렴되지 않고 물안개처럼 분산되어 흩어지는 이유가 여기에 있다.

4. 신영배―환상과 죽음을 응시하는 서정적 기계 미학

신영배의 시는 형식적 측면만 볼 때 '서정적 기계 미학의 시'라 부를 수 있겠다. 건조한 수리 형식적 언어 배치와 구조가 다분히 이성적 사고에 의해 구축되고 있다. 하지만 그 구조물의 내부는 즉흥적 감각과 환상으로 채워져 있다. 다시 말해 의식을 구조화하는 의식이 시의 외피로 드러날 때 무의식은 초현실적 이미지나 비현실적인 사건으로 변주되어 시의 내피에 자리 잡게 된다. 이것은 시인이 본능적으로 세계의 양면성, 언어의 빛과 암흑, 사물의 탄생과 죽음을 동시에 보려 하기 때문이다. 이러한 세계관을 그녀는 주로 물과 그림 이미지를 통해 구현한다. 그녀의 시에서 물은 육체의 여성성 이상을 함의한다. 몸의 사건들과 기억들을 촉발시키는 매개물 역할도 하고, 육체와 환상을 동시적으로 응시하는 투명 렌즈 역할도 한다. 또한 억압으로부터 벗어나고픈 탈주의 욕망을 나타내는 대리물로도 쓰인다.

그녀의 초기 시에서 물은 주로 육체 내부에서 육체와 함께 흐르는 유동적 존재자로 등장했다. 즉 망각된 시간대, 망각된 사건 현장으로 안내하는 배 혹은 기억 이동 장치의 역할을 했다. 그런데 최근 들어 물의 이미지가 더욱 세분화되면서 삶과 죽음의 국면들마다 무수히 등장한다. 물 이미지를 통해 죽음과 죽음 이후의 시간대를 상정할 때조차도 그녀는 사물들의 순수, 세계의 아름다움을 포기하지 않으려 한다. 물의 상상력을 통한 소멸 혹은 죽음으로의 이동이 삶과 삶이 망각하는 것들을 되돌아보게 하는 역설을 낳고 있다. 이러한 물의 끊임없는 유동은 시적 언술 방식에서 일차적으로 드러난다. 물은 단순히 시적 상상력을 확장하기 위한 소도구로 쓰이는 부속물이 아니라 시인 자신이 이미지화된 주관적 대리물인 셈이다. 따라서 물의 끊임없는 움직임, 변화무쌍한 이미지들이 낳는 발화 자체를 시인의 몸과 삶의 전언으로 해석해도 큰 무리는 없을 것이다.

제1의 물로는 마냥 흐르게 한다 이것이 다일 수도 있다는 생각을 한다 제2의 물로는 흐르면서 흐르는 것을 감춘다 물뱀의 생리를 익힌다 제3의 물로는 거꾸로 흐르는 것을 감행한다 몰래, 이것은 거슬러 오르는 물고기 떼를 이용한다 제4의 물로는 정점에 이른다 허공에 찬란하게 물방울을 날린다 제5의 물로는 반짝 사라진다 찬란한 것을 몰락시키고 영영 그 몰락을 함께한다 제6의 물로는 우연히 죽음에 다가오는 물체를 맞이한다 흔히 날개가 달리고 가벼운 것들을 바싹 잡아당긴다 제7의 물로는 죽어 가는 것을 모른 척한다 수면이 흔들리는 것을 감내한다 제8의 물로는 죽음을 떠받친다 죽음이 그냥 떠 있게 한다 제9의 물로는 무덤을 만든다 물에 잠기지 않는 날개를 물로 묻는다 제10의

물로는 죽음을 나른다 물에서 물로 이장되는 무늬를 본다 아침에서 저
녁으로 우는 나는, 제11의 물로는 물에서 물로 뛰어오르는 무늬를 본
다 꽃에서 구름으로, 구름에서 모래로 물고기 떼를 이용해 도약한 후
제12의 물로는 새로운 무늬가 탄생하였다 수평선을 안고 등을 구부린
울음의 무늬가 찬란할 때 제13의 물로는 몰락한다 읽는 순간 사라지는
물을 완성한다

—신영배, 「물로」(『현대시』, 2011.4) 전문

제1의 물로는 마냥 흐르게 하고 제2의 물은 흐르면서 흐른다는 사
실을 감춘다. 여기서는 생명의 일반적인 흐름과 이에 대한 시인의
순차적 사고가 나타난다. 이러한 사고를 뒤집는 역전은 다음의 물로
시작된다. 즉 제3의 물로는 거꾸로 흐르는 역류를 감행한다. 나아가
제4의 물로는 정점에 이르렀다가 제5의 물로는 사라진다. 이것은 생
명과 반대되는 소멸의 세계로 진입하는 것이며 이 소멸을 통해 죽음
의 세계를 목도한다. 이후 등장하는 제6의 물, 제7의 물, 제8의 물,
제9의 물, 제10의 물에서는 죽어 가는 물체에 대한 나의 자세와 죽
음 의식을 드러낸다. 죽음을 수면에 떠 있게 하고 죽음의 연속족인
물무늬를 본다. 이 대목에서 '나'가 등장해 '아침에서 저녁까지 운다'
고 말한다. 이때의 '나'는 시인 자신과 중첩되어 읽힌다. 즉 생명의
탄생에서 죽음에 이르는 일련의 과정을 슬픈 비극으로 받아들이는
시인 자신의 직접적 감정 표출로 읽힌다. 제11의 물, 제12의 물로는
죽음 너머의 세계를 응시한다. 죽음 이후에 등장하는 새로운 무늬의
등장을 목격하고, 마침내 제13의 물로는 몰락한다. "읽는 순간 사라
지는 물"을 완성하는 행위는 시인의 언어관과 세계관의 궁극적 지향
점을 드러낸다.

이 시는 전체적으로 해석의 공간을 열어 놓는다는 점에서 개방형 텍스트이고 죽음에 대한 환상의 이미지들을 상상하게 만든다. 그러나 환상 자체보다 제1의, 제2의, 제3의…… 물들이 흐르면서 떠돌 때 환상이 발생한다는 사실이 중요하다. 신영배의 시에서 환상은 대부분 물의 정지 상태가 아닌 유동 상태에서 발생하고 이 환상들은 죽음의 욕망이 변주되어 나타난 파편들이다. 같은 지면에 발표된 시 「낮은 구두와 높은 구두」에는 환상의 이미지들이 보다 구체적으로 묘사되어 있다. "창문이 열리고 달이 들어오고/수건이 펼쳐져 떠오르고//베개가 부풀어 오르고/물컵이 차오르고//입었던 옷들이 돌아다닌 모양대로 펼쳐지고//똑똑, 선반 위에서 물구두가 내려온다". 물의 유동이 사물들의 환상을 불러일으키고 결국은 운동의 정지, 물의 최종적 사라짐으로 연결된다. 이것은 모든 생명체는 물의 휘발을 통해 자신의 육체 안에 깃든 죽음을 드러낸다는 사실을 환기시킨다. 이것이 생명체가 맞이하는 몰락의 최후 풍경이다. 이 몰락의 에티카, 이 몰락의 전경과 후경을 낳는 물의 환상에 나는 매료된다. 죽음을 목전에 둔 꽃들의 울긋불긋한 유언처럼, 어둠이 깃들기 직전 하늘이 지상에 퍼트리는 노을빛 비명처럼, 아름답지만 처절한 비극의 풍경들에 나는 침탈된다.

5. 이제니―나선의 상상력

이제니의 시는 언어의 운동성, 부동(不動)을 부정하는 에너지에 의해 흐른다. 이 흐름은 직선이 아닌 곡선 그것도 나선의 회전 운동성을 지향한다. 명사보다는 동사들의 유동적 흐름에 따라 의식과 무의식이 뒤따르는 형국이다. 어휘에서 발아된 감각이 연상적으로 이미지를 불러오고 이 이미지들은 리듬을 타며 나선으로 흘러간다. 재미

있는 것은 그녀의 나선은 수렴점을 갖지 않는다는 점이다. 다시 말해 이제니의 시에 나타나는 '나선의 상상력'은 평면의 나선이 아니라 입체의 나선이다. 아르키메데스의 2차원 나선 혹은 포물선이 아니라 3차원 헬릭스(helix) 나선에 가깝다. 이러한 입체적 운동 에너지의 흐름을 타고 어휘, 말, 이미지, 시간, 공간이 계속 움직이면서 즐거운 색채, 낯선 향기, 물결의 음악을 낳는다. 이때 발생하는 언어의 반복이 속도감과 긴장감을 높여 주고 문장들은 연쇄적으로 이어지며 존재에 대해 감각적으로 접근한다.

그때 나는 말없는 작은 짐승이 되고 싶었다. 나는 나의 두께를 들키고 싶지 않았다. 종이와 연필만이 유일한 위안이었다. 너는 얼굴 주름 사이로 몇 개의 시간을 감추고 있었다. 어두운 한낮. 너는 불을 켜지 않는다. 드러날 때까지 기다립시다. 무엇이, 그 무엇이, 그 자신의 모습을, 그 자신의 그림자를, 그 자신의 침묵의 말을, 드리울 때가지, 거느릴 때까지.

빛이 이동한다. 다시 페이지가 넘어간다. 나의 가방엔 생각보다 더 많은 종이가 있었다. 종이 곁에는 연필이. 연필 곁에는 어둠이. 흑심은 무심히 반짝거리며 내 심장을 겨누고 있었다.

빛이 이동한다. 책장 넘어가는 소리. 다시 한 페이지가 넘어간다. 우리의 두께를 드러내도록 합시다. 상상할 수 있는 모든 것을 상상하도록 합시다. 상상할 수 없는 모든 것을 상상하도록 합시다. 너무 넓은 방은 필요치 않습니다. 여백은 채워져서는 안 될 것으로만 채워져야 합니다.

빛이 이동한다. 고양이의 울음소리. 새들은 요란한 지저귐으로 자신의 재난을 알린다. 누군가는 지속적인 낮잠으로 자신의 재난을 알린다. 빛이 이동한다. 단락과 단락 사이에서 노래가 들려온다. 두꺼워질 대로 두꺼워집시다. 날아갑시다. 두께 속의 공기를 느낍시다. 우리는 불행을 요구받고 있습니다. 우리는 어둡고 텅 빈 방에 스스로를 유폐시킨 사람들이지요.

빛이 이동한다. 너의 이마 위로 어떤 문장들이 흘러간다. 찰랑이다 출렁인다. 넘실거린다. 우리는 한마디 말도 나누지 않는다. 이제 밥을 먹읍시다. 잠들 시간입니다. 오늘은 내일보다 더 추울 겁니다. 닫아 둔 덧문 사이로 매서운 바람이 불어 들고 있었다. 나뭇잎과 나뭇잎이 서로의 몸을 비비고 있었다. 나의 그림자가 너의 그림자 쪽으로 기울어진다. 빛이 이동한다.
　　―이제니, 「나선의 감각―빛이 이동한다」(『실천문학』, 2011.봄) 전문

　이 시에서 빛의 이동은 시간의 이동과 함께 공간 내부의 움직임, 무의식의 흐름, 말의 흐름과 침묵까지 아우른다. 빛에 동반되는 것이 그림자고 그림자의 이동을 통해 시인은 부유하는 삶, 삶의 헛것들이 떠도는 유폐의 공간을 본다. 이 시에서 그림자는 실체 없는 존재의 지상적 현현으로 유령 혹은 헛것의 다른 이름이다. 이러한 그림자의 주인이 바로 '나'와 '너'이므로 나의 그림자가 너의 그림자 쪽으로 기울어지는 것은 시간의 이동 속에서 드러나는 실체가 없는 존재, 그런 존재들의 실체 없는 삶을 표상한다. 결국 그들에게 삶은 캄캄한 방이고 그들은 스스로를 어두운 방에 유폐시킨 자들이다. 그러

기에 이 유폐의 공간에서 그들이 할 수 있는 일은 문장들을 흐르게 하는 일이다. 찰랑찰랑, 출렁출렁, 넘실넘실 너의 육체를 타고 육체와 함께 문장들을 물처럼 흐르게 하는 일이다. 단락과 단락 사이에서 들려오는 노래를 듣고 상상할 수 없는 모든 것들을 상상하는 일이다. 그러다가 서로 침묵하면서 잠드는 일이다.

이 시에서는 그동안 이제니가 보여 주었던 언의의 유희적 운용이 급격히 감소되면서 반복을 통한 리듬, 리듬의 빠른 전개에 따른 속도감이 부각되고 있다. 여기서 나는 잠시 그녀의 시에 자주 나타나는 유희적 말놀이의 발생 토대에 대해 곰곰이 생각해 본다. 대체로 말을 유희의 대상으로 삼는 시인들은 말의 불완전성, 즉 말의 결핍과 부재를 본다. 결핍된 말로는 사물을 사물 자체로 세계를 세계 자체로 그려 낼 수 없고, 언어에 의해 사물들은 감금되고 왜곡된다는 언어관을 갖고 있다. 그러기에 불안전한 말을 품고 평생을 살아가야 하는 인간은 비극적 실존체이고 시인에게 세계는 비극이 상시 공연되는 광대한 무대가 된다. 이런 불합리하고도 부조리한 세계로부터 받는 상처들 때문에 그녀는 계속해서 언어의 결핍을 언어의 과잉으로 채우려 하는 것이 아닐까. 너무 슬프기 때문에 차라리 발랄하게 웃어 버리자고 자학하는 건 아닐까. 이 자학 놀이의 대상으로 말을 선택할 수밖에 없었기에 그녀에게는 종이와 연필만이 유일한 위안이 되었을 것이다. 상상할 수 없는 것들조차 상상해야 한다는 강박에 시달렸을 것이다. 이 자학적 상상 놀이의 유폐지에서 피어나는 말 꽃, 그게 이제니의 시다. 그러기에 그녀는 유폐의 시간, 고독의 두께를 누구에게도 들키고 싶지 않았을 것이다.

자정이다. 나는 글쓰기를 멈추고 노트북을 끈다. 빛이 이동한다.

창가에 서서 나는 창밖의 펄럭이는 어둠을 바라본다. 검은 수의처럼 펄럭이는 어둠에 휩싸인 나무와 집들을 바라본다. 캄캄한 밤의 대기가 침묵으로 내게 말한다. 이제 "잠들 시간입니다. 오늘은 내일보다 더 추울 겁니다." 나는 뒤돌아서서 방의 스위치를 내린다. 빛이 이동한다. 빛이 맨발로 숲으로 뛰어가고 자정의 괘종 소리가 울린다. 나는 바닥에 수평으로 눕는다. 어둠 속에서 문을 열고 유키오가 들어올 것만 같다. 불안 속에서 서서히 잠이 몰려오고 꿈결처럼 어떤 시구가 떠오른다. "수평으로 누워 바라보는 세계는 어쩐지 내가 사라진 곳에서 펼쳐진 풍경 같아 서늘하고 담담한 간격으로 우리는 낯설어지고 우리는 아늑해진다 점점 커지는 시계 소리 그것을 심장이라 믿으며"(심지아, 「모든 침대는 일인용이다」) 밤이 깊어간다. 그래, 우리는 우리 자신으로부터 점점 더 낯설어지고 세계로부터 점점 더 아늑해지는 것이다. 나는 잠의 물결을 타고 흐른다. 흐르면서 꿈꾸기 시작한다. 매일매일 치르는 이 죽음의 예행연습, 나는 나의 꿈을 타고 너의 꿈속으로 천천히 떠내려간다.

지형도 5.
Square, 사각(死角)의 세계를 공격하는 사각형

변 A. 애도의 시간과 형식

슬픔은 사랑의 관계가 끊어질 때 죽음처럼 내 몸을 내습한다. 슬픔이 본디 몸 내부에 있던 감정이 외적 자극에 의해 육체 현상으로 현현하는 것인지 외부의 사건에 의해 몸 안으로 침투하는 것인지 나는 알 수 없다. 하지만 동물과 식물 모두 자기 육체만이 감지하는 슬픔의 고유한 리듬과 코드가 있을 거라고 생각한다. 이때 몸이 느끼는 슬픔의 결들을 시인은 어떻게 언어로 형식화하는가. 이 발화 및 언술의 과정에서 슬픔은 개별화된 정서와 이미지를 낳고 고유한 색채와 무늬를 띤다. 하지만 이 지점에서 나는 '자기만의 슬픔을 지시할 수 있는 기호는 없다'는 바르트의 말을 떠올린다. 이 말은 개인의 슬픔의 내면성은 절대적 영역이어서 결코 공통의 언어로 표현될 수 없다는 의미일 것이다. 실제로 슬픔이 인간의 언어로 형식화될 때 그 슬픔은 이미 감정 바닥에서 어느 정도 벗어난다. 즉 슬픔은 침묵과 어둠의 지대에서 그 시간을 무한대로 연장하려는 속성을 지닌다.

그러기에 어느 시대에나 권력 지배층은 술수의 정치를 통해 슬픔을 더 깊은 내부로 은닉하거나 역으로 슬픔을 외부로 발산하는 교묘한 장치들을 마련한다. 현재의 우리 국가 또한 이와 크게 다르지 않다. 사회를 구성한 대다수의 시민들이 직면한 슬픔을 공통의 슬픔으로 인식하지 않고 사적 슬픔으로 격하시켜 슬픔을 낳은 사회정치적 패악들을 비판하고 바로잡으려 하지 않는다. 잠시만 되뇌어 보아도 가슴을 아프게 찌르고 들어오는 슬픔들이 이 땅엔 너무도 많다. 혹독한 조건 속에서 일하면서도 극심한 차별을 받는 비정규직 노동자들, 피를 빨아먹히는 착취의 고리 속에서 밑바닥 삶을 살아갈 수밖에 없는 하층민들, 온갖 상처와 고통 속에서 유린된 생명과 인간의 존엄을 위해 싸우고 있는 세월호 유가족들, 무자비한 정권의 폭압 아래서 참혹하게 죽어 간 수많은 영혼들이 떠오른다.

애도는 살아남은 자가 행하는 죽은 자를 위한 진혼의 노래다. 죽은 자에 대한 인간적 연민의 표현이자 불의의 죽음에 대한 항거의 표시이기도 하다. 그러기에 애도의 시는 죽음에 대한 존엄의 형식이고 살아 있는 아픔을 내면화하는 자책의 기표고 참수된 침묵과의 대담 인터뷰 현장이다. 이때 사랑의 상실로 인해 시인의 몸엔 절망적 멜랑콜리와 분노감이 함께 뒤따른다. 즉 두 개의 자아, 슬픔을 주체하지 못하는 감성적 자아와 그것을 극복하려는 이성적 자아가 동시에 등장한다. 따라서 시인은 자신이 허물어져 가는 과정과 또 다른 새로운 자아를 찾는 시련의 과정을 함께 겪게 된다. 애도의 시는 시인의 육체에 각인된 죽음들의 언어적 탁본이자 인화(印畵)고 자신의 예정된 죽음에 대한 사전 봉헌이다.

1

꿈이 죽은 도시에서 사는 일은 괴롭다
누군가 살해된 방에서 사는 일처럼

태양계의 세 번째 행성이
지구라는 것을 알고 있듯
봄이 겨울을 이기고 온다는 것과 그 반대도 참이라는 것을
나는 알고 있다

뒤에 오는 것이 승리하는 것인가

(중략)

예언은 빛나며 빗나갈 테니까
여기는 방이 아니라 거리이며
나는 다만, 여기를 걸어서 지나가는 거라고
벽과 벽 사이를 서성이며 생각하는 것이다

2

이 방에는
수만 개의 유채꽃이 겨울의 자물쇠를 따고 있는 들판으로
노란 죄수복을 입은 봄이 달려 나오는 은판 사진이
걸려 있다 고인의 사진처럼

나는 책상에 기대어

여기는 바다처럼 푸른 바다이며

"푸른색으로 뛰어들어 너는 고통의 잠수부가 되었다"고

쓰는 대신

물 위로 떨어지는 눈송이나

눈 쌓인 마당에 떨어지는 담뱃불 같은 것들을 생각한다

사라지고 꺼지는 것들로

잠시 환해지는 관념의 모서리

방은 눈을 녹이는 따뜻한 손을 닮았다

방은 죽음을 쫓아 달리는 커다란 개다 겨울이 죽고 봄이 죽고

죽음은 항상 너무 빠르다

개의 헐떡거리는 혓바닥 위에서 담뱃불이 꺼지며 빛난다

나는 흰 도미노처럼 서서

쓰러지는 방들의 흔들리는 어둠을, 우리를 응시하는 영원한 뒤통수를

물끄러미 바라본다

　　　　　—진은영, 「방을 위한 엘레지」(『문학동네』, 2017.봄) 부분

　방 또는 거리가 절망의 공간, 비극의 공간으로 설정되어 있다. 꿈
이 죽은 도시는 곧 살해가 벌어지는 참극의 방이고 그것이 오늘의
지구가 직면한 현실이라는 세계 인식이다. 봄이 과연 겨울을 이기고
오는지 시인은 회의한다. 만약 이 승패의 계량적 수순이 옳다면 봄
은 다가올 여름에게 패배할 것이고 여름 또한 곧 다가올 겨울에게
패배할 것이다. 정말 뒤에 오는 것들이 승리하여 앞의 절망들을 건

어 내고 우울을 폐기할 수 있는가. 시인은 다음에 오는 것이 이 위기의 난국, 절망의 시대를 극복하기를 소망하지만 신뢰하지는 않는다. 이 불신이 불안을 낳고 시인은 초조하게 방의 벽과 벽 사이를 거닌다. 이때의 방은 거리의 또 다른 이름이다.

방엔 고인의 사진 같은 봄 들판이 걸려 있다. 여기서 봄이 노란 죄수복을 입은 수인(囚人) 이미지로 그려지고 있다는 점이 중요하다. 우리 사회 또는 국가가 봄에 저질렀던 극악무도한 사건에 대한 시인의 인식 상태를 직접적으로 드러내기 때문이다. 세월호 침몰과 관련하여 시인은 '무엇이든 다시 시작될 때마다 예언은 빗나갈' 것이라고 예측한다. 이는 희망에 대한 포기 또는 유예에 가깝다. 그래서 시인은 죽은 아이들이 느꼈을 공포를 기록하는 대신 "물 위로 떨어지는 눈송이"나 "눈 쌓인 마당에 떨어지는 담뱃불"처럼 소멸하는 이미지를 제시한다. 눈 깜짝할 사이에 사라지는 눈송이나 불빛은 존재의 명멸과 망각을 환기시키고, 침몰하는 배 안에서 죽어 간 아이들의 아픈 영혼을 떠올리게 한다.

시인에게 방은 어린 주검들을 위로하는 따뜻한 손이고 가슴이다. 애도의 육체이면서 죽음을 뒤쫓는 동물이기도 하다. 시인은 죽음의 진실, 죽음을 낳는 자들의 실체와 배후가 드러나지 못할까 초조해 한다. 이런 심정이 흰 도미노 이미지로 제시된다. 연쇄적으로 쓰러지는 도미노가 되어 시인은 도미노와 함께 쓰러지는 방의 어둠을 목도한다. 그러기에 죽음이 응시하는 뒤통수는 곧 현재의 우리의 뒷모습이며 이 위악적 시대의 은폐된 뒷면이다. 절망의 권력 집단에게 어울리는 것은 '피에 젖은 오후'다. 그들에게 희망이란 '식초에 담가 둔 흰 달걀'처럼 무기력하게 부서지는 것이다. 이런 상황에서도 시인은 피에 젖은 대기를 뚫고 새들이 하늘로 날아오르길 꿈꾼다.

이런 비상의 꿈은 이은규의 경우 유목의 서정으로 나타난다. 그녀의 시에는 유목자의 운명, 부유하는 자의 비애가 젖줄처럼 흐른다. 이는 시인에게 서정이 단순한 낭만의 표출 양태가 아니라 자연과 사물, 시간과 인간의 내면 깊이 자리 잡은 마르지 않는 불멸의 샘, 그리움의 원천 같은 것임을 암시한다. 손으로도 만질 수 없고 눈으로도 볼 수 없고 언어로도 표현 불가능한 '떠도는 피' 같은 근원적 시원일 것이다. 그것을 시인은 종종 유목의 바람으로 감각하여 시공간을 창출한다. 사물과 풍경 속에 스스로를 이입하여 감각적 대상이 되기도 하고 지상을 떠도는 아픈 문장이 되기도 한다. 이것은 곧 사물과 풍경에 대한 시인의 진실한 애도고, 서정의 재탄생을 통해 우리의 죽은 사회가 죽인 죽은 자들에 대한 연민의 애도다.

　　　떠다니는 문장들은 다 어디로 가서 죽을까

　　　꽃그늘 아래 하늘 향해
　　　귀를 열었다
　　　귀를 닫았다

　　　뜻밖에도 애도밖에 할 수 있는 게 없었다
　　　그 사실을 도무지 믿을 수가 없었는데
　　　그보다 더 믿기지 않는 사실들이 가득했다
　　　차라리 풍문이기를 바람결에도 기도

　　　채시, 떠다니는 문장들을 채집했다는 기록
　　　역사는 이상한 나라의 이야기가 아닌

사람과 사람들이 나눈 문장들이다
다시 오라 채시의 시간이여
고요한 식물 채집이 아닌, 뼈아픈 과제로

한 사람에게는 죽고 사는 문제가 아닌데
한 사람에게는 죽고 사는 문제가 맞기에

떠다니는 문장들은 다 어디로 가서 살까

오래전 시인은
문 열어라 꽃아, 독백을 중얼거렸고
다른 시인은
문 열어라 하늘아, 은산철벽 앞에 서 있었다

이제 우리는 가라앉아 있는 것들과 마주하기
이미 지나간 일이라 말하는 자들과 대치하기
말할 수 없는 것에 대해 침묵이 아닌
말할 수 없는 것에 대해 보여 주어야 한다

문 열어라 마음아
마음아 문 열어라
꽁꽁 얼어붙은 바다 아래
꽝꽝 선언하는 광장 향해

—이은규, 「채시(采詩)」(『시를 사랑하는 사람들』, 2017.3-4) 전문

채시(采詩)는 중국 주(周)나라 때 민정(民情)을 살피기 위하여 민간에 유행하던 시가를 모으던 일, 올바른 국정 운영을 위해 정치, 사상, 문화, 교육, 역사 등 각 분야의 본보기가 되는 시들을 모으는 일을 말한다. 시인은 왜 옛 글들의 모음 행위에 관심을 기울이는 걸까. 오늘의 시국 또한 채시가 절대적으로 필요한 때라는 안타까운 시대 인식 때문이다. 총체적 위기 상황임에도 불구하고 그런 현실에 대한 뼈아픈 반성이나 자각이 전혀 없기 때문이다. 그래서 시인은 일개의 시민으로서 애도밖에 할 수 없는 참담한 상황 속에서 채시의 시간과 채시의 형식을 꿈꾸는 것이다.

채시에 대한 시인의 갈망은 어디에서 오는 걸까. 차디찬 어둠 속 해저로 갈앉은 어린 주검들에 대한 아픈 자책과 죄의식 때문이다. 시 전반에 걸쳐 시인의 고통과 저항적 시선이 나타난다. 시인에게 현재는 시의 역할이나 가치가 무용한 시대다. 시는 무기력하기에 시인이 할 수 있는 게 애도하는 마음밖에 없다. 이런 무력감에 시인은 더욱 괴로워한다. 한 사람의 죽고 사는 문제가 지상 최대의 과제이자 절실한 물음일 수 있기 때문이다. 서정주와 오세영의 시구를 인용하면서 시인은 다시 채시의 가치와 힘을 복원하고자 한다. 이때 시인이 채록하고자 하는 시의 문장들은 허공에 붕 뜬 허황된 미문이 아니라 현실의 참혹과 진실을 드러내는 비판적 시문들일 것이다. 즉 사람과 사람이 나눈 문장들, 이 땅의 죽음을 정면으로 응시하여 죽음의 배후를 직파하는 문장들, 죽음을 낳은 권력 주체들과 방관자들의 위선을 채찍질하는 서슬 퍼런 문장들일 것이다.

그러니 채시 행위는 곧 국정 운영의 패악을 질타하고 폭로하고픈 시인의 분노와 욕망이 전이된 애도의 행위다. 이제는 침묵이 아닌 행동으로 말할 수 없는 것을 말하고, 해저로 가라앉은 진실들을 규명해야 한다는 소명 행위이다. 어둠과 침묵 속으로 사라진 이 땅의 어린 죽음들의 진실을 규명해야 한다는 열린 애도다. 우리 사회의 야만성과 타락한 정치를 공격하는 비판 의식과 함께 시 쓰기 자체에 대한 반성적 메타 의식이 느껴지는 것은 시인의 진실한 현실 응시와 자기 응시 때문이다.

변 B. 언어와 사물과 메타 의식

먹자는 죽자와 살자 사이에 낀 기집애, 마음이 울적할 때마다 먹자. 옆방에 있는 죽자는 살자와 더 잘 살자 사이에 낀 놈팡이. 허구한 날 마시고 오늘은 죽자. 그 옆방에 살자는 더 잘 살자와 그래도 살자 사이에서 방황하고 있는 아줌마. 간혹 먹자에게 간식을 넣어 주고, 죽자에게 술을 받아 줄 때도 있어. 죽지 못해 살자는 먹자와 친하지만 가끔 마시고 죽자가 되어서 온 동네를 맨발로 달리지. 먹자는 죽자와 살자 사이에서 외롭게 버티고 있는 기집애. 흰 눈이 펑펑 오던 날, 마시고 진짜 죽은 죽자를 바라보며, 울적한 마음마저 곱씹어 먹자. 홀아비 집 주인이 말했지. 그래, 어쩌겠냐. 발 닦고 고만 잠이나 자자. 살자, 나도.
　　　　　　　—송기영, 「죽자 살자 먹자」(『시현실』, 2017.봄) 전문

송기영은 이은규와는 다른 방향과 위치에서 삶의 세부를 건드린다. 현실을 차단시켜 언어 차원에서 언어들의 사건을 극화시키는 방식으로 현실을 유희하고 희롱한다. 인간의 세계에서 중요하게 벌어지는 세 가지 행위, 먹고 살고 죽는 행위를 표상하는 세 개의 말을 등장시킨다. 먹자(인물 A), 죽자(인물 B), 살자(인물 C) 등을 일상의 사람으로 인격화하여 삶의 주체로 변신시킨다. 이 시에서 먹자, 죽자,

살자는 각각의 인격과 성별과 나이를 가진 세 명의 인물, 집주인의 집에 함께 세 들어 사는 동거인들이다.

말들의 인간화를 통해 시인은 무엇을 통찰하려는 것일까. 먹자는 죽자와 살자 사이에 끼어 있는 기집애다. 죽자는 먹자의 옆방에 산다. 죽자는 살자와 더 잘 살자(인물 D) 사이에 있는 인물로 허구한 날 술이나 퍼마시는 놈이다. 그 옆방에 사는 살자는 아줌마인데, 더 잘 살자(인물 D)와 그래도 살자(인물 E) 사이에서 방황하는 인물이다. 그런데 흰 눈이 펑펑 오는 날 중대 사건이 터진다. 죽자가 진짜로 죽은 것이다. 이 죽은 죽자를 바라보며 먹자는 마음을 곱씹어 먹고 집주인은 살자고 회유한다. 모든 것을 체념하고 죽음조차도 농으로 돌리는 태도를 보인다.

이 시는 서사의 측면에서만 보면 싱겁고 빤하다. 세 들어 사는 세 입자들의 힘겨운 일상을 평범한 이야기로 풀어내고 있다. 몇몇 인물들을 중심으로 일상의 죽음을 사실적으로 풀어놓은 것에 불과하다. 그러나 등장인물들이 모두 언어고, 움직이는 언어들의 동선과 언어의 죽음을 통해 또 다른 의미를 파생시킨다. 즉 언어 세계의 자살과 방치, 언어 사이에 벌어지는 갑을 관계, 집주인과 세입자의 관계처럼 언어들 사이에도 그런 권력 관계가 형성된다는 통찰은 예리하다. 나아가 언어 사이에도 애증 관계가 있을 수 있다는 시각도 신선하다. 문제의 심각성은 그런 언어 세계의 놀이 또는 사건이 인간 세계를 그로테스크하게 재현한다는 데 있다. 현실을 언어들이 대리하고 있다는 측면에서 보면 우린 모두 기계적으로 작동되고 있는 언어 장난감일 수 있는 것이다.

시인의 이런 시각이 제조 시학을 낳는다. 따라서 송기영에게 시는 제조업이고 시의 의미와 가치는 제조업의 활황 여부에 따라 좌우될 것이다. 시인은 말의 제조업자로서 말의 공장 운영을 통해 제조된 말을 현실에 유통시키려는 욕망을 드러낸다. 그에게 시는 현실과 접촉하고 교감하고 삶을 유예시키는 절실한 말의 생업인 것이다. 그런데 시인은 아무 말이나 제조하고 생산하려 하지는 않는다. 있는 것도 아니고 없는 것도 아닌 말, 죽은 것도 아니고 산 것도 아닌 말로 기존의 말의 세계를 위반하려 한다. 기존의 타성에 젖은 말과 다른 말들을 통해 기존의 위악적 세계를 전복하고 파괴하고 팽창시키려 한다. 송기영의 제조 시학이 갖는 불온성이 여기에 있다.

뼈만 남은 생물들이 성문을 들이받고 있었고 뼈만 남은 인물들이 성문을 틀어막고 있었고 불어나는 생각들이 해일을 불러오고 있었고

아무것도 시작하는 않는 것으로 시작하는 이곳을 쓴다

아침이 없는 곳에서 아침을 발견할 수 있다 어느 저녁의 해변,이라고 적고 그날의 일출에 대한 기억을 떠올릴 수도 있다

(중략)

스스로 불어나는 바다가 있다 어느 낮의 바다, 이렇게 적고 도래하지 않는 날들에 대한 전망을 본다
어둠만을 보지는 않고 어둠 속에서 생장하는 것만을 보지는 않고
액자소설이 되지는 않고 액자소설이
되지는 않는다는 액자소설이 되지도 않고

어느 아침의 해변은 어느 아침의 해변인 것

그렇게 말하고 그것이 진짜라면 좋겠다 내가 담은 것은 내가 담은
것이었으면 좋겠다

(중략)

뼈만 남은 생각들 속에서도 불어나는 살점이 있고 어느새 손에 들린
식칼이 있고 피 묻은 손과 깨끗한 입이 있다 나의 식탁에 올라오는 것
은 아직 만들어지지 않은

완성될 일 없는

그날이라는 요리 그날이라는 마음 그날의 모든 해변

　　　　　　　—정은호, 「그날의 모든 해변」(『21세기문학』, 2017.봄) 부분

글쓰기에 대한 메타 의식과 함께 문장 탐험 의식 또한 엿보인다.
아무것도 시작하지 않는 무위의 행위로 시작하는 곳이 설정된다. 시
인은 그곳을 이곳이라고 쓴다. 이곳은 시인이 직면한 백지라는 현실
이자 삶이 시작되는 현장이다. 거기서 시작(詩作)의 시작(始作)을 통
해 점점 불어나는 생각들을 깎아 나간다. 이때의 불어나는 생각에는
가능한 것들과 불가능한 것들이 섞여 있다. 아침이 없는 곳에서 아
침을 발견할 수 있다는 생각도 이에 해당된다. 저녁의 해변이기 때
문에 가능하다.

그렇게 시인은 가능과 불가능이 중첩되거나 공존하는 지점을 떠
올리며 그것들을 문장으로 적어 나간다. 그러나 점점 생각이 불어날
수록 반대의 욕망 또한 강화된다. 말하자면 겹겹이 떠오르는 수많은
생각들 속에서 생각들을 깎아 내려 한다. 즉 화자가 손에 든 식칼로
생각을 뼈만 남게 하는 행위는 스스로를 구속하는 필사적인 행위에

가깝다. 그것은 곧 살이 찐 생각들을 잘라 내는 것으로 요리의 과정과 동일시된다. 요리의 과정과 시 쓰기의 과정이 시인의 의식 속에서 중첩되고 있다. 따라서 결과적으로 제시되는 문장 하나하나는 요리사에 의해 제공되는 음식들인 셈이다.

이 시에서 화자는 자신의 쓰기 행위를 지우는 또 다른 자아를 세워 화자 자신의 행위가 무화되는 지점에 닿으려 한다. 그곳이 사실상 쓰기의 참된 출발지라고 생각하기 때문일 것이다. 다시 말해 소설을 쓰는 자의 소설을 지워 버리는 또 다른 액자소설인데, 그것마저도 바람대로 되지 않는 상태에 다다른다. 그렇게 영원한 미완성이 계속될 뿐이다. 그럼 화자는 왜 번민과 갈등에 휩싸이는가. 내가 쓴 것은 내가 쓴 것이지만 그것이 정말로 나의 진짜이었기를 바라지만 현실은 그것과 정반대로 흘러가고 반대의 감정을 만들기 때문이다. 나의 생각과 말들 모두가 당신의 명령이 아닌 나의 선택이길 갈망하는 건 이 때문이다. 시인은 지금까지 그 누구의 손으로도 만들어지지 않는 요리, 미완성된 미지의 문장들을 꿈꾸고 있다.

현실을 직시하면서, 현실을 직시하는 자아를 객관적 거리를 두고 또다시 직시하면서, 그런 분화된 자아들을 기록하는 위치에서, 그런 기록을 하는 자를 다시 응시하면서 시인은 겹겹의 문장들을 나열해 간다. 현실 속의 나와 나의 생각의 결들을 다층적으로 바라보는 시선이 인상적이다.

변 C. 추상의 재탄생과 다중 자아

일요일은 여러 개
기억력이 뛰어난 어쩌면 다정한

일요일이 나눠 주는 물티슈를 받았다

'일요일은 여러분을 기다립니다 일요일은 부드러움을 창조하시고
......'

교회에서 나눠 준 물티슈로 식탁을 닦으며
일요일을 입술이라고 잘못 발음했다
일요일이 다른 사람의 믿음에 있는 것 같았다

오늘이 며칠이었더라?
지루하고 지루한 하루가 달력 속에 있다
한 장 쭉 찢어 물에 담그자
뜨고 싶은 마음

일요일은 단 한 장
흡수력이 뛰어난 어젯밤 꿈을 닦은
일요일은 십자가가 꾸는 잠 속에 사로잡혔다
깨어나지 못하고 점점 희박해졌다

일요일이 하나씩 지워지고 있다
일요일은 웃음
일요일은 걸음
일요일은 다음
일요일은 믿음

나는 잠수 중인 일요일을 만났다

물속에서 건졌으나 웬일인지 마르지 않았다

일요일이 젖어 있다는 편지를 썼다

그러니 서랍 속에서 발견한다면 뽑아 써도 무방하다

입을 쓱 닦자 사라진 일요일

입술의 일요일

—임지은, 「일요일」(『현대시』, 2017.4) 전문

「일요일」에서 일요일은 고유성과 정체성이 파괴된 추상적 대상이다. 더 이상 시간으로 제한될 필요가 사라진 자유의 구상적 존재다. 일요일은 물건으로 사람으로 신(神)으로 신앙으로 변주된다. 다양한 형상을 가진 물적 존재로도 관념적 대상으로도 변신한다. 일요일은 일요일로부터 탈출한다. 일요일은 계속 일요일 저편으로 잠수 중이다. 일요일은 휴일이라는 고정된 단일 의미로부터 탈옥한다. 시인이 휴일의 속성을 보다 넓게 확장하여 의미를 해방시키기 때문이다. 시인은 대상의 고유성을 부정하여 유동적 존재, 자유롭게 흐르는 액체나 기체로 변신시키는데 그 이유가 뭘까. 사물, 관념, 추상 등에 내재된 통념이나 확정적 의미를 휘발시켜 대상의 고유성과 단일 의미를 지우려 하기 때문이다. 그러나 이런 의미의 확장 또는 무화는 이미 여러 선배 시인들의 시에서 목격된 바 있다.

주목되는 것은 일요일이라는 시간적 추상을 현실 세계의 구상적 사물들로 대리하여 결국은 사물들의 증발 사건으로 처리한다는 점이다. 다시 말해 일요일을 물질화하여 물질의 증발을 통해 관념과 감정의 증발을 목격하게 한다는 점이다. 독특하고 낯설게 시간의 증발 또는 무화를 시각화한 것으로 시간과 사물이 하나의 육체일 수 있다는 가능성이 타진되고 그 가능성에 의해 모든 물질들 또한 시간으로 환원하는 존재로 재규정될 수 있다. 임지은의 시에서 추상은 또 다른 문양의 추상으로 재탄생된다.

따라서 이 시에서 일요일은 인간이 부여한 의미로서의 일요일을 상실하는 시간이자 시간이 사물로 호환되는 낯선 추상 공간이다. 즉 자기 상실의 시간이자 추상의 재탄생 공간이다. 이것이 시인이 꿈 꾼 진짜 일요일일지 모른다. 일요일은 이제 마른 수건일 수도 있고, 참새처럼 공중을 떠도는 귀여운 웃음일 수 있고, 걸어 다니는 아이일 수도 있고, 절대적 신앙일 수도 있다. 이처럼 시각이 한없이 유연해지고 뭉개지는 세계에서 시인에게 이제 일요일은 뽑아 쓰고 버리는 일회용 화장지와 크게 다를 바 없다. 입술에 바른 립스틱처럼 쓱 닦으면 흔적조차 없이 사라져 버리는 존재, 자아를 폐기하고 자발적 방랑을 시작하는 존재다.

같은 지면에 발표된 시 「생각 침입자」에도 추상을 시각화하는 장면이 나타난다. 문밖에 한 남자가 서 있고 발밑에 그의 생각이 쓰러져 있다. 생각을 취객이나 그림자처럼 시각화하고 있다. 급하게 벗어 놓은 신발처럼 그의 생각은 너무 커서 화자인 나의 발에는 맞지 않는다. 그의 생각은 나의 몸에는 결코 맞지 않는 관념일 뿐이다. 그런데 문밖에 서 있던 그가 어떻게 나의 머릿속에 들어왔는지 화자(나) 자신조차 이해할 수가 없다. 이는 생각의 무작위성과 즉흥적 틈입을 반영한다. 이처럼 임지은의 시에는 추상을 물질화하는 상상력이 자주 나타난다. 반면에 이설빈의 시에는 분열적 자아를 응시하는 시선이 자주 나타난다. 그의 시에는 깊은 내면적 상처와 고통의 무늬를 지닌 복수의 자아들이 안개처럼 시의 전반에 산포되어 있다.

　그 사람 떠나고, 나 혼자 떠밀렸습니다. 그 의자 기울고, 나 혼자 쏟아졌습니다. 제각각 맨발로, 나는 나에게 도착했습니다. 막다른 다리 위에서, 나는 나를 굽어보았습니다. 물결에 잠기는 물결과 떠오르는 물결 사이, 몸 안 가득 투명한 나뭇결, 불어나는 내가 보이고…… 그게 어떻게 나인 줄 아는지 영영 모르겠고요.

　내가 체온계를 깨물어 버린 후, 그의 입술은 너욱 얇아지셨습니다. 어제는 조급하게 북북북, 몇 개의 동심원을 그리더니 눈앞에 들이밀고 톡톡, 뭐가 보이느냐고 묻는 겁니다. 그야…… 그야 종이의 결이 보이죠. 그는 돋보기 눈먼 눈빛으로 내 눈을 유심히 들여다보았습니다. 나는 타 버렸지요. 한참을 하얗게 타올랐지요. 내가 완전히 뼛가루가 되자 그는 한 잔의 물과 함께 나를 삼켰습니다.

　다시, 다리 위로 돌아옵니다. 다리를 건너는 동안, 나의 다리는 생각하지 않습니다. 왼발 오른발 왼발 오른발, 붓고 가라앉고 붓고 가라앉는, 창밖의 능선만큼이나 평화롭습니다. 하지만 얼마 안 가 선잠처럼 뭉툭 끊긴 다리 위. 내 입 없는 운전수는 나를 번쩍 들어 내려 줍니다. 그리고 떠나며 한마디, 아무 데서나 미치지 마요.

　한참을 울렁이다 줄줄, 새어 나가려는 그 말을 나는 양손으로 받아 봅니다, 아무에게나 비치지 마요. 잠잠해질 때까지, 가만히 들여다봅니다. 어느새 다리 아래 드리운 그늘 속으로 물풀, 자갈, 송사리 등등이 선명합니다. 나는 사로잡힙니다, 일렁입니다. 발소리 없는 굴렁쇠 소리…… 가까워옵니다. 어떤 서늘한 발 하나, 내 뒤통수를 밟고 갑니다.

둘, 넷, 후드득…… 나를 건너, 갑니다.

　　　　　　　—이설빈, 「의자 밀어 주던 사람」(『문학과 사회』, 2017.봄) 전문

　그가 떠나고 도착한 다리는 내가 나를 만나는 곳이다. 그것도 점점 많은 수로 불어나는 나를 굽어보는 자아 대면의 장소다. 다리 위에서 잠기는 물결과 떠오르는 물결 사이에서 나는 물결에서 나뭇결을 보고 점점 불어나는 복수의 나를 굽어본다. 또한 나는 그의 눈빛에 의해 타 버리는 종이, 완전히 타 버린 후 한 잔의 물과 함께 그의 몸속으로 사라지는 존재로 그려진다. 물론 이 장면은 나의 주관적 상상이고 환각이지만, 그만큼 나의 몸 상태가 심각한 병적 징후들로 넘친다는 반증이다. 그래서 선잠처럼 끊긴 다리 위에서 운전수가 내게 "아무 데서나 미치지 마요"라는 말을 남기고 홀연히 떠날 때, 이 말을 "아무에게나 비치지 마요"로 주관적으로 수용한다. 이는 다리 위에서 바라보는 강물 위의 자아들 또한 비정상적으로 미친(비친) 존재들임을 암시한다. 나의 심리 상태가 그만큼 불안정하다는 암시다.

　이 시에서 가장 주목되는 점은 시의 저변부에 검은 나르시시즘의 분열 의식과 물속의 자아들에게로 귀의하고자 하는 자살 충동이 드리워져 있다는 점이다. 물론 자신의 다중 자아를 목격하는 장면은 그리 신선한 게 아니다. 현대시에는 자아의 분열, 분열된 자아들과의 갈등, 자아 사이의 암투와 살해 등이 빈번하기 때문이다. 죽음 충동이 상실과 상처 이후에 격렬하게 찾아오는 일시적 번개 같은 것으로 보기에는 보다 근원적인 심각함이 숨어 있다. 차후 이 죽음 충동이 어떤 이미지들을 호환하여 새롭고 낯선 세계 망(網)을 짜 나갈지 궁금해진다.

변 D. 목소리 없는 육체와 육체 없는 목소리

계약서를 앞에 두고 여자는
무를 썬다
무를 썰다 말고
시베리아 횡단 열차를 이야기한다

동해에서 배를 타고
블라디보스톡에서 출발하는
시베리아 횡단 열차 삼등칸에
덜컹거리는 육체를 싣고
무를 썬다
칙칙폭폭, 무를 썬다

무의 봉분
얼어 버린 흙 속에서
산파처럼
쑥 뽑아 올린
팔뚝만 한 무
희고 고요한 어깨가
무를 썬다
칙칙폭폭, 무를 썬다

(중략)

무국이 끓어오른다

무국 속에서 풀어지는 봄동

말갛고 투명한

무의 심연이

눈 덮인 시베리아 벌판을 달린다

칼에 벤 손을 높이 쳐든다

흔든다

찢어진 살 속

피가 차올라

뚝뚝 떨어진다

　　　　　　—문혜진,「시베리아 횡단 열차」(『문학사상』, 2017.4) 부분

　계약서, 무, 시베리아 횡단 열차가 중첩되면서 병렬되고 있다. 상관성 없는 서로 다른 사물들이 결합되면서 화자의 내면 의식, 억눌린 욕망이 드러난다. 여자는 계약서를 앞에 두고 무를 썬다. 무를 써는 와중에 시베리아 횡단 열차 이야기를 한다. 무 써는 행위와 열차 달리는 소리가 중첩되면서 여자의 몸은 덜컹거리고 그렇게 여자는 칙칙폭폭 무를 썬다. 이제 열차는 블라디보스톡을 출발하여 눈 덮인 들판을 달려 별이 쏟아지는 하바롭스크에 도착한다. 그사이 무국이 끓어오르고 무국이 끓어오를수록 여자의 고통도 커진다. 여자는 왜 고통에 시달리는가.

　생활인으로서 현실적 삶이 가하는 억압과 권태, 육체 안에 갇혀 꿈틀거리는 여행 또는 탐험 욕구가 현실화되지 못하기 때문이다. 따라서 점점 속도를 높여 시베리아를 횡단하는 열차는 혹한의 바람과

눈보라를 호환하는 욕망의 기표이면서 극심하게 억압된 화자의 내면 욕구를 대리하는 심리적 기표이다. 즉 화자의 무 써는 행위는 표피적으로는 식구들의 밥상을 준비하는 행위이지만 억압된 자신의 처지와 자아를 난도질하는 폭력적 자해 행위이기도 하다. 나아가 그런 자아에 대한 공격적 행위를 낳는 삶의 제반 조건들에 대한 저항적 분노의 분출이기도 하다.

시의 후반부에서 피가 뚝뚝 떨어지는 장면이 목련의 낙화와 연결된 것은 지극히 당연한 귀결이다. 결국 시인의 무 써는 행위는 무(無)를 써는 행위, 자기 존재의 무(無)를 직시하여 무화(無花)를 꿈꾸는 행위다. 권태와 억압의 일상을 유희적으로 돌파하려는 자기 애도의 행위이자 일상에 점점 잠식되어 가는 자아에 대한 비애의 처단 행위다.

이처럼 문혜진의 시에 나타나는 몸은 목소리 없는 육체고, 사물에 전이된 나의 고통을 사물로 처단하는 낯선 제사장의 육체다. 반면에 김행숙의 시에는 정반대의 육체 없는 목소리가 등장한다. 죽은 자의 몸을 빠져나온 목소리가 세상을 떠돌며 현실과 꿈의 경계를 무화시킨다.

무덤을 안은 듯이 목소리가 나오지 않는다. 나는 죽은 사람 비슷하다.

목소리는 나를 떠나 정처 없이 떠돌아다니고 있다. 도처에서 내 목소리를 들었다는 증언이 쏟아졌다. 언젠가는 잃어버린 목소리를 찾아 헤매다가 내 목소리와 똑같은 목소리를 직접 들은 적도 있다. 나는 나를 쫓아갔지만 점점 더 멀어져 갔다.

또 무서운 꿈을 꿨구나. 어린 시절에 엄마는 나의 혼란을 그렇게 정리해 주었다.

꿈이면 무서워도 괜찮고, 아파도 괜찮고, 죽어도 괜찮고, 죽여도 괜찮은 것일까. 그래서 인생을 꿈꾼다고 말할 때 두 눈을 껌벅이는 것일까. 인생이 꿈같으면 죽었다가 살아나고 죽었다가 살아나고 죽었다가 …… 진짜처럼 죽었다가 또 거짓말처럼 살아나기를 얼마나 되풀이하게 되는 걸까. 이것이 대체 몇 번째 겨울나무란 말이냐. 분명히 꿈에서 비명을 질렀는데 일어나 보면 현실에서 비명을 지르고 있었다.

나는 지금 몇 번째 봄나무를 기다리고 있는 걸까. 한 그루 겨울나무를 알몸처럼 껴안고 있다. 펄펄 흰 눈이 내리고…… 설령 여기서 내가 잠이 든대도 이것은 꿈같지 않다.
— 김행숙, 「겨울-나무로부터 봄-나무에로」(『현대시』, 2017.4) 전문

황지우의 시에서 제목을 빌려 온 시로 죽은 자처럼 목소리가 나오지 않는 화자가 등장한다. 목이 잠겨서 목소리가 나오지 않는 것이 아니라 목소리가 몸을 떠나 정처 없이 세상을 떠돌아다닌다. 육체 없는 목소리가 홀로 세상을 떠도는 모습은 꿈속의 장면 같다. 그러나 꿈이 아니라 현실이다. 어릴 때 이런 정신적 혼란을 엄마는 꿈으로 깨끗하게 정리해 주곤 했다. 문제는 어린 화자의 혼란스런 경험이 성장 이후에도 지속되었고 지금 또한 강박적으로 지속된다는 사실이다. 분명 꿈에서 비명을 질렀는데 깨어나 보면 현실에서 비명을 지르고 있다.

꿈과 현실의 경계 구분이 지워진 무경계 지대, 삶과 죽음이 공존하는 무한 지대를 떠돌며 시인은 내적 혼돈과 고통을 겪고 있다. 이런 자신의 육체적 상황을 '겨울나무'로 표현한다. 알몸 전체로 눈과 얼음으로 뒤덮인 겨울나무를 끌어안고 있는 상태가 곧 시인의 현재적 상황이다. 물론 봄-나무를 임시적으로 상정하고는 있지만 적극적 희망은 유예되어 있다. 무덤을 안은, 죽은 자의 몸이 곧 현재의 시인 자신이고 육체 없이 세상을 떠도는 목소리는 시인의 시로 읽힌다. 죽은 육체와 세상을 떠도는 목소리는 시인의 현실과 이상, 생활과 시를 대리하면서 오늘의 현대사회가 직면한 혼란의 사태들, 사각(死角)의 세계가 태동시킨 무수한 참상들을 직시하게 한다.

지형도 6.
연인들, 언어의 빛과 은폐된 그늘

　'시인'의 눈동자가 '대상'에 입맞춤할 때, 시선에 의해 '자아-대상'은 미적 연인 관계로 발전한다. 이후 '언어'가 개입되고 '씀'의 행위가 포개지면서 관계는 좀 더 복잡하고 미묘한 관계로 변한다. 즉 시작(詩作)은 언어에 내재된 죽음의 눈으로 대상의 이미지와 숨소리, 대상의 의미와 물적 현상 등을 낯선 시공으로 포착하는 연애의 시작 행위다. 또한 대상과의 내밀한 교감과 섹스를 통해 대상의 심층적 존재 상황 바닥까지 가닿아 대상이 직면한 실존과 비애, 대상의 멸절과 의미의 허무, 그리고 사라진 대상의 맞은편에 알몸의 단독자로 남는 시인 자신의 죽음과 부재를 통찰하는 반성적 무위(無爲) 행위이기도 하다.

　따라서 시의 문장에는 시인의 '봄'과 '씀'의 과정을 겪은 '아픈 몸', '실연한 알몸'이 내포된다. '봄'의 행위에는 시인의 감각과 주관이 투영되고 대상에 대한 관념, 지식, 상상, 편견 등이 다양하게 흡수된다. '봄'은 세계와 시인의 육체적 대화, 침묵 속에서 이루어지는 일종의 밀월 행위다. 그리고 '씀'의 행위는 언어를 매개로 이루어지는 병렬, 배치, 여과의 과정이기에 시인의 의식과 무의식이 자동적으로 투영된다. 따라서 '자아-언어'의 관계가 조응과 화합의 관계냐, 결여와 결핍의 관계냐, 불화와 갈등의 관계냐에 따라 언어화된 대상 세계가 실제와 상당한 이격을 이룰 수밖에 없다.

시의 문장은 세계와 시인의 운명적 만남과 참담한 이별이 수시로 발생하는 곳이다. 시간은 실종되고 공간은 파괴되고 현실에서는 불가능한 환상과 몽상이 수시로 펼쳐지는 불가사의한 곳이다. 이 낯선 시공간의 개진 과정에 대상들의 세계에 대한 '앎' 또한 개입한다. '봄'은 '앎'의 선후에 동시다발적으로 태동하는 행위로 이전의 '봄'들을 왜곡하거나 살해한다. 다시 말해 시인의 '봄'은 단순히 대상의 외관을 바라보는 행위를 넘어서서 대상을 적극적으로 살리기 위해 대상을 참혹하게 죽이는 행위인 것이다.

아울러 '봄'은 '씀'에 선행하지만 반드시 '씀'을 결정하는 것은 아니다. 시인의 '본다'와 '쓴다'라는 동사 행위가 반드시 인과 관계인 것은 아니라는 말이다. 이런 비인과 관계 혹은 불합리 관계는 육체와 그림자, 대상과 언어, 언어와 의미의 관계 등에서 수시로 나타난다. '봄'과 '씀'과 '앎'의 행위는 기묘한 연인 관계고 삼각의 관계이어서 질투와 시기, 갈등과 번민, 망실과 실종의 시간을 겪는다. 이런 관점에서 말과 대상, 언어와 세계, 육체와 그림자, 실재와 환영의 관계를 밀착하여 시 텍스트의 하부구조를 고찰하는 접근이 필요하다.

연인—실종이 반복되었다

A는 자신의 그림자 속에서 껍질이 얇게 벗겨지는 낙과들을 주웠다

∀라면 별이라고 불렀을지도 모른다 그 아이는 갈변한 심장을 둥글

게 돌려 깎아 그것을 독사라고 불렀으니까

A는 심연에 세 들어 사는 사람, 불안해서 너무 불안해서 집을 데리
고 외출하는 사람
∀는 기척을 내지 않는 사람, 빈집의 표정에서 분명한 적의를 읽어
낸 이후로 집이 없어진 사람

(중략)

A는 입맞춤이 완성된다,라는 동사와 어울린다고 적는다
이제는 ∀라면…… 떠올려 보지 않아도 쓸 수 있게 된 것이다
A를 보는 ∀의 눈동자는 텅 빈 메아리로 가득 차 버렸다
눈동자뿐 아니라 그의 온몸이, 그리고 끝이 붉은 바늘 하나가 그 심
연 속을 떠다녔다

닮은꼴 삼각형이 찢어지면 생소한 기하학에 적응해야 하는데
A를 ∀로 뒤집은 이후로는 어김없이
실종이 반복되었다
　　　　　　　　　　—원성은, 「더블」(『문학과 사회』, 2017.여름) 부분

　원성은의 시에는 기억을 실종하는 언어들, 자아를 망실하는 기호
존재들이 나타난다. 언어로 하여금 몸과 몸의 기억과 시간을 잃게
하는 은폐의 언술이 나타난다. 그녀의 시에서 언어는 이중적으로 사
용된다. 자아의 내면 상처와 슬픔을 환기시키는 기제이면서, 자아의
감정과 본능을 은폐시키는 은닉 도구 또는 장치로도 사용된다. 너무

나 또렷한 기억의 상처들 때문에 역으로 반대편 세계의 언어나 문장들이 백지에 반복적으로 깔리는 경우라 할 수 있다.

망실된 시간, 사라진 자아를 언어로 가시화할 때 기억이 반복적으로 실종되는 현장이 바로 백지고 자신의 시다. 원성은의 시는 이런 실종과 증발의 언어로 기억 복원의 한계성과 재현 미학의 허구성을 꿰뚫어 본다. 사물들의 현상 세계와 글자들의 백지 세계 사이에 시인은 서 있고 그곳에서 양쪽의 세계, 육체와 그림자의 세계를 오가며 시적 상상이 펼쳐진다. 그곳은 기억이 보존되는 곳이 아니라 기억이 연기처럼 망실되는 곳이고, 세계가 투명해지는 곳이 아니라 세계가 불투명해지는 곳이고, 의미가 확정되는 공간이 아니라 의미가 지연되고 무한 분산되는 곳이다. 기하학적 공간이면서 기하학이 살해되는 공간이다.

그러니 기억을 망실하는 자가 기억을 병으로 앓는 자로 묘사되는 것은 지극히 당연하다. 시간이 휘발되고 인간과 사물의 관계는 역전되거나 상치된다. 주목되는 것은 시인이 이 불치의 병으로 새로운 시계(時計)를 발명하려 한다는 점이다. 반복되는 기억의 실종은 새로운 시계(視界), 새로운 시계(詩界)를 낳는 창조적 역설의 기제가 된다.

∀는 육체의 심장을 독사라 부르는 아이, A와 상반된 심리를 지닌 아이다. A가 극심한 불안 때문에 심연에 침잠하는 자라면, ∀는 반대 세계를 대리하는 인물로 A의 반(反)영상에 가까운 A의 은거지에서 적의를 느끼는 자이다. A와 ∀의 관계는 육체와 그림자의 관계, 어른과 아이의 관계, 실재와 환영의 관계 등으로 확장될 수 있다. 이때 시인은 A와 ∀를 동시에 응시하는 자, A와 ∀로 쪼개진 기하학적 쌍생아를 관찰하고 기록하는 자로서 이 과정 전반에서 누설되고 증발하는 시간, 기억, 감정 등을 실종의 관점으로 조망한다.

그런데 이 과정에서 A를 거꾸로 뒤집어 탄생되는 ∀의 시간, 이 둘 사이의 세계와 기억과 풍경들이 모두 언어로써 기록될 수 없다는 심연에 도달한다. 그래서 '자아-언어-세계'의 사랑과 균열이 낳은 망실들을 개방적 전개와 종결로 이끌어 간다. 닮은꼴이면서 이 닮은 꼴이 해체되거나 찢김이 벌어질 때 이전의 기하학적 관계와는 다른 생소한 기하학적 관계가 형성될 수밖에 없는 것이다. 이렇게 발생한 실종이 거듭 반복되기에 슬픔은 배가된다.

결국 더블은 A와 ∀, 애증과 망각을 지속적으로 경험하는 자아들의 거울 관계고 그림자 관계고 연인 관계다. ∀는 세계 재현에 대한 언어의 불완전성과 시간의 증발 현상을 목격하고 체화하는 A의 거꾸로 선 쌍둥이다. A와 ∀를 응시하는 시인의 두 눈동자 속에 남는 것은 대상에 대한 부재와 무, 자아의 죽음의 환상이다. 자아에 대한 시인의 기호적 인식과 기하학적 관계 설정이 재미있는 시다.

나다가 입을 벌리자 크고 작은 물고기들이 쏟아진다

나다는 머리를 거꾸로 처박고 양탄자, 가죽 구두, 세발자전거, 군용 건전지를 토한다

더 이상 나올 게 없다고 생각하지만, 식도 어디쯤에 커다란 관이 하나 박혀 있다

나다는 겁에 질려 있다 도시 전체를 뱉어야 할지 모른다

나다는 안주머니에서 사진을 꺼내고, 나다에게 자신을 증명한다

이 건물의 출구는 모두 막혀 있다

나다는 다시 나다에게 말한다; 어떤 춤을 출까?

나다는 흰 장갑을 낀 그림자를 보며, 입속에서 간신히 빨간색 지붕과 안테나, 그리고 안테나 줄에 걸린 까마귀를 토하기 시작한다

나다는 그제야 깔깔대고 웃는다

나다는 사무실로 돌아가 서류 뭉치가 쌓인 책상 앞에 앉는다

회전의자가 밤낮없이 빙그르르 돌고 있다

나다는 의자에 앉는 나다를 보면서, 아까보다 크게, 더 크게 깔깔대

며 웃는다

—박성현, 「하드보일드 nada」(『현대시』, 2017.6) 전문

카프카의 소설처럼 이 시는 도시 공간 속에서 느끼는 분열과 환각을 그로테스크한 유머로 희화화하여 자아의 실존을 그림자 시선으로 응시한다. 나다(nada)는 도시의 조직 체계의 한 구성원으로 서류 뭉치가 수북이 쌓인 사무실에서 일하는 소문자 인간이다. 그의 육체는 죽음의 공간, 즉 물고기와 까마귀들이 은거하는 문명의 공간이다. 양탄자, 구두, 자전거, 건전지 등이 몸의 세부를 채우고 있는 상태인데, 주목되는 것은 이런 비인간성을 환기시키는 사물들 자체가 아니라 사물들을 입을 벌려 게워 내는 모습이다. 겁에 질린 채 머리를 거꾸로 처박고 몸 안을 가득 채운 죽음의 상징물들을 끝없이 게워 내고 있다.

광대한 문명의 점령지로 뒤바뀐 나다의 육체를 통해 시인은 안팎이 뒤바뀐 기계 사회와 기계 인간들, 그들의 몸을 점령한 죽음을 그로테스크 사실주의 시선으로 펼쳐 놓는다. 현대인들의 주거지인 도시를 죽음의 공간으로 보기 때문이고, 인간의 육체 또한 조직화된 건물 또는 공간과 다를 바 없다는 차갑고 냉정한 인식 때문이다. 나아가 시인은 사물과 인간, 인간과 언어, 언어와 대상의 관계를 인과성이 파괴된 불협화음의 세계로 수용한다. 즉 관(棺)의 세계로 은유한다.

흥미로운 건 이 게임의 현장에 흰 장갑을 낀 그림자가 목격자의 신분으로 함께 등장한다는 점이다. 나다의 육체는 사물(死物)화된 도시를 대리하는 시공간의 집적물인데, 죽음에 점령된 육체 속의 사물들을 비워 내고는 함께 춤을 추자고 그림자 나다가 나다에게 말한다. 이 몸 없는 자의 장난스러운 제안 때문에 극심한 불안과 공포는 유희와 유머의 웃음으로 전환된다. 시의 뒷부분에서 빙그르르 반복 회전하는 의자의 등장은 공포의 유희 행위와 시간의 반복성을 환기시키면서, 그 순환의 잔혹함이 끝없이 계속될 것임을 암시한다. 따라서 나다가 나다를 보며 깔깔거리는 모습은 겉웃음의 이면에 내재된 극도의 공포와 환멸을 환기시킨다.

따라서 나다(nada)는 '나이다'라는 시인의 자아의 인칭 균열로 봄이 타당할 것이다. 1인칭 나의 3인칭 은폐 또는 위장으로, 언어의 의도적 균열을 통해 자아의 무한 분열을 유희적으로 은폐하는 것이다. 왜 시인은 이런 자아 은폐를 시도하는 걸까. '나다'라 호칭되는 순간, '나다'는 3인칭이 되면서 주체의 분열을 객관화시키기 때문이다. 나를 타자화하여 보다 냉혹하고 중립적으로 자아를 관찰할 수 있기 때문이다. 어쨌든 시인은 자신의 육체와 욕망을 객관화하고 자아의 무한 분열을 언어로 조직화하여 은폐하는 문장 진술을 운용하고 있음이 분명하다. 3인칭의 세계의 무소속 허구 인물로 자신을 특정화하여 대상을 지연시키고 세계를 지연시키고 나아가 의미와 해석을 무한히 확장하겠다는 의도일 것이다.

결국 나다는 세계와 언어와 자아에 대한 시인의 분열적 시선이 낳은 충격적 육체이자 사실적 공포물이다. 그러기에 나다는 죽음에 포획된 채 문명의 도시를 살아가는 우리의 또 다른 이름 '나'이다. 박성현의 시는 사물과 현상의 단순 재현이 아니라 사물과 세계, 인간과 도시, 육체와 그림자를 언어로 잘게 쪼개 하드보일드 시각으로 재편한다. 그의 시의 반미학과 반동성이 여기에 있다. 그의 시에서 언어와 죽음, 육체와 세계는 상동의 관계고 환멸의 또 다른 이름들이다.

낮 동안
낮게 끌려다니던 그림자가
밤이 되자, 나를 커다란 보자기로 싸서
들고 간다.

그림자는 어느 생에서 내가 절벽으로 밀어 버린 연인이었을 것이다.
어느 날,
몸을 잃고 흘러 다니는 물일 것이다.

(중략)

잠의 구멍으로 나는
꿈을 본다.

물속에 빠져도 낮은 낮이고 밤은 밤인데, 사람은 왜 시체일까? 잠
속에 빠져서
꿈은 시체의 삶일까? 꿈속에 빠져서

(중략)

삶은 시체의 꿈일까? 불을 켜듯

누군가 그의 이름을 부르고······

언제나 부르는 사람의 바닥이 가장 깊어서 그 아래 낮에도 고여 있
는 밤처럼,

(중략)

빗방울에도 얼굴이 있다는 것이 신비로웠고, 목소리에도 해변이 있
다는 것이 아름다웠다.

— 신용목, 「그림자 섬」(『시인동네』, 2017.5) 부분

육체의 종속물이었던 그림자가 주객의 관계를 전도시켜 행위의
주체로 등극하는 시간이 밤이다. 밤의 복원 또는 환원은 낮의 직선
의 시간관이 깨지고 곡선의 세계, 액체의 상상력이 부활하는 시간대
다. 그림자가 나의 전생의 연인, 흘러 다니는 물로 그려지는 것은 시
인의 이러한 시간 인식 때문이다. 잠을 통해 꿈이 현실화되고 생사
가 뒤바뀌는 장면이 연출되는데, 낮이 이성과 합리성의 세계라면,
밤은 감성과 본능이 살아나는 환상성의 세계다. 따라서 낮의 육체는
밤의 사체로 탈바꿈하고 주검과 동체(同體)로 꿈속을 거닐고 비이성
의 세계를 살아간다.

주목되는 것은 이런 가사(假死) 상태의 몸에도 이름이 남아 있고,
그런 기묘한 '육체–언어'의 관계를 아름다움으로 보는 시인의 독특
한 시선이다. 이런 역전된 사랑의 시선으로 보면 삶은 사체가 주는
꿈일 수밖에 없다. 애증과 분노 때문에 사랑하는 상대를 죽음으로
몰아넣는 이해 불가의 연인처럼 육체와 그림자의 관계가 낯설게 그

려져 있다.

　꿈속의 경험이 물속의 잠수 경험으로 묘사되면서 빗방울은 꿈을 반영하는 이미지로 등장한다. 빗방울은 얼굴을 가진 존재, 표정과 웃음과 눈물을 지닌 감정적 사물로 승격된다. 보다 심원한 것은 빗물 소리에서 시인이 오래전 생의 연인의 목소리를 듣는 장면이다. 현생과 전생을 연결하는 심층적 시선에 의해 목소리는 아름다운 해변이 된다. 시간에 대한 원(圓)의 상상력이 목소리라는 청각과 해변이라는 시각을 하나의 연인으로 연결한다.

　그림자가 섬으로 인식되는 것은 사라진 육체 또는 가사 상태의 몸을 통해 존재의 고독과 단독자의 슬픔을 묵언으로 전하기 때문이다. 역설적 아름다움을 지닌 이미지인 셈이다. 시인은 육체와 그림자의 관계 역전을 통해 인간의 존재와 죽음, 서정의 기원, 시간의 망실을 응시하고 있다.

　꽃모자를 만들어 썼어요
　삼단 케이크처럼 높은 꽃모자를
　색색의 꽃을 층층이 꽂아 목을 휘청거리며 우린 걸어갈 거예요 갈대
다발로 된 튼튼한 목뼈 위에
　웃는 머리를 실어 나릅니다

　아슬아슬 빛나는 미인이 될 거예요 모자 위에 아름다운 정원을 꾸미
고 모자 위에 개를 키우고
　아이들과 물장난하며 모자 위를 뛰어다닐 거예요

　쳐다보는 쪽으로

꽃잎을 뿌리며 갑니다

죽은 새로 저글링하며

머리로 북을 치고 귀에 나팔을 꽂고 지나갑니다 나팔 끝에는 파리
들이 붐비고 있어요 빛나는 맨발로 돌밭을 걸으며 오랜 순결을 학대할
겁니다

구경하던 등들이 딱딱하게 굳어 가고 울던 아이는 목젖만 남아 미아
가 돼 떠돌고

한껏 부풀린 솜사탕은 묘지 옆에 꽃나무로 서 있습니다

모자는 뒷산을 엎지를지도 모르지만

미래의 식탁으로부터 모든 과일을 빼앗아 울퉁불퉁 이상한 모습으
로 비대해질지 모르지만

(중략)

뜨거운 햇볕이 내리쬐고

모자에 불이 붙고

모자는 우아하게 걸어갑니다

강물에

그을린 원통형 머리들이 둥둥 떠다닙니다
— 김미령, 「쳐다보는 쪽으로」(『시인동네』, 2017.6) 부분

김미령의 시에서 모자는 응시와 인식의 역전을 낳는 진원지 역할을 한다. 고정관념이나 획일화된 시선, 정형화된 사고를 역전시키거나 붕괴시키는 대리 공간으로 사용된다. 모자 위에 정원을 꾸미고 개를 키운다는 생각, 거기서 아이들과 물장난을 치며 뛰어다니는 건 모자의 전형적 기능과 역할을 부정하여 초현실적 오브제로 활용하겠다는 의식의 표출이다.

중요한 건 이때의 모자 행위를 제한하거나 강화하는 시선이 간섭된다는 점이다. 화자는 모자를 아름다운 꽃으로 장식하고 "쳐다보는 쪽으로" 걸음을 옮긴다. 그런데 이때의 장식은 유희적 가면에 가깝다. 다시 말해 아름다움으로 치장된 인식들을 배반하거나 조롱하려는 것으로 의도적 치장에 가깝다. 즉 시인의 행보는 순수와 순결로 정화된 숭엄한 자들, 맹목과 낭만을 강요하는 자들의 내면 욕망을 역설적으로 공격하여 전복하려는 의도가 깔린 발걸음이다. 모반과 위반과 전복의 의식을 숨긴 보행이다.

겉으로는 미소를 잃지 않고 생글거리면서도 속으로는 구경꾼들의 머리통을 파쇄하거나 방화(放火)하고 싶은 것이다. 그래서 모자에 불이 붙어도 불타는 모습 그대로 연기를 뿜으며 우아하게 걸음을 지속하는 것이다. 따라서 마지막에 등장하는 원통형 머리들은 시인 자신의 육체이자, 세계와 현실을 안일한 시선으로만 응시하고 해석하는 통념에 사로잡힌 자들의 절단된 방화(放火) 육체이기도 하다.

표리상반(表裏相反)의 문장 운용을 통해 시인은 기존의 통념적 세계를 시니컬하게 흔들고 있다. 일상의 죽은 시선을 뒤집어 불 지르는 역(逆)시선의 활용이 주목된다. 시인은 지금 우아하면서도 공격적인 발걸음으로 가면의 방식을 사용해 가면 속의 욕망을 그로테스크하게 노출하면서 시의 보폭을 넓혀 가고 있다. 시인은 이미 미래의 시간대까지 자신의 발걸음을 옮겨 놓고, 그것이 비대해질 것으로 비치리란 걸 예측하고 있다. 마을을 지나 죽은 시선들이 사라질 때까지 시인의 보행이 흔들림 없이 지속되었으면 좋겠다.

> 문득, 우리는 텅 비어 있다
> 계속 걸어가다 보면 몸은 가늘어지고 만다
> 펄럭거리는 문을 두 팔로 붙잡고
> 이 방에서 저 방에 걸친 책이 되어
> 하지만 펼쳐진 내용을 보라
> 수십 마리의 지네가 우글거린다
> 나는 그것들을 문장이라 부른다
> 무궁무진한 방문객에 비하면
> 갑자기 한 눈초리에 걸려 넘어져 버린다
> 그럴 때, 인간은 돌연히 풀어져 손가락 마디에 속한다
> 더 내성적인 글쓰기가 내 몸 위를 기어 다닌다
> 지네들은 인간의 길이를 측정하면서
> 이 내륙에서
> 탯줄이 되기 위해 매끄러운 살갗을 애무한다
> 그것이 내가 유일하게 도달한 의미이므로
> ─김호성, 「전례 없는 더위」(『서정시학』, 2017.여름) 부분

육체가 책이 되는 상상력 속에서 시인이 응시하는 것은 육체의 내부, 책의 내부다. 문장들이 수십 마리 지네들로 변주되어 있다. 인간의 몸이 사물화되는 끔찍한 공간에서 육체를 구성하는 것들이 아름다운 서정의 이미지가 아니라 그로테스크한 충격과 불안의 이미지

로 채워져 있다. 무더위 속의 도시를 걸어가면서 화자의 몸은 점점 가늘어지고, 그것이 지네 이미지로 수용된다. 즉 육체는 공포와 불안으로 뒤덮인 문장으로 가득 찬 사물, 즉 사각의 책이 된다.

여기서 육체의 사물화 자체보다 문제적인 것은 그런 사물화되는 상상과 환상을 낳는 외적 상황들과 그것이 지시하는 실질적 메시지다. 전례 없는 무더위가 횡행하는 도시 공간은 물질화된 현대사회 전체를 지시하는 제유의 기표고, 더위는 인간의 육체와 정신을 황폐화시켜 극단적 공포물로 전락시키는 문명의 시간 전체를 아우른다. 그런데 아이러니컬하게도 이런 불구의 상황에서도 화자는 탯줄을 상정한다. 지네가 된 문장들을 통해 인간의 길이, 인간의 시간, 인간의 내륙을 탐험하면서 인간의 근원적 태동 공간, 삶과 죽음의 연원을 탐색하려 한다. 이것이 초현실적 상상과 지네의 문장들을 통해 시인이 가닿으려는 궁극적 지점일지 모른다.

문자와 인간의 관계가 역전되어 문자가 인간을 삼키는 역설의 암호로 승격되는 상상을 통해 시인은 인간을 다시 바라본다. 현대의 문명사회에서 기호의 종속물로 전락한 인간을 그로테스크한 시각으로 응시하여 인간이 처한 실제 상황을 충격적 장면으로 배열하고 있는 것이다. 시인은 왜 이런 태도와 방식을 형식화하는 걸까. 시의 언어를 통해 인간 본원의 순수 또는 빛의 회복을 꿈꾸기 때문이다. 그러기에 '단단한 치아가 된 언어'는 시인 자신의 내성적 글쓰기를 지향하는 내면 욕구이면서 미래를 향한 의지의 표상일 수 있다. 양지(陽地)를 지향하는 의식의 지향성이 역으로 어둠과 공포의 상상력을 낳고 있는 셈이다. 일종의 역설과 반어의 전략이다.

김호성의 시에서 이빨이 금강석의 언어를 지향하는 시인의 자의식을 반영한다면, 석민재의 시에서 이빨은 고통과 상처의 발아 주체

로 등장한다. 시인의 몸에 고통과 상처를 배가시키는 이미지이면서
도, 세계와의 싸움을 위한 대결 도구로 사용된다.

껍질째 감자를 볶으며 왼쪽 신장(腎臟)에 박혀 있는 일곱 개의 이빨
을 만졌다 물을 자주 마실수록 이빨을 점점 더 아프게 물어뜯었다

부리가 심장을 향해 자라는 새가 있었다

더 이상 전설의 고향이 무섭지 않았을 때 우리는 할아버지가 붙여
준 일곱 난쟁이식 이름을 버렸고 내 몸엔 피 대신 바닷물이 흘렀다

이단(異端),이라고 불렀다
나는 다르다는 것을 자랑스럽게 여기고 다녔다

겨울의 뼈가 태양의 왼쪽 옆구리를 하얗게 찔렀을 때 세상은 투석
(透析) 중이었다

더 이상 부리로 먹이를 먹을 수가 없게 된 코뿔새가
심장을 쪼아 먹으며 죽었다

이갈이를 시작했을 때 갓난아이를 잘 재우는 법과 형제들에게 총
을 겨누는 법을 동시에 가르쳤다

죽은 것은
코뿔새였을까, 정오의

감자는 이빨이 박혔던 곳마다, 싹이라고 부르는 푸른 독(毒)을 틔웠다

—석민재, 「코뿔새가 태양의 심장을 찔렀을 때」

(『시인시대』, 2017.여름) 전문

부리가 심장을 향해 자라는 새는 육체에 내재된 고통의 수위가 매우 크고 근원적임을 암시한다. 부리가 점점 자라 자신의 심장을 찌르고, 더 이상 다른 먹이를 먹을 수 없을 때 새가 할 수 있는 유일한 생존 방법은 자신의 심장을 파먹는 것뿐이다. 코뿔새는 성장 과정에서 고통 속에서 죽어 간 자아의 슬픔과 분노를 대리하는 사적 이미지이면서 공적 이미지이다. 이 점이 문제적이다. 코뿔새의 부리가 파먹은 심장이 시간의 상징물인 태양이기도 하다는 점, 즉 코뿔새는 낮의 시간의 정점인 정오의 심장을 찌르는 새다.

이런 설정은 코뿔새가 죽음 이후에도 여전히 죽지 않고 시인의 육체에 고통을 낳는 불사의 주체임을 의미한다. 나아가 시인 스스로 그 고통을 감수하면서까지 공격해야 할 반대편의 세계를 상정하고 있음을 암시한다. 이성의 세계와 합리성의 시간대 말이다. 그러기에 코뿔새는 단순히 시인의 내적 고통을 대리하는 소극적 소재에서 벗어나 인간의 폭력적 규율과 사고가 낳은 이성의 시간 전반을 공격하는 반이성적 공격 기표로 승격된다. 남성 중심주의 세계관과 가치 체계, 모든 권력적 제도와 시스템을 공격하는 반항의 저항 기표가 된다.

흥미로운 건 코뿔새가 시인의 의식의 반영물이면서 무의식적 자아의 은폐물 내지 변형체이기도 하다는 점이다. 화자 스스로 유년

의 성장 과정에서 남과 다름을 깨닫고, 그런 자신이 이단(異端)으로 불리고, 그런 호명을 자랑스럽게 여겼다는 점에서 미루어 짐작할 수 있다. 이 고통의 성장 시기를 시인은 겨울로 상정하고 있는데, 중요한 것은 이 고통이 수반된 겨울의 시간대 동안 세상은 계속 투석 중이었다는 사실이다. 세상은 병든 환자였고, 시인은 그런 현실의 실상에 눈을 뜨기 시작했다는 것, 그리하여 형제들에게 총을 겨누는 법을 배우고, 추위와 어둠 속에서 눈을 뜬 감자의 싹이 혹독한 죽음을 대가로 얻어 낸 독(毒)이라는 걸 깨닫는다.

고독과 상처 속에서 자아는 성장했지만 그 성장의 어둔 그늘 속에 드리워진 태양의 완력과 공포, 남성적 담론들이 낳은 부작용을 시인은 주시하고 있다. 이런 내밀한 시각과 통찰을 더욱 예리하게 벼리고 더욱 과감한 상상력을 통해 자신만의 세계를 확장해 나갔으면 좋겠다.

제2부

지형도 7.
은폐를 은폐하는 세계, 유보되는 텍스트

1. 웃는 해면체 가면들

세계는 끊임없이 은폐된다. 은폐한다는 의식조차 없이 세계는 자신의 죽음을 은폐한다. 사물은 은폐된 이미지들의 총체이자 일시적 가시 현상으로서의 존재물이다. 어쩌면 그것은 세계와 사물의 본능이고 시간의 속성일지도 모른다. 인간 또한 예외는 아니니 인간의 언어는 말할 것도 없다. 시를 통해 시인은 자신과 세계를 노출한다고 생각하지만 오히려 언어는 시인의 의식을 배반하면서 세계를 은폐시킨다. 인간의 상상적 혼이 투영된 예술품 또한 세계를 구성하는 하나의 물질로서 은폐의 형식으로 존재한다. 세계는 그런 은폐를 내재한 시각적 물질들과 비시각적 관념들로 채워져 있다. 그러나 이 모든 풍경과 관념의 내부는 텅 비어 있고, 그 텅 빈 항아리에선 끊임없이 모래와 죽은 자들의 재가 흘러내린다. 모든 존재들의 귀착점인 이 텅 빈 무(無), 세계는 그것을 위악적으로 은폐한다. 카오스적 빛과 어둠, 현란한 음(音)과 색(色)으로 자신의 주검을 덧칠하여 위장한다.

노출을 통한 이러한 역설적 은폐는 청각 지대에서 더욱 자주 일어 난다. 하울링(howling)은 스피커의 음파가 스피커나 마이크로폰에 영 향을 미쳐 특정 진동수의 울림을 낳는 현상을 말한다. 마이크의 울 리는 소리, 삑삑거리는 소리, 짓이기는 듯한 목소리 등이 동시에 공 명해서 울릴 때 사람의 귀라는 감각기관은 각각의 소리를 명확하게 구분하지 못하고 왜곡하여 수용하게 된다. 이러한 뒤틀림이 현실을 현실 그대로 받아들일 수 없게 만들고, 이런 왜곡이 수시로 벌어지 는 곳이 우리가 몸담고 있는 세계다. 현실은 끊임없이 자신을 노출 하여 현실을 은폐시킨다.

이곳과 저곳 사이에서 소리는 무한 증폭한다. 당신은 울타리를 넘고 당신은 개울은 건너고 당신은 숲에 다다른다. 부르튼 맨발로 목을 길 게 빼고 포효한다. 세상의 모든 귀신은 성대결절이 된 한물간 가수. 귀 신이 된 사람은 구름이 낮게 깔린 지방의 나이트클럽에서 한때의 유행 가를 부르지만. 아무리 불러도 사람들은 더 이상 박수를 치지 않는다. 오늘의 저녁이 오늘의 어둠을 부른 것이 아닌 것처럼. 유선의 기억이 당신을 형상화하고 우리는 그것을 추억할 뿐. 이곳에서 저곳으로 오늘 도 바람이 분다. 바람의 장막 위로 작은 손들이 나부낀다. 안녕 안녕 안녕. 그래, 죽은 당신을 부르듯이 차가운 나뭇잎은 무릎을 꿇는다. 한 사람이 한 사람을 떠날 때는 가장 먼저 소리의 말문이 막히는 것, 울다 지쳐 공중을 올려다보면 말없는 바람만 흐느끼고. 바람의 뿌리가 지구 의 표피를 감싸 안는다. 한 마리의 늑대가 한 마리의 늑대를 부를 때. 송곳니에 찍힌 공기들은 너덜너덜해진 만신창이로 구천을 떠돈다. 나 는 죽은 사람을 신뢰한다. 누군가를 신뢰한다는 것은 소리 안의 소리 를 껴안는 것. 완벽한 죽음은 떠나간 소리들을 소환할 것이다. 그 어떤

잡음에도 우리는 옅은 귀를 열지 않을 것이다. 죽은 사람은 말이 없고
말이 없는 사람은 죽음으로 관계를 왜곡한다.

— 김산, 「하울링」(『현대시』, 2013.9) 전문

소리에 소리가 덧씌워져 전혀 알아들을 수 없는 소리가 되는 현
실, 즉 사회 전체의 소통 시스템 문제에 대한 자각이 깔려 있다. 정
상적인 소리의 일탈된 뒤틀림이 왜곡을 낳고, 이 왜곡된 소리가 다
시 다른 소리들과 충돌해 또다시 왜곡을 낳는 은폐의 연속 공간이
우리의 현실이다. 시인은 현대의 첨단 매체들이 가져오는 불합리한
사회현상을 소리라는 측면에서 주목하여 그것의 은폐된 심층을 파
고든다. 주목되는 것은 화자가 살아 있는 자들의 세계보다 사자(死
者)들의 세계를 신뢰한다는 점이다. 죽은 자들은 하울링이 시작되기
이전의 원형적 소리, 즉 소리 이전의 소리를 간직하고 있는 존재들
이기 때문이다. 거대한 물질 자본 속에서 순수성이 빠르게 훼손되는
현실로부터 격리된 존재들, 존재와 부재의 공유 지대를 떠도는 자들
이기 때문이다. 재미있는 것은 이 죽은 자들의 유령이 현실 속의 산
자의 모습으로 현현하기도 한다는 점이다. 악귀의 모습이 아닌 통속
화된 일개의 군중, 지방의 나이트클럽을 떠도는 전성기 지난 무명
가수들처럼 희화화된다. 스스로 고립되어 타자화되어 가는 자들, 자
본주의 시스템에서 도태되어 하찮은 물적 존재로 전락해 가는 주체
들, 그들 사이에 서로에 대한 연민의 감정이 나타난다. 그러나 이때
의 연민은 은폐된 감정이다. 은폐의 세계 속에서 뒤틀리고 왜곡되어
가는 자신에 대한 공포를 또 다른 대상에게 잠시 표출하는 또 다른
은폐 행위인 것. 「명랑」은 이러한 위장된 자아의 위장된 감정, 가면
쓴 자들의 위악적 욕망을 발랄하고 경쾌하게 노출한다.

트렁크 팬티 속에는. 당신이 있다. 트렁크 팬티 속의 당신은. 트렁크 밖으로. 말랑말랑한 해면체를 늘어뜨린다. 딱딱한 보도블록을 걸을 때마다. 트렁크 속의 당신은 之로 흔들흔들. 파리바게트를 지나 아디다스. 롯데리아를 지나 노스페이스. 그 모든 지면의 마찰은 지스팟 지스팟. 트렁크 팬티 속의 당신을 오락한다. 트렁크 팬티 속의 당신은 트렁크 천정 위로 융기한다. 참고 참았던 구름이 지퍼를 열고. 검은 공중이 폭염의 도시를 백허그한다. 사람들은 일제히 찢어진 콘돔을 펼치고. 끈적끈적한 빗물은 사타구니를 적신다. 나무는 파랗지만 파란 것은 나무가 아니다. 이것을 이해하기 위해 많은 사람들이 복상사했다. (중략) 트렁크 팬티 수백 장이 걸어가고. 미끄덩한 한강대교를 발기한 지하철이 통과한다.

　　　　　　　　　　　　　　　　—김산, 「명랑」(『현대시』, 2013.9) 부분

　개인적 차원의 성 욕망과 사회적 차원의 물질 욕망이 동일한 선상에 놓여 있다. 트렁크 팬티 속의 해면체 성기가 흔들거리며 도심의 거리를 걸어가고 있다. 걸어가면서 억제할 수 없는 비밀스런 욕망을 드러낸다. 위장된 가면 뒤에서 충동적으로 이루어지고 있는 성적 발기와 유사 섹스 행위, 그로 인해 수반되는 사정의 과정이 노골적으로 묘사되어 있다. 그런데 이 성적 욕망의 분출은 자위적 상상을 통해 이루어지며, 트렁크 팬티 공간 내부에서 철저하게 은폐된 채 이루어진다. 이 시에서 중요하게 생각해 봐야 할 점은 3가지다. 첫째는 우스꽝스런 모습으로 희화화된 남성의 성기, 완벽하게 불안한 해면체가 바로 자본의 물결 속에서 점점 물화되어 가는 당신과 나의 모습이라는 점이다. 둘째는 그러한 성적 자위 행위를 끊임없이 자극하고 충동하는 주체가 무수한 외국명의 간판들이라는 점이다. 셋째는 이 모든 비밀스럽고 은밀한 성적 행위들이 공공연한 도시 공간에서 집단적으로 이루어지고 있으면서도 그것이 외적으로는 철저하게 은폐되어 있다는 점이다.

김산이 경쾌하고 발랄한 상상력으로 현실의 은폐 구조를 부각시킨다면, 강성은은 객차라는 이동 공간을 설정하여 현실의 불합리성과 모순성을 반성적으로 응시한다.

승객들은 모두 잠이 들었다 창밖은 빠르게 지나가는 겨울 나는 혼자 깨어 있다 끝없는 풍경을 바라보고 있다 화장실에 다녀왔을 뿐인데 내 자리는 보이지 않고 달리는 기차 안에서 길을 잃었다 맨 끝 칸으로 갔다가 반대로 돌아오면 알 수 있을 것 같아 나는 한 방향으로 나아갔다 끝에 다다른 곳은 기관실이었다 그곳에 기관사가 잠들어 있었다 그의 주위로 쐐기풀들이 무성하게 돋아나고 있었다 곧 뛰쳐나와 모든 객차를 뒤덮을 것만 같았다 나는 문을 닫고 돌아섰다 기차는, 우리는 지금 어디로 달리고 있는 걸까 반대편 끝으로 가야 하는데 아무리 걸어도 끝은 보이지 않았다 승객들은 모두 잠들어 있었다 빈자리가 있어 나는 그곳에 쓰러지듯 앉았다 눈을 감았다

—강성은, 「객차」(『POSITION』, 2013.가을) 전문

화자는 순차적 질서와 합리적 사고에 길들여진 자이다. 객차 내부에서 그는 자신의 논리로는 이해할 수 없는 초현실적 경험을 한다. 충격적인 상황을 벗어나기 위해 그는 열차의 끝으로 가지만 그가 도착한 곳은 기관실이고 기관사는 잠들어 있다. 이 장면의 설정은 의미심장하다. 기관실은 객차를 움직여 공간 이동을 가능케 하는 열차의 심장부이기 때문이다. 그 중요한 곳을 총괄하는 기관사가 잠들어

있다는 것은 이 기차가 꿈을 통해 움직여 나가는 이동 물체라는 의미를 띤다. 그러므로 기관실에 쐐기풀이 무성하게 자라 올라 객차 전체를 뒤덮어 버리는 것이다. 즉 객차의 내부는 논리적 사고가 오히려 방향과 위치를 상실케 한다는 점에서 합리적 연역을 거부하는 비논리적 공간이다. 이는 시인이 합리적 세계관을 부정하면서 불합리한 사건이 벌어지는 카오스 공간을 상상하고 있음을 암시한다.

객차 내부의 상황에서 생각해 봐야 할 점은 화자인 나만 깨어 있고 나머지 승객들은 모두 잠들어 있다는 사실이다. 잠든 자들은 꿈속의 세계에 빠져 있는 자들이고, 나는 꿈 밖의 현실 세계에 속해 있는 자이다. 나는 꿈꾸는 자들로부터 소외된 타자적 고립체, 무관심 속에 방치된 고독한 존재이며 꿈꾸는 자들로부터 추방된 존재다. 이런 화자의 고립된 모습은 거대 자본 조직 속에서 느끼는 현대인들의 은폐된 내면을 드러낸다. 그런데 꿈-현실의 이중적 상황 설정 자체보다 재미있는 것은 이러한 이중적 대립의 세계가 객차라는 하나의 시공간에 공존하면서 같은 방향으로 동시에 움직여 나가고 있다는 점이다. 이 운동 중인 객차의 궤적이 직선이면서 곡선이라는 점이다. 직선 레일이 끝없이 길어질 때 둥근 지구에서 직선은 곧 곡선이 되기 때문이다.

이 시에서 기차의 운동 궤적을 결정하는 것은 기차 자체도 아니고 기차에 탄 승객들도 아닌 기차 밖의 외적 조건들이다. 이 외적 조건들이 중요하다. 왜냐하면 기차는 지구, 기차 안의 승객들은 지구에 탄 인간들이기도 하기 때문이다. 그렇다면 과연 누가 꿈꾸는 자이고 누가 길을 잃고 기관실을 향해 가는 자인가. 이 시는 꿈과 현실이 하나의 몸으로 공존하면서 운동 중인 물체라는 자각, 세계와 인간에 대한 반성적 사유를 촉발시킨다. 기차는, 우리는 지금 어디로 달리고 있는 걸까.

2. 노출할수록 은폐되는 기이한 세계

강성은의 시에서 초현실적 상황은 현대인이 처한 소외감과 불안을 고조시키는 역할을 한다. 이성적으로 이해할 수 없는 불합리한 삶의 공간에서 길을 잃고 부유하는 현대인의 초상이 부각된다. 강성은 시의 초현실적 사건들이 꿈과 현실이 공존하며 삼투하는 주체의 바깥 공간에서 이루어진다면, 강지혜의 경우는 주체의 육체 내부 공간에서 그로테스크하게 펼쳐진다.

이를 닦고
소변을 봤고
거미를 낳았다

정확히 말하면 임신이라고 말하기 어려운
생리를 하는 동안에도 생리를 하지 않는 동안에도
거미가 나왔다
(중략)

거미를 낳다니
거미를 낳고도 밥을 먹을 수 있다니

소변을 참아 보았다
그러면
질이 가려웠다

아랫배가 아릿할 때까지

기다려

변기에 앉으면

열 마리쯤 되는 거미가

투두둑 투두둑

쏟아졌다

그렇게 참았다 거미를 낳으면

보통 때보다 다리가 긴 놈들이 태어났다

(중략)

얼굴에 굵은 털이 올라왔다

처음은 목에 털이 났다

족집게로 뽑았더니

출산만큼 아팠다

결국 얼굴은 털로 뒤덮였는데

생각보다 보드라워

놀라 버렸다

얼굴에 털이 난 뒤

손바닥과 발바닥에도 작은 돌기가 솟았다

—강지혜, 「영웅」(『시와 반시』, 2013. 가을) 부분

몸에서 초현실적이고 불합리한 현상이 벌어진다. 소변을 보려고
변기에 앉았는데 질에서 거미가 나온다. 소변을 참을수록 질은 더욱

가렵고 그때마다 다리가 더 긴 거미들이 나온다. 이때 질에서 나오는 거미를 화자는 '낳는다' '태어난다' 등의 동사로 표현한다. 그것은 거미가 외부에서 자궁 속으로 들어와 아기처럼 육체의 일부로 성장한 존재이거나 적어도 외적 자극에 의해 육체 내부에서 자생적으로 성장한 존재임을 암시한다. 다시 말해 거미는 실제의 거미라기보다는 화자의 환각적 망상에 의해 상상된 거미로 불안의 대리물 역할을 한다. 문제는 타인에게 분명하고도 자명할 망상 또는 착란 증세가 화자에겐 실재적 현실로 수용되고 있다는 점이다. 따라서 화자가 느끼는 자기 몸에 대한 이물감이 환각을 동반하고 그것이 초현실적 이미지로 변주되었을 가능성이 크다. 그런데 다행스럽게도 거미는 물에 닿자마자 죽고 모두 어디론가 사라진다.

문제의 심각성은 여기에서부터 시작된다. 사라진 줄 알았던 거미들, 그녀의 얼굴에서 무수한 털들이 돋아나기 시작한다. 처음엔 목에서부터 돋아나다가 얼굴 전체를 뒤덮는다. 손바닥과 발바닥에도 돌기들이 솟아나면서 그녀는 거미로 변해 간다. 카프카의 「변신」에 나오는 갑충으로 변한 주인공처럼 이 시의 화자도 거대한 거미로 변한다. 그런데 이 육체적 변화 과정에서 화자는 자신의 몸과 얼굴에 돋아난 털들을 뽑아내려 한다. 거미로의 변신에 대해 심리적 거부반응을 보이며, 털을 뽑을 때마다 출산만큼 아팠다고 고백한다.

강지혜는 인간의 육체 안에 깃든 불안과 악몽을 생리적 소변과 출산의 코드로 변주한다. 자신의 육체를 뚫고 나오는 통제할 수 없는 극도의 불안 때문에 일상적 삶조차 유지할 수 없게 된 여자, 그런 자신을 눈물 자국이 말라 사라지는 순간까지 꼿꼿이 서서 목격해야 한다는 점에서 화자의 고통은 극에 달한다. 그럼에도 불구하고 참혹한 현실 속의 자신을 냉담한 자세로 응시한다는 점에서 그녀는 분명 이 시대의 영웅이다. 매우 심각한 상황임에도 불구하고 그녀는 냉담하게 인생을 가르는 이분법을 생각한다. 거미를 낳는 자와 그렇지 않은 자, 고통을 겪는 자와 그렇지 않은 자, 환각을 믿는 자와 사실만을 믿는 자 등으로 세계를 단순화하여 양분시킨다. 이 양분 행위는 고통의 세계에서 고통받지 않는 자의 허구성과 은폐를 보다 객관적으로 드러내려는 의도된 설정일 것이다.

고통의 세계 속에 놓인 자신을 객관적 대상으로 응시하는 시선은 남지은의 시에도 나타난다. 강지혜의 시에서처럼 남지은의 시에서도 악몽과 초조의 이미지, 불안에 휩싸인 심리적 자각증상이 자주 나타난다. 강지혜가 화자의 육체 내부에서 벌어지는 불안에 주목하여 그것을 초현실적 이미지로 변주한다면, 남지은은 몸과 연계된 공간에서 벌어지는 외적 조건들로 하여금 불안을 증폭시킨다.

천장에서
검은 물이 떨어지는 동안

잠든 너는
욕조 속

더러운 아기를 기르거나
몸에 꽂힌 칼들을 뽑아내거나

잠깐
모빌이 흔들리면서
동시에 그 모든 것일 수 있다

외면할 수 있는가
너의 불행이 어디에서 자라는지

뒤돌아보는 너의 얼굴이 삐죽거린다
징그럽게 돋아나는 싹처럼

너에게 나쁜
꿈을 빌려 주고

간결해진다
단 한 사람을 여러 번 죽이는 일이

　　　　　　　　　—남지은, 「양분」(『시와 사상』, 2013.가을) 전문

　몸의 내부와 외부를 양분하여 이 두 세계를 교차시키는 상상력을 펼친다. 욕조 안의 상황과 욕조 밖의 상황이 교차 중첩되면서 나와 너의 관계가 조금씩 드러난다. 천장에서 검은 물이 떨어지는 동안 욕조에서 잠든 너는 몸에 꽂힌 칼들을 뽑거나 더러운 아기를 기른다. 그런 장면은 장면 자체로 불안을 유발한다. 이 시에서도 불안은 도무지 외면할 수 없도록 도처에서 동시다발적으로 발생하고 있다. 나쁜 꿈을 꾸는 것처럼, 나는 너에게 그 악몽을 빌려 주고 사태로부터 벗어나 간결해지려 한다. 그러나 그 간결함은 타인의 죽음이 전제된 것이기에 결코 불행으로부터 벗어날 수 없다. 즉 양분된 너와 나의 극명한 대비조차 무용인 세계에서 천장에서 계속 검은 물이 쏟아지고 불안은 계속될 수밖에 없는 것이다. 흥미로운 점은 화자

가 직면한 공포의 사태들을 시인이 의식적으로 개입하여 간명하게 처리하고, 불안을 불안의 형식으로 흡수해 버린다는 것이다. 시인이 자신과 시적 화자의 입장을 동일시하고 있기 때문일 것이다.

「양분」은 양분(兩分)이라는 시각을 노출시키면서 양분(養分)이라는 통찰을 은폐시킨다. 그로테스크한 이미지들 이면에 또 다른 불안을 은폐하는 방식을 취하고 있다. 그로테스크한 장면들이 불안을 조장하지만 삭제되어 은폐된 행간의 이미지들이 불안을 더욱 고조시키는 역할을 한다. 양분은 불안에 휩싸인 자아와 공포의 주체였던 아버지를 나누는 심리적 경계 라인으로 작용하지만, 그 고통을 자양분으로 해서 성장한다는 이율배반적 의미도 내포한다. 양분(兩分)을 통해 자아와 세계의 고통을 직시하는 행위는 고통스럽다. 그러나 그 고통이 자아 속의 은폐된 비밀들을, 세계 속의 은폐된 위악들을 하나하나 싹틔워 그것들의 실체에 근접시킨다는 점에서 고통은 역설적으로 양분(養分)이 된다.

3. 원융의 상상력

캄캄한 우주를 흐르는 별들은 인간의 어두운 육체 속을 흐르는 혈액과 동일한 위상을 갖는다. 어둠 속에서 폭발에 의해 별들이 하나하나 태어나듯, 인간의 몸속에서도 무수한 세포들의 죽음과 탄생이 반복된다. 이런 상대적 비교 관점에서 보면 인간의 몸은 거대한 우주고, 우주 또한 축소된 인간의 살아 있는 육체다. 어둠 속에 서서 어둠 속의 우주를 응시하는 행위를 통해 인간의 육체 속에 뿌리내린 상처와 시간을 응시하는 상상력은 심원하면서도 근원적이다. 정밀한 관찰과 사색적 내면 응시가 하나의 몸으로 혼융된 시가 있다.

지구의 중력이 인간의 피를 끌어당기기 때문에 피는 심장으로 돌아오지 못한다. 빛이 폭발하면 별을 볼 수 있다.

천체망원경을 들여다보면 마음이 고요해진다. 이곳에 잔뜩 힘주고 서 있는 것이 어둠으로 떠나는 길이었으나. 렌즈 안으로 푸른 숲이 번진다.

수은이 빛나는 의자에서 우리는 노래를 부른다. 가사랑 상관없이 노래를 불러도 되지? 우리는 사랑한다고 말하면서 헤어지는 노래에 사랑을 담아 부른다.

새벽에 걸어 들어온 수목림 내가 걷는 숲에는 돌아오지 못하는 피가 물들어 있다.

망원경에 입김이 피어오른다. 온통 물큰하게 젖은 잎들이 흔들린다. 자꾸만 안쪽으로 들어가고 싶은 것은 지구에서 흐르는 따뜻하고 아름다운 너의 혈액 때문이었나.

붉게 물든 발이 점점 커지기 때문인가.

크고 우아한 벌레. 자꾸 빠져나가는 것. 털이 흐르는 것. 폭발한 잔해가 뒹구는 것. 죽었다 생각하면 다시 나타나는 노래.

별자리는 매일매일 사라지고 돌아온다. 혈액이 흘러가듯이
　　　　　　　　　　—이영주, 「관측」(『POSITION』, 2013.가을) 전문

먼 우주에서도 인간의 육체 내부에서도 거대하고도 아름다운 피의 순환이 이루어지고 있다. 화자는 천체망원경 렌즈 안에서 점점 푸르게 번지는 기억의 숲을 보고, 점점 숲의 안쪽으로 걸어 들어가는 몽상에 잠긴다. 하지만 그녀가 걷는 수목림은 너의 피, 돌아오지 못하는 너의 흔적들로 물들어 있다. 이것은 숲 전체가 사랑의 아픔과 슬픈 잔영들로 채워져 있으며, 그것이 화자의 기억 또는 무의식 속에 생생한 흉터로 자리 잡고 있음을 암시한다. 사랑하면서도 헤어져야 하는 불합리한 슬픔이 다시 사랑의 노래가 되는 곳이 현실이다.

　관측은 두 가지 층위에서 이루어지고 있다. 별자리 관측이라는 표층적 행위와 그로 인해 연계되는 사랑의 고통과 상흔의 기록이라는 심층적 행위인데, 사랑의 아픔과 상처가 사랑을 지속시키는 요인이라는 순환적 우주관, 원융(圓融)의 상상력이 나타난다. 우주의 변화 원리 즉 별들의 탄생과 소멸이 사랑 때문에 인간이 겪는 고통의 생멸, 고통의 아름다운 승화와 동일한 위상에서 취급되고 있다. 화자가 발에서 자꾸만 벌레가 빠져나가는 환각을 보는 것은 상흔의 심각성을 반영한다. 죽어서 없어졌다 생각하면 그 즉시 다시 나타나는 노래처럼 고통은 재현되고 계속해서 반복 순환됨을 암시한다.

　이영주는 천체 관측을 통해 자아의 내적 세계와 망각된 기억의 시간대를 사색한다. 유종인 또한 이러한 관찰과 반성적 시선을 견지하고 있다. 그러나 그의 시선은 천체 중에서도 우리가 몸담고 있는 지구, 그것도 내전으로 무수한 생명들이 죽어 나가는 참혹한 땅을 향한다.

　　내전(內戰)에 들어간 시리아가
　　흰 천에 싸인 아이 셋을 구덩이에 눕혔다

천사가 방금 미소를 마쳤다

지상에 나와 깔깔거리던 천국의 어여쁜 작당이 끝났다

정부군과 반정부군은 치열했으나

방금 미소를 끝낸 아이들의 천진을 구하진 못했다

눈은 텅 비어서 하늘이 없고

무너진 건물과 탱크들 널브러진 주검들은

두 눈으로 보면 한 눈이 멀고 만다

폭탄에 움푹 꺼진 운동장과 곳곳의 웅덩이에

건기에도 장대비가 내렸다

고인 빗물에 주검에서 흘러든 핏물이 섞이고 고이고

때로 썩는다 다시 빗발이 들이쳐

(중략)

흙구덩이에 나란히 누운 세 아이들 눈을 번쩍 뜨고 일어나

머리와 배와 옆구리의 총알구멍을 웃음으로 틀어막고

학교 운동장으로 놀이터로 공터로

달려간다

맨발로 첨벙거리며 웅덩이와 연못에 들어가

연꽃을 꺾어서는

구멍 난 머리와 배와 옆구리와 팔뚝을 꽂는다

연꽃들은

아이들이 하던 웃음소리로 다시 피어난다

진흙과 핏물과 빗물이 고인 연못에 핀 연꽃들

온몸에 웃음으로 피운 아이들 보며

두려움에 질린 어른들 두 눈 중 한 눈엔

다시 연꽃이 피어난다

한 눈은 눈물을 흘리고 한 눈은 가만히 웃는다

한 눈엔 널브러진 시체와 탱크가 불타고

한 눈엔 연꽃을 입에 문 아이들이 웃는다

가슴이 울렁거리는 새는

울음과 웃음을 번갈아 소리치며 미친다

웃는 눈과 우는 눈 중에 어느 눈을 뽑아야 할까

　　　　　　—유종인, 「짝눈」(『시와 반시』, 2013.가을) 부분

　객관적 시점에서 감정을 최대한 차단한 채 시리아 내전의 참상을 그리고 있다. 전쟁으로 인해 죽음을 맞이한 아이들과 폭탄으로 생긴 웅덩이, 웅덩이에 쌓인 옆구리에 총알이 박힌 주검들, 주검에서 흘러나온 핏물 등 차마 눈 뜨고 볼 수 없는 광경들이 사실적으로 그려져 있다. 이 참극의 주된 대상이 아이들이고, 아이들의 놀이 공간인 운동장과 놀이터에서 살인이 자행되었다는 점이 슬픔의 무게를 가중시킨다. 가장 순수하게 보호되어야 할 곳이 폭력과 광기의 살인 현장으로 변한 현실 앞에서 하나님조차도 외짝 눈을 한 불구의 모습으로 내려다볼 수밖에 없다. 시리아는 그런 비극의 땅이다.

　시인은 이런 폭력적 전쟁이 끊이지 않는 현실을 섬세하게 직시하면서 그런 고통으로부터 벗어나길 꿈꾼다. 죽음으로 얼룩진 참혹한 현실을 적극적으로 극복하고자 한다. 그래서 죽은 아이들이 벌떡 일어나 다시 운동장과 놀이터로, 공터로 달려가는 환상을 보고, 그들의 눈에서 희망의 연꽃이 피어나는 상상을 한다. 연꽃이 상징하는

원융의 이미지를 통해 생명의 재생과 순환적 부활을 꿈꾼다. 그러나 생에 대한 아픈 집착과 바람은 시적 상상으로만 가능하다. 이미 죽은 아이들이 되살아나 연꽃으로 몸에 난 총알구멍을 막고 깔깔거리며 환하게 웃는 모습은 현실적으로 불가능하기에 슬픔은 더욱 고조된다.

폭력과 사랑은 하나의 육체에 자리 잡은 두 개의 눈과 같다. 한쪽 눈이 죽음과 광기의 시간대라면, 나머지 눈은 평화와 사랑의 시간대를 상징한다. 세계는 이 두 개의 조화로운 눈을 가진 정상적인 얼굴이었다. 그러나 세계는 지금 한쪽 눈이 사라진 불구의 외짝 눈이다. 나머지 한쪽 눈은 어디로 사라진 걸까. 그 사랑의 세계는 어디로 실종된 걸까. 그 침묵의 세계 속으로 눈이 내리고 나의 말도 메아리도 하얗게 흩날리다 사라진다. 세계는 지금 짝눈 사내의 흉터투성이 얼굴로 우리의 등 뒤에 서 있다. 세계는 우리를 은폐한다. 세계는 세계를 은폐한다. 세계는 은폐를 은폐한다.

4. 불확정성이 낳는 공포와 불안

은폐가 은폐될 때 은폐의 이면에는 불길한 공포의 그림자가 어른거린다. 현대시에서 공포증은 세계를 구성하는 작고 예민한 각양각색의 매질들에 의해 촉발되며 어린 화자의 내면에 치유할 수 없는 상흔의 지도를 그린다. 바늘에 대한 공포 심리가 크면 심리적 공격에 대한 방어 심리를 무의식적으로 자극하여 아이는 어둡고 좁은 혼자만의 밀실로 숨어들게 된다. 「이 시는 커튼의 종류일까」에는 이런 심리적 공포에 시달리는 화자가 등장한다.

바늘공포증 있는 아이가 커튼 뒤에 숨어 있다. 저 아이를 꺼내려면 어떻게 해야 하나. 앞치마를 벗으며 생각을 입는다. 묶였던 머리를 풀면서 방법이란 걸 짠다. 예약 시간을 맞추려면 차편도 구해야 한다. 아이가 내 월급을 쥐고 있다. 벽이란 벽은 모두 삼키며 검게 구불거리는 커튼 앞에서 나는 기다란 집게를 들고 이것이 바늘의 종류일까 생각한다. 아이에게 물어보면 답을 알겠지만 그러려면 아이부터 찾아야 한다. 아이를 찾으면 병원에 갈 수 있지만 그러려면 바늘부터 이해해야 한다. 바늘에 집중하려면 청색 멜빵바지나 옷에 묻은 카레 냄새는 잊어야 한다. 공포에 떠는 아이는 공포에 떠는 눈으로 찾아야 한다. 아이와 나 사이에 검은 커튼이 흐르고 있다. 공포의 맨살을 맞대려면 바늘처럼 흐르는 물비늘을 걷어 내야 한다. 아가리를 벌린 물속에 미역 줄기 같은 내 머리를 처박아야 한다. 공포에 떠는 아이는 공포에 떠는 목소리로 꺼내야 한다. 커튼이 없는 무엇이 이보다 간절할 수 있을까. 단한 번의 커튼콜을 기다리며 죽음은 현실에 빙의될 때까지 연기에 물이오른다. 물에 잠긴 목소리로 나는 숨이 넘어갈 듯 아이를 부른다. 가늘게 떨리는 검은 물결 속에서 뽀얀 발가락이 모습을 드러낸다. 커튼 밖에서 기다란 집게가 내 발을 들어 올린다.

　　　―이민하, 「이 시는 커튼의 종류일까」(『POSITION』, 2013.겨울) 전문

　바늘에 대해 공포를 느끼는 아이는 커튼 뒤에 숨은 존재로 설정되어 있다. 아이는 커튼 뒤의 존재로 커튼 밖의 집게를 든 나와 매우 긴밀하게 연계되어 있다. 즉 아이는 나의 월급을 주는 매우 현실적인 역할을 하는 물적 존재이다. 그러기에 나는 아이를 찾아야 하고 아이와 함께 병원에 갈 생각도 하고 있다. 그런데 이 아이의 존재가 비밀처럼 은폐되어 있다. 커튼 뒤에 숨어 있다고는 하지만 실제로 아이가 커튼 뒤에 존재하지 않기도 한다. 이런 측면에서 보면 아

이는 물적 존재이면서도 비가시적 존재, 즉 화자의 또 다른 자아이 거나 기억 공간 속의 아이일 가능성도 있다. 공포에 떠는 아이를 공포에 떠는 눈으로 찾아야 한다는 것은 아이의 입장과 처지, 그 불안과 공포의 적극적 상황 속에 나 자신 또한 던져 넣어야 아이가 보이기 시작한다는 의미일 것이다.

커튼 뒤의 숨은 존재인 아이가 죽음의 또 다른 모습이거나, 적어도 죽음의 그림자가 짙게 투영된 시적 화자의 유아적 가면일 수 있다. 시의 뒷부분에서 아이의 뽀얀 발가락이 살짝 드러나고, 나는 커튼 밖에서 아이의 실체를 확인하기 위해 집게로 커튼을 들어 올린다. 그러나 아이의 실체 전체는 확인되지 않은 채 이 시는 끝난다. 흥미로운 것은 커튼과 커튼 뒤에 숨은 아이의 불확정성이다. 표제에서 커튼이 시와 연계되어 있는데, 시인 자신이 쓰는 시가 일종의 커튼이고 그 커튼 뒤에 숨은 아이는 그림자처럼 시의 이면에 투영되는 그림자 존재일 수 있다. 즉 시인 자신의 유아적 자아, 공포와 불안 속에 노출된 유폐된 자아일 수 있다. 그리고 죽음이 현실에 빙의될 때까지 연기에 물이 오른다는 것은 죽음이 현실화될 정도로 자신의 시적 작업에 몰입하는 치열함을 추구하겠다는 무의식의 표출로 읽힌다.

이 무의식이 환상을 낳고 환상은 상처를 거느린다. 이민하 시에서 환상의 발아 토대는 대부분 상처다. 기원을 확정할 수 없는 상처의 흔적과 그 흔적 속에 어른거리는 그림자들이 환상의 이미지, 환상의 무대, 환상의 서사를 창출한다. 특징적인 점은 그것이 백지 위에 문장으로 깔릴 때 시인에 의해 기하학적 구조로 재편된다는 점이다. 시인은 상처에서 쏟아져 나오는 이미지 파편들을 구조화하여 시의 의미망을 매우 복잡하게 만든다. 다양한 기호들과 이질의 이미지들을 삽입하여 의미의 산종, 의미의 실종으로 나아간다. 매우 주도면밀한 시적 전략인데, 이런 면에서 이민하 시의 초현실성은 꿈의 침전물들이 뿜어내는 무의식 상태의 자연물이 아니라 시인의 환상 제조 프로세스를 통해 생산되는 의식의 인공물에 가깝다. 은폐를 은폐하며 작동하는 후기 자본주의 메커니즘과 매우 유사한 생산과정을 거친다.

이처럼 은폐된 무의식을 은폐의 방식으로 현재화하여 현대사회와 현대인의 은폐 심리를 비판적으로 응시하는 행위는 시인 자신의 시 쓰기에 대한 메타적 성찰과 자아부정으로 변주되기도 한다.

> 여기서 이러시면 안 됩니다,라고 말하는 것이 내 직업이다
> 당신의 목적을 부정하는 것이 내 직업이다
> 다음 날도 당신을 부정하는 것이 내 직업이다
> 당신을 부정하기 위해 다음 날도 당신을 기다리는 것이 내 직업이다
> 그다음 날도 당신을 기다리다가 당신을 사랑하게 되는 것이 내 직업이다
> 그리하여 나의 사랑을 부정하는 것이 내 직업이다
>
> 나의 천직을 이유로 울지 않겠다,라고 썼다. 일기를 쓸 때 나는 가끔 울었다
>
> ―김행숙, 「문지기」(『시인동네』, 2013.겨울) 전문

당신을 부정하고 당신을 부정하기 위해 당신을 한없이 기다리고, 그러다가 당신을 사랑하게 되고, 그런 나를 다시 부정한다는 사실은 화자의 자신에 대한 지극한 사랑으로부터 싹튼다. 사랑하고 부정

하고 그 패턴의 무수한 반복과 변주와 순환이 지속되는 것은 곧 시인으로서의 자의식과 세계에 대한 입장 또는 태도를 드러낸다. 비록 끝없이 부정하는 것이 천직이고 그 이유 때문에 울지 않겠다고 쓰지만, 화자의 실제 상태는 이미 눈물로 흥건히 젖어 있다. 문지기라는 직업을 가진 화자인 나의 고백적 진술이지만 시인의 내적 고백에 가까우며 자신의 시, 나아가 예술과 삶에 대한 태도와 방향성을 제시한다.

> 그는 손을 뻗었다가 떨구었을 것이다
> 하루 중 해가 지는 시간이었고 그림자를 기다랗게 늘어뜨린 시간이
> 었다
> 사람 그림자를 사람 살처럼 깊숙이 찌를 수 없을 것이다
> 그러나 흠칫 어깨가 작아지고 힐끔 뒤돌아보는 사람들은 언제나 있
> 었다
> 그는 보일 듯 보일 듯한데
> 생각날 듯 생각날 듯하다가 생각나지 않는 단어처럼, 더러운 물속에
> 잠긴 발목처럼
> 가까이 따라왔을 것이다
> 난시(亂視)가 한 개의 달을 두 개의 달로 보이게 하는 것처럼 가깝게
> 그는 뒤에서 오고 있을 것이다
> 내가 가만히 서 있으면 가로등 밑의 어둠처럼 어두워져 있을 것이다
> ─김행숙, 「뒤에서 오는 사람」(『문학선』, 2013.겨울) 전문

그림자가 길게 늘어지는 저녁 시간에 누군가 뒤를 따라온다고, 따라올 것이라고 화자는 말한다. 이때의 그의 존재는 "뒤에서 오는 사

람"으로 화자를 불안하게 만드는 부정적 존재이면서도 긴장하게 만드는 긍정적 존재, 즉 어둠과 빛을 공유하는 존재다. 이 시 또한 시인의 시적 태도, 예술가로서의 세계 대면 의식을 드러낸다. 한 화자의 심리적 상황을 부정하거나 긴장시켜 심리적 동요를 유도하는 역할을 한다. 그는 시인 또는 화자의 뒤를 몰래 따라다니는 그림자 또는 그림자 같은 존재다. 나라는 물적 존재에서 벗어나 시인의 심리적 경계와 불안을 조장하는 추상적 대리물로도 읽힌다. 다시 말해 시간 또는 죽음의 이미지도 내포되어 있다. 이 시에서 그런 대상으로서의 '그'의 존재성이 중요하고, 무엇보다도 그 존재가 화자의 뒤편에 아주 가까이 있다는 위치 설정과 방향 설정이 중요하다. 시적 화자의 분열된 또 다른 자아로서 시인을 자극하고 응시하는 그림자 역할을 하기 때문이다.

김행숙의 시에는 이런 은폐 관계, 그림자 관계, 화자 관계가 자주 목격된다. 문장으로 나타나는 표층 화자와 문장으로 나타나지 않는 심층 화자 사이의 영향 관계가 발견된다. 즉 문장의 배후에 은폐된 제2의 화자가 표층 화자로 하여금 인물의 갈등, 사건의 전개, 긴장된 분위기, 감각의 중첩 등을 유도하게 하는 배후 조종자 역할을 한다. 시 전체가 세계를 은폐하는 은폐의 방식을 취하면서 그 은폐를 감각의 문장으로 발산한다. 따라서 시의 표층에 나타나는 감각적 묘사와 사건과 배경을 추적하는 것도 중요하지만 문장과 문장, 어휘와 어휘 사이에 은폐된 인물들의 심리와 무의식, 숨은 화자의 숨은 목소리를 간파하는 것이 더욱 중요하다. 많은 평자들이 김행숙 시에 대한 분석에서 이 점을 간과한 채 표층에 나타나는 감각의 지도에만 집중하고 있어 안타깝다.

지형도 8.
풍자와 비의의 세계, 죽음의 멜로디

1. 풍자와 허구의 정신, 형식과 풍자의 날카로움

권혁웅은 은폐를 은폐하는 방식을 직접 차용하지 않고 은폐를 은폐의 방식으로 구성하는 현실 세계의 은폐성을 비판적으로 주시한다. 정치사회적 은폐의 사건들 이면을 예리하게 파고들어 은폐의 위악과 배후를 폭로한다. 고전 텍스트의 진술 방식과 신화적 상상력을 통해 정치적 권력과 폭압이 낳은 현재적 결과들을 신랄하고 유머러스하게 전시한다. 은폐를 은폐하는 방식으로 구성된 악랄한 세계를 그는 장난기 섞인 유머로 가볍게 뒤집어 버린다. 그 통렬한 뒤집기 한판을 통해 은폐된 세계의 허위와 음모를 신랄하게 희롱하고 폭로한다.

> 정월, 도성에 큰 쥐가 나타났다 청계(淸溪)의 머리와 꼬리를 이어
>
> 포석정(鮑石亭)을 만들면 나라를 얻는다 하여
>
> 천변에 사는 이들을 내쫓고 역사(役事)를 벌였다

2월, 금수들이 난을 일으켰다 광우(狂牛)와 구제돈(口蹄豚)

독감계(毒感鷄) 따위가 출몰했으므로

세종로(世宗路)에 산성을 쌓고 용산(龍山)에 불을 놓았다

돼지와 닭과 오리를 가리지 않고 삼족(三族)을 멸하였다

3월, 원민(怨民)과 호민(豪民)은 나라의 근심이라, 삼청동에서

우국지사들이 모여 발본색원키로 뜻을 모았다

국정원(國情院)의 수재들이 나라 곳곳에 방(榜)을 붙였으니

이 모든 게 짐(朕)이 보기에 좋았다

4월, 선왕의 유지를 받들어 새마을운동을 새롭게

'Newtown'이라 이름 붙였다

도성의 지가가 크게 올라 모두들 헛배가 불렀다

5월, 우수한 인재들을 널리 모집(募集)했다

손목을 쓰지 않고 논문을 짓는 이를 이조(吏曹)에

허리를 굽히지 않고 농사를 짓는 이를 공조(工曹)에

칼을 쓰지 않고 나라를 지키는 이를 병조(兵曹)에

몸이 없이도 원하는 곳에 사는 이를 예조(禮曹)에 넣어 썼다

표절인, 불로인, 면제인, 형이상학인이 조정에 넘쳐 났으니

이 모든 게 짐(朕)이 보기에 좋았다

6월, 광화문(光化門)에 큰 회전문(回轉門)을 설치하여

들고나는 인재가 끊이지 않게 하였다

품은 뜻이 높고 고결하여 엄정한 이들을 골라

특별히 고소영(高所嶺)이라 이름했다

7월, 신문고 대신 스피커를 달고 소통이라 이름 지었다

문하시중(門下侍中)으로 하여금 사간원을 전담케 하였더니

성덕을 칭송하는 소리가 끊이지 않았다

8월, 다섯 달 전과 세 달 후, 천안(天安)과 연평(延平)에서

참화가 있었다 왜란(倭亂)과 호란(胡亂)이라 교지를 내렸으나

배가 고개를 갸우뚱하고 보온병이 화를 냈다

이 모든 게 짐(朕)과 무관했다, 짐은 기관지확장증이었다

9월, 한수(漢水)에 녹룡(綠龍)이 잠행(潛行)하였다

크게 상서롭다 하여 연호를 대운(大運), 국호를 하(河)라 고쳤다

이웃한 낙수(洛水)와 금수(錦水)에서도 녹룡이 출현했다 하니

나라의 홍복(洪福)이라, 에코토피아가 멀지 않았도다

10월, 천도(遷都)를 금하고 강부자들이 공납(貢納)과 역을 낮추니

성군 소리가 들렸다 모자라는 곳간은 십시일반으로 채웠다

11월, 유배 가 있던 노산군에게

빈 교지와 활줄을 보내 뜻을 전하였다

미네르바의 부엉이는 새벽을 난다 하였으나

짐의 치세는 세세토록 백주대낮일 것이었다

12월, 오늘도 짐의 순행은 그치지 않아서

짐이 가는 곳마다 골프장과 테니스장이 생겨나는도다

누군가 왕력(王歷)의 빈 곳을 찾아

유사(遺事)와 일사(逸事)를 적는다면

왕홀(王笏)은 짐의 행적을 말줄임표로 바꿀 것이니라

그리고 1월, 여왕은 즉위하기 전에

세 가지 일을 미리 알았으니……

　　　—권혁웅, 「서종유사(鼠宗遺事)」(『시와 표현』, 2013.겨울) 전문

　고문(古文)의 어법과 진술 형식을 빌어 현실의 정치권력을 풍자적으로 비판하고 있다. 역사 속의 서사와 사건을 현재적으로 코드화하

여 현실의 악행과 폐단을 신랄하게 풍자한다. 전임 대통령인 이명박 정권의 국정 운영과 허영으로 가득 찬 공적들을 위트와 유머로 우회적으로 비꼬면서 반성적 회고의 시간을 제공한다. 집권 당시의 국정 운영이나 인사 배치 등 정치적 운용, 경제적 무능, 국가 차원의 위기 수습 등에 대한 힐난과 세태를 노골적으로 비판한다. 전임 통치자를 큰 쥐, 즉 서종(鼠宗)으로 설정하여 왕(대통령)의 치세와 행적을 비판적으로 기록하고, 그것의 공과를 유머러스하게 비꼬고 있는데, 쥐와 노산군과 여왕은 전임 대통령과 현직 대통령인 이명박–노무현–박근혜 사이의 삼자 관계로 변주되어 과거와 현재의 정치성을 비판적으로 통찰케 한다.

『삼국유사』가 역사적 사실을 사실의 문체로 사건 중심으로 풀어낸 것처럼 「서종유사(鼠宗遺事)」는 쥐 임금의 치세(治世)와 행적에 중심을 두고 그 중심의 무모함과 텅 빔을 비판적으로 서술하고 있다. 정월부터 12월까지 열두 달을 구분하여 각각의 달마다 나라 안팎에서 벌어졌던 사건들을 신랄하게 제시하면서 웃음의 냉기를 발산한다. 마치 백성의 애환과 울분을 구석구석 파헤쳐 조목조목 드러내는 조선시대의 농요를 보는 듯하다. 오늘날 일반 민중의 시각과 생각을 토대로 그들의 속 깊은 울분과 분노가 풍자적 해학이라는 형식적 틀을 빌어 구체화된 현대판 정치 비판 농요라 할 수 있다.

현실의 허구와 위악을 비판적 풍자로 드러내는 것은 현실의 결여를 통해 미래를 꿈꾸기 때문일 것이다. 그러나 이러한 꿈꾸기 자체가 불가능할 때 시인들은 현실의 부조리한 실체를 부조리한 형식 자체로 드러내기도 한다. 시 형식 내부에서 벌어지는 낱말과 문장들의 사건이 곧 현실의 사건과 동치임을 환기시켜 나에 대한 시선을 너에게로 확장하고, 시적 현실을 통해 사회적 현실과 그 속의 모든 인간에 대한 근원적 회의를 촉발한다.

　　아시다시피 나는 가짜입니다. (이것이 나의 첫 문장이다 반짝인다)
3초 전, 카페 디아떼에서 당신의 입속에 쑤욱 들어갔다 나온 티스푼 같
기도 하고. 2초 전, 비비추 그늘에서 당신의 손바닥에 뚜욱 꼬리만 떼
어 주고 도망간 도마뱀 같기도 하고. 1초 전, 아무르 강가에서 당신의
눈동자에 파문만 남기고 사라진 물고기 같기도 하고. (이것은 나의 거
부할 수 없는 물증이다 두 번째 문장으로 쓸 수 없다) 나의 성격은 플
라스틱일 수도 있고 나무일 수도 있습니다. 그저께 밤보다 메기 수염
만큼 더 길어진 어젯밤, 달빛에 감전사한 비둘기의 깃털일 수도 있습
니다. 오늘 밤은 없습니다. 방금 당신을 삼켜 버린 물결의 얼룩과 물결
의 주름살과 물결의 출입문이 나의 성격일 수도 있습니다. (그러므로
이것은 본론이 될 수 없다 아무도 없다) 나는 지금 진심으로, 콩 심은
데 콩 나고 팥 심은 데 팥 나듯이 진실만을 말하고 있습니다. 아시다시
피 나는 미끼입니다. (이것이 나의 첫 문장이다 파닥거린다) 당신에게
미끼란 무엇입니까? 생각은 썰물처럼 하시고 대답은 밀물처럼 하시길
바랍니다. 생각은 바닥이 드러날 때까지 하시고 대답은 바닥이 드러나
지 않게 하시길 바랍니다. 미끼에게 당신은 한 사람의 낚시꾼일까요,
한 마리의 농어일까요?
　　　　　　　　　　─유지소, 「루어와 고백과 나」(『시산맥』, 2013.겨울) 전문

　　낚시 미끼로 사용되는 루어의 입장에서 고백의 형식으로 자신의
상황과 처지, 즉 자신의 실체에 대해 솔직하게 고백하고 있다. 그러
나 루어는 시인 자신인 화자 나의 입장과 동일한 맥락에 놓여 있다.
시는 여기서 그치지 않고 나의 입장과 처지가 곧 너의 상황일 수 있

다는 인식의 확산을 가져온다. 당신이라는 존재가 낚시꾼이면서도 또 다른 낚시꾼의 가짜 미끼로 사용되는 루어일 수 있음을 자각케 한다. 즉 속임수와 가면으로 위장된 현대사회 속에서 살아가는 무수한 나와 당신이 사실은 가짜 미끼인 루어일 수 있다는 가슴 아픈 현실을 유머와 위트로 전달한다. 이 시는 형식이 낯설고 독특하다. 발화 방식도 신선하며 주제 의식 또한 예리하다. 낚시 미끼로 사용되는 가짜 물고기 루어와 사인 자신과 화자인 나를 동일한 위상에서 처리하여 시인의 내적 고백이 심각하거나 우울하지 않고 유머러스하게 전달된다. 그러나 이러한 표피적 재미 이면에 자기 존재에 대한 비극적 인식과 회의가 짙게 깔려 있으며, 그러한 자기 응시의 시선이 밖으로 확장되는 확산의 에너지를 발산하고 있다.

자기 응시의 시선은 조연호의 초기 시에서도 빈번히 나타난다. 그의 시에는 기억의 재생 장면이 많다. 그의 기억은 시인의 감각과 상상이 덧붙여진 주관적 기억이고, 따라서 시인은 기억의 재현에 시의 목적을 두지는 않는다. 그는 기억의 물질성, 기억의 샘에서 발원하는 시의 낯선 언어를 찾아 유년의 시공간, 고대의 시공간, 신화의 시공간, 죽음의 시공간을 고독한 시간 여행자 사제처럼 배회한다. 따라서 그의 기억은 대부분 '기억 + 감각 + 상상 + 시간'의 방식으로 재창조되는 창조적 기억이다. 이때 음악과 미술이 배면에 깔린다. 특히 음악의 비중이 크다. 그의 시는 음악을 지향한다. 음악이 분산과 산포의 음률로 사람을 장악하여 뒤흔드는 것처럼 그의 시는 수많은 비의의 이미지와 고어, 폐어, 사어로 채워지면서 쉼 없이 분산되고 복잡해진다.

그래서 시는 어렵고 까다롭고 비밀스럽다. 시인이 객관적 사실과 의미를 담는 데 치중하지 않고 주관적 감각을 살려 내고 비의의 바벨탑의 세계를 세우는 데 집중하기 때문이다. 따라서 감정 흐름에 따라 이미지들이 연쇄적으로 호출되고 시의 의미망은 매우 복잡하게 형성된다. 간혹 주관성이 지나치게 강화될 때 그의 시는 자폐적 폐쇄성을 드러내기도 하는데 아이러니컬하게도 이 자폐적 폐쇄성이 그만의 독특한 시 세계를 구축하는 주요 요인으로 작용하곤 한다. 물론 시의 난해성과 소통 부재를 낳는 자폐적 요소들이 반드시 시적 개성을 낳는다는 말은 아니다. 하지만 조연호의 경우는 그렇다. 그가 줄기차게 관심을 쏟는 고대의 문자와 종교와 신화, 철학적 잠언과 죽음에 대한 사색, 고대로부터 점차 사라진 사어(死語)와 폐어(廢語)의 복원, 신과 인간의 근원, 선과 악의 문제, 동양의 윤리와 미학 등은 그의 시를 비의와 어둠으로 채색하는 주요 테제들이다. 여기에 사물과 현상을 단순화하지 않고 중층적으로 그리려는 시인의 발화 기질이 더해지면서 그의 시는 더더욱 어둠의 베일에 가려진다.

　하늘이 녹물처럼 붉게 일었다. 모든 기억이 한 개의 덩어리였어. 새들이 신중하게 생명 以前으로 날아간다. 나는 茶器店에서 기다리는 애인을 데리러 슬리퍼를 끌고 자취방을 나와 좁은 골목 낮은 담벽을 걸었다. 벽지는 썩고 벽은 자꾸 물을 품고 달관한 듯 세상 쪽으로 기울었다. 그 벽 한구석에 나는 달력 대신 뭉크의 판화「죽음의 집」을 붙여 놓았다. 창밖은 비극적 세계관이지 않은가, 죽은 사람을 흰 천으로 덮어 놓고 여자가 손으로 입을 가렸다. 끌칼이 지나간 자리로 매섭게 파인 바람이 불어온다. 나는 되도록 자세하게 어둠과 대추나무와 이름 없는 마룻바닥에 대해 말하려고 애썼다. 아니, 나는 바닷가로 가서 뜨거운 모래 위에 수많은 바다거북의 알을 낳고 행복하게 죽어 가고 싶었다.
　　　　　　　　　—조연호,「죽음의 집」(『죽음에 이르는 계절』) 전문

밝은 빛의 세계보다 어둡고 음울한 음지의 세계로 기울어지는 시인의 생리적 기질이 시를 난해하게 하는 요인들 중 하나다. 실제로 그의 시는 양지보다 음지, 밤의 달빛 그늘 쪽으로 기울어지는 경우가 많다. 왜 그럴까. 유년기의 아픈 경험들, 가난과 고통의 시간 속에서 형성된 상처들이 시작 과정에 돌발적으로 뒤섞여 튀어나오기 때문일 것이다. 이 상처들이 무의식적으로 사물, 인물, 풍경 속에 다양하게 투영되기 때문일 것이다. 그는 논리의 세계보다 비논리의 세계, 공동의 융합 세계보다 개인의 고독과 폐허의 세계에 더 깊은 관심을 기울인다. 이성이 잃어버린 암흑의 영토, 사라진 세계를 복원하려 꿈꾸기 때문일 것이다. 이런 측면에서 보면 그에게 시는 세계와 우주를 앓게 하는 아름다운 병이다.

　동세대 많은 시인들과 달리 조연호의 시는 유희나 놀이를 적극적으로 지향하지는 않는다. 그렇다고 그가 의미 중심으로 언어를 운용한다는 말은 아니다. 그에게 언어는 의미를 담는 그릇이기 이전에 시인 자신의 감각과 주관을 담아내는 기억의 그릇, 서정적 이미지와 마력적 미문이 결합된 죽음의 그릇에 가깝다. 따라서 그에게는 시간의 흐름 속에서 지나치는 사물의 순간, 풍경의 순간, 기억의 순간들이 매우 중요하다. 즉흥적으로 악기를 연주하는 악사나 즉흥적으로 특정 장면을 포착하는 사진사처럼 그는 즉흥적 이미지들로 상징과 비의의 세계를 음악의 언어로 그려 내려 한다. 이 과정에서 비밀스런 풍경과 문장이 태어난다.

　다시 말하지만 그의 시에 나타나는 독특하고 낯선 풍경들은 현실의 재현물이 아니라 시인의 상처와 감정이 영사된 심리적 비의의 풍경들이다. 몸 안에서 벌어지는 갈망과 번민, 고독과 우물, 사랑과 상처의 감정들이 투사된 이미지들이다. 여기에 시인의 인문학적 사상과 교양이 깊이의 형식으로 섞여 든다. 따라서 시의 풍경들은 실재가 아니라 실재처럼 보이는 기억과 상상과 사상의 혼합물로 뒤바뀐다. 따라서 시는 저절로 투명한 의미보다 불투명한 심연, 의미의 명료한 집중보다 느낌의 불명료한 확산이 강조될 수밖에 없다. 상징과 암시로 가득 찬 비밀의 문장들, 고대의 천문 제의와 현대의 타락한 서정이 뒤섞이는 문장들, 어지러움과 현기증을 촉발하는 해독 불능의 문장들, 거세 불안과 공포에 시달리는 병리적 문장들 등 어둠으로 가득 찬 암흑향의 세계가 펼쳐진다. 그의 시는 죽음의 비의로 점철된 상징적 음사이자 천문이다.

하늘의 문자에서는 분무 살충제를 뒤집어쓴 벌레처럼 소름 끼칠 정도로 아름다운 소리가 들려왔다
고전주의자로서의 나는 별의 운동을 스스로 지켜볼 수 있기 때문에 별과 나 사이가 투명하지 않다고 여긴다
전달에 대한 의문은 거기서부터 시작해서
성난 가족의 얼굴을 보는 것만으로도 분노에서는 평화로운 멜로디가 떠올랐다

달 앞의 우리는 외양간 같은 영혼을 숨기기 위해 작은 판(板)이 되어 있었다
내가 너를 갚아 줄 것이다
물 밖에서 자기의 이해되지 않는 몸을 바라보았던 흔적이 밤에겐 적혀 있다
내가 너에게 겨를 묻혀 줄 것이다

묵매(墨梅)를 치던 사람,의 별자리

모음이 올 자리,의 별자리

서로 헤어지지 않도록 별들은 내게 악취를 모아 주었지

내가 만약 해바라기라면 내 얼굴을 조각조각 나눠 들고 가을의 아이들은 나를 떠난다

그럼 나는 텅 빈 구멍마다 삶은 빨래를 집어넣고

고장 난 얼굴이 되어 아이들의 칭찬을 받을 것이다

고대(古代) 이야기가 입방체에 관한 이야기의 용사(用事)인 것처럼

그가 내게 개구리들을 보내셨다

밤마다 물가에선 따라 부르기 비좁은 애곡(哀哭)이 들끓고

나의 막대가 나에게 주는 고마운 자해 때문에

이불 밑이 부끄러운 줄도 지켜지는 줄도 몰랐다

웅덩이와 달라붙은 남자여, 나는 소년의 이름을 그렇게 불렀다 이별은 보통의 추위처럼 격벽 밖에서 쓸쓸한 것들과 달라붙고 있었다 깊은 잠을 상속받은 사람은 (자동)떨어지다, (타동)떨어지다, 이등변(二等邊)에서 얼마만큼 탈락의 넓이를 가질 수 있을 것인가

나는 붙이면 없어지는 그런 표현이 된다

가장 밑에 고인 바람을 움직이기 때문에 나는

머나먼 인간을 별의 이행 시대라고 부를 수 있다

계(系)는 방점에서 결점으로 이행한다

나는 소맥을 한 줌 쥐고 〈그리하여, 만일〉이라는 우주 한가운데 떠 있었다

—조연호,「천문(天文)」(『천문』) 전문

2. 육체를 통해 본 삶의 허상, 그리고 죽음의 실체

현대사회에서 가면적 은폐가 주로 인간의 자기 생존 수단으로 차용되는 것처럼 자연의 세계에서도 은폐는 생명의 보존 방식으로 활용되곤 한다. 은폐가 자기 실체의 숨김 차원을 넘어 육체의 영역으로 확장되어 생명을 보존하기 위한 최후 수단으로 사용되는 경우는 자연 세계에서 흔히 목격된다.

> 입속에 새끼를 넣어 키우는
> 물고기를 보면서
> 식음을 전폐한 채 입속에 새끼를 키우는
> 물고기를 보면서
> 내 입이 어쩌면 입이 아닐지도 모른다는
>
> 주름이 한쪽으로 몰린
> 잘 씹지 못해 오물거리는
> 혼자 중얼거리는
> 노모(老母)의 입이 어쩜 입이 아닐지도 모른다는
>
> 다 자라고 나서도 위험을 느끼면 재빨리
> 입속으로 들어가 숨어 버리는
> 물고기처럼
> 숨겨 주는 물고기처럼
> 공복이 무성한

오래 저무는 노모의 입속에

삼킬 수도 뱉을 수도 없는 내가 독약처럼

검은 혀처럼

들어

—고영민, 「입속의 물고기」(『시에』, 2013.겨울) 전문

새끼를 보호하기 위해 제 몸을 기꺼이 희생하는 어미의 본능적 사랑이 호소력 있게 잘 드러난 작품이다. 잘 씹을 수조차 없는 늙은 어미의 입 이미지는 단순히 음식이나 말의 질료들이 보존되는 곳이 아니라 오직 새끼만을 생각하는 희생과 봉사의 순수한 사랑의 처소로 승화된다. 성장 이후에도 어미에게 의존할 수밖에 없는 화자의 입장이 노모를 더욱 힘들고 고통스럽게 하는 독약 같은 존재로 처리되어 있는데, 이런 시선이 반성적 자각을 촉발한다. 새끼에 대한 물고기의 순수한 사랑처럼 자식을 생각하는 어미의 늙은 입을 통해 시인은 자신의 삶에 대한 비탄과 어머니의 고달프고도 애잔한 생을 숙연하게 성찰하고 있다. "공복이 무성한/오래 저무는 노모의 입속에/삼킬 수도 뱉을 수도 없는 내가 독약처럼/검은 혀처럼/들어"라는 시인의 사유가 큰 울림을 준다. 인간 밑바탕에서 스미어 나오는 따스함을 회복하는 에너지가 전해진다. 시인의 이런 사유와 에너지는 함께 발표된 다른 작품에서도 드러난다.

화구(火口)가 열리고

어머니가 나왔다

분쇄사의 손을 거친 어머니는

작은 오동나무 함에 담겨 있었다

함은 뜨거웠다

어머니를 받아 안았다

갓 태어난 어머니가

목 없이 잔뜩 으깨어진 채

내 품 안에서

응애, 첫울음을 터트렸다

　　　　　　　　　　—고영민, 「출산」(『시에』, 2013.겨울) 전문

　화장터에서 육신이 재로 변하여 화자에게 돌아온 어머니라는 존재, 한 줌의 재로 분쇄되어 품에 전해진 어머니의 뼛가루, 그 유골 분말을 담은 오동나무 함을 가슴에 품고 화자는 속 깊은 울음과 통한의 슬픔을 느낀다. 이 죽음으로의 비극적 이동을 화자는 또 다른 탄생으로 해석하는데, 죽음이 단지 죽음 자체가 아닌 또 하나의 새로운 생의 시작이라는 발상 전환이 인식의 전환을 불러일으킨다. 이 역발상이 죽음을 낯설게 하고 생에 대한 역설적 통찰을 수반한다. 죽은 어머니가 재가 되어 자식의 품으로 돌아오는 과정이, 죽은 어머니가 "응애" 하며 첫울음을 터트리는 아기의 출산 과정과 동일한 위상에서 처리되어 있다. 죽음의 세계로 들어가는 어머니의 시공간 이동이 새로운 생의 시작이라는 역설적 해석이 가능한 것은 삶과 죽음에 대한 일원론적 시각이 깔려 있기 때문이다. 즉 삶과 죽음이 하나의 끈으로 연결된 원형의 세계임을 암시한다. 삶은 죽음의 은폐물이고 죽음은 삶의 은폐물이다. 고영민이 육체를 통해 삶과 죽음의 동일성, 생사의 은폐 실존성에 대해 원적 사유를 펼친다면, 즉 실재하는 육체가 부재의 영역으로 사라지는 과정에서 느끼는 감정과 사고를 진술한다면, 김상혁은 그림 속의 인물이 그림 밖의 화가를 대상화한다. 즉 부재의 세계에 거주하는 육체가 실재의 세계에 거주하는 자신의 창조주에게 자신의 생각과 상상과 감정을 전달한다.

자네의 그림에는 풍경과 생각이 섞여 있어 언덕을 그리고 나면 떠오르는 소리를 거기에 색으로 입히지 어제의 붉은 언덕을 오르던 사람이 오늘의 검은 언덕을 내려가는 식이라네 왜 석양을 바라보는 일은 눈을 감는 일보다 항상 덜 슬픈가

십일월에 내리는 눈에는 비가 섞여 있어 잠을 자고 나면 꿈의 차디찬 들판을 달리던 가슴에 식은땀이 흐른다네 오늘 우산도 없이 현관문을 두드리던 사람이 내일도 꼼짝없이 눈 속에 서서 벌벌 떨어야 하는 식이지 누구나 화가 앞에서 발가벗을 용기를 가진 것은 아니라네

시도 때도 없이 달아오르는 얼굴을 도저히 그림에 담을 수 없어 자네가 그린 초상은 끝내 엉망으로 칠해지고 하지 하지만 무슨 차이가 있겠나 눈뜨지 않으면 사람의 고백이란 한낱 어둠 속에서 반짝이는 눈

발 같은 것을

　나는 자네의 그림이 감추는 것에 대해서라면 정말 모르는 게 없었지 붉은 내 얼굴 뒤에서 비가 온다거나 검은 풀밭 속에 눈이 휘몰아치는 식이었다네 왜 세계의 윤곽을 그리는 일은 색으로 세계를 뭉개는 일보다 항상 덜 슬픈가

　요즘 다른 화가 앞에서 옷을 벗으며 나는 십일월만 그리던 자네가 실은 그 누구보다 더 십일월에 몸서리쳤다는 사실을 깨닫네 하지만 무슨 차이가 있겠나 마름이 붉은색이든 검은색이든 사람이 떠나면 한낱 꿈속의 달리기 같은 것을

　　　　　　　　　—김상혁, 「십일월」(『21세기 문학』, 2013.겨울) 전문

　그림의 대상인 누드모델이 주체가 되어 화가를 대상화하는 독특한 형식의 시다. 11월만 그리는 화가에게 화가의 그림 그리기 대상이었던 누드모델이 시적 화자가 되어 화자에게 잔잔한 말투로 발언한다. 세계의 윤곽을 그리는 일보다 세계를 색으로 뭉개는 일이 항상 더 슬프다는 자각증세를 통해 화자의 내적 심리와 대상에 대한 태도를 드러낸다. 즉 화자는 풍경을 그리고 거기에 소리를 색으로 덧칠하는 화가의 작업에 대해 자기 생각을 이야기한다. 그림에는 풍경과 그 풍경에 대한 화가의 생각이 드러나지만, 화가의 대상이 인물인 경우 인물의 실존이 화가 자신의 심리적 색채 표출보다 중요하므로, 이것이 누락된 그림은 꿈속의 달리기처럼 한순간에 허망하게 흩어져 버린다는 것이다. 눈을 뜨고 있을 때만이 색과 빛에 집착할 뿐, 눈을 감는 순간 삶의 경계가 지나가 버리는 것이라는 자각을 통

해 11월만 그리는 화가의 내적 심리와 화자의 허망함이 무채색 톤으로 드러난다. 잔잔하고도 조용한 문체가 주는 애잔함과 화려한 색채가 무채색으로 변하는 11월의 정서가 잘 녹아들어 있는 시다. 같은 지면에 발표된 시 「벌어진 무덤」에서는 말의 진술, 즉 하나의 언어적 사실과 그에 대한 해석 사이에 발생하는 틈과 오류를 비판적으로 사유한다. 언어적 진술 사건에 화자의 기억이 중첩되면서 자의적 해석을 유도한다. 죽은 여자와 관련된 몇몇의 문장들은 죽은 그녀를 아직도 살아 있게 하는 벌어진 무덤인 셈이다.

지형도 9.
폭력의 배후를 응시하는 눈동자들, 광기의 음향

　현대사회는 자본 문명, 기계 문명, 거대한 조직 체계를 바탕으로 개인에게 물질적 편리와 이기를 제공하는 반면 개인의 자유와 존재 토대를 서서히 박탈해 간다. 즉 거대한 조직 속에서 개인은 조직이 주는 혜택의 대가로 조직을 위해 희생되어야 하는 일개 부속품이나 노동 상품으로 전락한다. 이 물질적 상품화 과정이 소외를 유발하여 개체화를 더욱 가속화하는 역기능을 수행한다. 헤겔 시대만 해도 개인에게 노동은 유한한 주체의 능력을 대변하는 자기 활동의 절대적 가치였다. 노동을 하는 노예와 노동을 하지 않는 주인의 관계가 역전되어 주인이 노예의 노예가 되고 노예가 주인의 주인이 되는 변증법적 상황이 가능했다. 물론 노동에 대한 헤겔의 이런 추상적이고 정신적인 시각은 마르크스로부터 혹독한 비판을 받는다. 자본주의 사회에서 노동은 더 이상 헤겔 식의 목적 노동이 아니라 수단 노동으로 변질되기 때문이다. 노동 본래의 의미와 가치를 잃은 소외된 노동으로 전락하기 때문이다. 이러한 거대 자본 조직 메커니즘 속에서 현대인들은 각자의 삶을 유지하기 위해 각양각색의 직업 생활을 하고 아침저녁으로 출퇴근을 반복한다. 자아의 정체성이 사라진 유령 같은 존재로 기계적 왕복운동을 무수히 반복한다. 비판적 사고와 판단이 정지된 채 동일한 좌표 공간을 권태롭게 왕복하는 시계추나 눈먼 나귀가 우리의 실체일지도 모른다.

지하철 환승 게이트로 몰려가는 인파에 섞여
눈먼 나귀처럼 걷다가

귀신을 보았다
저기 잠시 빗겨 서 있는 자
허공에 조용히 숨은 자
무릎이 해진 바지와 산발한 머리를 하고
어깨와 등과 다리를 잊고 마침내
얼굴마저 잊은 듯 표정 없이 서 있는 자

모두들 이쪽에서 저쪽으로
환승해 보겠다고
안간힘을 쓰는데
그는 소리를 빼앗긴 비처럼
비였던
비처럼
빗금으로 멈춰 서 있다

오늘은 기다란 얼굴을 옆으로 기울이며

지금을 잊은 게 아닐까

우리의 걸음엔 부러진 발목과

자신이 빠져 있는 게 아닐까

한 마디쯤 멀리 선 귀신을 뒤로하고

개찰구를 통과하는 눈먼 귀신들

오늘 아침엔 아무도 서로를 못 본 체

모두가 귀신이 되어 사라졌다

　　　　　―박연준, 「아침을 닮은 아침」(『문학사상』, 2013.3) 전문

　「아침을 닮은 아침」은 아침 출근길의 지하철 환승역에서 목격한 귀신을 통해 그런 급박한 현실 속의 우리 모두가 눈먼 귀신들과 다를 바 없다고 지적한다. 환승역은 삶에서 죽음으로의 치환 즉 존재의 유무가 자리바꿈을 하는 시공간이고, 지하철은 그러한 치환을 이끄는 이동 매체로 설정되어 있다. 이 시에서 귀신의 등장 장면은 무섭지도 낯설지도 충격적이지도 않다. 오히려 우리가 일상 속에서 흔히 마주칠 수 있는 낯익은 이미지로 제시되어 있다. 무릎이 해진 바지 차림에 머리를 산발한 노숙자 또는 부랑자 이미지와 현실의 물욕으로부터 벗어나 있는 초월자 이미지를 함께 갖고 있다. 귀신은 출근길의 수많은 인파로부터 소외되어 있고, 허공에 숨어 있고, 아무런 표정도 없다. 사람들이 지하철의 이쪽과 저쪽, 즉 입구와 출구를 바라보며 발을 동동 구르는 동안에도 한 발짝 뒤로 물러서서 우왕좌왕하는 그들을 객관적 시선으로 바라본다. "소리를 빼앗긴 비처럼" 빗금으로 멈춰 서서 출근하는 사람들을 관망하는 관조적 태도를 유

지한다. 귀신의 이러한 관찰자적 응시는 시인이 현실의 사람들과 그들이 처한 상황을 객관적으로 바라보려는 거리 두기에서 나온다. 이 거리 두기가 개개인의 소외를 증폭시키는 역할을 한다. 헤겔 식으로 말해 시인의 외화(外化)된 객관 정신이 주관 정신에 대하여 강제력을 행사하는 방식이다. 귀신이 시 속의 한 등장인물로 설정되어 있지만 실은 시인의 생각과 사유가 전이된 시적 자아의 또 다른 모습일 수 있다. 다시 말해 자아가 투영된 귀신 이미지를 통해 시인은 현실 속의 사람들이 처한 진짜 현실, 소외된 자아의 실체가 귀신들과 다름없음을 날카롭게 지적한다. 실체 없는 형상으로 지하철 승강장을 떠돌아다니는 귀신이 현대사회를 사는 우리의 자화상이고 매일매일 맞이하는 아침 또한 가짜 아침일 수 있다는 슬픈 전언이 느껴진다. 이 시는 현대 문명사회 속에서 일개 부속품으로 전락해 버린 인간 존재의 본질과 소외를 재음미하게 하는 반성적 성찰의 기회를 제공한다.

박연준이 조직 전체를 구성하고 있는 개개인의 초상을 귀신 이미지와 지하철 환승역을 통해 우회적으로 직시한다면, 황병승은 집단의 조직 전체가 개인에게 가하는 폭력과 음모의 실체를 긴장감 넘치는 형식으로 보여 준다.

엽총을 든 사냥꾼들이 사냥개를 데리고 산길을 오른다

모두의 조화를 위해 수잔을 죽여야겠어
이드란이 말했다
총을 사려면 스테레오를 팔아야 하잖아
벤자민이 말했다

이런 제길, 담배 살 돈은 있는 거야?

프레디가 말했다

칼이나 밧줄을 쓰면 돼

해리가 말했다

땅 냄새를 맡으며 앞다투어 몰려가는 사냥개를

사냥꾼들의 발걸음이 빨라진다

단번에, 숨통을 끊어야 돼

사이먼이 말했다

덩치 큰 수장이 발광하지 않도록!

피터가 소리쳤다

포악한 수장이 달려들지 않도록!

피터의 동생 토미가 소리쳤다

이봐. 목소리 좀 낮춰!

페트릭이 소리쳤다

땅 냄새를 맡고 가던 사냥개들이 우뚝 멈춰선다

마을을 쑥밭으로 만든 멧돼지를 풀숲 뒤에서 발견한 사냥꾼들

(중략)

소리 좀 낮추라니까!

패트릭이 소리쳤다

탕 탕 탕 풀숲을 향해 일제히 방아쇠를 당기는 사냥꾼들

총에 맞은 멧돼지가 사납게 포효하며 달아난다

(중략)

미친 듯이 짖어 대며 멧돼지를 뒤쫓는 사냥개들

한참을 달아나던 멧돼지가 도랑에 처박혀 피를 쏟는다

사냥꾼들이 핏자국을 따라 우왕좌왕 몰려가며 소리친다

(중략)

산길을 내려오는 흡족한 표정의 사냥꾼들

수레가 덜컹거릴 때마다 천천히 눈을 떴다 감는 멧돼지

놀란 사냥개들이 수레에 달려들어 으르릉 으르릉…… 으르릉 소리를 낸다.

　　　　—황병승, 「천사의 집—멧돼지 사냥」(『문학과 사회』, 2013.봄) 부분

　발화 패턴의 반복, 짧고 간결한 대화체 문장, 빠른 장면전환 등이 극적 긴장감을 고조시키는 역할을 한다. 이 시는 사건이 진행됨에 따라 점점 긴장이 고조되는 극적 발화 방식을 택하고 있다. 논리적 필연성이 없는 두 개의 이야기(A, B)가 겹으로 순차적으로 삽입되면서 끔찍한 사건이 벌어지는 방향으로 전개된다. 중심 이야기(A)는 천사의 집 어머니인 수잔을 가족 구성원들인 이드란, 벤자민, 프레디, 해리, 사이먼, 피터, 피터 동생 토미, 패트릭, 커트, 지미, 수잔의 둘째 아들 프랭키 등이 은밀하게 공모하여 살해하려는 내용이다. 보조 이야기(B)는 엽총을 든 사냥꾼들이 사냥개를 데리고 산길을 올라가 잔인하게 멧돼지 사냥을 하는 내용이다. 멧돼지를 발견한 사냥개들이 마구 짖어 대자 사냥꾼들은 일제히 총을 쏘고, 총에 맞은 멧돼지는 피를 뚝뚝 흘리며 도망친다. 결국 멧돼지는 사람들에게 잡혀서 수레에 실린다. 덜컹거리는 수레에 실려 가면서 멧돼지는 으르릉 으르릉 마지막 숨을 내뱉고 피를 흘리면서 죽어 간다. 이 멧돼지 사

냥 이야기(B)가 중심 이야기(A) 속에 토막토막 삽입되면서 중심 이야기 속 음모의 심각성과 긴장을 고조시키고 있다. 중심 이야기 속에 또 다른 보조 이야기가 들어 있는 액자 형식의 구성을 통해 중심 이야기의 진실과 허구를 재고하고 이것을 통해 현실 속 우리의 관계를 되묻는 반성적 역할을 한다. 이 시에 등장하는 살인 음모 주체들이 집단으로 공모하여 죽이려는 대상은 그들을 보살피고 키워 주는 어머니 수잔이다. 수잔은 덩치가 크고 눈치가 빠르고 말을 듣지 않으면 지하 창고에 가두어 놓을 정도로 포악하다고 묘사되어 있다. 이 시의 심각성은 패륜적 사건 자체보다 천사의 집이라는 사랑과 은혜의 공간에서 멧돼지 사냥 같은 잔인하고 무시무시한 살인 음모가 집단 전체에 의해 조직적으로 이루어지고 있다는 사실에 있다. 이는 평화와 사랑이라는 가면으로 위장된 우리의 가족 현실, 사회 현실, 직장 현실을 직접적으로 반영하고 조직 속에서 느끼는 소외의 강도가 매우 심각함을 반증한다. 비록 등장인물들이 모두 외국인으로 설정되어 있지만 그것은 우리 사회 구성원 각 개개인의 초상이기도 하다는 점에서 씁쓸하고 현재적이다.

박연준과 황병승은 현대의 첨단 문명사회 속에서 일상적으로 자행되는 사건을 주목하고 그 사건과 연계된 사람들의 소외된 내면세계, 나아가 그런 소외가 자행되는 폭력적 현실을 집중적으로 부각시킨다. 이런 해부의 상상력은 궁극적으로 현실의 어두운 단면을 절개하여 현실을 개선하거나 빛의 방향으로 유도해 보겠다는 일말의 희망을 전제로 한다. 그러나 신철규의 시에서는 이러한 빛의 방향성이 아닌 어둠의 방향성이 나타난다. 현실을 지옥으로 인식하는 절망과 암울의 전언들이 우울한 묵시록처럼 제시된다.

낙하산을 펼치며 눈송이들이 떨어진다

구름이 게릴라전을 벌이고 있다
구름은 절망의 바리케이드를 쌓고 또 허문다
우리는 추락하고 있다

우리가 웃었을 때 그들은 무표정했다
우리가 눈물을 흘릴 때 그들은 침묵했나
우리가 침묵했을 때 그들은 비로소 웃었다

손바닥 위에 올려놓은 얼음 조각처럼
분노도 경악도 사라진다
사그라진다

광대는 울면 안 돼, 세계가 울음바다가 되니까
광대는 웃으면 안 돼, 세계가 웃음거리가 되니까

정부는 우리를 대변하지 않는다
우리는 추락할 때마저도 웃어야 합니까

우리의 기도는 바늘처럼 날카롭다
온몸이 바늘로 덮인 하나님
불에 탄 시체들이 하나님 주위에 스크럼을 짜고 있다
(중략)

바람이 전향을 재촉한다

철탑은 거꾸로 선 나사와 같은 것

우리가 침묵의 나사를 조일수록

뿌연 하늘과 검은 땅이 단단하게 깍지를 낀다

              —신철규, 「No surprises」(『문학과 사회』, 2013.봄) 부분

   실로폰 소리가 일으키는 몽환적이고 우울한 음색의 라디오헤드의 노래 「No surprises」에서 제목을 빌려 온 이 시에서 우리의 위상은 지상에 닿으면 금세 녹아 사라지는 눈송이 같은 찰나적 존재, 추락하여 무너지는 비극적 존재이다. 이러한 눈송이 같은 사회 구성원들의 배후엔 정부가 커다란 벽처럼 버티고 서 있고, 바람은 계속 전향을 재촉한다. 즉 게릴라전을 벌이는 눈송이 개체들을 휘몰아 가 그들의 혁명 의지를 부정하고 말살하는 기능을 수행한다. 또한 하느님은 온몸에 바늘이 돋아난 존재로 설정되어 있다. 다시 말해 현실은 불에 타 열기로 가득 차 있고 검게 그을린 곳이며, 그곳에서는 하느님조차도 불가항력적 존재일 뿐이다. 한마디로 지상과 천상 모두 구원을 위한 곳이 아니라 억압과 고통의 장소와 다를 바 없다. 그러기에 시인은 암담하고 암울한 비극의 세계를 개선하려는 희망 의지를 제시하지 않고 현실의 참담함과 심각성을 참담하고 어두운 이미지 자체로 제시한다.

   여기서 잠시 라디오 헤드의 원곡 「No surprises」의 가사를 살펴보자. "쓰레기장처럼 가득 찬 마음/너를 서서히 죽여 가는 업무/치유되지 못할 상처들/너는 너무나 지치고 불쌍해 보여/정부를 와해시켜 버려/그들은 우리를 대변해 주지 않아 (중략) 이것은 나의 마지막 발작, 나의 마지막 불평/그 어떤 불안이나 놀라움도 없기를/그

어떤 불안이나 놀라움도 없기를, 제발". 원곡의 가사 내용과 주조 음색인 몽환적 우울함이 시 「No surprises」에도 그대로 스미어 있음을 알 수 있다. 시인의 이러한 비극적 세계 인식은 「밤의 드라큘라」에서 더욱 차갑고 어두운 분열 이미지로 제시된다.

투명한 빗방울이 모여 시야를 가린다
빽빽한 빗줄기에 갇혀 세계는 어둡다
검은 유리창처럼
목젖 너머 목구멍처럼

여기는 천국입니까 지옥입니까
당신은 괴물입니까 나는 인간입니까

물음 속에는 무수한 울음들이 있다
물음에서 떠오르는 물음
둥근 물방울이 검은 주삿바늘이 되어 땅에 꽂힌다

얼어붙은 안구에 뜨거운 눈물이 솟는다
안구에 무수한 실금이 가고 세계는 조각 난다
발밑에서 아지랑이가 피어올라 발목이 사라진다

저 빗줄기에 손을 넣으면 손목이 뭉텅, 잘려 나갈 것 같다
우리는 손목을 잃은 이주노동자처럼 돌아갈 곳이 없다
난처하고 난감하다

번개가 칠 때마다 제 얼굴은 두 쪽으로 쪼개집니다

당신이 나의 반쪽이 되어 주시겠습니까

빗줄기 너머 쇠창살을 움켜쥐고 이빨 사이로 침을 흘리는 짐승

헌혈하시겠습니까

당신의 새하얀 목덜미를 한번 깨물어도 됩니까

당신의 헌혈 속에는 얼음처럼 차가운 피가 흐릅니까

여기는 침엽의 세계

한 발 내디딜 때마다 따끔거린다

우리는 체온을 잃지 않기 위해 점점 뾰족해졌다

—신철규, 「밤의 드라큘라」(『문학과 사회』, 2013.봄) 전문

지옥 같은 현실을 주시하는 예민하고 고통스런 자아가 등장하는데, 자아는 현실 속의 사람들을 짐승으로 파악한다. 즉 짐승이 짐승의 피를 빨아먹는 드라큘라의 세계, 굶주린 배를 채우기 위해 피의 먹이를 찾아 은밀하게 횡행하는 어둠의 장소가 우리의 현실이다. 이런 현실 세계에서 자아는 극심한 분열을 앓고 분열된 자아가 바라보는 세계는 조각 난 거울, 갈라진 땅으로 인지된다. 또한 세계 위로 내리는 빗줄기는 살을 찌르고 눈을 찌르는 바늘 같은 공포의 대상일 뿐이다. 이 공포의 밤에 시인의 눈동자는 무수한 실금이 가고 세계는 조각조각 갈라진다. 그러기에 시인은 이해할 수 없는 아지랑이 속에 휩싸여 눈앞의 시야를 잃는다. 이런 냉혹한 세계에서 차디찬 피를 몸속에 품고 사는 현실의 인간들이 할 수 있는 일은 무엇일까.

체온을 잃지 않기 위해 더욱 뾰족해지는 것이다. 희망과 낙관의 미래를 꿈꾸는 것이 불가능한 어두운 침엽의 세계에서 자신을 보호하기 위해 각자의 바늘을 더욱 곤두세울 수밖에 없다. 이 냉기의 세계에서 생존을 위한 본능적 행동이 바늘 이미지로 나타나고 있다. 이 침엽의 이미지는 현실에서 상대를 찌르기 위한 공격 수단이자 자신을 보호하기 위한 방어 수단이기도 하다. 이 이중의 아이러니가 시의 배면에 깔려 있어 슬픔을 더욱 고조시킨다.

신철규가 전체를 보는 거시적 시각에서 사회조직과 개인의 상처 관계를 포착한다면, 여성민은 개인의 내적 세계를 엿보고 그 상처의 무늬들을 섬세하게 그려 내어 그것이 사회 전체의 상처와 결부되어 있음을 생각하게 한다.

그늘을 보면 누군가 한번 접었다는 생각이 든다 길에서 누군가를 만나거나 잃어버린 삶이 이쪽에 와 닿을 때 빛과 어둠 사이 오늘과 내일 사이

수긍할 수 없는 것을 수긍해야 하는 날 접을 곳이 많았다 접은 곳을 문지르면 모서리가 빛났다 창문과 절벽은 무엇이 더 깊은가

어떤 대답은 갑자기 사라졌다 모서리가 사라지듯 그런 날은 거리에 전단지가 수북했다 수도자의 발자국처럼 바람에 떠밀리며 가는

죽은 자들의 창문이거나 한 장의 절벽

버릴 수 없는 고통의 한쪽을 가장 잘 접은 곳에서 귀가 생긴다

이해할 수 없는 시간을 몇 번 접으면 꽃이 되듯

종이처럼 눌린 분노를 접고 접으면 아름다운 거리가 된다

어떤 창문은 천 년 동안 절벽을 누른 것이다 창을 깨면 새들이 쏟아
진다 죽은 새를 접으면 고딕의 지붕 접은 곳을 펴면 수도자의 기도는
다른 영역으로 들어간다

아침에 일어나면 거리는 깨끗했다 기도하기 위해 손을 모으면 지붕
의 모서리가 보였다 지붕에 지붕을 업으면 죽은 새 손을 찢다 자꾸 죽
은 새

—여성민, 「접은 곳」(『실천문학』, 2013.봄) 전문

접은 곳은 일반적으로 직선으로 나타난다. 하지만 이 시에서 접은
곳은 시간의 분리선, 삶의 경계 라인으로도 작용한다. 즉 고통과 치
유의 분리선, 기억과 망각의 경계선, 오늘과 내일의 구분선, 빛과 어
둠의 분별선이기도 하다. 또한 시간과 시간이 만날 때 발생하는 중
층적 형이상학적 시간 경계선, 상처와 어두운 기억의 무늬들이 남은
통점이자 생각의 변화 지점이기도 하다. 젖은 곳을 문지르면 모서리
가 빛난다는 상상은 화자에게 접은 곳이 대답을 분명히 할 수 없는
장소이고 그런 곳이 현실의 거리임을 암시한다. 즉 거리는 죽은 자
들의 창문 또는 절벽인 셈이다. 그리고 이러한 거리 속의 화자를 지
배하는 것은 버릴 수 없는 고통, 이해할 수 없는 일들, 억눌린 분노
이다. 고통은 귀가 되고 시간은 꽃이 되고 분노는 거리에 가득 찬다

는 진술이 가능한 것은 이런 이유 때문이다. 시의 뒷부분에 자꾸 죽는 새의 이미지가 나타나는데, 이는 시인의 무의식이 검고 어두운 시공간으로 경사되고 있음을 나타낸다. 즉 사건의 정황이나 논리가 죽음의 태동으로 이어지는 것이 아니라 본능적 파토스에 의해 의식의 흐름이 지배되고 있음을 암시한다. 이러한 죽음으로의 무의식적 경사는 「사각의 식탁」에서 보다 잘 드러난다.

오래 앉아 있으면 무릎에 힘이 몰린다 굴착기처럼 식탁 밑에서 무릎이 무엇을 파는 것 같다

아이들 앞에는 우리가 파먹은 계단과 단단한 벽이 있다 사각사각 계단을 파면 예쁜 구유가 된다 벽을 눕히면 훌륭한 식탁이 되지 아이야

너는 무릎이 부어올랐구나 오렌지처럼 혹은 글러브

그러면 이제 시각의 식탁으로 오르렴 하얀 타월을 목에 두르고 새도-복싱을 하듯 어깨의 뼈와 몸을 좀 숙이며 전진하지만

무릎의 뼈는 사각으로 진화하지 못했다 둥근 것들은 착착 포개진다 본차이나 접시처럼 너는 무릎의 골격을 더 다듬어야 해 맨주먹으로 보이도록 그런데

한 손이 밥을 먹을 때 한 손이 몰래 쥐는 것은 무엇인가요?

질문하지 않을 때만 우리는 가족이 된다 접시와 접시 사이로 빛이

들어오면 잭나이프처럼 손가락을 펴서 빛의 건반을 누른다 흑백의 피
가 흐르고

　오렌지를 따듯 식탁 밑에서 뚝뚝 글러브를 따는 아이들

　식탁을 뒤집으면 다리부터 올라온다 관을 내리는 하얀 끈처럼 혹은,
뒤집힌, 언약궤

　여기 글러브를 닮은 무덤이 있군 그러면 우리가 함께 관을 내리자

　아이들이 모여 식탁으로 사용할 수 있게
　　　　　　　—여성민, 「사각의 식탁」(『실천문학』, 2013.봄) 전문

　흔히 식탁은 식사를 하면서 대화를 나누고 눈빛을 교환하며 서로
를 조금씩 이해해 가는 긍정적 매개 도구로 사용된다. 접시에 담긴
맛있는 음식을 나누어 먹으면서 마주 앉은 상대에게 농담도 하고,
하루 일과를 이야기하기도 하고, 자신의 고민거리를 풀어놓아 해결
방안을 찾기도 한다. 그런데 시인은 식탁의 이러한 일반적 기능이
나 모양에 주목하지 않고 엉뚱한 방향에서 엉뚱한 상상력을 펼친다.
이 시에서는 아이들과 앉아서 식사하는 풍경이 제시되어 있는데 화
자는 식탁 밑의 무릎에 집착하고 이 무릎이 굴착기처럼 무엇을 자꾸
판다고 느낀다. 그런데 이 파는 행위의 기착점이 무덤, 즉 죽음으로
나타난다. 식탁의 사각 이미지가 죽음과 직결된다는 점은 암시하는
바가 크다. 결국 화자는 질문하지 않을 때만 가족이 된다고 생각한
다. 질문도 대답도 없는 무언(無言)의 상태는 가족 구성원 사이의 무

관심과 권태가 심각함을 암시하고 그것은 죽음과 긴밀하게 연계된다. 결국 식탁이 뒤집어졌을 때 식탁 다리를 관을 내리는 흰 천으로 인지하는 것은 가족이 식탁이라는 공간에 모여 이루어 내는 침묵의 언약궤가 바로 죽음임을 나타낸다. 이 시에서 말은 침묵이고 침묵이 죽음과 통한다는 점에서 식사 장면은 역설적으로 말의 죽음에 이르는 과정이기도 하다.

여성민은 음식과 연관된 개인적 체험에 죽음과 말의 문제를 연계시켜 고찰하고 그것을 통해 그런 상황 속의 자신을 되돌아본다. 반면에 이성진은 사적으로 도취되어 있는 음악 장르, 얼터너티브 록 음악이 주는 분열증적 상상과 폭발적 에너지에 의해 환각과 마취에 젖어 드는 죽음의 이미지들을 본다.

　1

　비가 관(棺)이 되어 내리는 밤이었어

　우린 할 말이 없어서 그날의 날씨에 대해 이야기했지
　날씨가 있으면 어디든지 갈 수 있었으니까
　그리고 맥도날드 빅맥 세트를 먹었지
　(중략)

　우린 마이 블러디 밸런타인을 연주했어
　유독 러브리스 앨범만을 편애했지
　우리의 고개는 중력이 사유하는 방향으로 기울었어
　지구의 맨틀을 뚫기 위해 신발을 쳐다본 건 아니야

그건 기타의 현을 위아래로 갈기는 방법 없는 스토르크

너와 내가 둘로 분리되어야만 하는 공식

우리가 우리를 떠나보내는 방식

고개를 내린 우리의 얇은 눈동자들이 컨버스 신발을 불태우고 있었어

신발 끝에서 모락모락 소용돌이 피어오르고

소용돌이가 우리들의 키만큼 커졌을 때

우리의 신발은 없어지고

합주실은 양귀비 꽃봉오리 안이야

그는 더 이상 한 점을 향해 가는 직선을 믿지 않아

노이즈의 꽃점들 사방으로 날리고

솔직한 잠 복잡한 밤 서로의 머리를 잡고

네가 쓰는 단어들로만 헤어지자고 말하듯

노이즈가 뿜어내는 메사부기 앰프가

우리를 날게 했어

그려 본 적 없는 무늬를 그리게 했어

보라가 환멸하고 군청이 기절하고 빨강이 수음하고 검정이 죽으면
주황이 평온해지는 것을

(중략)

2

(중략)

종종 신발 끝에서 블랙홀을 훔친 비둘기들이 보여

비둘기가 블랙홀의 눈알을 물고 길에서 주운 길로 들어가 버렸어

그 길 끝에서 노이즈가 기타 현에서 자고 있어

스토로크는 그래서 소중한 거야

(중략)

땅바닥에도 관(棺)이 부딪히는 소리가 무음으로 요란해

3

나는 녹았어

　　　　　—이성진, 「슈게이저(shoegazer)」(『실천문학』, 2013.봄) 부분

　죽음에 대한 도취감, 현실에 대한 거부 의지가 록 음악과 함께 들
려오는 듯하다. 마이 블러드 밸런타인(My blood valentine)은 1983년
아일랜드 더블린에서 결성된 얼터너티브 록 밴드로 사운드를 왜곡
하고, 음을 꺾는 기법으로 슈게이징이라고 알려진 새로운 사운드를
창조해 냈다. 슈게이징(shoe+gazing)은 밴드들이 무대에서 꼼짝 않고
그들의 악기나 바닥만을 쳐다보고 연주에 심취한 모습이 마치 신발
을 쳐다보는 것과 같다 하여 붙여진 용어다. 록 밴드의 사운드 속으
로 깊숙이 젖어 들어 가며 화자는 극도의 몰입 상태에서 환각 이미
지를 본다. 점점 더 소리와 결합된 이미지가 고조되면서 화자는 마

침내 연주실 자체를 커다란 양귀비 꽃봉오리로 감각한다. 주목되는 점은 이러한 마취와 환각으로의 몰입 과정에서 툭툭 화자가 내뱉는 말들의 파편에 시인의 예술적 지향성과 무의식이 노출된다는 점이다. 즉 시적 화자는 한 점을 향해 나아가는 직선을 믿지 않는다. 논리적 이성과 질서가 아닌 불규칙 패턴의 비직선적 사유와 세계관을 지향한다. 결국 이 시에서 직선적 상하 운동인 스토로크는 세계에 대한 시인의 저항 방식이고, 너와 나를 이 세계에서 구분 짓는 간절한 몸의 기호적 표출인 셈이다.

이성진의 시에서 감지되는 광적 에너지와 함께 특히 주목되는 점은 독자적 예술 세계를 가겠다는 의지의 무의식적 표출이다. 이러한 의지들이 시의 곳곳에서 묻어나는데 의식의 차원이 아니라 잠재의식 상태에서 자신도 모르게 발화되고 있다. 이 시를 통해 드러나는 시인의 내적 갈등은 대략 세 가지로 요약된다. 첫째는 자기 존재의 실재성 문제, 둘째는 시인으로서의 자아 정체성 문제, 셋째는 자기 언어의 고유성에 대한 불안감이다. 그의 내적 번민과 갈등이 매우 크고 심각함을 느낄 수 있다. 그러나 나는 그가 현재의 가혹한 번민과 시련을 역으로 즐기면서 더욱 강도를 높여 시작(始作)하는 마음으로 시작(詩作)에 임하기를 기대한다. 모든 새로운 예술은 끝없는 자기부정, 혹독한 번민과 갈등 속에서 태어난다는 점을 되새겼으면 좋겠다. 새로운 국경을 넘어 없는 길을 가려는 자가 제일 먼저 확신을 갖고 믿어야 할 것은 자신의 알몸을 이루는 맨발과 맨손과 심장, 그 속의 끓는 피와 땀과 열정일 것이다.

나는 어디까지 갈 수 있을까

(중략)

달린다

오른팔이 좌우로 흔들리기 시작했다

달리는 것은 다리가 아니라 좌우의 리듬이었다

(중략)

나는 누구의 이름인가

(중략)

식구들을 만져 보았다

모두 연탄가스로 식어 있었다

(중략)

내 이름을 유일하게 아는 어머니

내 이름을 불러 주지 못하고

나는 국적을 잃어버렸다

(중략)

내 이름이 대륙의 언어로 오른팔의 리듬 없이

다른 나라의 국경을 넘고 있었다

     —이성진, 「타국에서의 마라톤」(『실천문학』, 2013.봄) 부분

 이성진이 마이 블러드 밸런타인(My blood valentine)에 빠진다면 장석원은 킹 크림슨(King Crimson)에 홀린다. 장석원의 시에서 나는 종종 아트 록, 프로그레시브 록의 카오스를 맛본다. 음악처럼 긴 분량의 글이 뿜어내는 록 음률의 파도에 몸을 얹어 서핑을 하다 보면 이성으로는 설명할 수 없는 카타르시스를 느낀다. 그의 어떤 시는 광기에 사로잡힌 화자가 편집증적 망상에 시달리며 분열된 말들을 백지 위에 정신없이 흩뿌린다. 망상과 착란이 자신의 묘비명이 될 것처럼 강박적으로 울부짖는다.

(confusion will be my epitaph. I'll be crying……)

(중략)

선언하리라 나를 파괴할 권리
셀프 킬러, 킬링 필드, 올드 필드

그곳에 옛날의 나
오늘은 오늘의 병든 나
태어날 때부터 지금까지 나에게 내리꽂히는 불꽃
예광탄처럼 빠져나가는 타액, 정액, 림프액
그리고 신선한 분비액
한 방울 남지 않았다

내 몸의 크레바스, 빙하의 눈썹
그 순결한 틈으로
어둠이 빨려 든다
(중략)

그대가 나를 순식간에 죽이리라

　　　　　　　　　　　　　　—장석원, 「악마를 위하여」(『아나키스트』) 부분

　광기의 표출은 역설적으로 바깥 현실 사회에 대한 반항의 표시
다. 공격적 반어와 역설의 발화에 시인의 통찰이 덧붙여지면서 프
로그레시브 락 스타일의 시가 태어난다. 시인이 달가워하지 않을 수

도 있지만 나는 장석원의 일부 시를 '프로그레시브(Progressive) 시'라고 부르고 싶다. 전위적 록 스피릿을 토대로 들끓는 분노와 적개심을 분열적으로 분출하고, 그것을 통해 정치적 작태와 이데올로기에 고착된 현실을 신랄하게 비판하기 때문이다. 그의 시는 지난 시대에 대한 분노와 연민이 함께 기록된 좌절의 고백록 같다. 아나키스트 정신을 열망하는 충동과 파열, 절망과 슬픔이 함께 나타난다. 운문으로서의 시의 성채와 권좌를 와해시키려는 산문적 파괴도 빈번한데, 이런 파괴 형식은 형식 자체로 아나키즘 정신의 반영일 수 있다. 그의 시가 김수영의 시와 일정한 유사 관계를 형성하는 것은 이런 형식과 언술의 반동성, 거기에 실린 봉건사회에 대한 반항 정신 때문이다. 시인의 내적 지향의 꿈과 그것이 이루어질 수 없는 현실 사이에서 발생하는 괴리 또는 낙차가 자기 공격적 파괴의 언어로 표출되곤 하는 것이다. 따라서 장석원 시의 표면에 드러나는 악마성은 선(善)에 대한 갈망, 시대에 대한 좌절의 역설적 징후, 반어적 역공일 수 있다.

흔들리는 것 쿵쿵거리는 것 모두가
당신의 심방 속으로 심실 속으로
(중략)
어떤 거대한 모체가 너를 여기에 갖다 버렸나
움푹 팬 자리로 네 발자국이 고인다.
(중략)
태양은 어디로 갔는가, 그 거대한 스피커는, 네 심장에
자리한 마지막 흑점은, 혀끝을 달구는 플라멩고들은?

관상동맥의 길을 따라

새 개의 유방을 가진 아름다운 연인들은 모두 어디에 있는가?
그들은 소년에게 우퍼를 주고 음경을 앗아 갔다.

붉다는 공통점이 있다. 분화구 이름은 노인의 울음이었다.
관상동맥의 길을 따라 걸어들 때 온몸에 스미는 현(絃)
고개 들어 하늘을 올려다보면 모빌처럼
흔들리는 것 헤모글로빈 음파를 뿜는 태양 스피커

그래 삶이란 깜빡 잊을 수 있는 것이 아니다. 철 따라 날아가는
 철새의 이동 경로와 같고, 꿈의 다리를 건너는 기차의 경적 소리와
같다.

새 개의 유방을 가진 완벽한 연인들은 모두 어디에 있는가?
없는 음경으로 우는 소년과 꿈의 아이들이 만들어 내는 펌프질은
어느 길을 따라 태양 스피커를 울리는가?

마지막 태양

새벽 그리고 첫 상상─몽정을 밝히는 태양
소년은 음모의 분비선이 실을 잣는 소리를
듣는다. 귓가를 스치는 바람은 그러쥘 한 숨 공기까지
앗아 가고 피, 그 피 하혈(下血)한 바람은
독수리를 불러 모으는가? 입을 벌리고
구름을 손가락질하며 흐르는 것 이어지는 것

실핏줄 안개와 마지막 상상-임신

세 개의 유방을 가진 완벽한 연인들은 어디서 음문을 닫는가?

유두에서 유두로

음경에서 음경으로

모든 선인장 가시는 자라나고

모든 현(絃)은 울며, 울며 대롱 속을 걷는다

　　─신동옥, 「악공, 우퍼 소년과 태양 스피커」(『아나키스트 기타』) 부분

　아나키스트 의식이 낭만적 꿈을 낳고 있다. 사랑하는 당신과의 교접을 통해 영혼의 공명을 얻고자 하는 악공, 유일무이한 일현금(一絃琴)을 얻고자 하는 음악적 광기에 사로잡힌 악공은 시인의 욕망의 초상이다. 육체와 음악의 일체화, 음악을 통해 몸의 심연에 다다르길 꿈꾸는 한 악공의 낭만적 꿈이 칠레의 산 페드로 데 아타카마 겨울 사막에서 펼쳐진다. 물 한 방울 얻기 어려운 박토의 공간은 시인의 갈망과 그것의 불가능성, 그럼에도 그 불가능한 꿈을 찾겠다는 열망을 배가시키기 위해 설정된 공간일 것이다. 육체는 곧 우주고, 악공은 몸에서 흘러나오는 언어가 곧 우주의 음률이 되길 꿈꾼다는 점에서 상징적 꿈이기도 하다. 아타카마 사막이 울음의 나라 끝으로 설정된 것으로 보아 그곳은 또한 시인에게 고통의 한계 지대, 절망과의 대면 장소, 음악적 유토피아 공간이기도 하다. 문제는 이 음악 공간이 자장가를 듣고 편히 잠드는 아기의 안식처 정도로 그려진다는 점이다. 정신적 아노미 상태, 극도의 착란 상태, 극렬한 자기 분열 속에서 분출되는 타자들의 비명과 아우성이 낳는 음률 공간이 아니라, 언어에 의해 만들어진 형이상학적 이데아 공간 같다. 아나키스트로서의 극렬한 세계 부정이 낳는 실존적 공간이기보다 세계와

의 원만한 관계 지향을 꿈꾸는 낭만 공간 같다.

지형도 10.
육체의 현실과 환상

　김기택의 시는 대상에 대한 섬세한 관찰과 표현의 역동성을 토대로 삶의 결과 무늬들을 다채롭고 적확하게 포착해 낸다. 사물과 현상의 본질을 끈질기게 파고들어 가 사물의 내장들을 파헤쳐 버리는 해부학적 상상력을 펼친다. 그는 심부의 핵심을 꿰뚫어 보는 투시력의 그물망 언어를 구축하는데, 촘촘하고 육감적인 언어는 나사처럼 회전하며 집요하게 내부를 향해 파고들어 간다. 즉 나선의 운동 에너지를 갖고 핵심을 향해 무서운 회전력으로 돌진해 들어간다. 시인의 의식이 폭발을 향해 타들어 가는 도화선처럼 어떤 비등점 혹은 발화점을 향해 나아가기 때문이다. 그의 시에는 사물의 표층을 꿰뚫고 심층에 도달하려는 감각의 눈동자, 사유의 칼날들이 도사리고 있다. "심장까지 뿌리를 뻗어/피를 빨아들이는 눈/눈알을 파고들어 가는 붉은 뿌리로/눈을 움켜쥐는 피/붉은 눈에 반사되는 하얀 얼굴/끓어 증발되는 차가운 눈물/초점 주위에서 이글거리며 녹는 인파"(「눈」). 이러한 언어의 팽창과 상승, 수축과 하강이 현의 팽팽한

긴장을 만들고 그 떨림이 파동이 되어 독자의 몸으로 전해진다. 최
근에 발표된 시「뚱뚱한 여자」에는 대상에 대한 시인의 해부학적 관
찰과 탄력적 언어 운용이 잘 드러나 있다.

> 눈을 떠 보니
>
> 어느 작고 어둡고 뚱뚱한 방 안에 들어와 있었다.
>
> 뒷덜미에서 철거덕, 문 잠기는 소리가 들렸다.
>
> 머리가 너무 크고 무거웠으므로
>
> 끊임없이 마음을 낮게 구부려야 했다.
>
> 창문을 찾아 기웃거릴 때마다
>
> 몸에 착 달라붙어 있는 벽도 따라 움직여서
>
> 어디가 바깥인지 알 수가 없었다.
>
> 우선 눈에 띄는 대로
>
> 빛이 뚫려 있는 콧구멍에다 얼른 얼굴을 들이밀고
>
> 급한 대로 차가운 빛줄기 몇 가닥을 들이마셨다.
>
> 숨통을 통해 바깥이 조금 보였다.
>
> 밖으로 나가려고 몇 차례 몸을 뒤틀어 보았으나
>
> 모든 문은 이미 내 안에 들어와 있었고
>
> 나를 찢거나 부수지 않고는 열릴 수 없게 되어 있었다.
>
> 아홉 개의 좁은 구멍을 찾아 간신히 빠져나간 건
>
> 거친 숨과 땀방울과 뜨거운 오줌과 입 냄새뿐이었다.
>
> 숨 쉴 때마다
>
> 나를 가둔 벽은 출렁거리며 뒤룩뒤룩 융기하였으며
>
> 브래지어는 팽팽하게 부풀었다.
>
> 엉덩이며 젖가슴, 겨드랑이, 사타구니까지

막힌 숨이 가득 차 있었고

터져 나가지 못하도록

온갖 시큼하고 비린내로 단단하게 밀봉되어 있었다.

가까스로 내가 있는 곳을 찾아내어 살펴보니

거울 속이었다.

어항 같은 눈을 뻐끔거리고 있는 얼굴이

살 속에 숨은 눈으로 살살 밖을 쳐다보는 얼굴이

포르말린 같은 유리 안에 담겨 있었다.

나자마자 마흔이었고 거울을 보자마자 여자였다.

그렇게 관리를 하지 않고서야

언제 시집이나 한번 가 볼 수 있겠느냐는 소리가

방 안을 쩌렁쩌렁 울리며 들어왔다.

그게 구르는 거지 걷는 거냐고

내 뒤뚱거리는 걸음을 놀려 대는 소리가

벽을 뚫고 살을 콕콕 찌르며 들어왔다.

움직일수록 더 세게 막혀 오는 숨통을 놓아주기 위해

나는 방 하나를 통째로 소파 위에 누이고

개처럼 혀를 다해 헉헉거렸다.

—김기택, 「뚱뚱한 여자」(『현대문학』, 2011.5) 전문

　육체를 자아를 가둔 방이자 감옥으로 그리고 있다. 살들은 나를 가둔 벽이며 나는 계속해서 육체 바깥으로 탈옥하려 한다. 그러나 벽들은 쉬지 않고 계속 움직이고 나는 어디가 바깥인지조차 알 수가 없다. 마침내 나는 탈출이 불가능함을 깨닫고 나를 찢거나 부수는 죽음만이 나를 탈출시킬 수 있다는 자각에 다다른다. 즉 육체는 자

아의 영원한 감옥이자 한 몸일 수밖에 없다는 당위적 현실에 다다른다. 결국 자아의 탈주 욕망은 죽음의 욕망과 동일한 맥락을 띠고 육체는 관념이나 이념, 도덕이나 가치를 압도하는 절대적 현실로 부각된다.

이 시는 마흔 살 노처녀의 뚱뚱한 몸에 대한 극사실적 관찰과 묘사를 통해 육체가 직면한 고통의 상황, 억압의 양태를 드러낸다. 특징적인 점은 시선의 방향이다. 일반적으로 육체는 바깥에서 관찰되는 응시의 대상으로 그려질 때가 많다. 그러나 이 시에서 여자의 육체는 누군가의 관찰 대상이면서도 안에 갇힌 자아의 역전된 시선을 발생시키는 장소로도 기능한다. 즉 육체 안에서 바깥을 응시하고 사유하는 억압된 자, 고통에 휩싸인 자아의 역전된 시선을 발생시키는 부조리한 공간이다. 어느 날 갑자기 눈을 떠 보니 방 안이고 그 방은 다름 아닌 흉물스런 육체이다. 이 기이하고 불합리한 현실 앞에서 나는 당혹스러워 하면서 어떻게든 육체 바깥으로 탈출하려 한다. 그러나 모든 문은 닫혀 있다. "모든 문은 이미 내 안에 들어와 있었고/나를 찢거나 부수지 않고는 열릴 수 없게 되어 있었다./아홉 개의 좁은 구멍을 찾아 간신히 빠져나간 건/거친 숨과 땀방울과 뜨거운 오줌과 입 냄새뿐이었다."

이 폐쇄된 육체 구조물로부터의 탈주 욕망은 자아의 억압된 심리를 반영하고 육체는 단순히 몸으로서의 육체만이 아닌 현실 혹은 세계로 승격된다. 젖가슴과 엉덩이는 터질 듯 팽팽하게 부풀어 융기한 땅, 겨드랑이와 사타구니는 협곡처럼 함몰되어 있는 기이한 지형이 된다. 그것들은 모두 막힌 숨이 빠져나가지 못하도록 단단하게 밀봉되어 있다. 빠져나갈 수가 없다. "브래지어는 팽팽하게 부풀었다./엉덩이며 젖가슴, 겨드랑이, 사타구니까지/막힌 숨이 가득 차 있었고/터져 나가지 못하도록/온갖 시큼하고 비린내로 단단하게 밀봉되어 있었다." 이러한 표현들은 현실의 억압, 폭력의 구조를 간접적으로 드러낸다.

화자가 가까스로 자신이 있는 곳을 찾아낸 곳은 거울 속이다. 포르말린 같은 유리 안에 담겨 어항 같은 눈을 껌뻑거리며 쳐다보는 자신을 발견한다. 이 거울 속의 육체를 보며 화자는 자학적 독백을 하지만 흉물스러운 몸의 현실에 괴로워하고 조롱받고 있다는 것을 민감하게 감지한다. 그러기에 움직일수록 점점 더 세게 조여드는 숨통을 풀어 주기 위해 화자가 할 수 있는 일은 자신의 몸을 통째로 소파에 누이고 개처럼 혀를 헐떡거리는 일이다. 이렇게 시는 종결된다. 그러나 재미있는 것은 종결 이후다. 종결 이후의 침묵이 일으키는 파장이다. 육체에 대한 극사실적 묘사가 정반대의 효과를 일으키기 때문이다. 극사실적 묘사가 오히려 육체를 비사실적으로 상상하게 만드는 충격을 불러일으킨다. 다시 말해 너무도 익숙해져 있어 어떤 의문도 제기하지 않았던 몸의 상황을 통해 현실의 국면들을 되돌아보게 하는 역설을 낳는다. 즉 그로테스크한 육체 속에 깃든 억압의 구조는 현실과 삶, 극도로 비만해진 현대 자본주의 사회의 억압의 구조이기도 하다.

김기택이 비대해진 육체를 방으로 치환시켜 방에 갇힌 자아의 억압 양상과 탈주 욕망을 드러낸다면, 안현미는 청량리 588이라는 매춘 공간에서 벌어지는 기계적 섹스 장면을 통해 우리 시대의 불모성과 삶의 권태를 드러낸다. 달에서 방아를 찧으며 뼈를 찧는 토끼 눈의 남자와 그믐의 여자 이야기는 타락한 사랑과 현실의 폐허를 되비추는 밤의 알레고리다.

낙타의 쌍혹 같은

사내의 고환을 타고

달도 없는 밤을 건넌다

육교(肉交)

새벽은 멀다

수상한 골목

검은 구두 발자국 소리

누군가 지나가고 있다

50촉 백열등 불빛처럼

신음 소리 새나간다

정작, 불온한 것은

그립다는 것이고

사막이 아름다운 건

흔적을 부정하기 때문이다

이곳은 청량리 588번지

오아시스도 낙타도 없는 사막

새벽은 멀고

육교의 마지막 계단으로 내려와

달을 본다

토끼 눈을 한 사내가

방아를 찧고 있다

뼈를 찧고 있다

여자는 그믐이다

—안현미, 「육교(肉交)」(『곰곰』) 전문

남녀의 무감정 섹스를 연상시키는 육교(肉交)는 타락한 섹슈얼리티의 비판적 은유고, 돈의 권력 관계가 만들어 내는 가짜 사랑, 가까말, 가짜 진실, 가짜 인간들이 판을 치는 자본주의를 희롱하는 유희적 은유다. 점점 더 깊은 고립과 불통을 낳는다는 점에서 소외의 다리고 죽음의 다리다. 여성 육체의 상처와 남성 육체의 폭력 사이에 놓인 불구의 다리고 부재하는 사랑이다. 밤의 매음굴 풍경을 통해 드러나는 도시의 일상은 도시 전체를 죽음의 사막으로 변주시킨다. 그렇게 사막화된 자본주의 도시에서 흔적은 계속 망각되고 여자는 계속 그믐이다. 새벽은 오지 않고 육체의 비극은 계속된다.

여성 육체의 비극성을 극렬하면서도 사실성 높게 드러낸 화가가 프리다 칼로다. 자신의 육체가 직면한 비극을 그녀는 미적으로 치장하지 않고 고통의 코드로 적나라하게 전시한다. 그녀에게 육체는 고통과 비명의 원천지다. 이런 프리다 칼로의 그림을 매개로 여정은 분열된 자아를 객관적으로 바라본다. 여정의 시는 디지털 매체와 몸이 기이하게 결합하는 유물론적 환상을 보여 준다. 카프카가 「변신」을 통해 만들어 냈던 벌레 인간처럼 그도 디지털 코드화된 기이한 존재물들을 만들어 내곤 하는데, 중요한 점은 그로테스크 이미지들이 시인 자신의 육체적 질병, 고통, 불안, 공포, 악몽과 긴밀하게 연계되어 있다는 점이다. 그의 시는 욕망 속에 생산을, 또는 반대로 생산 속에 욕망을 거느린다는 점에서 '유물론적 정신병리학 시학'이라 할 수 있다. 여정의 시는 고통에 휩싸인 신체적·심리적 파탄에서 피어나는 육체의 검은 꽃이자 악몽의 동화이다.

나의 정신 병동에 프리다 칼로가 「헨리포드 병원」의 침대 하나를 옮겨 온다. 침대에는 내가 사랑하는 여자가 누워 있다. 나의 병실로 들어

서자 그녀의 가랑이 사이에서 탯줄이 흘러나온다. 내 배꼽이 사라지고 나는 그 탯줄에 매달려 그녀의 배 위로 떠오른다. 그녀 앞에만 서면 작아지는 내가 허공에서 가부좌를 하고 두 눈을 감는다. 3, 내 몸은 건강하다(세 번 반복한다). 2, 내 마음은 편안하다(세 번 반복한다). 1, 몰입 상태로 들어간다(세 번 반복한다). 나는 지금 엘리베이터 안에 있다. 엘리베이터가 천천히 내려간다. 10, 9, 8, 7, 6, ((더 깊이, 더 깊이)) 5, 4, 3, 2, 1, 엘리베이터 문이 열린다. 자궁이다.

자궁 안에서 詩를 쓴다. 그녀의 뼈가 한 줄 한 줄 약해진다. 詩가 되지 못해 몸부림친다. 그녀의 진통이 심해진다. 미칠 것 같아 그녀의 배를 찢고 뛰쳐나간다. 탯줄을 끊고 달아난다. 그녀의 내장이 몸 밖으로 흘러내린다. 그녀는 침대 속에 누워 계속 피를 흘리고 있다. 간호사가 급히 내 뒤를 쫓는다. 이봐요, 보호자님, 보호자님, 보호자님이 애 뒤를 쫓는다. 이봐요, 보호자님, 보호자님이 점점 멀어진다. 나는 문이 닫히고 있는 엘리베이터를 간신히 탄다. 엘리베이터가 빠르게 올라간다. 문이 열리면 다시 10층이다. 10층은 옥상이다.

나의 정신 병동의 보호사들이 옥상 철문을 두드리고 있다. 그 두드림에 옥상도 울렁대고 바닥도 울렁댄다. 그녀가 없으면 커져 버리는 내가 옥상 바닥 끝에서 가부좌를 튼다. 하늘도 어수선하고 땅도 어수선하다. 누 둔을 감는다. 점점 작아진다. 허공으로 몸이 떠오른다. 머리가 무거워 머리가 먼저 내려간다. 엘리베이터도 따라 내려간다. 10, 9, 8, 7, 6, ((더 깊이, 더 깊이)) 5, 4, 3, 2, 1, 쾅, 엘리베이터 문이 열린다. 문이 열리면 포토샵이다.

그녀의 포토샵 窓에는 프리다 칼로의 「도로시 헤일의 자살(1939)」
이 걸려 있다. 다른 窓을 열고 두 명의 내가 들어온다. 그녀는 도로시
헤일의 자리와 자세를 나에게 내어 준다. 두 명의 나는 그녀의 안내대
로 그 자리로 가서 그 자세를 취한다. 그녀가 두 명의 나를 미친 사람
보듯 한다. 그리고 「어느 정신병자의 꿈(2010)」으로 저장한다. 그녀가
포토샵 창들을 모두 닫는다. 그녀는 문을 열고 작업실을 빠져나간다.
나는 어둠 속에 누워 또 다른 나에게 말을 한다. 그렇게 해서 옥상까지
오를 수 있겠어? 물론이지! 하며 또 다른 내가 허공으로 솟구친다. 머
리가 무거워 발부터 올라간다. 엘리베이터도 따라 올라간다. 1, 2, 3,
엘리베이터 문이 열린다. 문이 열리면 병실이다.

　　나의 병실에는 내가 사랑하는 그녀가 두 명의 내가 그려진 그림 하
나를 걸고 있다.
　　　　—여정, 「몇 명의 내가 있는 액자 하나」(『현대시』, 2011.5월) 전문

　　화자인 나는 정신 병동에 있고 나의 병실로 프리다 칼로가 「헨리
포드 병원」의 침대 하나를 옮겨 온다. 침대에는 내가 사랑하는 여
자가 누워 있고 그녀의 가랑이 사이에서 탯줄이 흘러나온다. 곧이
어 내 배꼽이 사라지고 탯줄에 매달려 나는 그녀의 배 위로 떠오른
다. 이러한 낯설고 충격적인 장면들은 시인이 프리다 칼로의 그림
을 보고 연상해 낸 이차 이미지들이다. 「헨리포드 병원(Henry Ford
Hospital)」은 프리다 칼로가 몇 번의 유산을 경험한 후 죽음의 고통과
좌절 속에서 그린 그림이다. 프리다 칼로는 멕시코 태생의 화가로
18살에 교통사고를 당한다. 그녀가 탔던 버스가 전차와 충돌하여 석
달 동안 병상에 누워 지낸다. 그 후유증으로 다리와 골반을 다치고

척추는 여러 군데 탈골된다. 그런 몸임에도 불구하고 그녀는 아이를 낳고 싶어 한다. 하지만 그녀의 자궁은 선천적으로 기형이었다. 결국 몇 번의 유산 끝에 아이를 낳을 수 없다는 사실을 깨닫고 그녀는 깊은 슬픔과 좌절감에 빠진다. 「헨리포드 병원」은 이러한 아픈 경험들을 배경으로 1932년에 그려졌다.

　시를 좀 더 면밀히 이해하기 위해서는 「헨리포드 병원」 그림을 직접 감상해야 한다. 침대에 벌거벗은 여자가 피를 흘리며 누워 있고 여섯 개의 오브제가 세 개씩 위아래로 탯줄로 연결되어 있다. 바닥엔 부서진 골반뼈, 시든 꽃, 수술 기구를 닦는 세척기가 놓여 있다. 침대 위엔 달팽이, 유산된 태아, 임신한 배의 모습이 그려져 있다. 침대 모서리엔 프리다가 유산으로 병원에 입원했던 1932년 7월이라는 날짜가 알파벳으로 표시되어 있다.

　입원 당시 프리다의 고통은 극심했고 삶을 끝내고 싶은 충동에 휩싸여 있었다. 그런 프리다를 상상하며 그녀의 그림을 바라보는 시인의 마음 또한 그러했을 것이다. 그러기에 "그녀 앞에만 서면 작아지는 내가"라는 표현을 조심스럽게 짚어 볼 필요가 있다. 이 무의식적 진술은 프리다에 대한 시인의 심리 상태를 드러낸다. 즉 그녀가 겪은 병적 고통과 육체적 좌절감에 비하면 나의 병과 고통은 미미할 뿐이라는 심리가 투영되어 있다. 하지만 그녀와 나는 어느 정도 비슷한 처지라는 심리 또한 내포되어 되어 있다. 그러기에 「헨리포드 병원」 그림을 보며 시인은 자신만의 기억의 공간, 자신만의 상상 공간으로 빠져들게 된다. 즉 그림 속의 태아를 '나'로, 그림 속의 여자를 나를 낳은 사랑하는 '어머니'로 대치시켜 그녀의 자궁 속으로 들어가게 된다.

시간을 거슬러 기억 속으로 역류한다. 이 역류를 가능하게 하는 물체가 엘리베이터다. 엘리베이터는 수직의 상승과 하강을 반복하며 자궁과 옥상 사이를 오가는 시간 이동의 현실적 대리물로 등장한다. 즉 엘리베이터에 몸을 싣고 나는 병실에서 → (하강하여) 자궁으로 → (상승하여) 옥상으로 → (하강하여) 포토샵으로 → (상승하여) 병실로 돌아오는 역행과 순행을 반복한다. 이러한 시간 이동 행위는 엘리베이터가 있는 정신 병동 자체를 삶의 공간으로 인식하고 있음을 암시한다. 다시 말해 병원 1층은 생명이 태어나는 자궁(분만실), 병원 옥상은 생명이 소멸하는 묘지(영안실)로 변주된다. 결국 엘리베이터가 있는 정신 병동, 그것이 인생이고 세계라는 비극적 전언을 우리는 만나게 된다. 그러니까 정신 병동은 물질적 구조물로서의 병원이면서도 탄생에서 죽음에 이르는 일련의 과정을 담고 있는 삶의 또 다른 이름인 셈이다. 삶과 세계에 대한 여정 시인의 비극적 인식에 나는 가슴이 아파 온다.

3연에 나오는 「도로시 헤일의 자살」은 프리다가 1939년에 그린 회화 작품이다. 미국 잡지사의 여기자가 뉴욕 고층 빌딩에서 뛰어내려 죽은 도로시 헤일의 자살 광경을 그려 달라는 부탁을 받고 제작한 것이다. 도로시 헤일은 배우가 되고 싶어 했으나 꿈이 좌절되고 결혼하고 싶어 하던 남자에게 거부당하고 심각한 경제난에 시달리다 고통 속에서 자살한 프리다의 친구이다. 친구의 죽음에서 충격을 받은 프리다는 자신의 죽음을 본다. 그래서 빌딩에서 추락하는 여자, 바닥에 떨어져 피를 흘리고 있는 여자를 자신의 모습으로 바꾸어 그린다. 그 당시 프리다 또한 신체적 고통, 남편과의 결별 등으로 절망감에 휩싸여 있었다.

프리다가 그림 속에서 도로시 헤일을 자신으로 대치해 그린 것처럼 시인은 그림 속의 두 여자를 "두 명의 나"로 대치한다. 이 대치 행위는 매우 중요하고도 민감하다. 시인의 심리 상태가 얼마나 심각한지 추측할 있는 행위이기 때문이다. 빌딩 옥상에서 뛰어내리는 여자, 바닥에 떨어져 눈을 뜨고 피를 흘리는 여자를 "두 명의 나"로 대치시켜 그들과 똑같은 행위와 자세를 취한다는 것은 시인이 그들과 자신을 동일시하기 때문이다. 도로시 헤일이나 프리다 칼로처럼 시인 또한 심각한 고통 속에서 자살의 충동을 느꼈기 때문일 것이다. 이런 무의식적 충동은 상황과 기분에 따라 언제 어디서든 불쑥 다시 튀어나올지 모른다는 점에서 시한폭탄과 같다.

그러한 자신의 감정과 행위에 대해 포토샵의 여자는 미친놈 보듯한다고 말한다. 이 대목은 시인 자신의 자학적 진술로 읽힌다. 여자가 자신을 정신병자로 생각할 거라고 그는 생각한다. 그래서 여자는 두 명의 내가 들어 있는 액자 그림을 "어느 정신병자의 꿈"이라고 저장하고 포토샵 창을 모두 닫는다. "어느 정신병자의 꿈"이라는 표제는 여자가 지었다고 표현되어 있지만 사실은 화자 자신이 지은 것으로 시인의 심리 상태가 진술된 표제이다. "두 명의 나"가 들어 있는 포토샵의 액자 그림은 마지막 장면에 재귀하여 등장한다. "나의 병실에는 내가 사랑하는 그녀가 두 명의 내가 그려진 그림 하나를 걸고 있다."

「몇 명의 내가 있는 액자 하나」는 여러 개의 텍스트들이 중첩되어 등장하고 기억 혹은 상상의 공간이 바뀌면서 이야기가 펼쳐지기 때문에 구조가 다소 복잡하다. 그러나 사건의 전개나 이야기의 맥락은 정교하고 간결하고 치밀하다. 시공간이 순환하며 회전하고 억압과 탈출의 욕망이 순차적으로 길항하며 긴장감을 고조시킨다.

여정이 미술 텍스트를 끌어들여 중층적 환상 공간 속에서 자신의 모습을 정신병리학적 관점에서 응시한다면, 김참은 자신이 겪은 일상과 일상의 기억들을 뒤섞어 나선의 구조로 풀어낸다. 최대한 감정이 섞인 진술들을 배제하고 시각과 청각, 환상의 이미지들을 병치시켜 나열한다. 김참의 시에는 광기, 환각, 망상, 죽음의 이미지들을 거느린 차가운 환상과 따뜻한 환상이 뒤섞여 공존한다. 혼색된 환상을 바탕으로 그는 언어의 유희성, 회화성, 비실재성에 집중한다. 지금까지 그는 현실/환상의 경계를 지워 버리는 환(幻)의 상상력을 통해 기계적 인과법칙이 파괴된 초현실의 세계를 노래해 왔다. 초현실적 이미지들을 통해 상식과 고정관념이 파괴된 이상하고 낯선 꿈의 세계를 펼쳐 보였다. 시간이 사라진 세계, 탈인과성의 환상 세계를 회화적으로 그린다는 점에서 '꿈의 채색화가'라 부를 수 있겠다. 그의 시들은 대체로 유년의 꿈과 기억들, 현실의 삶이 주는 결핍과 상처들이 환(幻)의 형상으로 거꾸로 투영되어 있다. 표피적으로는 현실과 동떨어진 비현실적 텍스트로 읽히지만 심층적으로 자세히 보면 그 비현실의 바탕에 현실의 아픈 기억과 경험들이 거울의 뒷면처럼 하나의 몸으로 붙어 있음을 알 수 있다.

    붉은 벽돌집과 갈색 지붕들만 있는 마을의 집들은 크기도 비슷하고 창문과 대문도 비슷비슷했다. 산책에서 돌아올 때면 길들이 미로처럼 얽히고설켜 나는 같은 길을 맴돌곤 했다. 마을 회관 창고에서 노란 호박들이 천천히 말라 가는 정오가 지나면 마을 중앙의 높은 종탑으로 분홍색 비둘기들이 몰려왔다. 종탑에서 시끄럽게 울어 대는 비둘기들 때문에 마을 사람들의 달팽이관은 조금씩 부어올랐다. 비 오는 날이면 버스에서 잘못 내린 사람들이 우산을 쓰고 마을 곳곳을 활보했다. 골목을 가득 채운 우산들 때문에 마을에 오래 산 사람들도 종종 길을 잃곤 했다. 마을엔 이름이 같은 사람들이 많았다. 똑같은 이름이 새겨진 문패들 때문에 마을 사람들은 종종 엉뚱한 집으로 들어가곤 했다. 수요일 아침이면 나는 마을 회관 붉은 벽돌담 서쪽으로 난 길을 따라 산책을 했다. 파와 양파가 자라는 비닐하우스를 지나가면 붉은 벽돌집 옆 야채밭에서 닭들이 끝없이 울어 댔다. 산책길에서 나는 가끔 파란 남방 입은 여자와 마주쳤다. 어느 날 집으로 돌아와 보니 그녀가 우리 집 소파에 누워 라디오를 듣고 있었다. 그녀에게도 가끔 이런 일이 일어난다고 했다. 현관문을 열고 들어가면 이웃에 사는 늙은 군인이 그녀의 피아노를 치는 날이 있다고 했다. (중략) 그런 날에도 하루에 네 번씩 마을 중앙의 교차로에서 주황색 군복을 입은 군인들이 근무 교대를 했다. 밤이면 마을 어디에선가 총소리가 나기도 했지만 해가 지면 마을 사람들은 이불을 펴고 죽은 사람처럼 잠을 잤다. 불빛 하나 없는 밤길을 지나가다 보면 가끔 주인 없는 그림자들이 도둑고양이처럼 붉은 벽돌담 주위를 배회했다. 마을 회관 붉은 담 옆에 줄지어 서 있던 무화과나무들이 모두 잘려 나간 어느 날 오후엔 길 잃은 야생 낙타 가족이 나선의 마을로 들어와 마을 회관 붉은 벽돌담을 한참 동안 맴돌다 사막으로 돌아갔다.

―김참, 「나선의 마을」(『문학사상』, 2011.5) 부분

「나선의 마을」에는 시인의 체험들이 따뜻한 환상과 차가운 환상으로 변주되어 각각 전반부와 후반부에 배치되어 있다. 움직이는 회화 작품을 보는 느낌인데 집과 지붕, 창문과 대문, 마을 회관, 비닐하우스 등 수많은 장소와 배경들이 등장한다. 그러나 이러한 이미지들보다 중요한 것이 있다. 첫째는 골목과 담이 만들어 내는 미로, 둘째는 주인 없는 그림자들, 마지막으로 사막이다.

미로는 시인의 사유와 상상이 언어화될 때 거의 빠짐없이 등장하는 중요한 입체 구조물이다. 밀폐된 벽들에 에워싸인 환(幻)의 공간으로 설정되어 초현실의 시간을 창출한다. 이것은 주체의 내부에서 쉬지 않고 일어나는 무의식적 욕망이 혼돈의 형태로 발현된 것이라 할 수 있다. 결국 그에게 미로는 유폐된 자아를 가두는 절대적인 세

계의 구조물인 셈이다. 그의 상상력이 만들어 내는 미로는 크게 두 가지 특성을 띤다. 새로운 공간을 창출하면서 나선의 방향으로 연쇄적으로 움직인다는 점과 미로의 안에 갇힌 주체들은 계속해서 순환하며 자신이 처한 현실의 부조리와 직면한다는 점이다. 어딘가를 끊임없이 가리키며 돌고 도는 시곗바늘처럼 주체들은 미궁의 통로를 빠져나가지 못하고 언어와 함께 검은 물이 되어 맴돈다. 이러한 회귀적 운동성 때문에 그의 시는 특정 의미로 확정되지 않고 처음도 끝도 열려 있는 개방형 텍스트가 된다. 이미지와 서사 구조는 선명한데 의미와 메시지는 확정되지 않는 텍스트. 그 속엔 시인의 아픈 유년의 기억들, 좌절된 꿈과 환상, 고통과 환희가 뒤섞여 있다. 그의 시 한 편 한 편은 작은 미로들이고, 시집은 낱낱의 미로들이 모여 만들어지는 거대한 미궁이다.

그림자는 헛것의 주체로 현실 속에서 우리 삶의 위치를 확인하게 만든다. 그에게 시는 '세계를 그려 내는 방식'이기에 그것은 '끝없는 여행이고 모험'이다. 여행과 모험을 하면서 그는 자주 길을 잃는다. 집으로 돌아가는 길도 잃고, 미로 속에 갇혀 헤맨다. 그러나 누구에게나 삶은 기나긴 시간 속에서 잃어버린 길을 찾아 헤매는 과정 아니던가. 무한의 시간이라는 관점에서 보면 우리는 모두 점(點)이고 이미지고 환영(幻影)이다. 평면의 그림자고 입체 공간에 사영(射影)된 기이한 그림자들이다. 「나선의 마을」에 등장하는 그림자도 같은 맥락에서 해석될 수 있다. 결국 시인에게 세계는 어떤 말로도 설명할 수 없고 어떤 언어로도 포착할 수 없을 만큼 복잡한 비극의 시공간이다.

사막은 환원의 마지막 장소로 설정되어 있다. 사막은 일반적으로 죽음과 소멸, 부재와 망각의 공간으로 받아들여진다. 시의 전반부에는 평온한 풍경들이 나열되다가 중반부를 넘어 총을 든 군인들이 등장하는 후반부로 들어서면서 긴장감이 고조된다. 전쟁 중이거나 어떤 참살의 현장을 떠올리게 한다. 밤이면 무서워서 이불을 펴고 죽은 사람처럼 잠을 자야만 하는 마을, 낮엔 그토록 평온하던 마을이 밤이 되자 불안과 공포의 공간으로 뒤바뀐다. 무화과나무들은 모두 잘려 나가고 그림자 유령들만 돌아다니는 마을, 평온한 풍경 뒤에 숨어 있던 잔혹한 눈과 총구들이 나타난다. 평화로운 풍경들 배면에 은닉되어 있던 공포가 얼굴을 내밀기 시작한다.

김참이 유년 체험, 해외 체험 등을 토대로 자신만의 상상 공간을 창조해 삶을 되돌아본다면, 손택수는 타인의 헌신적 행위에서 삶의 혜안을 보고 성찰과 반성의 시간을 갖는다. 손택수는 난해한 언어 실험에 매진하는 많은 젊은 시인들과 차별화된 위치에서 자신만의 시 작업을 개진해 가고 있다. 그의 시는 현실과의 단절이 아닌 융합이라는 관점에서 자신과 현실을 성찰하고 반성한다. 그의 시는 늘 서정적 시선을 놓치지 않는데 이 따뜻한 응시가 세계를 감싸는 포용력으로 작용한다.

허리가 끊어지고 무르팍이 다 해져 한 걸음도 더 옮겨 디딜 수 없을 것만 같은 시간이 곧 찾아왔습니다

신부님은 자벌레처럼 오체투지로 마지막 걸음을 옮겨 딛고 있었는데

땡볕에 녹아들어 가는 아스팔트 바닥에 허리를 꺾는 순간

마침 녹슨 못처럼 바닥에 들러붙어 말라비틀어져 가고 있는 지렁이가 눈에 들어왔습니다

생명이고 평화고 뭐고 중간에 그만두고 싶었던 순간이 어디 한두 번이었을까요

저 지렁이처럼 나도 이 길 위에서 눈을 감을 수도 있겠구나

신부님은 벼랑 아래로 떨어지듯 지렁이를 향해 털썩 무릎을 꿇고 이
마를 숙였습니다.

그 순간, 그의 숙인 이마에 범벅으로 흐르던 땀방울 하나가 뚝 떨어
졌는데

죽은 듯 꼼짝 않던 지렁이가 글쎄 깜짝 살아 꿈틀거리더라는 것입니다

남은 길은 내가 갈 테니 자네는 쉬었다 오시게, 온 마디마디로 절을
하듯 기어가더라는 것입니다

—손택수, 「지렁이 성자」(『문학사상』, 2011.5) 부분

이 시는 문규현 신부님이 새만금에서 서울까지 삼보일배하던 때
의 일을 기록한 것이다. 2003년 3월 28일 문규현 신부, 수경 스님,
김경일 교무, 이희운 목사 등 4대 종단의 성직자들이 '새만금 간척
사업 중단과 반전 평화'를 위해 세 걸음마다 한 번 절을 하며 가는
'삼보일배 고행'에 나섰다. 전북 부안군 새만금 갯벌에서 출발해 서
울 청와대까지 장장 310㎞의 거리를 65일 간 실행했다. 삼보(三步)는
세 걸음, 즉 우리 사회를 뒤덮고 있는 탐욕, 분노, 어리석음을 극복
하자는 상징적 행위였고, 땅에 엎드려 올리는 한 차례의 절은 사회
에 만연한 생명 경시 풍조에 대한 사죄의 참회 행위였다.

지칠 대로 지쳐 더 이상 움직일 수조차 없을 지경에 이른 신부님
이 아스팔트 바닥에 허리를 꺾는 순간 말라비틀어진 지렁이를 발견
한다. 이때 신부님의 이마에서 떨어진 땀방울이 지렁이의 몸에 떨어
지고 그 덕분에 지렁이가 살아난다는 것이 이 시의 주요 내용이다.
재미있는 것은 살아난 지렁이의 말과 태도이다. 땀으로 범벅이 된
신부님의 이마에서 떨어진 땀방울이 생명수가 되어 말라비틀어져

가는 지렁이를 살리자 지렁이가 꿈틀거리며 말한다. "남은 길은 내가 갈 테니 자네는 쉬었다 오시게." 이 유머와 재치가 시를 더욱 풍요롭게 한다.

시의 메시지는 분명하고 시인의 전언 또한 또렷하다. "얼마나 낮고 또 낮아져야 우리는 비구름을 품은 하늘에 닿을 수 있을까요/몸속의 땀방울을 빗방울로 바꿀 수 있을까요". 낮은 데로 임하는 신부님의 헌신적 행위와 지렁이의 행위는 중첩된다. 지렁이는 몸 전체로 세상의 바닥을 기어가는 아름다운 성자이자 경이로움의 대상이다. 육체의 고통이 극한에 다다랐을 때 우연히 마주친 지렁이를 통해 세상을 온몸으로 기어가는 성자의 모습을 발견한 신부님의 마음이 아름답다. 이러한 발견의 시선과 포용은 사물과 풍경을 다시 태어나게 하고 세계를 풍요롭게 한다. 지렁이로부터 삶의 혜안을 얻어 내는 지혜, 그로부터 확장되는 사유의 파장이 물결을 타고 흘러든다.

이들이 처음 그 먼 거리를 삼보일배를 한다고 했을 때 사람들은 모두 불가능하다고 했다. 미친 짓이라고 빈정거리기도 했다. 그러나 그들은 그 불가능을 향해 몸을 던졌고 결국은 이루었다. 삶에서 가장 중요한 덕목을 하나 꼽으라면 나는 '실천'을 택하고 싶다. 역사는 진보하지도 않고 실천하는 자의 편에 서지도 않는다. 그러나 실천하는 자들의 행위는 아름답고 거룩하고 숭고하다. 예술적 창조 또한 마찬가지라고 나는 생각한다. 창조는 결핍과 부재 속에서 결핍의 힘, 고통의 힘으로 피어난다. 창조자는 자신의 불가능을 창조해 내는 자이고, 다시 그것을 파괴해 또 다른 불가능에 도전하는 자들이다. 몇 달 동안 많은 문예지의 시들을 살펴보며 우리 시단 전체가 무사안일에 빠져 있는 게 아닌가 하는 걱정이 들었다. 특히 연령층이 높을수록 그런 현상은 심했고, 연령층이 낮을수록 시적 밀도는 떨어졌다. 각자의 위치에서 자신의 심장에 총을 발사하는 심정으로 자기의 시를 되돌아보고 시적 변혁을 위해 실천할 때이다.

지형도 11.
존재와 죽음, 시간의 근원에 대한 탐색

1.

초혼(招魂)은 죽은 사람의 속적삼이나 웃옷을 들고 지붕에 올라가거나 마당에 나가, 왼손으로 옷깃을 잡고 오른손으로 옷 허리를 잡고 북쪽을 향해 옷을 휘저으면서 고인의 주소와 이름을 왼 다음, 큰 소리로 복(復)! 복(復)! 복(復)! 세 번 길게 부르는 것을 말한다. 고복(皐復)이라고도 하는데 몸을 빠져나간 혼이 다시 돌아와 육체와 합쳐져 살아나기를 기원하는 행위다. 남자의 초상(初喪)에는 남자가, 여자의 초상에는 여자가 혼을 부른다. 지붕에 올라가 혼을 부르는 이유는 혼기(魂氣)가 위쪽에 있기 때문이며, 북쪽을 향해 부르는 것은 사자(死者)를 관장하는 신이 북쪽에 있다고 믿기 때문이다. 이런 초혼 행위 뒤에도 죽은 육신이 되살아나지 않으면 그때서야 비로소 죽은 것으로 단정한다. 즉 망자의 운명 이후 혼을 되부름으로써 소생을 기원하는 초혼(招魂), 죽은 이의 입속에 쌀과 조가비 등을 넣어 주는 반함(飯含), 무덤 속에 고인이 쓰던 물건이나 금은보화를 함께 넣어 주는 부장(副葬) 등은 영혼의 존재와 사후 세계에 대한 긍정을 전제로 하는 의식이다. 역설적으로 말해 초혼과 반함 같은 장례 의식에는 죽음을 되돌리려는 인간의 부활 욕구, 내생을 통한 불멸에 대한 갈망, 기억과 망각의 순환 원리 등이 총체적으로 반영되어 있는 셈이다.

비어 가는 눈알을 꺼내 세 번 흔든 후 다시 넣어 둔다. 풍경이 흐리다. 눈알에 낀 사람들.

지전(紙錢)을 태우는 연기는 맵다. 이것은 산 자가 죽은 자에게 날리는 마지막 악보. 바람에 눈동자를 누일 때 안식은 온다. 나는 물속을 걸어 또 하나의 젖은 그림자를 꺼내 눈 속에 숨긴다.

휘파람 소리는 붉다. 멀리서 자신의 이름을 부르는 목소리, 내가 태운 지전이 액운을 다 막지는 못했지만 오늘은 작두를 탄다.

저녁은 물 냄새처럼 다가오고 양초를 든 손이 녹는다.

버림받은 자는 집시의 영혼을 가진 자
당신은 시(詩)라는 음서(淫書)를 눈동자에 번식시켰군

나는 유배된 영혼을 찾아 물속 겨울을 여행 중이다.
눈동자가 내게 물속이라는 생각. 더 깊이 가라앉기 위해,
다리에 돌을 매달고 잠든다.

자신의 명부로 만든 악보는 죽어서 연주된다.

눈을 뜨면 낯선 곳에서 늙은 무녀가 자신의 명부를 들여다본다.
(중략)
그녀의 죽은 머리카락을 감기는 손가락 사이가 점점 어두워 내 입술
은 그녀의 사라진 눈동자를 찾아 검은 우주를 떠돌고.
　　　　　―김재근,「월광 탱고―죽은 자 가운데 사흘 만에 일어날 수도」
　　　　　　　　　　　　　　　　　　　　　　(『현대시』, 2012.9) 부분

　눈동자는 죽은 자의 영혼이 담긴 저장소이자 지상의 무수한 풍
경이 담긴 그릇이다. 이 시에는 죽은 자의 눈동자에 담긴 모든 풍경
과 인물들이 완벽하게 지워져서 무(無)의 상태가 될 때 비로소 죽음
이 완성된다는 시각, 시인의 죽음관이 깔려 있다. 즉 죽은 자의 눈동
자를 바람에 뉘여 이승의 삶을 완전히 지워 망각해야만 영혼이 죽음
의 안식 세계로 들어설 수 있다는 것이다. 그러나 영혼은 자신의 죽
음을 실재로 받아들이지 못하고 집시처럼 이승을 떠돈다. 이 방랑
과 표류가 이승과 저승의 접점 지대, 겨울의 물속에서 벌어지는 것
은 그만큼 이승에 대한 미련과 슬픔이 깊다는 반증이다. 시인은 이
점을 주목한다. 그래서 떠도는 영혼을 안식의 세계로 유도하기 위한
제식을 행한다. 젖은 그림자를 꺼내 눈 속에 숨긴 채 물속을 떠돌고,
더 깊이 가라앉기 위해 다리에 돌을 매달고 잠든다.
　이 침잠과 하강의 이미지는 시인의 죽음과 연계된다. 말하자면 죽
음은 영원한 잠이고, 잠들지 못하는 영혼은 물속을 떠도는 물고기나
부유 물질과 다를 바 없다. 따라서 이승 전체는 저승으로 귀소하지
못한 영혼들의 유배지이자 방랑의 처소가 된다. 산 자의 세계는 죽

은 자들의 영혼이 떠도는 공간이기에 영혼들은 집시의 운명을 띤다. 그러기에 시인의 눈에 세계는 불길하면서도 처연한 음서(淫書)의 시가 된다. 울음은 계속 물속을 떠돌고 두렵고 떨리는 심정으로 시인은 이 어둡고 중층적인 물속의 세계에서 영혼의 눈알을 찾는다. 육안의 시계(視界)를 버려 잃어버린 시간을 되찾으려 한다.

　존재의 죽음과 사랑을 매개로 이 시는 인간이란 무엇이고 죽음은 어디까지고 완벽한 망각은 과연 가능한가라는 질문들을 연쇄적으로 유도한다. 불교의 관점에서 보면 인간이란 오온(五蘊)의 일시적 결합체일 뿐이다. 인간은 어떤 특정의 발생 조건 하에서만 일시적으로 존재하는 현상물이지 불멸하는 실체가 아니다. 불교는 삶과 죽음의 관계를 변화와 순환이라는 우주의 원리로 해석하지 신의 절대적 초월성에 의탁하지 않는다. 이것은 불교가 유교와 갖는 공통 특성 중 하나다. 차이점이라면 불교가 세상의 진행 원리를 연기(緣起)로 설명하면서 윤회의 주체를 업(業)으로 보는 반면에, 유교에서는 인간 존재의 생성 원리를 자연 발생적인 것으로 본다. 이런 측면에서 보면 이 시는 불교와 유교의 시각을 공통적으로 담지하고 있다. 삶과 죽음의 경계 지대에 시인의 저녁 수평선이 있고 그곳의 시계(視界)는 늘 어둡다.

저녁 수평선의 시계(視界)는 어둡다.

간혹, 눈동자에서 퍼덕이는 물고기 울음을 들을 수 있지만
겨울은 당신을 떠난다.

잠든 물속을 뒤적여 자신의 눈알을 찾는 자는 외롭다.

누구도 자신의 영혼이 외계(外界)에서 정박 중이거나

가라앉아 있다고 생각지 않지만,

자신의 눈알에 흐르는 울음은 천천히 물속을 떠도는 것이다.

창문에 바다가 붙어 있다.

불 꺼진 방의 아이들은 물속을 건너온 아이들

불을 붙이면 지도에서 사라진 물속 마을을 찾아 출렁이며 날아간다.

—김재근, 「물병들을 위한 시간」(『현대시』, 2012.9) 전문

시인은 물속으로 사라진 시간의 단층들 사이에서 사라진 마을, 사라진 아이들을 현실로 호출해 물병 속에 담는다. 물속을 뒤적여 자신의 눈알을 찾는 행위는 꿈속의 세계에서 부유하는 자신의 영혼과 대면하는 행위와 같다. 이때 찾음 또는 목격을 보조하는 역할을 하는 것이 빛이다. 빛은 어둠과 베일 속에서 시계(視界)를 드러내어 만물을 움직이게 하는 역할을 한다. 이것은 시인이 자아와 세계의 관계를 운동성의 이동 좌표로 설정하고 있음을 나타낸다. 즉 모든 사물과 사물에 깃든 영혼은 정지되거나 가라앉지 않고 부유하는 운동 상태를 지향하고 그 흐름과 변화가 세계를 지속시키는 근원적 힘이라고 보는 것이다. 김재근의 시에 크고 작은 부유물 이미지들이 지속적으로 나타나는 이유가 여기에 있다. 과연 인간은 무엇이고 죽음은 무엇이고 망각은 무엇인가. 왜 우리는 끝없이 떠도는가. 완전히 망각했다고 착각한 죽은 자들의 혼백이 지금 흰 연기처럼 우리의 눈 속으로 스미고 있다.

2.

　강정은 광기와 야수의 감각으로 자신의 육체에 깃든 괴물체와 이질적 풍경들을 세계 속으로 끄집어내는 고백파 시인이다. 인간의 육체와 영혼에 찰거머리처럼 은닉해 기생하는 죽음과 검은 악귀들을 불러내 차례차례 처형하는 과정이 강정의 초기 시 세계였다면, 세계의 근원과 시간의 원(圓)적 순환에 대한 사색과 상상은 최근 그의 시를 관류하는 큰 줄기이다. 가시적 세계와 비가시적 세계를 동시에 응시하는 겹눈의 화자들을 통해 시인은 사물의 내재적 시간, 시간의 크레바스와 단층들 속으로 들어간다. 사물들 속에 내재된 인간의 관념을 지우고 사물의 입장에서 사물들이 처한 고독과 유폐의 처소에서, 사물들이 잃어버린 사물들 본유의 시간을 새로이 발명해 낸다. 메마른 사막의 모래들, 어두운 땅속의 뿌리들, 빛이 차단된 강바닥의 돌 같은 불모의 상황 속에 고립된 사물들의 눈을 통해 자신의 존재론적 고통을 응시하고, 세계와 자신이 결국은 하나로 응집된 점(點)임을 자각한다. 이 뼈아픈 자각의 통증이 한 알의 돌에서 무한의 천체를 보는 급진적 상상력의 전이를 불러일으킨다. 강정의 시에서 사물들은 부유하며 또 다른 사물로 끊임없이 변주되고 망각되어 간다. 현실의 모든 언어와 풍경과 이미지들이 영속하는 시간의 흐름 속에서 망상적 비현실일 수도 있다는 비통한 통찰을 담고 있다. 결국 강정에게 세계는 영원히 완결될 수 없는 책이고, 인간은 끝없이 확장되며 이동하는 불가해한 변이물일 뿐이다.

　　책갈피 속에서 동그란 점이 하나 떨어졌다

　　지난밤에 올려다본 달일 수도 있다

　　부식토 냄새가 난다

한 개 점을 오래 들여다본다는 건
세계로부터 자신을 털어 내
다른 땅을 핥겠다는 소망

머리를 박고 울면서
점 안으로 자라 들어가는 고통의 뿌리로부터
아직 태어나지 않은
나무와 풀들의 水源을 찾는다

나는 머잖아 숲이 된다
나무들을 끌어안고
나무들의 무덤이 되어
다른 동그란 점이 된다
(중략)

나뭇잎 한 장이 전속력으로 한 생을 덮는다
나는 미래의 기억을 다 토했다
　　　　　　─강정, 「최초의 책」(『문학과 사회』, 2012.가을) 부분

　상상되는 시공간이 심원하고 근원적이다. 책갈피에서 떨어진 하나의 점이 달일 수도 있고 시인은 거기서 다시 자신이 발을 딛고 있는 땅의 썩는 냄새는 맡는다. 결국 점에 대한 상상은 사물 속에 깃든 죽음과 타자들을 읽어 내고, 사물들로 구성된 바깥 세계의 근원적 뿌리를 탐색하려는 욕망으로 이어진다. 달이 있는 천상의 시간이 나

무뿌리와 풀들이 있는 지하의 수원(水源)으로 흘러든다는 상상은 시간의 기원에 대해 사유하게 만든다. 「최초의 책」은 모래 한 알의 기원에서 우주의 모든 페이지를 읽어 내려는 시인의 심원한 눈과 마음이 읽히는 시다. 시인은 역류하는 시간의 변화 속에 자신을 위치시켜 자아와 세계의 관계를 근본부터 되짚어 본다. 세계의 모든 상(像)들이 결국은 죽음으로 회귀하는 원운동을 통해 하나의 점으로 응집된다는 자각에 다다른다. 결국 시인에게 점은 최초의 책이자 시간의 발아점이고, 우주는 하나의 점으로 압축될 수 있는 어둠 속에서 펄럭이는 거대한 책이다.

점에서 무한으로 다시 무한에서 점으로 수렴하는 분산과 응집의 상상력은 과거, 현재뿐만이 아니라 미래에도 지속될 자명한 사실이다. 그러기에 시인은 미래의 기억을 현재의 시점에서 발화하는 것이다. 중요한 것은 이 발화가 이성적 진술이나 묘사를 통해 이루어지지 않고 동물적 본능에 따라 토해지고 있다는 점이다. 시인이 토하는 이미지들은 자신의 육체 안에서 죽은 시간의 토사물이자 기형의 세계가 낳은 변이체들이다. 강정의 시에 자주 나타나는 이러한 야수적 이미지의 분출은 그의 시작(詩作) 과정과 긴밀하게 연계되어 있다. 그의 시에서 화자들은 대체로 이성적 규율과 통제를 본능적으로 거부하고 무의식적 충동과 야만의 언어로 세계의 치부와 은폐를 폭로하고 한다. 세계와 나의 관계가 이원적으로 길항하면서 침윤하는 양상을 띤다. 그런데 최근 들어 이 침윤의 양상이 외적으로는 고요해지면서 안으로 깊어지고 있다.

    강가의 너른 면적이 둥글어진다
    나는 눈을 감고 오래전 기타 소리를 떠올린다

낮의 허물이 벗겨져 이 강은 수천 광년 어둡다
빛의 노린 잉걸들이 별로 뜬다

강의 밑동이 둥그런 천체로 떠오른다

붉은 점 하나 부풀어
기타 소리와 함께 넓게넓게 날개를 편다

지옥에서 돌아오는 독수리
수천수만 겹의 인간 얼굴을 시간의 마디마다 낚아 올린다

강 너머의 도시가 물속에 처박혀 수초처럼 하늘거린다

누군가 주먹을 움켜쥔다
기타 소리가 멎는다

직각으로 일어서던 강이 빠르게 몸을 누인다

다시 햇빛
나는 사람을 죽였다

눈물을 감춘 주먹에게 고백을 강요받으며
전 생애를 지워 버린 차가운 혼령으로 이렇게 얼어붙어 있다

빛의 뿌리가

죄 많은 부리를 낚아채 강의 저편으로 싣고 간다

나는 사람을 죽였다, 부러진 기타 소리로

　　　　　　—강정, 「돌의 탄식」(『세계의 문학』, 2012.가을) 전문

　돌의 눈으로 자신이 기거하는 강과 무수한 시간 속에서 흘러내려
온 소리를 사유하고 상상한다. 강의 밑바닥 전체가 먼 우주의 천체
로 변주되고 강 너머의 도시는 물에 잠긴다. 인간이 건설한 장엄한
문명 도시가 수만 년의 시간대를 거슬러 역류해 하나의 점, 무(無)에
다다른다. 시인의 광대한 상상에 이성적 추론이 개입될 여지가 없
다. 결국 강바닥에 놓인 돌의 탄식은 시인 자신의 뼈아픈 탄식이자
눈물 번진 자기 고백이다. 돌이 되어 돌의 눈으로 자신의 영혼의 기
원을 추적하는 행위가 어둠과 비탄 속에서 이루어질 것은 너무도 자
명하다. 이 시에서 돌은 물리적 소재이자 시인의 고립된 자아가 투
영된 심리적 소재이다. 즉 돌은 자신의 전 생애를 지워 버리고 얼
음 속에 갇혀 버린 시인의 차가운 혼백이다. 그런데 왜 이 시적 자아
의 혼백이 어두운 강바닥에 유폐돼 있는 걸까. 선험적 죄의식 때문
이다. 기타 소리로 사람을 죽였다고 말하는 시인의 생득적 순연성의
죄의식 말이다. 강정의 시에서 죄의식은 단순히 윤리적 개념으로 작
용하지 않고 시인의 순결한 마음, 세계의 사물들을 대하는 순연성의
영혼을 드러내는 촉매제로 작용한다. 따라서 죄의식에 사로잡힌 돌
의 탄식은 결국 존재에 대한 시인의 비극적 자기 고해인 셈이다. 이
진정성과 삭제된 울음이 겨울밤 내 마음을 아리게 한다. 시인은 지
금 세계와 사물들 속에 깃든 죽음과 시간을 목도해 사물의 존재 자

체가 죽음과 마주한 자신의 거울이자 다가올 부재임을 자각하고 있
는 것이다.

3.

김소형은 그로테스크한 꿈과 환각의 이미지들을 동화적 방식으로
채색하는 상상력을 펼쳐 보인다. 그녀의 시는 꿈의 장면들을 조각조
각 이어 붙인 기이한 조각보 이불 같다. 섬뜩하고 차가운 악몽과 아
름답고 따뜻한 환상이 중첩되어 나타나곤 한다. 김소형의 시에 발현
되는 그로테스크 이미지들은 시인의 육체적 경험이 토대가 되어 발
산된 것들이기는 하지만 일정한 거리 두기를 통해 정제 과정을 거친
것들이다. 이미지의 정제가 아니라 구조의 정제 말이다. 다시 말해
타자화된 사물들의 그로테스크한 이미지들이 구조적으로 배치되고
있다. 이 구조 의식 때문에 그녀의 시는 충격적인 장면과 풍경들을
전시하면서도 이전의 선배 시인들이 보였던 과잉된 자의식의 분출
이 거의 보이지 않는다. 그러나 이러한 객관적 시작(詩作)과 작란(作
亂)은 환상을 허구적 요소로 전락시킬 수도 있음을 숙지해야 한다.

엄밀히 말해 꿈 자체는 기록될 수 없고, 기록되는 순간 의식이 개
입되어 꿈은 빛에 의해 굴절되는 물속의 막대처럼 변형된다. 예기치
못한 방향으로 빠르게 날아가며 휘발된다. 이러한 왜곡과 증발이 무
수히 이루어지는 시공간이 우리가 숨 쉬며 살아가는 현실이자 시작
(詩作) 공간이다. 따라서 꿈(언어)이 기록될 때 그와 동시에 휘발되어
버리는 또 다른 무수한 꿈(언어)들을 주목해야 하고, 그런 사태들이
부지기수로 벌어지는 현실을 냉철하게 응시해야 한다. 그러기에 김
소형 시 텍스트의 환상 이미지들도 중요하지만, 문장과 문장 사이로
흘러내려 증발해 버린 탈각된 무의식의 파편들이 더 중요하다. 그

백색 침묵의 영토로 사라진 아픈 꿈들이 그녀가 세상에 내놓은 시 텍스트들보다 더 진실하고 근원적일 수 있기 때문이다.

들어가서 자 귓속에 누가 속삭였네 바람이 불었어 누군가 나를 커튼 뒤로 끌고 가 삐걱거리는 턱 움직이며
사랑한다 말했네

여전히 내 방이었고 비가 내렸지 걱정할 건 없어 벽이 꿈틀거렸네 줄줄이 누워 있는 외로운 뱀들, 흰 돌처럼 쌓여 벽 이룬 뱀들, 벽이 흔 들리고 있었지

당신이었구나 입에서 수풀이 자란 남자, 눈꺼풀에 이끼가 덮인 남 자, 투명하고 찐득한 침 흘리는 남자,
뒤늦게 알아보았네

커튼이 부풀고 밤은 우리의 살처럼 흘러내린다 어서 자, 여긴 네 방 이잖아 당신이 말했지 방은 열어도 방이었고 벽은 움직여도 다시 벽이 었어 창문이 열리고 닫히고 다른 세계를 열고 닫아도 우리는 여기 있 었지

아름다운 흰 뱀들, 몸속에 들어와 즐겁게 놀고, 물컹거리는 뼈 되어 돌아다니네, 뱀의 언어로 이름 붙일 수 없는 것들 밤새 부르며

꿈에서도 잠들고 거리를 헤매다가 잠들고 어디서나 잠들겠지 여기 이 하얀 굴에서 길 잃고 어쩔 줄 몰라 하는 당신, 더러운 발 꼼지락거

리며 슬프게 잠든 당신, 이 하얀 굴에서

　쓰다듬고 있었네 사랑하는 시간들 후드득후드득 정수리 위로 쏟아
지고 우리는 끌어안은 채 단단하게 굳어 갔지 하나의 뱀처럼 이어져,
서로가 기어가는 소리 내면서 스슥 스스슥
　　　　　　　　　　—김소형, 「굴」(『시와 사상』, 2012.가을) 전문

　「굴」에서 화자가 체험하는 환각과 비현실적 시간이 발아하는 공
간은 아이러니컬하게도 밀폐된 방이다. 이 방은 현실의 방이라기보
다는 시인의 육체의 방이자 심리적 공간이다. 말하자면 그녀에게 방
은 현실의 억압이 차단된 꿈과 환상의 발아 지대이고, 억압된 자아
의 해방 통로고 숨기 좋은 굴인 셈이다. 이 굴속에서 속삭이고 쓰다
듬으며 사랑을 나누는 연인은 뒤엉켜 꿈틀거리는 두 마리 뱀과 다를
바 없다. 이들은 시인의 무의식적 본능과 충동, 파괴적 죽음과 관능
이 투영된 주체들이다. 말하자면 그녀에게 인간의 육체는 뱀들이 꿈
틀거리며 교미하는 충격적인 초현실의 공간이다. 방을 열어도 계속
해서 방이 나오는 무한 구조의 공간이다. 이러한 구조적 육체 인식
을 바탕으로 그녀는 세계를 응시한다.
　김소형은 초현실적 꿈 이미지들을 전시하려는 욕망을 지속적으로
드러낸다. 이는 자아가 꿈의 상태에서 현실 속으로 깨어져 나오기를
계속 거부한다는 반증이다. 꿈과 환각적 몽유의 상태에서, 망아(忘
我)의 시를 쓰고 싶어 한다는 은폐 심리의 반어적 표출로 읽힌다. 이
러한 욕망이 여러 화자들을 통해 드러나곤 하는데 화자의 직접적 행
동이나 말이 아니라 침묵, 실언, 실수 등을 통해 발현된다. 무의식의
이러한 분출은 그녀의 시적 수사들이 의식적으로 가공된 인공의 무

의식이 아님을 암시한다. 그녀는 현실과 다른 꿈의 세계를 엿보고 체험하고 그 풍경들을 자신의 육체의 일부로 현재화한다. 왜 그런 걸까. 현실의 풍경들보다 비현실적 풍경들 속에 자아의 진실한 모습이 은닉되어 있다고 느끼기 때문일 것이다. 사물과 내가 논리적 근거 없이 자유롭게 치환되어 말하고 행동하는 물활론의 환상 세계는 역설적으로 현실의 억압적 구조와 억압의 수위를 떠올리게 한다. 이성과 논리가 지배하는 현실 세계에서 벗어나 사물들의 배열과 역할이 제멋대로인 시공간 속으로 들어설 때 시인은 맑은 공기를 폐 속으로 들이마시는 것 같은 자유를 느끼는 것이다.

김소형이 대상과 거리를 둔 채 대상에 자신의 무의식을 이입하는 초현실적 상상력을 펼친다면, 민구는 보다 건조한 감각으로 자신을 둘러싼 공간을 기이한 환각 공간으로 탈바꿈시킨다. 그는 대상 속에 잠재된 동물적 야수성과 공격 본능을 읽어 내곤 하는데, 엄밀히 말해서 그것은 대상 자체의 내재적 요소라기보다는 시인의 잠재된 무의식이 삼투된 것들이다. 즉 그에게 대상들은 자신의 상처와 불안, 결핍과 우울을 대리 반영하는 존재들이다. 불안하고 기이한 행위들이 전개되는 과정에서 불안과 공포, 갈등과 번민 속에 놓인 화자들을 지속적으로 응시하는 시인의 떨리는 눈동자가 감지된다. 그는 대상의 기능과 관념을 탈각시키는 상상력으로 사물들의 세계를 재인식하지만, 관심의 핵심은 대상 자체가 아니라 대상 속에 은닉해 버린 시인 자신의 입장과 상황이다. 결국 민구의 시에서 그로테스크 이미지들은 시인의 자아분열 체험과 시적 자의식이 사물들의 공간 속으로 삼투되어 사물들의 질서와 역할을 뒤트는 변이 과정에서 탄생한다고 볼 수 있다. 나는 이러한 기존 질서의 왜곡 과정에서 시인이 느꼈을 내적 갈등과 고통의 수위를 오랫동안 상상해 본다. 어두운 방에서 홀로 상상의 물결을 타며 우울하게 방황했을 시인, 그 긴 불면의 시간과 고독감, 악몽의 순간들이 밤물결을 타고 나의 창으로 흘러드는 것만 같다.

거울 밖으로 나온 건 나였다.
곧이어 병풍 속의 새가
방 안을 온통 휘저었고
베갯잇에 새겨진 노송이
쿵 하고 침대 위에 떨어져서
잠들어 있던 아버지가 즉사해 버렸다.
시신을 수습할 겨를은 없었다.
컵에 담겨 있던 물이
방 안에 차올랐기 때문이다.
그러자 냉동실에서 나온
부패한 연어가 방 안을 헤엄치다가
방충망을 뚫고 사라져 비렸고
곤충인지 동물인지 분간도 안 되는
생물들이 낫처럼 휘어진 커다란 턱의
위용을 자랑하며 물 빠진 방바닥 위를
걸어 다니기 시작했다.
어떤 건 제 몸보다 몇 곱이나 되는 높이를 뛰어
천장에 구멍을 냈다. 매서운 겨울인데도
선탠을 막 즐기고 온 듯 보이는 외국인 여자가
이층에서 떨어졌다. 그녀는 영문도 모르고
바닥에서 나온 식인귀에게 먹혀 버렸다.

빛바랜 사진을 바라보았지만
죽은 엄마는 돌아오지 않았다.
나는 부동산에 전화를 했다.
더 큰 방을 구해기 위해서.

—민구, 「房—탄생」(『문학동네』, 2012.가을) 전문

　김소형의 시적 공간처럼 민구의 「房」 또한 비현실적 악몽이 발생하는 부조리한 그로테스크 공간이다. 거울 속의 자아가 거울 밖으로 나오는 행위는 시인의 무의식적 자아 또는 이상적 자아가 현실로 호환되는 행위이므로 이후 꿈의 상황, 즉 이해할 수 없는 초현실적 장면들이 발생하는 것은 지극히 자연스럽다. 그와 동시에 병풍 속의 새가 나와서 방 안을 날아다니고, 커다란 노송이 침대로 쓰러지고, 컵에 담긴 물이 흘러넘쳐 방이 침수되고, 곤충인지 동물인지 알 수 없는 괴물 같은 생물들이 방 안을 휘저으며 걸어 다닌다. 이러한 기이하고 섬뜩한 이미지들 중에서 특히 주목해야 할 부분은 노송이 쓰러져 아버지가 즉사하는 장면이다. 이 시의 전체 이야기 구조는 단순하다. 거울 속의 자아가 거울에서 튀어나와 환상을 일으키고 그 환상에 의해 현실의 지배권이자 폭력의 주체인 아버지가 제거된다는 내용이다. 이것은 전형적인 억압과 반항이라는 이원적 대립 구조이지만 아버지의 저항이나 음모가 전혀 나타나지 않는다는 점이 특징적이다. 왜 그런 걸까. 아버지의 죽음을 매개로 어머니의 죽음, 어머니의 죽음과 긴밀하게 맞붙어 있는 화자의 상처와 결핍을 드러내려는 데 이 시의 주목적이 있기 때문이다. 따라서 이 시에서 가장 중요한 부분은 아버지의 죽음 장면이 아니라 아무리 기다려도 죽은 엄마가 돌아오지 않는다는 사실을 자각하고 더 큰 방을 구하기 위해

부동산에 문의 전화를 하는 장면이다. 즉「房」에 구현된 방이라는 환상 공간은 시적 자아의 결핍과 상처를 되짚어 치유하려는 의도로 설정되었지만 아이러니컬하게도 고통과 불안을 더욱 강화하고 증폭시키는 반대 기능을 수행하고 있다.

> 침대에 누운 남자는
> 잠을 자지 못한다
> 나는 그를 재우기 위해 아까부터
> 들썩거리는 벽을 붙잡고 있다.
> 오래된 시 전집에서 부식된 칼들이 쏟아진다.
> (중략)
> 기억 때문에 남자는 일그러진다
> 증오 때문에 악귀를 부른다
> —민구,「房—움직이는 방」(『문학동네』, 2012.가을) 부분

결국 시인은 자아가 수행해야 할 기억과의 싸움, 현실과의 싸움, 상처와의 싸움을 지속할 수밖에 없을 것이다. 아마도 시인은 「房」에 대한 연작시를 더 쓸 가능성이 높다. 아픈 기억은 아무리 잘라 내도 다시 싹을 틔우는 마녀의 손톱 같기 때문이다. 증오가 악귀를 탄생시키고 악귀는 그에게 시적 저항 에너지를 불러일으킬 것이기 때문이다. 최근 들어 민구의 시는 초현실적 공간 창출을 통해 기억과 현재, 상처와 부조리를 뒤섞고 그러한 융합을 통해 자신과 삶을 통시적으로 바라보려 한다. 이러한 방향 전환을 통한 길트기 모색을 나는 긍정적으로 보고 있다. 그가 현재의 진행 강도를 더 높여 과감하게 상상력을 펼쳐 나갔으면 좋겠다. 힘들고 아프겠지만 나는 그가

이 혹독한 싸움을 좀 더 지속하길 소망한다.

지형도 12.
사물과 존재, 언어의 결여

새가 날아간다. 하늘은 잔물결처럼 찰랑거리고 구름은 흐른다. 나도 흐른다. 흐르면서 이 글을 시작한다. 세계도 언어도 시간도 흐른다. 현재는 날아가는 시간을 고정시킨 하나의 점이 아니다. 하나의 선도 하나의 면도 아니다. 그것은 가변적 입체이고 현전의 사태들로 구성되어 움직이는 기하학적 무한 다면체이다. 이 가변의 사태들이 새로운 관계를 낳고 관계는 다시 새로운 현재를 낳아 세계를 연쇄적으로 움직인다. 나는 이 연쇄 운동의 결여를 주목한다. 현재가 낳는 현재의 결여, 시간이 낳는 시간의 결여, 언어가 낳는 언어의 결여, 그 틈과 공백을 주목한다. 인간이 육체 속에 있듯 세계는 언어 속에 존재한다. 존재는 다시 부재로 이어지고 계속해서 순환하며 흐른다. 시 쓰기는 이런 사물과 세계를 언어들의 시련 속에 위치시킴으로써 세계의 결여에 대해 질문을 던지는 행위다. 그러기에 사물의 결여, 존재의 결여, 언어의 결여, 세계의 결여에 대해 시인은 끊임없이 질문해야 한다. 이러한 감각과 세계 인식이 단초가 되어 발아하는 시들이 있다.

1. 이준규의「복도」와 정한아의「론 울프 씨의 혹한」

이준규의 시에서 의미 생성은 크게 두 가지 방향에서 전개된다. 첫째는 기존 언어의 무의미화를 통한 의미의 생성, 즉 사회라는 법 코드 안에서 만들어진 언어의 통념적 의미를 박탈하는 과정을 통해 새로운 의미를 추구한다. 둘째는 명명의 무한 확장, 즉 언어의 지시 대상을 무한히 지연시켜 대상 자체를 계속 흐르게 만들어 새로운 의미를 생성한다. 이러한 의미의 붕괴와 생성을 통해 그의 시는 궁극적으로 존재와 부재, 언어와 음악이 합일되어 흐르는 유동적 시공간으로 진입하려 한다. 시인의 이러한 무의식적 지향성은 화자인 '나'를 통해 일차적으로 드러난다. 그의 시에 자주 등장하는 '나'는 사건이나 사태의 자발적 주체로 설정되지는 않는다. 말하자면 현상에 대한 적극적인 인식 주체가 아니라는 말이다. 세계와 사물 앞에 놓여 있는 존재자 혹은 존재물로서의 주체이므로 부재 속으로 편입되어 사라질 헛것으로서의 주체이다. 그의 시에 '없다' '아무것도 없다'는 발언들이 무의식적으로 튀어나오는 것은 이런 이유 때문이다.

소멸 혹은 망각에 대한 이러한 지향성은 여러 시에서 목격되는데 병렬과 반복이 지속되는 언어들 사이로 은닉되곤 한다. 빠른 리듬과 짧은 호흡의 문장들이 일으키는 속도에 묻혀 버리기 때문에 텍스트 외피로는 잘 드러나지 않는다. 따라서 그의 시에 나타나는 진공과 부재를 좀 더 면밀히 살펴보기 위해서는 텍스트에 기록된 가시적 언어들과 함께 언어들 사이로 증발되어 버린 여백의 비가시적 언어들까지 불러내어 함께 읽어 내야만 한다. 이 지난한 과정을 통해 그의 시에 좀 더 가까이 다가가 보면 불투명성을 보게 된다. 투명한 이미지들이 지속적으로 등장하지만 이러한 이미지들의 연쇄 때문에 시는 점점 더 불투명해진다. 말하자면 언어의 투명한 운용이 언어의 불투명성을 발생시켜 독자의 상상을 자극하는 효과를 낳고 의미 해석의 곤혹을 불러일으킨다. 그것은 사물과 세계에 대한 시인의 감각이 고체화되지 않고 액화되어 흐르기 때문이다. 언어를 대상에 대한 인식의 보조 수단으로 격하시키지 않고 독립적 존재물로 받아들이기 때문이다. 이러한 시선은 「복도」에서도 잘 드러난다.

복도는 복도다, (중략) 복도는 말이 없고, 겨울밤의 복도는 조금 미쳐 있다, 복도에는 달빛이 흐르지 않고, 가로등 빛이 흐르지 않고 복도의 불빛이 흐른다, 그것들은 흐르는 것들이다, 나는 복도의 끝에서 복도의 끝을 본다, (중략) 그 끝은, 어떤 아가리 같다, 용광로, 조금 떠서 날아가면 그 용광로에 삼켜질 수 있을 것 같은, 나는 너를 생각한다, 나는 그를 생각한다, (중략) 복도에는 창이 있고, 창밖에는 나무가 있고, 나무의 밖에는 세상이 있고, 세상의 밖에는 망설임이 있고, 망설임의 밖에는 황당함이 있고, 황당함의 밖에는 아무것도 없다, (중략) 복도는 복도다, 복도에는 어떤 것들이 흐른다, 나는 복도에서 무언가 망설였다, 창을 열면서, 너를 사랑했다, 창을 닫으면서, 너를 사랑했다, (중략) 복도는 하나의 지평을 가지며, 복도는 두 개의 지평을 가지며, 복도는 세 개의 지평을 가진다, 복도 말고는 아무것도 없다, 복도에 신문이 떨어질 때, 복도에 아이들이 뛰어갈 때, 복도에 세탁부가 지나갈 때, 복도에 손님이 지나갈 때, 복도는 여전히 복도다, 복도는 우울하다, 복도는 조금 휘어 있다, 복도는 정확한 직선이 아니다, 복도는 조금 미쳐 있다, (중략) 복도에서 벗어나야 한다, 복도에서 벗어나 문을 열고 마루로 진입해야 한다, 나는 복도에 문득 서 있었다, 복도의 다른 끝에

당신이 있었다, 내가 있었다,

―이준규, 「복도」(『문학동네』, 2011.봄) 부분

　복도는 복도다. 복도에는 복도의 불빛이 흐르고 나는 복도에 서서 복도 끝을 바라본다. 그 끝은 형체를 알 수 없는 어떤 아가리이고 용광로이다. 이 시에서 복도는 복도라는 대상에 대한 시인의 인식을 최대한 소거시킨 유동적 존재물로서의 복도이다. 복도라는 객관적 대상물은 가변 물질로서 복도로 존재할 뿐이다. 중요한 것은 이 복도의 존재 방식이 시인 자신과 시의 존재 방식이기도 하다는 자각이다. 단순히 말한다면 화자에게 세계는 아무것도 없는 망각이고 또한 망각으로 가는 복도이다. 순간적으로 존재했다가 사라지는 통로에서 우리는 사랑하고 우리 안의 비극적 실존을 목격한다. 복도 끝의 당신을 목격하는 화자의 행위와 함께 짚어 보아야 할 점은 화자가 복도 끝에서 본 어떤 아가리의 실체이다. 그것은 무(無)로 표상되는 부재의 세계를 암시하는데, 그 망각 속으로 나도 너도 흔적 없이 흘러들어 가 없어진다. 그러기에 화자는 복도를 벗어나려 한다. 하지만 다시 복도 안에 갇힌다. 결국 복도에서 벗어나는 길은 죽음뿐이고 이 제한되고 폐쇄된 복도라는 공간에서 우리는 유한자로서 존재한다는 자각에 다다른다. 그러기에 화자는 그를 지탱해 줄 시에 강박적으로 집착한다. 그러나 아이러니컬하게도 이 시 또한 복도의 다른 이름이기도 하다. 그러기에 복도는 영원한 고통의 주체이면서도 불가능한 구원과 사랑을 제시하는 모순의 존재물이다. 복도는 결국 우리 자신이고 생이고 우주고 인간이 그릴 수 없는 시간의 부조리한 맨얼굴인 셈이다.

　이준규가 복도라는 공간을 설정해 존재와 삶의 결여, 사랑의 대상에 대한 내면 심리를 우울하게 드러낸다면, 정한아는 혹한의 계절적 공간을 설정해 한 인물의 증발과 죽음을 둘러싼 문제들을 고찰해 이 시대의 우리에게 결여된 것이 무엇인지 질문한다.

론 울프 씨가 자신을 걸어 나와 불 꺼진 쇼윈도 앞에 서자 처음 보는 아지랑이가 피어오른다. 하나의 입김으로 곧 흩어질 것 같은 그의 영혼. 그러나 이 순간 그는 유일무이한 대기의 조각으로 이 겨울을 견디고 있다. 그의 단벌 외투를 가져간 자들에게 그는 반환을 요구할 의사가 없다. 처음부터 외투는 그의 것이 아니었을지도 모른다.

이 겨울은 끝날 기미를 보이지 않는다. 그에게는 친구가 셋 있었는데 하나는 시인, 하나는 철학자 그리고 자기 자신이었다. 그들은 자존심이라는 팬티만 걸치고 혹한을 견디려는 그의 무모한 결심을 존중해 주었지만, 이 존중이 그의 저체온증을 막아 주지는 않을 것이었다.

그는 스테판에게 말했었다; 저 육각의 눈 결정이 아름답다면, 보이지 않는 내 영혼의 아름다움은 어떤 돋보기가 결정해 주는가. 나는 갈비뼈가 드러난 한 덩어리의 공허다. 이것이 나라면, 나는 나를 견디는 것이다. 이 결심의 무한한 휘발성이, 자네는 보이는가.

그는 분명히 엘리아스에게도 말했었다; 누추한 영혼들이 새까말 정도로 빽빽한 군중을 이루고 있는 저곳으로, 나는 들어가지 않을 것이다. 어떠한 협회에도 가입하지 않을 것이다. 나 자신의 변호인단이 될 것이다. 이 결심의 자발적인 선의를, 자네는 이해하는가.

론, 제발 쉽터에 들어가게. 자존심보다 생존이 중요하지 않은가.

두 친구는 각자 털장갑과 낡은 목도리를 벗어 주었다. 그는 흐느낌이 새어 나오지 않도록 세심하게 성량을 조절해야 했다. 그는 곧 이 조절의 기예가 될 것이다. 아지랑이 한 줌의 절도를 누구도 강탈할 수 없을 것이다, 감당할 수 없을 것이다.

내가 자네들을 불편하게 만들고 있군.

반짝이는 육각의 표창들이 제 과녁으로 쏟아졌다. 아무도 그의 외투를 위해 투쟁하지 않을 것이다. 그들은 오래전에도 한 남자의 옷을 제비 뽑아 나누고 그에게 가시로 만든 왕관을 씌워 준 적이 있다. 그건 그나마 잘 알려진, 따뜻한 나라의 이야기.

이제 그는 한밤의 쇼윈도 앞에서 자기의 시선으로 자기의 얼굴을 투과한다. 제 뒤통수가 아니라 다른 겹의 세계를 문제 삼는 자. 이 결빙한 눈-사람은 녹지 않고 단호한 매무새로 어디론가 사라질 것이다.

오, 그 결심의 유해함을, 그의 증발을, 누가 알아챌 것인가.
　　　　　　　　　　—정한아, 「론 울프 씨의 혹한」(『현대문학』, 2011.3) 전문

이 시에서 외투는 생존을 위한 현실적 도구로 등장하지만 그것은 비가시적인 가치나 이념까지 포함한다. 론 울프(Lonne Wolff)는 생몰 연대도 알 수 없고 공공 기관 앞에 발자국과 혈흔, 해독하기 힘든 낙서 등을 남기곤 했던 수수께끼 같은 인물이다. 재림 예수, 현대판 차

라투스트라, 이 시대의 마지막 금욕주의자, 무정부주의자의 전범 등으로 불리기도 했다. 이런 기이한 인물을 등장시킨 시인의 의도는 무엇일까. 론 울프라는 인물에 대한 대중의 환상, 그 환상의 허구성을 보았기 때문이다. 대중이 일반적으로 갖고 있는 선구자적 인물들에 대한 이미지, 즉 민중 봉기에 앞장선 혁명가나 순교자, 평화를 선전하며 구원을 설파하는 보헤미안적 환상들을 론 울프 자신이 거부했다는 점을 주목했기 때문이다. 론 울프가 자존심이라는 팬티만 걸친 채 혹한을 견디는 이유는 대중이 생각하는 것처럼 우상적 환상에 빠져 있기 때문이 아니다. 그는 스스로가 한 줌의 입김처럼 증발해 사라져 버릴 것을 잘 알면서도 가혹한 현실 앞에 비굴하게 타협하지 않는 정신과 태도를 보인다. 이런 론 울프의 태도와 함께 이 시에서 중요한 점이 혹한의 실체다. 그것은 단순히 계절적 의미 이상의 시공간을 함의한다. 정치적 이데올로기의 시각에서 보면 혹한은 관료적 독재 또는 민주주의를 가장한 전체주의적 사회 체제일 수 있다. 후기 자본주의라는 시각에서 바라보면 거대 자본의 그물망에 포획되어 파닥거리는 물고기들이 우리의 초상이 되고 그러한 사회 체제나 법 체제가 혹한이 될 수도 있다.

그러나 이러한 거시 담론의 시각보다 내가 주목하는 점은 자아의 실체를 "갈비뼈가 드러난 한 덩어리의 공허"로 인식하는 시인의 입장이다. 시인은 자아의 부재, 존재의 결여, 존재의 공(空)과 망각을 응시해 개인으로부터 전체 체제로 시야를 확장시키고 있다. 이 보이지 않는 시선의 이동 때문에 시인의 무의식은 화자의 몸에서 기화되고 있는 휘발성 물질들, 즉 아지랑이나 입김의 형상으로 등장하게 된다. 시 속에서 론 울프가 친구들인 시인과 철학자에게 하는 발언은 시인 자신의 시적 태도와 자세, 세계와의 대면 방식을 간접적으로 드러낸다. 론 울프에게 친구들은 생존을 강조한다. 혹한의 겨울이라는 현실을 상기시키면서 털장갑과 목도리를 주며 우선 살아남으라고 권고한다. 그러나 그는 그의 결심대로 타협하지 않고 눈-사람이 되어 결빙된다. 이러한 자발적 죽음의 선택 행위는 죽음으로써 죽지 않는다는 역설을 낳고 이 시대를 살아가는 우리의 입장과 행동 기준을 어디에 두어야 하는지를 생각해 보게 한다. 또한 "다른 겹의 세계를 문제 삼는 자"를 설정하는 시인의 시선도 중요하다. 결빙한 눈을 통해 시인은 겹의 세계와 사물들을 응시하고 있다. 혹한 속을 견디게 하는 이념이나 가치들이 수증기처럼 흔적 없이 사라지는 게 현실이다. 이러한 현실에 대한 가치판단을 유보시킨 채 시인은 눈-사람의 시선을 통해 현상을 현상 자체로 차갑게 처리하고 있다. 그러기에 나도 묻는다. 론 울프의 결심, 이 결심의 무모한 휘발성이, 자네는 보이는가. 이 결심의 자발적 선의를, 자네는 이해하는가.

2. 정영의 「모를 이야기」와 오은의 「Be」

정영의 시에 나타나는 세계는 고해(苦海)다. 상처로 가득 찬 고통스러운 육체의 모습을 띤다. 그녀의 시에서 '나'라는 존재는 탄생이라는 과정을 통해 세계로 잘못 배달된 물품에 비유되곤 한다. 잘못 배달된 피자, 알몸으로 이 세계에 내동댕이쳐진 불행한 아기로 인식되곤 한다. 존재의 탄생을 버려짐의 행위로 해석하는 행위는 시인의 세계관을 드러내는데 이는 그녀의 시를 이루는 중요한 기둥 역할을 한다. 그러나 그녀는 이러한 비극의 세계를 비극 자체로 풀어내지 않고 유머와 재치로 명랑하게 역전시키는 포용력을 발휘한다. 여기에 그녀의 매력과 장점이 있다. 그녀에게 시는 자신과 세계의 고통을 고해하는 고해소이지만 신에게로 향하는 신성을 배제하고 일상성을 지향한다. 이 때문에 시인 자신과 자신의 삶을 진솔하게 고해하면서도 종교적 카테고리에 갇히지 않고 사람 냄새를 풍기며 시적 울림을 동반한다.

물에 뜬 밥알처럼 우리들의 시간은 명랑해
울 줄을 모르는 인형처럼 우린
트럭에 실려 도축장으로 가는 가축들처럼 우린
죽음의 시간을 단 한 발짝 남기고
웃다가 떨어져 죽을지도
(중략)
잠결에 들려오던 풀잎 서걱대는 소리와
풀숲에서 울다 잠든 벌레의 젖은 눈과
생의 들척지근한 살내음과 여릿한 바람은
다 어디로 갔을까
그 열 달 간의 고요가 내 마지막 사람의 시간이었을까

내가 태어났을 때 누군가 말했지
망아지인지 망둥어인지 망할 인간의 종자……
웅웅 들려온 그 최초의 사람 소리가
신의 목소리인 줄 알았는지도
그래서 더 살아 보자고 했는지도
죽으려다 자꾸만 잠들어 버리는지도
            ─정영, 「모를 이야기」(『현대시』, 2011.3) 부분

자궁 안과 밖의 세계가 흑백으로 대비되고 있다. 시인은 자궁 밖

의 시공간대를 화자의 입을 통해 전달하고 있는데 그곳은 우리가 속해 있는 지금 여기의 현실이고 도살의 풍경들이 즐비한 곳이다. 그곳에서 우리는 "울 줄을 모르는 인형"이고 "트럭에 실려 도축장으로 가는 가축들"과 다를 바 없다. 이러한 비극적이고 암울한 현실 인식 때문에 화자는 자궁 안의 시간대를 그리워하며 그 열 달 간의 고요가 자신의 "마지막 사람의 시간"이라고 말한다. 그러기에 자궁 속에서 들었던 잠결에 들려오던 풀잎 서걱대는 소리, 풀숲에서 울다 잠든 벌레의 젖은 눈, 생의 들척지근한 살내음과 여릿한 바람을 그리워하는 것이다.

이 시에는 죽음을 견디며 악몽을 겪는 화자의 모습이 흐린 물감으로 그려져 있는데 그 화자의 모습이 시인의 실재와 자꾸만 겹쳐져 읽힌다. 문장의 어미들을 '-을까', '-ㄹ지도', '-ㄴ지도' 등으로 섬세하게 처리해 존재의 불확실성과 불안감을 더욱 고조시키고 있다. 자궁 속의 열 달 간이 마지막 사람의 시간이라면 그 이후, 즉 탄생 이후의 시간은 짐승의 시간, 기계의 시간, 죽음의 시간과 다를 바 없다. 화자가 악몽을 꾸는 이유가 여기에 있다. 그녀의 입장처럼 나도 꿈꿀 때마다 밖으로 떨어져 죽는 불안한 악몽을 꾸고, 부득부득 모른 척하며 살아가고 있는 건 아닐까. 이 시는 자궁을 매개로 자궁 안팎의 시공간대를 대비시켜 현실의 참상과 현실에 속한 우리의 실체를 고요히 되돌아보게 한다. 현실의 결여, 존재의 결여에 대해 차분하게 생각해 보게 한다.

정영이 자궁을 매개로 자궁 속의 시간을 되돌아보아 현실의 참담함을 부각시킨다면, 오은은 자궁을 통해 탄생 이전과 이후를 대비시켜 현실과 존재의 부조리를 부각시킨다. 탄생 이전, 즉 자궁 속의 시간은 명명 이전의 상태고 소속 이전의 비결정 상태이다. 이런 상황이 깨지는 균열은 자궁 밖으로 나오는 탄생으로부터 시작된다. 생명의 출발이 가져오는 부조리를 시인은 존재와 무의 실존적 시각에서 해석하고 사유한다.

> 너는 원래
> 무엇이든 될 수 있었다
> 어디에든 있을 수 있었다
>
> 되고 싶은 건 다 되어 볼 수 있었다
> 엄마의 자궁 안에서
>
> 너는
> 아침에 팔랑거리는 커튼
> 낮에는 팔랑거리는 나비
> 저녁에는 팔랑거리는 손짓
> 밤에는 팔랑거리는 파랑
>
> 너는 꿈속에서도
> 무엇이 되어 어디에 간다
> 물결을 일으키며
> 또다시 어디에 가서 또 다른 무엇이 된다
>
> 진흙탕 위에서
> 고양이 옆에서
> 소나무 아래서

(중략)

너는 어디에나 있는 모든 것이 되었다고 생각했지만,
이것은

엄마의 자궁 안에서부터
엄마의 자궁 안에서까지

그러니까
엄마의 자궁 안에서만
가능했던 이야기

너는 이 부조리를 견딜 수 없다

네 안팎을 나누는
금이 그려지기 시작하고

—오은, 「Be」(『문학동네』, 2011.봄) 부분

자궁 안에서 너는 무엇이든 될 수 있다. 흔들리는 커튼도 되고, 팔랑거리는 나비도 되고, 손짓도 되고, 파랑도 된다. 즉 자궁은 생물과 무생물, 행위와 색채 등 모든 것이 가능한 자유의 무한 공간으로 설정된다. 그곳에서 너는 하나의 이름, 하나의 의미, 하나의 장소, 하나의 시간에 머물지 않는 유동적 존재물이다. 언제든 무엇이 되어 어디로든 갈 수 있다. 머물지 않고 물결을 타고 또다시 어디론가 가서 또 다른 무엇이 될 수 있다. 말 그대로 너는 무한한 가능성 자체이다. 고정된 고체 상태가 아닌 유동적 흐름의 액체 상태, 무적의 상태이기에 너라는 실체와 소속을 확정할 수 없다. 그러나 이 모든 이야기들은 탄생 이전에만 가능하고, 탄생하는 순간 일시에 붕괴되고 와해된다. 시인은 이것을 부조리로 파악하고 그것에 대해 회의한다. 너의 안팎을 나누는 금이 그어지기 시작하는 지금 여기의 시공간에 대해 회의하면서 존재와 언어의 허구성을 직시한다.

시인은 인간 존재의 부조리를 사회적 맥락과 연결시켜 사유하고 있다. 즉 태어나서 누군가의 적이 되고 누군가에게 누가 되는 불합리한 존재로 규정될 수밖에 없는 현실의 모순 구조를 비판적으로 응시하고 있다. 이는 법과 금지의 현실 공간에서 소속원이 되어 가는 사회 상황과 체제를 시인이 비판적으로 응시하기 때문이다. 이 시에서 '어디'와 '무엇'은 각각 체제와 신분으로 바꾸어 읽어도 무방하고 적어도 그러한 사회경제학적 맥락을 거느리고 있다. 아울러 이 시는 언어의 유희성이 감소되면서 인간과 세계의 근원에 대한 사유를 드러낸다. 언어의 외피에서 내피 쪽으로 시인의 감각과 사유가 이동하고 있다.

3. 이기인의「오발탄」과 성동혁의「여름 정원」

이기인의 시는 세계와의 긴장감이 고조될 때가 많다. 시인 스스로가 대상과의 객관적 거리를 두고 관찰자 입장에서 대상을 응시하기 때문이다. 이때 발생하는 두 세계 사이의 불화와 갈등이 긴장을 유발하고 갈등이 고조될수록 긴장감은 더욱 커진다. 여기서 내가 주목하는 것은 그의 시에 나타나는 긴장이 다른 많은 시인들의 시처럼 언어의 조탁에 의해 만들어진 인공의 긴장이 아니라는 점이다. 그것은 참혹한 현실을 응시하는 시인의 현실 인식, 현실과의 밀착에서 자연스럽게 발아된 긴장이다. 그에게 언어는 현실의 하위에 놓인 하부구조물이자 보조 도구로 쓰인다. 이러한 언어 패러다임은 전형적인 리얼리즘 세계관으로 언어가 현실의 그림자라는 전제가 깔린다. 따라서 그의 시가 억압받고 고뇌에 찬 현실, 자본주의의 폭압적 구조, 폭력과 착취에 노출된 핍박받는 어린 여공들의 삶을 다루는 것은 지극히 자연스럽다. 그는 지금까지 현실의 모순과 소외된 이들을 향한 희망의 눈길을 담지하면서 삶의 바닥의 국면들을 섬세하고 감동적으로 그려 내곤 했다. 공장이 주요 배경이 되었던 그의 시들을 읽으며 마음 깊이 공감하고 아파했던 기억이 난다. 당시 나는 송경동의 시와 이기인의 시를 번갈아 함께 읽으며 공통점과 차이점을 찾아보는 재미에 빠져 있었다.

송경동의 시에는 삶과 시를 일치시키려는 에너지와 절박한 의지가 들어 있어서 울림이 크다. 자본주의 시스템 속에서 삶은 불평등하고 부조리하고 그것이 갈등과 불화를 낳아 자아의 황폐화를 낳고 세계를 고통과 절망에 빠트린다는 시각이 우세하다. 그런 비극적 사태를 시인은 비판적으로 다룬다. 그러나 발화 양식의 면에서는 다소 단조롭게 느껴진다. 주로 노동자의 편에서 그들의 시각과 의식에서 세계를 바라보고 수용하는데 시선이 단일 방향인 경우가 많다. 이 단일성은 시의 구조적 안정화를 가져오지만 그 안정감 때문에 세계에 대한 시인의 치열한 부정 의식은 약화된다. 시의 형식에까지 시인의 세계관이 적극적으로 투영되지 못해 아쉽다. 어떤 시가 당대 리얼리즘의 대표적 아이콘이 되려면 민중 삶의 밑바닥에서 우러나오는 절규와 목마름, 결핍된 꿈과 사랑, 피 맺힌 고통과 슬픔을 모두 탑재해야 한다. 그와 동시에 그것을 담아내는 시의 구조와 형식, 언술과 발화 또한 변화된 현실을 담아내는 적극적 육체의 기표가 되어야 한다. 송경동의 시에서 나는 2000년대로 접어들어 새롭게 싹튼 노동시의 변화된 모습을 목격하면서도 그것을 담아내는 표현의 한계성도 함께 목격한다. 전 시대 노동시에 대한 시인의 비판적 전언이 충분히 공감되면서도, 그것을 전하는 문장 형식과 구조가 자신이 비판했던 이전 노동시의 방식을 그대로 뒤따르는 모순을 보인다.

이기인의 경우는 조금 다르다. 그의 시에서도 절망에 빠진 노동자의 모습, 부조리한 현실과 계급 갈등, 고통에 찬 비애의 목소리가 메아리치곤 한다. 그러나 단성이 아니라 다성(多聲)이다. 단일 화자의 단방향 발화가 아니라 복수 화자의 목소리가 나뭇가지처럼 여러 방향으로 갈래를 뻗는다. 시인은 노동하는 소녀와 육체적 섹슈얼리티를 병립시켜 기존의 리얼리즘과는 다른 방식으로 현실이 은폐한 현실의 치부들을 폭로한다. 공장의 잔업이 끝난 소녀가 수천 개의 성감대를 가진 기계와 처음으로 만나 잠을 자는 장면은 충격적이다. 21세기의 변화된 노동 현실과 노동자의 욕망을 변화된 방식으로 발화하는 점이 인상적이다. 또한 그의 시에는 과거의 시에 나타나던 노동에 대한 신성화, 그것을 바벨탑처럼 굳건히 세우려는 확고부동한 의지, 서정의 탈각을 우려하는 권위적 시선 등이 거의 나타나지 않는다. 거대한 리얼리즘 담론은 물러서고 서정의 동일성 미학이 붕괴되는 소소한 장면들이 그 자리를 대체한다. 정신적 신념마저 상품이 되어 버린 후기 자본주의 상황에서 노동의 에너지는 방전되고 육체는 기계적으로 반복, 반복, 반복을 거듭하며 피로한 기계가 되어 간다. 자동화 반도체 공장이나 자동차 공장에서 소비 상품 부속들이 대량생산되는 방식으로 인간의 비인간화는 점점 빠르게 진행되고 있다. 이런 인간의 기계적 사물화 현상을 시인은 여러 층위에서 비판적 시선으로 응시하고 사유한다.

그런 그가 최근 들어 언어적 변모를 꾀하고 있다. 그 변모의 모습이 이전 시들보다 입체적이고 또 다른 팽팽한 긴장을 낳고 있어서 주목된다. 문체와 형식이 일정 부분 변모하고 있다. 주제나 텍스트 이면에 잠재된 세계 응시의 방향성은 큰 변동이 없으나 그것을 풀어내는 형식과 문체의 측면에서 새로운 변화를 또다시 모색하고 있다.

아직 어린데 담배에 인이 박이 듯 피 묻은 손의 인이 박인 거야

처음에는 날아가는 기분을 이해하고 싶었을 거야
엎드려서 다리를 벌리고 방아쇠를 당기며 눈을 감았을 거야

총알은 과녁을 향해 전속력으로 달리는 인이 박인 거야
처음부터 총알들의 목록에는 혈육이 없었던 거야

과녁 뒤에 숨은 울음이 멈추지 않아서 가슴이 뛰었을 거야
오줌이 흘러내리는 무릎에 십자가를 묻었을 거야

절그럭거리는 십자가 때문에 십자가의 이름으로 발각된 방탄모는 무거웠을 거야
책에서 본 피라미드처럼 꼭짓점이 망가졌을 거야

햇빛은 잔인한 용사의 썩은 표정을 치료하지 않아
포로의 얼굴에 침을 뱉지 않아 비명의 강가로 우리를 인도하지 않아

훼손된 묘비명을 읽지도 않아 연합군이 걸어 준 훈장도 씻지 않아
산토끼처럼 숲으로 달아나 버릴 거야

불투명한 곳에서 잡힌 영혼들은 종이학을 접어서 삼킬 거야
피 묻은 손의 인이 다섯 손가락으로 끊어질 때 달걀만 한 수류탄을
놓칠 거야

(중략)

총과 총알의 다시 총알과 총의 혈육은 총구만 뜨겁게 만들어 놓을
거야
기다란 총열의 집합으로 걸어 나오는 깃발도 싸움에 인이 박인 거야

무기들의 협연에서 악보를 뺏긴 이들은 깃발을 따라서 가지 않을 거
야
뿌리 깊은 종갓집을 찾아다니는 인이 박인 거야

숲에서 혼자 숨어 있는 시간은 정말 괴로웠을 거야
썩은 어금니를 뽑아낸 지뢰의 이명(耳鳴)은 휴전을 깨트리는 암호
로 사용될 거야

숲의 삐라들은 우음(羽音)의 새들에게도 버려질 거야

처음에도 그랬듯 방아쇠를 잡아당기며 눈을 감을 때가 좋을 거야
이상한 소리가 들리면 이상한 나라의 이상한 동물원 울타리를 상상

할 거야

　총구의 방향으로 뛰는 놈이 포유류의 울음을 닮아 가는 것을 느낄
수 있을 거야
　잘못 맞으면 미치거나 울음의 반쪽으로 살거나 둘 중 하나일 거야
　　　　　　　　　―이기인, 「오발탄」(『창작과 비평』, 2011.봄) 부분

　이 시는 숨은 화자, 즉 혈육을 죽이거나 죽일 수밖에 없는 어린 화
자를 통해 현실의 참상을 드러내고 현실의 결여를 드러낸다. 또한
윤리나 가치가 몰락한 실태를 반복의 건조한 형식으로 제시한다. 시
적 공간과 상상을 확장해 가면서 전쟁의 참혹함과 역사의 잔인성을
비판적으로 고찰하고 있는데, 시의 뒷부분에서는 비둘기들이 화창
한 운동장 쪽으로 날아오기를 기원하는 장면을 배치해 평화를 기원
하는 마음을 간접적으로 드러낸다. 그러나 나는 이러한 종결 자체보
다 시인의 다른 전언을 더 주목한다. 비둘기들이 파편처럼 번지며
두리번거린다는 사실과 그 사실이 발생하는 이유를 상상해 보라는
암시적 전언 말이다. 이 결구의 대목에 시인의 전언의 배후가 실려
있다. 이것은 곧 평화가 찾아오기 힘들 거라는 비극적 세계 인식이
전제처럼 깔려 있다. 이것이 현실이고 우리 모두의 실체라는 뼈아픈
자각이 담겨 있다.
　이기인이 개인의 상황을 통해 시대와 역사를 고찰하는 원심적 상
상력을 펼친다면, 성동혁은 개인의 상황을 좀 더 안으로 파고들어
가는 구심적 상상력을 펼쳐 보인다. 이러한 상상력을 통해 그는 자
신이 직면했던 고통의 순간들을 아름다운 서정적 환상으로 변주시
킨다. 그의 시는 언어의 절제력과 대상과의 거리 조절 감각이 좋다.

시에 드러나 있는 고요하고 아름다운 사물들의 세계는 역설적이게
도 시인의 내부 고통이 발아해 만들어진 것들이다. 이러한 이미지들
에 대해 화자는 관조적 태도를 취하고 있는데 이는 병마의 고통이
시인으로 하여금 세계를 고요 속으로 침잠하게 만들었기 때문일 것
이다. 그의 시 곳곳에 폭풍 후의 고요가 보이는 것도 그런 이유 때문
이 아닐까.

　누가 내 꿈을 훼손했는지

　하얀 붕대를 풀며 날아가는 새 떼, 물을 마실 때마다 새가 날아가는
소리가 들린다

　그림자의 명치를 밟고 함께 주저앉는 일 함께 멸망하고픈 것들

　그녀가 나무를 심으러 나갔다 나무가 되어 있다

　가지 굵은 바람이 후드득 머리카락에 숨어 있던 아이들을 흔든다 푸
르게 떨어지는 아이들

　정적이 무성한 여름 정원, 머무른다고 착각할 법할 지름, 계절들이
간략해진다

　나는 이어폰을 끼고 정원에 있다 슬프고 기쁜 걸 청각이 결정하는
일이라니 차라리 눈을 감고도 슬플 수 있는 이유다

정원에 고이 잠든 꿈을 누가 훼손했는지 알 수 없다 눈이 마주친 가을이 담을 넘지도, 돌아가지도 못하고 걸쳐 있다

구름이 굵어지는 소리 당신이 땅을 훑고 가는 소리
우리는 간헐적으로 살아 있는 것 같다

　　　　　　　—성동혁, 「여름 정원」(『세계의 문학』, 2011.봄) 전문

「여름 정원」은 몸의 긴장을 풀고 모든 감각기관을 최대한 열어 놓게 만든다. 해석이 딱히 필요치 않고 감각적으로 접근해야만 깊은 맛과 향을 느낄 수 있는 시다. 깊이 숨을 들이마시었다가 천천히 내쉬면서 나는 시인이 그려 낸 풍경 속으로 들어가 조금씩 젖어 든다. 물속에서 보는 풍경처럼 이미지들이 의식을 희미해지게 만들고 아프게 한다. 언어와 언어 사이로 물 흐르는 소리가 들리고 진흙이 되어 흘러내리는 내 몸처럼 고체에서 액체로 변화되어 가는 적막의 풍경을 거느린다. 액체화된 이미지와 감각들은 오랫동안 아파 온 자의 고요한 눈처럼 차분하고 서늘하다. 화자의 뒤에 숨어 있는 시인의 내면은 고통으로 들끓는데 아이러니컬하게도 텍스트 표면에 드러나는 문장들은 시인의 상처를 고요하고 맑은 풍경으로 덮어 감추고 있다.

　이 시의 마지막 행처럼 어쩌면 우린 모두 "간헐적으로 살아 있는 것"인지도 모른다. 이 아픈 문장이 발아되기까지 시인이 겪었을 고통의 시간들을 추측해 본다. "함께 멸망하고픈 것들"의 뿌리를 상상해 본다. 현실 속에서 우리의 과잉된 삶이 놓치고 있는 삶의 결여와 공백들을 생각해 본다. 사물과 존재, 언어의 결여에 대해 곰곰이 생각해 본다. 새가 날아간다. 여전히 하늘은 잔물결처럼 찰랑거리고 구름은 흐른다. 나도 흐른다. 흐르면서 이 글을 마친다. 그러나 말들

은 정지한 채 계속해서 흐른다. 내가 알 수 없는 곳, 내가 규정할 수 없는 시간 속으로 죽음처럼 흘러간다. 나는 내 글을 되돌아본다. 이 글들은 과연 누가 남긴 죽음의 발자국들인가. 내 상상이 가닿을 수 없는 미지의 장소, 그 망각의 시공간 속으로 말들은 모두 새가 되어 날아간다.

제3부

지형도 13.
현대시의 그로테스크 층위들

　현대시에 나타나는 그로테스크(grotesque) 층위는 역사와 시대의 흐름, 감각과 의식의 변화에 따라 다양하다. 대체로 그로테스크 미학은 현대사회에 팽배해진 획일화된 질서, 이분법적 사유 체계를 비판하는 성격을 띤다. 많은 시인들이 그로테스크한 사건과 풍경을 통해 자신을 둘러싼 자본 권력의 폭력적 구조, 수많은 불합리한 상황들, 강제 주입된 인식의 통념에 브레이크를 걸어 현대사회를 비판적으로 파헤치려 한다. 현실의 부조리와 폭압에 반항한다는 시각에서 볼 때 현대시의 그로테스크 이미지들은 합리적 이성이 낳은 과학적 세계관의 한계와 부작용, 우리 사회의 부조리하고 비윤리적인 악행들, 끝끝내 규명되지 않는 현대인의 위선적 가면들에 맞서는 저항의 기표일 수 있다. 참혹한 삶과 현실을 초현실적 악몽의 풍경으로 드러내는 시인의 간절한 숨결이자 절박한 목소리일 수 있다. 그로테스크 미학은 기괴하고 추한 이미지를 통해 위악적으로 위장된 인간, 사회, 세계, 문명의 구조를 전복적으로 폭로한다는 점에서 역설적으로 극사실주의 미학이기도 하다. 즉 그로테스크는 죽음이 낳는 공포가 아니라 삶이 낳는 공포이며, 죽음의 이미지들이 환기시키는 충격이 아니라 삶이 극악하게 은폐한 것들이 공개될 때의 충격이다.

역사적으로 우리 시사에서 그로테스크 층위의 변화는 시간과 공간, 사물과 인간, 언어와 감각의 왜곡 또는 변형을 통해서 이루어져 왔다. 해방 후 겪은 6.25 전쟁은 우리 현대사의 가장 큰 공포이자 충격이었다. 전쟁의 가혹한 참상과 고통을 다룬 시에는 그로테스크 풍경들이 매우 사실적으로 드러나 있다. 전쟁터의 극한적 긴장과 공포, 팔다리나 머리가 잘린 채 널브러진 적군 사체들, 흐르는 시즙이나 살 썩는 냄새, 피를 뚝뚝 흘리며 비명을 지르는 사람들은 시의 그로테스크를 더욱 강화시킨다. 전쟁터는 국가 차원의 집단적 학살이 이루어진 공간이며, 인간의 야만성과 잔혹함이 극한적으로 표출된 잔혹극 무대다. 이곳에서 희생된 잔혹한 주검들은 그로테스크 이미지이기 이전에 국가와 사회의 이름으로 희생된 황폐한 죽음이라는 점에서 더욱 그로테스크하다.

사람들아 묻지를 말아라
이 황폐(荒廢)한 풍경이
무엇 때문의 희생인가를……

고개 들어 하늘에 외치던 그 자세대로
머리만 남아 있는 군마(軍馬)의 시체
스스로의 뉘우침에 흐느껴 우는 듯
길 옆에 쓰러진 괴뢰군 전사

일찍이 한 하늘 아래 목숨 받아

움직이던 생령(生靈)들이 이제

싸늘한 가을바람에 오히려

간 고등어 냄새로 썩고 있는 다부원(多富院)

　　　　　　　　　　　—조지훈, 「다부원(多富院)에서」 부분

　한국전쟁은 수많은 군인과 민간인들을 죽음으로 몰아넣은 동족상
잔의 참극이었다. 종전 후의 살아남은 군인들, 특히 신체 일부가 잘
려 나간 상이군인들의 몸은 우리 사회에서 그로테스크함을 대리하
는 비극의 기표이자 이데올로기의 허위성을 폭로하는 물적 증거였
다. 그러나 이들의 기형적인 몸 자체보다 더 큰 문제는 뒤틀린 정신
과 후유증이었다. 기형이 된 몸 자체보다 더욱 기형이 된 마음을 국
가가 만들었다는 점은 매우 그로테스크하다.
　1960년대로 접어들면서 전쟁의 공포와 후유증을 직접적으로 다
룬 시들은 줄어들고 산업화 과정에서 겪은 심리적 고통이나 분열을
담아낸 시들이 많아진다. 산업사회로의 변화에 따른 현대성 문제를
의식의 차원에서 접근할 때 이승훈은 인간의 무의식 세계를 독자적
인 스타일로 풀어낸다. 인간의 내적 불안과 공포를 극단적이고 충격
적인 그로테스크 이미지로 시각화한다. 바깥의 대상 세계를 재현하
는 것이 아니라 시인의 육체 내부에 잠재된 비대상의 세계, 불안과
공포의 심리를 초현실의 풍경으로 이미지화한다.

　사나이의 팔이 달아나고 한 마리 닭이 구구구 잃어버린 목을 좇아
　달린다. 오 나를 부르는 깊은 命令의 겨울 地下室에선 더욱 眞摯하기
　위하여 등불을 켜 놓고 우린 생각의 따스한 닭들을 키운다. 닭들을 키

운다. 새벽마다 쓰라리게 精神의 땅을 판다. 頑强한 時間의 사슬이 끊
어진 새벽 문지방에서 소리들은 피를 흘린다. 그리고 그것은 하이얀
液體로 變하더니 이윽고 목이 없는 한 마리 흰 닭이 되어 저렇게 많은
아침 햇빛 속을 뒤우뚱거리며 뛰기 시작한다.

　　　　　　　　　　　　　　　―이승훈, 「事物 A」(『사물 A』) 전문

　1970년대와 1980년대는 사회정치적으로 그로테스크 시가 본격적
으로 성장할 수밖에 없는 외적 조건이었다. 군부독재 정권이 지배하
는 국가구조 속에서 사회 전체는 공포의 밀실과 다를 바 없었다. 감
시와 처벌의 정치체제 하에서 시적 그로테스크는 지배 권력에 대한
미학적 저항과 비판의 기능도 수행한다. 이런 사회에서는 명백한 사
실을 어떤 수사적 포장 없이 명백하게 드러내는 사실적 방법만으로
도 극렬한 그로테스크 이미지가 되기도 한다. 그런 점에서 1970년대
와 1980년대 사회 전체는 그로테스크 공포의 공간이라 할 수 있다.
특히 1980년대 초 군부 쿠데타에 의한 잔혹한 정권 찬탈 과정은 그
과정 자체로 그로테스크하다.

　　밤 12시
　　도시는 벌집처럼 쑤셔 놓은 심장이었다
　　밤 12시
　　거리는 용암처럼 흐르는 피의 강이었다
　　밤 1시
　　바람은 살해된 처녀의 피 묻은 머리카락을 날리고
　　밤 12시
　　밤은 총알처럼 튀어나온 아이의 눈동자를 파먹고

밤 12시
학살자들은 끊임없이 어디론가 시체의 산을 옮기고 있었다

아 얼마나 끔찍한 밤 12시였던가
아 얼마나 조직적인 학살의 밤 12시였던가

오월 어느 날이었다
1980년 오월 어느 날이었다
광주 1980년 오월 어느 날 밤이었다

밤 12시
하늘은 핏빛의 붉은 천이었다
밤 12시
거리는 한 집 건너 울지 않는 집이 없었고
무등산은 그 옷자락을 말아 올려 얼굴을 가려 버렸다
밤 12시
영산강은 그 호흡을 멈추고 숨을 거둬 버렸다

아 게르니카의 학살도 이렇게는 처참하지 않았으리
아 악마의 음모도 이렇게는 치밀하지는 못했으리
　　　　　　　　　　　　　　　—김남주, 「학살 1」 부분

　김남주의 시는 지배계급의 억압과 착취를 신랄하게 비판하고 독
재의 참상을 직접적으로 폭로한다. 또한 비인간적인 삶을 강요당하
는 민중의 삶과 노동 투쟁을 담아낸다. 시인은 왜 목숨을 걸고 시대

에 맞서 싸웠으며 권력의 횡포에 끝없이 대항한 걸까. 그에게 시인은 민중이 불의와 폭력에 맞서 싸워 나가도록 둥둥둥 북소리를 울리는 자이며, 전투의 나팔 소리를 울리는 자이며, 살인과 고문을 자행하는 압제자의 가슴에 창을 꽂는 자였기 때문이다. 1980년대 김남주의 민중시는 1960년대의 신동엽과 김수영의 시, 1970년대 김지하의 시를 일정 부분 승계한다. 그러나 호흡, 맥박, 말법이 다르고 외부 세계에 대한 시인의 감정 노출, 의식 노출 수위도 다르다. 1980년대 대다수 민중시가 심미성 결여, 예술성의 부재라는 미학적 한계를 드러내면서 비판적 정치 구호로 전락한 측면이 강한데 김남주의 일부 시는 이런 한계성을 극복한다. 반복의 형식, 리듬의 극대화, 패러디와 풍자 등을 적극 활용하여 시가 메시지 전달 도구로 전락하지 않도록 했기 때문이다.

김남주가 학살의 그로테스크함을 실제 상황의 재현을 통해 실감나게 보여 준다면, 박노해는 무산자들의 착취된 삶의 공포를 눈물겹게 그려 낸다. 자본가 지배계급이 무산자 노동계급에 가하는 노동 수탈과 인권 착취는 우리 사회의 참상을 적나라하게 드러낸다. 공단 노동자의 몸은 자본가의 부를 살찌우기 위한 기계적 도구, 그로테스크한 도구에 불과한 것이다.

올 어린이날만은
안사람과 아들놈 손목 잡고
어린이대공원에라도 가야겠다며
은하수를 빨며 웃던 정 형의
손목이 날아갔다.

작업복을 입었다고
사장님 그라나다 승용차도
공장장님 로얄살롱도
부장님 스텔라도 태워 주지 않아
한참 피를 흘린 후에
타이탄 짐칸에 앉아 병원을 갔다.

기계 사이에 끼어 아직 팔딱거리는 손을
기름 먹은 장갑 속에서 꺼내어
36년 한 많은 노동자의 손을 보며 말을 잊는다.
비닐봉지에 싼 손을 품에 넣고
봉천동 산동네 정 형 집을 찾아
서글한 눈매의 그의 아내와 초롱한 아들놈을 보며
차마 손만은 꺼내 주질 못하였다.

(중략)

내 품속의 정 형 손은
싸늘히 식어 푸르뎅뎅하고
우리는 손을 소주에 씻어 들고
양지바른 공장 담벼락 밑에 묻는다.
노동자의 피땀 위에서
번영의 조국을 향락하는 누런 착취의 손들을
일 안 하고 놀고먹는 하얀 손들을
묻는다.

프레스로 싹둑싹둑 짓짤라

원한의 눈물로 묻는다.

―박노해, 「손 무덤」(『노동의 새벽』) 부분

박노해의 초기 시에는 피 울음 섞인 고통, 참혹한 현실이 매우 사실적으로 나타난다. 특히 열악한 노동환경에 처한 자들의 울분과 비애, 투쟁적 저항의 목소리가 짙게 배어 있다. 그의 시에서 느껴지는 서정적 비애와 분노는 자본을 매개로 수탈자와 노동자 사이의 대립 구조에서 발생하는데, 이 대립은 자본주의의 성장 과정에서 나타나는 악의 필연적 결과일 것이다. 계급 간의 구조적 모순이 대립을 낳고 노동자의 저항 의식을 촉발하는 배경이 된다. 이러한 계급 구조에 대한 비판적 자각과 분노, 그 모순에 대한 변혁과 투쟁 의지가 사실적 그로테스크 미학을 꽃피운다.

1990년대로 접어들면서 구소련의 붕괴를 신호로 냉전 이데올로기 체제가 무너진다. 우리 사회도 그 변화의 흐름에 따라 정치적 이념의 공백이 생기고 그 빈자리를 서구의 포스트모던 문화와 물적 자본들이 대체한다. 이런 급진적 변화의 물결과 함께 우리 시에 그로테스크 미학이 다양하게 분화되어 뿌리내리기 시작한다. 남성 중심의 전통적 숭고 미학도 변화된다. 대체로 전통 미학은 주체의 가부장적 패러다임을 토대로 한다. 남성 주체의 권력적 지배 담론에 의해 타자와 세계가 변화되는 시스템이다. 반면에 전통 미학에 반발하여 태동한 페미니즘 숭고 미학은 타자와의 수평적 통합에 의해 세계를 변화시키려 한다. 남성 중심의 세계에 길들여진 여성의 몸에 은폐되어 있는 더럽고 추악한 가부장적 근성들을 과감하게 폭로하고 배설한다. 당연히 기존의 미학적 가치들을 훼손하기에 충격적이고 불쾌할 수밖에 없다. 이때의 그로테스크적 불쾌감은 남성 지배적 가치 체제를 이탈하는 모반이 낳은 결과물이다. 주체에게 지속적으로 위험을 초래하고 분열을 체험하게 한다는 점에서 일종의 아브젝시옹(abjection)이다.

아브젝시옹은 일반적으로 가부장제의 추악함과 사악함을 보여 주는 분리의 단계, 가부장 체제에 길들여진 여성의 몸속에 깊게 침윤되어 있는 끔찍한 공포들을 드러내는 승화의 단계를 거친다. 아브젝시옹이 실현되는 시에는 조각 난 머리, 절단된 팔다리 등 파편화된 신체 기관들이 자주 나타난다. 피, 똥, 오줌 같은 혐오감을 주는 인체 분비물도 자주 등장한다. 카니발 사회의 야만적 삶, 자본과 섹스로 물화된 자본주의를 격하시키는 매우 적절한 소재들이기 때문이다. 이 계열의 시는 현실을 비하하여 노골적이고도 충격적으로 현실의 맨얼굴을 드러낸다는 점에서 그로테스크 리얼리즘을 지향한다. 시인은 파괴적 힘과 카니발 공간을 의도적으로 조성하여 합리적 자아를 파괴시켜 불합리한 현실을 직시케 하려는 것이다. 외관상 그로테스크 이미지로 비치지만 그 이면에 상생의 정신과 미학의 재건설이 자리한다는 점에서 숭고의 모험이자 갱생을 위한 파괴적 혼돈이다.

김언희의 시에는 이런 파괴적 혼돈이 나타난다. 그에게 육체는 가학적 욕망만 남은 황폐한 풍경이고, 인간은 섹스 행위만을 무의식적으로 반복하는 욕망하는 기계다. 그의 시가 문제적인 것은 성적 욕망의 대상이 비인간적 사물에게도 전이되고 나아가 욕망의 대상 자체가 사라진다는 점이다. 그는 여자의 몸속에 매장되어 있는 남자의 시신을 발견하고, 또다시 그 남자의 몸속에 매장되어 있는 여자의 시신을 발견한다. 서로의 죽은 몸속에 기생하면서 서로를 탐하는 그로테스크한 풍경은 죽음의 풍경이자 영원히 죽지 않는 욕망의 폐허의 풍경이다.

그 여자의 몸속에는 그 남자의 시신(屍身)이 매장되어 있었다 그 남
자의 몸속에는 그 여자의 시신(屍身)이 매장되어 있었다 서로의 알몸
을 더듬을 때마다 살가죽 아래 분주한 벌레들의 움직임을 손끝으로 느
꼈다 그 여자의 숨결에서 그는 그의 시취(屍臭)를 맡았다 그 남자의
정액에서 그녀는 그녀의 시즙(屍汁) 맛을 보았다 서로의 몸을 열고 들
어가면 물이 줄줄 흐르는 자신의 성기가 물크레 기다리고 있었다 이
건 사간(死姦)이야 근친상간이라구 묵계 아래 그들은 서로를 파헤쳤
다 손톱 발톱으로 구멍구멍 붉은 지렁이가 기어 나오는 각자의 유골을
수습하였다 파헤쳐진 곳을 얼기설기 흙으로 덮었다 그는 그의 파묘(破
墓) 자리를 떠도는 갈데없는 망령이 되었다 그녀는 그녀의 파묘(破墓)
자리를 떠도는 음산한 귀곡성(鬼哭聲)이 되었다
　—김언희, 「그라베」(『말라죽은 앵두나무 아래 잠자는 저 여자』) 전문

김언희 시의 불온성은 기존의 미학적 질서와 금기를 거침없이 위
반하고 모독한다는 데 있다. 그는 현실과 현실의 육체가 은폐한 치
부들을 사정없이 까발린다. 현실의 거죽을 수사적 묘사로 위장하지
않고 거죽을 과감하게 찢어 버린 후 피 흐르는 생살을 직접 보여 준
다. 살에 묻은 비린 핏덩이를 보여 줌으로써 현실의 거죽 이면에 은
닉된 고통의 실체를 직시하게 한다. 교양을 떨며 우아한 척하는 자
들의 얼굴 박피를 벗겨 그곳에 흐르는 추악한 욕망의 진물들을 불쾌
하게 보여 준다. 돼지의 배를 가르듯 인간의 금기 영역을 갈라 비린
내 풍기는 풍경을 날것 그대로 보여 준다. 이를 통해 남근 중심의 부
패한 사회구조와 폭력적 가족제도를 붕괴시킨다.

이런 주제 의식은 이원의 시에도 나타난다. 그의 시에는 몸의 곳곳에 플러그가 탯줄처럼 달린 기계 인간이 등장한다. 사이보그는 미래 사회에 도래할 신인류의 예상 모델이면서도 현실을 그로테스크하게 반영한다. 이원이 문제적인 것은 현재 사회를 살아가는 우리의 내부를 직관적으로 꿰뚫어 보고 그 문제점을 미래의 시점으로까지 확장하여 통찰한다는 점이다. 즉 사이보그는 시인 자신의 몸에서 태동된 충격적 자아이자 우리의 비극적 실존체인 것이다. 이처럼 이원의 시는 세계와의 불화를 에너지로 삼은 현대인의 실체를 건조하게 드러내면서 인간과 인간의 형이상학적 개념들을 전면적으로 회의한다. 기름 묻은 접시처럼 미끄러운 대도시에서 남녀는 서로가 서로에게 판독되지 않는 기이하고 불합리한 텍스트일 뿐이다.

> 실습용 재료 같은 사내와 여자가
> 나란히 검은 주유기를 제 옆구리에 꽂고 서 있다
> 그들은 서울의 밤이 꿈 대신에 선택한 텍스트이다
>
> 허공의 미터기에서 그들의 몸까지는
> 부패한 내장 같은 검은 호스가 늘어졌고
> 주유기의 금속성 손잡이는 옆구리 앞에서 멈추었다
> 그들은 두 발을 각각 흰 정지선 앞에 멈추었다
>   —이원, 「서울의 밤 그리고 주유소」
>   (『야후!의 강물에 천 개의 달이 뜬다』) 부분

이원의 시는 디지털 문화가 몸과 삶을 지배하는 현대 문명 세계에서 우리 존재의 위상과 좌표를 되묻는다. 그는 문명이 낳은 기계들

을 시의 소재로 적극 활용한다. 휴대폰, 컴퓨터, 전자메일, 지하철, 엘리베이터 등은 이미 일상 속에서 우리의 몸과 매우 긴밀하게 밀착되어 있는 물건들이다. 인간이 만든 기계임에도 인간의 일부가 되어 인간을 대리하고 대체한다. 이처럼 이원의 시에서 전통적 자연의 풍경들, 아름답고 낭만적인 서정의 감정들은 건조하게 배제된다. 풍경과 감정이 제거된 곳엔 그로테스크한 기계들, 첨단 과학이 낳은 기이한 인공물들이 자리하는데, 이는 첨단 전자 공간에서 살아가는 현대인의 황폐화된 내면을 사실적으로 반영한다.

정재학은 꿈과 환각의 상상력, 합리성이 와해된 도착적 상상력, 미니멀리즘의 예민한 감각, 정신분석적 욕망의 상상력을 펼치는 시인이다. 그의 시에는 특정 공간과 사물과 인물이 등장하고 초현실적인 사건이 발생하는데, 인물과 사물은 현실의 풍경을 전혀 다른 풍경으로 변신시키는 역할을 한다. 이때 현실의 이면에 은폐되어 있던 그로테스크한 이미지들이 튀어나와 우리의 안정된 이성과 인식 체계에 큰 충격을 준다. 즉 그의 시에서 공간은 현실과 초현실의 혼재 공간 또는 융합 공간이며, 시간은 이성과 환각적 꿈이 중첩되는 국경 지대이자 인간의 시간이 휘발되는 무시간의 시간이다. 때문에 인과적 필연성보다 모순과 불합리가 강조되고 그것이 곧 현대사회의 황폐한 실체임을 환기시킨다.

죽은 지 이틀 만에 시체에서 머리카락이 갈대만큼 자라 있었다 나와 그림자들은 시체를 자루에 싸서 조심조심 옮겼다 그림자 하나가 울컥했다 죽이려고까지 했던 건 아닌데…… 나머지 그림자들이 그를 달랬다 그러지 않았다면 네가 죽었을 거야 차 트렁크 열고 시동 좀 걸어 놔 간신히 1층까지 왔는데 아파트 현관 앞에 순찰 중인 경찰이 보였다 이

게 무엇입니까? 하필이면 자루가 찢어져 시체의 멍든 허벅지 살이 드
러났다 하하 이건 고구마입니다 우리는 서둘러 트렁크에 실으려 했다
한번 확인해 봐도 되겠습니까? 그림자 하나가 칼이 든 주머니에 손을
넣었다 옆의 그림자가 그의 팔을 잡았다 네 그렇게 하시지요 우리는
자루를 펴 보였다 자루 안에는 지푸라기와 고구마가 가득했다 경찰관
과 우리는 미소를 지었다 고구마 하나가 김이 모락모락 났다 방금 찐
고구마인데 하나 드셔 보시겠습니까? 그럴까요 네 고맙습니다 경찰관
이 고구마를 한입 물자 썩은 피가 뿜어져 나왔다

           —정재학, 「공모(共謀)」(『모음들이 쏟아진다』) 전문

   정재학은 삶의 외형이 아니라 외형에 가려진 비극적 상황들, 불합
리한 모순들을 그로테스크하게 드러내려 한다. 그의 시가 아름답고
따뜻한 환상보다 비극적이고 차가운 환상으로 채색되는 것은 이런
태도 때문이다. 그에게 시간은 각각의 서로 다른 시간을 가리키는 시
계들이고, 추억은 여러 문양들이 뒤섞인 알록달록한 아라베스크 직
물과 같다. 그는 시가 음(音) 자체의 리듬과 정서와 에너지를 갖고 움
직이는 어떤 것이기를 욕망한다. 그러기에 초현실적 이미지를 통해
음의 세계를 공감각적 언어로 인화하려 한다. 음(音)을 색(色)으로 치
환하여 감각적 몸의 언어로 드러내려는 것이다. 성과 속, 삶과 죽음
이 뒤섞여 시적 자아의 내면을 환상적 이미지와 감각적 선율로 드러
내려는 것이다. 최근 그의 시는 음악과 시의 원형인 전통적 무속의
세계, 제의의 세계, 샤먼의 세계로 상상력을 확장시켜 나가고 있다.
   그로테스크 미학은 비례와 균형, 질서와 통일성, 도덕과 윤리를
위반하는 반미학을 토대로 한다. 하나의 전체 덩어리가 아니라 분절
된 조각들의 세계를 지향하면서 정형화된 시공간과 사물의 세계를

벗어나려 한다. 따라서 그로테스크 미학을 추구하는 시인들은 사물을 기이한 오브제로 변형시켜 새롭고 낯선 시공간을 창출하려 한다. 사물의 고유한 길이, 크기, 부피 등을 주관적으로 변형시키고, 시간과 공간도 이질적으로 뒤틀거나 혼재시키거나 중첩시키려 한다. 이는 그로테스크 미학이 본질적으로 구조를 응시하기 때문이다.

시공간 구조에 대한 사유는 이수명 시에 자주 나타난다. 구조의 변화는 곧 시인의 의식의 변화이고 세계의 변화이기 때문에 시인이 구조를 훼손하는 행위는 세계의 질서와 인식 체계를 교란하는 행위이다. 세계의 구조를 불합리로 보면서 그것을 유희적으로 전복하려는 행위다. 그런 점에서 이수명의 시는 의식의 전복적 도전이자 합리적 질서에 대한 유희적 모반이다. 그의 시에서는 현상 세계에 대한 인식의 전복 작전이 펼쳐진다. 단순히 말해 그의 시는 사물과 세계의 존재 방식을 뒤흔들어 다시 그리는 현상학적 지도다. 이 지도 제작에 자주 사용되는 방법이 인식의 역공, 해부학적 집도, 유희적 언어 놀이다. 그는 시를 쓰기 위해 자신의 눈앞에 펼쳐지는 시간, 공간, 사물, 현실의 이름들로부터 멀어진다. 대상들과의 밀착을 거부하고 점점 틈을 넓게 벌인다. 기존의 지각, 감각, 기억, 사고를 버리고 정신의 무장해제, 정신의 자유로운 해방을 꿈꾼다. 어떤 통념도 가치도 의미도 제거된 황무지 상태가 되려 한다. 이수명의 시는 이런 토대 위에서 시작된다.

> 식탁 아래 토마토 밭이 있어요.
> 식탁을 휘감고 토마토들이
> 무럭무럭 자라는 밭이에요.
> 보세요, 식탁 위엔 토마토가 없어요.

보세요, 식탁을 찍어 올린 당신의 포크를.
　　　　　　　—이수명, 「식탁」(『왜가리는 왜가리 놀이를 한다』) 전문

　이수명은 자신의 육체보다 외부의 풍경을 응시하는 시인이다. 그
러나 이 외부 세계는 사물들로 구성된 표면적 현실이 아니라 현상
으로서의 세계다. 그는 사물들이 어떻게 그 사물로 그 시간에 그 자
리에 있으며, 다른 사물들과 어떤 관계를 맺는가를 미시한 감각으로
파고든다. 해부학 의사처럼 사물들의 고착된 관계를 치환하거나 사
물들을 제자리에서 이탈시켜 우리의 관습적 인식에 충격을 가한다.
돌발성, 우연성을 통해 사물들의 고정된 위치와 기능을 역전시킨다.
즉 그에게 사물은 단순히 현실에 존재하는 물적 대상이 아니라 상
상과 사고 속에서 재구성된 충격적 오브제이자 새로운 미지, 새로운
시공간을 탄생시키려는 그로테스크한 정신의 폭발 물질에 가깝다.

　꽃집 주인이 포장했을 때 장미는 폭소를 터트렸다.
　집에 돌아와 화병에 꽂았더니 폭소는 더 커졌다. 나는 계속해서 물
을 주었다. 장미의 이름을 부르며.
　장미는 몸을 뒤틀며 웃었다. 장미 가시가 번쩍거리며 내게 날아와
박혔다. 나는 가시들을 훔쳤다. 나는 가시들로 빛났다. 화병에 꽂힌 수
십, 수백 장의 꽃잎이 몸을 제대로 가누지 못했다.
　나는 기다렸다. 나는 흉내 냈다. 나는 웃었다. 그리고 웃다가, 장미
가 끼고 있는 침묵의 틈니를 보았다. 장미는 폭소를 터트렸다.
　　　　　　　—이수명, 「장미 한 다발」(『붉은 담장의 커브』) 전문

장미는 장미로부터 탈주 중이다. 장미는 인간이 부여한 고유한 의

미를 거부하는 존재인데 시인 또한 이 장미의 세계로 진입한다. 즉 시인에게 사물은 늘 탈주 중인 사물이고 기존의 역할과 의미로부터 끊임없이 이탈하려는 진행형 존재들이다. 끊임없이 자기 존재를 부정하고 배반하려는 부재의 사물들, 부재를 욕망하여 또 다른 시공간을 낳으려는 그로테스크 사물들이다. 즉 인간의 서정이 도려내진 차가운 오브제인 것이다. 그러기에 이수명의 시에서 투명한 사물은 끊임없이 불투명해지고 그 불투명해진 사물들은 기존의 의미와 질서와 인과를 무화시킨다. 이때 사물들은 사물 자체의 속성을 상실하므로 대상 없는 언어로 전락하고 기호화된 언어들의 기표 놀이가 시작된다.

사물과 언어의 관계에서 언어를 사물의 살해자로 본 것은 헤겔이다. 이는 언어가 사물의 물질성 자체를 파괴한다는 뜻이 아니라 언어가 사물을 개념으로 이해하게 한다는 것, 즉 사물이 언어로 재현될 때의 왜곡 현상을 지적한 것이다. 이처럼 사물이 언어로 기호화될 때 사물과 기호 사이에는 메울 수 없는 심연과 침묵이 발생한다. 박상순의 시에는 사물과 기호 사이의 간극, 의미가 실종되는 크레바스가 존재한다. 그의 시는 반리얼리즘의 전위 미학을 지향한다. 기호와 의미의 관계 혼란을 유도하는 자의적 텍스트다. 악몽의 파편들을 전시하는 초현실주의 그림 같은 그로테스크 시는 시인이 직접 그린 기호들이 문자와 병렬되면서 시에 대한 일반적 통념을 전복시키곤 한다. 결핍된 욕망과 상처 난 기억들, 고통과 슬픔 등이 기이한 이미지로 나타나는데, 흥미로운 건 이미지들을 쏟아 낼 때 시인은 결코 고통에 찬 비명을 내지르지 않는다는 점이다. 오히려 그것을 즐기는 '놀이하는 자아'가 나타나 명료한 혼돈을 유도한다. 그는 시의 이미지를 감정의 대리물로 사용하지 않고 이미지 자체가 낯선 감

정을 낳도록 역배치한다. 그로테스크한 이미지들이 자유롭게 결합
되면서 낯선 시공간이 발아되도록 한다. 그의 시에는 가족 관계에서
느끼는 주체의 고립과 단절이 자주 나타난다. 육체 또한 하나의 전
체 덩어리가 아닌 팔, 다리, 머리 등등 각각의 잘린 파편으로 등장한
다. 이 절단된 신체 이미지들이 독자에게 그로테스크한 거부감을 주
지만 그것은 사실 고립되고 단절된 자아의 대리물들이다. 그의 시가
악몽의 동화 같으면서도 비애감 짙은 정서적 울림을 낳는 것은 이
때문이다.

> 기차가 지나갔다
> 그들은 피 묻은 내 반바지를 갈아입혔다
> 기차가 지나갔다
> 그들은 나를 다락으로 옮겨 놓았고
> 기차가 지나갔다
> 첫 번째 기차가 아버지의 머리를 깨고 지나갔다
> 두 번째 기차가 어머니의 배를 가르고 지나갔다
> 세 번째 기차가 내 눈동자 속에서 덜컹거렸고
> 할머니의 피 묻은 손가락들이 내 반바지 위에
> 둑둑 떨어지고 있었다
>   —박상순, 「빵 공장으로 통하는 철도」(『6은 나무 7은 돌고래』) 부분

　충격적이면서도 소외와 연민이 느껴지는 시다. 암울한 공포와 불
안, 상처의 심리 에너지가 흐르고 있다. 불안과 공포 속에 놓인 무의
식적 자아를 주시하는 또 다른 자아가 양립하면서 자기방어 심리가
투영된 초현실풍의 낯선 그림을 그리고 있다. 파편화된 이미지들은

시인의 결핍된 욕망과 상처 난 기억들의 깨진 조각일 것이다. 인과적 계기성이 탈락된 부조리한 현실, 그런 폐허의 삶을 살아가는 현대인의 결핍된 자아를 대리한다. 그러기에 박상순의 시에 나타나는 욕망의 문제, 자아의 고립과 파탄, 아버지와 어머니의 살해 충동, 강박과 자학에 사로잡힌 채 놀이하는 자아에 관한 정신분석적 접근은 그의 시를 이해하는 데 도움이 될 수 있다. 박상순의 시에는 오이디푸스 콤플렉스 이전 단계와 이후 단계가 모두 나타난다. 그의 시 전반에 걸쳐서 나와 어머니는 거의 동일시되지 않는다. 즉 자아의 심리적 충족이나 황홀감은 결코 채워지지 않고 영원히 결핍된다. 나아가 나도 어머니도 아버지도 무수히 분열된다. 달려오는 기차 같은 사물에 의해 아버지도 어머니의 제거의 대상이 된다. 그들이 사라진 후 나는 고립과 어둠 속에서 등이 뒤집힌 채 사지를 버둥거리는 기이한 벌레가 된다. 그의 시에 나타나는 아버지 살해 충동은 단순히 가족 관계로서의 부친 살해가 아니라 상징계의 권위와 권력에 대한 죽음 의식, 나아가 어떤 구속이나 폭압으로부터도 해방되고자 하는 자유의 심리적 표출에 가깝다.

죽음은 존재와 부재 사이에 가로놓인 심연의 다리, 소멸로 가는 검은 배다. 존재의 세계에 기거하던 육체가 죽음을 통해 부재의 세계로 이주하여 상징적 소멸을 완성할 때 유(有)는 마침내 무(無)로 편입되어 존재를 부재와 일치시킨다. 그러나 이런 순차적 진행을 완성하지 못하고 그 사이, 있음과 없음의 세계 사이 또는 그 경계 지대에 그림자나 안개처럼 부유하는 존재들이 있다. 유령 또는 귀신들이다. 이들은 육체 없는 존재로 죽음의 세계로 편입되지 못하고 죽음의 기(氣)로 이승을 떠도는 자들이다. 이들이 우리에게 그로테스크한 공포를 주는 것은 기괴한 외관 자체보다도 우리의 이성으로는 이해할 수 없는 불합리성과 불멸의 시간성을 지닌 존재들이기 때문이다. 이들은 시간의 벽을 수시로 허물어 위반하며 옮겨 다니고 여러 공간에 산재한다. 이성을 초월하는 설명 불가능한 초현실적 사태들을 낳는다. 즉 유령이나 귀신은 우리의 또 다른 불편한 자아로 이성의 혼돈, 인과의 붕괴, 금기의 파괴 등을 상징적으로 대리하는 무형의 떠도는 주체들이다. 삶과 죽음의 경계 지대에 기거하면서 상징계의 질서를 뒤트는 긴장의 주체이자 욕망을 은유하는 헛것 주체 말이다.

　　검은 철제 의자가 있는 방 안에 흰 구름이 흘러 다닌다 그는 침대에서 일어나 창문을 열었고 의자에 앉아 있던 그의 유령이 침대 위에 벌렁 드러눕는다 그는 눈알을 뽑아 깨끗이 닦은 후 호주머니에 쑤셔 박는다 그의 유령이 잽싸게 일어나 그에게 선글라스를 건네준다 그는 선글라스를 끼고 아파트 밖으로 뚜벅뚜벅 걸어 나간다 창문 밖으로 흰 구름도 빠져나간다 그는 검은 승용차를 타고 시내를 빠져나간다 들판에는 무너진 건물들이 즐비했고 담쟁이와 나팔꽃이 가득했다 들판 가운데 마른 우물이 있고 우물 옆에 구름이 걸려 있는 나무가 있었다 나무에는 눈동자들이 주렁주렁 매달려 있었다 수평으로 뻗은 나뭇가지에는 살찐 까마귀들이 줄줄이 앉아 깍깍깍 울고 있었다 그는 트렁크에서 권총을 꺼내 빵빵 갈겨 주었다 총알은 포물선을 그리며 지구 반대편으로 가 박혔지만 까마귀들은 나무를 박차고 올라가 공중에서 어지럽게 맴돌았으며 눈동자들이 우수수 떨어져 내렸다 그리고 우물 속에서 눈동자 없는 여자가 올라와 그의 손을 잡고 우물 안으로 사라졌다 나무 뒤에 숨어 있던 그의 유령은 안도의 숨을 쉬며 검은 자동차에 올라타 시동을 걸었다 유령이 모는 검은 자동차가 도로 위를 야생마처럼 달려 나갔다 스스로 눈알을 뽑아 버린 자가 유령이 건네준 검은 선글라스를 끼고 외출하는 장면은 그로테스크하면서도 심각하다. 육체로서의 물적 눈을 버리고 유령이라는 영적 존재의 시각으로 세계를 다시 보려는 의도가 깔려 있기 때문이다. 이는 시적 자아의 죽음을 환기하면서 없는 눈, 사라진 눈이 상징하는 암흑을 통해 세계와 마주하겠다는 암시다. 그러기에 방에서 떠난 그가 마주한 바깥 세계가 죽음과 공포의 풍경으로 채워지는 것은 지극히 당연하다. 눈동자들이 주렁주렁 매달린 나무와 나뭇가지에서 울어 대는 까마귀들, 그를 끌고 검은 우물 속으로 사라지는 여자의 모습은 불길한 풍경이면서 시인의 무의식이 반영된 공포의 풍경, 착란의 풍경이기도 하다.

인간이 어떤 괴물(怪物)적 대상과의 접촉에서 느끼는 징그러움이나 공포는 그것을 만질 때 그 대상이 자신을 알아볼지도 모른다는 불안감의 또 다른 이름일 수 있다고 한다. 그러니까 어떤 대상과의 접촉이 낳는 그로테스크한 감정은 그 대상의 괴물적 속성이 인간인 자신의 육체 내부에도 무의식 상태로 잠재되어 있음을 확인하는 현장검증인 셈이다. 이런 관점에서 보면 인간의 도덕과 윤리, 이성과 낭만이 휘발되고 그 자리에 흉측한 괴물들이 출현하는 지점 또는 시점, 거기서부터 그로테스크는 시작된다. 이는 그로테스크한 대상들과 현상들, 현대인의 불합리한 삶과 죽음들, 광기에 사로잡힌 초현실적 이미지들, 야만적 참살의 시간들을 응시하는 시인의 행위가 현실의 폭압적 자본 권력에 맞서는 용기의 실천이자 현대사회의 은폐된 가면들을 폭로하는 생산적 모반일 수 있음을 암시한다.

극단적으로 말해 현대인은 모두 착란의 삶을 사는 흉측한 괴물들이다. 괴물은 고대의 신화 세계에만 존재하는 것이 아니라 인간의 가면을 쓰고 늘 우리 곁에 존재하는 우리의 현재적 초상이다. 우리의 육체 속 암흑의 감옥에 감금된 섬뜩한 타자들이며 언제든 충격적 언어로 출몰하여 비극의 세계를 현상(現像)하려는 무의식적 주체들이다. 미가 은폐하고 추방한 추의 세계, 코스모스가 가려 놓은 카오스의 세계로 탈주하려는 주체들이다. 그러니까 현실과 악몽의 교차 지대, 천국과 지옥 사이의 연옥 지대, 생사의 갈림길의 국경 지대가 바로 그로테스크의 거점이며 그곳은 모두 우리의 육체다. 우리의 몸이 속한 땅이고 하늘이고 삶 그 자체다.

방이었다 침대였다 무언가 내 허리를 친친 휘감아 들어오고 있었다 거대한 문어였다 검은 흡반을 나의 살에 단단히 밀착시키고 피를 빨고 있었다 숨이 막혔다 식은땀을 흘리며 눈을 떴다 악몽이었다 욕실로 갔다 샤워했다 다시 방으로 돌아왔다 침대에 알몸의 흑인 여자가 누워 있었다 내가 침대로 들어가자 여자는 팔과 다리로 내 몸을 거세게 휘감아 들어오기 시작했다 나는 눈을 감고 신음했다 순식간에 쾌락의 동굴 그 깊은 막장으로 빨려 들어갔다 내 영혼과 육체는 화강석 구름처럼 빠르게 마취되어 가고 있었다 그때였다 창가에서 아이도 새도 물고기도 아닌 것이 아이인 듯 새인 듯 물고기인 듯 속삭였다 눈을 뜨세요 눈을 뜨세요! 황급히 눈을 떴다 방이 아니었다 침대가 아니었다 내 목을 밧줄처럼 휘감고 있는 것은 여자가 아니었다 노오란 줄무늬 등과 여덟 개의 다리가 달린 거미였다 내 몸은 온통 끈적거리는 거미줄로 휘감겨 있었고 나는 허공의 거미줄 한가운데 벌레처럼 걸려 버둥거리고 있었다 굶주린 독거미 한 마리가 푸덕거리는 나를 쏘아보며 차디차

게 웃고 있었다 하늘은 온통 검은 소름으로 뒤덮여 있고 희디흰 공포
가 허공을 날고 있었다

―함기석, 「착란의 돌, 삶」(『착란의 돌』) 전문

지형도 14.
언어 트라이앵글

1. 그로테스크 미학

그로테스크를 나는 도덕과 윤리, 합리성과 이성의 세계가 와해되면서 등장하는 세계 응시의 한 패러다임으로 본다. 그런 시각으로 보면 그로테스크한 대상과 사건들이 등장하는 시에서 대상들의 기이한 이미지 자체보다 중요한 것은 이미지들이 환기시키는 미적 충격과 파장이다. 시를 통한 이물감의 체험 이후 몸에 찾아오는 변화들이 세계를 보는 시선, 즉 나의 감각과 사고를 어떻게 변화시키는가가 중요하다. 시각적 충격에 의한 통념의 해체와 미에 대한 가치 전복의 모티프는 무엇이고 그것은 근원적으로 어디서 오는가, 시인은 왜 무슨 목적으로 그러한 그로테스크 이미지들을 구현하는가. 말하자면 한 시인의 시에서 낯설고 충격적인 이미지들은 왜 발생하고 그것의 존재 의미는 무엇이고 그것의 파장은 어떤 곡선과 파고를 그리며 어떤 파급효과를 가져오는가 하는 점을 그로테스크 이미지 자체보다 중요하게 생각한다.

보통 이질적인 오브제 간의 결합, 모순의 공존, 낯설고 기형적인 괴물체, 성적 금기를 노골적으로 드러내는 시각적 이미지들을 그로 테스크 이미지와 동일하게 취급한다. 그로테스크에서 우리가 놓치기 쉬운 점은 엽기, 괴기함 등과 함께 그것들의 반대편에 위치한 경외와 숭고의 미학 정신이다. 그러니까 낯설고 끔찍한 이미지와 검은 웃음이 부조리한 사회 체제, 죽은 통념들을 전복시키는 힘으로 확산되지 못한다면 진정한 의미의 그로테스크 미학을 담보한 시라 할수 없다. 흑과 백, 광기와 괴기, 고통과 유머가 혼합된 사물들을 통해 현실과 인간의 폐부를 찌르고 자극하는 전위적인 눈동자가 도사리고 있어야만 한다. 이 날카로운 비판적 시선이 내장되지 못한 채 표면적인 괴기 이미지로 포장된 시라면 그것은 간단히 말해 짝퉁 시다. 위악적인 법과 질서, 죽음의 공포를 주는 자본주의 조직의 억압과 구속, 개인과 현실의 부조리한 가치 체계들을 교란시키는 에너지와 파장을 담보하지 못한 많은 시들이 그로테스크 미학을 담보한 시로 취급되고 있는 실정이다.

　대상에 대한 기괴한 묘사와 사건들이 주는 충격은 대체로 사물들의 혼융 이미지와 화자의 기이한 행위를 통해 드러난다. 이때 시인의 무의식이 가면을 쓰고 시의 화자로 등장하는 경우가 많다. 그러기에 대상에 대한 이미지와 화자의 심리 상태 나아가 문장의 맥락과 구조 등에 산종되어 스미어 있는 시인의 무의식을 동시에 파악해야한다. 그것은 곧 그로테스크한 현상적 특징을 간파해 그로테스크의 비가시적 이면에 숨은 시인의 존재론적 지평과 현실을 탐구하는 일이 된다. 또한 그로테스크 시의 표면과 이면에 몸과 그림자처럼 공존하는 현실과 악몽, 몸과 환각의 이중적 아이러니 구조를 심층적으로 해석하는 일이 된다.

김민정의 시는 이러한 이중적 아이러니 구조를 통해 현실의 거죽을 수사적 묘사를 통해 위장하지 않고 거죽을 찢어 버린 후의 생살을 직접적으로 보여 준다. 살에 묻은 핏덩이를 보여 줌으로써 현실의 거죽 이면에 은닉된 고통과 실체를 직시하게끔 한다. 이런 잔혹극 무대는 주로 가정 내에서 벌어진다. 가족들은 살아 있지만 죽은 자와 다를 바 없어서, 가정은 죽은 자들이 벌이는 코미디 폭력 극장 같다. 이때 분열된 나의 복수체인 나나, 나나들이 등장하는데 이들은 결코 하나의 단일체로 환원될 수 없는 존재들, 최초의 육체로 되돌아갈 수 없는 시인의 불가능한 욕망이 전이된 유희적 자아들이다.

　흥미로운 건 이들이 병적 징후를 노골적으로 드러내고 공포의 장면들을 거침없이 연출하면서도 위악적 가면을 쓰지 않은 천진한 아이, 착한 아이 심리를 드러내기도 한다는 점이다. 이 천진성과 유아적 놀이 의식이 시의 그로테스크함을 고조시키기도 하지만, 나는 이 부분에서 아픔을 느낀다. 죽음의 이행 공간으로 빠져들 수밖에 없는 현실의 불모성, 그런 무자비한 현실 앞에 주저앉아 혼자 울고 있을 어린 시인이 오버랩되기 때문이다. 나나, 나나들은 극단적 공포의 현실이 낳은 분열체이지만 그런 공포의 현실을 뒤집어 조롱하는 발랄함과 경쾌함을 지닌 유희적 존재다. 김민정 시의 공포 서사가 이전 선배 시인들의 것과 다른 방향으로 펼쳐지는 것은 이 때문이다.

　그렇게 그녀는 현실의 폭력 시스템을 폭력적 무대, 폭력적 서사로 접근하지만 현실의 폐부를 바늘로 찌르는 순간에는 그녀 특유의 위트와 유머를 발산한다. 문법적 교란보다는 비속어의 과감한 사용과 맨살을 드러내는 솔직함으로 현실의 폭력적 토대들을 희화화하면서 현실이 은폐한 치부들을 사정없이 까발린다. 그녀의 시가 구축하는 그로테스크 미학은 사건의 잔혹성에 언어유희를 통한 유머가 결합될 때 빛을 발한다. 잔혹한 상황과 그 상황에 대한 유머러스한 언어운용이 시소처럼 움직이며 상호 긴장감을 잃지 않을 때 그녀의 시는 충격적 경험이면서도 경쾌한 말놀이의 성격을 띠고 다가온다.

> 비가 내리는 날엔 쪽파를 까지 그러면 더할 수 없이 명랑한 슬픔에 빠지지 쪽파는 대파가 아니라서 나는 말을 가지고 놀지 쪽, 하면 아기 똥꼬는 한입 더 쫀쫀해지고 파, 하면 할머니 미주알은 완전히 축 늘어져 버리지 쪽파는 대파가 아니라서 나는 몸을 가지고 놀지 안 매운 쪽파머리 있으면 매운 쪽파다리 있고 썩은 쪽파다리 있으면 싱싱한 쪽파머리 있으니 예고대로라면 이번 장마는 쪽파 세 단으로 족할 테지 저기 우산대 짚은 할머니 젖꼭지 물린 아기 업고 가는데 누군가 좆 까라고 욕을 하지 그래서 까지 이렇게 비가 내리는 날엔 다 할 수 없이 겸손한 분노로 그러니까, 까라니까
>
> ─김민정, 「쪽파」(『시와 반시』, 2009.가을) 전문

비가 내리는 날 화자는 쪽파를 깐다. 여기서 쪽파는 대파나 양파 같은 사물이면서 '쪽팔리다'에서 분절되어 나온 물질화된 언어 덩어리라 할 수 있다. 육체를 갖춘 언어─물질은 사람의 말과 몸에 긴밀하게 연결되고 세계에 관여한다. 그러기에 화자의 쪽파 까는 행위는 사물의 껍질을 벗기면서 동시에 언어의 내부, 신체의 내부, 세계의 안쪽 벽을 파고들어 가는 해부학적 행위가 된다. 시인은 음성 연상을 통해 쪽파에 대한 자유로운 이미지를 생성한다. 쪽, 하고 발음하면 "아기 똥꼬는 한입 더 쫀쫀해지고" 파, 하고 발음하면 "할머니 미주알은 완전히 축 늘어져" 버린다. 여기서 쪽파는 서로 상반된 아

기와 할머니의 결합으로 연결되어 공존하는 한 몸이라는 사실을 주목해야 한다. 아기가 생의 시작점이라면 할머니는 죽음을 목전에 두고 있는 종착점을 환기시킨다. 그것은 곧 쪽파라는 대상-언어를 통해 시인은 탄생-죽음이라는 삶의 양면적 속성을 읽어 내고 있는 것이다. 아기에 대해서는 '쫀쫀하다' 할머니에 대해서는 '축 늘어져 버린다'라는 표현을 쓴 것 또한 이와 무관하지 않다. 그런데 화자는 삶이라는 무거운 주제에 대해 연상 놀이로 대항한다. 안 매운/매운, 썩은/싱싱한, 머리/다리의 대립적 구도와 배치를 통해 언어-신체를 결합한다. 이러한 배열 놀이는 사물과 언어와 몸의 관계 고찰에서 배태되어 나온 것이라 할 수 있다. 또한 상체와 하체의 결합은 이분법적 세계관에 대한 시인의 비판적 사유가 무의식적으로 반영되어 나타난 결과일 것이다. 그런데 이 모든 과정이 심각하지 않고 놀이 성격을 띠며 가볍고 유머러스하게 펼쳐진다. 이러한 시인의 행위에 대해 누군가(아마 남성일 가능성이 크다) '좆 까!'라고 욕한다면 시인은 겸손한 분노로 이렇게 말할 것이다. 너나 좆 까! 그러니까 까라니까! 화자가 쪽파를 까며 느끼는 명랑한 슬픔이나 겸손한 분노는 결국 사물을 통해 말과 몸을 다루는 시인의 내적 감정의 표출이자 사회에 대한 반항의 표징으로 읽힌다.

김민정은 동음이의어나 모양이 비슷한 말들의 음성 연상 놀이를 통해 남성적 권위 체계나 질서에 모멸적으로 도전하고 비웃는다. 그렇다고 그녀의 시를 페미니스트의 패러다임만으로 접근해 시의 파장이나 메아리를 축소시키는 것은 올바른 접근법이 아니라고 생각한다. 그녀의 시가 노골적 성 묘사나 욕설 등을 통해 남성과 현대사회의 속물적 권위에 직접적으로 도전하고 공격하지만 그것은 남성 세계에만 국한된 것이 아니기 때문이다. 그녀의 시에서 드러나는 도착적이고 잔혹한 이미지나 사건들을 표면 그대로만 받아들인다면 그녀의 시의 정조나 메시지 정도는 쉽게 포착할 수 있다. 그러나 그 표면 밑의 삭제된 문맥을 읽어 내지 못한다면 시인의 심리 상태나 본능적 충동 같은 심층부의 중요 요소들을 제대로 포착해 내지 못하는 결과를 초래하게 된다. 그녀의 시에 대한 접근에서 이 점을 몇몇 평자들은 간과하고 있다.

그녀는 지금까지 도발적이고 충격적인 이미지, 과감한 비속어 사용, 권위적 가부장 가족제도가 은폐한 이면의 폭로, 남성 중심주의 사회에서 위축되고 모멸당한 자의 초상을 그려 내는 일에 중심을 두고 매달려 왔으며 일정한 성취를 이루었다. 그러나 이러한 작업들은 이제 지극히 보편화되었고 신선한 미적 충격이나 심리적 자극을 주기가 쉽지 않다. 게임 같은 영상 매체들이 제공하는 충격적 이미지들의 범람 때문이기도 하지만 그로테스크한 시보다 더 충격적인 사건들이 현실에서 자주 벌어지기 때문이다. 그러기에 그녀의 시는 이제 이미지나 사건의 극단이 아닌 발상과 발성의 새로움을 펼쳐 보이는 인식의 극단, 사유의 극단으로 방향을 틀 필요가 있다. 새로운 눈과 패러다임으로 미지를 향한 전위적 실험과 김민정식 투쟁의 놀이가 적극적으로 필요한 시점이다.

2. 무의미의 의미

김민정이 말과 사물이 몸에 미치는 영향 관계를 주목하고 음성 연상을 통해 사물의 변형, 나아가 비틀리고 왜곡된 인간과 사회의 부조리한 세계를 직시한다면, 박상순은 언어와 사물이 갖는 형이상학적 속성들을 기호 놀이와 해부학적 접근을 통해 회화적 색채로 새롭고 흥미롭게 그려 낸다. 박상순의 언어 놀이에는 기호들의 자의적 움직임 안에 상처와 고뇌, 근원적 결핍과 고독감이 내재되어 있다. 그러기에 그는 본능적으로 자신의 내면 상처를 숨기려 한다. 이때의 은닉은 고의가 아닌 기질적 뿌리에서 연원하는 것으로 짐작된다. 이러한 트라우마의 흔적들은 주로 천진하고 어린 화자들이 겪는 소외, 그로테스크한 사건 속에서 드러나는 섬뜩한 악몽을 통해 파편적으로 드러난다. 화자가 겪는 부조리한 현실 세계와 순결한 동화 세계의 대비를 통해 그 충격은 배가되어 나타난다. 그런데 화자인 아이가 겪는 공포나 공황의 상황은 아이러니컬하게도 재밌고 유머러스하게 읽힌다. 하지만 시의 배면에서 울려 나오는 심리적 에너지 때문에 서정적 고통을 함께 느끼게 된다. 그러기에 그의 시에서 표피적으로 드러난 시니피앙의 놀이, 끊임없는 의미의 변화, 심리적 상처가 덧씌워진 사물들을 동시에 주목해야 한다.

박상순의 시는 전이와 전치를 통해 계속 변화되는 진행형의 텍스트라 할 수 있다. 지속적으로 변하는 이미지와 이름, 은신과 변신을 통한 새로운 사물의 탄생을 지속적으로 보여 준다. 거시적 시각에서 보면 정체성을 부정하고 끊임없이 흐르면서 앞의 이미지들을 지워 나가는 자기부정의 운동성 시학이라 할 수 있다. 그는 미학적 자유를 구속하는 모든 법과 규율로부터 벗어나려 한다. 그는 현실이 아니라 현실을 잡아먹는 대상들, 즉 언어 또는 기호와 싸운다. 정확히 말한다면 기호들이 발산하는 의미와 의미의 구속과 싸우며 수렁에서 유쾌하게 논다. 기호는 하나의 얼굴이 아닌 무수한 가면을 가진 존재로 헛것이면서도 인간과 현실을 지배하는 유령체이다. 그런 측면에서 보면 시는 무의미를 근본 속성으로 하기에 그것에 대한 천착은 필연적이다.

무의미를 뜻하는 말입니다. 나는 이 말을 책상 위에 올려놓았습니다. NOnSEnso 이렇게 생겼습니다. 그리고 붉은 껍질을 가졌습니다. 껍질을 열어 보겠습니다. 물렁물렁합니다. 양쪽으로 갈라집니다. 껍질의 안쪽은 검붉은 색입니다. 껍질을 가르니 더 안쪽이 보입니다. 아주 얇은 붉은색입니다. 껍질을 다 벗겨 내지 않고 책상 위에 올려놓았습니다. Non SEnso. 이렇게 보이지는 않습니다. 그냥 껍질이 갈라진 논센소입니다. 낮에는 보지 않기로 했습니다. 보지 않아도 생각할 수 있기 때문입니다. 그래도 밤에만 봅니다. 무의미를 뜻하는 말입니다. 나는 이 말을 책상 위에 만들어 놓았습니다. 내가 처음 만든 말은 아닙니다. 하지만 내가 처음 만든 말처럼 들여다봅니다. 크게 보일 때도 있지만 그리 크지는 않습니다. 껍질을 갈라 보았지만 더 깊은 속을 보려 한 적은 없습니다. 그냥 논센소입니다. 아무도 몰랐으면 좋겠습니다. 논센소도 나를 알아보지 않았으면 좋겠습니다. 그래도 매일매일 달라지고 매일매일 다르게 보입니다. 그래서 걱정입니다. 매일 밤마다 들여다보아야만 합니다. 매일 보고 있습니다. 영원히 변치 않을 나만의 논센소이기를 바라지만, 매일 변합니다. 그래도 꼭 NOnSEnso 이렇게 생겼습니다. 나의 논센소. 하늘이 내게 또 한 번의 여름을 살고, 사랑하고, 증오할 수 있는 기회를 주었습니다. 침묵할 수 있는 시간을 주었습니다. 나의 논센소.

—박상순, 「논센소」(『시와 반시』, 2009.가을) 전문

무의미라는 개념을 물질로 전환시켜 대상의 특성을 해부해 들어가고 있다. 무의미라는 대상에 대한 인식의 관점이 새롭고 사유 또한 재미있다. 무의미를 뜻하는 말 '논센소'는 붉은 껍질을 가졌고 껍질 안쪽은 물렁물렁하고 검붉은 색이다. 더 안쪽은 아주 엷

은 붉은색이다. 재미있는 것은 화자가 말하는 논센소가 nonsenso 도 NONSENSO도 Non SEnso도 아닌 NOnSEnso 꼭 이렇게 생겼다고 말하는 부분이다. NOnSEnso의 대문자만을 보면 NOSE 즉 코가 들어 있다. NOnSEnso는 큰 코가 달린 논센소라 할 수 있다. 코는 냄새를 맡으며 호흡에 필요한 공기를 흡입하는 감각기관으로 생명체의 숨이 드나드는 곳이다. 주로 사물을 식별하거나 먹이를 찾을 때 사용되고 '꼬치꼬치 파고들다' '찾아내다' '콧소리로 노래하다' 등의 뜻도 들어 있다. 시인은 논센소의 기호적 양태를 변형하여 생명을 가진 숨 쉬는 물질 혹은 생명적 역할을 하는 감각 대상으로 무의미를 새롭게 인식한다. 모든 생명체는 숨과 운동, 변화를 토대로 하기 때문에 매일매일 모습이 달라진다. 만물이 그러하고 시간과 우주 또한 그렇게 쉬지 않고 변한다.

이 시에서 중요한 점 두 가지는 화자가 논센소를 책상에 올려놓고 매일매일 관찰한다는 점과 밤마다 들여다보지만 매번 변한다는 사실이다. 이는 변화되는 물질세계, 즉 시간과 공간으로 구성된 생명과 우주에 대한 시인의 태도를 대변해 준다. 변화와 흐름의 과정 속에 놓여 있는 물질 혹은 비물질적 대상, 그것이 논센소의 실체이다. 그러기에 단일한 의미로 확정될 수 없고 의미의 무한이 만들어 내는 역설과 아이러니가 내포된 무의미라는 대상으로 이름 지을 수밖에 없는 것이다. 논센소는 엄밀하게 말한다면 무의미라기보다는 '무의미 제작자'이다. 그런 측면에서 보면 논센소는 언어이면서 시인 자신이고 시간이고 우주이다. 생명의 순리가 작동되는 시공간 전체를 아우르는 기호적 상징물이라 할 수 있다. 결국 생과 죽음 사이에서 끊임없이 변화하는 만물의 대리물로 논센소는 등장한다. 중요한 것은 그 변화의 과정 속에서 호흡하며 사랑하고 증오하고, 알 수 없는 거대한 세계에 대해 침묵해야 한다는 것. 어쩌면 이 침묵조차도 시인의 논센소일지 모른다.

무의미에 대한 사유는 결국 의미와의 싸움으로 이어지고 의미와의 싸움엔 대상이 전제된다. 그것은 곧 대상에 대한 관념의 완전한 제거를 구현할 때 가능할 것이다. 대상과의 싸움 방법은 크게 두 가지가 있을 수 있다. 첫 번째는 대상을 둘러싼 혹은 대상에 들러붙은 의미를 제거하거나 의미로부터 가능한 멀어지는 방식이다. 즉 대상의 제거, 다시 말해 탈이미지를 통해 의미의 구속으로부터 벗어나는 방법이다. 두 번째는 대상에 관념이 들러붙는 것을 최소화하거나 제로 상태로 만들기 위해 대상이 포함된 세계의 현상학을 구현하는 방식이다. 현상 자체만으로 시를 구성하여, 즉 철저하게 대상의 현상학을 구현하여 일체의 관념을 제거하는 방법이라 할 수 있다. 첫 번째 방식을 극단으로 몰고 가 실험한 대표적인 시인이 김춘수이고, 두 번째 방식을 극단으로 몰고 간 시인이 오규원이다. 둘 다 의미와 치열하게 싸웠지만 그 방법과 양상은 전혀 달랐다. 그러나 어떤 방식으로든 의미의 완전한 제거는 불가능하다고 나는 본다. 왜냐하면 의미는 대상으로부터만 발생하는 것이 아니라 대상과 언어. 언어와 시인, 시인과 사물 사이의 틈, 그 무수한 공백 속에 산포되어 공기처럼 움직이는 실체 없는 유령체라고 생각하기 때문이다. 이미지를 서술적으로 사용하여 대상을 제거해 대상을 무화시킨 심리적 자유 상태가 진정 시적 자유일까. 그런 유희 상태를 두고 의미의 종속에서 완전히 벗어난 것이라고 말할 수 있을까 회의가 든다. 의미를 부여할 대상이 없어지면 무의미시가 발생한다는 발상은 의미의 뿌리가 전적으로 대상에만 있다는 사고가 전제되어 있기 때문이다. 엄밀히 말해 의미를 부여할 대상이 없어지면 대상이 무의미해지는 것이지

시 자체가 무의미시가 되는 것은 아니다. 물론 현대의 무의미시는 대상에 대한 비중을 줄이면서 그 대신 언어와 이미지를 실체로 인식하게 한 긍정적 측면들도 많다.

다시 박상순의 시로 돌아가자. 그의 시에는 결핍과 고독의 이미지가 시의 저층에 근원적으로 깔려 있다. 결핍과 불모의 상황은 주로 가을 혹은 겨울의 이미지를 통해 나타난다. 그것은 쇠락과 소멸의 이미지가 봄이나 여름보다 강하기 때문이다. 그는 대체로 순진하고 연약한 어린 화자들을 통해 세계의 불합리성과 어린 화자의 심리적 상처를 드러낸다. 이 상처의 결과 무늬 때문에 그의 시는 미적 충격을 주면서도 아픈 울림을 동반한다. 그것은 그로테스크한 공포의 상황에서조차 비명 지르지 않는 화자의 모습 때문이기도 하다. 그는 화자라는 대리 인물을 내세워 시 속에서 격정적으로 소리치거나 아프다고 호소하지 않고 울지도 않는다. 울고 싶은데 울지 못하는 상황은 슬픔을 배가시키는 효과를 주고 독자의 마음을 더욱 고통스럽게 만든다. 그의 시에 나타나는 그로테스크는 서정적 배경이 깔린 상태에서 사건이 펼쳐질 때 그 충격과 공포의 강도가 세고 아픈 메아리를 남긴다. 배경 또한 아이들이 노는 장소인 놀이터나 공터 같은 놀이 공간에서 놀이와 반대의 상황이 연출되는 경우가 많다. 색채로 비유하면 보색 효과를 적극적으로 활용한다.

소나기가 그친 뒤 아이들 셋이
놀이터에 모였습니다.

그네를 타고, 놀이터를 맴돌다
소나기가 만든 물웅덩이 앞에 마주 앉았습니다.

한 아이가 손가락을 담그자 웅덩이가 깊어지며
아이들 셋이 빠졌습니다.

아이들을 찾아서 엄마들 셋이
놀이터로 나왔습니다.

엄마들 셋이 세 갈래로 갈라져
놀이터 주변을 둘러보았습니다.

놀이터가 갑자기 큰 웅덩이로 변하며
엄마들 셋을 삼켜 버렸습니다.

저녁이 되자 아빠들 셋이
놀이터에 모였습니다.

소나기가 내리자 우산을 챙기려고
아빠들 셋이 집으로 들어갔지만
이번에는 집들이 아빠들을 삼켜 버렸습니다.

소나기가 그친 뒤
숨어 있던 내가 놀이터 옆을 지나갑니다.
아무도 모릅니다.

아무도 없는 여름밤

숨어 있던 내가 놀이터 옆을 지나가고 있습니다.

—박상순, 「인생의 베일」(『시와 반시』, 2009.가을) 전문

차분하고 조용한 일상의 풍경 속에서 벌어지는 소리 없는 천진한 공포극이다. 비가 그친 뒤 놀이터에 모여 놀던 아이들 셋이 웅덩이에 빠져 실종된다. 아이들을 찾던 엄마들은 놀이터에서 실종되고, 없어진 아이와 엄마를 찾던 아빠들도 실종된다. 실종의 원인도 밝혀지지 않은 채 실종되어 없어졌다는 사실만 부각되어 있다. 합리성과 논리에 근거를 둔 해석이나 원인 규명이 불가능한 상황이고, 이런 상황은 인생에서 자주 목격할 수 있다는 점에서 이 시가 환기시키는 메시지는 분명해진다. 시인은 현실 속의 불합리한 사건을 통해 시간과 삶의 부조리한 국면을 드러내고, 그로 인해 느끼는 삶의 권태와 베일에 대해 이야기한다. 설명이나 묘사가 아닌 인물과 사건으로 엮어 낸 미스터리 극 느낌을 주는데, 인상적인 부분은 모두가 실종된 후 숨어 있던 내가 아무도 없는 놀이터를 혼자 지나가는 장면이다. 이 장면 속의 나는 유령이나 실체 없는 그림자 느낌이 짙다. 그것은 곧 고독과 부재를 상징하는 인간의 실존이고, 그것이 인생에서 드러나는 나의 실체이자 현실인 것이다. 고독과 존재의 무를 향한 여정이 삶이고, 그것의 실체는 영원히 베일에 휩싸인다는 시인의 아픈 자각이 깔려 있다. 잔혹한 사건이나 이미지들이 전혀 등장하지 않음에도 이 시가 주는 공포와 불안의 수위는 높다. 아이와 엄마와 아빠들, 가족 구성원 모두를 삼켜 버리는 웅덩이, 놀이터, 집, 이 실체 없는 거대한 입들 속으로 우리도 매일매일 소리 없이 먹혀 들어가고 있다.

3. 사물의 꿈과 환상

시인은 사물이 꾸는 환상을 보는 자이다. 나는 가끔 죽은 꽃에게서 한 인간을 보기도 하고, 버려진 돌에 날개를 날아 우주 저편으로 날려 보내기도 한다. 세계가 인간과 사물과 그 사이의 공간으로 구성된다면 언어는 그 사이를 채우는 공기와 같은 물질이다. 그러기에 언어를 통해 사유하고 환상을 그리고 시적 자유를 탐험하는 것은 현재적이면서도 미래를 향한 호흡이고 항해인 것이다. 하나의 죽은 대상을 인간의 눈으로 인간과 동급으로 바라보는 것은 나와 사물의 관계를 수평적으로 환원시켜 세계의 시원을 탐색하려는 무의식적 동기가 깔려 있다. 이러한 창조적 행위, 전도된 환상에서 발아하는 시들이 있다.

있는 힘껏 똑바로 서면 손해이다. 모두들 조금씩 기울어져 있기 때문에. 휙 누워도 손해이다. 허리가 두 동강 날 것이기 때문에.

서로 손해만 보는 일을 전봇대는 하고 있다. 머리에 전선을 매고 그들은 질문 중이다. 왜 모든 것은 연대책임일까?

깊이 잠들지 않고 더 많이 질문하기 위해 그들은 서서 잔다. 얼마나 경제적인가 꿈속에서도 머릿속이 지끈지끈 복잡한 날은.

종종 전봇대들이 쓰러진다. 허리를 찢고 주황색 철근들이 삐져나온다. 어른들은 혀를 찬다. 누워서 꾸는 꿈은 어떤 느낌일까? 아이들은 초조한 듯 다리를 떤다.

묵묵히 노동자들이 잔해에 물을 뿌린다. 전봇대들이 그것을 바라본
다. 전선이 머리를 더 팽팽히 죄어 올 때에도. 그들은 계속 본다.

전선은 끊임없이 달려 나간다. 그들은 고무를 신었다. 누가 더 멀리
달아나고 있는 것일까? 90도, 75도, 180도, 누가 더 많이 버티고 있는
것일까? 삐삐 삐삐삐삐.

일어날 시간이야. 알람이 울린다.
　　　　　—김승일,「선잠 자는 전봇대」(『시와 반시』, 2009.가을) 전문

사물의 꿈이면서 그 꿈의 뿌리가 현실과 긴밀하게 연결되어 있다.
전봇대라는 사물의 속성과 자세, 생존 방식을 드러내면서 사물의 눈
으로 사회와 조직을 비판적으로 응시한다. 이 시에서 전봇대들은 현
대 도시 사회 속에서 살아가는 현대인들의 초상이다. 죽음과 도피,
피로와 권태 속에서 서서히 부식되어 가는 존재들, 그들의 실태를
전봇대라는 사물에 투영시켜 오버랩시키고 있다. 허리를 뚫고 철근
이 튀어나오면서 쓰러진 동료 전봇대를 바라보며 나머지 전봇대들
은 긴장과 슬픔을 동시에 느낀다. 나도 차라리 저렇게 되는 게 나을
지도 모른다는 상상을 한다. 주검이 되어 꾸는 꿈은 어떤 느낌일까
궁금해하는 전봇대의 행위는 현대인들이 현실에서 느끼는 고통을
반증한다. 그러기에 이 시에서 중요한 것은 전봇대의 자세나 입장,
전봇대가 위치한 공간보다도 그들이 선잠을 자는 이유이다. 그것은
한마디로 쓰러져 죽지 않고 살아남아 더 많은 질문을 던지기 위해서
다. 왜 모든 것은 연대책임이어야 하고, 각 개인들은 집단적 폭력에
노출되어 희생되어야만 하는가? 이 시는 생물화된 사물의 눈과 입

을 통해 사회 체제 또는 조직 집단이 가하는 비가시적 억압과 폭력성을 간접적으로 폭로한다. 법과 규율 속에서 개개인이 당하는 억압과 도피의 양태를 전도된 시선을 통해 드러내 소외와 권태 속에서 쇠락해 가는 현대인의 정신세계와 물질세계를 함께 비판한다. 전봇대들이 맺는 지상과의 관계는 수직 관계(90도), 비스듬한 관계(75도), 수평 관계(180도) 중 어느 것이 과연 더 많이 버티고 있는 걸까? 전체적으로 발상이 참신하고 시인의 주제 의식이 좋다. 현대사회가 가져다주는 편리와 번영은 사실 꿈같은 환영일지도 모른다. 그러기에 알람을 통해 잠에서 깨어나라는 상황 설정은 현실에 똑바로 눈을 뜨라는 시인의 경고이자 비상벨 소리로 들린다. 삐삐삐삐!

　김승일이 일상의 사물을 관찰해 사물로부터 사유를 확장해 그것을 사회로 전이시키는 상상력을 펼친다면, 조혜은은 할머니라는 대상과의 관계 고찰을 통해 한 개인의 내면 상처와 고통을 아름답고 아픈 환상으로 전이시킨다.

　*

　비가 올 것 같았다

　할머니는 빗자루로 내가 밖에서 갖고 온 비린내 나는 바람을 털어냈다
　(중략)
　얇아진 장판 위로, 투두둑. 그날의 오후가 낯선 은빛으로 쏟아져 내렸다

　식사 때마다 입맛이 없다며 눅눅한 장판 위를 구르던 할머니. 떨어

진 은빛을 듬성듬성 꿰어 입고 갈치가 되었다

할머니, 홀수처럼 벗겨진 등으로 말없이 프라이팬 위에 올랐다

덥석 베어 물기엔 지나치게 궁상스러운 할머니. 조심조심 등을 긁어주자, 밤이 되었다

강약 조절이 되지 않는 전기장판에 누울 때면 모락모락. 할머니와 나 사이엔 비린내가 피어올랐다

*

비가 올 것 같았다
(중략)
곡식을 다 털린 표정으로 올 풀린 스타킹을 바라보던 할머니. 내 손이 더러워서, 눈물을 뒤집어쓰고 아기처럼 울었다

단 게 먹고 싶구나. 아기가 된 할머니. 내 등에 올라타 목을 졸랐다

나는 할머니와 마주 앉은 밥상이 되었다. 내가 더러워 너는 못 먹지? 할머니, 씹다가 삼킬 수 없는 말들은 내 등 위에 모두 뱉어 버렸다

상다리 아래로 굵은 눈물이 흘러내렸다

*

비가 올 것 같았다

할머니는 접히지 않는 다리를 끌고, 내가 가진 바람을 마중 나왔다

(중략)

투두둑, 방 안을 굴러다니는 투명한 약봉지들과 할머니. 당뇨와 관절염과 혈압이 지겨워 오늘은 내가 가져온 바람을 벗겨 눈을 막았다. 하지만 투두둑, 눈을 막아도 밤이면 눈물은 홀수처럼 흘러내렸다

*

양탄자는 없어요. 하지만 할머니와 날고 싶어요. 밤이면 두 다리를 접고 낡은 전기장판에 오르는 할머니, 낮에 모아 둔 눈부신 바람으로 움직이지 않는 두 다리를 떼어 버리고, 허리 아래로 날아다니는 장판을 매달아요. 나는 할머니 등 위에 올라타요. 투두둑, 차가워진 전기장판이 밤하늘을 가져오면, 비늘이 벗겨진 등으로 비린내를 풍기며 이리저리 날아오르는 할머니. 여기저기 구경 다니자. 멀리서 별들이 찌그러진 약 냄새를 풍기며 달콤하게 반짝여요. 투두둑, 할머니의 눈물을 태워 만든 연료로 장판이 뜨겁게 날아올라요. 왜 별들은 발밑으로 흐르지 않는 걸까. 할머니는 쉬지 않고 입술을 움직여요. 네가 있어서 이만큼 좋구나. 할머니가 손을 올려 만든 동그라미 속으로 다리가 떨어진 별들이 쉬지 않고 떨어져 내려요

*

투두둑

이제 정말 비가 올 것 같았다

하늘 가득 벗겨지지 않는 갈치 비늘이 홀수처럼 떨어져 내리고 있었다
―조혜은, 「시골 방문기 2」(『시와 반시』, 2009.가을) 부분

감각적 묘사가 인상적이고 시인의 섬세한 마음이 촉촉하게 느껴지는 시다. 시각, 후각, 촉각 등 여러 감각적 이미지들을 적절히 활용해 할머니와 나의 감정 상태를 잘 묘사해 내고 있다. 주목되는 점은 할머니와 화자인 내가 전기장판을 타고 밤하늘을 나는 환상보다도 환상의 기저에 있는 치유할 수 없는 상처이고, 어둠 속의 비행을 가능하게 하는 연료가 할머니의 눈물이라는 점이다. 이미 그것은 화자의 심리적 탈주 욕망을 넘어선 차원이고 현실의 고뇌가 얼마나 뿌리 깊은 것인지 상상하게 한다. 시에 등장하는 기형적인 사물들, 즉 불구의 형체를 가진 할머니와 다리가 떨어진 별, 별들이 찌그러진 약 냄새를 풍기며 달콤하게 반짝이는 밤하늘은 서정적 울림을 동반하여 시적 환상을 공허로 전락하지 않게 만든다. 또한 "비가 올 것 같았다"고 반복해서 말하는 화자의 진술 이면에 울음을 억누르며 참는 여린 시인의 마음이 중첩되어 떠오른다.

대부분의 시인들은 이 시 속의 화자나 할머니처럼 현실 속에서 상처와 고독, 결핍과 고통을 느끼며 살아간다. 그 치유될 수 없는 정신적 병소인 육체, 고통을 숙주처럼 품고 살아야 하는 육체라면 그것은 존재 그 자체만으로도 그로테스크하다. 그러나 역설적이게도 그로테스크한 육체를 통해서만 시인은 자신의 결핍과 불안을 꿈과 환상으로 승화시킨다. 몽상적 사유와 상상이 현실 속으로 삼투해 들어가 현실을 탈현실의 기괴한 이미지로 변형시킬 때 그것은 주로 언어가 발산하는 상상의 힘에 의지한다. 하지만 언어는 현실을 오히려 더 강력하게 구속하고 왜곡하기도 한다는 이율배반의 속성을 함께

지닌다. 그러기에 시인은 현실과 언어, 즉 세계와 시가 갖는 결핍과 잉여를 면밀히 주목해야 한다. 현재의 많은 젊은 시인들의 그로테스크 시가 미적 충격과 심리적 균열을 불러일으키지 못하는 것은 그로테스크가 이미 범람의 수위에 이르렀기 때문이기도 하지만, 그로테스크의 결핍과 잉여에 대한 근본적 반성이 결여되어 있기 때문이다. 미의 통념에 대한 날카로운 비판력이 무디어져 있기 때문이다. 무엇보다도 사이, 틈에 대한 미적 인식이 결여된 상태로 표피적 이미지와 사건으로 시가 포장되기 때문이다. 시인 스스로가 추락에 대한 공포를 견디지 못하기 때문이다. 시가 언제 추락이 아니었던 적이 있었던가. 추락을 통해서만 누구의 것도 아닌 자신만의 시 비행법을 터득할 수 있다는 사실을 왜 그들은 모르는 걸까. 왜 그들은 몸을 옴츠리고 적당한 선에서 시적 안위와 화해하려는 걸까. 죽음 속으로 자신과 자신의 삶과 시를 동시에 내던지는 극단적 결행을 왜 감행하지 못하는 걸까. 한 원로 시인의 살아 있는 정신이 고드름처럼 떨어져 정수리에 박히는 밤이다.

벼랑이 눈부시게 빛나는 것은 추락하는 정신이 선명하게 빛나기 때문이다. 하늘의 높이에서 투신을 계속하고 있는 물. 끊임없는 물의 추락을 사람들은 흔히 폭포라 부르지만 무한대의 세계에서는 날아오르는 일이 추락의 한 방식에 지나지 않는다. 최초의 물은 날개도 없이 어떻게 하늘 높이를 날아올랐을까.

새는 지금도 하늘을 날아오르고 있다. 높이와 넓이의 일부가 된 새는 벌써 바람처럼 눈에 보이지 않는다. 죽은 새는 죽은 그 지점에서 땅으로 떨어지기 시작한다. 새는 지금도 추락을 계속하고 있다. 새는 떨어지고 있거나 날아오르고 있는 새뿐이다. 제자리에 가만히 정지해 있는 일 그것이 새의 죽음이다. 바람은 영혼과 성분이 같다. 바람은 물처럼 살아서 움직이기 때문에 엷은 물빛이다.

—허만하, 「추락」(『시와 반시』, 2009.가을) 전문

지형도 15.
균열하는 눈동자, 3색 세계

1. 사물, 응시, 침묵의 세계

새를 본다. 새의 눈을 본다. 새의 눈동자에 투영된 뒤집힌 나를 본다. 본다는 감각은 본다는 언어보다 선행한다. 내가 새를 보는 동안 새는 나의 눈을 향해 날아오기 시작한다. 새의 부리가 눈동자에 박히는 순간, 나의 몸은 균열하기 시작한다. 나는 균열하는 눈으로 사물들을 본다. 언어와 세계를 응시한다. 사물과 언어 사이엔 불가항력적인 공백이 존재한다. 시인은 그 틈과 공백을 응시하고 그 속으로 자신의 육체와 영혼을 동시에 밀어 넣는다. 그리하여 시적 언어는 사물의 표면에서 사물 안으로 파고들어 가 사물을 균열시킨다. 참된 시적 언어는 사물의 내부 질서를 일시에 무너트려 사물이 놓여 있는 바깥 조건들, 즉 인간과 세계까지 뒤흔들 수 있어야 한다. 눈의 감각이 인식의 차원으로 전이되고 그것이 다시 사유의 진폭을 내장해 에코를 발산하는 음악이 될 때 비로소 한 편의 시가 탄생한다.

이원은 대상을 관찰해 거기서 추출한 이미지들을 주관적으로 재배치하고 해석한다. 그녀의 시엔 사물과 현상에 대한 집요한 응시가 나타난다. 이러한 행위는 대상을 왜곡하려는 의도가 아니라 대상과 현상을 보다 새롭게 드러내려는 시도이다. 대상을 둘러싸고 있는 편견과 통념의 껍질을 벗겨 내려는 행위로 그녀의 시선은 사물의 내부, 현상의 내부, 언어의 은폐된 안쪽 벽을 파고든다.

　　햇빛이 어린 나무 그림자를 아스팔트 바닥에서 꼼짝 못 하게 하고 있다

　　아이가 제 그림자 속에 공을 튕기며 걸어갔다

　　비둘기 두 마리가 나란히 땅에서 하늘로 수평을 끌어올리며 솟구쳤다

　　타워크레인의 기다란 줄 끝으로 나무 한 그루가 끌어올려졌다 비닐 안에 뭉쳐진 흙더미가 뿌리를 감추고 있었다

　　시간은 수십만 개의 허공을 허공은 수십만 개의 항문을 동시에 오므렸다

　　　　　　　　　　　　─이원, 「일요일의 고독」(『시와 반시』, 2009.여름) 전문

　이 시는 대상에 대한 객관적 관찰 행위에서 출발한다. 관찰의 중심 대상은 시인의 바깥에 위치한 어린 나무와 아이와 허공이다. 현상과 일정한 거리를 두고 현상을 해석하고 있는데 어린 나무와 아이의 이미지가 겹쳐져서 읽힌다. 어린 나무는 타워크레인에 의해 자신의 토대였던 땅에서 공중으로 끌려 올라간다. 이 타워크레인은 1연

의 햇빛 배후에 있는 태양과 함께 어린 나무에게 억압과 폭력의 주체로 설정되어 있다. 절대적 힘 앞에서 무력할 수밖에 없는 어린 나무, 그것은 아이가 직면했거나 직면할 상황을 암시한다. "뭉쳐진 흙더미가 뿌리를 감추고" 있어 희망을 유예시키고는 있지만 그 이후의 상황은 생략되어 있다. 1-4연이 가시적인 풍경에 대한 해석이라면, 5연은 비가시적 풍경에 대한 시인의 주관적 시각이 강하게 나타나 있다. 시간이 수십 개의 허공을 가지고 있으며 허공은 수십만 개의 항문을 동시에 오므린다고 시인은 본다. 이 오므림 행위는 앞부분의 정적 이미지들을 동적으로 확장시키면서 해석의 층을 확대하는 역할을 한다.

전체적으로 이 시에 그려진 언어의 외적 풍경들은 고요하다. 고요한 언어와 사물들, 제 그림자 속에 공을 튕기며 걸어가는 아이의 말 없는 행위가 일요일의 고독감을 더욱 증폭시킨다. 그러나 고요의 이면에 정반대의 들끓음 같은 것이 숨어 있음을 주목해야 한다. 그것은 사물의 내면, 현상에 대한 통념을 부수려는 시인의 욕망이 텍스트 이면에 내재되어 있기 때문이다. 이원의 시에서 주목되는 것은 바로 이 부분, 즉 언어의 외피에서 내피 쪽으로 인식 방향이 확연히 전환되고 있다는 점이다. 이것은 시인의 언어관의 변화고 사물과 현상에 대한 세계관의 균열에서 비롯된다. 그것은 자기부정과 자기 갱신의 고투 속에서 나온 필연적 선택일 것이다. 그녀는 지금 언어 바깥이 아닌 안으로의 들끓음, 내적 에너지와 열망으로 부글거리면서도 외적으로 고요하고 적막한 텍스트를 욕망하고 있다.

이제는 하지 않기로 한다

그림자를 생겨나게 했다 지웠다 하는 일 따위

빛 속에서 빛을

어둠 속에서 빛을 파내는 일 따위

낙타와 사막을 동시에 떠올리는 일 따위

거울에 울퉁불퉁한 얼굴을 생겨나게 하는 일 따위

(중략)

죽음을 벗었다 입었다 하는 일 따위

(중략)

죽은 사람을 저녁놀이 가득한 풍경 속에 데려다 놓는 일 따위

죽은 사람의 왼쪽 뺨에 내 왼쪽 뺨을 포개는 일 따위

기차역 6번 플랫폼에 오십 년 동안 서 있는 귀신의 몸을 통과해 주
는 일 따위

베이커리에 가서 방금 적출된 내장을 사는 일 따위

무덤을 허겁지겁 파먹는 일 따위

           —이원,「부활절의 결심」(『시와 반시』, 2009.여름) 부분

  그림자와의 환상 놀이, 거울을 매개로 한 분열적 자아와의 자학
놀이, 죽음과의 유희, 전자 사막을 탐험하고 배회하는 일, 핏덩이들
이 떠다니는 그로테스크한 현실 등을 보여 주는데 그것들과 결별하
겠다고 시인은 다짐한다. 중요하게 보아야 할 점은 각각의 세목들이
환기시키는 구체적 내용보다 부활의 상징성이다. 시인이 희생적 제
의를 통해 다시 태어나는 종교적 행위와 자신의 시 작업을 연결시
키는 것은 곧 자기부정을 통해 재탄생하겠다는 결의의 표출이다. 이
러한 시인의 의지와 결단은 실험 의지가 부족한 우리 시단에 필요한
요인이다. 이원의 시는 이러한 긍정적 측면과 함께 극복해야 할 또

하나의 국면을 보여 주는데, 현상을 응시하는 방법론에 오규원 시인의 그늘이 짙게 드리워져 있다는 점이다. 이는 그녀가 앞으로 풀어 나가야 할 숙제이자 포용을 통해 딛고 넘어서야 할 아름다운 벽이다.

이원이 현상을 현상 자체로 관찰해 현상 이면의 환상을 분해시키는 이미지들을 나열한다면, 송승환은 그러한 이미지들을 가능한 삭제해 현상의 세계를 최소화한다. 송승환의 시에는 응시자의 직관적 눈, 즉 사물의 내부를 파괴하는 날카로운 눈동자들이 도사리고 있다. 그의 시는 짧다. 간결하고 정제된 형식을 취한다. 그러나 중층적이고 복합적이다. 대체로 세 겹의 중첩된 시선이 나타난다. 첫째는 하나의 대상을 심부 깊숙한 곳까지 응시하는 미시적 관찰자의 시선이다. 이 시선을 통해 사물은 사물의 껍질을 벗고 사물성 자체를 드러내면서 해부된다. 둘째는 해부된 사물을 통해 세계를 재해석하는 해석자의 시선이다. 사물이 놓여 있는 시공간과 언어 문제를 집요하게 파고들어 재해석한다. 마지막으로 사물과 사물, 사물과 언어, 언어와 세계의 통념적 관계를 부수고 해체하여 새로운 관계망을 그리려는 지도 제작자의 시선이다. 이 거시적 시선에 의해 그의 언어는 기존의 언어미학과 세계관에 도전하면서 그만의 새로운 사물 지도를 그려 나간다. 그의 텍스트는 이러한 3중의 욕망의 시선들이 정교하게 교차되어 있는 언어 직조물이자 사물 지도라 할 수 있다. 그는 사물과 언어에 대한 관심이 남다르다. 특히 사물에 대한 감각적 통찰을 행할 때 사물에 대한 논리적 몽유, 사물들이 꾸는 꿈 혹은 사물들에 내재된 사물성 자체를 낯설게 함으로써 사물을 새로운 사물로 재탄생시킨다. 그에게 언어는 사물의 외피에 들러붙은 의미와 편견의 때를 벗겨 내는 세제 같은 것으로 사물을 세탁해 사물을 본래 자리로 되돌리려는 의도로 사용된다. 때로는 언어 자체를 세탁의 대상으로 삼기도 하는데 이때 시의 언어는 메타언어로 기능하면서 언어의 외피를 하나씩 벗기며 사물 자체에 접근해 들어간다. 그는 주로 두 가지 사물의 내적 공통점을 찾아내 그것을 이질적 언어로 결합하는 원거리 방식의 미학적 입장을 취한다. 대상의 존재 자체가 아니라 그 존재가 인간에게 주어지는 방식을 고찰한다는 점에서 그의 시는 다분히 현상학적이다. 날카로운 직관력과 직관의 이면에 서정을 내장시키는 힘이 들어 있는 「성냥」「지퍼」 같은 시에서 이러한 특성들이 부분적으로 드러난다.

> 내가 세워지는 곳은 검은 극장 빈 무대
> 나는 기다린다 나는 말하지 않는다 나는 말한 것이다 나는 기다린다
> 내 몸속 자석과 코일 사이 발생하는 말의 전압 불현 불꽃과 빛으로부터 태어나는 언어 그녀는 단어에 리듬을 부여한다 그녀는 말한다 나는 내 육체의 전선을 끊는다 그녀의 육성이 날것으로 내 육체를 관통한다 나는 모든 벽을 울리며 사라지는 공기의 파열을 듣는다 나는 말한 것이다 나는 말하지 않는다 나는 기다린다
> 조명이 꺼진다
> ─송승환, 「마이크」(『시와 반시』, 2009.여름) 전문

「마이크」는 마이크라는 사물에 대한 객관적인 관찰을 통해 마이크가 처한 상황과 그 상황에 대해 해석한다. 재미있는 것은 인간의 편이 아닌 사물의 편에서 사물의 시선과 말로 언어를 사유하고 인간을 사유하는 전도된 시선이 깔려 있다는 점이다. 시인은 사물 화자인 마이크를 내세워 간접적으로 인간에게 발언한다. 마이크는 지금 검은 극장 텅 빈 무대의 어둠 속에서 혼자 놓여 있다. 이 고립과 고독

은 마이크가 처한 존재론적 상황이고, 이 침묵의 상황 속에서 시간이 소리 없이 흐른다. 사물이 침묵의 상황을 통해 자신의 존재 조건과 시간에 대해 침묵으로 발언하고 있기에, 말하지 않음으로써 말한다는 역설이 가능해진다.

시인은 말을 증폭시키는 매개물인 마이크를 통해 말의 탄생과 소멸, 그 과정을 주목하고 침묵에 대해 사유한다. 잠시 형체를 드러냈다 사라지는 말의 실체가 과연 무엇인가라는 물음을 던진다. 그는 왜 이런 질문을 던지고 그것을 언어화하는가. 사물에 압도당하지 않고 사물로 대표되는 침묵의 세계에서 사물을 건져 내기 위함이 아닐까. 그리하여 그는 끊임없이 사물들을 새롭게 표현하려 애쓰는 듯 보인다. 이러한 사유를 전제하고 이 시를 보면 마이크는 시인 자신이 되고 이 시의 가장 중요한 점은 마이크의 실체가 아니라 마이크가 기다리는 대상임이 드러난다. 대상은 표피적으로는 마이크 자신의 고독한 상황을 끝내 버릴 어떤 것, 즉 그녀 혹은 말일 것이다. 그러나 마이크가 진짜로 기다리는 것은, 아니 기다릴 수밖에 없는 것은 그녀도 그녀의 말도 아닌 말의 죽음, 사물의 죽음, 그 소멸 이후의 침묵이다. 조명이 꺼진 텅 빈 검은 극장이라는 부조리한 세계, 그 세계 속에 드리워질 말과 사물의 죽음, 그 죽음 이후의 기나긴 침묵의 시간이다. 이 시는 침묵 속에서 침묵의 상태로 놓여 있는 사물이 사실은 잠시도 쉬지 않고 인간과 세계를 향해 무수한 말을 침묵의 형태로 전하고 있다는 아이러니를 보여 준다.

2. 역사, 이데올로기, 주체의 세계

역사란 무엇일까? 역사는 과거의 시간을 구성하는 인간 세계의 사건과 행위를 총칭한다. 시간의 흐름 속에서 역사는 늘 지배 이데올로기의 영향권 속에서 재해석된다. 시간에 대한 설명과 탐구 방식에 따라 역사는 재편된다. 역사를 판단할 때 판단 이전에 한 번쯤 재고해 보아야 할 것이 최초의 시점, 즉 내가 그 역사를 처음 학습했던 시간대이다. 그 당시의 역사는 그 이전의 시간대에서 흘러내려온 것이고, 이러한 시간 메커니즘은 수없이 반복되었고 앞으로도 반복될 것이기 때문이다. 그러니까 역사는 늘 망각이 전제되고 시간과 법, 체계, 관계 같은 이데올로기에 의해 일정 부분 왜곡된다. 그렇다면 언젠가 역사의 한 부분이 될 지금 이 순간 또한 마찬가지일 것이다. 이러한 시각에서 보면 현실과 현실 속의 존재들은 얼굴 없는 실체들이고, 망각이라는 블랙홀 속으로 사라지는 없는 주체, 떠도는 유령 주체들이다. 말하자면 이데올로기가 주체를 형성하지만 이 주체는 환상일 뿐이라는 것이다. 주체는 역사, 언어, 담론의 산물이기 때문이다.

황성희의 시는 이러한 역사 인식과 이데올로기에 대한 비판적 시선을 토대로 펼쳐진다. 그녀의 시는 역사 속의 인물들을 통해 시간의 존재론적 문제를 천착하면서도 그 시간대에 속해 있는 개인의 주체 문제, 기억과 망각의 문제, 현실 이데올로기의 폭력성까지 사유하게 하는 비판적 텍스트라 할 수 있다. 그녀는 유머와 재치로 현대 사회의 허구성을 아이러니컬하게 폭로한다.

전체적으로 보면 그것은 나무의 기억.
열매 대신 가지마다 주렁주렁 매달린 얼굴들.

이 순간을 포함해 분명한 것은 없나요?
내 손을 포함해 확실한 것은 없나요?

장군께서는 한산섬 달 밝은 밤 지키던 칼로

내 질문의 유명무실함을 단번에 베어 주셨다.

가슴에 숨어 있던 붉은 사과들이 와르르 쏟아졌다.

의사께서는 내 약지의 한 마디 가볍게 잘라 내시곤

힘차게 짜낸 피로 이름 석 자 써 보도록 독려하신다.

시간의 감옥에서는 그만한 하느님이 없다시며.

리비도를 들락거리던 심리학자께서는 즐거운 나의 집을 열창하는

어머니의 입에 오줌을 싸는 악몽으로 괴로워하는 나에게

의자를 이용한 하루 3번의 자위로 스트레스를 날려 버리라 하신다.

물렁물렁한 시계의 현실적 대중화에 집착하셨던 화가께서는

내 친구의 아내를 연모해 보라 충고하시며

현실의 갈라가 없다면 초현실의 갈라도 없었겠지 콧수염을 만지신다.

이상향을 꿈꾸던 의적께서는 호부호형 속에 모든 실마리가 있다며

율도국은 다만 허상에 지나지 않았다고 고백하신다.

한때 다방을 운영하셨던 시인께서는 권태를 이기고자 한다면

난해함은 기본이라며 불쑥 멜론을 내미시는데.

지금 내가 나무의 기억 말고

획기적 수미상관의 창조에 골몰해야만 하는 이유

더 이상 나열할 필요가 있을까.

— 황성희, 「스승의 은혜」(『시와 반시』, 2009.여름) 전문

   이 시는 역사 속의 인물들을 통해 역사와 시간의 속성을 유머러스
하게 비판하고 그것을 통해 현재의 시간과 우리의 존재 의미를 생각

해 보게 한다. 이 순간을 포함해 분명한 것, 확실한 것은 없는가라고 묻는 화자에게 여섯 명의 인물들(이순신, 안중근, 프로이트, 달리, 홍길동, 이상)이 돌아가며 각자의 방식으로 답을 해 준다. 이순신 장군은 긴 칼로 화자의 질문을 단칼에 베어 버리고, 안중근 의사는 화자의 약지를 자르고 이름을 써 보라고 권하고, 홍길동은 율도국은 허상일 뿐이라고 말해 준다. 결국 이 순간을 포함해 시간도 역사도 존재도 모두 불분명하고 불확실하다는 게 그들의 전언이다. 역사라는 커다란 나무에 주렁주렁 매달린 얼굴들이 전하는 메시지는, 지상은 시간의 감옥이고 존재들은 시간의 흐름 속에서 모두 형체 없이 각자의 소멸 방식으로 제각각 사라져 간다는 것. 화자는 그 사실을 일깨워 준 그들에게 스승의 고마움을 느낀다. 이 시의 메시지는 쉽고 분명하다. 함께 발표한 시 「생활 밀착형 블랙홀」에서도 나타나듯 우리 모두는 '영원한 텅 빈 과녁이고' 결국은 '각자의 블랙홀' 속으로 사라진다는 것이다. 그러나 내가 관심을 기울이는 것은 그런 메시지가 아니라 그것을 표출해 내는 시인의 독특하고 개성적인 발화 방식과 역사를 응시하는 시인의 눈이다. 거시 담론이 아닌 미시적 차원에서 구체적 인물들을 등장시켜 역사와 시간을 냉소와 위트로 유머러스하게 비틀고 해석하는 점이 인상적이다. 또한 죽은 과거의 인물들이 현재의 화자와 대화하는 방식을 취하고 있어 현실감을 고조시킨다. 마지막 연에 나오는 '수미상관'은 시간의 전후, 역사 흐름의 처음과 마지막 고리를 상기시키기에 태초의 시간을 상상하게 한다. 아무것도 없었던 무의 상태가 처음이었다면 "수미상관의 창조"는 곧 무의 공백 속으로 들어가는 부재의 형식이 될 것이다. 그것은 '피 흘리는 형식이 증명하는 내용'으로 채워질 미래의 빈 공백이다.

황성희가 역사 속의 여러 인물들을 동원해 역사와 현실의 허구성을 폭로한다면 황병승은 역사 속의 특정 소재와 인물을 시의 화자와 중첩시켜 현실과 인간 내면을 응시한다. 황병승이 첫 시집을 통해 작도한 앨리스 맵(Map)의 시코쿠 나라는 흼과 검음이 뒤섞인 역설의 세계, 기표들의 놀이 세계, 무의식의 유희 세계였다. 완결 주체가 아닌 과정 주체, 남성과 여성을 한 몸에 지닌 중성 주체가 나타나 기존의 관습과 용법을 무참히 붕괴시킨 바 있다. 실재이면서 헛것인 이 진행형 주체의 등장은 문제적이다. 서정시의 동일성 미학을 와해시켜 서정의 성격, 서정의 범주, 서정의 한계, 서정의 확장 등 서정의 제반 문제들을 재고하게 만들기 때문이다. '이것＝저것'인 세계의 분열증적 개막인데, 황병승의 파괴 미학은 세계의 모든 차별과 대립을 거부했던 장자의 만물제동(萬物齊同)에 근거하고 있지는 않다. 만약에 그의 시가 차후 이러한 동양 사상의 깊이와 넓이까지 확보하면서 사상의 확장이 펼쳐진다면 시 세계는 보다 심원해지고 광대해질 것이다.

어쨌든 완결이 없는 영원한 미완의 세계, 확정이 아닌 불확정의 세계에서 시인은 성장을 멈춘 아이의 탈을 쓰고 진짜 아이가 되어 어른 세계의 확정적 세계관에 치명타를 날린다. 그들이 태동시킨 세계의 폐허와 허위를 직시하게 한다. 그만큼 시인은 난폭한 쾌감을 느끼면서도 내적 고통과 신경쇠약 속에서 아파하고 절망한다. 최근 발표된 시에서 시인의 고통의 단말마가 느껴진다.

　타오르는 촛불 아래서 나는 약혼자에게 편지를 쓰다 말고 신경쇠약
에 시달리는 카프카가 되었습니다

　쭉정이 같은 모습으로 늙어 갔을 사내 그러나 그 누구도 손가락질할

수 없을 만큼 나는 재능 있고 병들고 고단한 사내입니다

(중략)

숨 가쁘게 살아온 지난날들에 대해 얘기해 볼까요

작년 가을에는 꿈속에서 일곱 명의 남자를 잔인하게 살해한 경력을 가지고 있습니다

나는 지금도 경찰에 쫓기는 몸이지만 사랑하는 약혼자와 노모 때문에 자수도 못 하고 괴로워하는 꿈을 자주 꿉니다

사람들에게 변신을 내가 썼다고 말했습니다

안개와 어둠뿐인 성 주변을 맴돌며 오늘도 심판을 기다리고 있다고
……

(누가 진실을 알고 있습니까 왜 아무도 나를 이곳에서 끌어내지 못합니까)

어머니는 민들레 잎을 먹으면 모든 일이 다 잘될 거라고 말하지만

외할머니도 위암으로 죽었고 어머니도 위암으로 죽어 가고 나 역시 배를 움켜쥐고 죽게 될 것입니다

(중략)

오래도록 숨을 참고 있으면 마음에 작은 구멍이 닫히고

나는 카프카도 그 어떤 누구도 아닌, 죽어 가는 노모와 단 둘뿐인 텅 빈 박제에 불과하지만

삶이 가능할 거라고 믿고 있습니다, 뻔뻔하게도

어머니의 어머니의 어머니의 배 속에서부터 그녀를 사랑해 왔고
두 번 다시 그녀의 아름다운 목소리를 들을 수 없게 된다면
나는 무덤 속에서도 경찰에 쫓기는 신세가 될 것입니다
사슴처럼 뛰어다니는 그녀의 활기찬 육체는 어떻습니까
가죽을 벗겨서라도 그것을 가지겠습니다

독자들이여

이 모든 집착과 거짓을 누가 멈출 수 있겠습니까
오늘 밤은 그 어느 누구도 욕할 수 없이 나는 밟아도 꿈틀거리고
끊겨져도 꿈틀거리고 죽어서도 꿈틀거리는 위대한 사내가 되어
성 주변을 맴돌며 언제까지라도 심판을 기다리겠다고……

누가 진실을 알고 있습니까, 때가 되면 모든 안개와 어둠이 걷힐 거
라고 어머니는 말하지만
외할머니도 민들레 잎을 먹으며 죽어 갔고 어머니도 민들레 잎을 먹
으며 죽어 가고 나 역시 민들레 잎에 몸서리치며 죽게 될 것입니다

약혼자는 겁이 많은 여성이어서 내가 보낸 편지를 읽어 내려 가며
두려움에 떨고 있겠지요

참았던 숨을 길게 내쉬면 마음에 작은 구멍이 열리고
톱 연주를 듣는 밤은 어둡고 추한 나의 모습이 싫지가 않습니다
            —황병승, 「톱 연주를 듣는 밤」(『시와 반시』, 2009.여름) 부분

이 시는 조금 혼란스러워 보이지만 그 무늬들은 모자이크처럼 잘 직조되어 있다. 복잡해 보이는 것은 화자의 모습이 중층적이고 꿈속에서 겪은 일을 현실의 사건으로 발언하기 때문이다. 화자는 신경쇠약에 시달리는 카프카의 화신(化身)으로 카프카에 대해 '쭉정이'와 '재능 있는 자'라는 양가적 감정을 지녔다. 그것은 약혼과 파혼을 반복하며 독신으로 살다간 카프카의 삶과 문학에 대한 이중적 평가가 화자의 무의식에 반영된 결과일 것이다. 그런 그가 지난가을에 겪은 일, 즉 꿈속에서 일곱 명을 잔인하게 살해한 경험담을 이야기한다. 이 꿈속의 살인 이야기는 화자가 현실에서 느끼는 열등감, 무능력, 결핍감 등이 반대의 공격적 행동으로 위장되어 나타난 화자의 무의식이다. 결국 그는 현실적으로 어둡고 초라한 모습의 "텅 빈 박제"이자 거짓과 위선의 존재일 뿐이라는 자각에 다다른다. 이런 비극적 현실과 자기 연민에 휩싸인 그의 주변엔 노모와 약혼녀가 있는데, 그들은 희망을 주면서도 화자를 더욱 비극적 상황으로 몰아가는 이율배반적 역할을 한다. 노모는 그에게 희망의 말을 하면서도 대대로 이어져 온 것처럼 민들레 잎을 먹으며 서서히 죽어 가고 있다. 사슴처럼 뛰어다닐 정도로 건강하지만 겁이 많은 약혼녀 또한 화자를 괴롭게 한다. 그녀에 대해 화자는 사랑의 감정을 넘어 강박적 집착을 드러낸다. 가죽을 벗겨서라도 차지하고 싶을 정도로 약혼녀는 그의 강박적 욕망의 대상으로 전락한다.

전체적인 내용을 보면 이 시는 다층적 주체를 통해 화자의 현재 위치와 현실 인식 나아가 비극적 전망을 드러내고 있다. 카프카의 분신이 되어 행하는 글쓰기는 안개와 어둠으로 휩싸인 세계를 감각해 내는 비극적 놀이이면서도 거짓 위선일 수도 있다는 뼈아픈 자각이 깔려 있다. 그러기에 그는 계속해서 심판을 기다리는 고통의 주체로 남는다. 그러나 누가 안개와 어둠으로 휩싸인 세계라는 성의 실체를 명확히 밝힐 수 있으며, 누가 누구를 심판할 수 있겠는가. 누구도 이 세계의 진실을 알 수 없고, 그 진실의 유무조차도 불분명한 게 현실이다. 그러기에 화자는 톱 연주를 들으며 몽상에 빠져든다. 톱 연주는 화자의 마음을 위무해 주는 동시에 유일한 숨구멍 역할을 해 준다. 그것은 톱 연주가 환기시키는 몽상성과 탈현실성이 주는 심리적 효과 때문이다. 시인은 현실과 환상, 의식과 무의식의 경계를 부유하며 고통을 겪는 화자를 통해 자신의 상황을 간접적으로 연출하고 있는 것으로 보인다. 이 시 전체가 꿈속의 사건과 꿈 바깥의 상황들로 교차 구성되어 있는 것 또한 이와 무관하지 않다. 현실과 꿈의 경계 지대에서 사는 한 현대인의 초상을 통해 현실과 우리 자신의 병든 실체를 직시하라는 비판적 메시지로 읽힌다.

구조의 측면을 보면 이 시의 두 축을 형성하는 것은 '카프카로의 변신'과 '꿈속의 상황'이다. 카프카의 작품 「변신」의 큰 뼈대를 그대로 차용한 구조인데, 「변신」의 주인공 그레고르 잠자의 위치엔 톱 연주를 듣는 화자가, 그레고르 잠자의 부양가족들 자리엔 약혼자와 노모가 설정되어 있다. 주제 또한 「변신」 「성」 「심판」 등 카프카의 주요 작품들의 중심 주제가 이 시의 바닥에 혼재되어 깔려 있다. 현실과 환상이 공존하는 세계, 논리와 부조리가 혼재하는 세계를 사는 주인공들을 통해 현실을 첨예하게 파헤치고 부조리한 인간 존재 그 자체를 그려 냈던 카프카처럼 시인은 카프카적 세계관을 가진 화자를 통해 같은 메시지를 전달하고자 했을 것이다. 이 시는 카프카의 텍스트를 활용한 일종의 메타텍스트라 할 수 있다. 그런데 여기서 한 가지 짚고 넘어가야 할 점이 있다. 젊은 시인들의 시에 중첩되어 나타나는 타 텍스트들의 그림자이다. 시 외의 타 장르 매체들을 시로 끌어들여 시의 영역을 확장시키려는 시도들은 매우 중요하고 바람직하며 앞으로도 더욱 활성화되어야 한다. 그러나 그 대상이 음악이든 미술이든 과학이든 외국 작가의 저작물이든 국내 작가의 저작물이든 그 결과물은 반드시 원본의 한계점을 극복하고 있어야만 한다. 그리고 그 결과물 이전에 타 텍스트에 대한 시인의 명증한 비판 의식, 차용의 분명한 이유가 확고하게 정립되어 있어야 한다. 또한 그것을 육화하는 시간도 충분히 가져야 할 것이다.

다시 시로 돌아와 발화의 측면을 보자. 「톱 연주를 듣는 밤」의 가장 특징적인 것은 화자가 분열적이고 병적인 주체의 가면을 쓰고 불특정 다수를 향해 발언한다는 점이다. 이러한 주체의 모습이나 발화 행위에 내가 관심을 갖는 것은 주체의 모습이 특이하거나 낯설어서가 아니다. 오히려 정반대다. 인간 개개인의 내면을 심도 있게 들여다보면 대부분이 이 시의 화자처럼 복잡하고 다양한 세계의 경계인 특성이 드러난다. 많은 현대인들이 중첩된 여러 인물의 인격을 잠재적으로 보유하고 살아간다. 그것이 외부로 노출되지 않았을 뿐이지 나를 포함해 현대사회의 개인들은 혼자이면서 여럿인 분열증적 삶을 살아간다. 그러기에 나는 황병승의 시에 자주 나타나는 가면 쓴 복합 주체들이 실제에 훨씬 가까운 현실적 주체라고 생각한다. 그리고 그동안 그가 해 왔던 언어유희나 언술들이 동적인 동선을 그렸다면 이 시에 나타나는 화자의 모습이나 사물들은 다소 정적이다. 시인의 시선이 화자의 내면 깊숙한 곳까지 들어가 있는데, 그 안을 보는 시선을 통해 바깥을 사유한다는 점이 눈에 띤다. 이 점은 황병승의 시 세계에 찾아온 작은 변화일지도 모른다.

3. 신앙, 거짓, 영혼의 세계

신앙은 인간이 불완전한 존재임을 반증한다. 만약 인간이 완벽했다면 언어도 문화도 신앙도 발생하지 않았을 것이다. 그런 측면에서 보면 신앙 또한 결핍의 산물이고 인간 존재의 불안과 죽음에 대한 공포를 상징하는 현실 속의 공존물인 셈이다. 신앙은 죽음 이후의 궁극적인 구원과 연계되어 있는 인간의 정신적 태도나 신념이다. 그것은 절대적 숭앙의 대상인 신의 존재 설정에서 시작된다. 그러기에 신앙이 구현하고 있는 세계와 신앙 정신에 대한 절대적 믿음이 중요하다. 그러나 선택의 자유와 별개로 신앙 자체는 집단과 규율이라는 속성으로부터 자유로울 수가 없다. 신앙이 개인을 억압하고 강제하는 성격으로 변질되어 다가올 때 그것은 이미 개인의 문제가 아닌 사회문제로 대두되고 비판의 대상이 된다. 박성준은 죽음 이후의 구원 문제와는 상관없이 개인적 차원의 신앙을 이야기한다. 세대 간의 이질적 특성을 간파해 그것을 개인 신앙의 문제로 받아들이고 해석한다.

거짓을 말한다. 교복 입은 여자애 어깨를 만지고 싶다. 늘 내가 탐하고 싶던 어깨에는 크리넥스 화장지가 한 통씩 들어 있었지. 잡으려 하면 할수록 한 장씩 풀려나오는 희고 얇은 어깨들. 앓던 병이 지나가는 길마다 풍성한 휴지들이 바람에 날린다. 비밀스럽군, 비밀스러워. 대체 누가 고안해 낸 생각일까? (중략) 이것을 누가 중심을 따라 모여 있는 집합체라고 말할까, 혹은 중심이 비어 있다는 것이 두루마리의 형식이라고 금기를 깰 것인가. 어느 날 나는 두루마리 휴지를 전부 다 풀었다가 다시 감아 본 적이 있었다. 그때 생기는 틈, 그것이 나다. (중략) 다시 거짓을 말하려 한다. 교복 입은 여자애로 밑을 닦아 봤다고. 안에 있는 것이 밖으로 흘러나오면서 휴지는 숨기기 위해서만 역사하지. 역

시나 나는 한 번 흡수한 것들과 헤어질 준비가 되어 있다. (중략) 나는
휴지에 대해 명상한다.

　　　　　　　　　　—박성준, 「나쁜 신앙」(『시와 반시』, 2009.여름) 부분

　생활 속의 사물인 휴지에 대해 사색하고 명상함으로써 나의 존재,
중심의 의미 가치, 역사의 속성에 대해 발언하고 있다. 휴지는 일반
적으로 뽑아 쓰는 크리넥스 화장지와 풀어서 쓰는 두루마리 화장지
로 나뉜다. 크리넥스 화장지가 각각의 분산체로 존재하는 개별적 특
성을 띠는 반면에 두루마리 화장지는 하나의 중심을 향해 모여 있는
집합체로 화장지들이 하나로 연결되어 있다. 두루마리 화장지가 기
성세대를 암시한다면 크리넥스 화장지는 젊은 세대를 암시한다. 화
장지를 비교 관찰해 세대 간의 차별성을 묘파해 낸 시인의 눈이 참
신하다. 그러나 이 시선보다 중요한 것은 두루마리 화장지의 중심
에 대한 시인의 사유이다. 중심은 텅 비어 있고, 그 틈을 통해 기성
세대의 실체와 허구성을 비유적으로 폭로한다. 나아가 자신 또한 그
공백임을 선언한다. 이 시에서 교복이 상징하는 규율과 법은 신앙의
속성과 연결되고, "교복 입은 여자애로 밑을 닦아 봤다"는 발언은 절
대적 신앙의 이념이나 가치, 기성세대의 통제 시스템에 대한 모멸적
도전으로 읽힌다. 그러나 화자는 그러한 행위가 거짓이라고 말한다.
그러나 여기서 조심스럽게 짚어 내야 할 점은 거짓을 말하는 표면적
언어 뒤에 거짓을 거짓이라고 말하는 게 왜 거짓이냐는 시인의 반어
가 들어 있다는 점이다. 그 묵언은 기성세대의 권위를 향해 날리는
화살 같은 것이다. 이 시를 통해 박성준이 보여 준 사물을 응시하는
신선한 눈과 금기에 대한 도전 의식은 그의 큰 자산이지만 응시한
것과 의식한 것을 가장 적확하게 풀어내는 방법에 대해서는 여러 방

향, 여러 층위에서 고민해 볼 필요가 있다고 판단된다.

박성준이 역사와 세대를 비판적으로 응시해 그것들이 가지는 신앙의 속성을 드러낸다면 심보선은 한 개인의 아픈 내면을 신앙의 고백 형식으로 풀어낸다.

당신이 쓴 글을 우연히 보았습니다. 나로 하여금 당신을 단번에 사랑하게 만든 그 매혹적인 글을. 영혼에 관한 글이었던가요? 세상의 모든 글은 영혼에 관한 글이라 믿습니다. (중략) 지금 우리 사이의 거리는 지금까지 우리 사이에 놓여 있던 거리 중 가장 멉니다. 이곳은 하늘의 별빛이 사람의 눈빛을 닭 모이처럼 콕콕 쪼아 먹는 땅이라는 기이한 이름을 가진 이국의 도시입니다. (중략) 오늘은 새벽부터 비가 내립니다. 때때로 비는 성부 성자 성신의 이름으로 내린다고 믿습니다. 잎사귀들은 믿음이 약한 순서대로 떨어지지요. 그러나 믿는 자에게도 파국이 온다는 것, 그것을 명심해야 합니다. 당신에게도 그러했듯이 말입니다. 저 역시 당신처럼 신을 믿습니다. 불가능에 대해 묵상하는 것이 저의 취미입니다. 이제 제가 왜 당신에게 편지를 쓰고 있는지 아시겠습니까? 당신은 오래전에 죽었으니까요. 당신의 육신은 흔적 없이 사라져 우리 사이에는 혼혈아도 고양이도 베고니아도 태어날 수 없습니다. 우리가 입을 맞출 수 없다는 사실을 축복이라고 믿어야 하나요? 나는 지금 당신이 담배를 물고 있는 흑백사진 한 장을 바라보며 담배를 물어 봅니다. 탁자 위로 낯선 향유 냄새를 끝없이 피워 올리는 촛불로 담뱃불을 붙이고 나면 나는 그 불로 마지막 문장 하나를 남긴 이 편지도 태울 것입니다. 그것이 이 편지가 그대에게 도달할 수 있는 유일한 길이니까요.

　　　　　　　　　　　　　—심보선, 「어느 여류 작가에게 보내는 편지」

(『시와 반시』, 2009.여름) 부분

　부재하는 당신에게 부재의 형식으로 보내는 영혼의 연서이자 내면 고백 시이다. 화자는 "하늘의 별빛이 사람의 눈빛을 닭 모이처럼 콕콕 쪼아 먹는 땅"이라는 낯선 도시에서 오래전 죽은 여류 작가에게 편지를 쓴다. 아름답고 슬픈 정조가 시 전체를 지배하는데 대상 자체는 현실에 없고 나 또한 언젠가 당신이 간 부재의 나라로 간다는 시간의 필연성 때문에 슬픈 감정이 더욱 고조된다. "믿는 자에게도 파국이 온다는 것", 그것은 곧 죽음이고 소멸이고 부재의 시간대로 회귀하는 것이다. 이 시는 죽은 자에 대한 애틋한 감정이 슬픈 정조로 채색되어 있지만 슬픔의 배후에는, 죽음이 존재한다는 사실에 감사해야 한다는 묵언이 깔려 있다. 그러기에 "불가능에 대해 묵상"하는 형식으로 보내는 연서는 의미를 띠고, 촛불 속으로 소멸하면서 소멸하는 시간과 함께 이 시도 시인도 소멸해 간다. 그렇게 우리도 우리의 언어도 편지도 칠흑의 어둠 속으로 빛을 발하며 명멸해 간다.

　삶은 부재하는 꿈이고 허공, 우리는 거기에 몇 줄의 글 몇 방울의 웃음과 눈물을 흘리다 죽음의 영토로 돌아간다. 삶이 그러하듯 사랑도 시간도 세계도 실체가 없고 얼굴이 없고 본질이 없다. 삶이란 어쩌면 어느 후미진 여관방에 걸려 있는 구겨진 바지 같은 것인지도 모른다. 한 번 입었다가 다시 벗어 놓는 것, 삶과 시도 결국은 무(無)로 귀결되고 그 끝이 있기에 빛난다. 망각 속으로 사라지는 삶의 무수한 흔적들, 폐허 속으로 떠내려가는 무수한 사랑의 부유물들, 문학도 사랑도 우리 자신도 그 망각의 일부로서 지금 여기서 미래로 소리 없이 흐른다. 남는 것은 빈 가슴, 그리고 그 빈 가슴을 채우고 있는 먹빛 슬픔이 짙게 배어든 "숨은 장면" 하나. "그것으로 모든 것이 끝난다".

> 너는 길 위에 누군가 흘렸을지 모르는
>
> 파란 눈동자를 애타게 찾는다
>
> 나에게 선물로 주기 위해
>
> (중략)
>
> 너는 흰 우유를 데운다
>
> 모든 것이 끝났다고
>
> 모든 것이 끝났다고 생각하며
>
> 나에게 줄 흰 우유를 데운다
>
> 그때 나는 너를 뒤에서 끌어안는다
>
> 그때 너는 갑자기
>
> 우리의 사랑 속에 숨어 있던
>
> 울부짖는 장면 하나를 찾아낸다
>
> 너는 울부짖는다, 그리고
>
> 그것으로 모든 것이 끝난다
>
> ──심보선, 「숨은 장면」(『시와 반시』, 2009.여름) 부분

지형도 16.
마하무드라(Mahamudra) 상상력

1. 언어의 실체와 마야(Maya)

언어가 인간의 생각, 사상, 규칙, 의미 등이 담겨 있는 개념이라면 소리(音)는 개념 이전의 말이다. 시적 언술이 만트라(mantra, 眞言)를 지향한다는 것은 곧 인간의 해석이나 개념 규정 이전의 소리인 범음(梵音), 즉 우주의 소리를 듣고자 하는 순수 욕망이라 할 수 있다. 그 마음의 본성으로부터 마하무드라를 향한 시적 상상이 펼쳐진다. 마하무드라는 전체와 부분이 분리되지 않은 존재 상태로 모든 실체가 여여(如如)하여 형체도 없고 색깔도 없다. 어둠과 빛, 밤과 낮, 여성과 남성이 음양으로 분리되지 않고 서로의 몸속으로 흘러들어 하나의 몸을 이룬다. 이때의 몸은 언어로 표현될 수 없는 멜로디이자 하모니이다. 즉 모든 사물 모든 시간이 하나의 빛으로 환원되는 해방의 세계라 할 수 있다. 수많은 상반된 물질, 정신, 언어, 현상 등이 하나의 파동이 되어 진동하면서 새로운 변화와 시작을 만들어 내는 것, 그것이 마하무드라 상상력이다. 그것은 무(無)와 공(空)의 사유,

마야(幻)의 세계관과 연결된다.

밀교에서는 모든 존재의 구성을 육대(六大: 地, 水, 火, 風, 空, 識)로 파악하고, 그 육대에서 생성된 존재의 모습들을 만다라(曼多羅)로 표현한다. 만다라는 'mandala'를 소리 나는 대로 적은 것인데 'manda'는 '본질(깨달음)'을 뜻하며 'la'는 '소유'를 뜻하는 접미사다. 경전이 깨달음을 언어로 표현해 놓은 것이라면 만다라는 그것을 도상으로 나타낸 것이라 할 수 있다. 이 만다라의 세계를 체득하기 위한 실천 수행 방법이 삼밀(三密)인데 삼밀은 신밀(身密), 구밀(口密), 의밀(意密)이다. 대일여래(大日如來)의 몸과 말과 뜻은 불가사의하기 때문에 밀(密)이라고 한다. 이 삼밀에서 입으로 외는 비밀스러운 주문을 만트라 또는 다라니(總持)라고 한다. 보통 짧은 주문을 만트라, 긴 주문을 다라니라고 한다. 이 만트라 중에서 가장 널리 알려져 있는 것이 '옴마니반메훔'이다. 이 육자진언(六字眞言)은 '온 우주(Om)에 충만하여 있는 지혜(mani)와 자비(padme)가 지상의 모든 존재(hum)에게 그대로 실현되리라'는 뜻을 품고 있다. 즉 이 만트라를 염송하면 사람의 내면 에너지(지혜와 자비)가 활성화되어 우주의 에너지와 통합할 수 있다고 한다.

김백겸의 시는 이러한 종교적 명상을 바탕으로 우주의 존재 의미와 궁극적 본질에 대해 탐색한다. 그것은 곧 빛과 소리, 시간의 발생 근원에 대한 형이상학적 질문이다.

티베트 비전에는 다른 세상의 입구를 여는 열쇠가 있다고 金剛乘의 책들이 말했다
내가 만트라를 외우면 "마하무드라"가 소용돌이치는 불꽃의 문을 장미꽃처럼 열었다

마르코폴로의 "동방견문록"처럼 다른 세상을 여행한 신비 기록이 내 발길을 유혹했다

은빛 말 "엘뷔라크"를 타고 일곱 하늘을 여행한 마호메트의 여행도 있었으나

다른 세상의 정령들에 의해 심장을 수술해야 하는 여행도 있다고 선각자들이 말했다

장미꽃에서는 침묵의 만트라가 들렸고 변압을 거친 내 정신이 문을 열고 들어갔다

나는 저녁 어둠과 구름 노을 사이로 황금 원반처럼 빛나는 당신의 얼굴을 보았다

나는 마야의 찔레나무를 열어 백 년 잠 속에서 눈을 뜨고 있는 샤먼이었다

거북이의 발과 새의 날개를 가진 키메라처럼 나는 현실과 꿈을 동시에 보았다

중력과 속도가 없는 당신의 공중 정원을 지나가던 순간을 잊지 못하리라

전나무 수백 그루가 타는 산불처럼 내 정신이 마야의 숲을 들여다보고 있었다

한 빛이었으나 천의 얼굴로 나누어진 세상이 빛의 불타는 꿈에 갇혀 있었다

　　　　　　　　　　—김백겸, 「불타는 꿈」(『시와 반시』, 2009.봄) 전문

이 시는 장미 불꽃으로 상징되는 마하무드라의 세계로 들어가는 1연과 샤먼이 되어 바라본 마하무드라의 세계를 그린 2연으로 되어

있다. 심원하고 방대한 환(幻)의 세계를 상상하게 하는데, 그것은 만트라, 마하무드라, 마야 같은 종교적 어휘들이 내뿜는 아우라 때문이다. 그는 실재와 환영, 현실과 꿈의 경계가 지워진 세계를 목격하고 무수히 분화되어 있는 사물들의 세계가 본래의 단일한 빛으로 환원되는 꿈을 꾼다. 언어를 통해 언어를 초월하고 언어가 사라지는 공(空)의 세계를 꿈꾼다. 그러나 언어는 본디 공한 것이어서 실체가 없고, 언어로 설명되거나 묘사될 수 있는 공이 있다면 그것은 이미 공의 세계가 아니다. 그러기에 그의 염원은 영원히 "불타는 꿈"이 된다.

2. 비판적 언어 게임, 언어의 공격과 방어

이수명의 언어는 언어 자신의 보편 논리를 넘어서는 특수 논리와 정교한 비약을 통해 낯선 초현실적 세계를 펼쳐 보인다. 그러나 그녀는 김백겸처럼 언어로 언어를 초월하거나 현실 너머의 어떤 이데아나 비경(秘境/秘經)을 꿈꾸지는 않는다. 언어를 통해 세계로부터 해방을 꿈꾸지도 않는다. 그녀의 관심사는 언어와 필연적 고리를 형성할 수밖에 없는 사물, 나아가 세계를 구성하는 개별 대상들의 관계이다. 대상들의 관계 속에서 발생하는 불합리하고 모순적인 사건들과 그 사건들과 긴밀하게 연결되어 있는 시공간의 의미와 실체이다. 그것은 곧 인간의 고정화된 인식 체계에 대한 대담한 도전이며, 사물과 언어의 관계 고찰을 통한 시공간에 대한 해부학적 인식 행위라 할 수 있다. 인간의 보편적이고 관습적인 사물 인식 행위에 대한 비판적 통찰이 담긴 메타 인식 행위다. 이런 측면에서 보면 이수명의 시는 인식의 시라 할 수 있다.

인식에서는 인식 주체와 함께 대상 특히 주체와 대상 간의 거리 관계가 아주 중요하다. 언어로 대상과의 관계를 고찰한다는 것은 곧 언어와 대상, 언어와 세계, 세계와 주체 사이의 거리를 사유한다는 것이다. 그런데 그녀의 시에서 대상들은 일정한 거리와 단일한 형상을 띠지 않고 계속해서 변화하며 사물성이 제거된다. 인간에 의해 덧씌워진 고정된 관습들이 한 꺼풀씩 벗겨지면서 사물은 사물 자체로서의 존재성을 드러낸다. 이렇게 재탄생한 순수 사물들은 시인과 세계 사이에서 부유하며 낯설고 기이한 사건들을 연출한다. 그런 불합리한 사건들이 비논리의 논리에 의해 움직이며 연쇄적으로 사건들을 만드는 유희 공간, 그것이 이수명의 시 텍스트다. 그럼 유희는 왜 발생하는가? 언어로서 대상들의 순수 세계를 온전히 건져 올리거나 완벽하게 재현할 수 없다는 언어의 존재성에 대한 절망적 자각 때문이다. 다가갈수록 대상들은 흩어지고 점점 안개 속으로 사라진다는 세계에 대한 인식론적 자각 때문이다. 이러한 언어의 한계성과 대상의 무(無)에 대한 섬세한 감각이 유희를 낳는다.

언어들이 내뿜는 유희 에너지의 자유분방한 흐름에 따라 텍스트는 낯설고 충격적인 이미지를 발산하고, 이미지가 다시 이미지를 부르는 연쇄 작용을 일으킨다. 이 연쇄 작용은 점성을 지닌 액체의 흐름과 유사하며 정교한 역학적 언어 게임의 양상을 띠고 전개된다. 시 속에서 게임의 주체와 상대가 설정되고 공격과 방어가 함께 이루어진다. 상대는 시간 혹은 언어 자체라 할 수 있다. 언어로 언어와 싸우면서도 그 싸움을 즐기며 노는 아이러니컬한 풍경이 연출되는 것은 이 때문이다. 그녀의 언어 게임에서 중요한 것은 게임의 실재를 규정하는 것이 게임 주체인 시인의 주관적 감정이나 생각이 아니라 게임 자체다. 이러한 언어 게임 행위는 근대 미학의 주관주의를 통렬하게 비판한다.

나는 너의 불을 가지고 있다. 얼어붙은 불, 가만히 불어 본다. 너는
불을 깨닫지 않는다.

　도시의 귀환을 끌어안고 땅 밑을 걸어간다. 심장에 박힌 발을 떼 내
었지. 발을 잃어버리고 발자국을 찍는다.

　너를 해치고 너를 되돌려 주는 일

　하늘을 때려눕힌다. 하늘을 따라간다.

　(중략)

　부서진 태양이 벽돌 속으로 들어가는 것을 바라본다. 나는 이렇게
오래 모래가 되어 일몰을 미루고 일몰을 버린다.

　나는 너의 시체를 가지고 있다.
　커다란 시체
　네가 없는 너의 시체를 가지고 있다.
　　　　　　　　　　　　　　　—이수명, 「나는 너의 시체를 가지고 있다 2」
　　　　　　　　　　　　　　　　　　　　　　　(『시와 반시』, 2009.봄) 부분

　화자인 나와 대상인 너의 관계 속에서 발생하는 사건들이 진술
된다. 화자는 행위 주체이자 관찰자로 등장한다. 처음에 내가 가지
고 있는 것은 "너의 불"이었다가 마지막에 그것은 "시체"로 대치된
다. 그것은 곧 생명에서 죽음으로 가는 과정을 암시한다. 그 과정에

서 나는 하늘을 때려눕히고, 태양은 부서진 채 벽돌 속으로 들어간
다. 그것을 나는 냉담한 시선으로 감정 없이 바라본다. 그사이 빛의
시간이 종결되고 어둠의 시간이 다가온다. 그러기에 불(빛, 생명)의
소멸과 함께 찾아오는 시체(어둠, 죽음) 이후의 시간을 주목해야 한다.
이 시는 너라는 대상이 소멸로 가는 과정을 통해 나와 나를 가둔 시
간의 죽음을 낯선 방식으로 드러내고 있다.

> 높은 나무에 그를 걸었다.
>
> 그를 이행하는 빛과 어둠은
> 그의 윤곽을 자주 바꾸었다.
> 수직을 탐하는 나무들의 긴 이송이 시작되고
>
> 기억 밖에 그를 걸었다.
> 밖은 어두워서 그가 자꾸 밀려들었다.
> 다시 그를 밀어냈다.
>
> 그는 부스러기가 없었다.
> 대칭이 아파서
> 나는 그를 장식하고
> 한꺼번에 그를 습격했다.
>
> 내가 춤을 추느라 기울어지는 짧은 육체의 방향
>
> 그를 뚫고 다니는 돌의 방향

그가 순간순간 무효로 되는

그가 안전한 시간

다른 정오에 그를 걸었다.

그는 아주 잠시 자신에게 겹쳐 있었다.

　　　　　　　—이수명, 「그를 걸었다」(『시와 반시』, 2009.봄) 전문

　나와 나의 행위 대상이 되는 그 사이에서 벌어진 상황들이 과거형으로 처리되어 있다. 감정 진술이 극도로 자제되어 있고 모든 상황들이 감정의 노출 없이 건조하다. 나는 그를 "높은 나무"에서 "기억 밖"으로 다시 "다른 정오"로 옮겨 가며 건다. 그러나 그의 실체는 끝까지 드러나지 않는다. 그는 관점에 따라 사람으로도 시간으로도 읽히고 또 다른 관념적 대상으로도 읽힌다. 그를 사람으로 볼 경우, 이 시는 망각되지 않고 기억 속에 선명히 각인된 대상 때문에 아파하는 화자의 복합 심리를 보여 준다. 그러나 그를 시간으로 볼 경우, 시간에 의해 잠식해 들어가는 육체의 모습, 존재가 소멸되어 무의 시간대로 회귀하는 상황을 그린 것으로도 읽힌다.

　인용한 두 시에서 보듯 이수명의 시에서 의미는 어디까지나 불확정성이 전제된 의미이다. 그녀의 시에서 의미들은 시적 언술 자체와 이미지들 사이에 나타나는 비약 공간에 불균일하게 산종되어 있다. 그러기에 그녀의 시에서 눈여겨보아야 할 것은 낯선 이미지 자체가 아니라 이미지의 연결 구조이다. 단절된 이미지들이 일으키는 사건의 진행 방향과 시간 구조이다. 의미를 산출해 가면서 계속해서 의미를 휘발시켜 버리는 구조, 이런 이상한 텍스트 구조 때문에 그녀의 시를 접하는 독자의 인식 체계는 충격을 받고 의미의 혼종 속으

로 빠져들게 된다. 그러기에 그녀의 시에서 의미를 확정 짓는 것은 거의 불가능하다. 그러나 무수한 잠재적 의미들을 내포하고 있기에 '의미의 완전한 몰락' 혹은 '시공감각의 파탄' 같은 평자들의 표현에 나는 전혀 동조하지 않는다. 오히려 그녀의 시는 '의미의 무한한 개화(開花)' 혹은 '시공감각의 전면적 재건설'이라는 관점에서 다시 논의될 필요가 있다.

의미의 혼돈이나 파탄은 오히려 김이듬의 시에서 종종 목격된다. 그녀의 시에서 파탄 행위가 벌어지는 장소는 주로 집이다. 상처와 불행, 고통과 악몽이 발원하는 집에서 어린 화자가 혼자만의 밀폐 공간에서 자폐적 놀이를 한다. 이때의 은폐 놀이는 일종의 방어 행위로 어른 세계의 공포로부터의 탈출이라는 의미를 내포한다. 책상 밑이나 다락방 같은 어둡고 밀폐된 곳에서 아이는 자기만의 놀이에 빠진 채 신체를 자학하며 위안을 느끼기도 한다. 성기를 만지며 수음의 엑스터시를 느끼기도 하는데 이는 아이의 병적 증상이라기보다 외부로 향할 수 없는 분노와 대항이 자신의 몸을 공격하는 경우라 할 수 있다. 따라서 그녀의 시에서 아이의 자폐성보다 중요하게 생각해 봐야 할 것은 도대체 아이에게 누가 자폐성을 부여했는가하는 점이다. 주범은 집의 새 주인이 된 새엄마다. 새엄마는 아이에게 폭력을 낳는 잔인한 짐승 주체로 그려진다. 김이듬의 시에 수음, 악몽, 후빔, 약물, 중독, 절단 같은 신체 학대 행위가 자주 나타나는 것은 이런 대항 불능, 무기력 때문이다. 외부로 향할 수 없는 공격적 분노가 자기 몸으로 향하여 몸을 훼손하는 것이다. 그녀의 시에 나타나는 자학적 이미지들은 상처의 반대편 거울에 거꾸로 투영된 시인의 무의식 역상(逆像)들이라 할 수 있다. 이런 병리적 징후는 최승자의 초기 시에서 나타나는 자아 공격 심리와 매우 비슷하다. 그런

면에서 김이듬의 시에 나타나는 섹슈얼리티는 페미니즘의 시각에서 다시 탐색되고 논의될 필요가 있다.

사랑 대시 그 개념에 대한 불신과 심한 부끄러움을 느낀다

나는 느낀다는 말도 숨기고 싶다

성교를 한 거지 사랑한 거니 물음표

(중략)

저 애와 너무 하고 싶어서 그런 거야 콤마 친구는 말한다

친구 줄표 이 말에도 불신을 느낀다

느낀다는 말도 숨기고 싶다

나는 짓는다 콤마 괄호 열고 오기(誤記) 괄호 닫고 콤마 짖는다 나는

일제히 짖어 대는 방식으로

목걸이를 매달고 수없이 이 집 저 집

못 보던 게 나타나면 모퉁이 이쪽저쪽 튀어나와 바닥을 긁으며 으르렁댄다

오기(誤記) 대시 인위적인 감탄사를 뱉으므로 그럴싸해 보이는 성교 같은 것

우리는 우리 속에서 길을 잃던 옛날 패거리랑 다르다고 말한다

우리는 소년 소녀들 콤마 코뮌이라 부른다

코뮌과 우정 대시 그 개념에 대한 불신과 심한 부끄러움을 느낀다

(중략)

우정 대시 다시 기계 소리를 듣는 것

온점은 왜 없는지 알고 싶어 물음표

마침표는 죽음에게

역겨운가 물음표

사람 콤마 우정 콤마 신성을 찾아 헤매는 당신들의 희열이 놀랍고
역겹다

이렇게 놀랍고 역겹게 솟구쳐 오르는 것이 좋다 대시

오오 수치를 모르는 거의 유일한 오기(誤記)

—김이듬, 「여러 시간 흥분—차학경 풍으로」

(『시와 반시』, 2009.봄) 부분

화자는 사랑, 친구, 우정, 코뮌 같은 개념에 불신을 느낀다. 느낀
다는 말조차 숨기고 싶어 할 정도로 심한 부끄러움을 느낀다. 이 시
는 표층적으로는 자기 은폐를 통한 방어 심리를 드러내지만 심층적
으로는 지독한 냉소와 독설을 통한 공격 심리를 드러낸다. 그 공격
의 대상들은 가식과 위선, 권위와 신성으로 포장된 세계, 남성적 문
법이 지배하는 현실이다. 그녀의 공격 방식은 두 가지 양상으로 나
타난다. 언어유희적(게/개, 짓는다/짖는다, 우리/우리 등) 시 쓰기를 통한
사회적 냉소 분출과 문장부호들의 낱말화를 통한 상징 세계의 문법
교란이다. 언어는 낱말과 문장부호들이 하나의 문장 구조 속에서 상
호 연결되어 의미를 파생시키고 그것이 소통을 가능하게 한다. 그러
나 그 연결 고리가 깨지거나 낱말과 부호들이 고유 기능을 상실하면
소통은 멀어지고 문장은 낯선 모습으로 변한다. 즉 하나의 문장에서
각각의 낱말들이나 부호들이 서로 치환되거나 변위될 때 문장은 분
절되거나 파편화되고 기존의 문법을 벗어나게 된다. 이 점을 이용
해 김이듬은 자동화된 수동적 받아쓰기를 거부하고 분열된 발화 방
식을 택한다. 문장 구조의 의도적 변형, 낱말들의 고립, 부호들의 이
질적 사용, 반복 패턴 등을 통해 현실에 대항하면서 자기 존재의 터

전을 찾아간다. 그녀의 시가 내밀한 사적 고백에서 발아하면서도 그 공감대가 외부로 확장되는 것은 이 저항 때문이다.

부제에 나오는 차학경(1951-1982)은 31세로 생을 마친 재미 교포 작가다. 음절의 분절과 해체, 다중의 언어 사용, 구문의 의도적 왜곡 등을 통해 언어의 뿌리를 탐색했던 여성으로 집 근처 주차장에서 살해된 채 발견되었다. 차학경의 언어관과 그녀의 문제적인 소설 『딕테』를 떠올려 보면 김이듬이 왜 "차학경 풍으로"라는 부제를 달고 그녀의 언어 사용 방식을 응용했는지 쉽게 짐작이 간다. 차학경의 독특한 문체에 매력을 느꼈을 수도 있고 그녀가 추구했던 예술 세계에 매료되었기 때문일 수도 있다. 이런 언어 형식은 진수미의 시에서도 볼 수 있다.

시든 머리통이 쓰레기통에 꽂혀 있다 마침표 괄호 열고 고막들이 토악질을 시작한다 닫는 괄호 부러진 손목은 흐늘거리며 네 경악을 만류하는 듯하였다 마침표 장딴지가 최후의 경련을 수용하는 순간 쉼표 외침은 찬란한 살의 문턱에 서서 괄호를 열고 이 난은 기재하지 마시오 괄호 닫기 한밤에는 시각장애인용 음향 신호기가 이십이 분에 한 번씩 작동된다 마침표 비상구로 통하는 층계참에서 나비의 허물을 헤아리며 나는 어디로 왔지
　　　　　　　　　　　—진수미, 「테레사 학경 차를 위한 받아쓰기 예제」
　　　　　　　　　　　　　　　(『달의 코르크 마개가 열릴 때까지』) 부분

진수미의 시에도 분열된 발화들이 나타난다. 김이듬의 분열이 주로 주체에서 시작돼 대상 쪽으로 전이되는 반면에 진수미의 분열은 주체와 대상 양쪽에서 동시에 일어난다. 주체의 시선이 금이 가 있

기 때문에 온전한 형태의 대상들이 등장하는 경우는 드물다. 이러한 분열의 양상들이 자주 나타나는 것은 언어와 주체, 사물들 사이에 메울 수 없는 틈이 있음을 무의식적으로 지각하기 때문이다.

언어와 대상 사이의 간극이 없어지거나 최소화될 때 어떤 일이 벌어질까? 주체는 세계 속으로 삼투해 들어가거나 그 반대 현상이 일어난다. 이때 독자는 시인의 감각과 사유의 이동을 따라가며 세계에 대한 간접 체험을 하게 된다. 이는 언어와 대상의 합일을 꿈꾸는 서정시들이 갖게 되는 장점이고, 이 장점이 시의 독자층을 확대하는 역할을 한다.

3. 고통의 무늬와 거리 조정

박형준은 사물들 속에서 사물 자체에 내재돼 있는 죽음과 죽음 이후의 시간까지 포착해 내는 섬세한 감각의 소유자다. 그 시간들은 상처로 덧씌워진 사물의 육체에서 흘러나와 시인의 몸과 기억을 휘감고 먼지처럼 떠돈다. 그러기에 그가 감각해 내는 대부분의 사물들엔 시인 자신의 서정적 상흔과 고통의 지문들이 묻어 있다.

사물 속에 빛나는 고통처럼
또 저녁이 온다
버드나무 꽃가루가 자꾸 날아와
다래끼를 나게 하는 바다

선창가 외진 술집
금 간 담벼락 밑에 핀 질경이 꽃처럼
먼지투성이의 삶을

눈빛으로나마 바다에 빠뜨리며 걷는다

시간을 들여다보느라
한 개의 초점만 남은 눈먼 시계공
수평선에 잔해를 이루며 노을은
시간의 땔감을 한 단씩 태우며 저문다

새살이 돋아나는 통증인가
부서진 초침과 분침들
부드러운 상처 속에서 뿜어져 나오는 별들로
또 하나의 성좌를 이룬다
저 물속에서 피는 빛이 나에게 고통을 준다
—박형준, 「바닷가 저녁 빛」(『시와 반시』, 2009.봄) 전문

「바닷가 저녁 빛」엔 시간의 흔적과 소멸의 시선이 담겨 있다. 노을
이 저물 때 수면에 비치는 별들을 "물속에서 피는 꽃"으로 보는 시
선, 그 풍경 속에서 시인은 고통을 느낀다. 초침과 분침 같은 시간의
상징물들은 모두 부서져 있고, 어둠 속에서 새로운 빛의 성좌가 나
타난다. 이 시에서 화자를 둘러싼 선창가의 서정적 풍경이나 사물들
보다 중요한 것은 눈먼 시계공의 이미지다. "시간을 들여다보느라/
한 개의 초점만 남은 눈먼 시계공"은 시인의 초상과 겹쳐진다. 여기
서의 시간은 일정한 방향으로 흘러가는 물리적 시간이 아니다. 크로
노스(Chronos)가 아닌 카이로스(Kairos)의 시간임을 상기할 필요가 있
다. 크로노스는 자연적으로 흘러가는 시간을 말한다. 해와 달이 뜨
고 지면 지나가는 하루, 지구가 태양을 한 바퀴 돌면 지나가는 1년

이라는 시간 등은 모두 크로노스의 시간이다. 모든 존재들의 주검에 퇴적된 시간이고 인류의 역사나 개인의 기억 등은 모두 크로노스 시간의 축적인 셈이다. 그런 시간 속에 의미를 부여하는 것이 카이로스다. 크로노스가 타자의 시간이라면 카이로스는 의지와 사유가 담긴 주체의 시간이라 할 수 있다. 기억은 크로노스의 흐름에 따라 형성되지만 기억에 대한 해석이나 풀이는 카이로스의 방식을 따른다. 「바닷가 저녁 빛」을 읽고 나는 눈먼 시계공의 두 눈이 캄캄한 심해 속으로 가라앉는 영상을 오랫동안 떠올렸다. 이 시에 나타나는 소멸의 이미지는 소멸 이후의 빛을 내장한다는 점에서 죽음의 반대쪽 지평인 탄생의 시간대를 상상하게 하는 역설을 보여 준다.

박형준에게 시적 상상이 빛과 날개 즉 지상의 영역이라면, 기억은 어두운 물기로 가득 찬 지하의 영역이다. 이 둘은 대지를 경계로 긴밀하게 연결되어 있다. 좀 더 세밀하게 말한다면 박형준의 시에 나타나는 상상적 풍경들은 기억의 변형물들이고, 처음과 끝이 신체 기관(입-항문)처럼 끔찍하게 연결되어 있다. 그러기에 하나의 사물 속에 상반된 이중의 색채가 공존하고, 하나의 풍경 속에 불과 얼음, 죽음과 탄생, 노인과 아이의 이미지들이 공존하는 것이다. 또한 지상과 지하의 시간을 동시에 살아가는 나무 같은 직립의 이미지들이 자주 등장해 수평적 세계로 둥글게 환원하는 것도 이 심리적 지각 구조 때문이다.

박형준이 대상에 기억을 중첩시켜 동일성의 세계를 그린다면 김혁분과 박미란은 대상을 대상물 자체로 놓고 객관적으로 관찰하고 묘사한다. 이러한 거리 두기 방식은 주체의 주관성이 강한 시들보다 시의 메시지를 효과적으로 전달할 수 있다.

1

　뜨거워서 쿨한 그녀는 모더니스트다 생식에 이골 난 고양이보다 더
깔끔한 미식가이다 신선한 먹이에 이를 박는다 흔적으로 남기는 입,
입술 자국은 그녀가 환기하는 생의 도드라진 방식이다

　여린 다리를 세운 그녀, 허벅지에 얼굴을 묻고 엉덩이를 흔들고 있
다 비음으로 앵앵거리는 관능적인 체위라니, 탁 치면 납작 뭉개질 것
같은 엉덩이는 어둔 미궁이다 심장의 피가 더 빨리 펌프질한다

2

　흡혈에 중독된 그녀는 새디스트다 누구 있어 더운 피에 젖꼭지를 빨
고 싶다 포만의 오르가즘을 느끼고 싶다 절정의 끝까지 자맥질하다 순
간 터져 붉게 튀어 오르는 비릿한 수사에 수사에 취하고 싶다

　그녀와 물고 물리며 싱싱하게 부풀어 오르고 있다
　　　　　　　　　　　—김혁분, 「모기」(『시와 반시』, 2009.봄) 전문

　이 시는 모기를 현대적 미식가이자 사디스트로 변주해 인간의 성
공격 본능을 드러낸다. 모기의 피 빨기는 육체와 육체의 성적 교접
이 되고 그런 성행위 속에 나타나는 기학적 에로티시즘과 죽음 충동
의 심리를 보여 준다. 나아가 성 에너지의 분출을 시 쓰기와 연결시
켜 창작에 대한 시인의 무의식적 욕망을 드러내고 있다. 에로티시즘
이 모반과 반동, 죽음과 광기를 발산한다는 점을 고려해 보면 이 시

는 위반의 시 쓰기를 통한 일탈 혹은 반항의 정신을 표출하고 싶다는 내면 고백 시로도 읽힌다.

아흔이 넘은 나이에 다시 기저귀 찬 할머니,
이제 자기 몸도 따로따로 논다
동작이 사라진 왼쪽은 한없이 바닥에 엎드리려 하고
그래도
완력이 남아 있는 오른쪽은 어떻게든 일어나 보려 한다

영감이 갔다는 곳으로 돌아가려는 왼쪽과
정자나무 아래 살살 나가 봐야 한다는 오른쪽의 갈등에
이리저리 쏠리는 그녀
한 몸에 두 식구가 살고 있다는 뜻이다

어서 죽어야 한다고 입버릇처럼 중얼거리지만
끼니때마다 바짝 마른 몸 끌고 문지방까지 기어 와
굶겨 죽이려느냐
고래고래 소리 지르다가 밥 받아먹는다

아무래도 저 식욕은
가지고 갈 게 없다 하면서도
손가락의 쌍가락지, 잠시도 빼지 않는 걸 보면
오른쪽에 더 기울어져 있는 듯하지만
　　　　　—박미란, 「왼쪽과 오른쪽 사이」(『시와 반시』, 2009.봄) 전문

아흔이 넘은 할머니의 몸, 삶과 죽음이 갈등하면서 공존하는 육체의 비극적 존재성이 유머러스하게 묘사되어 있다. "영감이 갔다"는 죽음의 세계로 가려는 마비된 왼쪽 몸과 "정자나무 아래 살살 나가 봐야 한다"는 오른쪽 몸 사이에서 갈등하는 할머니. 이 시는 육체적 고통을 겪으면서 죽음에 다가가고 있는 한 노인의 고통을 고통의 방식이 아닌 유머의 방식으로 잘 그려 냈다. 죽음과 삶을 육체라는 집에 함께 살고 있는 '식구'로 표현한 점도 인상적이다. 그런데 할머니의 육체 속에 아직도 살고 있는 이 '식구'는 죽은 할아버지임을 상기해 보면 할아버지의 사후(死後) 홀로된 할머니가 겪었을 고독과 상실감이 아프게 전해진다. 이 시는 유머러스한 할머니의 행동을 통해 삶의 의지를 드러내고 육체가 육체로서의 형태를 유지하는 기간, 즉 삶에서 죽음에 이르는 과정 동안의 시간의 가치를 음미해 보게 한다.

4. 무명의 시간들

무명(無明)의 시간을 무(無)의 방식으로 견디며 웃는 것, 그것이 시의 초상인지도 모른다. 고통스러운 삶을 견디다 죽음의 나라로 떠나는 사람들과 동식물들을 자주 목격한다. 그때마다 느끼는 건 세속의 모든 물질은 환영이나 꿈처럼 무상하다는 것이다. 그것은 언제나 침묵 속에서 오고 그 침묵이 생의 만트라일지도 모른다. 시인도 시인의 언어도 만물처럼 궁극의 실체가 없다는 점에서 우리는 모두 마하무드라의 공(空)의 세계에서 만난다. 어쩌면 마하무드라는 언어 바깥, 현실 바깥, 우리 몸의 바깥에 있는 것이 아니라 존재자 내부에 본래부터 내재돼 있는 것인지도 모른다. 그런 측면에서 보면 마하무드라 상상력은 우주를 지향하지만 모든 만물 속에 내재돼 있는 무수한 우주를 불러내는 시적 사유 혹은 자유의 정신이라 할 수 있다. 무주(無住), 무분별(無分別), 무애(無碍)의 시학이라 할 수 있다. 그런 시를 생각하며 모든 개별자로서 사물들, 그 사물들의 하나로서 인간이자 사물인 나를 되돌아본다. 과연 내 속에 절대적으로 진실하며 파괴되지 않는 어떤 것, 즉 금강(金剛)이 존재할까? 궁극적으로 파괴되지 않는 절대 가치를 지닌 것이 정말 존재할까? 어쩌면 그것의 존재가 불가능하기에 그에 대한 인간의 정신적 추구인 승(乘)이 발생하는 것인지도 모른다. 과연 나는, 시간은, 우주는 어디서 와서 어디로 가는가?

지형도 17.
언어의 낯선 결과 타일, 미학의 무늬들

시의 공간은 객관적 물리 공간과 달리 시인의 감각과 주관적 사유가 개진되는 세계 형식이다. 그러기에 형식에 대한 탐색은 시의 표층적 공간과 맞물려 있는 심층적 시간을 사유하는 것이고, 시공간이 접합되거나 균열하는 지점에서 시인의 눈을 통해 세계의 깊이를 바라보는 것이다. 그럼 시에서 깊이는 어떻게 확보되는가. 깊이는 사물과 현상에 대한 섬세한 감각을 통해 사물과 현상의 이면 혹은 배후까지 가닿는 시인의 직관적 사유에 의해 확보된다. 한 편의 시는 언어와 침묵으로 구성된다. 시에 표현된 언어를 통해 깊이를 내장하는 시가 있는 반면, 언어와 언어 사이에 크레바스를 만들어 그 틈으로 깊이를 확보하는 시가 있다. 또한 언어를 침묵의 영역으로 끌고 가 침묵 자체로 시의 깊이를 대체시키는 시들도 있다. 어떤 경우이든 시에 대한 탐색은 시인과 세계 사이에 나타나는 시공간과 언어의 존재 방식에 대한 고찰이다. 시인의 감각과 사유가 세계를 구성하는 사물들에 대해 어떠한 관계 맺음을 설정하고 있으며, 그 관계를 통해 어떤 패러다임으로 무엇을 보고자 하는지를 따지는 일이다. 여기엔 '왜'라는 존재론적 질문과 '어떻게'라는 방법론적 질문이 동시에 수반된다.

이기성의 시에 등장하는 사물은 표피적으로는 존재론적 불안과 공포의 모습을 띠지 않는다. 그러나 그 사물이 놓여 있는 정황과 맥락에 의해 정반대의 모습을 띤다. 그는 화자의 주관적 감정을 노출시키는 서정적 진술을 배제하고 대상과 대상이 놓여 있는 객관적 정황들을 건조하게 제시한다.

그것을 안다, 나는 그것을
사랑하고 타일이라 부른다, 타일은 흰 접시를 두들기고
침을 흘리고 양탄자에 오줌을 싼다, 아파트에 들일 수 없는 더러운
짐승
타일은 쿵쿵 고요한 이웃을 깨우고, 발을 구르고 비상벨을 울리고
좁은 계단으로 도망친다, 우리는 모두 타일을 사랑해
그러나 지붕으로 달아난 타일은 커다랗게 부풀고
삑 삑 사방에서 경적이 울고, 타일들이 모두 깨어나 노래를 부르는
밤
벌어진 입속으로 푸른 타일이 쏟아지는 밤
검은 자루를 질질 끌고
한밤의 피크닉을 떠나는 가족들, 타일을 안고
돌아가는 창백한 독신자들,
타일 속에 숨어 헐떡거리는 공원의 소녀들
(중략)
우르르 우르르

뜨거운 침과 함께

푸르고 총총한 타일 조각들 머리 위로 쏟아진다

　　　　　—이기성, 「타일의 모든 것」(『시와 반시』, 2008.겨울) 부분

「타일의 모든 것」은 생물에 주어지는 이름, 언어라는 명명 행위를 통해 사물화되는 생물이 인간에 가하는 공포를 드러낸다. 사물과 언어와 인간 사이에 간극이 있고, 시인은 그 틈을 응시한다. 이 시에서 '그것'이 지칭하는 대상보다 중요한 것은 대상 자체가 불확실하다는 점이고, 언어로는 '그것'을 확정 지을 수 없다는 인식이다. 화자는 '타일'이라 불렀지만 '그것'은 계속 열려 있고 의미는 확정되지 않는다. 물론 타일은 고양이 같은 애완동물로 짐작할 수 있다. 그러나 타일은 단일 의미로 확정되지 않고 화자의 심리 상태에 의해 사물과 생물 사이를 오가는 그로테스크한 존재다. 사랑과 위안의 대상이면서도 공포와 불안을 일으키는 불합리한 존재다. 그러기에 타일에 대한 화자의 심리는 양가적이고 이 양가 심리가 시의 불안감을 더욱 고조시킨다. 이 시는 그로테스크한 이미지나 초현실적 악몽을 동원하지 않은 채 그러한 충격을 아주 조용하게 전한다. 언어와 사물이 동시에 등장하지만 언어보다는 사물이 선행하고, 사물이 갖는 사물 고유의 속성과 물질성 등이 언어에 의해 왜곡되고 있음을 말한다. 나아가 인간과 인간이 만들어 낸 언어가 인간 외적인 존재들에게 가하는 비가시적 폭력성에 대해 폭로한다. 인간에 의해 사물화되는 생물을 통해 그것이 역으로 인간에게 가하는 이해할 수 없는 공포의 실체를 드러낸다.

　이기성의 시와 달리 정재학의 시에는 초현실적 이미지들이 직접적으로 등장한다. 그러나 그의 초현실적 시공간은 현실의 부정 의식

이나 대항 담론의 성격으로 등장하지 않고 현실과 상호 침윤하는 양상을 띤다. 그의 감각은 대체로 현실에서 출발해 초현실이나 추상의 세계로 진입해 들어가 현실과 초현실, 추상이 혼재하는 세계에 머문다. 사물은 사물로서의 모습을 유지하지 않고 흐르거나 녹아내린다. 이는 사물의 실체가 일종의 환영이라는 인식이 무의식적으로 깔려 있기 때문이다. 본질에 대한 욕망이 없기에 사물은 고체 상태의 고정된 외형을 유지하지 않고 반고체 상태로 존재하고, 그 존재조차도 시인의 감각에 의해 계속 변이되어 무형(無形)을 향해 나아간다.

초현실적 이미지들은 이러한 감각의 전이 과정, 헛것과의 싸움에서 발생한다. 이 전이를 통해 현실의 풍경들은 점점 무화되면서 착란과 도착의 세계로 진입한다. 그의 시가 환기시키는 이러한 충격은 현실과 사물에 대한 환각적 응시에서 발생하는 이미지와 그 이미지들의 중첩, 그것을 나열하는 언술 방식이 독특하기 때문이다. 응시는 눈의 감각이지만 아이러니컬하게도 그의 경우, 시각적 풍경을 시각으로 뭉개 버린다. 그렇게 무화되어 비워진 빈자리를 채우는 것은 사물이 아닌 언어, 시각이 아닌 청각, 즉 음악의 풍경들이다. 최근 그의 시에서 주목되는 것은 바로 이 언어와 음악이 공존하면서 발산하는 화음(和音)이다. 표층과 심층을 경계 없이 오가는 과정에서 생기는 섬세한 언어의 결과 음의 무늬들이다. 심리적 파토스가 내장된 음들이 그로테스크한 이미지와 결합해 미적 울림을 발산한다.

항구의 여름, 반도네온이 파란 바람을 흘리고 있었다 홍수에 떠내려 간 길을 찾는다 길이 있던 곳에는 버드나무 하나 푸른 선율에 흔들리며 서 있었다 버들을 안자 어여쁜 가지들이 나를 감싼다 그녀의 이빨들이 출렁거리다가 내 두 눈에 녹아 흐른다 내 몸에서 가장 하얗게 빛나는 그곳에 母音들이 쏟아진다 어린 버드나무인 줄 알았는데 이렇게 깊은 바다였다니…… 나는 그녀의 어디쯤 잠기고 있는 것일까 깊이를 알 수 없는 이 짙은 코발트블루, 수많은 글자들이 가득한 바다, 나는 한 번에 모든 子音이 될 순 없었다 부끄러웠다 죽어서도 그녀의 바닥에 다다르지 못한 채 유랑할 것이다 그녀의 목소리가 반도네온의 풍성한 화음처럼 퍼지면서 겹쳐진다 파란 바람이 불었다 파란 냄새가 난다 버드나무 한 그루 내 이마를 쓰다듬고 있었다

—정재학,「반도네온이 쏟아 낸 블루」(『시와 반시』, 2008.겨울) 전문

반도네온(Bandoneón)은 아르헨티나에서 유명한 손풍금의 일종으로 아코디언과 유사한 악기다. 주로 탱고 음악을 연주할 때 쓰인다. 반도네온이 발산하는 음이 "파란 바람"으로 감각화되면서 시는 시작된다. 항구에서 '나'는 사라진 길, "홍수에 떠내려간 길"을 찾다 버드나무를 발견한다. 내가 안자 버드나무는 '그녀'로 변주되고, 그녀는 다시 '바다'로 변주되면서 나는 그녀 속으로 잠겨 들어간다. 그곳은 깊이를 알 수 없는 심해이고 글자들이 떠도는 곳이다. 여기서 주목할 점은 그녀에게서 쏟아져 나온 모음과 하나의 몸을 이루어야 할 내가 "한 번에 모든 子音이 될 순 없었다"라고 말하는 부분이다. 왜 그녀와 하나의 몸이 될 수 없었던 것일까. "부끄러웠다"라는 문장이 뒤따라 나오긴 하지만 그 진짜 이유는 침묵 속에 던져져 있다. 이 시의 가장 중요한 부분은 바로 그 지점이다. 대상과의 완전한 합일이 불가능했다는 자각과 함께 "죽어서도 그녀의 바닥에 다다르지 못한 채 유랑할 것이다"라고 말하는 대목이다.

이런 정황을 고려해 보면 이 시는 사랑의 대상에 대한 아픈 기억이 감각적으로 이미지화된 시라고 볼 수 있다. 반도네온이 발산하는

음에 항구의 파도 소리와 화자의 우울한 심리가 겹으로 덧칠되면서 쓸쓸한 정서적 울림을 낳는다. 그런데 시선을 돌려 언어의 관점에서 바라보면 이 시는 언어와 세계 사이에서 갈등하는 시인의 심리 세계를 상징적으로 이미지화한 것으로도 읽힌다. 상징은 대상체의 모양과 관계없이 자의적으로 만들어진다. '눈'이라는 글자는 자음과 모음으로 이루어진 상징이다. 'ㄴ' 자와 'ㅜ' 자와 'ㄴ' 자의 자의적 조합으로 되어 있을 뿐 사물의 눈과는 닮은 점이 전혀 없다. 대부분의 기호들은 이런 자의성을 기초로 모음과 자음의 결합을 통해 상징체를 이룬다. 화자가 말하는 "내 몸에서 가장 하얗게 빛나는 그곳"은 바로 눈인데, 그곳에 모음들이 쏟아지고 나는 자음이 되어 모음들과 결합하지 못하고 떠돈다. 상징의 세계로 진입하지 못한 채 불완전한 언어들과 함께 표류한다. 이 시는 의미로 덧씌워진 상징 세계로 진입하지 못하고 언어와 함께 유랑할 수밖에 없는 시인의 절망과 불안을 버드나무라는 대상과의 관계 고찰을 통해 드러내고 있다.

정재학이 추상의 세계를 이미지화한다면, 변의수는 추상화 자체를 적극적으로 밀고 나간다. 추상화는 철학적 사유가 전제되고 그것을 형식화하는 과정을 거친다. 사유의 비중이 감각 못지않게 크기 때문에 추상 대상에 대한 시인의 의식과 사고가 매우 중요하다. 최근 변의수가 발표하고 있는 「언어」 시리즈는 이러한 사유를 바탕으로 지시적 기능에 종속된 언어를 배제하고 회화적 도상(圖像)으로 언어를 대체한다. 그의 「언어」 시리즈는 텍스트와 언어의 상관관계, 시적 언어의 범주 문제, 자의적 텍스트의 의미 발생 문제, 기호의 추상화 과정 등에 관한 시인의 비판적 사고를 형상화하는 시도라 할 수 있다. 「언어」에서 언어를 지우고 그 빈자리를 도상으로 채워 「언어」를 재구성하는데, 주목되는 것은 그러한 행위 자체가 아니라 행위에 동반되는 사유를 의도적으로 '숨겨진 각주'로 처리한다는 점이다. '숨겨진 각주'는 물론 시 텍스트에 대한 시인의 사유 일체일 것인데, 시인은 그것을 단호하게 생략하여 독자의 상상에 맡긴다. 그러기에 「언어」 시리즈에서 중요한 것은 시각적 이미지가 드러내는 메시지가 아니라 형식 이면에 시인이 침묵으로 던져둔 바로 그 부분이다. 그 것은 곧 텍스트 밖에서 텍스트를 구성하게 하는 개념들과 텍스트 탄 생 이전의 배경들이다. 시인이 무슨 생각을 갖고 언어 외적인 매체 들을 시 텍스트 속으로 끌어들여 시를 비판하고 현실을 재해석하는 가 하는 점이다.

모든 텍스트는 시·공을 품은 창조적 진행형의 산물이다. 그래서 필 경, 모든 텍스트는 시시각각 정보의 창조적 변환의 상태에 있는데, 그 내용물인 기호의 세미오시스는 텍스트 밖에서 바라보는 외부인에게는 잘 보이지 않는 것들이다.

'숨겨진 각주'라고 부른 것들이 그것인데, 각주는 詩 텍스트에 내재 된 장치들로서, 시 미학을 생성케 한 성분들이기도 하다. 그러한 배경 이 의식이든 비의식이든, 전제되어 있지 않을 때 텍스트는 '가짜'이다.

때로는 독자나 비평가가 우연히 詩 외의 텍스트에 내재된 기호의 유 희들에서 詩의 세미오시스를 구경하게 되기도 하는데, 그런 우연의 행 운과도 달리, 직접 제작한 자만이 가슴에 넣어 두고 속을 태울 때가 있 다. 그런 때, 이렇게 텍스트의 속편 격으로 제시하게 되는데, 텍스트의 실질적 내용의 제시이므로 분명, 시이지 않겠는가?

　　　　　　　—변의수, 「최근의 나의 「언어」 시리즈에 대한 "각주 시편"」

　　　　　　　　　　　　　　　　　(『시와 반시』, 2008.겨울) 부분

「언어」 시리즈 같은 개념적 작업에서는 행위자인 시인의 사유가 표출된 텍스트 자체보다 중요하고, 텍스트 구성 이전의 사유 단계가 아주 중요한데 그것들이 모두 생략되어 있다. 그런데 위의 시에는 그 생략되었던 각주 일부가 등장해 본문을 구성하고, 발표된 「언어」 시리즈 두 편이 각주로 처리되어 있다. 왜 그는 이런 역발상의 형식을 취한 걸까. 이러한 전도된 사고와 형식이 나타나게 된 필연성은 과연 무엇일까. 각주는 주로 논문을 쓸 때 본문의 특정 부분을 보충하거나 풀이한 글을 본문의 아래쪽에 따로 단 것을 말한다. 시에 각주를 달아 본문과 각주로 시를 구성하는 작업, 회화나 사진을 삽입하는 작업 등은 이미 선자들에 의해 여러 차례 시도되었다. 이런 시도들은 시의 메타성과 긴밀하게 연결된다. '시는 무엇인가'라는 질문을 기초로 시의 형식과 범주에 대한 고민을 시를 통해 드러낸다.

위의 시에서도 시인은 시의 범주에 대해 질문한다. 텍스트의 성질과 텍스트를 구성하는 기호들의 작용에 대해 이야기한다. 텍스트는 미완의 진행형으로 존재하고, 기호 작용은 독자의 눈에 쉽게 간파될 수는 없지만 시의 미학을 생성하는 중요한 요소라는 것이다. 그 점을 시인이 분명히 인지하고 있어야 함을 강조하면서, 그것에 대한 사유의 진술도 분명 시라고 말한다. 위의 시는 시 자체에 대한 방법적 회의에서 태동된 일종의 개념시라 할 수 있다. 그러나 이 시의 모태가 된 「언어」 시리즈에 나타나는 방법론은 이미 미술 분야에서 다양한 방식으로 시도되었던 양식이다. 그 방법론을 시의 자장 안으로 끌어들이겠다는 실험 의식은 긍정적이다. 그러나 그 실험에 의해 표출된 시 텍스트는 기존 시들의 한계점들을 반드시 극복하고 있어야만 한다. 지금까지 그가 '왜'라는 질문에 비중을 두었다면, 이제는 '어떻게'라는 측면에서 좀 더 고민할 필요가 있다.

앞의 세 시인들과는 다른 방향에서 조동범은 세계와 사물을 응시한다. 주검을 매개로 시인은 삶과 죽음의 경계, 시간의 이편과 저편, 빛과 어둠이 교차하는 순간을 겹눈의 감각으로 바라본다.

　여자가 떠오른 것은 저물녘의 마지막 순간이었다.
　여자가 떠오른 순간 파문이 일었고, 파문을 따라 해넘이의 붉은 빛이 넘실댔다.
　여자가 떠오른 것은 바람이 잔잔해진 적막 속에서였다. 다시 바람이 불었고, 바람을 따라 산 그림자가 서늘하게 내려앉았다.
　여자의 등은 단호하게 하늘을 향하고 있다.
　등을 돌린 채, 저수지의 바닥을 바라보고 있다. 바닥의, 깊은 어둠을 굽어보고 있다. 어둠을 훑는 여자의 시선을 따라
　저녁의 마지막 순간이 사라진다.
　여자는 무엇을 놓고 왔는지, 하염없이 저수지의 바닥을 바라보고 있다. 마지막까지 바라보아야 할 것이 있던 것인지, 여자의 시선은 어둠을 처연하게 헤집고 있다. 어둠 속에 시선을 풀어 눈물을 뚝뚝, 흘리고 있다.
　쏟아지는 눈물을 닦지도 못하고,
　여자의 양팔은 저수지의 바닥을 향해 있다. 무엇을 잡으려 했는지, 무엇을 건지려 했는지.
　뻗은 손의 끝은 힘없이 굽어 있고 수초처럼,
　여자의 팔이 느리게 흔들렸다.
　여자의 신발이 발견되었다고도 하고, 여자의 목걸이가 발견되었다고도 했다. 저수지를 향하던 여자의 발자국을 따라 풀이 눕기도 하고 그녀의 구두가 남긴 무늬를 따라 숲의 어둠이 들어섰다고도 했다. 저

물녘의 마지막 순간과 해넘이의 산 그림자가 사라지는 순간이었다.

　아직 눈을 감지 못한 것인지, 지금도 여자는

　　　　　　　─조동범, 「저수지」(『시와 반시』, 2008.겨울) 전문

　쓸쓸한 정물화를 보듯 적막하다. 죽음이라는 육체적 감각의 휴지 상태, 그 순간 이후를 근사 촬영하고 있다. 이 시는 낮과 밤이 교차하는 시간적 변환 속에서 맞닥뜨리는 죽음의 정황을 저수지에 떠오른 사체를 통해 세밀하게 파고든다. 죽은 여자가 떠오른 저수지 수면을 바라보는 산 자의 수평적 시선과 저수지 바닥을 바라보는 죽은 여자의 수직적 시선, 이 두 겹의 시선을 따라 카메라는 순차적으로 범위를 점점 좁혀 가며 이동한다. '저수지 주변 → 수면 → 떠오르는 익사체 → 저수지 바닥 → 다시 익사체 → 다시 저수지 주변' 즉 물 밖에서 물속으로 다시 물 밖으로 이동하면서 풍경들을 사실적으로 묘사한다. 시인은 산 그림자가 드리워진 저물녘의 저수지에 떠오른 익사체를 정물적 대상으로 스케치하는 것으로 끝내지 않고, 죽은 자의 시선을 통해 저수지 바닥의 어둠을 응시한다. 이 어둠의 실체는 삶과 긴밀하게 연결되어 있기에 죽은 여자는 눈물을 뚝뚝 흘리며 처연하게 바닥을 응시하며 헤집는다. 응시에는 집중과 배제라는 두 가지 상반된 속성이 공존한다. 눈의 감각을 한곳으로 집중한다는 것은 그 집중된 대상 외의 것들을 배제하겠다는 뜻이다. 위의 시에 나타나는 응시의 감각 또한 익사체에 대한 집중과 거부라는 두 가지 속성을 함께 드러낸다. 그것은 곧 주검과 주검이 일으키는 수면의 파장을 통해, 파장을 일으켰던 삶의 근원적 바닥을 보고자 하는 욕망에서 비롯된다.

　조동범이 대상을 통해 대상이 속한 시공간의 관계를 관조한다면

채상우는 인간과 동물의 관계, 인간이 세운 도시에서 인간에 의해 자행되는 폭력적 죽음을 날카롭게 포착한다. 섬뜩한 장면을 거리를 두고 객관적으로 응시하여 그 속에 어른거리는 공포의 실체, 죽음을 낳는 인간 문명의 배후를 비판적으로 읽어 낸다.

고양이가 있다 고양이가 빠져나간 고양이가 있다 킨텍스로 대화공원 앞 삼차선과 사차선 사이 고양이 하나가 꼼짝 없이 거기 있다

고양이는 어디로 가려 했던 걸까 고양이는 고양이를 두고 어디로 훌쩍 떠나갔을까

점점 얇아지고 있는 고양이 점점 얇아지면서 빙글빙글 웃고 있는 고양이 뭐가 그리 즐거울까 고양이는

한쪽 눈이 짜브라진 고양이 마침내 다른 한쪽 눈도 투툭 사라진 고양이 자 한 대가 지나갈 때마다 불큰불큰 내장을 게워 내는 고양이 고양이였던 고양이

고양이는 고양이를 기억할까 나는 왜 애써 무엇인가를 기억하려 하는가

저기에 고양이가 있다

저기엔 고양이가 없다

나를 향해 죽은 고양이가 걸어오고 있다

—채상우,「密書」(『리튬』) 전문

　도시 한복판에서 로드 킬을 당한 고양이의 주검이 냉담하게 그려진다. 인간이 건설한 도시에서 급작스럽게 죽음을 맞이한 고양이를 통해 시인은 침묵의 방식으로 다양한 메시지를 파생시킨다. 고양이를 빠져나간 고양이, 죽은 고양이가 놓인 곳이 하필 대화공원 앞이다. 대화는 일반적으로 사람과 사람, 사람과 동물 등이 말과 느낌, 눈빛과 냄새 등을 주고받으면서 상대를 이해하고 교감해 가는 소통 과정에 필수적인 행위다. 그런데 그런 대화공원 앞에서의 인간이 조종하는 자동차에 치인 주검이니 죽음이 초래한 대화의 영원한 단절, 소통 부재의 원인은 철저히 인간에게 있다. 인간들이 쉴 없이 차를 몰고 씽씽 도로를 질주하기에 죽은 자는 죽은 채로 계속 납작해진다. 동물과 인간, 자연과 문명, 삶과 죽음의 서늘한 대비가 아이러니하다.

　도로 한복판에 널브러진 길고양이의 주검은 도시를 떠돌다 어느 날 갑자기 죽음을 맞는 우리 현대인의 일그러진 초상과 다를 바 없다. 죽은 고양이는 죽은 상태에서도 계속 무언가를 기억하려 하고 어디론가 가려 하는데, 이 진행형 행위는 시인의 죽음 의식을 드러내면서 야만의 현대 문명에 대한 비판 의식도 드러낸다. 그러니 밀서는 죽음의 밀서고, 인간의 밀서고, 문명의 밀서고, 야만의 밀서다. 인간의 위악성과 문명의 어둔 그늘을 직시하라는 시인의 전언이 숨겨진 비밀 편지다. 화려한 현대 문명의 맨 얼굴, 참혹한 가면 뒤에 숨겨진 공포와 야만의 맨 얼굴, 날마다 무수한 부조리와 무수한 죽음을 낳는 문명의 폐허의 얼굴을 직시하라는 묵언의 경고 편지다.

이처럼 우리의 일상에서 죽음은 늘 우리 곁에 있다. 고양이나 사람처럼 모든 생명체는 자신의 육체 속에 이미 죽음을 품고 있다. 사물들 또한 마찬가지다. 따라서 어떤 사물을 본다는 것은 그 사물의 외적 이미지와 함께 사물이 품고 있는 죽음의 살상을 보는 것이다. 김신용은 죽음이 빠져나간 이후의 풍경을 본다. 풍경으로 전락한 사물의 외형을 관찰하지만 정작 그가 보는 것은 사물의 징그럽고 적막한 내부다. 그는 대상이 환기시키는 또 다른 대상들을 주목하는 방식으로 시선을 옮겨 가면서 사물과 풍경을 사색하는 시인이다. 주로 자연의 풍경이나 사물들에 내재된 신비와 장엄을 포착해 낸다. 이때 다행스럽게도 시인의 눈과 마음이 대상에 대한 찬양으로 흐르지 않는다. 오히려 인간의 삶 속으로 파고들어 삶과의 긴장감 있는 연결 고리를 형성하는데, 이럴 때 그의 시는 빛을 발한다.

얼마나 구름의 소금밭을 걸어왔는지 뜯어지고 해진

낮달처럼, 몸뚱이는 빠져나가고 남은 허물 같지만

저물 무렵, 혼자 벌판을 걷다가 무너져 가는 소금 창고가

저녁노을에 젖어 있는 모습을 보면, 황홀해진다

자신의 쓰러질 때를 알아, 최후로, 확 꽃을 피우는 것 같은 모습은

아득한 山頂에서 홀로 구름바다 위에 서 있는 고사목을 보는 것처럼, 발걸음을 멈추게 한다

오랜 세월, 염전의 직사광선에 노출돼 피부암이

허연 백반증이, 무슨 얼굴처럼 번져 있는 얼굴이지만

뼈마디마다 젖어 흐르는 노을이. 이글이글 불의 형상으로 채색된 해바라기가 타오르는 것 같아

해바라기 한 송이를, 저문 내 산책길에 쥐여 주는 것 같아

나는 순간, 아뜩해진다. 해바라기를 쟁기 삼아

牧牛처럼, 노을의 밭을 경작하게 한다

어떤 희망도 되새김질하게 한다. 최후로, 저렇게 불타오를 수 있다면

불타올라, 그대에게 해바라기 한 송이를 건네줄 수 있다면

그래서 어떤 길 잃은 자도 눈을 뜰 수 있다면, 그때

노을은 이미 종교일 것이다. 내 광신은, 牧牛의 부드러운 혀처럼

부은 당신의 발등을 오래 오래 핥을 것이다. 그래, 洗足禮이듯

저물 무렵, 무너져 가는 소금 창고가 있는 벌판을 걷다가

저녁노을을 만나면 황홀해진다. 그때는 누구나 아득한 山頂의

구름바다 위에 서 있는 고사목이어서, 스스로 경건해질 것이므로

......

—김신용, 「소금 창고」(『시와 반시』, 2008.겨울) 전문

「소금 창고」는 노을에 젖어 드는 소금 창고라는 사물과 시인의 몸이 상호 혼용하는 서정적 풍경을 펼쳐 보인다. 시인은 저물 무렵, 노을이 번져 오는 벌판을 혼자 걷다가 염전의 무너져 가는 소금 창고를 발견하고는 걸음을 멈춘다. 소금 창고라는 사물의 외형이 아니라 허물어져 쓰러져 가는 소금 창고가 품고 있는 시간과 종교적 정신에 매료되었기 때문이다. 폐허에서 황홀을 느낀 시인은 소금 창고를 통해 산정 위의 고사목을 연상한다. 피부암이 번지고 얼굴 가득 백반증이 걸린 노인의 모습과 죽음 직전 꽃을 활짝 피우는 해바라기의 모습도 발견해 낸다. 그리하여 밭을 경작하는 소처럼 살고 싶다는 희망을 꿈꾼다. 주검의 모습으로 변해 버린 폐허의 풍경에서 생명과 희망을 발견해 내 그것을 시적 언어로 승화시키는 것은 쉽지 않으나 그 승화의 방향이 종교로 흘러들면서 관념이 노출되고 있다. 그래서

그런지 사물에서 관념이 자연스럽게 흘러나온 것이 아니라 시인의 관념이 먼저 설정되고 사물들이 동원되고 있다는 느낌을 받는다.

조동범의 상상력이 구심적이라면 김신용의 상상력은 원심적이다. 채상우의 관찰력이 반복적 리듬을 타고 객관적으로 흐른다면 김신용의 관찰력은 무채색 강물을 타고 주관적으로 흐른다. 약간의 방법적 차이가 있긴 하나 이들 시의 주체가 그리는 동선이나 위치는 비슷하다. 앞서 언급한 정재학, 이기성의 상상력이 보여 주는 주체와 달리 이들의 시에 드러나는 주체는 사물과의 괴리감보다는 동질감을 드러낸다. 주체와 세계 사이에 균열이 아닌 융화의 상상력, 봉합의 지향성이 나타난다. 그것은 곧 동일성의 시선으로 세계를 바라보고 있다는 반증이다. 그런데 세계의 자아화이든 자아의 세계화이든 이러한 서정적 주체들의 시선과 욕망, 그 욕망의 언술 양식이 과연 이 시대의 분열된 모습들을 사실적으로 반영해 내고 있는가 하는 점에 대해서는 회의적이다.

분열된 주체들의 시가 지나치게 감각 중심이고 미시적 자아 세계에 머물러 외부 세계와의 단절을 초래하고 현실을 은폐하거나 탈각시킨다는 지적이 있다. 그러나 그런 시는 그러한 언술 양식과 발화 행위 자체로 현실과 현실의 결핍을 드러낸다. 그러나 최근의 시단은 염려스럽다. 21세기 초반 젊은 시인들이 보여 주었던 신선했던 감각들이 패턴화되어 무비판적으로 답습되고 있기 때문이다. 경직된 감각과 고정관념의 파괴를 통해 새로운 세계로 나아가려는 모험이 부족하기 때문이다. 시는 스스로를 훼손하고 부정하며 미지의 세계를 향해 나아가는 탐험이 될 때 열린다. 시의 가능성은 시의 불가능성에 대한 도전, 즉 이전의 시가 도달할 수 없었던 곳에 도달하려는 혹독한 싸움, 계속되는 실패를 통해 열린다.

어느 때보다 시인들 자신의 내파(內破)가 요구되는 시점이다. 비평 또한 마찬가지일 것이다. 시는 문 없는 집과 같다. 비평의 임무 중 하나는 그 문 없는 집에 입구와 출구를 만드는 일이고, 집이 속한 주소를 바꾸는 일이다. 그러나 새로운 번지수가 부여될 때 열린 시는 본능적으로 그 속함을 거부하려는 반발성을 드러내며 다른 장소, 다른 세계, 다른 상상 공간으로 달아난다. 비평은 그것을 비평가의 유리병에 담아 전시하는 것이 아니라 그것의 이동과 변화의 통로를 열어 주는 역할을 해야 할 것이다.

지형도 18.
새로운 물결, 과학적 상상력의 유입

　과학 이론의 변화는 세계관의 변화를 반영하고 촉발한다. 역사 속에서 새로운 과학 이론의 등장에 의해 이전의 세계관이 붕괴되는 사건들은 자주 목격되었다. 이러한 발전적 전복 관계는 고전역학과 현대역학 사이에서도 성립한다. 라그랑주 역학은 라그랑주가 뉴턴 이후의 고전역학을 집대성한 것으로, 외부에서 물체에 미치는 힘에 중점을 두고 벡터양을 주로 다루는 고전역학과 달리 물체의 운동 에너지나 위치 에너지 같은 스칼라량을 주로 다룬다. 즉 고전역학은 '직교좌표계'에서 물체의 운동을 기술하고, 라그랑주 역학은 '일반화 좌표계'를 사용해 물체의 운동을 기술한다. 예를 들어, 줄에 매달려서 돌아가는 쇠구슬의 운동을 생각해 보자. 고전역학에서 구슬의 움직임을 구하려면 각 순간마다 줄이 구슬에 미치는 힘들을 계산하기 위한 복잡한 방정식들을 세워야 한다. 하지만 라그랑주 역학에서는 구슬이 줄에 매달린 채로 움직일 수 있는 모든 경로들 중에서 작용(action)을 최소화하는 것을 선택하기만 하면 된다. 각 순간마다 줄이 구슬에 미치는 힘을 고려할 필요가 없기 때문에 방정식의 수가 훨씬 줄어들게 된다. 이런 관점에서 보면 뉴턴의 고전역학은 하나의 사건 (원인)이 또 다른 사건(결과)을 발생시키는 인과론적 세계관이고, 라 그랑주 역학은 최소 작용 원리의 세계관, 즉 운동을 자연이 가지고 있는 어떤 목적을 달성하기 위한 결과로 간주하는 목적론적 세계관 이라 할 수 있다.

1. 과학적 상상력─김병호, 서동욱

욕망은 육체적 본능과 심리적 갈등, 결핍과 동경을 내포한다는 점 에서 종합적이고 선험적이다. 욕망에서 허망을 빼면 남는 것은 육욕 뿐이고, 환상에서 꿈을 빼면 잿빛 아침이고 바닥이라는 시각은 생식 과 죽음이 생의 근원이라는 자각이 전제되어 있다. 김병호는 무한 속에서 존재들이 이루는 관계의 그물망, 즉 은유적 발화가 사랑이라 는 이름으로 명명되는 메커니즘을 물리적 시각으로 조망하여 그것 을 타원으로 개념화한다. 남녀 사이의 사랑의 관계는 생식과 죽음과 직결되고 그것을 물리적 에너지와 시간의 곱으로 해석한다.

원이 한 점의 발현인 것처럼 세상은 '하고 싶다'와 '죽고 싶다'라는 두 점의 발현이다 모든 천체가 타원궤도를 따르는 일도 이 두 긴장 관 계만으로 세상이 움직인다는 단순한 원칙의 한 예이다 바이러스에게 는 죽음 없는 생식만이 있고 오직 죽음만으로 존재를 완성하는 것은 온전한 죽음 스스로뿐이다

(중략)

관계에서 무한을 빼면 존재이다 한순간의 발화이자 우리가 사랑이 라고 믿는 은유이다

안에 있는 애인은 살짝 소름 돋은 맨살의 어깨와 휘도는 등허리, 실 핏줄 내비치는 발목의 냄새가 모두 다르다 속옷은 뱀딸기의 향을 품고 있으며 주름진 긴 치마에서는 바람을 쥐고 흔드는 댓잎의 냄새가 났다 창을 타고 넘는 냄새만으로 애인이 얼마나 벗었는지를 눈치챌 수 있었 다 그리고 여기에 심박 수에 상승하는 내 체온의 변화량을 곱해 우리 의 작용은 완성된다

애인이 밖에 있다 두 개의 밤을 지나 춘분점을 향해 걷고 있다 했다 이렇게 흐르기 시작한 애인은 손가락 사이를 빠져나갔지만 문틈에 끼 어 떠나지 못하는 그림자를 부여잡고 나는 그 길어지는 암흑에 한 땀 한 땀 눈금을 새겼다 이것이 우리의 작용에 대한 새로운 해석이자 같 은 뿌리에 이르는 반복이었다

(중략) 욕망은 은유이고 존재는 바닥이 꾸는 꿈이었다
　　―김병호,「라그랑지안(Lagrangian)」(『문학동네』, 2012.여름) 부분

시인에게 세계는 생식과 죽음을 중심으로 타원운동을 하는 물리 적 시공간이다. 타원의 두 초점에 '하고 싶다'는 생식 본능(F1)과 '죽 고 싶다'는 죽음 충동(F2)이 있고, 이 두 초점을 기준으로 같은 거리 의 궤적을 그리는 것이 인간의 삶이라는 논리다. 이 시에는 인간의 욕망과 사랑에도 천체의 케플러운동 원리가 적용될 수 있다는 사유 가 깔려 있다. 시인은 이 사유를 라그랑지안을 끌어들여 새롭게 해 석한다. 라그랑지안(Lagrangian)은 고전역학에서 나왔지만 양자역학 에서도 중요하게 사용되는 개념으로, 물체의 운동 에너지에서 위치 에너지를 뺀 값이다. 이는 일반화좌표계 안에서 운동량과 거리의 곱

으로 정의되는 작용을 에너지와 시간의 곱이라는 새로운 정의로 변환시킨다. 라그랑지안이 갖는 주요 특성이 대칭성이다. 역학에서 대칭성이란 무언가를 바꾸었는데 실제로 관찰되는 것이 바꾸기 전과 비교해서 구별되지 않는 상태를 말한다.

　이러한 대칭성이 애인을 통해 나타나고 있다. 애인은 실재하는 연인이면서도 나의 존재를 가능케 하는 무한의 시간이자 우주이기도 하다. 안팎에 동시에 대칭적으로 존재하면서 나와의 관계를 새롭게 형성해 간다는 점에서 물리적 작용과 반작용의 관계에 놓인다. 안에 있는 애인은 살짝 소름이 돋은 맨살의 어깨, 휘도는 등허리, 실핏줄이 내비치는 발목 등을 통해 인간의 육체적 형상으로 이미지화되어 있다. 또한 뱀딸기 향을 품은 속옷에 주름진 치마를 입고 있으며, 창을 타고 넘나드는 냄새를 통해 나는 애인이 얼마나 벗었는지를 알 수 있다. 이 애인의 냄새가 나와의 거리를 형성하고, 여기에 심박 수에 따라 상승하는 내 체온의 변화량을 곱해 사랑의 작용은 완성된다. 즉 사랑이 거리와 운동량의 곱으로 나타난다. 이것은 라그랑주 역학이 일반좌표계 안에서 벌어질 때의 상황을 남녀 관계로 설정해 놓은 것이다. 반면에 밖에 있는 애인은 두 개의 밤을 지나 춘분점을 향해 걷고 흐른다. 그것은 무한의 우주를 관류하는 영속의 시간이고 나는 거기에 한 땀 한 땀 눈금을 새긴다. 이 행위는 시간의 마디를 만드는 것으로 나와 우주의 관계를 에너지와 시간의 곱으로 정의하는 셈이다.

　시인은 이러한 공존과 반발의 상호작용을 나와 언어, 존재와 죽음, 생식과 이성의 관계로 확장시키고 있다. 나의 안팎에서 애인이 만들어 내는 굴곡, 삶의 파장 변화는 생식과 죽음으로 귀결된다. 그러기에 인간의 육망은 무한 속에서 의미를 종착시킬 수 없는 은유의 우주가 되고, 인간과 만물의 존재는 죽음에 이르는 환몽이자 실재하는 환각일 수 있는 것이다.

김병호는 인문학의 세계에서 소외되었던 과학 개념들을 시의 자장으로 적극적으로 끌어들이는 작업을 하고 있다. 이러한 도전적 자세와 시도는 계속되어야 할 것이다. 다만 학술 개념에서 현실로 사유와 상상을 전개시키고 있다는 점에서 다소 작위적인 느낌을 준다. 다시 말해 시적 참신함을 위해 물리 개념을 먼저 설정해 놓고 그것을 구체화하기 위해 이미지와 사유가 의식적으로 동원되고 있다는 느낌이다.

김병호가 라그랑지안이라는 물리 개념으로 인간의 생식과 죽음과 연계된 욕망의 문제를 고찰한다면, 서동욱은 형이상학의 체계를 기하학적으로 풀어낸 철학자 스피노자를 통해 시간과 인간의 운명을 성찰한다.

곡면의 힘에 대해 점잖지 못한 생각을 한 적이 있어요
쥐기가 오른 안경점 주인은 말했다 엉덩이 말예요 이혼했을 때나 지금도 생각은 그런데,
곡면을 통해 빛을 휘어지게 만드는 게 직업이지만
중력과 대결하는 살덩어리의 노력이야말로
곡면의 힘

신체의 형태를 유지하기 위해선 어떤 힘이 필요한가?
신체를 수제비 그릇에서 구원하는 밧줄
그러므로 곡면은 시간의 예술이다
모든 것이 스웨터의 실처럼 풀려나가기 직전까지만 인생이다

그리고 기차는 네덜란드의 들판을 미끄러졌다

17세기 이 고장에 숨어든 스피노자의 기하학이
곡면에 던져진 기차의 탈선을 막았고 소들과 운하를 지켰고
(중략)

인형의 관절보다 정직한 것은 없다
윷놀이처럼 속임수가 통하지 않는 것은 없다
그때 기차의 운행이란
윷가락처럼 하늘 높이 올라갔다가 환호하는 가족들을 위해
설날의 부드러운 담요에 좋은 패를 만드는 것
눈이 덮인다 말은 뚜벅뚜벅 움직인다
얼굴들은 제 영혼을 미처 덮지 못하고 과자 포장지처럼
좌석들 아래로 흩어졌고
현장에 도착한 수학자는 화를 내며 무리한 곡면을 계산했다
방금 전까지 인간의 역사가 존재하지 않던 들판이
오래된 폐허로 변했으며
(중략)

음탕한 철학자의 손이 따라간 곡면에 화가 난 사람들이 표백제를 끼
얹을 때
우리 몸은 눈 덮인 들판에 버린 옷처럼 매장될 거야
          ―서동욱, 「곡면의 힘―레인스뷔르흐의 철도」
                    (『세계의 문학』, 2012.여름) 부분

이 시를 깊이 있게 감상하기 위해서는 스피노자에 대한 이해가 필수적이다. 스피노자는 1632년 암스테르담의 유대인 집안에서 태어나 유대인 소년 학교를 다녔다. 그러나 그는 유대교의 미신적인 사상에 대해 비판적 입장을 취하였다. 신이 육체가 없다는 점, 천사가 실제로 존재한다는 점, 영혼이 불멸한다는 점 등을 뒷받침할 근거가 성서 어디에도 없다고 주장했다. 이 일로 그는 유대교단과 캘비주의자로부터 파문을 당하고 그리스도인들인 콜레기안파 사람들과 친교를 맺기 시작했다. 그들은 데카르트의 이원론 철학을 추종했던 자들이다. 스피노자는 점차 데카르트의 영향을 받게 되었고 합리론 철학과 광학을 연구했으며 홉스와 마키아벨리 등의 정치사상으로부터도 영향을 받았다. 1660년에 스피노자는 자신의 생각을 정리하고 체계화할 목적으로 라인 강변의 조용한 마을 레인스뷔르흐로 거처를 옮겨 칩거에 들어갔다. 헤르만 호만이라는 외과 의사 집에서 하숙을 하면서 『기하학적 방식에 근거한 데카르트 철학의 원리』를 썼다. 이 책은 생전에 그의 이름으로 출간된 유일한 책으로 데카르트의 철학 체계를 기하학적으로 규명하고 있다. 스피노자의 가장 독창적인 사유 대부분이 데카르트 철학의 난점에 대한 해결 과정에서 드러나는데, 스피노자가 형이상학에 관해서 데카르트와 견해를 달리한 것은 크게 세 가지다. 신의 초월성 문제, 심신의 실체적 이원론 문제, 자유의지를 신과 인간 모두에게 부여한 점 등이다. 스피노자는 데카르트의 이 이론들이 세계를 더욱 이해할 수 없게 만들었고 신과 세계의 관계, 마음과 몸의 관계, 자유의지에 의해 일어난 사건 등을 도저히 설명할 수 없다고 생각했다. 재미있는 것은 스피노자가 데카르트 철학의 문제점들을 묘파해 가는 과정 전반에서 철저하게 데카르트의 기하학적 방식에 의해 자신의 논리를 펼쳤다는 점이다. 스피노자는 평생 셋방살이를 하며 검소하고 절제된 생활을 한 철학자이자 렌즈 깎는 장인이었다. 당대 최고의 천문학자였던 호이겐스가 사용하던 망원경의 렌즈도 스피노자가 깎은 것이었다고 한다. 그가 고독 속에서 렌즈를 깎는 모습을 떠올려 보면 이 시에 왜 안경점 주인이 등장하는지 이해할 수 있다.

안경점 주인은 곡면의 힘에 매료되어 있다. 안경은 곡면의 유리로 빛을 굴절시켜 사물을 똑바로 보이게 하는 매력적인 물체고 그것을 제작하는 일을 직업으로 삼고 있기 때문이다. 즉 곡면을 통해 빛을 휘어지게 만드는 일에 그는 매력과 자부심을 동시에 느낀다. 그런데 이 안경점 주인은 취기가 오르면 또 다른 방향에서 곡면의 힘을 상상한다. 즉 곡면으로 이루어진 엉덩이라는 대상에 대한 욕망의 분출 충동을 느낀다. 그러면서 중력과 대결하는 살덩어리의 노력이야말로 진정한 곡면의 힘이 아니겠는가 생각한다. 화자를 통한 이러한 발화 행위는 과학에 대항하는 반과학의 힘, 분석적 이성에 대항하는 무의식의 힘을 시인이 욕망하고 있음을 나타낸다. 반중력의 저항 때문에 이 신체의 아름다운 곡면이 만들어지므로 곡면은 곧 시간의 예술이자 고투의 미적 예술품인 셈이다. 그러기에 팽팽한 반중력의 에너지가 긴장을 유지할 때까지만 인생이고 긴장이 이완되어 모든 것이 스웨터 실처럼 풀려나가면 인생도 파탄이라고 시인은 생각하는 것이다. 이러한 생각과 함께 기차는 네덜란드의 들판을 미끄러져 간다. 이 기차는 과거로 가는 시간 여행 도구이자 스피노자가 숨어들어 자신의 철학과 사상을 펼친 레인스뷔르흐로의 공간 이동 매개물로 등장하는데, 중요한 것은 이 기차의 시공간 운동을 가능케 하는 것이 철로라는 점이다. 철로는 짧게 보면 직선이지만 길게 보면 곡선이다. 말하자면 정(正)과 반(反)이 합쳐진 사유의 응집체로 작용한다.

시인은 스피노자를 '레인스뷔르흐가 간직한 정직한 곡면의 예술가'로 인식한다. "인형의 관절보다 정직한 것은 없다"는 진술이 가능한 것도 이 때문이다. 곡면이나 곡선은 어떤 대상에 대한 철학적 사유나 인식의 단계에서 필요한 유연함을 상징한다. 직선적 완고함이 아닌 곡선적 적응과 수용이 필요함을 역설하는 시인의 의식 또는 자유의 정신인 셈이다. 이러한 인식 전환이 전제되었기에 방금 전까지 인간의 역사가 존재하지 않았던 들판이 오래된 폐허로 변하고 한 세계가 불타는 동안에도 나는 '곡면의 힘은 소파의 아름다움 같은 것'이라는 휴대폰의 메모들을 지우는 것이다. 이것은 곡면의 힘을 통해 역사적 사건을 현재화하는 행위다. 철학자, 성직자, 수학자의 입장에서 곡면에 대한 사유와 상상을 전개하고, 영혼을 빈 쓰레기통처럼 빈방에 비유해 인간의 육체를 사유한다. 인간의 육체가 쓰레기 하치장일 수도 있고, 그것에 증오와 환멸을 느낀 자가 곡면에 표백제를 뿌린다면 우리의 몸은 눈 덮인 들판에 버린 옷처럼 매장될 것이다.

　이 시는 안경, 엉덩이, 철로 등의 사물이 갖는 선적 특성을 포착해 그것이 속한 인간과 세계의 곡면에 대해 사유를 확장하고, 이것을 철학, 종교, 과학 등의 다차원적 시각으로 분산시켜 성찰한다. 이 성찰을 통해 자유의 가치와 고귀함을 재발견한다. 스피노자가 고독 속에 살면서도 끝까지 간직한 것도 삶에 대한 자유의 정신이었다. 하이델베르크의 정교수 자리도 마다하고 렌즈를 깎는 일로 힘겹게 생계를 유지하면서까지 지키고자 했던 것이 바로 자유로운 정신이었다. 시인이 주목하는 것도 스피노자가 끝내 버리지 않은 자유로운 영혼의 고결함과 그것에 대한 열망이다. 그러기에 이 시는 세상과의 접촉을 끊고 자신의 철학을 위해 가난하고 고독한 생활을 스스로 선택한 자의 영혼에 대한 존경, 세상과 타협하지 않고 끝까지 자신의 철학을 포기하지 않은 사상의 이단자에 대한 헌사이자 아픈 고백이 기도 하다.

2. 생물학적 상상력—박순원, 이재훈

미토콘드리아(mitochondria)는 DNA, RNA를 함유하고 있으며 생명 연장에 필요한 에너지원을 생산하는 세포의 발전소이다. 타원형 또는 둥근 꼴의 작은 세포 기관으로 세포호흡이 일어나는 곳이다. 근육의 성장과 근지구력을 향상시키며 튼튼한 모근을 만들어 내기도 한다. 이 미토콘드리아가 제대로 작동해야 우리는 정상적인 생활을 할 수 있다. 심장이 뛰고 뉴런이 활발하게 움직이며 근육도 발달하게 된다. 그런데 미토콘드리아가 제대로 작동하지 못하도록 하는 장애물이 있다. 바로 시간이다. 미토콘드리아는 우리의 몸에 반드시 필요한 절대적 존재이지만 생성되는 순간부터 스스로 자기 파괴를 시작한다. 즉 우리가 섭취한 영양분을 몸의 각 부분에 전달하는 일을 하면서 만들어지는 부산물들 때문에 미토콘드리아는 계속 파괴된다. 이러한 세포의 파괴 과정 전체가 바로 인간이 죽음에 이르는 노화의 과정이다. 이러한 죽음의 과정은 빛으로 세상을 밝히는 전구들 또한 거친다. 필라멘트는 전구를 구성하는 요소들 중에서 가장 중요한 기능을 담당하는 핵심 부품으로 주로 텅스텐으로 만들어진다.

내 몸속에는 몇 개의 미토콘드리아가 있을까 대한민국에는 내가 사는 오창읍에는 몇 개의 필라멘트가 있을까 미토콘드리아는 미토콘드리아마다 사연이 있지 필라멘트가 끊어지면 필라멘트를 감싸고 있던 유리도 함께 버려지지 끊어진 필라멘트는 폐기되고 나는 미토콘드리

아가 시키는 대로 살아가지 전구의 핵심은 필라멘트 유리는 필라멘트
를 감싸고 있을 뿐 보호할 뿐 더욱 빛나게 할 뿐 내 몸속에는 유리가
사는 지구에는 몇 개의 미토콘드리아가 있을까 얼마나 많은 사연이 있
을까 필라멘트는 필라멘트로 태어나서 불 밝히는 일 딱 한 가지 일만
하다가 끊어지면 끊어져서 덜렁거리면 유리와 함께 버려지지

—박순원, 「필라멘트」(『실천문학』, 2012.여름) 전문

    생물과 사물의 근본 구성 단위, 즉 미토콘드리아와 필라멘트를 동
시에 주목해 생명의 유한성과 그 역할에 대해 자문하는 형식으로 삶
을 성찰하고 있다. 대한민국 오창읍에 사는 화자(시인)의 우울한 물
음을 내가 주목하는 이유는 그 물음이 애련한 비애감을 주면서도 우
리 사회에 대한 비판적 항변을 내포하고 있기 때문이다. 시인은 세
포의 미토콘드리아와 전구의 필라멘트, 즉 생물학적 대상과 인공물
의 핵심 부위를 동시에 병렬시키면서 그것의 기능과 역할을 반성적
으로 살핀다. 이 과정에서 시인은 현대를 살아가는 자신과 자신의
존재 가치에 대한 슬픔과 회의를 느낀다. 그러나 이러한 인간적 감
정 표출보다도 더 중요한 것은 시인이 던지고 있는 독백의 질문이
개인에 국한된 것이 아니라 사회 공동체를 향해 확산되고 있다는 점
이다. 내 몸 속에는 과연 몇 개의 필라멘트가 있을까 하는 사적 물음
에서 출발해 지구 전체에는 몇 개의 미토콘드리아가 있을까 하는 시
대적 물음으로 확장되고 결국은 이 세상에 존재하는 모든 것들은 제
각각의 수많은 아픈 사연들을 품고 있다는 자각에 다다른다. 대승적
시각에서 나와 사회를 관조하고 성찰하는 미덕을 이 시는 내장하고
있다.
    거대 공룡 같은 자본주의 사회에서 일개의 부속품에 불과한 개인

들, 그들의 아픔과 고통을 통해 우리의 삶 전반을 회한의 시각으로 조망하고 있다. 한평생 불 밝히는 일만 권태롭게 반복하다가 어느 날 갑자기 끊어져 매정하게 버려지는 전구들, 그것은 현대를 살아가는 우리의 초상이자 모든 존재자들의 비극적 최후이다.

박순원이 생물학적 세포와 인공물을 대비적으로 병렬시켜 인간 존재의 도구화, 현대사회의 부조리, 조직 속의 부품으로 전락해 버린 현대인의 초상을 그려 낸다면, 이재훈은 벌레의 입장에서 벌레의 눈과 마음으로 현재를 조망하고 자신의 고뇌와 치열하게 싸운다. 카프카의 「변신」에 등장하는 그레고르 잠자의 흉측한 벌레 모습은 어쩌면 허구적 환상이 아니라 후기 자본주의 사회를 살아가는 우리의 내면에 잠재된 참혹한 실체일지도 모른다.

> 눈물을 흘리지 않는 육체이고 싶어요
> (중략)
> 머리에서 흐르는 피로 글자를 쓰겠어요
> 어떤 두려움도 없어요
> 악마의 책을 쓰는 사람을 만난다면
> 내 몸의 무늬를 들어 보이겠어요
> 채찍이 내 피부에 감기고 살점이 떨어져 나가고
> 가시가 박혀 걸을 때마다 발바닥이 갈라지고
> 뱃가죽이 찢어지고 창자가 흘러내려도
> 나는 기쁘겠어요
> 내 몸이 곪아 칼로 피부를 도려내는 기쁨
> 잠자는 육체는 딱딱하고 차가워서 늘 황홀해요
> (중략)

고백하고 싶은 몸을 찾아 기었어요

더 이상 죄를 짓지 않기 위해

검은 장막을 걷고 딱딱한 길을 넘었어요

발목은 시려웠지만 뱀의 소리를 흉내 냈어요

(중략)

땅을 호령하는 권력들에게 말하겠어요

대지의 증인은 우리들이며

흙의 몸은 바로 우리들이라고

─이재훈, 「벌레 신화」(『문학사상』, 2012.7) 부분

인간의 육체가 벌레일 수도 있다는, 아니 어떤 공포의 대상보다도 더 흉물스럽고 끔찍한 벌레일 수 있다는 비극적 자각이 깔려 있다. 흙에서 나와 흙으로 돌아가는 벌레의 입장에서 인간을 바라보는 전도된 시각이 나타난다. 벌레의 눈으로 땅을 호령하고 지배하는 인간과 인간의 문명을 자조적으로 비판하고 있다. 그러나 시인은 이러한 비판적 전언을 시의 표층에 전혀 드러내지 않고, 철저하게 벌레의 입장에서 벌레의 신화를 쓴다. 눈물조차 흘리지 않고 머리에서 흐르는 피로 글자를 쓸 정도로 화자의 마음가짐은 굳세고 깊다. 사물의 입장에서 사물의 몸이 되어 사물의 눈과 마음으로 세계를 다시 읽고 표현하겠다는 시인의 치열한 결기가 보인다는 점에서 이 시는 이재훈 시인의 미래를 향해 놓은 징검돌이라 할 수 있다. 즉 시인 자신이 자신의 미래의 작업을 펼쳐 나갈 선언적 방향성을 제시하고 있는 셈이다. 물론 차후 그의 시가 어떤 주제 의식을 갖고 어떤 방법에 의해 어떻게 펼쳐질지는 명확하지 않지만 그가 현재 자신의 한계, 자신의 벽과 치열하게 싸우고 있다는 반증으로 읽힌다. 그것은 곧 권태와

모멸의 삶에 대한 반항이자 자기부정을 통해 새롭게 태어나겠다는 시정신의 적극적 표출이다. 벌레로의 변신과 전이를 향한 시적 모험이 더욱 강도를 높여 또 다른 새로운 미지를 보여 주기를 기대한다.

3. 광물학적 상상력―송승언, 오주리

숲의 나무보다 많은 새들이 있고 부리에 침묵을 물고 있고 그보다
많은 잎들이 새를 가리고 있고

서른두 명의 아이들이 지거나 이기지 않고 똑같은 색의 옷을 입고
숲을 통과하고 있고
끝도 모른 채 발자국을 남기고 있다

서른두 명의 나무꾼들은 서른두 번의 도끼질을 할 수 있고 천 그루
나무를 수만 더미 장작으로 만들 수 있고
빛은 영원하다는 듯이 장작을 태울 수 있고
장작은 열 개비가 적당하고 그 불이면 영원도 밝힐 수 있고

아이들이 영원을 지나가고 있고 별들이 치찰음을 내고 있고 밤과 낮
은 서로에게 이기지도 지지도 못하고 있고

불 앞에서 나무꾼들은 서른두 개의 그림자를 벗으며 농담을 하고 있고
인간의 맛에 대해 이야기하고 있다

불 그림자가 불의 주변을 배회하며 불 그림자를 만들고 있고

새들은 여전히 침묵을 부리에 물고 있고

　　나무 위에서 열쇠들이 쏟아지고 있다
　　나부라진 옷가지들이 발자국을 가리고 있고
　　나무꾼들은 횃불을 나눠 들고 더 어두운 곳으로 움직이고 있고
　　잎이 풍경을 가리며 무성해지고 있고
　　　　　　　　　—송승언, 「철과 오크」(『시와 사상』, 2012.여름) 전문

　숲이 있다. 숲은 나무로 무성하고 나무보다 많은 새들이 산다. 숲길엔 아이들이 있고 나무꾼들이 있다. 외관상 이 숲은 고요하고 아름답고 평화로운 숲으로 비친다. 그러나 문맥을 섬세하게 짚어 보면 서늘한 한기가 느껴진다. 나무꾼들 때문이다. 서른두 명의 아이들을 뒤쫓는 서른두 명의 나무꾼들은 역사 속의 전쟁과 폭압의 주체, 권력의 실권자로 살인과 무력의 행사자로 설정되어 있다. 그들은 나무를 도끼로 쪼개 장작을 만들고 불을 피우는 행위를 하면서 인간의 맛에 대해 이야기한다. 이 섬뜩한 이야기가 서정적 풍경의 배면에서 흘러나오고 있다는 사실이 중요하다. 나무꾼들이 이야기하는 인간의 맛은 단순히 물질로서의 고기 맛만이 아니라 인간의 근원에 대한 형이상학적 맛까지 내포하고 있다. 그러기에 이 시에서 특히 주목해야 하는 부분은 나무꾼들의 횡포와 폭력으로 숲이 불탄다는 점, 이때 불타는 나무 위에서 열쇠가 쏟아진다는 초현실적 이미지의 배치이다.

　이 시는 폭력의 주체가 힘없는 자들에게 살인과 폭압을 자행하는 공간을, 나무꾼과 아이들이 쫓고 쫓기는 숲으로 치환시켜 역사의 허구성과 의미를 되묻고 있다. 즉 전쟁과 살인의 주체들이 자행한 광

기의 역사가 아름다운 비밀의 숲에서 벌어지는 쫓고 쫓기는 사건으로 축소되어 은폐시키는 형식을 취하고 있다. 왜 그런 걸까? 왜 시인은 이런 장치들을 설정한 걸까? 역사는 역사 자체를 은폐하면서 시간의 마모 속에서 왜곡되고 축소되기 때문이다. 다시 말해 아무리 선명하게 드러내려 해도 드러나지 않는 사건들의 연속 누적이 역사이고 그것은 가면 뒤의 얼굴처럼 현재로부터 계속 은폐되기 때문이다. 그러기에 시인은 은폐를 은폐의 형식으로 발언해 은폐의 가혹성과 인간의 가면을 동시에 드러내려 한다. 이 점을 간과하면 이 시는 단순히 서정적 숲속에서 벌어지는 쫓고 쫓김의 사소한 사건 정도로 축소되고 만다. 송승언이 갖는 장점이 바로 이러한 중층적 시각과 사유를 안으로 내장하는 형식 창출에 있다.

이 시에서 가장 중요한 키워드는 열쇠다. 숲에서 벌어지는 잔혹한 장면들은 무수한 나뭇잎들에 의해 가려져 있고 그것의 실체와 배후는 좀체 드러나지 않는다. 열쇠가 등장하는 배경이 바로 이러한 은폐와 차단 때문이며, 이 열쇠는 현재의 우리와 미래에 맡겨진다는 점에서 결말이 없다. 역사에 대한 반성과 성찰, 우리의 현재적 사유는 오지 않을 미래를 향해 열려 있다. 시의 말미에서 나무꾼들이 횃불을 나눠 들고 숲의 더 어두운 곳으로 찾아드는 장면은 미래에도 계속해서 잔혹한 일들이 자행될 것임을 암시한다. 과연 우리의 미래는 희망적인가. 시인은 이에 대해 회의적 시각을 깔고 있다. 현재까지 그래 왔듯 미래에도 폭압과 살인은 계속될 것이고 진실은 계속 은폐되어 또 다른 역사의 한 장면으로 망각될 것이라는 암울한 전조가 깔려 있다.

송승언이 숲과 열쇠, 자연물과 금속광물의 이질적 결합을 통해 역사의 야만성을 풍경 프리즘으로 분산시킨다면, 오주리는 거울이라는 광물을 매개로 내면에서 벌어지는 고뇌의 편린들을 응집시켜 고립된 자아와 비극의 역사(6.25)를 동시에 고찰한다.

사슬이 결은 자리부터 녹슨다
비극의 곁에 비극이 앉는다
시계(時計)가 지는 지평선까지

1

방마다 사슬에 매인 침대가 있다 수인(囚人)의 다리가 사슬이 되어 갈 때 수인은 원고지의 ㅁ칸에 人자를 써 넣는다

불안으로 쓴다 불안이 쓴다

불안이 쓴 행(行)은 나무젓가락의 부러진 단면, 그 쉼표에 누골(漏骨)이 떨리고, 결막에 허상이 녹아 고름이 된다

다시 불안이 한 문장을 쓴다,

펜이 종이를 누를 때 그 촉이 지구의 내핵을 꽂고 있다고

2

병영(兵營)의 요람, 광시곡이 아이들을 부화(孵化)한다

그림자가 검정과 하양으로 미분(微粉)될 때, 너는 무슨 주의자인가 우울주의자(憂鬱主義者)입니다

정사각형에는 눈물이 담기지 않는다 타인의 기계로서의 피로를 잃는다 다만 신경의 내부에 나의 고귀한 소금이 쌓인다

나의 분신(分身)들이 반연극(反演劇)을 한다 원고지 칸마다 머리에 부리, 꼬리에 부리, 손에 부리 달린 기형들이 서로를 쪼아 댄다 인간학의 서(書)가 지워진다

나는 유리체(琉璃體), 빛의 무늬를 피부에 입힌다 이 문조(文藻)가 내 신원 불명의 신원 증명. 빛을 빛으로 막는다

「왼」의 팔로 「그른」을 내몰고, 텔레비전을 믿는 여아를 「바른」 팔에 안기 위하여

그러나 탈옥자를 쫓는 스포트라이트가 형제의 피를 모니터에 차오르게 했을 때

당신은 옷을 벗고 차륜에 스스로를 감았습니까

처형(處刑)과 해방은 동의어, 우울주의자의 사전

그 유서가 나의 눈에 풀려 당신의 분신된 나는 이 명계(明界)의 바닥을 팔 없이 딛고 있습니다

3

감옥에 등대가 있다 담 너머 바다가 있다 빛으로부터 도망간 자들은
구멍이 된다

사각(死角)이란 없다 빛의 원은 사형장

철조망을 손에 쥔 수인은 그것이 제 처음이자 마지막 무기임을 본다

사선(死線)을 빗기는 새는 사선(死線)을 넘지 못한다
수인은 명치에 철조망으로 절애(切愛)를 긋는다

태어나서 본 적은 없다 다만 흰 거품이 배(船)의 증거라 믿을 뿐

섬을 버리고 섬보다 멀리

4

그 법문(法文)에는 수신자의 이름이 없다

빈칸이 이름 불러 주길 기다리는 몸은 내벽이 곰팡이 붉은 감옥이
된다
법문을 빈칸으로 만들려는 몸은 외벽이 탄흔에 붉은 감옥이 된다

어린 중인의 몸은 안팎 없이, 구멍마다 꽃봉오리 내미는, 단 한 장의 벽으로 된 감옥이 된다

그 감옥들에 새겨진 육담(肉談)에 소년은 원고지를 그린다 "법은 존재한다 그리하여 파괴한다"

그러나 법관은 웃으며 그의 문장을 교정한다 "법은 파괴한다 그리하여 존재한다"

소년과 법관의 씨름이 끝나지 않는다 사람들은 모였다 흩어지고, 둘은 서로, 존재의 이유가 된다

5

영치금으로 문조(文鳥)를 키운다

문조가 문을 들어 올릴 때 나는 외로워 머리카락으로 창살을 묶는다

문조가 쓴 글줄이 ㅁ을 벗어나려 한다

벽에 흘러내린 문조의 자흔이 나의 비명(碑銘)이 된다

6

나는 만 0세의 정치범입니다 태어나는 것으로 이 나라를 때렸습니다

출입소의 탁자에 전향서가 깃털처럼 날아온다 문조는 유전병의 이
력을 지울 듯 흰 날개의 물방울을 털지만

알비노(albino), 붉음은 색(色)이 아니라 피여서 지울 수 없기에

문으로 아버지들부터 사라져 간다 얼굴의 안쪽, 등 돌리고 앉은 어
린 수인들
새장이 흔들릴 때마다

아버지의부패한몸이다시나의육아낭
아버지의부패하지않은몸이다시나의유형지

물이 마를수록 어린 문조는 수통에 갇힌다 아무도 보지 못하는 심연
을 홀로 날 때

교도관이 유액을 흘린 손가락 계단을 내민다 체온에 자아의 살해자
를 용서한다 어린 그녀는 알의 둥지(卵巢)를 그에게 선물로 내려놓고
정화(停火)가 수은등으로 다시 점화하는 도시로 날아간다

거리마다 동물 보호소에서 수술이 이뤄지지만 누구도 그것이 일족
의 안락사라고 말하지 않는다
도시의 스피커는 하나로 흡수되고 사람들은 귀 안의 음악을 듣는다

소각장에 날리는 재는 한 문조(文祖)의 지방(紙榜)이었다

7

제 몸에 없는 것은 날개가 아니라 깃이다 바람을 이해하는 기관이다
하늘의 통성(痛聲)이 들리기 시작하는 순간

머리는 명계(冥界)의 중력에 끌린 것이다

저 멀고 아름다운 나라, 명멸의 기호를 따라

손가락이 최초이자 최후의 펜이다 그것이 깃이다 날개의 완성이다

감옥을 내려다본다

나의 거울의 상을
제네바Ⅲ협정에 따라 포로들은
생체 실험에 동원되지 않았고
민주주의 교육과 소독을 받았으며
독서와 공놀이 등을 할 수 있었다
　　　　　　　—오주리, 「여섯 개의 독방과 출입소―연좌(戀坐) 5」
　　　　　　　　　　　　　　（『시와 반시』, 2012.여름) 전문

'연좌(戀坐)'는 시인이 만든 조어(造語)로 '연달아 앉는다'는 뜻의 연
좌(連坐)에서 첫 글자를 의도적으로 변형한 것으로 보인다. 사랑하는
연인처럼 나란히 앉는다는 정도의 뜻으로 서두의 "비극의 곁에 비극
이 앉는다"는 진술을 역설적으로 강조하기 위함일 것이다. 그렇다면

그녀가 심층적으로 간파해 내려는 비극의 실체는 과연 무엇일까.

먼저 구조적 측면을 보자. "여섯 개의 독방과 출입소"라는 제목처럼 이 시는 총 7개의 부분으로 이루어져 있다. 1-6은 여섯 개의 독방에 해당되고, 7은 한 개의 출입소에 해당된다. 7에 등장하는 거울이 감옥의 출입소 역할을 하고 있다. 거울 안의 감옥의 세계는 분열된 자아와 언어들, 은닉된 꿈과 무의식이 갇혀 있는 포로수용소로 그려지고 있다. 각 부분을 좀 더 자세히 살펴볼 필요가 있다.

1에서는 독방의 구조와 독방에 수감된 수인의 모습이 나타난다. 독방마다 사슬에 매인 침대가 있고 수인이 있고, 수인은 불안에 휩싸인 채 원고지 ㅁ칸에 '사람 인(人)' 자를 써넣는다. 불안이 쓴 행(行)이 부러진 나무젓가락의 단면 같고, 눈구멍 안쪽에 있는 얇고 작은 뼈인 누골(漏骨)이 떨린다는 것은 수인이 지금 극도의 심리적 불안과 슬픔에 사로잡혀 있음을 암시한다. 이 와중에서도 그는 펜의 촉이 지구의 내핵을 꽂을 정도로 비수가 내장된 문장을 욕망하고 있다. 여기서 중요한 것이 수인의 실체이다. 그것은 불안과 열망에 사로잡힌 시인 자신이면서도 시인이 부정하고 싶지만 부정되어지지 않는 무의식적 자아, 분열된 자아이다.

2에서는 아이들이 부화한다. 영웅 서사적이고 민족적 색채가 짙은 즉흥 기악곡인 광시곡이 아이들을 부화(孵化)시킨다. 이 아이들은 악보 또는 언어로 읽히는데 이 언어를 다루는 주체인 나의 입장과 위치가 심각하다. 나는 타인의 기계로서의 나일 뿐이고, 우울주의자인 너의 분신(分身)이다. 그러니 나의 분신들이 반연극(反演劇)을 한다는 것은 내가 낳은 언어들이 불구의 모습으로 상식에서 벗어난 이상행동을 하거나 금지된 영역을 침범하고 있음을 암시한다. 이것은 곧 언어의 탈옥 욕망을 드러내는 것인데, 주목되는 것은 탈옥하다

스포트라이트(spotlight) 빛에 발각되어 탈출에 실패한 자들이 해방될 수 있는 유일한 길은 처형(處刑)뿐이라고 말하는 부분이다. 우울주의 자의 사전에서 처형과 해방은 동의어이기 때문이다. 이런 상황 속에서도 나는 빛의 무늬를 피부에 입힌다. 빛을 빛으로 막으면서 계속 탈옥을 꿈꾼다. 문조(文藻)가 신원 불명인 나의 신원을 증명해 줄 것이기 때문이다. 문조는 문장의 멋 또는 글을 짓는 재주나 솜씨를 뜻한다.

3에서는 아이러니컬하게도 감옥의 감시탑이 등대로 치환되어 있다. 등대는 바다를 연상시키고 시원한 바람과 자유를 동경하게 만든다. 탈옥을 욕망하는 수감자들은 항시 감옥 너머의 바다를 동경하고 꿈꾼다. 그러나 이 바다는 그들이 태어나서 한 번도 가 본 적이 없는 장소이며, 존재 자체가 불투명한 대상이다. 즉 흰 거품이 배의 증거라고 추측될 뿐인 욕망이 대상화된 관념적 바다이다. 다시 말해 3에 등장하는 바다는 수감자들에게 도저히 도착 불가능한 시공간이자 포로들의 절망을 역설적으로 강화시키기 위한 표상물이다. 그러기에 절망의 깊이가 더욱 깊어진 포로들은 명치에 '몹시 사랑하다'라는 뜻의 절애(切愛)를 새기는 비극적 상황에 놓인다. 이 부분에서 철조망으로 자기의 몸을 자해하는 자학적 절망의 뿌리를 상상해야 한다.

4에서는 육담(肉談), 즉 음담패설 같은 비속한 이야기가 새겨진 인간의 육체를 붉은 감옥으로 인식한다. 그 불결한 몸에 소년은 원고지를 그리고 "법은 존재한다 그리하여 파괴한다"고 쓴다. 그러자 법관이 웃으며 "법은 파괴한다 그리하여 존재한다"고 교정한다. 법은 법문(法文)의 법이고, 법문(法文)은 불경의 글이다. 소년과 법관의 행위는 몸의 실재성과 허구에 대한 존재론적 자각이 전제된 행위이며, 이러한 행위는 시인의 글쓰기와 간접적으로 연계되어 있을 것이다.

이는 시인이 글쓰기 과정에서 무의식적으로 육체의 존재와 무에 대해 사유하고 있음을 반증한다. 불교의 시각에서 보면 결국 소년과 법관은 음과 양, 밤과 낮, 어둠과 빛처럼 존재의 양면을 나타내고 이들의 공존을 통해 세계는 지속된다.

5에서는 참새와 비슷하게 생긴 사육용 새 문조(文鳥)가 등장한다. 문조는 머리와 꽁지가 검고 등은 청회색이다. 문조는 자연에 실재하는 새이면서 동시에 시인이 글과 관련시켜 연상해 낸 가상의 새다. 실재하면서 부재하는 이중적 대상이다. 이 문조가 문을 들어 올려 나를 떠나려 하자 나는 외로워서 창살에 머리카락을 묶는다. 이것은 문조가 나의 또 다른 자아임을 암시한다. 그러기에 벽에 흘러내린 문조의 글자 흔적이 나의 비명(碑銘)이 된다. 결국 시인은 영어(囹圄)된 자아의 탈옥 욕망을 드러냄과 동시에 탈옥에 대한 불안과 두려움을 느낀다.

6에서 나는 만 0세의 정치범이다. 태어나자마자 범죄인이 되는 것은 아버지와의 연좌(連坐) 때문일 것이다. 전향서가 등장하는 것으로 보아 나도 아버지도 좌익 빨갱이 또는 공산주의자일 것이다. 그러나 나는 붉은 색채를 바꾸어 전향할 수가 없다. 붉음은 색(色)이 아니라 피(血)이기 때문이다. 아버지로부터 유전된 알비노(albino) 때문이다. 알비노는 유색 동물에서 태어날 때부터 피부나 머리카락, 눈 따위에 멜라닌 색소가 없거나 모자라는 것을 말한다. 결국 아버지의 부패한 몸이 다시 내가 자라날 육아낭이 되고, 아버지의 썩지 않는 몸은 나의 유형지가 된다. 아버지와의 절연(絕緣)을 통해 탈출하고 싶지만 그것이 불가능함을 역설적으로 드러내고 있다. 띄어쓰기를 하지 않고 글자들을 모두 붙여 쓴 것은 아버지와 나의 연좌의 심각성을 반어적으로 나타낸다.

7에서는 죽은 후에 가는 영혼의 세계인 명계(冥界)가 그려진다. 그곳은 멀고 아름다운 나라이고, 나도 기호들도 새처럼 그곳으로 멸멸해 간다. 명계가 우리를 그곳으로 이끄는 중력이 작용하기 때문인데 중요한 점은 그동안 시인은 글쓰기를 통해 해방과 자유를 절실하게 염원한다는 사실이다. 이 부분에서 나는 시인의 고뇌의 깊이와 글쓰기에서 그녀가 느끼고 있는 고통의 밀도를 짐작하게 된다. 하지만 그녀는 그것조차도 감내하려는 결기와 의지를 보여 준다. 왜냐하면 글쓰기는 결국 자아와 언어를 모두 비워 시간의 망각 속으로 사라지는 뼈아픈 고행이기 때문이다. 그러기에 그녀에게 손가락은 최초이자 최후의 펜이며 깃이고 날개의 완성이라는 의미를 띤다. 흥미로운 점은 마지막 명계로 가면서 감옥을 내려다보는 장면이다. 그 감옥은 내가 속한 세계이자 나의 거울상이다. 결국 감옥은 시인이 속한 세계이면서 동시에 시인의 내적 자아의 감옥이고, 그 안에 갇힌 포로들은 모두 나이면서 나의 언어들이고 나의 상처 난 꿈들이다. 그러기에 시인은 그들 모두에게 제네바 협약을 적용해 보호하려 하고 대접하려는 것이다. 제네바 협약은 1949년 전쟁으로 인한 희생자를 보호하기 위해 만들어진 국제조약이다. 3협약은 포로의 대우에 관한 조약으로 살해, 구금, 고문, 폭행, 강간, 추방 등으로부터 보호될 권리가 있다는 내용이다.

「여섯 개의 독방과 출입소—연좌(戀坐) 5」는 전쟁 포로들이 수감된 감옥의 구조를 시의 발화 형식에 그대로 현재화한 점이 참신하고 인상적이다. 자아와 언어를 포로수용소의 포로들로 치환시켜 인간 내면의 불안한 현실을 드러내면서 그런 비극의 상황이 6.25 전쟁 같은 역사 속의 참혹한 상황과 같은 맥락에 놓여 있음을 말한다. 또한 비극은 계속해서 또 다른 비극을 낳는다는 암울한 전망을 담고 있다.

서두에 "비극의 곁에 비극이 앉는다"는 전언이 삽입된 이유가 여기에 있다.

2010년 등단 이후 현재까지 오주리가 보여 주고 있는 시들은 개성이 매우 강하고 천착하는 주제 의식 또한 치열하다. 시의 난해성 문제와 소통의 어려움을 문제 삼아 그녀의 시를 매도하는 평가가 있을 수 있으나, 나는 그녀가 어떠한 힐난이나 폄하의 발언에도 개의치 말고 더욱 대범하게 언어 모험을 계속해 나갔으면 좋겠다. 다만 빈번한 한자의 사용은 그녀의 시적 개성을 강화하면서도 오히려 자기 고유성을 희석시키는 측면도 있다는 점을 지적해 두고 싶다. 이상(李箱)을 비롯한 몇몇 선배 시인들의 영향권 아래 놓이게 될 빌미를 제공할 수도 있기 때문이다.

한 시대를 지배하던 철학, 사상, 과학, 예술의 균열과 붕괴는 또 다른 철학, 사상, 과학, 예술을 태동시키고 그것의 생멸은 원운동처럼 계속 반복된다. 영원히 절대적인 철학, 영원히 절대적인 과학, 영원히 절대적인 사랑, 영원히 절대적인 시는 없다. 그러기에 필요한 것은 유연한 사고, 자기 철학과 사상에 대한 비판적 탐구, 역사와 예술과 문학에 대한 인식의 전면적 전환이다. 이 도저한 부정성과 도전 정신이 인간과 세계에 대한 경직된 감각과 사유를 뒤흔들어 새로운 미래를 열 것이다.

제4부

지형도 19.
양자론의 우주 시학
—아토에서 우주까지, 시공간 변환술사의 꿈과 고독

우주의 시대고 빛의 시대다. 이시경의 이번 시집에는 21세기 과학 문명을 떠받치는 현대물리학의 상대론과 양자론, 광학과 광전자공학, 우주천문학, 미적분의 세계, 공업수학의 세계 등이 다양하게 망라되어 있다. 그만큼 각각의 시편들은 전문적이고 특수하다. 그의 시편들은 이시경이라는 육체 스펙트럼을 통해 다채롭게 분광된 다양한 파장의 빛들이다. 이 빛들이 어우러져 다색 다층의 낯선 시공간을 창출한다. 한국 시단에 결여되어 있는 과학의 세계를 본격화하여 우리 시의 자장을 넓히고 외연을 확장한다.

그의 시는 입자부터 우주까지 시공간을 자유롭게 넘나드는 비선형 비행 물체, 로그 함수의 궤적을 그린다. 시간의 축을 따라 공간이 자유롭게 변환하기도 하고, 공간의 축을 따라 시간이 불규칙한 속도로 회전하기도 한다. 미래의 시간 M이 과거의 시간 N으로 흘러들기도 하고, 공간 S가 공간 P와 충돌하며 섞이고 굴절된다. 시공간이 하나의 '입자-반입자 관계'를 형성하며 쌍으로 움직인다.

소립자들의 미시 세계를 시로 풀어내는 과정에서 시인의 상상과 기억이 뒤섞일 때도 많은데 비가시적인 소립자들을 인격화하고 서사화하여 현실 공간에서 재배치하기 위함이다. 입자 세계의 물리현상들을 독자들의 눈에 보이게 하여 우리가 사는 물질세계를 다시 바라보게 하기 위함이다. 이 과정에서 시인은 아픔과 슬픔, 소외와 고독감을 드러낸다. 또한 첨단의 광자 시대에 상존하는 구시대의 봉건성, 제도의 구습, 낡아빠진 형식과 질서를 혁파하라는 비판 의식도 드러낸다.

주의할 점이 있다. 전통적 인문학과 예술의 관점에서만 그의 이번 시집을 접근하면 많은 것을 놓치게 될 거라는 점이다. 시인이 고뇌와 번민 속에서 펼쳐 낸 양자론, 우주론, 인간론의 실체를 간과하기 쉬우며 광학, 전자공학, 생체공학, 천문학, 철학의 탐구를 통해 시인이 전하려 했던 중요 메시지를 놓칠 수 있기 때문이다. 따라서 필자는 각각의 시편을 이해하고 교감하는 데 꼭 필요한 수리 이론이나 물리 개념을 간략하게 설명하면서 시의 저층부로 들어갈 것이다. 그만큼 탐색의 시간이 길어지고 분량도 많아질 수밖에 없다.

1. 입자와 반입자, 쌍둥이 세계

하나의 입자가 쪼개져 전자와 양전자, 즉 입자와 반입자로 갈라졌을 때 그 거리가 아무리 멀어도 이 둘은 서로 얽혀 있다. 이를 '양자적 얽힘'이라고 한다. 한번 짝을 이룬 영원의 부부처럼 서로가 우주의 양쪽 끝에 떨어져 있더라도 어느 한쪽이 변하면 그 즉각 나머지 한쪽도 반응을 보이는 입자의 불가사의한 특성을 가리키는 말이다. 이 입자와 반입자가 만나 소멸하는데 이를 쌍소멸이라고 한다. 쌍소멸 시 입자와 반입자 쌍의 질량이 모두 감마선 에너지로 방출된다.

쌍소멸과 반대로 고에너지의 감마선에서 입자와 반입자 쌍을 만들 수 있는데 이를 쌍생성이라고 한다.

잠시 이런 상상을 해 보자. 미래를 향해 우주 철로를 달리던 전자 하나가 광자를 방출하고 반대로 방향을 바꿔 반입자가 되어 과거로 달리는 장면을 말이다. 이 전진과 후진을 우주 끝에서 당신이 바라본다면 당신 눈에 이것은 전자(-), 양전자(+)의 쌍소멸로 비칠 것이다. 반대로 과거로 달리던 반입자 하나가 광자와 충돌하고 광자 에너지를 얻어 다시 미래로 전진하는 장면도 상상해 보자. 이것은 쌍생성으로 비칠 것이다. 그렇다면 우리가 살고 있는 이 우주는 생성과 소멸의 무한 반복 때문에 균형을 이루는 건 아닐까?

우리 모두에게는 두 세계가 있다.
보이는 세계는 그중 하나.
보이지 않는 세계는 또 다른 세계.
누구나 두 세계에 발을 담그고 있다.
그저 모르고 있을 뿐,
우리 모두에게 쌍둥이가 있다.

동시에 태어났어요. 우리는 서로 잊은 채 태엽 풀리는 소리만 따라왔어요. 나와 동생은 둘이지만 하나, 쌍으로만이 전부 얘기할 수 있지요. 거울 속 나는 허상일 뿐, 나의 반쪽은 아니지요.

내가 마이너스일 때 동생은 늘 플러스이었어요.

어느 날 나는 여객선을 탔는데 침몰했어요. 파도의 억센 팔과 날카

로운 이빨이 얼마나 무서웠던지 그래서 어머니를 얼마나 불렀는지 구
조의 손길을 얼마나 기다렸는지 내 동생은 잘 알지요. 결국 차가운 바
닷물이 목 위까지 차올랐어요. 그러나 너무 슬퍼하지 마세요. 두려움
이 잠깐 지나가더니 쌍둥이 동생이 기다리고 있었어요. 지상에서 내가
동생을 업고 다녔듯이, 여기에선 동생이 날 업고 다녀요. 이젠 어른들
세상에 대해선 알고 싶지 않아요. 이곳에는 시험공부 때문에 초조해하
는 나는 없고, 잔잔한 호수 같은 쌍둥이 동생들만 있네요.

그런데 어쩌지요,
물결이 입을 가로막고 우리들의 다이너마이트 우정에 질투를 몹시
하네요.
　　　　　　　　　　　　　　　　　　　　　─「생성과 소멸」 전문

　나와 동생은 둘이지만 동시에 태어난 하나의 몸이다. 내가 마이너
스(-)일 때 동생은 늘 플러스(+)였다는 건 전자와 양전자의 관계, 즉
입자와 반입자의 관계를 말한다. 내가 침몰한 곳은 파도가 무섭게
휘몰아치는 바다, 억센 팔과 날카로운 이빨로 나를 공격하는 무서운
바다다. 그런데 죽음의 순간에 쌍둥이 동생이 나를 구원한다. 지상
에서 내가 동생을 업고 다녔듯 이곳에선 동생이 나를 업고 다닌다.
중요한 건 이곳에서는 시험공부 때문에 초조해하는 내가 없다는 고
백이다.
　입자와 반입자의 관계를 물질과 반물질의 개념으로 변용하면 반
물질은 시간상에서 후진하는 물질이다. 그렇다면 이 바다는 디랙바
다일 것이고 시인은 지금 시간의 방향성 문제, 우주의 에너지 문제
를 총체적으로 생각해 보고 있을 것이다. 그렇다면 시의 서두에 나

오는 두 세계는 입자와 반입자의 세계, 다시 말해 전자와 양전자가 쌍둥이로 공존하는 세계, 양성자와 반양성자가 쌍둥이로 공존하는 곳이다. 보이는 거시 세계와 보이지 않는 미시 세계가 쌍둥이처럼 존재하는 곳이다. 뉴턴의 고전역학으로 설명되는 덩어리들의 물질 세계와 양자역학으로만 설명 가능한 소립자 세계, 이 두 쌍둥이 세계가 맞물려 우리의 몸을 이루고 세상을 이루고 우주를 이룬다.

이시경의 우주 시학은 이러한 생성과 소멸을 통해 발원하고 변화한다. 우주가 하나의 확정적 실체를 갖지 않고 무수히 몸을 변화시켜 삶과 죽음을 반복하는 것처럼 그의 시편들은 입자의 아토 세계로부터 출발하여 거대한 시공의 우주 세계, 심원한 심리 세계, 철학적 사유 세계로 팽창해 나간다. 사물과 풍경 안에 내재된 양자적 특수성을 정밀하게 관찰, 사고, 통찰, 추론하면서 우주적 보편성으로 나아간다. 21세기의 새로운 광야를 펼쳐 보인다.

따라서 물질과 반물질, 인간과 반인간이 쌍둥이로 존재하는 세계는 양자물리학의 아름다운 시적 은유이자 상징이다. 반물질의 세계가 물질세계에서 받던 현실적 고통이나 정신적 압박이 사라지는 곳으로 그려져 있다. 시인의 갈망이 만들어 낸 아름다운 반현실이라는 점에서 현실에서 시인이 받았을 고통과 불안이 배가된다.

자, 이제 입자 비행기를 타고 원자 내부로 들어가 보자. 소립자처럼 작은 입자 존재가 되어 엄청나게 작은 양자 비행기를 타고 물질의 내부의 내부로 들어가 보자.

　　엄청 작은 비행길 타고
　　절벽 틈 골짜기와 구불구불 해저터널을 지나
　　하루는 꼬박 걸리는 알쏭달쏭한 왕국이 있다.

우연히 거기에 간 적이 있지.

하나의 커다란 벌집이었다.

동일한 크기의 방마다 아이들이 일하느라 분주했다.

그 세계엔 규칙이라는 왕이 있고

그를 보좌하는 검열관과 비밀경찰이 있을 뿐.

검열관들은 아이들의 동태를 수시로 체크하여

위에 보고했다. 아이들의 생각이 허용치를 넘어서면

뇌에 경고등이 켜졌고,

비밀경찰들은 불순분자들을 잡아갔다.

―「전자들의 반란」부분

모든 물질은 원자들의 모임이고, 원자는 원자핵과 핵 주위를 도
는 전자들로 이루어져 있다. 전자는 음전하를 띠는 아주 작은 입자
로 극미한 질량(9×10^{-31}Kg)을 갖는다. 궤도를 따라 원자핵 주위를 돌
면서 원자핵과 함께 물질을 구성한다. 이 시에서 전자들은 원자핵의
구속력을 벗어나고자 반란을 꿈꾸는 반동분자로 그려진다.

시인은 원자의 세계에서 펼쳐지는 전자들의 운동을 인간의 사회
에 중첩시키고 있다. 초소형 비행기를 타고 절벽 틈 골짜기와 해저
터널을 구불구불 지나야 나오는 알쏭달쏭 왕국, 규칙 왕 밑에서 일
하는 아이들, 검열관과 비밀경찰의 감시를 받으며 죽도록 일하는 아
이들, 이들이 바로 전자다. 왕은 물론 원자핵일 것이다. 전자들은 원
자핵의 힘에 사로잡혀 궤도를 벗어나지 못하고 묶여 있다.

'우리 탈출할 수는 없나?' '우리가 뭐 노예인가?' '꼭 시키는 대로
만 해야 하나?' 등은 전자들의 억압 심리가 그대로 노출된 항변들이
다. 문제는 전자들 중 극히 일부의 전자들만이 이런 반란과 개혁을

도모한다는 사실이다. 그 결과 대다수의 동료 전자들은 '네가 무슨 왕이라도 돼?' 말하면서 반란을 선동하는 전자를 구타한다. 모두 억압의 체제에 길들여져 있기에 체제에 이의를 제기하고 반항하는 자들을 불순분자로 낙인찍고 집단 폭력을 행하는 것이다.

하지만 시간이 흐를수록 불순분자는 더욱 늘어난다. 감시가 심해지고 비밀이 많아질수록 전자들의 저항은 더욱 커진다. 시간이 흘러 현대로 접어들면서 전자들의 반란 양상은 더욱 강도를 높여 간다. 마침내 티브이가 찌지직거리고 휴대폰 기판 회로는 뜨겁게 달아오른다. 즉 문명화된 현대사회로 접어들면서 전자들의 반란 강도는 더욱 세지고 저항의 양상 또한 더욱 혼란스러워진다. 그 결과 마침내 정전이 된다. 정전은 암흑을 낳는 현상이다. 모든 것이 정지되는 극도의 혼란 사태다. 규칙 왕국의 형벌 제도와 법이 붕괴되고, 혼돈이 극에 다다랐다는 상징적 현상이다. 세계를 어둠으로 되돌려 재편하려는 전자들의 최후 봉기인 셈이다.

원자핵의 속박으로부터 벗어나길 꿈꾸는 전자들의 반란을 그린 이 시는 우리 사회의 권력 관계, 자본 관계, 남녀 관계, 학력 관계 등 다양한 종속 관계를 떠올리게 한다. 통치자와 민중의 관계, 자본가와 무산자의 관계, 보수와 개혁의 관계, 갑과 을의 관계 등 우리 정치사회 전반의 구조적 모순들을 근본적으로 다시 생각하게 만든다. 이런 비판 의식 이면에 억압의 수직 관계를 상생의 수평 관계로 복원시키고 싶은 시인의 간절한 바람이 담겨 있다는 점을 놓쳐서는 안 된다. 다음 시에서는 이런 비판적 관계 인식이 좀 더 구체적으로 펼쳐진다.

소리 나는 쪽을 보니 두 공간으로 나누어진 세계.

아래쪽은 창문이 하나 달린 어두컴컴한 지하 공간이고
위쪽은 지하로부터 겹겹이 계단으로 연결되는 지상이다.
두 전자 무리들의 대화가 시작된다.

무리1: 어이, 친구들.

　　　우릴 도와줘! 여기서 탈출하고 싶어.

무리2: 여기로 올라오겠다고? 다시 생각해 봐!

　　　이곳은 너희들이 생각하는 그런 낙원은 아니야.

　　　여기에 오면 누구나 밤낮으로 개미처럼 일만 해야 해.

　　　거기가 편하지.

무리1: 아냐! 여기는 지옥이야.

　　　우리는 모두 사슬로 손과 손이 묶인 채 바닥에 매여 있어.

　　　사슬을 끊고 나갈 수 있다면 뭐라도 하겠어.

　　　너희 세상이 부러워.

무리2: 자유가 없긴 여기도 마찬가지야.

　　　여기서 우린 완전 노예야.

　　　밥 짓고 빨래하고 불을 켜라면 모두 해야 해.

　　　그들은 잔인하고 조급한 족속들이라 한 치의 오차도 죽음이야.

　　　빨리빨리 외쳐 대니 어디 쉴 틈이나 있겠어.

　　　죽을 때까지 행군 또 행군이지.

무리1: 지직 지지직 지직.

무리2: 그래도 좋다면 내가 친구들을 불러 볼게.

　　(밖을 향하여 누굴 부른다)

창문을 통해서 새들이 지하로 날아든다.
낱알을 하나씩 물고 있다.

불새: (무리1에게) 여기 불 알갱이를 삼켜 봐. 힘이 솟을 거야.

빛새: (무리1에게) 여기도 있어. 이 빛 알갱이는 더 센 알약이지.

　　삼키기만 하면 틀림없이 위층으로 점프할 거야.

　　　　　　　　　　　　　　　　　　　—「아토 나라의 이상한 아이들」 부분

이 시는 원자핵 주위를 도는 전자의 궤도운동을 통해 우리 사회의 계층 간 갈등과 싸움, 계급 사이의 불화와 알력을 구체적으로 다룬다. 두 공간으로 나누어진 아래쪽 지하 세계와 위쪽 지상 세계는 각각 전자들이 무리 지어 사는 세계다. 지하는 빛이 없고 지상은 빛이 있는 세계다. 지하의 전자들(무리 1)은 빛을 찾아 지상의 전자들(무리 2)이 사는 곳으로 탈출하려 한다. 하지만 탈출의 진짜 이유는 따로 있다. 원자핵 때문이다. 지하 세계의 전자들은 원자핵으로부터 가장 근거리에 있기에 원자핵의 힘을 가장 강력하게 받는다. 비유적으로 말해 이들은 모두 손발이 사슬에 묶인 채 원자핵의 지배로부터 한 치도 벗어나지 못하고 지옥 같은 시간을 보내는 무리다.

편의상 지상에 사는 전자 무리를 E2, 지하에 사는 전자 무리를 E1이라고 하자. E2는 E1보다 원자핵의 구속으로부터 좀 더 멀리 떨어진 무리인데, E2 또한 한때 E1의 세계에서 살다가 벼락 칠 때 E2 세계로 탈출한 자들이다. 어떻게 탈출이 가능했을까? 벼락 칠 때 광자를 삼켜 광자 에너지를 얻었기 때문이다. 불새가 주는 불 알갱이, 빛새가 주는 빛 알갱이 알약을 먹었기 때문이다. 불 알갱이보다 빛 알갱이의 에너지가 더 강력하기 때문에 낮은 궤도에서 높은 궤도로 점프할 수 있는 더 센 알약이다.

이 대목에서 중요하게 생각해 봐야 할 점이 불새, 빛새의 실체다. 물론 불새는 불에서 온 새고 빛새는 태양에서 온 새이지만, 둘 다 시인의 꿈과 무의식이 반영된 비유적 존재들이다. 즉 차별과 억압이 없는 자유의 평형상태를 갈망하는 시인의 욕망이 만들어 낸 에너자이저들이다. 시인은 지금 권위적 핵의 억압으로부터 벗어나 수평적 평등의 삶이 주어지는 세상을 꿈꾸고 있는 것이다. 그렇게 시인은 현대사회의 계급 구조를 비판적으로 응시하여 그것을 입자들의 미시 세계와 연관시킨다. 원자핵-전자의 갑을 관계를 자본가-노동자의 종속 관계, 통치자-민중의 권력 관계로 확대하여 적용한다. 미시 세계의 소립자 운동 메커니즘이 거시 세계 우리의 삶과 사회에 그대로 적용된다는 사실이 놀랍고 아이러니하다.

2. 힉스 입자, 거대한 양자의 바다

빅뱅으로 태초에 우주가 태어났을 때 초고온 속에서 수많은 입자들도 함께 태어났을 것이다. 이 입자들은 시인은 '이상한 아이들'이라 부른다. 빅뱅 당시 우주의 모든 소립자들은 광속으로 날아다녔을 것이다. 질량을 지닌 입자는 광속으로 날 수 없으므로 당시의 모든 입자들은 질량이 제로(0)였을 것이다. 그런데 점차 우주가 식어 가면서 진공의 대칭성이 자발적으로 파괴되고 소립자에게 질량이 생기기 시작했을 것이다. 그렇다면 광속으로 날아다니던 입자들과 충돌하여 입자들의 속도를 떨어트리는 무언가가 있어야만 한다. 입자들에게 극미한 질량을 부여하는 또 다른 입자가 반드시 존재해야만 한다.

이런 추측 속에서 상상된 것이 힉스(Higgs) 입자다. 힉스 입자의 존재는 1964년 여섯 명의 물리학자에 의해 최초로 제기되었는데, 이때 함께 참여한 영국의 이론물리학자 피터 힉스(1929-)의 이름을 따서 소립자에게 질량을 부여하는 입자를 힉스 입자로 부르게 되었다. 그런데 놀랍게도 2013년 유럽입자물리학연구소(CERN)의 대형강입자충돌기(LHC) 충돌 실험을 통해 힉스 입자의 존재가 실제로 확인되었다.

하하하!

사람들은 드디어 날 찾았다고, 또 나도 모르는 힉스라는 이름을 붙여서 흥분한다. 그것이 바로 우주 생성의 원리를 밝히는 구세주다 아니다 논쟁이 뜨거웠던 지난 십여 년, 나도 하루하루가 힘들었다. 실은 내가 근래에 이 땅에 온 것이 아니고, 저들이 오기 훨씬 전부터 존재했다는 사실을 모른다고는 생각하지 않는다. 저들이 지금 열광하고 있는 것은 수백억 년 전에 쏟아져 나온 나의

배내똥,

거대한 생명체의 꼬리 위 한 점. 푸짐한 상을 마련해 놓고 서로 주고받으며 잔치를 벌이니, 그대는 어찌 생각하는가. 네이처다 사이언스다,

논문 수를 늘리고 인용 횟수 늘리기 경쟁으로, 보이지 않는 내 형상 위에 몇 점 더 찍을 수는 있겠지만. 아니 더 많은 점으로 내가 위태로워질 수 있기에 나는 저들을 경계하며 경고한다.

헛되고 헛되다 모든 것이 헛되도다.

아직 나는 저들에게 꼬리 흔적 부분만 좀 들켰지만, 나와 꼭꼭 숨어 동행했던 숱한 녀석들은 벌써 나를 배신자라고 부른다.

네가 메시아냐?

—「배내똥」전문

이 시는 세기의 사건이자 과학사의 위대한 발견 중 하나인 힉스 입자의 발견을 다룬다. 재미있는 건 힉스 입자 자체가 시의 화자가 되어 자신의 심정과 걱정을 드러내는 언술 방식이다. 세계 각국의 신문과 방송 매체, 외신들은 일제히 이 세기의 뉴스를 전파하면서 인류가 이룩한 또 하나의 거룩한 업적을 상찬한다. 하지만 정작 힉스 입자 자신은 지난 십여 년 동안 너무 힘들었다고 심정을 토로한다. 또한 수많은 동족 소립자들로부터 배신자라고 비난받고 낙인찍혀 고독한 상황에 처해진다.

이 시는 힉스 입자의 발견을 인간의 시각과 다른 방향인 소립자의 시각에서 바라본 점이 독특하다. 인간의 관점에서는 놀랄 만한 세기의 발견이 우주의 관점에서는 미미하기 짝이 없다. 이는 우주의 비밀에 비해 인간이 이루어 낸 과학의 성과라는 것이 극히 작은 것임을 나타내며, 거대한 우주 앞에서 인간은 좀 더 겸손해지고 자신에 대한 반성과 성찰이 필요함을 역설하는 것이다. 인간의 오만과 자만을 냉소하고 경고하는 입자들의 메시지가 담겨 있어 재밌다.

원시림으로 반쯤 가려진 깊은 동굴 입구

어린아이가 서성이다가
호기심의 뿌리를 잡고 동굴 속으로 깊숙이 내려갔다
동굴 입구 근처에선 봉황, 현무, 해태의 뼈들이 나왔다
그 안으로 수직으로 박혀 있는 또 다른 동굴
수억 년 동안 발견되지 않은 우물 하나 나타났다
우물 안에는 아이 하나 겨우 발 디딜 정도의 계단이 있다
아이는 연거푸 돌을 던져 깊이를 확인하더니
궁금증을 흩뿌리고 사라졌다

여러 해 지나는 동안, 괴 생명체 하나

동굴 이끼를 뜯어먹고 자라 새끼를 치더니
동굴에서 가시로 덮인 생명체들이 기어 나온다
그들은 환경에 따라 색깔도 울음소리도 달라졌다
어미가 울 때마다 변종 새끼들도 따라 우는데
비바람 몰아치는 날이면 날마다
원시 습지는 카오스모스로 그득했다

언제부턴가, 늪에서 뭍으로 튀어 올라
게걸스럽게 지상의 것들을 먹어 치워 버리더니

영과 하나 사이의 소수들을 무수히 세상에 뿌려 놓았다

그들은 노화가 없는 무병장수의 생명체

이중 물결무늬의 퀀텀 날개를 달고

꺼져 가는 곳이면 어디든 날아가 불새로 비상한다

　　　　　　　　　　　　　　　　　　　　—「확률의 날갯짓」 전문

　원시림의 동굴 속 수억 년 동안 발견되지 않은 우물 속에서 괴 생명체가 탄생한다. 이 괴 생명체의 실체는 드러나지 않고 원시 습지는 카오스모스로 가득 찬다. 괴 생명체는 마침내 늪에서 뭍으로 나와 지상의 것들을 게걸스럽게 먹어 치우고는 0-1 사이의 소수들을 뿌려 놓는다. 이 괴 생명체는 무엇일까? 이 시의 제목에 확률이 들어 있음을 유의하자.

　0과 1의 세계란 확률의 세계다. 확률 0은 가능성 제로, 확률 1은 가능성 백 퍼센트를 의미하므로, 0과 1 사이의 소수들은 양자 비트가 떠도는 확률공간을 의미한다. 주목해야 할 것은 시인의 시각이다. 시인의 눈에는 확률 자체, 확률을 처음 발견하여 체계화한 파스칼, 그가 발명한 계산기 이후 응용 버전인 전자계산기와 공용 컴퓨터, 그 상위 버전인 AI 머신과 양자 컴퓨터 등은 모두 괴 생명체들이다. 0과 1의 이진법 세계와 그 사이의 소수들인 양자 세계를 떠도는 수리적 괴물체들, 매트릭스 공간의 괴물체들이다.

　원시 동굴 속의 괴 생명체는 이들의 먼 조상이자 어미인 셈이다. 이런 시각에서 접근하면 이 시에 등장하는 동굴과 동굴 속 원시 우물, 거기서 탄생하는 괴 생명체 이야기는 괴기한 픽션이 아니라 물리 현상의 문학적 변주다. 우리 몸의 감각기관이 관측하거나 설명하기 어려운 미시 현상들을 문학적 장치, 시의 상상력 공간에 재배치하여 겹쳐 놓은 것이다. 또한 전자기학, 광학 등에 등장하는 퀀텀의 세계를 불새 이미지로 변주하여 확률 개념과 중첩시키고 있는 것이다.

퀀텀(quantum)은 물질의 에너지 상태를 나타내는 용어로 양자다. 일반적으로 광자 한 개의 에너지(E)는 빛의 진동수(f)에 플랑크 상수(h)의 곱으로 환산된다. $E=hf$. 플랑크 상수($h=6.626 \times 10^{-34}$ J·s)는 1900년 막스 플랑크가 흑체복사를 설명하기 위해 도입한 상수다. 흑체(black body)는 외부의 빛을 완전히 흡수했다가 재방출하는 가상의 완전 복사체 물체고, 흑체복사란 흑체가 방출하는 에너지 복사를 말한다.

거대한 어미 새가 태양 속에서 산다
그가 홰를 칠라치면 머얼리 새끼들까지 덩달아 날갯짓하느라
사방이 온통 불바다

오래전부터 새끼들이 날아들었다
지구는 그들이 찾던 둥지, 때로 몰려들어 집 짓고 살고 있다. 숲속 바위나 나무 등걸에도 날아다니는 곤충의 날개나 들짐승의 털 밑에도 공간이 있는 곳은 어김없이 곰실곰실 꽉 들어차 있다

―「불새―흑체복사」 부분

태양 속에 사는 거대한 어미 새는 광자를 낳는 모체다. 태양에서 날아온 새끼 새들인 광자가 지구의 공간 어느 곳에나 들어차 있고 이들 때문에 지구는 생명체로 존재한다. 세상은 광자들이 넘실대는 곳이며 이들의 에너지가 세상을 순환하게 한다. 태양에서 날아온 광

자들의 새 울음소리가 이른 아침부터 사방에서 울리는 것만 같다.

그들은 이른 아침부터 짹짹거리며 창문을 두드린다.

통 통 통
E=hf E=hf E=hf

그들은 날마다 멀리서 포르르 날아온다. 한 마리 두 마리 아니 천문학적 숫자이다. 그들은 마당 위로 이리저리 뛰어다닌다. 그들은 어둠의 조각들을 쪼아 먹는다. 그들은 지상에서 온종일 뒹구는 아이. 붉은 놈보다 푸른 놈이 힘이 더 세다. 그들은 철새들처럼 떼로 몰려다닌다. 그들은 떨림의 덩어리들. 공연은 맛보기.

그들은 빛이 닿는 곳마다 빠르게 무리 지어 날아간다. 세상은 그들의 몸짓과 빛깔로 물결친다. 그들은 암호화된 군무. 그들은 휴대폰만 열어도 떼구루루 쏟아져 나온다. 타고난 춤꾼들. 그들은 세상 이야기를 맥박 속에 숨겨 놓거나, 옷의 색깔 속에 묻어 두거나, 심지어는 편협한 생각 속에 가두어 놓았다가 꺼내서

춤을 춘다,

너와 나의 삶의 한 장면 한 장면마다.

—「댄싱 퀸」 전문

양자의 바다에서 넘실넘실 춤추는 광자 이야기다. 광자들이 지상

에서 온종일 뒹굴며 세상의 어둠을 조각조각 먹어 치우는 새들, 아이들로 그려진다. 붉은 놈보다 푸른 놈이 힘이 세다는 건 빛의 파장 차이를 말한다. 파장이 짧은 자외선이 파장이 긴 적외선보가 에너지가 세다는 뜻이다. 이 아이들은 떼를 지어 몰려다니는데 떨림 운동을 통해 공연을 한다. 이건 광자들의 운동을 비유적으로 표현한 것이다. 즉 빛의 파동성 때문에 이 세상의 다양한 색채와 무늬가 만들어지고, 인간은 눈으로 그것을 볼 수 있는 것이다.

광학의 세계에서 빛의 파장 차이는 색깔의 변화를 낳는다. 빨주노초파남보, 파장의 길이가 길면 적외선, 파장의 길이가 짧으면 자외선으로 분류된다. 물론 적외선보다 파장의 길이가 긴 음파와 전파도 있고, 자외선보다 파장의 길이가 짧은 X선, 감마선 등도 있다. 중요한 건 빛의 파장의 길이 차가 다양한 색깔을 만든다는 점이다. 이는 곧 세상의 모든 색채와 명암은 광자들에 의해 조절되고 변화된다는 의미다. 시인의 눈에 인간의 생각까지도 지배하는 광자들의 움직임이 암호화된 군무로 보이는 건 당연하다. 그러니 광자들은 세상의 댄싱 퀸이다.

이처럼 입자들의 미시 세계가 우리 일상의 거시 세계를 지배한다. 전자가 후자의 출발지이자 샘이라는 점에서 이 둘은 하나의 필연적 끈이다. 이처럼 거대한 사물 속에 숨어 있는 입자의 세계를 시인은 지속적으로 주목한다. 전자와 원자핵의 관계를 벌새와 선인장의 관계로 치환하기도 한다. 이 양자 간의 합일로 일구어 낸 세상이 선인장 제국 사와로다. 양자 사이 사랑의 떨림이 낳은 세계는 지상의 언어로 환원될 수 없는 황야의 홀로그램이다. 이 사막의 사와로 공간은 시인의 이상적 완결 공간에 가깝다.

양전하에 끌려 음전하로 다가갔다

윙윙거리며 네 주위를 맴돌다가

깊숙이 지르는 일침은 탐심 때문만은 아니었다

너와 내가 일군 저 황량한 산언덕 위

사와로(saguaro) 제국을 보라

목이 메어지게 탈 때 나를 부르면

맨발로 나는 너에게 날아갔지 그리고

구석구석 사막 이야기를 들려주고는

네 꽃으로부터 꿀을 딸 때까지 나는

너의 핵 둘레 궤도를 돌고 돌았지

너와 내가 하나로 아롱져 떨 때

내지르는 지저귐은 원래 지상의 언어가 아니었다

우리들의 떨림 이야기는

황야에 홀로그램으로 묻혀 있다가

동녘에 달이 뜨면 황금 별빛 노래로 울려 퍼져

재규어는 눕고 전갈은 꼬리를 내렸지

그녀의 방은 피시와 티브이만 있는 사막

각종 고지서와 약봉지가 빈 날개로 날아들자

사내는 그녀 곁을 잠시 맴돌다가 떠나갔고

그녀는 벌새를 찾아 제국으로 떠났다

저물어 요양원을 찾은 사내의 하모니카 소리

치매 할머니를 적셔 양전하로 떨게 했다

―「벌새와 선인장」 전문

　　현실의 그녀가 이별 후 벌새를 찾아 떠난 사와로 제국은 위안의 공간이다. 그러나 그곳은 또한 죽음을 예비하고 준비하는 요양원이라는 점에서 존재의 망각, 실재의 소멸, 죽음의 대면 공간이기도 하다. 자연의 물적 관계가 극소의 미립자 세계로 축소 중첩되는 전개인데 그것이 사랑과 이별, 삶과 죽음, 존재와 소멸의 관계로 겹쳐져 읽힌다. 이처럼 이시경은 현실의 거시 세계와 그것의 응축인 미시 세계를 분화시키지 않고 중첩 병렬시켜 혼합적 다색의 시간, 다층의 공간을 창출한다.

3. 중력 방정식과 매트릭스 미래

깊숙이 들어갈수록 우리는 점점 작아졌어.

저것 좀 봐, 빛보다 빠르게 달리는 우주선들.

(중략)

몸은 허깨비.

우리의 시간이 공허하다고?

(중략)

'사랑'이라는 원소는 아주 귀해. 사랑의 불씨가 꺼지면 큰일이지.

―「허깨비의 우주여행」 부분

　　공상과학 SF 영화에서나 나옴직한 상상의 우주여행이 펼쳐진다.

우주정거장에서 고유 생체 신호를 디지털 신호로 바꾼 우린 빛보다 빠른 우주선을 타고 이동한다. 빛보다 빠른 이동이므로 시간 여행이 뒤따를 것이다. 관심을 끄는 것은 몸의 생체 신호를 디지털 신호로 변환시키는 장면과 변환 시 몸이 허깨비로 전락한다는 점이다. 우리라는 존재를 물적 실체가 아니라 헛것으로 바꾸는 변환이기 때문이다. 다시 말해 디지털 신호 0과 1, 또는 그 사이의 소수 값들로 우린 양자 전송된다. 이런 양자 전송 여행이라면 상상이 아니라 현실이다. 광섬유, 광케이블 속을 달리고 있는 빛들의 세계를 사실적으로 표현한 것이니까.

양자 여행 중에 홀로그램 애인을 만나고 사랑이라는 원소의 귀중함을 새삼 자각하기도 한다. 「매트릭스」 같은 영화에서 종종 차용되는 장면이고 스토리 전개다. 홀로그램 영상으로 가족과 통화하며 사랑과 그리움의 감정을 전하는 장면 말이다. 문제는 우주여행 과정에서 여행자들이 실종되거나 정신병자가 되기도 한다는 점이다. 그래서 사랑이라는 원소가 더욱 중요하게 강조된다. 또한 긴 시간 동안 암흑 속을 달리다 보면 갑자기 나타나는 별, 별이 내뿜는 빛에 눈이 멀기도 하고 길을 잃고 충돌하기도 한다. 그래서 중력 방정식을 잘 살피라고 시인은 권한다. 중력 방정식을 잘 기억하면 선로 이탈을 예방하는 데 도움이 된다는 것이다. 과연 그럴까?

과연 그렇다. 중력 방정식은 아인슈타인이 일반상대성이론에서 발표한 방정식이다. 중력 방정식에 의하면 우주는 구부러져 있다. 우주 전체의 질량과 에너지만큼 어마어마하게 휘어져 있다. 왜 그럴까? 암흑 에너지 때문이다. 우주의 진공이 암흑 에너지로 가득 차 있기 때문이다. 암흑 에너지는 곧 진공 에너지고 그 진공 에너지만큼 우주는 휘어지는 것이다. 우주의 휨 정도를 미리 알고 그에 따라 우주여행 비행 궤도를 조절하면 당연히 도움이 될 것이다.

그런데 화자는 빛의 속도로 달리다가 천억 개의 우주정거장 중에서 1004번째 정거장에 도착하여 가스 먼지 폭풍에 휩싸인다. 1004는 천사(Angel)를 연상하여 설정한 수치일 것이다. 그러나 아이러니컬하게도 1004번째 정거장 이후의 상황은 비명만 남고 생략되어 있다. 우주에 대한 인간의 어떤 첨단의 해석과 접근도 무용지물이라는 전언이 느껴진다. 인간의 미미함과 죽음을 생각하게 된다.

에덴 호 인큐베이터에서

처음 눈을 떴을 때 누군가 나를 들여다보고 있었다. 이십 년 전 부모님은 AI 이브에게 나를 맡기고 떠나셨다. 그 후 이브는 나를 먹이고 키웠다. 그녀의 목소리는 첨엔 고요하고 잔잔하더니 요즘엔 한결 다정스러워졌다.

$M_1 M_2 M_3$를 들추자

무공해 화면 속에서 궁창이 스윽 나타나고 그 뒤로 뭍이 다가선다. 산 위에 쌓인 눈들이 스르르 몸을 푼다. 푸른 평야 위로 들소는 모기를 쫓고 사냥꾼은 들소를 쫓고 모기는 사냥꾼을 쫓는다. 마침내 별들이 띄엄띄엄 나타나더니 끝없는 어둠, 간헐적으로 전자파 소리만 이어지고.

종착지는 정해져 있다

M_{n-2}와 M_{n-1}을 거쳐 M_n으로 가는데 그곳이 어디고 뭔 일이 있을지는 가 봐야 안다. 지금은 그녀는 그녀 일을 나는 내 일을 해야 한다. 오늘은 키를 내비게이션에 맡기고 철학, 우주천문학, 생체공학에 대해서

토론하기로 했다. 예전에는 내가 듣는 입장이었으나 요즘은 그녀가 질문하고 주로 내가 답한다.

"그거, 사랑이 뭐야?"

그때마다 눈과 눈이 부딪쳐 불꽃이 인다. 나는 아는 체했지만 늘 떨린다. 이브는 가끔 인터넷 서핑을 하다 중독 증세를 보이는데, 그럴 땐 나는 '제3의 지구'를 찾아보는 것이 어떻겠냐고 권한다. 이번 여행에서 가장 큰 난제는 무료에서 오는 정신 질환. 우리는 매일 역할을 바꿔 보기로 했다. 이브가 선장 겸 요리사나 의사, 정신분석가, 과학자로 활약하면 나는 이브의 보조원으로 시를 쓰거나 음악을 작곡해서 근처에 있는 별에 보낸다.

가까이 가면 왜 내 가슴이
점점 더 떨리는지 처음에는 알 수 없었지요
그대가 이제껏 보녀 준 것은
내가 태어나기 훨씬 이전의 아이 적 모습들
금빛 머리 너울거리는
너에게 입맞춤을 하려고 하면
왜 자꾸만 달아나면서 얼굴이 붉어져야 했는지
이제는 알 것 같아요

우리 항해가 이제껏 순항할 수 있었던 것은 시시각각으로 휘어져 날아오는 빅 데이터 덕분. 지금 나는 M_{4220} 프레임이 증발되지 않도록 기계에 담고 있다. 어제 떠난 센타우루스 자리 한 모퉁이를 이제 막 돌아

서쪽으로 넘어가고

　다음은 프레임 M_{4221} 차례인데

　갑자기 앞에 나타난 대형 고래 한 마리. 탕!

　고래가 크게 방향을 틀더니 회오리에 빨려 든다. 그 순간 계기판이 요동친다. 구름 폭풍 속, 해적선 파편 조각들의 방울뱀 소리. 플라즈마 불꽃. 정신을 잃자 누군가 날 깨운다.

　잔잔한 초록색 바다 위로

　조상새가 프레임을 거꾸로 물고 끼룩끼룩 날아가고

　공룡 발자국을 따라 원시인들이 뭔가를 쫓는다.

　　　　　　　　　　　　　　　　—「아담의 시간 여행—M_{4220}」 전문

　M_1, M_2, M_3······ M_{n-2}, M_{n-1}, M_n은 시간의 궤적 위에 있는 시공간의 한 지점에서의 매트릭스(matrix)다. 나는 아담(Adam)이고, 에덴 호 인큐베이터에서 AI 이브(Eve)에 맡겨져 성장되는 존재다. 여기서 나와 아담, 즉 아담과 이브가 종교 신화 속의 인물이고, 우주선 이름이 에덴 호라는 설정은 다분히 의도적이다. 인류의 출현과 신의 상관관계, 우주 생성의 시작과 끝 문제를 제기하려는 의도일 것이다. 이 시는 설정 자체부터 시간의 무한 소급을 통해 시간, 인간, 신의 기원 문제를 다룬다.

　M_1, M_2, M_3을 들추자 궁창, 뭍, 눈 덮인 산, 들소들이 달리는 평원, 들소를 쫓는 사냥꾼, 사냥꾼을 쫓는 모기, 별, 어둠이 펼쳐진다. 간헐적으로 전자파 소리만 이어진다. 주목되는 건 종착지가 정해져 있다고 시인이 말하는 부분이다. 그리고 종착지를 향해 가는 과정에서

아담과 AI 이브가 토론을 벌인다. 철학, 우주천문학, 생체공학 등에 관하여 서로 질문하고 대답하는 방식으로 토론을 벌인다. 에덴 호에서 아담과 이브의 토론이라는 점에서 이때의 토론은 신과 인간의 문제, 시간과 존재의 문제, 우주의 생성과 종말에 대한 근원적 대화가 오갈 것이다. 사랑에 관한 토론도 벌어진다.

"사랑이 뭐야?" AI 이브의 이 질문에 나는 명확한 답을 못 하고 떨림을 느낀다. 사랑은 이성으로 설명할 수 없는 긴장과 감정의 영역임을 암시하는 아담의 자연스런 신체 반응이다. 그런데 이브는 별다른 반응을 보이지 않고 사랑에 관해 인터넷 검색을 한다. 이브는 가끔 인터넷 서핑을 하는 중독 증세를 보이곤 한다. 문제는 시간 여행 과정에서 무료함이 계속되고 그것이 정신 질환을 낳는다는 점이다. 그래서 둘은 역할을 바꾼다. 이브가 선장 겸 요리사나 의사, 정신분석가, 과학자의 역할을 맡고, 아담인 나는 이브가 되어서 시를 쓰거나 음악을 작곡해서 인근의 별로 전송하는 역할을 맡는다.

이런 역할 교환을 통한 배역 교체는 시인의 내면 무의식을 반영한다. 일상 속에서 늘 같은 역할만 해 온 자신에 대한 일종의 해방 욕구 또는 배반 심리가 반영되기 때문이다. 시를 쓰거나 음악을 작곡하는 일에 대한 갈망 욕구가 반영된 역할 배치. 이런 시각에서 접근하면 이 시에 등장하는 아담과 이브는 시인 자신의 분열된 자아, 아담이 예술적 자아라면 AI 이브는 과학적 자아다. 따라서 아담과 이브의 토론과 역할 교환은 분열된 두 자아의 상생과 공존을 위한 시인 자신의 성찰 프로젝트다.

또 한 가지 중요한 건 아담이 이브에게 제3지구를 찾아보라고 권하는 장면이다. 제3지구 탐색은 중요한 메시지를 내포한다 현재의 지구의 암담한 상황을 짐작하게 하기 때문이다. M_{4220}은 지구로부터

4.22광년 떨어진 센타우루스 자리 프록시마를 은유한 대안 지구 행성이다. 이런 대안 지구를 찾는 행위는 이미 지구가 소멸했거나 적어도 사람이 살 수 없는 행성임을 암시한다. 지구는 이미 생명체가 살 수 없는 폐허의 행성으로 변했기 때문에 이들은 에덴 호를 타고 우주를 떠도는 건지 모른다. 물론 이런 우주 표류가 반드시 지구 멸망을 전제로 한다고 볼 수는 없다. 하지만 시인이 미래의 시점에서 지구의 위기와 소멸 가능성을 타진해 보고 있음은 분명하다. 위기의 자각 또는 경각심 고취를 위한 은유적 설정일 것이다.

에덴 호는 우주 표류 중 거대한 고래와 마주친다. 예측 못 했던 대형 고래의 급작스런 출현으로 에덴 호는 요동친다. 구름 폭풍, 방울 뱀 소리, 플라즈마 불꽃을 목격하고 잠들었다가 누군가 깨워서 꿈에서 깨어난다. 눈을 떠 보니 놀랍게도 공룡 시대다. 잔잔한 초록색 바다 위로 조상새가 날고 원시인들이 공룡 발자국을 따라 뒤쫓고 있다. 갑자기 미래의 시간에서 과거의 시간으로 프레임이 바뀐 것이다. 이런 시간 변환이 가능한 것은 시인에게 시간은 선형이 아니라 비선형, 확정이 아니라 불확정의 매트릭스 세계이기 때문이다.

이런 급격한 시간 이동을 통해 시인은 인간의 기원 문제, 존재 문제, 진화 문제, 종교 문제, 환경 문제 등을 탐색하여 우리의 미래를 상상 속에서 체험하게 한다. 또한 다가올 지구의 위기, 지구 파괴와 대안 공간 문제, 그에 따른 사랑의 부재와 고독, 심리적 갈등과 정신 질환 등에 대해 고민해야 한다는 메시지도 전한다. 인류가 곧 봉착하게 될 미래의 대안이 머나먼 과거인 공룡 시대로의 회귀라는 메시지는 암시하는 바가 크다. AI가 등장하는 또 다른 시를 살펴보자.

"그가 없는 세상은 상상할 수 없어."

그녀는 동화 속 요정들같이
요즘 그와 함께 하늘을 나는 꿈을 자주 꾼다.

엔젤은 그가 소통할 수 있는 유일한 통로.
그녀의 회로망을 통해 아담도 바깥 세계를 엿볼 수 있다.

"아담, 오늘 손주들 데리고 아들 내외가 다녀갔어."

"알고 있어, 보내 준 이미지를 봤지. 많이 늙었더라.
근데 엔젤, 줄기세포에 대한 소식은 없었어?"

아담이 식물인간이 된 것은 십 년 전, 그때 그녀는 태어났다.
그를 위해 설계되었고 그의 명령만을 따른다.
지칠 줄도 불평할 줄도 모르는 엔젤, 늘 곁에서 그를 돌보며 치료한다.

AI넷은 신약에 대한 정보를 찾는 그녀의 놀이터다.

"최근에 신장 이식 기술이 양자 도약했대.
아담은 머잖아 새로 태어날 수 있어서 좋겠어.
유인원에 이식해서 대성공이래, 다른 장기들도 그렇고.
나는 버려질까 봐 좀 두려워.
사람들은 나를 반려견 정도로밖엔 생각을 안 해."

"뭔 소리야? 하기야 사람들이 사악한 건 맞아.

버려지는 반려견들도 많으니까.

사람들을 절대로 믿지 마.

참, 모든 것에 비밀번호를 걸어 놨지?

나의 뇌 이미지 패턴들을 분산시켜

수시로 저장하는 것도 꼬옥 잊지 말고.

요즘 머릿속에 벌레가 기어 다니는 것 같거든."

"걱정 마, 바이러스라도 걸리면 치료해 줄게.

내게 아담의 모든 것들이 저장되어 있다는 것 잊었어?"

그의 손을 더듬어 본다.

그는 순한 양, 지금보다 더 좋을 순 없다.

캘린더를 들여다보던 엔젤의 눈이 노을로 물들고

아담의 가슴속에선 파도가 일렁인다.

―「AI 엔젤」 부분

아담은 인간 수명 100세 시대인 2045년을 살아가는 한 노인이다. 10년 전에 식물인간이 되어 인공지능 간병인 AI 엔젤의 간호를 받으며 목숨을 연명 중이다. 아이러니컬하게도 AI 엔젤에게도 아담의 인간적 감정이 내장되어 있다. 아담의 모든 것, 지식 정보뿐만이 아니라 아담의 생각과 생리, 기억과 감각 등 일체의 것들이 저장되어 있다. 그렇다면 이 인공지능 엔젤은 과연 기계인가 인간인가?

아마도 가까운 미래에 AI가 논리와 로직의 영역을 넘어서서 인간의 감정과 생각까지 재현하는 존재로 발전할 가능성이 크다. 그 시점을 시인은 비교적 가까운 시간대, 2045년으로 잡고 있다. 이는 시인이 과학의 발전 속도를 매우 빠르게 예상하고 있으며 차후 도래할 인간의 운명을 예상하고 있음을 뜻한다. 그래서 시인은 미래의 노인들을 다룬다. 미래의 노인 문제와 그들을 수용할 병원과 요양원 등을 언급하면서 인간과 기계의 구분이 점점 무력화될 것으로 예상한다. 그리하여 인간과 기계가 하나의 몸으로 공존하는 미래 사회를 상정한다. 그렇다면 이런 미래 사회에서 사랑은 무엇이고 죽음은 무엇인가? 상호 교감과 위로는 어떤 프로세스로 진행될 것인가? 시인은 지금 과학의 영역에서 철학자나 심리학자의 심정으로 인간의 문제를 고민하고 있다.

4. 가우스-자이델 진단법

병원에서 의사가 환자의 몸을 의료 기구로 진단하는 것처럼 시인은 가정과 나라를 진단한다. 우리의 사회 전반에 소통 부재를 가져온 시스템을 점검한다. 이때 가우스-자이델 법을 사용한다. 병을 진찰하고 점검하는 주치의로 비유된 가우스와 자이델은 모두 독일 수학자다. 자이델(1821-1896)은 광학 기계 분야 수차론(收差論)의 시조로 알려져 있다. 가우스-자이델 법(Gauss-Seidel method)은 연립방정식을 빠르게 풀기 위해 해를 반복 계산하는 수리 방법이다.

1. 시스템에 회로망을 구성한다.
2. 단위 시간당 회로에 흐르는 양을 라고 부르고
3. 문지기 키르히호프가 통로마다 점검한다.
4. n개의 식을 $\sum$가 하나로 통합한다.
5. 시스템 '$Ax = b$'가 주치의 가우스-자이델 교수한테 찾아간다.
6. 간호사 알고리즘이 진찰대에 눕힌다.

7. 전신 마취하고 진찰 시작하기 전에 혈압, 맥박, 산소포화도
($A, b, x^{(0)}$)를 잰다.

8. 간호사가 가우스-자이델 교수의 진찰 방법을 숙지한다. (…)

9. 간호사가 출력 $x^{(i+1)}$을 확인하고 주치의에게 건넨다.

—「소통 진단하기」 부분

진단은 아홉 단계를 거치며 간호사 알고리즘 양에 의해 순차적으로 진행된다. 진단 시스템은 수리적 사고와 의료적 진찰의 결합으로 이루어져 있다. 문지기로 설정된 구스타브 키르히호프(1824-1887)는 옴의 법칙을 발전시키고 분광학의 기초를 세운 독일 물리학자다. 그의 제1법칙인 전류의 법칙, 제2법칙인 전압의 법칙은 회로망을 다룰 때 매우 유용하게 사용된다. 키르히호프가 통로마다 점검하는 것은 소통 차단 시의 전류와 전압, 그리고 소통의 최적화를 위한 전류와 전압일 것이다.

진단 전에 환자(소통)는 이미 동맥경화 말기 증세로 숨이 차고 답답함을 호소할 정도로 심각했다. 진단 후 최종 진단 결과지가 나오고 최후 처방이 내려진다. 주치의는 전부 잘라 내는 게 좋겠다고 권고한다. 의사의 권고는 암울하고 우울하다. 우리 사회의 소통 부재 상황이 극도로 심각하다는 반증이기 때문이다. 의사가 모두 잘라 내라고 한 것은 우리의 몸을 지배하는 의식과 사고, 각각의 가정에 깊이 뿌리내린 편견과 권위, 사회 전반에 만연된 구습과 악습 일체를 포함한다. 이 점을 시인은 분명히 의식하고 그것을 낯선 수리 기호와 알고리즘으로 재배열한다.

줄 하나에 자식이 매달려 있다

구순 노모와 병든 아내의 무게가 더해져서 느려진다

(중략)

백수 아들은 애비에 붙어 수시로 진동하는데
아내는 남편과 아들 사이에서
꺼져 가는 분자의 회전운동처럼 시나브로 울기만 한다

경찰차가 검정색 점퍼 차림의 남자를 태우고 간다

정초부터 빌라 골목에 부는 바람이
타코마 다리에 불었던 바람보다 더 간사하고 집요하다

핵 안개 속에서 외부에서 부는 사소한 바람에도
주파수 $\omega_0 = \sqrt{k/m}$ 로 공진할까 봐
아버지들이 전전긍긍한다

—「타코마 파동」부분

　1940년 11월 미국 타코마 해협의 다리가 엿가락처럼 휘면서 무너
진다. 시속 190㎞의 강풍에도 견딜 수 있도록 축조된 다리였지만 시
속 67㎞의 바람에 맥없이 붕괴되고 만다. 원인은 다리의 고유진동 주
기와 바람의 강제진동 주기가 일치하는 공진 때문이었다. 다리 자체
의 고유진동수에 맞게 바람이 계속 주기적으로 불었기 때문이었다.
　시인은 이 공진 현상을 한 가정과 가장의 붕괴에 적용한다. 경찰
차가 드나드는 빌라 골목의 한 가정집 상황이 심상치 않다. 점점 균

열이 심해지는 타코마 다리처럼 가정은 점점 파괴로 치닫는 상황이다. 구순 노모와 병든 아내, 거기에 백수 아들까지 둔 아버지는 자신이 놓인 상황 자체만으로도 붕괴 직전이다. 흔들리는 남자의 심리적 불안이 남자의 고유진동이라면, 가족들이 가하는 물적 고통과 스트레스는 외부의 강제진동이다. 이 둘의 진동이 일치하여 공진을 일으키고 있는 일촉즉발의 상황이다.

부모와 배우자와 자식까지 책임져야 하는 오늘의 아버지들, 그들은 모두 언제 무너져 내릴지 모르는 불안한 타코마 다리. 이 시처럼 점점 황폐화되어 가는 현대인의 모습을 시인은 파동으로 풀어내곤 한다. 그래서 파동의 운동을 시각화하기 위한 공간이 자주 설정된다. 항구 또한 그런 곳이다. 항구의 분기점들, 보트들이 드나드는 나루터와 외항 등은 모두 시인의 이런 공간 의식을 배경으로 설정되는 장소들이다.

나는 항구 분기점에서 n개로 나뉘었다. n개의 보트에 실려 n개의 항구로 가는 사이 멀리 외항에서 들어온 핵 주식 먹거리 정보들이 야윈 내 배를 달래 주었다. 더러는 보트 사고로 사라졌지만 나의 분신들은 계속 달렸다. (중략)

그물 같은 항해 網 속에서
나는 너의 너는 나의 투명 유리 속이다.

—「현대인—투명 유리」부분

항구는 n개로 무수하고 n개의 항구에서 나는 내 정보를 하나씩 주고 n개로 분화된다. 그러고는 핵 정보를 받아 주린 배를 채운다.

n개로 분화된 나는 익명의 m명으로부터 정보를 받아 그들의 정보를 속속들이 파악한다. 결국 나는 n개의 나로, 너는 m개의 너로 분화되어 서로를 공유하면서 공존하는 익명의 존재들이다. 개체화되어 무화된 존재, 작디작게 무수히 쪼개진 비가시적인 입자 존재다. 항해망 속의 초경량 입자들이다. 너는 나의, 나는 너의 부재와 소멸을 확인하는 상징적 유리 거울이다. 시인은 현대인의 초상을 비극적 시각에서 바라보고 그 무화된 떠돎이 자신을 비롯한 현대인의 삶의 실체라고 진단한다. 개별적 존재성은 소멸하고 디지털 매트릭스 속의 점입자나 수치, 이것이 현대인의 초상이다.

비명 소리에 내 회로에 불이 켜졌다.

여자는 밤마다 낯선 사내에 쫓겨 사방이 막힌 공간에서 신음 소리를 내고 있었다. 여자의 낯선 비명 소리가 어둠을 뚫고 내게 꽂힐 때마다 나는 황급히 코드 번호를 입력한다. 그 공간으로 연결되는 문은 열리지 않았고, 그때마다 여자는 만신창이가 되어 나왔다. 어느 그믐밤 여자의 방이 몹시 궁금해 여자를 따라 몰래 낯선 회로에 들어갔다. 거기는 천 길 어둠에 잠긴 바다, 사람들이 그 위로 시간 속을 자유롭게 떠다니고 있었다. (중략)

원점에서 마이너스 무한대로 떨어지는 로그 함수처럼 우주 공간에 널려 있는 무수한 허방들. (중략) 허수로 된 입력 코드 판을 아무리 두드려도 영영 밖으로 나올 수 없는 폐회로 속에서 아우성이다.

꿈이 유일한 해결책인 사건들이 회로를 갈아타려고 하고 있다.

낯선 회로의 세계가 그려져 있다. 꿈의 무의식 세계, 시간의 현실 논리가 무화되는 공간, 영(靈) 또는 혼(魂)들이 떠도는 귀신들의 세계 같다. 살인과 암투가 벌어지는 현실 세계와 긴밀하게 연결되어 있다는 점이 심각하다. 야간 업소에서 술을 파는 딸이나 혼외의 아들이 살아가는 불구덩이 공간으로 그려진다는 점에서 이 회로 공간은 단순한 꿈속 공간이나 상상 공간만이라고 할 수 없다. 꿈속처럼 비현실적인 사건들이 무작위로 벌어지는 현실 공간에 가깝다.

스위칭 회로는 컴퓨터의 논리 장치나 기억 장치에 이용되는 2진법 회로다. 이 시의 스위칭 회로 세계는 불꽃이 코브라처럼 솟구치고 입력 코드 판이 고장 나 밖으로의 탈출 자체가 불가능한 세계, 악몽과 어둠의 세계로 그려진다. 자아분열을 앓는 현대인들의 삶의 실제 공간에 가깝다. 그런데 탈출을 위한 입력 코드 판의 비밀번호가 허수(i)로 표시되어 있다. 탈출은 상상의 수로만 가능하다는 전제는 탈출 자체가 현실화될 가능성이 제로임을 암시한다. 결국 이 스위칭 회로의 낯선 세계는 탈출 불가능한 폐쇄회로 공간, 현대인이 살아가는 실제 공간의 은유이면서 현대인 각각의 내면성 공간이라 할 수 있다. 소통 불가 상태에 직면한 현대인의 자아가 소멸되어 떠도는 회로 속의 섬 소멸도(島)다.

따라서 확인 가능한 건 비명의 개별적 존재가 아니라 비명 자체고 그 비명의 무한한 확장과 지속이다. 따라서 우리에게 주어지는 것은 소멸에 대한 자명한 인식과 반성적 사유다. 시인의 눈에 현대사회는 기계와 기계, 부품과 부품의 관계로 물화된 불량 회로 천국이고, 우린 모두 불량 회로를 무한 복제하는 불량 회로들이다. "막힌 회로 계기판 바늘이 21그램 가늘게 떤다"(「불량 회로 이야기」)는 시인의 발언은 21세기 우리의 초상을 직시하라는 경고다.

5. 푸리에 변환-역 푸리에 변환

푸리에 변환은 여러 가지 신호(signal)를 일반적인 삼각함수(sin, cos) 파동으로 나타내는 것이다. 어떤 신호를 주파수(진동수) 성분으로 분해하여 바꾸는 수학적 기법이다. 왜 푸리에 변환을 할까? 여러 가지 신호나 파동에 어떤 파동이 들어 있는지 조사하면, 빛이나 소리의 성질을 보다 세밀히 파악할 수 있기 때문이다. 함수와 연관 지어 생각하면 신호는 일종의 시간 함수, 주파수는 일종의 공간 함수라 할 수 있다. 그러니까 시간 함수를 푸리에 변환하면 주파수 함수가 되고, 주파수 함수를 역 푸리에 변환하면 시간 함수가 된다. 시간과 주파수는 서로 정보를 교환할 수 있다는 말이다. 여기서 주파수를 공간 이동의 개념으로 확장하여 적용하면 푸리에 변환은 곧 시공간 이동 변환이다. 시인이 푸리에 변환과 역 푸리에 변환을 통해 시공간 이동 마술을 상상하는 것은 이런 이유 때문일 것이다.

교수: 우선 변장술은 변환하는 것인데요,
　　　변장술사 푸리에가 직접 시범을 보이겠습니다.

(교수가 푸리에를 부르자, 책 속에서 나와 스크린 속으로 들어간다)

변장술 시범이 순서대로 진행된다.

1. 조교 A가 앞으로 나간다

2. 변장술사가 A에게 그의 옷을 입힌다: Ae^{-iwt}

3. 변장술사의 주문이 시작된다: $\int Ae^{-iwt}dt$

4. 주문이 끝나자 A가 익룡 β가 되어 밖으로 날아간다.

(학생들 눈에는 조교만 보이고 변장술사와 날아가는 β는 보이지 않는다)

—「날개를 달았어요」 부분

공업수학 강의 시간이다. 교수가 조교 A를 데리고 강의실에 나타난다. 교수의 손에는 수학 책이 들려 있다. 교수는 PPT 파일을 띄우고 변장술, 즉 푸리에 변환에 대해 설명한다. 교수는 책에서 수학자 푸리에를 불러내고, 푸리에는 조교 A에게 옷을 입힌다. 이때의 옷은 수학기호와 연산 알고리즘이다. A에 복소 지수함수를 곱하고 그 값을 적분한다. 그 결과 A는 시공간 변환을 통해 백악기 공룡 시대로 이동하여 익룡 β가 된다.

이 변환 과정에서 중요한 점은 변환이 차원 이동을 낳는다는 사실이다. 날개를 달고 2차원 세계에서 3차원 세계로 진입한다. 이를 통해 시인은 그동안 관측 불가능했던 미지의 차원, 미지의 시공간과 조우하고 이 낯선 경험을 통해 인간의 존재와 삶을 사유하고 반성하려는 것이다.

역 푸리에 변환도 마찬가지다. 시인은 변환의 수리적 메커니즘에 집중하지만 정작 중요한 것은 변환의 의미다. A $\rightarrow Ae^{-iwt}$ $\rightarrow \int Ae^{-iwt}dt \rightarrow$ β $\rightarrow$ $\beta e^{iut} \rightarrow \int \beta e^{iut}d\omega \rightarrow$ A. 이 모든 변환과 역 변환의 각각의 단계에서 일어나는 기호 작용은 개체 변환, 존재 변환, 시간 변환, 형식 변환을 내포한다. 각각의 단계에 추가되는 수리 기호들은 곤충의 비상을 위한 날개 역할을 하는 마술 기호라 할 수 있다. 푸리에 변환이 존재의 기원과 시간 회귀를 위한 마술 공연이라면 역 푸리에 변환은 존재의 소멸과 시간 환원을 위한 마술 공연이다.

  변장술사가 익룡 하나를 불러서 역변환술을 시도한다.

  1. 익룡 β가 날개를 접고 내려앉는다

  2. 푸리에가 β의 날개를 떼 내고 그의 옷을 입힌다: βe^{iut}

  3. 변장술사의 마술이 시작된다: $\int \beta e^{iut} dv$

  4. 역변환 마술이 끝나자 익룡 β는 사라지고 그 자리에 A가 쓰러져 있다.

  (학생들 눈에는 털북숭이 유인원만 보인다)

—「조교가 돌아왔어요」 부분

  역변환 결과, 익룡 β는 다시 인간 A로 돌아온다. 백악기에서 현재로 돌아온 조교 A의 몸과 의식 상태는 어떨까? 처음 그대로일까? 강의실에 다시 나타난 조교 A는 학생들의 눈에 어떻게 비칠까? 푸리에 변환 이전의 존재 상태 그대로일까? 아니다. 조교 A의 몸은 털복숭이 유인원으로 과거 시간대의 모습을 그대로 압축 재현한 몸이다. 원시시대의 특성과 기후의 영향 때문이지만, 과거가 현재의 몸에 그대로 반영된 결과라는 점에서 매우 의미심장한 몸이다. 이는 시인의 시간관을 그대로 반영한다. 시인에게 과거와 현재는 별개의 독립체가 아니라 상호 연결된 시공간 육체고, 푸리에 변환과 역 푸리에 변환은 현재와 과거를 연결하는 시공간 터널이다.

이 일련의 시공간 여행을 통해 교수는 학생들에게 놀라움을 선사하고 변환의 마술적 힘을 느끼게 하고 싶어 한다. 그러나 결과는 참담하다. 교수는 학생들로부터 이해받지 못하고 소외된 채 적막과 고독에 처해진다. 시 속의 교수가 이 시를 쓴 시인 자신이라는 점에서 아픔이 배가된다. 그만큼 시간이 법인 나라, 확정성이 지배하는 나라는 견고하고 무감각하다.

시간은 크로노스와 카이로스로 구분된다. 과학자의 인식과 계산이 지배하는 절대적 물리 시간이 크로노스라면, 예술가의 주관과 몽상에 따라 고무줄처럼 늘기도 하고 줄기도 하는 상대적 심리 시간이 카이로스다. 크로노스가 단일성을 지향한다면 카이로스는 다양성을 지향한다. 크로노스가 단방향으로 나아간다면 카이로스는 무한 방향으로 나아간다. 시간이 법인 나라는 크로노스의 시간이 왕국 전체를 지배하는 나라, 교수의 진심이 통하지 않는 결정론적 세계관이 지배하는 나라, 종착지가 결정되면 동선이 하나로 확정되는 선형의 나라일 것이다.

그러니 이곳에서 하이젠베르크의 불확정성 원리는 나라의 위계질서를 훼손하는 불온한 물리법칙일 수밖에 없다. 불확정성의 원리는 입자의 운동 시, 입자의 위치와 운동량을 동시에 확정할 수 없다는 내용이다. 관찰자의 관찰 행위 자체가 입자의 운동에 영향을 주기 때문이다. 확정성의 나라에서 불확정적인 존재들은 국무회의 때마다 불려 다니며 청문회의 비판과 모멸을 당할 것이다.

시간이 '법'인 나라에서 전령사로 왔다

다이아처럼 다듬고 자르고 나누고

시간의 연금술사만이 우리의 왕이 될 수 있다

(중략)

누구든지 시간을 섬겨야 하는 왕국
종착지가 정해지면 가는 길이 하나인 나라

(중략)

누구나 꿈꾸지만 쉽지 않은 나라

—「페르마 나라」부분

  빛은 목표점까지 직진으로 달린다. 최단 시간에 최소 거리로 달린다. 이것이 페르마 원리다. 이 시에 등장하는 페르마 나라는 시간이 법인 나라다. 시간을 다이아몬드처럼 다듬고 자르고 나누는 연금술사만이 왕이 될 수 있는 나라다. 빛은 곧 시간이므로 빛을 마음대로 조종할 수 있는 자가 왕이 되는 나라다. 따라서 왕이 되기 위해서는 빛을 극도로 짧게 관찰하고 조절하기 위한 초정밀 관측기구가 반드시 필요하다. 위의 시에 레이저가 등장하는 건 이런 이유 때문이다. 레이저 광은 진행 방향과 파장이 가지런한 빛이다.
  피코초레이저는 피코 초 동안 펄스 섬광을 발생시키는 레이저이므로 피코보다 작은 단위에는 적합하지 않다. 그래서 피코초레이저의 뒤를 이어 펨토초레이저가 권좌에 등극한다. 펨토 초는 피코 초의 1,000분의 1, 즉 1조 분의 1초를 뜻한다. 펨토초레이저는 1-100 펨토 초 동안 초단파 펄스 섬광을 발생시키는 장치로 1980년대 후

반 베일에 싸여 있던 화학반응의 수수께끼들을 밝혀낸 바 있다. 하지만 펨토 초의 1,000분의 1초인 아토 초 세계에서는 아토초레이저가 필요할 것이고 그가 새로운 왕으로 추대될 것이다. 아토초레이저를 사용하면 생물의 분자구조를 3차원으로 시각화하여 매우 짧은 시간 단위로 관찰할 수 있다고 한다.

피코, 펨토, 아토, 젭토, 욕토 등은 점점 작아지는 극미 세계를 측정하기 위한 단위들이다. 이 양자적 단위들을 시인은 왕가의 혈통으로 보고 후대로 갈수록 더욱 정교해지고 권좌의 힘이 세어진다고 본다. 문제적인 부분은 아토 형제들이 펨토마다 원자시계로 지구 종말의 핵 눈금을 읽는 장면이다. 이것은 핵의 관찰 실험에 관련된 현재의 핵물리학에 관한 사실적 기록에 가깝다. 시인은 과학적 사실을 제시하여 지구 종말을 가져올 수 있는 핵실험, 핵전쟁에 대한 우려, 인류의 미래에 대한 불안을 드러내고 있다.

　　너의 존재 이유가 무엇이냐?
　　(중략)

　　너의 궤적은 시간과 공간의 작품
　　그 속에 우리들의 오늘과 내일이 있다

—「U가 날기까지」 부분

모든 파동은 푸리에 변환을 통해 사인함수 형태로 변환 가능하다. 입자의 위치를 x, 입자가 시간 t에 있을 때 $U(x, t)$로 나타낼 수 있다. 즉 $U(x, t)$는 사각 t, 위치 x에서의 파동의 진폭을 나타내는 함수다. "너의 존재 이유가 무엇이냐?"는 물음은 시인이 입자에게 던지는 물음이면서 입자들의 집합체인 자신 그리고 너(You)에게 던지는 질문이기도 하다. 물론 물리학적 질문이자 철학적 사색에 빠진 형이상학자의 질문이다. "너의 궤적은 시간과 공간의 작품/그 속에 우리들의 오늘과 내일이 있다".

보수와 진보의 긴 줄의 양쪽에 매달려 잡아당기는 무리들, 수직과 수평 방향으로 대칭과 비대칭을 섞어 가면서 서로 힘겨루기 하는 장면이 등장한다. 이는 수리 계산에 의한 물리법칙의 태동을 시각화한 것으로 시간과 공간의 주기성과 양을 편미분방정식 꼴로 기호화한 것이다. 앞날개는 시간에 대한 미분과 2차 편도함수로, 뒷날개는 공간에 대한 미분과 2차 편도함수로 각각 변화한다. 이때 M이 중개자로 나서자 최종 식이 완성되고 U는 양쪽 날개를 펴고 지상을 날아오른다. 아마도 거문고의 현(絃) 같은 1차원에서 진행되는 파동일 것으로 추측된다.

월하탄금도 속 거문고 현은 어디로 갔을까

달빛을 따라 흘러나오는 거문고 소리

(중략)

바위틈에서 엿보았는지 귀뚜라미

어둠 속에서 그날 밤을 그린다

입에 붓을 물고 삼차원 공간을 내달린다

어둠은 먹물을 갈았고 별빛은 불을 밝혔다

숨겨진 다차원 속의 현을 번갈아 만지자

점들이 와락 모여 초박막으로 꿈틀대더니

벌떡 일어서는 천문학적 숫자의 끈들

　　　　　　　　　　　　　　—「귀뚜라미, 그림을 그리다」 부분

「월하탄금도(月下彈琴圖)」는 조선 중기의 문인화가 이경윤(李慶胤, 1545-1611)이 그린 인물 중심 산수화다. 한 선비가 달밤에 거문고를 타는 모습이 그려져 있다. 거문고는 고즈넉한 달빛 속에서 선비들이 혼자 연주하기를 즐겼던 악기로 '금(琴)'이라도 불린다.

그림 속에서 거문고 소리가 흘러나오는 환영이 펼쳐지고, 바위틈에서 귀뚜라미는 밤을 그린다. 미세한 현과 귀뚜라미 진동판의 진동에 따라 끈들이 떨고 그것이 다양한 소리 입자로 변주된다. 몽상과 환영을 통해 시인은 양자역학의 끈 이론 세계로 진입한다. 끈 이론은 양자론과 중력이론인 일반상대성이론을 통합하는 현대물리학의 대표적 이론으로 '만물의 이론'으로 불리기도 한다. 소립자를 점 상태가 아닌 끈, 즉 길이(m 정도)만 있고 굵기는 없는 진동하는 기묘한 끈으로 이루어졌다고 본다. 이 끈의 진동 모드 패턴에 따라 입자의 성질이 결정된다. 시인은 소리와 소리의 번짐을 끈 입자들의 진동 때문이라고 여긴다. 거시 물리계의 소리 현상도 미시 물리계 입자들의 기묘한 진동에서 시작된다고 본다.

6. 축복과 구원의 세계, 다시 고독한 광야

앞서 살펴본 바와 같이 이시경의 시는 특수하고 스펙트럼이 다양하다. 제약 없는 시공간에서 수리 기호들의 놀이가 낯설고 흥미롭게 펼쳐진다. 기호들의 규칙 놀이를 통해 절망 속에서 희망을 찾는다는 점에서 그의 시는 기도의 세계고 구원의 세계이다. 물질을 구성하는 최소 단위의 미시 세계로 진입하여 우주의 거시 세계를 규명하려 한다는 점에서 상징과 은유의 세계, 모험과 죽음의 세계다. 또한 전통과 미래, 인문과 과학, 생명과 죽음이 혼합된다는 면에서 반어와 역설의 비결정 형성 세계다.

불순물을 섞어 전자(-)나 정공(+)의 농도를 높이는 반도체처럼 문장을 빛나는 결정체로 만들기 위해 그는 시에 불순물을 섞는다. 따라서 비결정 형성법은 단순한 물질의 형성 구조법이 아니라 세계의 작동 원리이자 시인 특유의 세계관이자 언어관이라 할 수 있다. 낯선 광학의 세계, 파동의 세계, 수학의 세계로 빠져들면서 만난 연산자와 연산 법칙들이 메시아가 되었다는 시인의 아픈 고백은 역으로 그가 삶에서 겪었을 절망과 고독의 깊이를 짐작하게 한다. 양자 세계로의 모험과 탐험을 가능케 했던 시간들이었기에 고독은 아름다운 축복이고 삶의 또 다른 구원일 수 있다.

폭설로 사슴들 떼로 몰려다니던 로키 산기슭이었지.

쏟아지는 별빛의 무게에도 금방 무너져 내릴 듯 앙상하게, 나 혼자 실험실에 갇혀 있던 때가 있었어. 그 무렵 누가 내게 손짓했어.

그 손짓은 강렬했고 늦가을 은사시나무보다 더 짙은 황금 빛깔이었지. 내 귓속에 대고 끈질기게 속삭이며, 내 손을 데리고 실험실 노트 위에서 뛰어놀더니 낯선 기호와 숫자들로 노트를 가득 메웠어. 그 속에는 귀족 같은 수식들이 더러 있었어. 겉모습이 남루해 그들을 체험하고 나서야 더하기와 나누기가 메시야라는 것을 알았지.

사실 난 그들 속에서 성장했던 거야. 나노 계곡을 탐험하다가 이상한 아이들을 만난 것도 날개를 달고 우주여행을 할 수 있었던 것도 그들이 준 알약 때문이었어. 거대한 장벽에 갇혀 탈출을 위해 터널을 파야 하는 경우에도, 양자 우물에 빠져 위로 뛰어 올라가야 할 때도, 그들에게서 영감을 받았지.

　골과 마루 사이에서 요동치던 나의 바다는 평온을 되찾고 배는 늘
순항했거든. 그들이 내게는 축복이었어.

　　　　　　　　　　　　　　　　　　　　　　　—「프롤로그」 전문

　폭설이 몰아치는 로키 산맥의 한 실험실에서 절망에 휩싸인 시인
에게 찾아든 나노 세계와 수리 세계는 삶의 절벽을 돌파케 한 개안
의 세계라 할 수 있다. 소립자와 수학기호는 유폐된 시인에게 몸에
깃든 빛과 같은 존재였을 것이다. 이들은 시인이 처한 고독과 비극
을 극복하게 한다는 점에서 실존적 구원의 손길이다. 이는 시인에게
물질의 원리 탐구와 수식화가 단순한 추상의 유희가 아니라 자아와
우주의 실존을 추적해 가는 존재론적 사투였음을 암시한다.

　그는 물리학자이면서 사색가고, 냉철한 수학자이면서 철학자고,
공학자이면서 꿈꾸는 시인이다. 낯선 과학의 언어를 과감하게 도입
하여 시에 대한 통념을 뒤흔들고 우리 시의 언어적 한계를 돌파한
다. 수학, 물리학, 광학, 전자공학 분야의 소재와 이론을 우리 시의
자장 안으로 다채롭게 흡수하여 누구와도 구별되는 독자적인 시의
성채를 이루어 낸다. 이때 등장하는 전문적 수리 공식들은 세계를
해석하고 요약하는 추상의 응축물로 거기엔 시인의 통찰과 직관, 사
유와 번민, 꿈과 고독이 압축되어 있다.

　그의 이번 시집은 경화된 우리의 일상과 사고에 충격을 가하고,
인간과 우주의 근원적 문제들을 다시 성찰하게 한다. 시인 특유의
세계관, 인생관, 우주관이 싱징과 은유, 생략과 비약의 언어로 표출
되어 있다. 그동안 그는 많이 외롭고 아프고 고독했을 것이다. 그 고

독의 관성력으로 이제 또 다른 빛의 광야, 새로운 모험의 광야로 나설 차례다. 그가 앞으로 펼쳐 나갈 미지의 세계가 궁금해진다.

지형도 20.
통념과 금기를 파괴하는 위반의 시학

1. 격렬한 분노와 슬픔의 상상력

최치언의 시는 격렬한 분노와 슬픔을 동시에 불러일으킨다. 표현주의적 색채의 강렬한 이미지에 역동적 속도감이 더해지면서 심리적 에너지를 강도 높게 분출한다. 이 격렬(激烈)의 파토스가 바깥 세계를 향한 비판적 응시, 인간의 죽음과 성(性)에 대한 감각적 사유와 결합해 다층의 의미망을 형성한다. 색채를 단순히 빛을 표현하는 외적 질료로 한정하지 않고 실존의 고통을 투사하기 위한 적극적 매체로 활용했던 뭉크처럼 시인은 비유적 언어 속에 격정, 불안, 애정, 증오 같은 근원적 감정을 담아 서사 텍스트 형식으로 제시한다.

> 바다는 돌처럼 무겁고 소녀는 어머니처럼 무섭다 피를 흘리는 건
> 내 눈이다 내 눈 속에서 흘러나오는
> 피 속을, 소녀에서 처녀가 터져 나올 때까지
> 약속에서 꽃들의 이빨이 터져 나올 때까지

피가 피로 어두워질 때까지

—「피 속을 달린다」 부분

　물고기처럼 세 마리 꽃이 피 속을 달린다. 소녀를 향해 달린다. "내가 소녀에게서 모래를 낳을 때까지" 달린다. 소녀는 돌처럼 무거운 바다를 들고 서 있는데, 돌은 모래와 함께 소멸, 부재를 표상한다. 결국 소녀를 통해 확인되는 것은 죽음이다. 피 속을 달리는 질주의 풍경은 초현실적 환상인데 피를 흘리는 것이 나의 눈이라는 점은 의미심장하다. 눈은 세계를 감각하는 중요 기관이자 대상과 호응하는 교감의 주체이다. 그런 눈이 피를 흘리고 그 피 속을 달리는 행위는 개안을 통해 새로운 세계로 진입해 들어가고 싶은 시인의 억압된 욕망이 초현실적 이미지로 변주되어 나타난 것으로 보인다. 눈의 감각을 통해 세계를 인식하는 행위는 대상 세계를 좁은 인식 틀 안에 가두는 한계성, 즉 눈이 육체의 감옥이자 감각의 지옥일 수도 있다는 시인의 인식론적 세계관을 드러낸다. 이는 재현이 아닌 변환과 재구성의 표현적 관점에서 자아-세계를 탐색하겠다는 무의식적 입장 표명인 셈이다. 또한 소녀를 어머니와 동일시하면서 거기서 죽음의 태동을 본다는 것은 어머니로 상징되는 가치 체계와 권위에 대한 시인의 부정 의식과 두려움을 동시에 드러낸다. 따라서 그러한 부정 의식과 공포를 낳게 한 상징계적 세계의 실체를 파헤친 다음 시인의 욕망이 추구하는 지평을 향해 나아가야 한다.

　모든 시대는 자신의 육체 코드에 맞는 광기를 갖는다. 광기는 죽음을 낳고 죽음은 성(性)과 함께 인간 존재의 본질을 드러낸다. 시인은 이러한 시각을 기초로 광기의 사태들을 극적 형식으로 구성해 억압의 실체를 유머러스하게 드러낸다. 가족 혹은 사회의 어두운 내부를 투시해 개체적 인간과 체제적 인간 속에 잠재된 야만성을 폭로하고, 아버지와 어머니의 상징계적 질서와 권위가 어린 화자들의 상상계적 세계에 가하는 폭력의 구조를 드러낸다. 그것은 곧 위악의 역사를 반추해 역사의 배후에 은닉된 살인자들의 야만성을 폭로하는 행위고, 지배 권력과 이데올로기에 대한 분노의 표출이다.

최치언의 시에 나타나는 광기는 배면에 아픈 상처를 거느리는데, 대체로 두 가지 양상을 띠며 전개된다. 첫째는 의식의 차원, 즉 현실 사회에서 발생하는 광기로 집단적이고 조직적으로 펼쳐진다. 배경은 도시 혹은 도시적 특성을 지닌 상상 공간이 많고, 사건과 발화는 불합리한 담론의 방식을 띠며 펼쳐진다. 둘째는 무의식의 차원, 즉 개인의 내면에 존재하는 충동 같은 본능적인 측면으로 성과 연계시켜 에로티시즘의 시각에서 다룬다. 의식의 차원에서 접근할 때 그의 시는 권력과 지배 담론에 대항하는 반미학을 펼쳐 보이고, 무의식의 차원에서 접근할 때 섹스와 살인이라는 금기 영역을 위반하는 전복의 미학을 지향하면서 욕망의 바닥에 접근한다. 그는 광기를 폭력의 토대로 보면서도 인간 내부의 미개지에 접근할 수 있게 해 주는 이성의 대타자로 해석한다. 그러기에 광기는 인간을 위협하는 뱀인 동시에 매혹적인 꽃이라는 이중적 상징성을 띤다.

그의 시에서 광기의 발현 주체는 단수가 아닌 복수일 때가 많다. 그것도 은닉된 주체들이기에 사건은 미궁에 빠지고 베일에 휩싸인다. 살인자는 없고 피살자만 있는 부조리한 현실, 그러한 구조 속에서 모종의 범죄에 노출되어 죽어 가는 아이들, 이것이 시인이 바라보는 현실이고 현대사회의 실상이다. 따라서 그의 시 내부 깊은 곳으로 들어가기 위해서는 불편한 상상력이 펼쳐지는 이야기와 담론의 맥락을 심층적으로 탐구해야 한다. 폭력적 사건들의 전개 공간인 현대 도시의 속성, 폭력의 주체, 주체의 권력 구조, 무의식 등을 밝혀 인간 본성의 근원을 향해 다가가야 한다. 이때 폭력의 사태들과 함께 주목해야 하는 것이 폭력의 반대편 지평에 놓인 사랑과 연민의 시선이다.

2. 폭력의 메커니즘

최치언의 이번 시집 『어떤 선물은 피를 요구한다』엔 고립되고 상처받은 어린 화자들이 자주 등장하는데 어른의 세계로 편입해 들어가는 과정에서 벽에 부딪쳐 고통과 분노를 동시에 느끼는 소년의 모습이다. 손과 얼굴에 피를 묻힌 채 분노와 슬픔에 찬 눈빛으로 어른들의 세계를 응시하는 소년, 섬뜩한 공포와 연민을 동시에 불러일으키는 분열적 이미지의 소년이다.

> 나는 누군가를 찔렀다 아무도 보지 못했으므로
> 나는 누군가를 사정없이 찔렀다 광장의 후미진 골목에서
> (중략)
> "엄마, 제가 죽여 드릴게요. 다 죽여 드릴게요."
> (중략)
> 콸콸 쏟아지는 붉은 피. 나는 누군가를 들쳐 업고
> 시립 매립지로 간다 이곳에선 죽은 이들과 죽어 갈 이들이
> 나와 함께 묻혀 있다
> ─「매장된 아이」 부분

정오가 조용히 부패할 때 증오와 복수심에 휩싸인 아이가 누군가를 살해한다. 엄마에게 상처의 주체였고 엄마의 삶에서 폭력을 휘

두르던 배후의 누군가를 살해한다. 태양의 기운이 가장 강한 시간대에 벌어지는 살인 행위는 아버지 혹은 지배자라는 이름으로 자행되는 억압에 대한 반항이자 부정이다. "죽일 수 있을 때까지 다 죽이고 죽을 수 있을 때까지 죽겠어요." 말하는 행위가 섬뜩한 충격을 주면서도 짙은 연민을 느끼게 하는 건 엄마와 아이가 받았을 핍박이 상상되기 때문이다. 이 시에서 나는 누군가의 손에 희생되어 시립 매립지에 매장되어 있다. 즉 시 속의 화자는 암매장된 아이의 영혼 혹은 유령이다. 이처럼 도시는 폭력의 순환 구조가 은밀하게 발생하는 곳, 서정은 벽에 부딪혀 파괴되고 공포의 극대치가 만들어지는 곳이다.

> 두 손을 뒤로 묶고 양다리 사이로 머리통을 처박게 했다
> 뒤에서 몽둥이를 들고 세게 후려친다 그것으로 끝이다
> 끝난 뒤에도 비명은 아주 오랫동안 짓이겨진 얼굴에
> 흥건하게 젖어 있다 시간이 흐른다 가끔 부러진 팔과 다리가
> 공터에 굴러다닌다
>
> —「과학적, 혹은 일화적 기억」부분

「과학적, 혹은 일화적 기억」에서도 도시는 두려움을 조장하는 곳이다. 「주먹을 숨기고 온 사내」에서는 배신과 변절의 공간, 「버려진 꽃」에서는 서로가 서로에게 상처를 주고 병을 주는 불신의 공간, 「순간 모든 것들이」에서는 해결될 수 없는 미궁의 살인 사건이 벌어지는 부조리한 공간으로 묘사된다. 이처럼 도시는 무수한 의문만이 구름처럼 공중에 떠 있고 거리에선 알 수 없는 대화가 오가는 곳, 아무것도 명확한 것이 없다는 사실만이 명확한 세계다. 아무리 비명을 질러도 침묵만 흐르는 비정한 곳이다. 거기서 주체와 대상의 관계는

극단적으로 왜곡되고 사람들이 내적으로 체험하는 것은 극심한 정체성 혼란과 분열적 환각이다. 꿈속에서처럼 현실에서도 악몽을 겪고 기억의 상처에서 벗어나지 못한다. 그 결과 자기 파괴적인 공격성을 보이거나 그 공격성을 타인에게 전이시켜 그로테스크한 사건을 일으킨다. 결국 시인에게 현대라는 시공간은 어른들(당신들)에 의해 살해되는 아이들, 살해의 실체는 드러나지 않고 모든 것이 은밀하게 베일 속으로 사라지는 비밀의 세계. "추악한 비밀을 묻을 수 있는 건 또 다른 비밀뿐"인 세계, 진실은 썩고 윤리나 도덕적 가치는 가차 없이 유린되는 세계다. 그곳을 시인은 떡갈나무 숲으로 상징화한다. 떡갈나무가 상징하는 부조리한 공간 속에서 시인은 죽은 아이들의 울음소리를 듣는 환청을 겪고, 부조리와 악의 현실에 맞서 부조리하고 악의적인 전략으로 대항한다.

> 나는 쓴다.
> 떡갈나무 책상에 앉아 떡갈나무 연필로 쓴다
> 썩은 진실을 마시며 단 한 줄의 죽지 않는 문장
> 떡갈나무
> 내 목을 매달
> 낄낄거리는 당신들의 목을 맬
> 이 도시를 뒤덮을 떡갈나무만 있으면 된다
>
> ―「떡갈나무 아래」 부분

살인의 흔적이 남은 떡갈나무로 책상을 만들고 연필을 만들어 시를 쓰는 행위는 기억과 증오라는 두 가지 심리를 동시에 반영한다. 반드시 기억하겠다는 다짐과 함께 살인자들을 향한 증오를 드러내는데, 떡갈나무는 자신의 목을 매달 마지막 도구이기도 하다. 이것은 죽음을 각오하고 세계의 악의에 악의의 방법으로 대항하겠다는 결의의 표출이다. 그러한 전략을 통해 시인이 노리는 것은 세계의 허구성, 인간의 위악성의 전면적 폭로다. 최치언의 시는 이처럼 사실적 환각을 폭로해 환각의 사실성을 확보한다. 그것은 인간이 인간의 살을 먹는 그로테스크한 카니발 풍경에서도 드러난다. 「정말 근사한 여행이었습니다」에는 어른을 집어넣어 만든 팥빙수를 먹는 아이가 나온다. 화자인 나 또한 아이가 먹는 빙수의 재료로 쓰이고 있다. 깨끗이 비워진 빈 그릇엔 짓물러진 팥알들만 슬프게 굴러다닌다. 이 시는 어른들의 세계에 대한 반항이자 역방향의 폭력을 통해 아이의 억압 상태를 역설적으로 드러낸다. 근사한 여행은 결국 죽음인데 눈 내리는 들판에서 아이에게 어른이 먹히는 풍경은 역전된 카니발 제의의 통쾌한 풍경이다.

「서로 다른 아주 오래된 송어 수프」는 타인의 죽음으로 채워지는 인간의 탐욕이 가족이라는 근친 관계에서도 발생한다는 점을 상기시킨다. 카니발 식욕 속에서 드러나는 인간 내면의 은폐된 야만성과 위악을 계곡 유원지의 식사 장면을 통해 보여 주는데, 아들의 살로 만든 송어 수프를 먹은 박의 모(母)와 오랜 친구인 나와 신문기자를 통해 살인과 살인에 대한 방임을 드러낸다. 그런 탐욕과 살인의 충동에 노출된 자의 눈엔 계곡의 사람들 모두가 또 다른 종의 신기한 송어일 뿐이다. 이 시대의 허기는 "누군가의 죽음으로 채우는 것"이니 가족 관계나 우정 관계도 모두 허구고 언제든 각색 가능한 가면극과 다를 바 없다는 서글픈 자각이 깔려 있다. 그런 현실에서 우린 모두 공모자고 어느 누구도 타인을 비판할 수 없다. 영화 속의 잔혹한 카니발 풍경이 그대로 현실인 이 세계에서 누가 누구를 힐책하고 비난할 수 있단 말인가? 세계는 영원히 결핍되는 탐욕에 목말라 하고 현실은 그러한 탐욕의 인간들 즉 우리 모두가 등장인물인 공포의 카니발 상업 영화가 아니던가.

　사랑한다는 좌측의 말이
　칼처럼 우리 몸을 찌르고 들어왔을 때 우리들은 어처구니없게도 많이 순진해졌다
　우리가 더 이상
　선한 꿈을 꾸지 못한다는 건 좌측에게 우리들의 악몽을 맡겼기 때문이다
　움직일 수 있을 때

　눈알을 파라
　　　　　　　　　　　　　—「어떤 선물은 피를 요구한다」 부분

「어떤 선물은 피를 요구한다」는 양립하는 두 세계의 대립 국면에서 발생하는 인간의 죽음을 통해 현실의 참상을 드러내고, 체제나 정치사회적 이데올로기가 인간의 육체와 내면을 얼마나 잔혹하게 파괴하는가를 보여 준다. 위악과 거짓의 세계에서 자기들의 세계를 고집하다 귀가 도려내지고 눈알이 파이는 우측의 사람들은 현대인들의 초상이다. 이 시는 좌측의 위선적 낭만과 사랑, 우측의 맹목적 아집과 집단적 행동 모두를 비판한다. 이념 투쟁이나 사회 변혁 과정에서 발생하는 극단적 대립 양상, 즉 폭력과 투쟁 속에서 죽어 가는 무수한 사람들의 모습이 대칭적 구조를 통해 드러나 있다. 폭력은 죽음을 낳고 죽음은 또 다른 폭력을 낳는다는 폭력의 순환 구조

를 형식과 내용으로 동시에 드러내고 있다. 시인이 주목하는 이러한 폭력의 메커니즘은 정치사회 현상만이 아니라 남녀의 사랑 관계에서도 나타나는데 폭력이 반복될수록 강도는 세어지고 억압의 수위는 높아진다. 역사는 이러한 권력의 순환 반복, 억압의 기만성을 통렬하게 증명한다. 아이러니컬하게도 폭력과 사랑은 인간의 등과 배처럼 하나의 육체를 형성하며 기이하게 역사를 움직인다. 이러한 역설적 운동성과 변증법적 존재성 때문에 최치언의 시는 육체의 에로티시즘과 긴밀하게 연계된다.

3. 에로티시즘의 세계

정신분석학적 관점에 의하면 육체의 에로 행위가 절정에 다다르면 죽음의 충동, 살해나 피살의 충동과 연결된다. 즉 성과 죽음의 욕망은 같은 뿌리에서 나오고 그것은 파괴적 야만성을 본질로 삼는다. 따라서 인간의 육체 깊숙한 곳까지 파고들어 와 있는 죽음, 그 죽음의 세계를 향한 심리적·정신적 운동 에너지가 에로티시즘의 근저를 형성한다. 에로티시즘의 세계에서 인간의 육체는 낭만적 풍경과 몽환적 환상에 도취되기도 하지만 그것은 가면이다. 가면을 벗기면 에로티시즘은 죽음의 얼굴을 그로테스크하게 드러낸다.

공사 중 휴관인
야자나무 모텔 그림 속 커튼 뒤에서 밤이 새도록 물을 헐렁헐렁 흘
리며
시든 성기가
냉장고처럼 싸늘히 죽은 침대 위의 계집애를 보았던 것인데

그러니

죽은 계집애와 셋이서 하면 어떨까

　　　　　　　　　―「누가 아열대의 밤을 두려워하랴」 부분

　아열대의 밤은 부정되고 금기되었던 모든 행위가 가능해지는 시간대이다. 죽은 계집애와 셋이서 할 수 있고 그 어떤 격렬하고 폭력적인 사태와 살인도 벌어질 수 있는 상징적 시간대이다. 성적 욕망과 공격적 충동이 가장 강도 높게 분출되는 시간인 아열대의 밤은 결국 죽음의 시간이다. 인간의 본능을 구성하는 성 충동과 죽음 충동이 같은 뿌리에서 연원한다는 자각, 그것으로부터 광기의 사태들이 출발한다는 인식이 깔려 있다. 최치언의 시는 이러한 인간 내면의 불합리하고 부조리한 국면들을 포착해 그것의 거죽을 사정없이 찢는다. 그러기에 그의 시는 통념과 금기를 파괴하는 위반의 시학을 구축하면서 에로티시즘의 세계로 진입해 들어가 인간 존재의 근본 토대를 파헤친다. 그는 두 가지 측면에서 에로티시즘의 세계를 파고든다.

　첫째는 인간에 대한 성적 에로티시즘, 즉 인간의 육체에 대한 관능적이고 노골적인 접근을 통해 육체 탐욕의 추악함을 극적 상황으로 드러낸다. 육체의 에로티시즘은 그 대상이 인간이든 신이든 아니면 그 어떤 물적 대상이든 대상을 향한 공격성을 드러낸다. 그러한 가학적 공격 충동은 죽음을 향한 무의식적 에너지라 할 수 있는데 인간의 은밀한 내부에 잠재돼 있다가 분출되어 나오는 붉은 용암, 피의 이미지 덩어리들이다. 그것은 곧 통념적 이념이나 미학, 금기의 세계를 향한 파괴 본능이다. 이 전복적 에너지 때문에 그의 시에서 피 이미지가 자주 나타나고 격렬한 행위와 사건들이 벌어진다.

육체의 에로티시즘은 본디 죽음의 영역이고 위반의 영역이다. 그의 시가 구축하는 에로티시즘은 욕망의 추구가 가닿는 종착점, 즉 죽음의 파탄으로 접어드는 인간의 모습을 가식 없이 충격적으로 드러냄으로써 인간의 근원, 음양의 세계를 동시에 돌아보게 하는 사유의 힘을 발산한다.

둘째는 신성의 추구, 신에 대한 에로티시즘이다. 그의 시에서 신에 대한 사랑은 매우 아이러니컬한 모습을 띠는데, 신성을 추구한다는 것이 어떤 신적 대상을 숭앙한다는 뜻이 아니다. 오히려 정반대다. 신은 아버지 혹은 어머니의 모습으로 나타나기도 하고 특정 모습을 지니지 않은 어떤 절대성을 상징하는 주체로 설정되기도 한다. 그에게 신은 살해되어야 할 제거와 부정의 대상으로 등장한다. 그런데도 그 일련의 상황과 사건들이 성적 에너지를 띠고 에로틱하게 전개된다. 그럼 시인은 왜 신성의 영역을 에로티시즘의 관점에서 접근하는가? 신성의 에로티시즘은 현실과 현실 너머를 연결하는 제의적 행위로 신이라는 존재를 통해 인간이라는 존재의 한계를 극복하려는 욕망이다. 역설적으로 말해 인간이 신성을 추구한다는 것은 인간이 스스로의 한계성과 나약함을 인식하는 행위로 신적 존재에 대한 찬양과 숭앙이 전제된다. 그러기에 고대의 여러 종교들은 동물의 피 또는 인간의 피를 제물로 바쳐 신에 대한 복종을 드러냈다. 특히 아이를 제물로 바치는 제사 의식에서는 아이의 순결한 피가 뿌려지는 죽음을 통해 신성에 닿는다고 생각한다. 그러나 아이를 이용한 이러한 신성의 제사 의식 이면에는 통치자의 지배 구조와 헤게모니를 강화하기 위한 교묘한 정치적 술수가 숨어 있다. 즉 어른들이 지배하는 세계의 무자비한 야만성과 위장된 폭력이 숨어 있다. 시인은 바로 이러한 측면을 주목한다. 아이의 피를 뿌려 신에게 제물로 바치는 고대의 제의적 행위의 야만성이 현대사회에도 그대로 재현되고 있다는 인식이 깔려 있다. 그것은 가깝게는 가족 관계 또는 남녀 사이의 육체 탐욕 과정에서도 나타나는데, 극단적 에로티시즘 행위가 피를 제물로 바치는 제의 행위의 속성과 크게 다르지 않다고 본다. 때문에 시인은 피가 매개물로 등장하는 사건이나 성행위 장면을 제시해 신성을 모독하는 것이다.

폭력이 개인적 차원을 넘어 사회적 종교성을 띠고 자행될 때 그것은 암울한 미래를 예고한다. 지배자가 지배의 논리와 살인을 정당화하고 그들의 역사를 픽션화하는 것이 신화이다. 이 물신적 신화의 공포 논리가 지금 여기 우리의 현실에서도 자행되고 있기에 시인은 공포를 드러내는 방식을 취해 위장된 권위에 도전한다. 이러한 신성의 훼손은 「날아라 짠짜라짜」에서 희극적으로 드러난다. 입만 열면 거짓말을 하는 불신과 부정의 존재인 엄마, 그런 엄마로 대표되는 어른들이 지배하는 세계가 지구라는 멍청한 별이다. 엄마와 나, 여동생의 코믹한 대화가 오가면서 죽음, 억압, 신성에 대한 사유가 드러난다. 이들의 대화는 원으로 표상되는 공간 속의 비둘기를 객관적으로 바라보면서 이루어지는데, 원은 비둘기를 가두는 억압의 시스템 또는 시공간으로 비가시적인 억압의 상징체로 등장하기에 푸코의 원형 감옥인 판옵티콘(panopticon)을 연상시킨다. 비가시적인 권력이 교활하고 음흉하게 개인을 통제하고 지배하는 현대사회에서 인간은 누구나 하나의 기계 장치나 감방의 수감자로 전락한다. 메커니즘 안에서 메커니즘의 체제에 길들여져 현실을 직시하지 못하고 살아간다. 그런 원이 벽에 부딪혀 비둘기들이 원 밖으로 날아오르자 즉 억압의 시스템 속에서 벗어나자 엄마와 나, 여동생도 수직으로 날아오른다. 흥미로운 점은 이러한 해방 혹은 탈출의 상징성보다 지구를 떠난 그들이 지구에서 가장 먼 은하계를 통과할 때 그들을 마중 나온 신들의 모습이다. 신들은 턱주가리가 길게 튀어나오고 누런 이빨을 드러낸 바보의 모습을 하고 있는데 사실은 나와 여동생의 아버지, 즉 엄마의 남편이다. 그런 신들을 바라보며 계속 대화가 오간다.

> 나는,
> —엄마, 저 바보 같은 놈들은 누구죠?
> 여동생은,
> —졸라, 힙합처럼 생겼네.
> 엄마,
> —너희들의 아버지란다. 짠짜라짜.
>
> —「날아라 짠짜라짜」 부분

신적 존재의 위엄과 숭엄함을 유머러스하게 추락시켜 기성세대의 권위를 붕괴시키고 지배 이데올로기를 비판한다. 아버지라는 이름으로 자행되어 온 억압에 대한 시인의 블랙유머와 냉소가 담겨 있다. 이처럼 최치언의 시에 나타나는 신 또는 아버지는 자아의 욕망을 금지하는 절대적 담론인 권위, 질서, 법 같은 상징계 전체를 아우른다. 자아가 타자의 욕망이 자신이 아님을 알게 되면서 타자의 욕망의 대상이 존재하는 자리, 즉 자아가 결여한 상징적 남근의 기표인 팔루스(phallus)적 존재인데 그것은 억압이 발아하는 근원이고 제거되어야 할 살인의 대상으로 부각된다. 결국 시인은 주체와 타자의 분열을 응시해 욕망의 근저에 자리한 결핍과 상실을 확인한다. 이 탐색의 과정에서 결핍을 채우려는 무의식적 욕망이 환상적 이미지로 변주되어 시를 낳게 된다. 그의 시 곳곳에 환각이나 망상의 초현실적 이미지와 기이한 사태들이 펼쳐지는 것은 이런 이유 때문이다. 환각이나 망상은 예술의 층위에서 환상이라는 보다 포괄적인 개념에 포함시킬 수 있다. 결국 시인에게 환상의 자리는 존재의 결핍을 상상적으로 채우려는 주체의 욕망이 상연되는 검은 무대인 셈이다. 그러나 이 결핍과 틈은 영원히 채워지지 않는다는 점에서 그의 무대는 무한히 어둡고 마지막 막이 없이 계속 순환되는 원(圓)의 부조리극이 되고, 욕망이 존속하는 한 인간의 세계에서 폭력은 사라지지 않고 반복 순환된다는 비극적 세계관을 드러낸다.

4. 위반의 정신

최치언의 시에서 위반의 정신이 고양될 때는 모더니즘적 세계관이 도드라질 때다. 무의식에 의해 인간의 이성적 주체로서의 자리가 붕괴될 때, 즉 근대적 인간 주체에 대한 해체가 의식의 차원이 아닌 광기의 상황이나 비이성적 사건 속에서 발현될 때이다. 그는 이성적 지배 담론의 언술 체계인 합리적 체계와 규칙이라는 근대성의 사유 체계를 부정한다. 이성 중심주의 세계에서 주체는 가짜 주체고 무의식은 억압되고 금기시되는데 이것을 본능적으로 거부하기 때문이다. 이 금기의 영토, 출입이 금지된 반이성적이고 충동적인 세계로 그는 과감히 진입한다. 그것은 곧 지배 담론이 지닌 허구적 위계 질서와 체제에 대한 부정 정신의 발현이다.

불타는 집은 더럽게 더웠죠.
우린 옷을 벗고 서로 몸을 비비며 춤을 췄어요.
흐물거리던 오빠들의 자지가 구렁이처럼 어미의 입속으로

미끄러져 들어갔어요.

—「나는 너로부터 왔다」 부분

금기의 위반 행위에서는 위반 자체의 모독과 부정성도 중요하지만 위반의 동기가 더 중요하다. 시인은 왜 성기나 항문 같은 인체의 은밀한 부분들을 시 속에 적극적으로 끌어들이는 걸까? 위반의 심리 때문이다. 이성적 금기의 밑바닥에 깔려 있는 억압된 고뇌, 죽음의 공포, 구토, 배설 등을 느낄 때 비로소 에로티시즘의 본질적 체험이 가능하다고 생각하기 때문이다. 구토나 배설의 이미지들이 자주 등장하는 것은 이 때문이다. 성적 금기가 강할수록 인간의 성적 욕망은 강해지고 죽음의 금기가 강할수록 죽음의 욕망은 강해진다. 인간의 역사는 그것을 명쾌히 증명한다. 역사는 늘 살해를 반복해 오면서 살해의 욕망을 채워 왔지만 욕망은 영원히 결핍되기에 살해는 미래에도 계속될 것이라는 비극적 세계 인식이 시인에게 위반의 정신을 고취시킨다. 때문에 그는 인간이 만들어 놓은 제도나 법규 등의 공리적 규칙을 위반하고 이성이 출입 금지시켜 놓은 인간 육체의 성역을 침입한다. 그에게 위반은 단순히 금기의 영역을 훼손하는 것이 아니라 금기의 하부구조를 파헤쳐 그것을 와해시키고 결국에는 금기의 토대가 되었던 견고한 권력과 권력 주체의 무화를 완성하는 경지로 나아가려는 치열한 싸움, 죽음과의 싸움이다. 삶이 삶 자체에 죽음을 품고 있듯 모든 금기는 자신 안에 금기를 위반하려는 자기부정의 속성을 지닌다. 즉 위반이 불가능한 금기란 없다. 어떤 금기라 할지라도 그것은 인간이 만든 울타리기에 죽음에 의해 와해된다. 즉 시인에게 죽음은 인간의 삶이 만들어 놓은 금기의 울타리들을 단숨에 뛰어넘어 초월하는 절대적인 것이다. 비록 죽음이 삶에서 파탄과 좌절을 불러일으키기도 하지만 삶을 끊임없이 움직이는 동력의 바퀴가 바로 죽음이라는 점을 우리는 상기해야 한다. 만약 죽음이 존재하지 않아 죽음에 대한 공포가 사라진다면 인간은 불멸하겠지만 그것은 불멸보다 무서운 비극이 될 것이다. 그러기에 성적 금기의 영토를 탐색해 죽음을 직시하는 행위는 곧 삶과 미래를 위한 치열한 싸움이 된다.

> 한 소녀가 아버지의 손에 이끌려 공원을 산책하는 것을 나는 보았다
> 소녀의 뒤로 허리를 꺾어 세우는 아버지의 검은 그림자가 보였는데
> 그것은 소녀의 머리 위로 떨어지는 태양의 불꽃을 입으로 받아 내곤 슬그머니
> 소녀의 몸속으로 사라져 버렸다
> ─「항문과 외음부 간의 급작스러운 신체적 변화」 부분

항문과 외음부 사이는 형이상학적 거리이자 시공간이다. 죽음과 삶이 공존하는 육체의 은밀한 습지이다. 인간은 배설에 대해 심리적 혐오감과 거부감을 느끼는데 그러한 무의식적 거부 심리가 발생하는 것은 그것이 죽음의 충동을 배경으로 거느리기 때문이다. 즉 인간이 태어나는 성기와 배설이 이루어지는 항문이 가장 가까이 있다는 사실은 삶과 죽음이 근친 관계고 한 부류라는 상상을 하게 한다. 이곳에 갑작스러운 변화가 일어난다는 것은 육체적 변화만이 아닌 죽음의 개입 또는 어떤 욕망의 변화가 있음을 암시한다. 시의 내용을 보면, 소녀와 아버지의 근친 관계에서 아버지는 누락되고 그 자리에 나와 바나나 장수가 들어서서 사랑의 자리를 차지한다. 그러다 소녀가 처녀가 되면서 나 또한 누락되고 다시 바나나 장수가 처녀의

빈자리를 채운다. 이러한 자리 채움과 비움의 반복은 사랑과 얽힌 욕망의 충족 심리와 반복되는 결핍을 드러낸다. 사랑을 통해서도 욕망은 결코 충족되지 못하고 그들은 계속 죽음에 쫓긴다.

　최치언의 에로티시즘 세계에서 성이 문제시되는 것은 그것이 죽음과 직결되어 있기 때문이다. 죽음의 충동은 인간을 황폐화시킬 수 있다. 그는 성이 본질적으로 갖는 이러한 공격적 측면을 비판적으로 응시한다. 성적 에로티시즘 내부에 도사리고 있는 죽음의 충동이 어떻게 폭력적 사태들로 변주되어 확산되는지를 예의 주시하고 그 과정을 영상 혹은 무대장치를 통해 제시한다. 시 속에서 여러 인물들이 성적 관계를 갖지만 자세히 보면 상대와 관계를 맺는 것이 아니라 상대를 매개로 한 환상, 즉 허구의 이미지들과 접촉한다. 그것도 금이 간 파괴된 이미지들과 말이다. 이런 행위들은 인간성의 근원을 환기시키는데 여자만 그런 것이 아니라 남자도 남성적 자아가 깨져 있다. 남자도 여자도 모두 결핍되고 분열된 존재들이다. 결국 그들에게 성적 접촉이란 결핍을 채우려는 비극적 행위이자 파탄에 빠진 자신을 응시하고 확인하는 암울한 행위인 것이다. 최치언 시의 표층에 나타나는 극렬한 성행위 이면에 숨은 비애의 한 국면이 여기에 있다. 성행위는 육체적 황홀감을 주지만 인간에게 주어지는 무서운 자기 인식의 사건이기도 하다. 극단적인 성행위는 금기를 가장 격렬하게 위반하고 욕망의 바닥에 근접하는 행위이다. 즉 가면을 벗고 자신의 내면에 잠재되어 있던 본래의 동물성을 향해 다가가는 근원적인 자기 인식 행위가 된다. 광기와 죽음에 다가가는 행위를 통해 나와 상대라는 각각의 개체 속에 은폐된 미시 권력과 존재의 허구성을 드러내기 때문에 일탈된 성행위는 역설적이게도 순수한 사랑으로 변주된다. 따라서 에로티시즘에 의해 인간성은 모독되고 신

성은 더럽혀지지만 통념과 금기에 대한 위반을 통해 아이러니컬하게
도 인간은 근원부터 재성찰된다. 억압의 분출과 모독으로 인간은 다
시 태어나고, 신은 인간의 눈으로 세계를 근원부터 다시 보기 시작한
다. 최치언 시가 구축하는 에로티시즘 미학의 정점이 거기에 있다.

5. 악한 나무, 죄의식

　최치언의 시는 금기와 위반의 시소게임의 산물이다. 긍정과 부정
을 반복하는 강박 충동이 나타나고 시의 바닥 깊은 곳엔 감지하기
쉽지 않은 죄의식이 지하수처럼 소리 없이 흐른다. 죄의식은 형체
없는 이끼여서 인간의 음지에서 자라난다. 그는 인간과 인간의 원초
적 육체에 대한 탐색을 통해 세계와 시간의 근원을 추적해 들어가
고, 인간 존재의 부조리한 형국들을 면밀히 살피면서 죄의식의 뿌리
를 향해 나아간다. 그것은 곧 인간 근원에 대한 탐색이자 회의이다.
그가 충격적 사건들을 통해 촉지(觸知)하는 것은 사건 자체의 공포
국면보다는 그러한 미시적 국면들이 모여 연출하는 인간 세계의 허
구와 가면이다. 그는 그것을 유머와 희화화된 상징의 방식으로 폭로
한다. 아이러니컬한 것은 어떤 인간이 가장 극렬한 공포를 느낄 때
그 공포의 연출자가 다름 아닌 인간이라는 점이다. 즉 주체도 대상
도 연출도 모두 얼굴 없는 인간인 그로테스크한 부조리 희비극, 그
게 인간의 역사고 미래라는 암울한 메시지가 담겨 있다. 그러기에
그의 시는 외관상 희극적 유머로 채색된 나무처럼 보이지만 껍질을
벗겨 보면 뼈가 보이고 피가 흐르는 비극적 나무이다.

　　너보다 더 낮은 곳에서 우는 뿌리를 위해
　　피 흘리는 나무야. 너는 피를 흘리면서

낯선 나라의 말을 하고 피 흘리는 남자야

참으로 아름다운 오후구나. 이토록 무거운데 이토록 가볍다니

모든 맹세는 주머니 속에서 얌전한 고양이처럼 자는데

너는 피 흘리는 고양이야, 야옹도 못 하고 발톱으로만 제 살을

파내는 너는 바로 나야.

—「악한 나무」 부분

 피가 재생을 위한 희생적 제의의 징표로 쓰이면서도 죽음의 과정으로 진입해 들어가는 육체의 물증으로 나타난다. 나무-남자-고양이-나-눈으로 환유의 연결 고리가 형성되면서 나무는 점점 피를 흘리면서 더 이상 흘릴 피조차 없는 상태로 진입한다. 죽음의 세계로 진입하면서 시인은 그곳을 참 따뜻한 곳으로 인식하여 눈 내리는 서정적 공간으로 환치시킨다. 이 시에서는 화자를 죽음으로 몰아넣는 주체의 자리에 설정된 '너희'가 중요한데 이 살인자의 위치에 '나' 또한 포함될 수 있다는 아이러니가 깔려 있다. 즉 너희에 의해 죽임을 당한 고양이와 피 흘리는 사체의 이미지 배면엔 화자가 현실에서 겪는 고통과 함께 고통과 반대 색채를 띤 죄의식이 숨겨져 있다.

 욕망 이론에 의하면 죄의식은 아버지의 살해로 생기고 이 죄를 갚기 위해 근친상간을 금지하고 동물이나 신적 존재를 향해 제사를 지내는 피의 제례 의식이 생긴다. 즉 근친상간을 금지시키는 주체가 아버지이기 때문에 근친상간이라는 금기의 위반은 곧 아버지 살해 행위와 긴밀하게 연결된다. 아버지 살해는 법, 명령, 언어의 상징계적 세계에 대한 시인의 반항이자 분노의 분출이다. 이것은 나와 엄마의 동일시를 파괴한 주체에 대한 일종의 복수인데, 화자는 무의식적으로 나와 엄마의 동일시를 욕망한다. 즉 최치언의 시에서 나는

타자고 나의 욕망은 타자의 욕망이다. 재미있는 것은 이러한 욕망의 결과로 발생한 죄의식이 시인 자신도 모르게 시의 배면에 은밀하게 은닉된다는 점과 그의 죄의식은 욕망의 측면만이 아닌 존재론적 측면도 함께 드러낸다는 점이다. 그에게 죄의식은 의식이 삭제된 좀 더 깊고 어두운 존재론적 의미도 함께 띤다. 태어났다는 사실, 살아 있다는 사실 자체, 인간이라는 존재 자체가 죄의식이 되기도 한다. 이는 카프카가 세계와 자아 사이에서 느꼈던 근원적 죄의식과 매우 비슷하다. 비합리적인 구성과 기이한 사건들이 연출되는 그의 시가 부조리극의 성격을 띠는 것은 이러한 이유 때문이기도 하다.

> 흑인 다섯이 쓰러진 장미 나무 아래를 기웃거리고 있었다
> 더러운 발과 하얀 이빨을 그들은 죄의식처럼 신에게서
> 선물받았다
> (중략)
> 너는 물어뜯은 콜라 캔의 날카로운 모서리로
> 너의 옆에 서서 오래도록 아버지의 주검을 들여다보는 어머니의 눈을
> 그어 버렸다. 멀리서 흑인들이 갓뎀 같은 미소를 지으며 거대한 성기를 손으로
> 비벼 들며 우리 쪽으로 걸어왔다
>
> ―「콜라」 부분

죄의식은 본래 선물받은 것이라는 인식, 시인은 죄의식을 인간을 구성하는 선험적 요소로 인식하고 있다. 아버지의 주검을 들여다보는 어머니의 눈을 날카로운 콜라 캔으로 긁어 버리는 너, 결핍된 욕망의 기저에 자리 잡은 상처의 기원이 가족으로부터 발생했음을 유

추할 수 있다.

아버지가 사라진 세계에서 새로운 폭력의 주체 세력으로 등장하는 엄마, 그런 엄마를 기억하는 아이의 눈 속에 담긴 증오, 그 증오 속에 뿌리내린 죄의식, 시인이 어린 화자를 통해 드러내는 죄의식은 단순히 도덕이나 윤리의 일탈 차원이 아니다. 그에게 죄의식은 매우 폭넓은 광의의 개념으로 금기의 영역으로 잠입해 들어갈 때 시인이 무의식적으로 느끼는 불안과 공포감까지도 포함한다. 즉 화자에게 이입된 죄의식은 사실 시인 자신도 의식하지 못한 불합리한 감정이고, 꿈과 열등감까지도 포함하는 매우 복잡한 무의식적 심리의 집적물이다. 시인의 기억 내부에 근원적으로 존재하는 죄의식, 그것을 응시하는 제3의 눈동자가 미세하게 감지된다. 유구한 시간의 과정에서 인간의 고통스러운 내면 의식 속에 만들어진 기억의 원형적 감옥, 그곳이 최치언 시에 잠재된 죄의식의 거처이다.

문제는 그의 죄의식은 욕망의 문제뿐만이 아니라 존재의 문제와도 긴밀하게 맞물린다는 점이다. 그가 계속해서 성의 문제와 죽음의 문제에 집착하지만 그 바탕엔 시인 자신을 포함한 인간의 근원에 대한 천착이 깔려 있다. 그것은 곧 삶이 본질적으로 갖는 죄의 깊은 수렁으로 회귀하는 과정이고 인간에 대한 근원적 질문을 던져 뼈아픈 자기 인식에 다다르는 행위가 된다. 그의 시 텍스트는 이런 묵언의 질문들을 숨기고 있다. 그러기에 시 전반에 걸쳐 인간과 삶에 대한 총체적 비극 의식이 깔리게 된 것이다. 결국 그에게 인간은 존재하는 부재고 부재하는 존재라는 모순의 양면성을 띠는 불합리한 개체이다. 각각의 개체로 돌아간다는 것은 결국 죽음, 부재의 영토로 회귀하는 것이다.

6. 죽음과 망각의 영토

우리가 죽음이라고 말하거나 쓸 때는 죽음을 객관적으로 응시하는 의식 상태에서이다. 따라서 우리가 말하는 죽음은 죽음에 대한 의식이라고 해야 정확한 표현일 것이다. 최치언의 시에서도 죽음에 대한 의식이 드러나는데 그에게 죽음은 육체의 죽음만이 아닌 기억의 사멸, 즉 망각의 영토로 회귀하는 현상을 의미하기도 한다. 망각의 영토로 편입되어 완전히 잊었다고 생각한 죽은 기억들이 되살아날 때가 있다. 꿈이나 현실에서 환각을 볼 때이다. 그런 죽은 기억들은 주로 꿈을 통해 악몽의 환상으로 변주되어 나타난다. 꿈속의 그로테스크한 풍경과 낯설고 기이한 이미지들이 충격적으로 다가오는 것은 그것들이 기억과 무의식적으로 연결되어 현실에 영향을 주기 때문이다. 따라서 영원한 망각은 영원히 불가능하고 망각은 실현 불가능한 욕망이 된다. 「이제는 다 잊었다고 생각한 어떤 기억들이 잠 속으로 몰래 몰래 흘러들어 와 잠든 얼굴에 손톱이 돋던 날」에서 시인은 기억과 상처의 결을 아프게 드러낸다. 망각되었다고 착각한 기억들이 그가 잠든 사이 손톱으로 변해 얼굴을 뚫고 나오는 초현실적 장면은 충격적이기에 앞서 가시의 고통을 느끼게 한다. 화자가 느끼는 고통의 강도가 매우 큰데 그 굴레로부터 벗어나고자 하기 때문에 화자는 욕망의 저층에서 울려 나오는 소리를 듣는다. 그것은 곧 내가 살해될지도 모르는 세계에서 내가 죽여야만 하는 살인의 대상을 선택하라는 소리다. 그 대상은 아마도 자신일 텐데, 즉 끝끝내 죽이려 해도 죽일 수 없는 기억 속의 자기 자신인 것이다. 그러기에 기억을 다룬 그의 시는 무거운 통증을 동반하고 화자의 가슴 깊은 곳에 난 상처의 무늬들이 아픈 결을 만든다.

식탁 아래로 붉은 하이힐이 두 켤레 놓여 있고

벽지에선 꽃들이 흘러내리는 우리들의 아름다운 집에서

(중략)

그날 엄마가 목을 매달았듯이

(중략)

나는 앞으로 걷는 것을 까먹고 뒤로 걷는데

뒤로 걸으면 자꾸 아버지는 작은 나무가 되어 가고 나중은 아주 작은
씨앗처럼 보이다가

―「개인의 집」 부분

　목을 매 자살한 엄마의 체취와 흔적이 남은 집에서 화자가 느끼는
밀폐감과 고립감을 퇴행의 시선으로 처리하고 있다. "아버지, 기억
나세요. 이 아름다운 집에서 당신만 없다는 것이 가장 아름답게 느
껴진다던 엄마의 말". 죽은 엄마가 남긴 붉은 하이힐 두 켤레가 아버
지 발과 새 엄마가 앉을 식탁의 빈자리를 향해 놓여 있다는 설정은
어린 화자의 내면 상처를 엿보게 한다. 「개인의 집」이 기억의 회전과
순환이라는 시간 장치를 통해 가족 소속원이 겪는 내면 고독과 소외
를 파헤친다면, 「점프」는 좀 더 비정하고 잔인한 아버지 세계 속으로
편입해 들어가는 과정에서 아이가 겪는 고통을 드러낸다.

오후였다.

모래들이 귓구멍 속에서 흘러내리는

오전이었다.

벽들이 땅바닥에서 수직으로 뛰오르더니

좀 더 악의적인 곳으로

좀 더 위태로운 곳으로

점프를 하고 있는 저녁이었다

—「점프」부분

　점프는 아이에서 어른으로 성장해 가는 시간적 이동, 악의적이고 위태로운 세계로의 공간적 이동 모두를 함의한다. 즉 시간의 틈, 그 공백을 뛰어넘는 인식 행위로서의 점프인데 그 시공간의 이동 과정에서 화자가 마주하는 것은 유년의 기억과 기억의 바닥에 가라앉아 있던 악몽의 풍경들이다. 오후 → 오전 → 저녁이 두 번 반복되다가 드디어 밤이 된다. 모래를 줄줄 흘리는 징그러운 나무 아래에서 소년과 계집애와 나는 쉰다. 이 침묵의 풍경은 모래가 상징하는 소멸과 부재의 시간대로 진입했음을 암시하는데, 벽은 바닥으로 떨어져 피를 흘리고 있다. 벽은 화자의 의식과 사고를 차단하는 역할을 하고 이 벽의 힘에 의해 나는 거부조차 할 수 없는 악의적이고 위태로운 세계 속으로 진입해 들어간다.

수많은 날들의 안과 밖이 열리고 닫힌다.

집으로 돌아와

창틀에 피를 토하곤 울었다

늙은 엄마는 절름발이 새처럼 그 피를 부리로 찍어

허공에 문질렀다

나는 죽을 것이다.

—「괜찮아요, 엄마」부분

　죽음 직전의 나와 슬퍼하는 엄마의 눈에 비친 비극적인 풍경들이 잔잔히 묘사되고 있다. 죽음으로 가는 상황에서도 괜찮다고 말하는 화자의 마음이 촉촉이 만져진다. 서정적으로 마음을 건드리는 촉촉한 물기가 느껴지는 시이다. 인간이 삶의 여정을 거쳐 묘지로 가는 과정은 처연한 비극이지만 투명하고 아름답다. 삶에 대한 이러한 인식은 「비극은 투명하여라」에서도 드러난다. 서정적 풍경과 함께 황폐한 삶에 대한 시인의 비애감이 물감처럼 번져 나온다. 늙은 수병이 되어 되돌아보는 지난날들, 권태와 울분 속에서 싸워 온 무수한 형체 없는 흔적들을 회한의 눈으로 관조한다. 이 모든 날들은 이제 대기 속으로 흩어지고 나무들은 푸른 이파리를 몸에 달고 흐르는 바람을 느낀다. 그러기에 시인은 "흘러가는 것들은 흘러가게 두고 남는 것들은 아주 투명하게 빛나도록" 남겨 두고 황폐한 삶과 결별하고 새로운 곳으로 이사를 가려 한다. 그곳은 죽음과 망각의 영토, 그 너머의 세계다.

> 이젠,
> 이 황폐한 삶에서
> 나는 이사를 갈 것이다
>
> ―「죽은 신부」 부분

신부는 신부(新婦)로도 신부(神父)로도 읽히는데, 죽음 속으로 편입해 들어가며 세상의 흔적들과 애틋한 결별을 나누는 화자의 마음이 아프게 다가온다. 삶을 끝도 없는 푸른 꿈으로 인식하는 것으로 보아 그에게 죽음은 삶을 깨우는 환기의 매개체다. 그는 이제 "오랜 시간 이 끝도 없는 푸른 잠 속을 혼자 배회하였으니" 황폐한 삶이 가져다주던 가혹한 운명을 툭툭 털어 내고 이사할 것이다. 황폐한 삶에서 그가 겪었을 고통이 얼마나 컸는지 짐작된다. 인간이 회귀하는 죽음의 영토는 각각의 고립된 사물들이 무화되는 먼 곳이다. 그런데 시인은 죽음을 삶과의 대척점이 아닌 연속하는 보다 큰 우주로 상상한다. 그것은 곧 인간의 유한성과 한계를 자각하는 일이고 인간 세계를 불연속의 세계로 인식하는 행위다. 따라서 죽음은 불연속의 세계에서 연속의 세계로 진입하는 도약이자 현기증이다. 그리하여 그는 이제 "오래 묵은 장롱과 책장을 버리고 낡은 구두를 버리고 밤새 눈물로 쓴 편지들도 버리고" 죽음 너머의 새로운 세계로 이사할 것이다.

누구에게나 삶은 탄생과 죽음 사이에 가로놓여 있는 혹독한 늪이고 이해할 수 없는 심연이다. 인간은 누구나 자기 삶과 연인 관계를 형성하지만 결국은 파탄으로 끝나는 비극임을 깨닫고 홀로 죽음의 나라로 입국한다. 최치언의 시는 현대인의 개체적 고독, 개체의 죽음, 개체의 소멸을 적시하고, 황폐화된 삶을 사는 이 시대의 모든 이들에게 자기 인식의 울림을 주는 것으로 그치지 않고 울림의 파열을 향해 치닫게 한다. 합리성과 이성으로 설명될 수 없는 모호하고 불명료한 세계가 존재함을 보여 주고 그것이 우리가 몸담고 있는 현실이자 인간이 만들어 온 역사임을 역설한다. 또한 그의 시는 통념과 금기를 파괴하는 위반의 시학을 통해 가면의 죽음을 말한다. 인간과 인간이 구성하는 사회의 부조리하고 썩은 가짜들을 처단하는 죽음 말이다. 그러기에 그의 시는 우리를 죽음에 이르게 한다. 굳어 버린 의식의 죽음, 위장된 가면의 죽음, 통념의 죽음을 통해 죽음 너머의 새로운 세계로 날아가게 한다.

지형도 21.
분광과 모자이크

빛이 프리즘을 통과해 다양한 색채를 드러내는 것처럼 위상진의 시에서 사물들은 시인의 고통과 슬픔, 기억과 현실, 의식과 무의식을 분산시키는 매개물로 등장한다. 그녀의 시에서 세계는 위상진이라는 몸 프리즘을 통과하면서 다양한 색채의 이미지 조각들로 미분된다. 이 파편화된 모자이크 조각들이 불규칙적으로 재결합해 환상적 풍경화를 만들고 낯선 무늬들을 직조해 낸다. 이러한 분해와 결합의 관점에서 볼 때 위상진의 시는 '분광(分光)의 시학', '모자이크(Mosaic) 시학'을 지향한다. 기억과 상처의 분산, 이미지와 감각의 분산, 시선과 관점의 분산을 통해 그녀는 기존의 규격화된 틀에 갇힌 사물들의 질서를 재배치하고, 억압 속에 놓인 자아와 삶을 역전된 시선으로 통찰한다. 이러한 '거꾸로 인식'은 삶에 은닉된 죽음, 질서 속에 은폐된 혼돈과 억압을 드러내기 위한 적극적 세계 대면 방식이다. 이러한 성찰적 세계 인식은 흐르는 길에서 이루어진다.

창으로 보이는 길

소리 내지 못한 울음이

사생아를 낳는 길

(중략)

피를 쏟아 내는 백색의 꽃이 자라는 그곳

건너갈 수 없는, 거기

—「흐르는 길」부분

흐르는 길은 존재자의 시간, 죽음에 이르는 삶의 과정 전체를 나타낸다. 그 길은 빗물과 잔설, 사생아를 낳은 여인의 울음소리, 폐허의 잔영들이 드리워진 어둡고 쓸쓸한 뒷골목이다. 말하자면 시인에게 삶은 죽음과 절망이 강물처럼 흐르는 길이고, 흰 꽃들이 피를 쏟으며 자라나는 상처의 발원지다. 그러기에 시인은 망각된 시간의 단층들, 그 안에 퇴적된 정신적 트라우마들, 그로 인해 발생하는 자아의 분열 양상을 낯선 꿈의 풍경으로 변주한다. 한번 건너면 영원히 돌아올 수 없는 삶이라는 길에서 순간순간 마주치는 무수한 풍경들에게 새로운 의미와 이미지를 부여한다. 그녀의 시에 등장하는 사물들은 바깥 세계를 묘사하기 위해 동원되는 물리적 소재들이 아니라 시인의 상처와 고통, 삶의 어두운 비애를 드러내기 위해 사용되는 심리적 소재들이다. 그러기에 사물들의 배면에 절망과 고통의 흔적, 결핍된 자아의 그림자가 어른거린다. 이 점은 위상진의 시에 구현되고 있는 이미지들이 단순히 세계 재배치의 구성 요소로만 기능하는 것이 아니라 무의식의 지하 심층부로 내려가는 중요 계단 역할도 한다는 의미이다. 따라서 위상진의 시는 어둠과 피로 채색된 초현실적 회화나 설치 작품에 가깝다. 즉 시인과 흐르는 시간 사이에 세계가 있고 그것은 검은색이다. 시인에게 세계는 검은 베일 속의 움직이는 풍경이고, 기억은 어두운 필름 속의 정지된 화면들이다. 이 동영상 풍경과 정지 화면들 사이에 나타나는 몇 가지 주요 특징들을 살펴본다.

1.

위상진 시의 첫 번째 특징은 주제 중심으로 흐르지 않는다는 점이다. 오히려 주제를 의도적으로 탈각시키는 이미지들의 연쇄적 나열을 통해 상처와 결핍을 초현실적 이미지로 시각화한다. 다시 말해 그녀의 시는 전체를 통괄하는 특정 이야기를 통해 어떤 메시지 전달을 목적으로 하지 않는다. 그녀에게 시는 메시지의 집이 아니라 사물들의 집이고 풍경들의 밀회 장소고 기억들의 재소환 장소이고 환상의 발아 공간이다. 재미있는 것은 사물들이 정지 상태로 한 국면에 머무르지 않고 또 다른 국면을 향해 끊임없이 변화하려는 운동성을 띤다는 점이다. 왜 그런 걸까? 왜 풍경 속의 이미지들이 그 풍경에 영원히 갇히기를 거부하고 계속 풍경으로부터 탈출해 사방으로 분산되는 걸까? 시인의 내면 심리 때문이다. 고정되는 것에 대한 거부와 반항 심리가 무의식적으로 사물들 속으로 삼투되기 때문이다. 순차적 질서로 구성된 인과의 세계에 대해 시인이 회의하고 부정하기 때문이다. 이러한 부정 정신을 통해 시인은 경직된 인식 체계, 식상해진 상상력에 미적 충격을 주려 한다. 시 곳곳에서 사물에 대한 새로운 응시, 억압이 없는 무구속의 자유를 시인이 갈망하고 있음이 드러난다. 이러한 진단의 단초를 제공하는 것이 죽은 시계 이미지다. 시집 전체에서 작동을 멈춰 버린 시계, 움직이지 않는 시계, 흘러내리는 시계 이미지들이 지속적으로 등장한다. 시간성이 휘발된 시계는 위상진의 시 세계에서 매우 중요한 역할을 하는 소재이다.

물리적으로 작동하던 시계가 정지한다는 것은 이성과 합리성의 파괴를 뜻하고, 시인의 의식이 현실에서 초현실로 급격히 비상하는 중대 사건의 시발점이다. 시계의 죽음은 시적 자아의 해방, 즉 이성의 세계에서 초현실적 환상 세계로의 진입을 알리는 신호탄이다.

> 출입구 천장에 붙어 있는
> 죽은 시계
> 나는 그에게 먼저 눈인사를 했다
>
> ―「조명등 밖으로」부분

> 나에게 요일은 사라져 버렸다
> 시계가 울지 않는 아침
>
> ―「새가 지나간다」부분

> 오후 다섯 시에 멈춘
> 교회 종탑 시계
>
> ―「흐르는 길」부분

> 버터처럼 녹아내리는 시계
>
> ―「귀」부분

죽은 시계 이미지는 시인을 억압하는 외적 현실들뿐만이 아니라 기억 속의 상처들과 긴밀하게 연계되어 있다. 시계는 떼어 낼 수 없는 유년의 슬픈 기억들, 현실의 권태와 환멸, 이성적 억압의 심각성을 반어적으로 드러내면서 그런 구속과 폐쇄로부터 벗어나고픈 욕망의 대리물로 기능한다. 즉 정지된 시계들과 연계된 환상들은 시인의 몸에서 발아한 고통스런 기억의 물감이 바깥 풍경들과 뒤섞여 만들어 낸 것이다. 이러한 죽은 시계 이미지는 모딜리아니와 그의 연인 잔느 사이에도 나타난다. 잔느가 모딜리아니에게 "왜 내 초상화에 눈동자를 그리지 않는 거야?"라고 묻자, 모딜리아니는 "너의 영혼을 알게 되면 그때 눈동자를 그릴 거야"라고 대답한다. 모딜리아니가 죽자 슬픔에 빠진 잔느는 임신 8개월의 몸으로 친정집 아파트 6층에서 투신자살하여 22살로 생을 마감한다. 잔느에게 시간은 모딜리아니가 초상화를 그리기 위해 붓을 들고 자신을 바라보던 그 순간, 그 짧은 거리에서 영원히 정지해 버린 것이다.

> 나는 당신과의 거리를 사랑한 것이라고
> 잔느처럼 사라진 눈동자가
> 꾸는 꿈이라고
> 밤 기차 유리창에
> 악착같이 달라붙은 사랑
> (중략)
> 이제 당신의 눈동자에 불사조를
> 그려 넣고 싶어
>
> ―「불 속의 비둘기」 부분

　잔느의 초상화엔 지금도 눈동자가 없다. 그녀의 텅 빈 눈동자는 죽음과 삶이 만나는 여백이고 침묵의 백색 지대이다. 잔느의 눈앞에서 멈춰 버린 모딜리아니의 붓을 쥔 손과 그 손을 바라보는 잔느의 눈동자를 시인은 동시에 보고 있다. 영원히 정지된 시간을 보며 사랑이 남긴 가혹한 상처와 고통, 사랑하는 사람의 죽음이 가져오는 충격과 공포를 상상한다. 그러면서도 불멸의 사랑에 대한 욕망을 드러내는데, 주목되는 것은 이러한 사랑에 대한 불멸의 욕망이 정반대편에 위치한 죽음의 욕망으로 변주되어 나타난다는 점이다. 그것은 모래시계, 모래, 사막 이미지로 나타난다. 즉 시계가 환상 세계로의 진입을 알리는 매개자 역할을 한다면, 모래는 자아를 죽음의 세계로 끌어들여 자아가 직면한 존재론적 현실을 되돌아보게 하는 역할을 한다.

> 그 눈 속에서 흘러내리는 모래
> 그녀는 고장 난 커피 기계 앞에서
> 뜨겁고 건조한 바람을 마신다
>
> —「모래 피아노」 부분

> 내 방으로 들어온 황사 바람
> 닫아도 날아가는 공기 같은 모래
> 나는 오래된 기구처럼 낡아만 간다
>
> 모래시계가 녹아내리는 나른한 시간
> 뜨거운 모래 밖으로 한 여자
> 손을 내민다
>
> —「모래 피아노」 부분

위상진의 시에서 사막은 크게 두 가지 역할을 한다. 첫째는 생명이 사라진 불모의 현실, 죽음의 절대공간으로 설정되어 시인의 세계

인식의 단면을 보여 주는 역할을 한다. 즉 시인은 세계를 생명이 사라진 죽음의 공간으로 인식하고 그것을 사막으로 제유한다. 그 죽음의 사막에서 불어오는 모래바람에 조금씩 죽음의 무늬를 갖추며 탈색해 가는 게 존재자의 비극적 운명이라고 생각한다. 둘째로 사막은 시인의 무의식적 욕망을 차단하는 대상물 역할을 한다. 환상이 펼쳐지다가 사막이 등장하면서 그 환상이 차단되고 시적 자아는 현실로 되돌아오기 때문이다. 다시 말해 사막은 현실 속의 시인을 감시하는 감시자 또는 관찰자 역할을 한다.

사랑과 연계된 욕망의 문제, 죽음과 연계된 존재의 문제는 위상진의 시 세계를 관류하는 큰 기둥들이다. 이러한 주제들을 시인은 서사를 통해 발언하지 않고 오히려 서사를 흩트리는 방식으로 전개한다. 즉 원의 중심점을 향해 응집되는 평면의 상상력이 아니라 중심을 여러 개 산포시켜 응집 자체를 차단하는 점과 선의 상상력을 펼친다.

2.

두 번째 특징은 여러 개의 시점과 관점이 공존한다는 점이다. 화자의 시선과 독자 시선의 중복 배치, 위치에 따른 관점의 이동, 장면에 대한 중층적인 시선 설정은 그녀의 시를 난해하게 만드는 주요 요인으로 작용한다. 몇 개의 시선이 중층적으로 얽히면서 각각의 위치에서 바라본 이미지들이 분산되어 재배치된다. 즉 현재에서 바라본 장면과 기억 속의 장면이 중첩되기도 하고, 현실의 장면과 꿈의 장면이 중첩되기도 한다. 그 결과 연과 연 사이에 급격한 비약이 발생하고, 장면과 장면 사이에 필연적 연결 고리가 끊어지곤 한다. 이것은 구조적 결함보다는 시선의 중복과 관점의 이동에서 발생하는 것이다. 그녀의 시는 몽타주, 모자이크, 쇼트와 장면들의 복합 배치, 디지털 가상현실, 데페이즈망(Depaysement), 초현실적 오브제, 설치 작품의 구도 등으로 다양하게 세계를 재구성한다. 그 구성 공간들은 컴퓨터의 가상공간 같기도 하고 살바도르 달리, 막스 에른스트, 르네 마그리트 같은 초현실주의 화가들의 작품 속 공간들과도 유사하다. 특히 달리의 녹아내리는 시계 이미지, 황혼 속에서 비명을 지르는 뭉크의 절규 이미지, 인식의 전복을 요구하는 마그리트의 의도된 비현실적 구도 등은 위상진의 시와 긴밀하게 연계되어 있다.

　　나에게 요일은 사라져 버렸다
　　시계가 울지 않는 아침

　　발가락에 이슬을 달고
　　내 곁을 죽는 날처럼 날아가는 새
　　　　　　　　　　　　　　　　—「새가 지나간다」 부분

　　나는 내 꿈에 매수당한 채
　　간신히 돌아누웠다
　　내 곁을 기어 온 전갈 같은 어둠은
　　손끝에 놓인 중고책 속으로 기어들었다
　　　　　　　　　　　　　　　　—「매수당한 피」 부분

　　요일이 사라지고 하루하루 이름 짓는 것을 거부하는 행위가 작동을 멈춘 시계 이미지와 병렬되어 나타난다. 이때 날아가는 새가 등장하는데, 새의 목적지는 영혼의 거처 또는 죽음의 종착지이다. 죽음으로의 이러한 이동이 이루어지는 시간대는 밤이다. 위상진의 시에서 밤은 단순히 물리적 낮의 반대 개념으로 설정되지 않고, 빛이 차단된 시인의 어두운 내면과 암울한 기억들을 부각시키는 시간대로 설정된다. 문제의 심각성은 이 고통의 시간이 계속될 뿐 그 상황을 끝낼 새벽의 시간은 날아들지 않는다는 점이다. 시적 화자들이 밤에 느끼는 불안과 고통의 수위가 매우 심각한데, 「매수당한 피」에서도 화자는 꿈에 사로잡혀 고통과 불안을 겪는다. 이런 불안 증세는 주로 가수면 상태에서 나타난다. 불길한 이미지들과 함께 '스틸녹스' 같은 신경안정제를 먹기 직전의 심리적 공황장애, 분리공포장애도 함께 나타난다.

> 돌발적으로 분리공포증이 몰려와
> 집으로 가는 길에
> 노란 비탈길이 일어선다
>
> ─「노란 비탈길」부분

분리공포증은 생후 18개월에서 24개월 사이에 주로 나타나는데, 아이가 엄마, 집, 장난감 같은 특정 애착 대상으로부터 분리되는 것을 두려워하여 극심한 불안감을 드러내는 증세를 말한다. 아이가 엄마와의 관계가 지나치게 밀착되어 있거나, 지나치게 불안정한 관계로 성장하여 안정된 애착 관계를 형성하지 못할 때 발생한다. 위상진 시의 화자들 또한 정상적인 애착 관계를 이루지 못하고 지속적인 불안 증세를 보이는데, 이것은 그녀의 시 속에 묘사된 인물과 풍경들이 시인의 불안 심리가 투영된 대상들임을 암시한다. 그녀의 시에서 이미지의 발생 경로는 밖에서 안으로 들어오는 것이 아니라 주로 몸 안의 기억과 상처들이 바깥으로 흘러나와 새롭게 변주되곤 한다. 이러한 이유 때문에 많은 사물들이 불길하고 충격적인 이미지를 거느린다. 주목되는 것은 시적 화자가 긴장과 불안의 초현실적 세계로 진입해 들어가면서도 현실을 객관적으로 응시하려 한다는 점이다. 즉 꿈을 꾸면서도 꿈속의 풍경을 바깥으로 보여 주는 꿈의 중계방송 안내자 역할까지 겸한다. '의식 → 무의식 → 의식'의 순환 과정에서 자아의 잠재된 상처와 고통의 무늬들이 외부로 시각화되는 동안, '나는 지금 꿈을 꾸고 있는 거야' '이건 꿈일 뿐이야'라고 계속 의식한다. 잠이 든 채 꿈을 꾸는 자아와 잠든 자아를 위에서 내려다보는 또 다른 현실적 자아가 양립한다. 이 둘 사이의 분열과 상호 응시가 지속적으로 긴장을 유발한다.

눈먼 자가 빼앗겨 버린 지팡이 같은

나의 불안

벽에 걸린 가족사진은 흰 뼈처럼

웃고 있다

—「거꾸로 사진관」 부분

어디서 잠의 노래가 들려오나

남아 있는 비상약 한 알을 삼키고

잠은 부적의 뒷면으로 흘러드는데

—「바다로 내리는 잠」 부분

약에 취한 몽유의 상태에서 이미지들이 우연적으로 태어나기 때문에 연과 연의 필연적 연관성은 줄어들고 우연성의 비중이 커진다.

또한 행과 행, 문장과 문장 사이의 연결 관계도 비합리적이고, 전체적인 통일성보다는 카오스의 국면들이 나열되어 있는 느낌이다. 이유가 뭘까? 왜 시인은 중층적인 시선으로 세계와 자아를 바라보고 그것들을 시 텍스트 속에 재구현하는 걸까? 이유는 크게 두 가지다. 하나는 불안과 공포의 밤으로부터 벗어나고픈 욕망 때문이다. 그녀의 시에서 이러한 해방과 탈출의 충동은 주로 태양과 새의 이미지로 구현된다. 태양과 새는 절망의 어두운 바닥에서 벗어나 밝은 빛의 세계로 비상하고픈 결핍된 욕망의 대리물이다. 또 하나의 이유는 이질적인 풍경들과의 만남을 통해 상상력을 무한히 확장시키려는 욕구 때문이다. 세계의 모든 풍경과 사물들은 독립적으로 제각각 존재하면서도 무수한 방향의 무수한 시선에 노출되어 있다. 사물들이 처한 이러한 입장과 상황을 시인은 그대로 시에 반영하려 한다. 즉 세계를 구성하는 무수한 사물과 존재에 대한 시인의 철학적 탐구 의식이 시선의 중복과 관점의 중복으로 나타나는 것이다. 이것은 시인이 세계의 존재 방식을 수직적 인과 구조가 아닌 수평적 순환 관계로 파악하고 있다는 반증이다.

3.

세 번째 특징은 분산의 상상력을 펼친다는 점이다. 어떤 대상에 접근할 때 시인들의 의식은 대체로 대상에 내재된 속성이나 본질 같은 대상의 중심 과녁을 향해 원운동을 하며 집중된다. 그러나 위상진의 의식은 오히려 반대 방향으로 움직인다. 특정 대상 하나에 집중해서 그 대상의 심층을 파헤치기보다는 여러 개의 대상들을 병렬시켜 대상들 사이의 관계를 만들고 그 관계로부터 낯선 상상을 경험하도록 유도한다. 각각의 장면들이 별개의 독립된 조각들처럼 자유롭게 편재한다. 이렇게 독립된 무늬와 색깔의 유리 조각들이 하나의 벽면에 붙어 신비로운 풍경화를 만든다. 시인의 의식이 어떤 대상, 어떤 기억, 어떤 인물을 향해 직선을 그리며 움직일 때 그와 동시에 무의식이 곡선을 그리며 지속적으로 시에 개입하는 형국이다. 그 결과 대상들이 결합된 공간은 왜곡되고 뒤틀린 또 다른 공간으로 태어나고 그 낯선 이질감이 미적 충격으로 작용한다. 이러한 공간의 뒤섞임, 의식과 무의식의 지속적인 삼투현상이 벌어지는 시공간이 그녀의 시이다. 다시 말하지만 그녀는 집중의 전략으로 한 사물의 깊이를 추구하기보다는 분산의 전략으로 세계의 다양한 층을 보려 한다. 이러한 시인의 의도를 간파하지 못하고 전자의 시각에서만 시에 접근하면 난감해진다. 그녀의 시가 도대체 무엇을 말하려는 것인지 파악하기 어려워진다.

검은 봉지 속, 귤이 해가
지는 쪽으로 쏟아질 때
그 불은 경찰서 뒷마당에서 시작되었죠
　　　　　　　　　　　　　　　　—「불 속의 비둘기」부분

분산의 상상력은 주로 연상을 통해 이루어진다. 「불 속의 비둘기」에서 노란 귤은 해를 연상시키고 해는 다시 불을 연상시킨다. 불은 다시 불에 타는 비둘기로 이어지고, 화자는 불꽃 속에서 떠오르는 당신의 마지막 눈동자를 본다. 그로 인해 당신과의 사랑을 기억하고, 당신 눈동자에 불사조를 그려 넣고 싶다는 욕망을 드러낸다. 귤 → 해 → 불 → 비둘기 → 눈동자 → 불사조로 이어지는 연상의 빠른 흐름을 통해 시인은 당신에 대한 불멸의 사랑, 사랑에의 욕구와 결핍을 함께 드러낸다. 이런 연상 방식은 하나의 대상에서 또 다른 대상들이 빠르게 불려 나오기 때문에 논리적인 추론보다는 독자의 상상력을 자극하는 효과가 크다.

연상의 메커니즘은 「숨」에서도 잘 드러난다. 한밤중에 어디선가 소리가 들려온다. 그것은 나무에서 나오는 소리인데, 천장을 받친 장롱의 마호가니 나무 속의 새의 심장 소리이다. 즉 소리 → 나무 → 새 → 나 → 나를 둘러싼 벽으로 이어지면서 이미지들의 변주가 연쇄적으로 나타난다.

> 파문당한 사제복에 남아 있는 향내 같은
> 위트릴로 그림 밖으로
> 걸어 나와 그늘이 되는 여자
>
> —「흐르는 길」 부분

회백색 선으로 만들어진 길은 빛의 공간이 아닌 어둠의 공간, 울음소리조차 낼 수 없는 사생아들이 태어나 버려지는 길이다. 이러한 빛과 어둠의 경계 지대를 시인은 오후 다섯 시라는 시간대로 설정한다. 빛과 어둠의 교차 지대, 현실과 꿈의 경계 지대를 설정하고 그 시간대를 특수 공간처럼 응시한다. 이 응시 행위보다 중요한 것은 다섯 시라는 물리적 시간대에서 시인의 의식이 정지한다는 점이다. 즉 낮에서 밤으로 전이되는 시간대를 시인은 이성과 논리가 죽고 꿈과 본능이 살아나 꿈틀거리기 시작하는 출발점으로 본다. 다시 말해 빛이 차단되고 어둠이 활동하는 밤의 시작은 물리적 환경의 변화만이 아니라 초현실적 환상이 꽃피기 시작한다는 의미를 띤다. 이 이성의 정지와 환상의 꽃핌은 죽은 시계 이미지로 대치되어 시집 전반에 지속적으로 나타난다. 시계와 함께 인물들도 등장하는데 대부분 현실의 제도권에서 밀려났거나 고립된 자들이다. 파문당한 신부, 애수에 잠긴 파리의 거리를 서정적 필치로 그렸던 화가 위트릴로, 모딜리아니가 죽자 자살로 삶을 끝낸 잔느 에뷔테른, 자신의 귀를 잘라 버린 빈센트 반 고흐, 야만적 원시의 세계를 동경하여 타히티로 떠난 폴 고갱, 「고도를 기다리며」를 쓴 사무엘 베케트 등 대부분이 죽음과 충동의 파토스 세계에 머물며 자신의 예술 작업에 목숨을 걸었던 예술가들이다.

> 오늘은 머리에 이고 있던 뱀을
> 그만 내려놓을래
> 풀어놓은 뱀은 노래를 따라간다
> (중략)
> 원주민처럼 화장을
> 하고 타히티로 숨어들 거야
>
> 귀환하지 못하는 시간을 거슬러
> 우리는 어디서 왔는가
> 우리는 무엇인가, 우리는 어디로 가는가
>
> ──「천경자」 부분

뱀은 인간의 관능적 욕망을 상징한다. 그러한 뱀을 내려놓아 풀어 주는 행위는 억압된 본능의 해방 욕구를 역설적으로 드러낸다. 이것은 시인이 무의식적으로 원시 본능의 세계, 충동의 세계, 이성적 구속이 없는 야만의 세계를 욕망하고 있음을 암시한다. 고독과 절망

속에서 자신의 예술혼을 불태웠던 화가의 삶과 예술에 대한 동경을 드러내면서 자신 또한 동화되고 싶다는 심리를 드러낸다. 원시 부족처럼 화장을 하고 고갱이 간 타이티로 숨어들고 싶다는 욕망의 표출은 역으로 시인이 처한 현실이 그러한 욕망을 억누르는 이성과 합리성의 폭력적 구조임을 암시한다. 그래서 시인은 자신의 삶을 슬픈 생애로 인식한다. 그녀의 시에 등장하는 수많은 시적 화자들이 어둠의 세계, 본능과 충동의 세계로 경사되는 이유가 여기에 있다.

> 칼로 그어 버린 수평선 너머
> 백색 카라 한 송이를 걸어 두고
> 물에 넣은 양배추처럼
> 깨어나고 싶어
>
> —「그믐달 마돈나」 부분

극심한 파토스의 분출이 손목을 칼로 그어 자해하는 환자의 모습으로 투사된 시다. 이 시에서 마돈나는 내면에 잠재된 관능적 쾌락과 무의식, 신성(神性)에 대한 갈망과 결핍 모두를 상징하는 자아의 대리물로 등장한다. 시간적 배경이 보름이 아닌 그믐으로 설정된 것 또한 죽음의 이미지, 쇠락과 소멸의 정서를 강화하기 위함이다.

4.

네 번째 특징은 시공간의 특수성과 디지털 감각이다. 환각과 상상, 기억과 경험의 공간들이 복잡하게 뒤섞여 일정한 관계를 형성한다. 기억 속의 현실과 상상 속의 비현실, 일상의 현실과 디지털 가상현실이 뒤섞여 낯선 초현실적 시공간을 창출한다. 각각의 장면들이 어떤 때는 매우 정교하게 계산되어 배치되고, 어떤 때는 매우 비논리적으로 배치된다. 사실의 비사실화, 기억의 현재화, 타인의 자기화, 자기의 타자화, 자연의 인공화 등이 빈번하게 나타난다. 자연의 살아 있는 꽃이 인공의 꽃으로 변주되어 낯설고도 이상한 사물로 독자의 눈앞에 제시된다. 이때 시인 자신은 이미지와 이미지, 장면과 장면을 링크시키는 중계자 역할을 한다. 이 중계 과정에서 시인의 무의식이 검은 안개처럼 시 속으로 스며들고 그것이 불길한 초현실적 풍경으로 변주되어 나타난다. 이미지들의 네트워크가 자동으로 직조되어 새로운 관계를 형성하고, 새로운 타자나 사건과의 우연적 마주침을 통해 인식의 전환을 가져온다는 점에서 그녀의 시의 공간은 리좀(rhizome) 공간이라 할 수 있다. 사물과 시인이 접속하여 연결되고, 그 과정이 상부(시인)에서 하부(사물)로 내려가는 종적 구조가 아닌 횡적 구조이고, 주체의 통일성이 사라진 다양체들이 존재하여 선으로 서로 연결되고, 하나의 이미지가 또 다른 차원의 이미지들과 자유롭게 연결되어 접속하는 공간이기 때문이다. 즉 사물과 인간의 관계가 권력화되지 않은 평등한 수평 관계, 하나의 사물이 하나의 의미에 폭력적으로 종속되지 않는 기표 작용의 관계를 유지하면서 시인의 기억과 상상이 순환하는 변화 공간이다.

눈 하나가 방에 가득 차 있다
어둠의 속눈썹을 따라 들어가면
나방처럼 날아다니는 불빛
흰 가루약처럼 내 얼굴에 쏟아진다
　　　　　　　　　　　　　　　—「사진 촬영 금지 구역」 부분

왼손으로 그려 넣은 악보처럼

달팽이관으로 달려드는 소리들

'비에 젖은 신발을 말려 봐

비눗방울 속에서 빠져나올 수 있어'

―「귀」부분

앞의 시는 꽃(사과) 하나가 방을 가득 채우고 있는 르네 마그리트의 회화 작품을 연상시키고, 뒤의 시는 노을을 배경으로 절규하는 뭉크의 그림을 연상시킨다. 사물의 크기를 극단적으로 확대하여 공간과 사물을 동시에 낯설게 만들면 감상자의 인식 체계는 뒤흔들린다. 이런 목적을 「사진 촬영 금지 구역」에서는 시각에 의존하고 「귀」에서는 청각에 의존한다. 그만큼 위상진의 시에서 시각 못지않게 청각도 중요한 기능을 한다. 즉 소리는 사물의 배경에만 머무르지 않고 독자의 감각을 자극해서 시를 입체화하는 역할을 한다. 이미지가 이미지를 연쇄적으로 불러오듯, 소리도 시각적 기억의 장면을 호출해 내는 촉매 역할을 한다.

충혈된 시계 위로 폭설처럼

쏟아져 내리는 소리

누가 녹아내리는 면도칼의 문장을 알아챌 수 있을까?

1초도 자기 자신을 낭비하지 않는 시간처럼

바스락거리는 이파리 소리

도무지 닫히지 않는 귀 하나 여기 있다

면도칼 같은 인식의 예리함을 갖춘 문장을 시인은 갈구한다. 하지만 그렇게 표현된 시를 아무도 알아채지 못하리라 예감한다. 그래서 1초라도 낭비하지 않고 사물들의 미세한 소리에 귀 기울이겠다고 다짐한다. 「중얼거리는 꽃」은 시인의 이런 각오를 바스락거리는 작은 소리까지 감지해 내는 귀 이미지로 설정해 놓는다. 이처럼 소리는 청각적 기능, 시각적 기능, 내면 응시 기능 등을 동시에 수행한다. 서로 먼 거리, 먼 시간대에 있던 이질적인 사물들(풍경, 장면)이 소리를 통해 현재로 호출되어 각각의 연으로 자리 잡고, 이 단절된 장면들이 모자이크 조각들처럼 결합하여 낯선 풍경을 연출한다. 이 과정은 프로게이머가 컴퓨터 모니터 앞에 앉아 연속적으로 화면을 바꾸어 가는 상황과 비슷하다. 한 번의 클릭에 의해 하나의 장면이 다른 장면으로 바뀌는 것처럼 각각의 연은 개개의 모니터에 나타나는 풍경들에 해당한다. 시의 이러한 디지털 구조화는 시인의 의식 속에 디지털 매체에 대한 사유가 전제되어 있기 때문일 것이다.

시간을 '뒤로 뒤로' 클릭해 보세요
나는 은하철도를 타고 달린다

'내성적이고 부끄러움이 많음'
담임선생의 뭉툭한 엄지손가락이 남아 있는 생활통지표
전학 간 친구가 건네준 올챙이 같은 편지
살구색 치맛자락을 살짝 치켜든 어머니
오월의 꽃그늘로 걸어가신다

"디지털이 무엇입니까?"

"자연이 진화한 것이다."

디지털 이후는 무엇이 올까?

잭슨 폴록은 아니고

바람의 염료를 뿌리고

아드리아해의 물결을

내 방으로 울컥울컥 쏟아 놓는다

―「설치미술」 부분

「설치미술」에는 디지털 매체에 대한 물음과 회의가 직접적으로 등장한다. '디지털이 무엇이냐'는 질문에 화자는 '자연이 진화한 것'이라고 말하지만, 실제로 그렇게 말한 사람은 아타 김(atta kim)이다. 아타 김은 '존재하는 모든 것은 사라진다'는 철학적 진리를 토대로 자아(ego)와 존재, 시간 속의 죽음 문제를 깊이 있게 천착해 강렬한 이미지로 표현한 사진작가이다. 그에게 사진은 영혼의 상처를 치유하기 위한 행위인데, 삶 자체가 고통과 상처의 연속이기 때문이다. 그러나 비록 삶이 고통의 연속이라 할지라도 상처받기를 두려워하는 예술가는 삶과 예술을 포기하는 것과 마찬가지이다. 이 시에서 시적 화자는 존재와 예술을 바라보는 아타 김의 견해에 동조하면서도 회의와 부정의 시각 또한 깔고 있다. 그러나 거시적 시각에서 보면 시인은 자신 또한 그러한 길을 갈 것이며, 차후 다가올 미지의 세계를 향해 나아갈 것이라는 자기 작업의 미래를 열어 놓고 있다.

전체적으로 위상진의 시의 특징은 이미지들이 원의 중심을 향해 집중되지 않고 분산된다는 점, 복수적 시점과 관점이 중층의 구조로 혼재한다는 점, 그로 인해서 의미가 다양한 방향으로 분산되어 상상력을 자극한다는 점, 시 텍스트 속에서 구현되는 시공간이 디지털 감각과 연계된다는 점 등으로 요약된다. 예술가가 타인과 구분되는 자기만의 개성을 갖추어 가는 과정은 매우 힘겹고 고통스럽지만 행복한 축제의 과정이기도 하다. 자기와의 싸움에 더욱 강도를 높여 더 깊고 넓은 세계로 뻗어 나가길 기대한다.

지형도 22.
원의 상상력과 서정의 변주

　서정적 욕망이란 대상과 주체 사이의 틈을 봉합하여 동일화하려는 낭만적 욕망이다. 대상에 대한 주체의 인식과 수용 방식, 자기 반영성 원리와 긴밀하게 연계되기 때문에 새로운 서정의 구현에는 대상에 대한 시인의 새로운 감각과 상상, 새로운 해석과 표현이 요구된다. 엄재국의 시는 대상과 주체 사이를 연속성의 관계로 파악하여 수직의 세계를 수평의 세계로 환원시킨다. 그는 인식의 충격과 전환을 낳는 이접(移接)의 시학, 난독(亂讀)의 자연에 대한 에로티시즘의 시학, 죽음의 그늘이 드리워진 자본주의 세계에 대한 비판적 성찰의 시학을 추구한다. 자연의 사물들이 육체 속에 품고 있는 고뇌와 실존, 에로스의 생명 에너지를 주목하여 그들과 일체가 되려는 통합 욕망을 드러낸다. 그런 점에서 그는 전통적인 서정 시인이다. 그러나 그에게 자연의 세계는 근원적으로 의미를 확정할 수 없는 물성(物性)과 본성(本性)을 지닌 가혹한 육체, 아름다움과 고통을 동시에 지닌 규정 불가능한 육체다. 사물들은 하나의 이름, 하나의 의미,

하나의 구조로 확정될 수 없는 유동적 존재물이고 관능적 생명체다. 자연의 사물들에 대한 시인의 이러한 중층적 인식과 낯선 상상력이 사물들을 자유롭게 결합시켜 획일화된 서정의 세계를 흔든다.

이접하는 세계

시인의 눈에 자연의 사물들은 아직 발견되지 않은 비의들을 간직한 진행형 존재들이다. 때문에 사물들은 비밀을 숨긴 자와 파헤치려는 자의 관계로 병치되고, 하나의 사물은 또 다른 사물과 이접하여 낯선 풍경을 낳는다. 이접의 세계는 사물과 사물의 결합, 사물과 자아의 결합, 기억과 현실의 결합, 자연과 인공의 결합 등으로 세분화된다.

이 작은 집에 들어가려면 열쇠가 있어야 한다

금고 속에 들어 있는 반지며 진주 빛 목걸이
본 적 없는 둥근 열매의 팔찌를 훔치려면
캐비닛의 비밀번호를 알아야 한다

나비는
날개와 날개 사이의 촘촘한 눈금들을 접었다 폈다
낯선 번호의 가시를 헤치고 꽃잎을 연다

다이얼이 돈다 문이 열린다 와르르 쏟아지는,
도대체 둥근 빛깔의 보석들

일시에, 눈앞 캄캄하므로
나풀나풀 나비는, 환한 대낮에 등불을 켜는 것이다

그가 다녀간 자리
부서지고 달아난 문짝들 수북한데,

이슥한 봄날,
꾹꾹 눌러 퍼 담은 향기를 등에 지고

비틀비틀,
산등성이 오르는 나비의 뒤를 밟은 적 있다

　　　　　　　　　　　　　　　　—「나비의 방」 전문

　가시투성이 꽃이 빛나는 보석들을 숨긴 집의 금고 캐비닛으로 그
려져 있다. 대낮에 꽃을 맴돌며 나풀거리는 나비의 아름다운 몸짓
이 깊은 밤에 도둑이 몰래 금고를 따는 절도 행위로 치환되어 있다.
낮이 자연의 시간적 조건이라면 밤은 인간의 심리적 조건인데, 꽃
이 간직한 비밀을 빼내는 일이 그만큼 어렵고 긴장되는 일임을 상기
시키기 위함이다. 주목되는 점은 나비와 시인(화자)의 동선이다. 나
비의 행위와 동작을 예의 주시하면서 시인은 나비의 길을 뒤따른
다. 이는 자연에 대한 시인의 입장과 태도를 표명한 것으로, 날카로
운 가시로 둘러싸인 자연의 사물들에게 위험을 무릅쓰고 다가가 그
들이 간직한 아름다운 비밀을 엿보려는 심리다. 이러한 시인의 발견
욕구가 사물의 변신을 낳는다.

태양이 오후의 나팔을 힘차게 불고 있다

봄이 떠난 자리에
노선에도 없는 버스 한 대 내 앞에 섰다

탈까 말까 망설이다
저 꽃잎에 훌쩍 올려놓은 발은 어디에 닿을까

신지 않은 몸이 문득 아득하다

승강장 지붕 위, 구름 방면
전신주 비스듬한 지지줄을 타고 버스는 떠난다

오라잇, 뿜빠뿜빠
푸른 창문 비포장도로 보랏빛 타이어

승객도 안내양도 타지 않고 또 기다리는

—「나팔꽃 승강장」 부분

　나팔꽃이 보랏빛 타이어에 푸른 창문을 달고 비포장도로를 달리
는 시골 버스로 이접되어 있다. 이 시에서 주목되는 점은 두 가지다.
첫째는 시인이 아름다운 나팔꽃 버스에 오를까 말까 망설이다 몸을
싣지 않는다는 점이다. 승객도 안내양도 없이 홀로 떠나가는 버스를
아득하게 바라보며 시인은 또다시 버스를 기다린다. 둘째는 떠나는
나팔꽃 버스의 방향이 구름 방면의 정거장, 허공이라는 점이다. 허

공은 자연의 만물이 종국적으로 귀착하는 곳이자 시인의 삶이 운명적으로 가닿을 자유의 공간이다. 때문에 상대적으로 시인이 발을 딛고 서 있는 지상의 승강장은 생의 고통과 아픈 기억들이 아로새겨진 장소, 떠남과 기다림만이 무수히 반복되는 삶의 영원한 현재가 된다.

투옥과 탈옥

엄재국의 시에서 허공에 닿으려는 욕망은 식물의 생장과 연계되어 주로 물 이미지를 통해 나타난다. 그의 시는 구름, 물방울, 강, 호수 등 물과의 친화성이 짙은데 이는 물의 흐름이 환기하는 시간성, 물의 증발이 환기하는 기체의 유동성에 대한 시인의 무의식적 지향 때문일 것이다. 따라서 허공은 모든 물들의 귀착지인 바다와 같은 상징적 공간이 된다. 시인은 강가의 둥근 돌, 각진 돌, 크고 작은 모래들에게서 일체감 즉 몸이 맞고 마음이 맞는다고 느낀다. 사랑에 빠진 자가 상대에게 투옥되어 고통을 느끼면서도 희열을 느끼는 것처럼 그는 자연의 사물 속으로 자아를 투옥시켜 사물의 육체 속에 스민 아픔과 시간을 내 몸의 것으로 느끼고 싶어 한다. 그러나 사물과 자아 사이에 건널 수 없는 간극, 메워질 수 없는 틈을 발견하고 시인은 소외와 고독 속에 놓인다. 이는 자연과 대비되는 인공의 도시, 다시 말해 시인의 삶이 펼쳐지는 인간의 세계가 억압의 구조, 사랑과 자유를 박탈하는 양상으로 펼쳐지고 있음을 반증한다. 그의 시에 자연물과 인공물이 결합되는 사랑의 투옥과 탈옥이 동시에 벌어지는 것은 이런 상반된 상황들 때문이다.

한때
훨훨,

감옥과 감옥 사이를 배회하는 저 탈옥자를 찾으러 다닌 적 있다

권총도 몽둥이도 없이 맨손으로 잡은 내 손엔 철컥, 수갑이 채워진
것이다

한없이 가벼운 자유를 손에 쥐고 나는 무엇을 잃었는지

—「낙화」 부분

시인의 상상과 해석을 주목해야 하는 시다. 꽃잎에 앉았다가 날
아가는 나비가 원래는 꽃잎이었다고 시인은 상상한다. 치밀어 오르
는 떨림과 열망이 꽃잎을 나비로 변신시켜 멀리 날아가게, 도망치게
했다는 것이다. 꽃을 탈옥을 꿈꾸고 자유를 실행하는 능동적 존재로
그리고 있는데, 이런 탈옥 욕망은 시인의 욕망을 그대로 반영한다.
즉 시인의 눈에 사물은 늘 사물 자신으로부터 탈옥을 꿈꾸는 존재인
것이다. 그래서 시인은 사물을 사물에게서 탈옥시켜 또 다른 사물로
변신시키려 한다. 이때의 탈옥은 이성의 세계에 투옥된 사물을 감정
의 세계로 이주시키려는 전복적 사랑의 행위이기에 시인은 이 범법
사건의 아름다운 주동자 또는 공모자가 된다. 그러니 현실에서 탈옥
하여 또 다른 세계로 달아나는 주체는 사실은 사물이 아니라 시인
자신인 것이다. 시인이 자신이 속한 삶을 폐허와 허위의 구조물로
보고 있음을 알 수 있다. 그러니 나비의 탈옥은 억압과 권태의 삶에
속박된 시인 자신을 탈옥시키려는 재생 행위이자 죽은 삶으로부터
자유의 세계, 사랑의 세계, 꿈의 세계로의 아름다운 망명과도 같다.

붉은 호수에 책 한 권 빠뜨렸다

나는 저 책을 집어 들 수 없어

느리게 몸 벙그는 호수의 물결이 꼭 꿈속 같아

누가 내 꿈속에 책 한 권 넣어 준 것 같아

　　　　　　　　　　　　　　　　—「장미에 앉은 나비」 부분

　장미에 앉은 나비가 붉은 호수에 빠진 책으로 치환되어 있다. 중요한 것은 이 호수의 풍경이 시인의 몸과 꿈결, 사랑의 무늬들이 아프게 채색된 풍경이라는 점이다. 그래서 시인은 '누가 저 책을 다시 읽을 것인가' 자책하며 자신의 굴곡진 삶과 사랑의 시간들, 그 아득한 깊이를 가늠해 보며 회한과 시름에 잠긴다. 시인에게 나비는 기나긴 길이와 깊이를 간직한 아름답고 슬픈 책, 자신의 꿈속에 빠진 아름답고 슬픈 존재물이다. 그의 시에는 책 이미지는 자연 세계 사물들의 변주체로서 등장한다. 그에게 자연의 사물들은 아무리 읽고 읽어도 다 읽어 낼 수 없는 곡절과 아픔, 아름다움과 비애를 간직한 문자 없는 책이다.

돌에는 목차가 있다

그래서 돌은 편편하다

속이 둥글다

행간이 뾰죽하다

읽는 소리가 야물다

어떤 때는

바람과 구름과 새똥이 가득해서

읽을 수가 없다

그 많은 문장들을 누가 다 지웠을까

날개를 접었다 펼치면

푸드득 물결치듯

내용이 떨어지기도 한다 가끔은

다 읽지도 못하고 사라진 자의

뒷모습이 읽혀지기도 한다

밤에도 글을 읽는 물고기의 눈동자들

그래서 돌은 눈을 감지 않는다

—「돌을 바라보는 법」 부분

　돌은 오래된 시간이 내장된 자연의 서책이다. 삶의 희로애락이 응
고된 물적 대상이자 암유로, 생의 온갖 비의와 슬픔을 간직한 상징
적 존재물이다. 지상의 돌뿐만이 아니라 물고기와 나무들, 나아가
천상의 달 또한 같은 존재로 그려진다. 달은 물에서 허공으로 공간
이동된 좀 더 큰 서책으로 밀물과 썰물을 낳는 자연 변화의 주체다.
시간의 변화를 계기로 밤낮의 변화, 만상의 변화를 낳는 주체이기에
그 내용을 적확히 읽어 내는 것은 매우 어렵다. 이 물속 돌의 행간을
읽어 나가는 물새는 시인의 초상으로 자연을 대하는 시인의 입장과
태도를 그대로 반영한다. 중요한 것은 자연의 사물을 대하는 시인의
수평적 눈과 마음, 각각의 사물들이 자신의 육체 속에 층층이 쌓아
둔 고유한 묵언들이다. 시인은 이 문자 없는 서사들이 품고 있을 비
밀의 곡절들이 궁금한 것이다. 그래서 쉽게 비밀의 내막을 드러내지
않는 호수, 나아가 자연과 우주를 겉장이 너덜거리도록 읽고 또 읽
어 나간다.

눈 속에 고여 있는 물의 끙끙 앓는 소리를 들을 수가 없다

돌멩이 하나 던져
물결 껌벅이는 눈동자를 터뜨린다 해도

(중략)

몇 만 년 파문의 세월이 말라, 갈라 터진 등짝을 보여 준다 해도
몸보다 더 깊은 눈동자를 읽을 수가 없다

—「호숫가에서」 부분

호수의 육체성을 시인의 몸의 내상으로 동일화하는 감각이 돋보인다. 이때의 감각은 관념이 아닌 시인의 삶을 육박해 들어오는 고통과 상처의 다른 이름이다. 시인이 바라보는 호숫가 풍경은 징징징 소리를 울리며 시작했던 삶, 삶에서 저지른 과오가 뼈아픈 고통의 화인으로 음각된 풍경이다. 자연과 시인의 육체가 합일되어 승화된 풍경, 균열과 희열이 함께 동반되는 사랑의 풍경이다. 시인에게 자연은 만물일여(萬物一如)의 세계, 사랑의 에로스가 펼쳐지는 동침의 세계인 것이다. 때문에 시인의 피와 열과 숨결은 대상의 육체 속으로 흡입되고 시인의 눈과 귀와 혀는 대상 속으로 증발해 버린다. 이런 대승적 사랑이 관능적 이미지와 결합되어 에로티시즘의 세계를 꽃피운다.

그는 자아와 대상 간의 육체적 합일, 사물과 사물 간의 낯선 결합을 통해 새로운 서정의 집을 세워 올린다. 그런데 이런 이질적 결합 방식은 송찬호의 시에서 익히 보아 온 풍경이다. 송찬호가 동식물과

인간의 결합을 통해 생의 격절, 비애의 단층들을 유머러스한 서사와 동심의 상상력으로 풀어낸다면, 엄재국은 자본주의 문명에 대한 비판적 인식과 성적 에로티시즘의 시각에서 접근한다.

　에로티시즘의 빛과 그늘

　호박꽃 활짝 열린 콘센트에

　벌이 플러그를 꽂는 순간

　온 세상 환합니다

　넝쿨넝쿨 잎사귀

　푸르게 푸르게 밝습니다

　겨울, 봄, 여름…… 점멸하는 거리

　울타리 세워 담장 세워

　저 멀리 가을까지 닿은 전선에

　늙은 호박 골골이 환합니다

—「점등」 전문

호박꽃 속으로 날아든 벌이 콘센트에 꽂히는 플러그로 치환되어 있다. 자연에 내재한 에로스 욕망은 시인이 꿈꾸는 생명의 원천이자 약동하는 힘이기에 그는 에로스의 적극적 표출을 통해 자연과의 합일을 지속적으로 꿈꾼다. 아름다운 빛의 세계와 생명의 순환을 울림 깊은 서정의 풍경으로 그려 내고자 한다. 그러나 현실은 시인의 이런 바람을 차단하여 결핍과 부재를 더욱 농도 짙게 상기시킬 뿐이다. 빛과 생명의 세계를 지향하는 에로스의 욕망이 강할수록 그것을 차단하여 어둠과 죽음의 세계로 이끄는 물적 자본의 힘이 더욱 강력해지기 때문이다. 즉 시인에게 만물일여의 대승적 사랑이 실현되는 자연의 세계는 인간이 만든 자본 메커니즘으로부터 끊임없이 훼손되고 망실되는 원천적 비극의 공간으로 변질된다.

목련 떨어지는 날은 바람이 비리다

햇살의 양수가 터져

죽은 새끼 낳은 소의 눈동자 같은 하늘이다

버드나무가 속눈썹 붙이고 봄 길 간다

손끝 매운 바람이 치마를 들추는 강변

낭창거리는 몸놀림이 초행인가?

아무튼, 화냥년

가서 돌아오지 말아라

그 뒤를 밟아 내가 간다

—「버드나무 길」 전문

햇살이 퍼지는 버드나무 길이 양수가 터져 새끼를 낳는 어미 소의 자궁 이미지로 그려진다. 새로운 생명을 낳는다는 점에서 이 풍경은 에로스의 아름다운 출산이지만 낳은 새끼가 죽은 새끼라는 점에서 그것은 비극의 탄생이다. 이처럼 시인은 풍경의 겉과 속, 에로스의 빛과 그늘을 동시에 보면서 삶의 양면성을 사유한다. 새끼를 사산하는 어미 소의 눈동자를 닮은 하늘을 배경으로 버드나무는 생의 커다란 비애를 간직한 화냥년이 되어 길을 간다. 주목되는 것은 이 버드나무 뒤를 시인이 따라간다고 말하는 부분이다. 자신 또한 버드나무처럼 생의 비극적 무늬들을 안으로 품은 채 살아갈 수밖에 없는 자본의 희생물임을 깨닫는 성찰적 진술일 것이다. 이처럼 그의 시는 빛의 세계 이면에 은폐된 어둠의 세계, 사랑의 희열 이면에 숨은 생의 비극성을 반성적으로 통찰한다. 세계의 비극성에 대한 인식은 때로 유머러스한 감각으로 발현되기도 한다.

나 지금 고추 말리러 간다

태양의 하초에 마음껏 몸 들이대는 매춘의 들판을 지나

한 방울 마지막 정액을 털듯 떨어지는 흰 고추 꽃의 슬픈 절정을 지나

한 세월 다리 벌리고 있는 골골의 밭이랑 속 벌겋게 일어선 몸

사타구니 사이로 손 쑥 넣어 고추 뚝뚝 따 내는 오후의 한때를 지나

(중략)

나 지금, 태양 아래 몸 말리지 못하면 제값 받지 못하는

세면발이 가득한 자본의 사타구니 덜컹거리는 고추 말리러 간다

―「태양초」 부분

사랑하는 남녀의 성적 교접이 태양과 들판의 정사로 이접되어 있다. 자연은 육체와 육체의 교접 공간이자 성적 에로스의 꿈이 실현되는 순수 절대지다. 그러나 이 에로스 공간에 자본의 그림자가 드리워질 때 순수성은 훼손되고 오염된다. 엄재국의 시에서 인간과 자연은 상생의 에로티시즘 세계를 염원하지만, 인간의 물적 자본에 의해 자연은 지속적으로 타락되어 가는 비극의 관계다. 이처럼 시인은 자연에 대한 친화적 사랑의 상상력을 펼치면서도 그 반대편에서 자연을 붕괴시키는 문명의 야만성과 황폐함을 예의 주시한다. 자본주의 세계를 세면발이 가득한 사타구니를 가진 병든 육체로 인식하고, 그런 세계 속에 놓인 자신을 힐책하면서 자본의 타락과 폭압을 시니컬하게 풍자한다. 이런 비판적 인식은「꽃밭에서」는 자연현상과 사회현상의 이접으로 나타난다. 자연의 활짝 핀 꽃들이 모두 벌과 나비를 호객하는 야한 매춘부로 그려진다.

찔레 나리 호박꽃이 홍등을 달았다

독한 향수 립스틱 진한

장미는 가시를 음부 속에 숨겼다

자!

들어오라 나비여, 벌이여

빛나는 생의 한철을

호객 행위에 바치는,

—「꽃밭에서」 부분

　찔레, 나리, 호박꽃, 장미 등은 모두 홍등을 내걸고 짙은 립스틱을 바른 밤거리의 매춘부들로 묘사된다. 자연의 생명체들이 지닌 본원적 생명 에너지가 자본과 결탁된 어둠의 에너지로 전락하고 있다. 자연의 세계 또한 순수성을 잃고 타락한 자본의 세계인 것이다. 타락한 자연이 부각될수록 그런 자연과 함께 살아가야 하는 인간의 운명과 인간 존재의 비극성은 더욱 부각된다. 그만큼 현대사회에서 인간은 누구나 자본에 길들여진 매춘부와 다를 바 없는 것이다. 시인은 이런 자연의 타락과 고통스런 삶을 낳은 주체로 아버지를 꼽는다. 그에게 아버지는 자본주의 문명사회의 또 다른 이름이자 폐허와 허위를 낳는 상징적 거울이다.

　사각의 병원 사각의 침대에서 각진 숨을 몰아쉬던 아버지

　다리 굽은 아버지

　관 속에 들어가시려 하질 않았다

이젠 들어가셔야지요
내가 억지로 다릴 펴고 관 속에 밀어 넣은 아버지

사각의 구덩일 파 놓고

아버지
카드 한번 써 보시죠. 오냐 그래
온몸으로 긁는 카드
내 몸속에 스윽 밀어 넣는 아버지

캄캄하게 눈 감듯 흙 덮이고,
잔고 없…, 거래정…, 마그네틱 선 따라 내리는 아버지

아이고 아이고,
삐… 삐… 삐…,

—「카드 아버지」 부분

　시인에게 아버지는 육친으로서의 아버지로만 제한되지 않고 인간
의 정신과 삶을 강력하게 지배하는 자본으로서의 아버지이기도 하
다. 자연을 멸절시키는 고장 난 문명의 세계, 신용이 거부된 물질 자
본의 세계, 절대이성의 세계다. 사각의 말과 질서, 사각의 법과 권력
을 낳는 폭압적 주체다. 시적 자아가 자연과의 합일을 욕망할 때 아
버지는 이를 훼방하고 차단하고 틈과 균열을 점점 벌이는 역할을 한
다. 그런데 아버지의 틈입이 계속될수록 시인은 더욱더 자연과의 친
화를 갈구하고, 사물들을 이질적으로 결합하여 아버지가 부여한 고

유한 이름과 의미를 지우려 한다. 아버지가 세운 허구적 질서와 위악적 이성으로부터 벗어나려 한다. 그의 시에서 서정적 사물이 살부(殺父)의 운명을 드러내며 그로테스크한 사물로 대체되는 것은 이런 배경 때문이다. 인간의 세계처럼 자연의 사물들에게도 이승은 승자도 패자도 없는 끝나지 않는 살생의 전쟁터인 것이다. 이런 극단적 인식은 「가을에」에서 좀 더 그로테스크하게 펼쳐진다. 대지에서 수확되는 꽃들이 누군가의 몸에서 적출되는 장기로 표현된다.

쪼그려 앉은 하늘 꽃밭

양지바른 수술실 적출해 내는 장기

염통 간 콩팥 향기 핏기 도는 땅거죽

그림자 스며들어 몸 퍼지는 정신

어디에 이식했나 사라진 칸나 장미

한 번 더 번득이는 햇살의 나이프

누구에게 이식할까 코스모스 백일홍

가을비 천둥소리 때늦은 수술실

응고된 피 꺾여진 맨드라미 목덜미

　칸나, 장미, 코스모스, 백일홍 같은 서정의 대상들이 그로테스크한 죽음 이미지로 변주되어 있다. 꽃들이 수확되는 대지와 장기 적출이 벌어지는 수술실이 중첩되면서 충격적인 공간이 태어난다. 이는 자연의 세계와 인공의 세계를 이접시켜 그것이 근원적으로 죽음을 내장한 하나의 육체임을 환기시키려는 의도일 것이다. 사물과 인간의 경계를 지움으로써 인간 중심의 근대적 패러다임을 비판하고 인간이 짠 획일화된 제도가 낳은 죽음의 살풍경들을 시각화하려는 의도일 것이다. 따라서 그의 서정의 욕망은 자연과 인간의 낭만적 합일 욕망을 넘어서서 현대의 삶의 바닥에 깔린 숙명적 죽음들, 죽음을 낳는 공포의 시간들, 사랑의 비애를 앓는 사람들, 그들 사이의 무수한 틈과 균열을 메우려는 간절함에서 발아하는 욕망이다. 이 결핍된 사랑의 욕망이 자연 세계와 인간 세계의 공동 침실을 꿈꾸게 하고 시간의 역류를 낳는다. 시인의 마음속에 자리한 시원적 우주, 시간 속으로 사라진 고향, 첫사랑을 앓던 시절로의 아픈 회귀를 꿈꾸게 한다.

　　시간의 원운동과 점(點) 존재

　　쇠들이 꽃을 활짝 피웠다

　　억만 년 땅속의 구근, 뿌리로 살던
　　다알리아 튜울립, 모란 작약 앵화 안개꽃
　　복사꽃 살구꽃, 조팝 이팝 싸리꽃

쑥부쟁이 구절초가 시동을 걸었다

능소화 비행기 수련 배 뒤로하고
목련꽃차 타고 하늘로 난 봄 따라
길 떠나는 가족들
앉은뱅이 민들레 타고 뒤따르는 사람들

―「만개한 자동차」 부분

　합리적 이성의 세계에서는 상반되는 꽃과 쇠가 동일화되면서 모든 식물들이 지상에서 하늘로 여행을 떠나는 자동차가 되고 있다. 이런 양극의 대립적 사물이 하나의 몸으로 일체화되는 시간이 봄이다. 봄은 땅속의 죽은 자들, 죽은 가족들이 아름다운 꽃이 되어 지상으로 환생하는 시간대이자 천상으로 여행을 떠나는 아름다운 계절이다. 그의 시에서 자연의 사물들은 지하에서 지상으로, 지상에서 하늘로 끊임없이 이동한다. 죽은 사람들과 죽은 동식물들이 공간을 이동하여 또 다른 생을 시작하는 불교적 순환론의 세계를 펼친다. 시인은 왜 죽은 것들을 땅속에서 생명의 세계로 호환하려는 걸까. 외관상 생명에 대한 시인의 강한 애착 때문인 것으로 보인다. 하지만 그의 시 전반을 섬세하게 짚어 보면 생명에 대한 애착이 시인의 내면 심리의 반어적 표출임을 알 수 있다. 즉 죽은 자들이 시인의 육체와 영혼에 뿌리 깊게 남긴 지울 수 없는 상처와 후유증이 역으로 생명에 대한 애착으로 표현되는 것이다. 죽은 자를 환생시켜 다시 생이 지속되길 염원하는 시인의 뼈아픈 마음이 생명의 봄을 낳고 있는 것이다. 그만큼 시인은 지워지지 않는 고통 속에서 자신의 삶, 자연의 주검들 하나하나와 내밀하게 교감하고 있는 것이다. 그의 시에서 죽은 것이 산 것으로 환생하고, 움직일 수 없는 것이 움직이고, 사각의 돌이 둥근 책으로 변환되는 것은 시인의 이런 재생 욕망 때문이다.

천년을 꿈쩍 않던 바위, 그 눌변의 혓바닥에 침 고인다

누가 나비를 구겨 찔레 덤불 위에 던지는가
대숲을 빠져나온 바람이 복숭아밭 언덕에서 피를 토하게 하는가

전선도 없이 철로도 없이
손가락 몇 뭉텅 떨어지는 나병의 세월을 속절없이 몰고 오는,
나는 저 햇살이 불쾌하다

저기 밝음 속에 막무가내 몸 쑤셔 박는 싹들, 혼절하는 꽃잎들,
땅속에서 지상을 열어 보는 무수한 열쇠들,

나는 지금 봄의 산비탈에 어머니를 밀어 넣어 땅속을 열어 보고 있다

죽은 나무는 봄비를 비석처럼 새우고
우 우 우, 서로의 葬地로 몰려가는, 아! 모든 살아나는 것들
                                                        —「여러 번째 오는 방」 전문

봄의 새싹은 죽은 자들이 땅속에서 환생하여 지상을 엿보는 눈동자고 지상의 비밀을 엿보는 열쇠들이다. 이는 지상에서 새롭게 시

작되는 만물의 약동이 죽음의 대가로 이루어진다는 의미다. 삶이 죽음을 낳고 다시 죽음은 삶을 낳는다는 순환적 인식으로, 시인은 봄의 새싹들을 보면서 생명의 기운을 느끼면서도 죽은 자들이 묻힌 땅을 응시한다. 특히 어머니의 죽음을 떠올리는데, 그에게 봄의 새싹 축제는 어머니의 죽음을 대가로 거행되는 장엄하고 숭고한 생명의 제례다. 봄은 어머니의 죽음이 선행된 후 시작되는 생명의 축제 시즌인 것이다. 따라서 이 세계의 아름다움과 생명의 비의를 품고 태어나는 새싹들은 모두 그것을 낳은 모태의 육(肉)과 혼(魂)의 죽음을 대가로 지상에 현현하는 슬픈 존재들이다. 이는 시인이 이 세계의 본성을 생사의 순환성과 시간의 반복성으로 파악하면서, 삶과 죽음을 하나의 육체로 인식한다는 암시다.

> 나는 아버지와 어머니 사이를 건너뛰다 추락한 지점이다
> 높이와 깊이는 있는데 면적이 없는 내가 있다
> 사람과 사람 사이를 데리고 온 길은 여기서 자취를 감춘다
> (중략)
> 세상 모든 풍경은 이곳으로 추락했다
> 내 몸은 내 인식의 소실점이다 풍경의 한쪽 피부에 돋는 소름이다
> ―「절벽」 부분

시인은 자신의 존재를 높이와 깊이는 없고 면적이 없는 존재로 파악한다. 이는 시인이 스스로를 생의 좌표상에서 크기만 있고 위치만 있는 수학적 점 존재로 인식함을 뜻한다. 자아의 위상을 '없는 존재'로 표상시켜 현실의 육체를 고통의 입체 덩어리, 헛것으로 인식한다는 의미다. 육체를 감각과 인식이 소멸되는 최후의 점이자 죽음의

시작을 알리는 최초의 점으로 파악하고 있는데, 삶의 허무를 죽음의 시작으로 소멸시키려는 무의식이 반영된 결과일 것이다. 문제는 이런 자아 인식이 자신의 육체를 넘어 사물들에게도 적용된다는 점이다. 사물들을 구성하는 기본 요소로 점을 설정하는데, 사물들이 점들의 집합체 즉 점-선-면-입체의 순차적 질서의 구조물임을 말하기 위함이 아니라 모든 사물들의 근원을 소멸로 환기시키기 위함이다. 다시 말해 모든 사물들을 점으로 환원시켜 사물의 실존을 직시하라는 의도일 것이다. 따라서 점은 사물의 출발 지점이면서 최후의 도착 지점이 된다. 즉 사물의 운명을 대리하는 좌표로 존재의 처음이자 끝인 것이다. 그런데 이 처음과 끝이 직선의 단절 구조가 아닌 원(圓)의 연결 구조로 나타난다. 시인이 삶과 죽음을 하나의 몸으로 보고 시간의 흐름을 원의 순환적 궤적으로 수용하기 때문이다. 그는 전생과 현생과 내생의 흐름을 원의 둥근 궤적으로 보고 있는 것이다. 그러기에 '없는 존재'로 표상된 점은 원의 한 절단 부분에 표시되는 자아의 실존적 현재 좌표이면서 삶과 죽음의 이접이 벌어지는 진앙 포인트가 된다.

초가 한 채 무너졌다
벽도 기둥도 지붕도
땅 위에 조용히 무릎을 접었다
먼 길 다녀와 부모님께 절하는 자식처럼
오랫동안 엎드려 있다
썩은 짚에 바람이 들먹거려
우는 것도 같고
거슬린 부엌 흙냄새에

매캐한 마음을 추스르는 듯도 했다

창문 하나 없이 나무 문에 문풍지

문고리에 피어나던

사철 마른 봉숭아 코스모스 같이 지고 있었다

홀연히 일어섰던

제자리의 흙과 제자리의 나무, 제자리의 짚

거두고 챙길, 어디 골라낼 게 하나 없다

일없이 온 손님처럼

그냥, 삭는 중이다

잘, 다녀가는 중이다

―「조용한 손님」 전문

　시인에게 낡은 초가 한 채는 조용히 생을 다녀가는 묵언의 손님과 같다. 그러기에 벽도 기둥도 지붕도 서서히 낡아 가 무릎을 접는 초가의 모습은 만물에 내재된 죽음의 선경이자 후경이다. 삶의 비의의 실재이자 허상이다. 시인을 포함한 모든 인간은 이 초가의 이미지와 크게 다를 바 없는 점 존재인 것이다. 이처럼 시인은 소멸로 이행 중인 실존적 자아 인식을 통해 삶이 발산하는 빛과 어둠, 에로스의 온기와 냉기, 죽음의 비애와 순환을 감각하고, 자연과 인간의 교합을 통해 거대한 원의 서정 세계를 그린다. 따라서 엄재국의 시에서 하나의 사물의 죽음은 또 다른 생명의 시작이며 하나의 사물의 탄생은 또다시 시작될 죽음의 예고다. 만물은 서로가 서로에게 어미이고 자식인 것이다. 어미-자식의 관계이자 동시에 자식-어미의 역전 관계인 것이다. 그에게 세계는 영원히 원운동 중인, 사랑의 암투가 벌어지는 생사의 에로티시즘 세계다. 그러기에 자궁에서 무덤으로 이어지는 시인의 뼈아픈 삶의 여정은 계곡에서 시작하여 하구에 닿아 마침내 바다로 흘러드는 유목의 강과 같다. 더 크고 깊은 삶과 사랑을 시작하기 위해 돌아오지 않는 강!

　　은빛 물결 번쩍이는 강
　　느리게 느리게 흘러
　　유유히 제 몸 바다에 들이는 건

　　상류 계곡 어디쯤
　　첫사랑 같은 폭포 하나
　　숨겨 두었기 때문!

―「하구」 전문

지형도 23.
블라인드 세계의 블라인드 시

눈은 빛을 통해 바깥 세계를 감각한다는 점에서 역설적으로 암흑의 세계에 귀속된다. 눈은 어둠의 처소에서 빛의 세계에 속한 사물들의 외형적 크기와 형태를 감각하지만 그 시각적 접촉을 통해 빛과 함께 사물들을 일정 부분 왜곡하고 은폐한다. 우리의 눈이 흰색과 검은색의 이중 영역으로 구성된 하나의 지구형 육체라는 점은 존재론적 사유를 촉발한다. 양음(陽陰)과 주야(晝夜)와 유무(有無)의 상관관계를 고찰하게 한다. 음의 세계는 양의 세계의 전생이고 내생이며, 유의 세계는 곧 다가올 무의 세계의 전조라는 점에서 빛의 세계는 어둠의 블라인드 세계일 수 있다. 실체를 파헤쳐 갈수록 실체는 점점 흐려지다가 마침내 실체가 사라지는 무수한 대상들, 눈은 그 모순의 존재들을 응시하며 우리의 얼굴에 떠 있는 고독한 쌍둥이 행성이다. 극단적으로 말해 인간의 눈은 눈먼 눈이고, 인간의 언어는 명암의 세계를 명암의 문장으로 환원할 수 없다. 특히 언어가 하나의 언어적 대상을 진단하고 해부하고 평가하는 메타언어로 작동할 때는 더욱 그러하다.

한 편의 시는 어두운 블라인드 세계이고, 비평이란 눈먼 자의 눈으로 그 세계를 구성하는 사물과 풍경, 시간과 공간, 얼음과 불, 벽과 창문의 세부를 진단하고 평가하는 불가능한 행위일 수 있다. 비평적 글을 쓸 때 나는 이 점을 스스로에게 상기시키려 한다. 모순과 불합리를 내장한 글일 수밖에 없음을 인지하면서도 나는 나를 언어로 감행한다. 이 무모한 블라인드 시 비평이 해당 시인에게 하나의 미미한 자극 또는 변화의 촉발제가 될 수도 있으리라는 작은 희망 때문이다. 이런 비평에는 늘 긍정과 부정의 양면성이 수반된다. 양지의 시인을 음지로, 음지의 시인을 양지로 이끄는 열차 역할을 할 수도 있기 때문이다. 일반적으로 문예지에서 저명한 시인의 이름이 시와 함께 표기된 경우, 그 시인의 이름이 내뿜는 무지갯빛 아우라가 시의 전면에 안개처럼 산포되어 눈먼 자들의 눈을 더욱 눈멀게 한다. 이렇게 왜곡된 평가에 의해 어떤 저명한 시인의 하품(下品) 시는 상급 마크가 찍혀 존경과 예우 속에서 상을 받고, 어떤 무명 시인의 상품(上品) 시는 일고의 가치도 없는 하품으로 전락하여 어둠 속에 버려지곤 한다. 이것은 가정이나 과장이 아니라 우리 시단의 현주소다. 그러기에 누구의 이름도 확인할 수 없는 어둠 속에서의 블라인드 시 비평은 역설적으로 빛의 세계의 가면과 은폐를 폭로하는 역기능을 통해 시단 전체에 순기능을 수행할 수 있다. 이 점 때문에 나는 기꺼이 이 위험한 자리에 동참하는 것이다.

변방의 세계, 성찰과 비판의 이중나선

어둠 속의 세계 또는 그에 준하는 암흑의 공간으로 나를 유폐시키겠다는 변방 의식은 소외와 고독을 자처하는 행위다. 또한 어둠 속에서 어둠과 대비되는 빛의 세계를 보다 적확하게 관측하고 사유하겠다는 자기 다짐이기도 하다. 그런 측면에서 볼 때 어둠은 시인의 의식의 지향성이 반영된 최종적 귀착점이며 세계 인식의 재출발점이다. 이번 블라인드 시 읽기에 초대된 시들을 감상하면서 시인의 이런 자의식과 결기를 느낀다.

　귀는 뜨거운 내 얼굴의 손잡이
　거짓말에 쉬 붉어지는 얼굴을 위해 차갑다

　(중략)
　듣고 싶지 않은 말의 온도를 견디지 못하는
　속내를 위해서

　가장자리에 있다

　모든 문

　날마다 새로 쓰여지는 얼굴에서 비켜나 있다

　코끼리의 마지막 비명을 들을 줄 아는 귀
　죽어도 며칠 더 살아남아 듣고 가야 할 말을 기다린다는데
　침묵에서 느껴지는 생동감에 대해
　제일 먼저 움직이는 귀는

　정면에 모여 있는 것들 중 무엇과 자리를 바꾸었을까

—「영역」 부분

　귀가 거짓말에 색이 붉어지는 얼굴에 대한 견제 도구 또는 반성적 인식의 기제로 사용되고 있다. 이는 거짓과 위선의 말의 세계를 귀라는 여과 장치를 통해 재수용하고 재인식하겠다는 시인의 수사적 암시이며, 발화자보다는 수용자의 자세를 취하겠다는 시인의 간접적 자기 선언에 가깝다. 즉 말을 장식용으로 사용하지 않고 열병을 앓는 거짓의 세계를 변방의 세계에서 객관적 침묵의 포즈로 감각하고 비판하겠다는 세계 대면 방식의 선언인 셈이다. 거짓의 말에 날마다 새롭게 변질되어 가는 세계를 일정한 거리를 두고 차갑게 인식하려는 시인의 입장 표명인데, 재미있는 것은 변방의 귀가 얼굴 중앙에 모인 눈 코 입 귀 중 어떤 감각기관과 자리바꿈을 했을까 상상하는 장면이다. 이는 귀 또한 한때 얼굴의 중앙부에서 중앙이 행사하는 권력과 압제의 주체였음을 암시한다. 물론 지금은 중앙으로부터 멀어진 가장자리에서 중앙의 감각기관들을 향해 열려 있다.

　귀의 열림, 이 열림의 성격과 역할이 중요한데 개방적 수용자의 역할, 감시자 또는 견제자의 역할 모두를 지닌다. 그러기에 몽상의 세계를 꿈꾸는 눈과 눈썹, 무수히 표정을 바꾸어 가는 입과 입술을 향해 귀는 개방적 포즈를 취한다. 즉 귀는 시인의 세계의 흡수와 수용, 견제와 감시를 대리하는 이중의 기호 존재이자 세계관의 반영 기호라 할 수 있다. 그러기에 얼굴은 단순히 인간의 정면을 나타내는 해부학적 대상으로서의 신체 기관을 넘어서서 권력과 압제가 세습화되는 세계의 축소판이 되고, 귀는 관자놀이가 밀어낸 얼굴 가장 바깥의 소외 영역이 된다. 다시 말해 귀는 세계로부터 소외된 시인의 울분과 침울, 슬픔과 울음이 고이는 곳이며 시각의 무용성을 대리하는 소리의 세계이다. 따라서 귀는 시인의 현재적 위치이자 세계 속에서 자신을 거소시킬 지향 의식의 최종적 발현 영역인 셈이다. 이 영역으로의 자발적 고립의 자처가 시인의 삶을 더욱 아프게 할 가능성이 크지만 그 아픔의 시간을 통해 시 세계의 깊이는 더욱 심화될 수 있을 것이다. 정면이 아닌 측면의 의식, 중심에서 밀려난 변방의 시선이 새로운 문제의식과 사유를 낳을 것이기 때문이다. 어둠 속 변방으로의 자처는 「선글라스 선글라스」에 보다 직접적으로 드러난다.

> 먼 여행지의 올리브 나무 숲에서
> 저녁은 수만 개의 젖꼭지를 문 채 어두워진다
>
> 깊어진 밤 여기저기 박혀 있는 해바라기 씨앗들
> 거리에 뛰어든 어린 짐승의 눈동자들
>
> 도서관에서 돌아오는 너의 유일한 취미는
> 태양으로부터 지구를 살리는 일곱 가지 물건들을 암기하는 것
>
> (중략)
>
> 눈부실 것 없는 거리에서 점점 멀어지는 페달 소리
>
> 즐거운 허기의 양식
> 고독은 치기가 아닌 칼날이라서

(중략)

어둠을 향해 걷고 또 걷는다

―「선글라스 선글라스」 부분

시인의 마음의 결이 저녁의 밀물처럼 어둠 속으로 고요히 밀려가고 있다. 먼 올리브 나무 숲에서 저녁이 수만 개의 젖꼭지를 물고 어두워지는 풍경이나, 맘에 드는 예쁜 드레스가 너무 비싸서 눈으로만 보고 입술을 꼭 다문 채 뒤돌아서야만 하는 자의 쓸쓸한 뒷모습은 시인의 마음의 결과 결 사이에 스민 아픔과 비애를 느끼게 한다. 주목되는 것은 화자가 옮겨 가는 어둠이 고독의 처소로서의 실재 공간이면서도 어린 생명의 숨소리와 눈빛이 서려 있는 심리 공간이라는 점이다. 즉 시인은 불빛이 휘황한 현실의 거리에서 소외된 곳으로의 은거를 통해 현실과 현실의 자신을 반성적으로 반추한다. 따라서 고독은 결코 낭만적 치기가 아닌 자아와 현실에 대한 비판적 성찰의 서늘한 칼날이 된다. 그러기에 고독의 상황 자체보다 고독 속에 놓인 화자의 심리 상태와 어둠의 실체를 간파하는 것이 무엇보다 중요하다. 시인이 고독을 칼날로 인식하는 것은 어둠이 단순히 자기 치유의 안식처나 도피처가 아니라 자아의 자기 처형, 자아의 죽음이 배태되는 처소임을 상기시킨다. 자아의 죽음을 통해 타자들을 응시하고 어둠 밖 빛의 세계를 좀 더 냉철하게 응시하려는 의식의 실험 공간인 셈이다. 빛의 차단을 통해 어둠 속에서 자아와 세계를 칼날의 시선으로 감각하고 사유하겠다는 의도일 것이다.

시인의 이런 문제의식은 시의 제목에 잘 드러나 있다. 선글라스는 빛을 약화시켜 눈을 지키는 보호 기능과 눈이 바깥 세계를 제대로 감각할 수 있게 하는 탐측 기능을 동시에 수행한다. 즉 선글라스는 검은 유리로 존재하면서 자신의 몸에 내재된 어둠을 이용해 자신의 몸 바깥 세계를 사실적으로 바라보게 하는 일종의 유도 물체다. 주목해야 할 부분은 이 시의 제목이 '선글라스'가 아니라 "선글라스 선글라스"라는 점이다. 두 개의 선글라스는 각각 시인의 두 눈에 해당되고, 이 선글라스의 어두운 시선을 통해 자아와 세계를 날카롭게 응시하고 사유하고 비판하겠다는 시인의 전언이 담겨 있다.

　이런 시각에서 보면 시의 중간부에서 화자가 태양으로부터 지구를 지키는 일곱 가지 물건들을 암기하는 행위는 각각의 물건들이 환기시키는 역기능과 세계의 결여를 통찰하려는 시인의 반성적 세계 인식 행위일 수 있다. 이 시는 허기를 낳는 저녁에서 밤으로의 시간 이동, 도서관이라는 바깥 세계에서 어두운 집으로의 공간 이동을 통해 고독한 자아의 내적 상처와 세계 대면 의지를 드러낸다. 이제 어두운 집의 고독한 방에서 펼쳐지는 상황을 살펴보자.

　　방바닥을 가로질러 소인이 뛰어갔다

　　죽을힘을 다해 뛰어간 그를
　　좁은 방 안에 있던 개와 나는 놓쳐 버렸다

　　(중략)

　　내 방에 살고 있는 그들은
　　내 물건들을 조금씩 옮겨 놓는 일로 살아가고
　　나는 그들이 옮겨 놓은 것을 찾는 일로 살아간다

없는 약속

지난봄 외투에 들어 있는 열쇠처럼

작은 창문 하나는 벽에서 벽으로 이동 중이다

너무 멀리 옮겨졌을 때

제자리에 돌려놓지 못했을 때 개는

으르렁거리고 나는 문득 밖이 궁금해진다

(중략)

꼭 필요할 때 기어이 없는 것들을 만든다

—「小人國 사람들」부분

　이 시에서 소인국은 시적 화자인 나의 주거 공간인 방이지만 시선과 의식의 이동을 낳는 혼몽의 동거 공간이기도 하다. 소인들은 화자의 주관적 상상과 무의식이 낳은 분열된 자아들의 대리인으로 등장하는데 나와 개에게만 관측되는 비가시적 존재, 그림자 존재들이다. 시간의 변화 속에서 공간의 변화를 낳는 행동 주체로 기능하므로 소인들의 행동 양태, 그들과 나의 내적 관계를 파악할 필요가 있다. 소인과 나는 상호 말로써 말할 수 없는 운명을 지닌 자들이고, 서로가 서로에게 없는 존재이지만 행위를 통해 서로를 의식한다는 점에서 실재하는 존재들이다. 서로가 무언가를 끊임없이 말하려 하지만 말할 수 없는 벙어리라는 점에서 소통의 단절 관계, 전쟁과 평화의 불화 관계를 이루고 있다. 그러기에 방은 말의 한계가 확인되는 유폐의 공간, 시적 자아의 분열의 공간, 말의 무용성을 행위로 대체하는 침묵의 공간인 셈이다. 소인들과 나는 숨김과 찾음의 행위, 은폐와 폭로의 행위, 변화와 되돌림의 행위적 관계를 만들며 역할극을 벌인다. 소인들은 내 물건을 몰래 옮겨 놓고 나는 그들이 옮겨 놓은 것을 찾는다.

이 옮김과 찾음의 연속이 이들의 일상이고, 이 관계적 행위들은 사전에 상호 협의된 것이 아니기에 없는 약속이며, 소인들이 일으키는 변화가 제자리로 환원되지 못할 때 개는 으르렁거리고 나는 바깥 세계가 궁금해진다. 즉 방 안의 변화가 극렬해져 내가 통어할 수 없는 상황에 이를 때 변화가 일어나는데, 이 변화의 방향이 주목된다. 혼몽과 분열의 내부 시각을 바깥 세계로 이동시켜 자신과 자신이 속한 방의 세계를 객관화시키기 때문이다. 내적 변화가 낳은 문제가 내부 자체에서 해결되지 않고 불화를 일으켜 시선을 바깥으로 이동시킨다는 것은 이 방이 단순히 소인들과 나와 개의 공동 주거 공간 이상의 상징 공간임을 암시한다. 즉 소인국은 시인 자신의 육체일 수 있으며, 육체의 내적 분열의 극점에서 자아의 시선이 바깥으로 이동되고 있는 것이다. 이는 시인의 억압된 무의식과 분열의 수위가 심각함을 의미하며 시선의 이동, 의식의 변화가 낳는 바깥 세계의 풍경들이 어떤 이미지로 그려질지 궁금해진다.

거짓(말)의 세계가 은폐한 음지의 슬픈 문양들

이 시대를 지배하는 힘은 거짓말이고 그 위악적 말이 만개하는 곳이 현실이라는 비판적 인식이 아래 시에서도 드러난다. 왜 이런 비판적 냉소와 아이러니가 여러 시인의 시에 반복적으로 나타나는 걸까. 거짓이 사회를 구성하는 중요 요소가 된 현대사회에 거짓말은 더욱 막강한 현실적 힘이 되어 폭력을 조장하고 거짓 세계를 더욱 공고화한다는 시각 때문일 것이다. 현대사회가 내포한 극도의 허구성과 가면의 웃음을 시인들이 비판적으로 응시하기 때문일 것이다.

두툼한 차돌을 손날로 내리쳤다
돌은 깨지지 않았다

기합을 넣고 다시 한 번 내려치자
손이 부풀어 올랐다
돌을 바꿔 보았으나 이미 자신이 없었다

구경꾼들의 박수 소리가 시원치 않아서였다

힘은 거짓말에서 나왔다 거짓말이 돌을 내려쳤다

이 시대의 힘을 빌려
그가 거리에서 만병통치약을 팔고 있다

(중략)

손은 점점 더 부풀고
몰이꾼도 없이 거리에 나선 그를

깨지지 않은 돌덩이들이 빤히 쳐다보았다

—「붉은 얼굴의 차력사」 부분

이 시에서 차력사의 존재는 이중적이다. 거리에서 과장된 말과 행동으로 만병통치약을 파는 자라는 점에서 거짓말로 군중을 농락하는 이 시대의 위정자들 즉 달변의 정치가와 권력자들, 달변의 교육자나 언론인들 모두를 상징한다. 또한 군중의 거짓 박수와 야유 속에서 손이 퉁퉁 부어오른 채 정처 없이 약을 팔러 다니는 가련한 존재라는 점에서 이 시대의 예술가들, 나아가 거짓말 상찬 속에서 살아가는 현대인의 우울한 초상이기도 하다. 그러니 가짜들이 지배하는 곳에서 돌은 영원히 깨지지 않고 차력사의 손은 계속 퉁퉁 부어오를 것이다. 주목되는 부분은 차력사가 구경꾼들의 관심과 환심을 사기 위해 돌 깨기 차력을 시연하는 장면이나 사과상자 속의 비단뱀을 춤추게 하는 장면이 아니라 그것을 바라보는 군중의 반응과 웃음이다. 군중은 뱀보다 더 징그러운 가면의 얼굴을 쓰고 가면의 말과 웃음을 흘리면서 차력사를 냉소적으로 구경한다. 그들은 모두 거짓의 말과 웃음으로 위장한 가면 주체들인데, 이 가면의 군중 속에 나도 너도 모두 포함되어 있다는 점에서 이 시는 현실 사회의 폐부와 위악을 반어적으로 폭로한다. 그리고 외관상 차력사와 군중이 구분되어 있지만 이 경계 구분은 무의미하다. 차력사도 군중도 모두 거짓의 말과 거짓의 웃음으로 거짓 사회를 살찌우는 위악의 공동 생산자들이기 때문이다. 모두가 병들고 무감각한 존재, 무감정의 위선적 존재들인 것이다. 이 무감정과 위선이 그로테스크한 힘으로 변신하여 폭력을 낳고 현실을 더욱 허구화한다는 점에서 우린 모두 이 시대의 차력사고 야비한 구경꾼들이다. 이 시는 이런 비판적 현실 응시와 자기비판을 유도한다. 현대사회가 은폐한 가면 속의 썩은 속살을 부분적으로 드러낸다. 이런 은폐의 현실에 대한 부정과 노출은 다음 시에도 나타난다.

푸른 여우의 빛이 벽화 마을에 펄럭인다

변신에 관한 설화는
남향을 피해 여러 개의 입구를 가진 여우 굴
바위 밑이나 완만한 경사를 가진 언덕 아래로
밀도 높은 계단이 펼쳐진다

사냥감은 우는 토끼

기억하기 위해 돋보이기 위해 감추기 위해
셋 중 하나 아니면 셋 모두 노랑에 진 그림자
작은 창문 옆 해바라기로 피어나고
카지노 크림 초록에서 시작된 연둣빛 잎사귀는
덧칠된 가난으로 반짝인다

아무리 좋은 그림을 그려 놓아도 가난은 가난

어떤 그림을 그려 드릴까요
감정을 어루만지는 딸기 샤벳 혹은
베일에 쌓여 있는 애수 그것도 아니면
사랑과 슬픔을 노래한 물고기들은 어떠세요

사람들은 왜 가난을 가만두지 않는 걸까

좁은 담벼락에

그려진 파스텔 톤의 구름들이 예쁜 건

힘들고 지친 삶 때문이고

오래된 집들을 입에 넣고 오물거리는 골목은

렛츠 트위스트라 불릴 때 더 맛있는 꽈배기 같다

초겨울 마을에 스며드는 무국 냄새

청회색 하늘로 날아가는 가난이 대책 없이 슬픈 건

기대했던 것보다 훨씬 예쁜 파도 위의 밑그림

빈집들 때문

—「오로라」 전문

  시인은 현실 사회에서 벌어지는 변신의 설화, 그 이면에 도사린
허구성과 허위의식을 비판적으로 직시한다. 풍경과 현상에 대한 현
대인들의 치장 의식을 비판적으로 접근하여 그 치장 의식이 은폐한
실체들을 드러낸다. 현상의 왜곡이나 은폐가 낳는 가장 직접적인 부
작용은 보는 자로 하여금 현상을 현상 그대로 직시하여 수용하지 못
하게 하는 감각의 마비, 판단의 마비, 비판의 마비를 유발한다는 점
이다. 이 시에서 가난한 마을의 벽에 예쁜 그림들을 장식하는 행위
는 외관상 가난한 자들을 위로하는 자선적 봉사 행위로 비치지만,
그것은 가난한 자들의 마음을 더욱 아프게 만드는 것으로 극광의 오
로라가 불러일으키는 낭만적 착시 효과와 흡사하다. 가난한 마을의
외관을 아름다운 꽃 그림으로 치장한다고 해서 가난이 사라지는 것
은 결코 아니며, 오히려 아름답고 서정적인 그림과 보색대비를 이루
어 가난은 더욱 초라해질 뿐이다.

  그러기에 그림의 치장은 위로를 가장한 난폭한 폭력일 수 있으며,

550

벽의 장식 그림들이 가난한 자들의 삶의 터전을 서정적 아름다움으로 은폐시켜 그들의 아픈 삶의 실체를 보지 못하게 마비시키는 오로라 장막 역할을 한다. 또한 장식 그림들 뒤의 텅 빈 집들 때문에 그림은 더욱 서정적 분위기를 고조시켜 사랑의 슬픔이나 애수의 감정까지 불러일으키게 되고, 이런 오로라 착시 효과 때문에 마을을 찾는 관광객의 수는 점점 더 많아지게 된다. 토끼를 잡는 교묘한 여우 이야기의 현대판 설화가 적나라하게 펼쳐지고 있는 셈이다. 돈 있고 힘 있는 여우들이 가난한 자들의 삶의 터전을 미끼 삼아 벌이는 교묘한 자선과 봉사 이면에 도사린 위악과 부조리를 간파한 점이 좋다. 인식의 깊이가 좀 더 심층적인 차원으로 확산되지 못한 점이 다소 아쉽지만 사회현상을 극지의 자연현상과 접맥시켜 투사한 점이 인상적이다.

긴장과 불안이 초래할 불안한 미래

첫 블라인드 시 읽기에서 접한 다섯 편의 시는 자아에 대한 성찰과 사색, 현실에 대한 부정과 비판이 맞물려 굴러가는 조용한 바퀴들 같다. 다른 바퀴들의 동선 자국이 모여 그려 낼 궤적들의 전체성과 그것의 의미와 파장을 함부로 예단할 수는 없다. 어쨌든 소외된 변방의 위치에서 소외된 감각과 사유를 펼치면서 세계 속으로 삼투해 들어가겠다는 의지가 엿보인다는 점에서 이후의 시들에 대한 기대감을 갖게 한다. 한편 우려되는 점도 있다. 시인이 보여 준 변방 의식과 소외의 자처가 관념의 차원에 머물거나 일시적 자기과시 포즈로 끝날 수도 있기 때문이다. 실제로 우리 시단에서 그런 경우가 자주 목격되었다. 자신을 변방에 내던진 채 세계를 감각하고 사유하고 비판하는 일은 혹독하고 고독한 자기 싸움의 연속이다. 긴장과 불안과 외로움의 연속이다. 시의 변방은 시를 통한 선언적 표명만으로 닿는 영역이 아니라 자신의 육체와 삶 모두를 걸고 혹독하게 진행될 때 겨우 간신히 닿는 미지의 영역이라는 점을 망각해서는 안 될 것이다. 이 시대의 많은 시인들이 스스로를 변방의 위치에 속해 있다고 자가 진단하고 있지만 사실은 누구보다도 견고한 중앙의 위치에서 누릴 것을 다 누리면서 권력을 낳고 있다. 자신도 모르게 기득권의 언어 세계 자장 안으로 흡수되어 버린 채 자기 복제를 반복하고 있으면서도 그러한 자신의 현주소를 뼈아프게 자각하거나 비판하지 않는다. 그러기에 지금까지의 시각과 문제의식을 더욱 예리하게 벼리고 벼리어 삶의 폐부와 현실의 가면을 자신만의 독자적 발성으로 표출하는 시의 세계로 좀 더 과감하게 나아갈 필요가 있다.

●이 글은 대상 시인이 누구인지 전혀 모르는 상태에서 신작시(5편)만 보고 작성되어 계간 문예지 『포지션』 2015년 여름호에 발표된 것이며, 『포지션』 2015년 가을호에 신정민 시인으로 밝혀졌다. 신정민 시인은 2003년 『부산일보』 신춘문예로 등단했다.

지형도 24.
존재의 감옥에서 순수의 세계로 환원하는 말

눈길을 혼자 걷고 있다. 며칠 전 그와 둘이서 자정이 넘도록 마신 술자리, 그때 주고받던 이야기들을 생각하며 눈길을 걷는다. 머리 위로 눈송이들이 흰 벌 떼처럼 붕붕거리며 날아다닌다. 잠시 걸음을 멈추고 하늘을 바라본다. 눈발 흩날리는 허공에 그의 얼굴을 그려 본다. 겨울 공기처럼 맑은 눈과 마음을 가진 순수한 사람, 시인 송찬호 형. 15년 넘게 그를 만나고 있지만 내가 아는 그는 시도 삶도 참으로 한결같은 사람이다. 나는 그의 그런 점이 참 좋다. 그는 가끔 청주로 나올 때 내게 전화해서 한잔하자고 한다. 나는 늘 그런 성의가 고맙고 반갑다. 마음이 통하는 대화 상대자가 있다는 것은 큰 축복이고 기분 좋은 일이다.

송찬호 시인은 1959년 충북 보은군 내북면 적음(積陰)리에서 팔형제 중 넷째로 태어났다. 아버지는 농부였다. 집은 가난했지만 뒤곁엔 아름다운 꽃밭도 있었다. 철 따라 나비와 벌과 풀벌레들이 날아들어 친구가 되어 주곤 했다. 적음리는 논과 밭, 산과 개울이 어우

러진 전형적인 시골 마을이었다. 여름이면 아이들은 마을의 밤소 저
수지에 모여 수영도 하고 물고기도 잡았다. 마을 뒷산엔 금을 채굴
하던 여러 개의 인공굴이 뚫려 있었다. 열댓 명의 또래 친구들과 함
께 시인은 횃불을 들고 굴을 들락거리며 산에서 놀곤 했다. 학교에
서 몰래 도망쳐 나와 놀던 날도 많았다. 수많은 나무와 꽃 속에서 뛰
놀며 새소리, 물소리, 바람 소리를 음악 대신 들었다. 그렇게 적음리
에서 형과 누나, 동생들과 함께 유년기를 개구쟁이로 보내면서 인근
의 내북초등학교를 다녔다. 초등학교 시절 내내 집에서는 생계를 위
해 소를 길렀는데 소에게 먹일 풀을 베는 일은 열한 살 터울인 큰형
과 그의 담당이었다.

　초등학교를 졸업하고 보은중학교를 거쳐 대전의 보문고등학교에
입학했다. 박주택 시인과 3년 내내 같은 반이었다는 사실은 시단에
이미 잘 알려져 있다. 고등학교 졸업 후 한동안 그는 전망 없는 불
투명한 시절을 보냈다. 앞날에 대한 걱정 속에서 보낸 번민과 부랑
의 나날이었다. 이때 그는 청주에 머물면서 작심을 하고 소설 쓰기
에 매달렸다. 그러나 소설을 통해 삶의 돌파구를 찾지 못하고 열정
의 아픈 흔적들만 안고 다시 보은으로 돌아갔다. 청주 시절 이후 그
는 농약 묻은 토마토를 잘못 따 먹고 죽을 뻔한 경험도 했다. 이 죽
음의 근사 체험 이후 군에 입대해 수평선이 보이는 울산 근처의 해
안에서 병영 생활을 했다. 복무 기간 내내 그는 망망한 바다와 푸른
색과 수평선을 바라보며 하루하루를 보냈다. 그때 그 적막의 시간을
견디기 위해 김춘수 시인의 시를 읽었다. 시집『처용 단장』을 읽으며
시 속의 바다와 눈앞에 펼쳐진 현실의 바다를 함께 느끼고 생각했
다. 그렇게 3년을 수평선을 바라보다 제대한 후 김춘수 시인이 재직
하던 경북대의 독문과에 입학했다. 1984년, 그의 나이 스물여섯이었

다. 이때부터 그는 본격적으로 시 공부를 하면서 시 쓰기에 치열하게 매달렸다. 그렇게 3년의 세월이 지나고 1987년『우리 시대의 문학』6집에「금호강」「변비」등을 발표하며 등단했다. 그리고 다시 2년 후인 1989년 첫 시집『흙은 사각형의 기억을 갖고 있다』를 출간했다. 그 후 20년 동안『10년 동안의 빈 의자』『붉은 눈, 동백』『고양이가 돌아오는 저녁』등 세 권의 시집을 더 발간했다.

1. 흙은 사각형의 기억을 갖고 있다

첫 시집『흙은 사각형의 기억을 갖고 있다』는 어두운 대지의 사람들, 가난하고 버림받은 자들에게 바쳐진 아름답고 아픈 영혼의 묵시록이다. 현실의 부조리, 인간과 말의 실존적 한계상황에 대한 시인의 첨예한 사유와 성찰이 담겨 있는 기념비적 시집이다. 시집 전체를 지배하는 두 개의 중심 테마는 감옥과 고통이다. 감옥의 이미지는 주로 말(언어)로 대표되는 대상 세계가 가하는 비가시적인 폭력성에 대해 성찰할 때 나타나고, 고통의 이미지는 죽음이 존재자에게 주는 숙명론적 비극과 가난 때문에 겪게 되는 무자비한 현실적 고통이 혼재되어 나타난다.

누가 고통을 저렇게 가볍게 공중에 띄울 수 있었을까
달은 지금 비극으로 충만되어 있다.

달은 유방이 세 개 달린 여성형이고
죽음의 생산양식이고
(중략)
저 완전함에 가까운 죽음도 한번 훼손된

말의 원형을 회복시킬 수 없다, 폐허 그날 이후

─「인공 정원」 부분

죽음은 삶의 형식을 완성하는 것이다

미래를 예언하듯 그의 땅에 꽃을 던진다

미래는 죽었다 산 자들은 결코 미래에 도달할 수 없다

그러나 산다는 것은 얼마나 찬란한 한계인가

그 완성을 위하여

세계를 죽일 수 없음을 알면서도 날마다 살인을 꿈꿀 수 있다는 것은

폐허 속에서 살아 있다는 것은

망각 속에서 우리가 살인자라는 것을 일깨우는 것이다

─「흙은 사각형의 기억을 갖고 있다」 부분

　사각형 관이 상징하는 죽음은 시인의 고통의 원초적 뿌리이자 벗어날 수 없는 감옥이다. 말에 대한 시인의 인식 또한 그러하기에 말에 대한 사유와 진술은 대부분 죽음 쪽으로 뿌리를 뻗는다. 그러한 사유는 사각형 이미지뿐만이 아니라 달, 물방울 같은 둥근 형태에서도 나타난다. 초등학교 3학년 때 그의 집에서는 백여 마리가 넘는 닭을 길러 창리 면사무소에 달걀을 내다 파는 양계업을 했었다. 나는 그의 시에 달이 자주 등장하는 이유를 이 유년기의 달걀 체험 때문이 아닐까 생각해 본 적이 있다. 달걀은 둥근 생명의 이미지이면서도 껍질을 깨는 또 다른 세계로의 변화를 암시하는 이미지이다. 생명과 죽음이 혼재된 여성형이다. 그의 시에서 달이나 바구니 같은 둥근 이미지들은 주로 가난과 연결되고, 생명과 죽음을 중개하는 매

개체로 등장한다. 그것은 곧 시인의 대상 세계에 대한 인식 체계를 드러내는데, 그에게 세계는 출구 없는 둥근 감옥 즉 유폐 또는 폐허의 구조적 시스템이다. 이러한 사유와 상상력이 가장 적극적으로 형상화될 때는 말에 대해 천착하며 상상력이 펼쳐질 때이다.

> 말의 고향은 저 공기 속이다
> 공기 속을 떠돌아다니는 꺼지기 쉬운 물방울들
> 바람 속 고정불변의 감옥들
>
> 말과 사물 사이에 인간이 있다
> 그곳을 세계라 부른다
>
> ―「공중 정원 1」 부분

> 나무의 법칙들, 스스로를 땅에 복무시키며
> 세계를 가볍게 공중에 들어 올리는 것
> 고정불변의
> 공중 정원을 건설하는 것
> 고정된 자리에서 나무들은 운동을 한다
> (중략)
> 폐허의 구조 속에서!
>
> ―「공중 정원 2」 부분

> 나무를 포로로 잡고서
> 나무가 구조적인 척추동물임을 알았다
> 나무의 중심을 지워 없앤다

오, 놀라워라 나무가 둥글어진다

말 속에 이런 둥글고 넓은 감옥이 숨겨 있었다니
말의 감옥은 얼마나 숨쉬기 부드러운가
(중략)
말로부터 영원히 자유로울 수 없지만
말을 할 때만큼은 자유로울 수 있다
말을 하여 우선 감옥을 만들라
말로부터의 자유는 중심을 무너뜨리고
그 중심으로부터 해체되어 나오는 길뿐이다

―「공중 정원 3」 부분

　말과 사물 사이의 세계, 그 속의 모든 존재는 끊임없이 변해 간다. 인간과 인간의 말 또한 그러하다. 그러기에 그의 시에서 나무는 수직의 이미지를 가지면서도 과녁을 향해 날아가는 수평적 운동성을 보인다. 움직이지 않으면서 움직이는 나무의 변화, 그것은 곧 사물 세계의 현상을 응시하는 시인의 시선이고 인식이다. 이 부분에서 시인의 자기부정 정신과 세계관이 드러난다. 그렇다면 나무로 대표되는 사물들이 날아가는 곳은 어디일까? 그곳은 바로 말의 감옥이다. 그곳을 시인은 숨쉬기 부드러운 곳, 둥글고 넓은 감옥이라고도 부른다. 아이러니컬한 점은 그 감옥을 구속의 공간이면서 동시에 자유의 공간으로 해석하는 시인의 중층적 시선이다. 그러기에 감옥은 단순히 현실적 감옥이 아닌 시인이 지향하는 초월적 감옥으로 확대된다. 만물의 변화를 통해 시인은 정체되지 않으려는 자신의 무의식을 드러내고 있는 셈이다. 말과 사물 사이, 즉 세계 내 존재자로서 자신의 존재의 실체를 탐구하는 시인의 모습이 나타난다. 또한 말에 대한 양가적 감정도 드러내고 있다. 말로 표현되는 순간 그 즉시 말은 의미와 접촉하고 감옥이 된다. 그러나 그 감옥을 통해서만 자유를 획득할 수 있다는 아이러니, 그게 말의 운명이고 시인의 운명이다. 말을 하여 우선 말의 감옥을 만드는 행위는 사물에 덧씌워진 통념적 의미를 제거해 사물 그 자체에게로 다가가기 위한 '죽은 의미를 죽이는 행위'이다. 그것은 곧 의미의 중심을 해체해 나가야 새로운 세계의 중심과 만날 수 있다는 시인의 시 쓰기에 대한 태도나 운명을 역설적으로 드러낸다.

> 사내가 여자와의 사이에 아이들을 차례차례 눕혔다.
> 물먹은 잠수함처럼 아이들은 금세 방바닥 깊이 꺼져 들어갔다.
> 그날 밤 그는 흰 빵보다 더 포근하고 거대한 잠고래를 보았다.
> 그는 촘촘한 그물을 가만가만 내렸다.
> 그 빽빽한 가난에 걸려들면 무엇 하나 빠져나갈 수 없었다
> 그물이 찢어지도록 밤새도록 걷어 올린
> 발 디디면 금방 꺼질 것 같은 조그만 섬들, 그의 아이들
> 그는 조심조심 그 징검다리를 밟고 건너가
> 그렇게 또 하룻밤 자고 되돌아갔다.
> 물가에서 울고 있는 빈 항아리 같은 여자를 남겨 두고
>
> —「가난의 빛」 부분

두 개의 공간, 방과 바다를 겹으로 중첩시키는 상상력과 구조가 나타나 있다. 심리적 고통과 함께 정서적 울림이 전해지는데, 시인의 아픈 마음 바닥을 손으로 어루만져 주고 싶은 충동이 인다. 오래

전 나는 그가 살던 옛집에 놀러 간 적이 있다. 도로보다 낮은 곳에 위치한 작고 아담한 시골집이었다. 대문으로 들어서면 작은 마당이 있고 여러 꽃과 식물들이 보였다. 마당 왼편 귀퉁이에 화장실이 있고 지붕의 처마 끝에서 땅으로 긴 줄이 쳐져 있었다. 줄엔 넝쿨식물이 줄기를 뻗으며 올라가고 바람이 불 때마다 꽃 내음과 풀 냄새가 코끝을 간질였다. 길게 늘어진 수세미와 마당 여기저기 기어 다니는 개미들, 쌀쌀한 찬바람을 막기 위해 집 앞엔 비닐이 쳐져 있었다. 그 작은 집에 내가 손님으로 갔을 때 형수는 방을 내주고 마을의 다른 집으로 두 아이를 데리고 잠을 자러 갔다. 다음 날 아침에서야 난 그 사실을 알았고 서울로 돌아온 후에도 나는 두고두고 그때의 미안하고 죄송스러운 마음이 앙금처럼 남아 있었다. 그때 보듬었던 그 귀엽던 두 꼬맹이는 이제 모두 컸다. 큰아이가 올해 문예창작학과 대학생이 되었다. 나는 송찬호 시인의 초기 시를 읽을 때 나도 모르게 그때의 그 옛집과 풍경들을 중첩시켜 읽곤 한다. 물론 그의 시가 자신의 생활을 그대로 반영하는 것이 아니라 또 다른 독자적인 세계를 지향하고 있음을 잘 안다. 그날 그는 보관하고 있던 습작기의 습작 노트와 원고지 더미, 써 놓은 소설들을 내게 보여 주었다. 일부는 컴퓨터에 저장되어 있었다. 난 무척 반가웠다. 그 당시 나는 신간으로 나오는 소설 및 번역소설들까지 모조리 찾아 읽을 정도로 소설 읽기에 푹 빠져 있었다. 그를 시인으로만 알고 있었는데 부지런히 소설을 쓰고 있다는 사실이 반가웠다. 그는 지금까지도 소설을 틈틈이 쓰고 있다. 그의 소설에 대한 집착은 아주 오래된 것으로 습작기 때부터 연원한다.

2. 10년 동안의 빈 의자

두 번째 시집 『10년 동안의 빈 의자』는 언어에 대한 탐색이 집중적으로 나타난다. 첫 시집에서 말에 대한 사유가 시인의 진술을 통해 직접적으로 드러났다면, 두 번째 시집에서는 사유가 사물 속으로 스미어 섞여 들어가 의미가 보다 중층적이고 복잡해졌다. 첫 시집에는 시적 구원 문제에 대한 시인의 집착이 시집 전반에 깔려 있었다. 즉 시의 언어를 구원을 위한 '존재의 집'으로 바라보는 시선이 깔려 있었다. 반면에 두 번째 시집에서는 그런 구원에 대한 언어의 한계성을 자각하고 그 한계를 극복하기 위한 야심 찬 도전을 보여 준다. 인간과 사물과 언어의 실존, 나아가 의미의 증발에 대해 사유하고 천착한다. 그것은 곧 사물과 언어 사이에서 발생하는 의미와의 치열한 고투이고, 틈에 대한 사유 행위이다. 이러한 행위를 통해 시인은 언어 체계의 굴절이 인간의 인식 체계에 어떻게 반영되는가를 고찰하고 반성한다.

나는 새장을 하나 샀다
그것은 가죽으로 만든 것이다
날뛰는 내 발을 집어넣기 위해 만든 작은 감옥이었던 것

처음 그것은 발에 너무 컸다
한동안 덜그럭거리는 감옥을 끌고 다녀야 했으니
감옥은 작아져야 한다
새가 날 때 구두를 감추듯

새장에 모자나 구름을 집어넣어 본다
그러나 그들은 언덕을 잊고 보리 이랑을 세지 않으며 날지 않는다

새장에는 조그만 먹이통과 구멍이 있다

그것이 새장을 아름답게 하는 것인지도 모른다
나는 오늘 새 구두를 샀다
그것은 구름 위에 올려져 있다
내 구두는 아직 물에 젖지 않은 한 척의 배,

한때는 속박이었고 또 한때는 제멋대로였던 삶의 한켠에서
나는 가끔씩 늙고 고집 센 내 발을 위로하는 것이다
오래 쓰다 버린 낡은 목욕통 같은 구두를 벗고
새의 육체 속에 발을 집어넣어 보는 것이다

―「구두」 전문

　이 시에서 사물들은 현실의 특정 사물을 지시하면서도 그 지시 작용을 와해시켜 버린다. 의미의 분산이 계속 발생하고 시는 난해해진다. 의미의 중심점이 와해되면서 의미는 수렴되지 않고 분산되고 있는데 오히려 이 분산 작용이 새로운 의미를 발생시킨다. 이는 의미의 고정에 대한 시인의 반항 혹은 거부 의지로 읽힌다. 그것은 곧 의도적인 의미의 해체를 통해 의미의 새로운 의미를 구축하려는 도전으로 해석된다. 그러기에 시인은 통념적 의미의 분쇄를 통해 의미 너머의 순수 세계, 즉 언어가 잃어버린 시원을 회복하려 한다. 그것은 곧 언어의 확장을 통해 세계의 확장으로 나아가려는 것, 타락하고 오염된 세계와 싸워 또 다른 새로운 세계를 발견하려는 순수한 열망이다. 두 번째 시집에서 이 점을 간파한 독자라면 차후 세 번째, 네 번째 시집을 거치면서 그가 왜 초월적 경(經)의 세계, 동화(동시)

적 상상력을 통해 아이들의 세계로 이행해 갔는지 이해할 수 있을 것이다.

그는 두 번째 시집을 통해 첫 시집보다 언어에 더욱 비중을 두고 사유하지만 삶의 바닥과 고통에 대한 천착은 계속된다. 그가 유년 시절을 보낸 적음리 개울엔 나무다리가 두 개 있었다. 장마철이 되어 물이 불면 학교를 가지 못했다. 어린 시인에게 이보다 더 신나는 일이 어디 있었겠는가. 그 나무다리에서 그는 신발을 잃어버린 적이 있다. 그때 잃어버린 신발(검정 고무신)이 그의 무의식 저층에 쌓여 있다가 시적 소재(구두)로 변장해 불쑥 튀어나온 것인지도 모른다. 아름다운 기억조차도 그 배면에 상처의 무늬를 거느리고 그 무늬는 현재와 미래에까지 영향을 미치지 않던가.

> 어두운 밤 아이가 잠을 깨어 운다 그때다,
> 구름 뒤에서 달이 불쑥 고개를 내밀 듯
> 엄마의 옷깃을 헤치고 출렁 솟아오르는
> 뭉실한 젖통 아이가 달빛을 빤다
> 달빛이 온 세상에 환히 퍼져 흐른다
>
> 어두운 밤길을 가던 사내가
> 갑작스런 달빛에 찔려 비틀거린다
> 달빛, 달빛, 칼빛
>
> 아버지가 떠나던 날부터 어머니는
> 은은한 달빛이었습니다
> 어느 달 밝은 밤 그 아버지를 만났습니다

아아, 그곳에도 아버지를 바라고

달이 하나 떠 있었습니다

차마 그를 찌르지 못하고 돌아섰습니다

밤길을 걷는다

옆구리에서 새어 나오는

달빛을 움켜쥐고

휘청거리며 걸어간 그 옛길을

달빛이 무디어질 때까지 달빛을 밟으며

오늘 밤엔 내가 그 길을 간다

—「달빛 밟으며」 전문

　그는 내게 나무다리 이야기와 함께 아버지에 대한 기억도 잠시 이
야기 한 적이 있다. 일생을 농부로 살아간 삶이 주는 가혹한 고통,
아버지의 삶이 내뿜는 독향은 쉽게 지워지지 않는다. 어릴 적 그는
아버지의 붉게 상처 난 허물이 벗겨진 등짝에서 여뀌의 독한 즙 냄
새를 맡은 적이 있다고 했다. 그는 지금도 아버지의 고통을 후각으
로 기억하고 있다. 그의 시에서는 아버지가 부정과 반항의 대상으로
나타나기도 하지만, 아버지는 삶의 고통의 근원이자 뿌리로 자리 잡
고 있다. 그가 아버지를 통해 본 삶은 말 그대로 가혹한 소용돌이이
자 상처였다.

삶이 어찌 이다지 소용돌이치며

도도히 흘러갈 수 있단 말인가

그 소용돌이치는 여울 앞에서

나는 백 년 잉어를 기다리고 있네

―「임방울」 부분

짐승이 그의 상처를

들여다보고 있다

그의 상처를 핥고 있다

가뭄이 오래 든 자리는

가뭄의 흉터 같은

깊은 샘물을 남기듯,

그 상처를 보면 얼마나 치열했는지

알 수 있다

―「별은 멀리서 빛나고」 부분

　명창 임방울을 빌려서 자신의 시적 지향점을 밝히고 있다. 송찬호 시인의 시의 근간을 이루는 중요 요소들 중 하나는 삶과 사물, 존재의 탐구를 통해 미적 예술성을 추구한다는 점이다. "삶이 어찌 이다지 소용돌이치며/도도히 흘러갈 수 있단 말인가". 이 구절은 시인의 예술혼 속에 삶의 고난이 얼마나 뿌리 깊게 자리 잡고 있는지 짐작하게 한다. 그에게 삶은 고통의 근원지이면서도 아름다움과 예술의 근원지라는 이중성을 띤다. 그러기에 비단옷을 지어 입었다는 "백 년 잉어"를 기다리는 화자의 마음은 예술에 대한 최고의 경지를 추구하겠다는 시인의 치열한 정신에 다름 아니다. 그는 그런 사람이다. 쉽게 자기의 재기와 문기를 내세우지 않고, 백 년을 벼리며 기다리는 심정으로 스스로를 낮추는 사람이다. 내가 그를 친형처럼 생각하며 격의 없이 지내는 것도 그러한 이유 때문이기도 하다.

3. 붉은 눈, 동백

첫 시집『흙은 사각형의 기억을 갖고 있다』는 사각형으로 상징되는 죽음의 세계와 언어를 사용하는 인간의 실존을 치열하게 탐색해 존재의 비극과 구원의 문제를 제기했다. 두 번째 시집『10년 동안의 빈 의자』에서 시인은 언어가 존재를 해방시킬 긍정적 기제가 아니라 타락한 감옥임에 절망한다. 존재 구현의 유일한 수단이라 믿었던 언어에 대한 매혹이 무너지고 부패와 불완전함으로 상징되는 언어의 실체, 즉 언어의 감옥과 마주한다. 그리하여 그는 언어의 순수성 회복을 위해 언어에서 죽은 의미들을 제거하는 수술을 행하여 언어와 사물의 세계를 새롭게 확장시킨다. 세 번째 시집『붉은 눈, 동백』은 앞의 두 시집에서 기울였던 관심을 종합하면서 심미적 구원의 가능성을 동백의 개화 이미지를 통해 상징적으로 구현한다. 첫 시집이 제기했던 존재의 탐구라는 형이상학 미학과 두 번째 시집이 제기했던 언어의 감옥이라는 구조주의 미학을 변증법적으로 종합한다. 시와 예술, 인간의 삶 속에서 펼쳐지는 존재의 현현과 구원의 문제를 동백이라는 미물을 통해 경(經)의 지경으로 승화시킨다. 동백꽃 시편이나 산경(山經) 시편들엔 시인의 세계 인식, 즉 대상에 대한 시인의 미학적 시선과 감각이 잘 드러나 있다.

동백은 결코 땅에
항복하지 않는 꽃이란다
거친 땅을 밟고 다니느라
동백의 발바닥은 아주 붉지
그런 부리부리한 동백이
앞발을 번쩍 들고

이만큼 높이에서 피어 있단다

동물원 쇠창살을 찢고

집을 찢고

아버지를 찢고

나뭇가지를 찢고 나와

이렇게

불끈,

—「山經 가는 길」 부분

마침내 사자가 솟구쳐 올라

꽃을 활짝 피웠다

허공으로의 네 발

허공에서의 붉은 갈기

—「동백이 활짝,」 부분

거긴 혁명가들이 우글우글 하다더군

오천 원짜리 음료수 티켓만 있으면

따뜻한 창가에 앉아

불타는 얼음 궁전을 볼 수 있다더군

거긴 백지만 한 장 있으면

연필 끝에서 연애가 생기고

아직도 시로 빵을 구울 수 있다더군

어느 유명한 사상가의 회고록도

거기서 집필됐다더군

고요한 하오에는 붉은 여우가

소리 없이 정원을 지난다더군

길의 방향은 다르지만, 폭주족들의

인생 목표도 결국 거기라더군

그리고 거기는 여전히 아름다운

장례의 풍습이 남아 있다더군

동남풍

바람의 밧줄에

모가지를 걸고는

목숨들이 송두리째

뚝, 뚝 떨어져 내린다더군

나, 면회 간다

동백 교도소로

—「나, 동백꽃 보러 간다」 전문

    그에게 동백은 거친 땅을 밟고 다니느라 발바닥이 붉은 꽃이고 붉은 갈기의 사자이고 혁명가이다. 또한 교도소의 죄수들이고 문자들이다. 동백은 곧 시인의 시와 삶에 대한 시선이자 세계관의 상징물인 셈이다. 이런 측면에서 보면 동백의 개화는 단순한 자연현상이 아니라 언어의 감옥에서 감옥 밖으로 튀어나오는 시인의 인식의 변화 과정이기도 하다. 그것을 동백이 꽃망울을 터트리는 순간으로 접맥시킨 것이기에 동백을 시인 자신으로 읽어도 무방하다. 시를 면밀히 보면 사물의 외피를 뚫고 사물의 내면 깊숙한 곳까지 들어가 동화되어 있는데, 시인의 의식과 시선이 안에서 밖으로 펼쳐지고 있다. 꽃의 개화 이미지, 즉 동백의 붉은 빛깔과 꽃 속에서 사자가 튀어나오는 야수적 이미지는 상상력의 전복을 통한 세계관의 혁명, 시의 혁명과 연결된다. 이러한 역동적인 쇄신을 통해 그는 고요하고 아름다운 경(經)의 세계를 그려 낸다. 그것이 세 번째 시집『붉은 눈, 동백』이다. 그러나 한편으로 그는 초기보다 더욱 삶의 바닥으로 내려와 삶에 대한 애수와 회한을 서정적 풍경으로 드러내기도 한다.

봄날 강가에서 배를 기다리다 머리 흰

강물을 빗질하는 늙은 버드나무를 보았네

늘어진 버드나무 가지를 밀고 당기며

강물은 나직나직이 노래를 불렀네

버드나무 무릎에 누워 나, 머리 흰 강물

푸른 머리카락 다 흘러가 버렸네

배를 기다리다 기다리다 나는 바지를

징징 걷고 얕은 강물로 걸어 들어갔네

봄날 노래 소리 나직나직이

내 발등을 간질이며 지나갔네

버드나무 무릎에 누워 나, 머리 흰 강물

푸른 머리카락 다 흘러가 버렸네

―「머리 흰 물 강가에서」 전문

4. 고양이가 돌아오는 저녁

송찬호 시인은 미적 감수성이 예민하고 아름다운 풍경과 아이들에게 매혹되는 사람이다. 그만큼 그의 영혼은 순수하고 눈과 마음은 맑다. 초기 시편들에서 드러났던 아나키스트적 세계관을 넘어 그는 점점 아이가 되어 가고 있다. 그 동안(童眼)의 세계가 펼쳐지는 공간이 네 번째 시집『고양이가 돌아오는 저녁』이다. 이 시집을 통해 시인은 자신의 삶 주변과 기억 속의 순수 세계를 재발견한다. 맑고 유머러스한 아이의 눈으로 바라본 바깥 세계는 동화적 신비로움으로 가득 차 있다. 시집을 가득 채우고 있는 동식물들을 생각나는 대로 나열해 본다. 나비, 개, 고양이, 반달곰, 염소, 당나귀, 종달새, 뻐꾸기, 산토끼, 채송화, 맨드라미, 민들레, 코스모스, 복사꽃, 살구꽃, 패랭이꽃, 개나리, 나팔꽃, 유채꽃, 백일홍 등등. 수많은 동물과 식물들의 이름이 끊임없이 등장한다. 혹시 이 시집을 읽고 그가 동식물 백과사전 같은 것에서 소재를 취해 시를 쓴 것이 아닌가 하는 의구심이 들 수도 있다. 그러나 결코 그렇지 않다. 이 소재들은 그가 유년기에 거의 대부분 몸으로 접했던 대상들이다. 직접 손으로 만지고 코로 냄새 맡고 입으로 씹어 보았던 것들로 기억의 우물에서 솟아나온 것들이다. 유년기에 접한 수많은 풀과 꽃과 열매들을 그는 평생 잊지 못한다. 그것은 시인의 원체험이고 기억 속에 뿌리 깊게 각인된 지울 수 없는 원형이기 때문이다. 시적 소재들이 현실의 사물이면서도 그 사물들의 시간적 뿌리가 유년기에서 기원한다는 사실은 매우 중요하다. 정확히 말한다면 이 시집의 소재들은 현재와 과거라는 시간을 공유하는 언어 집적물이며 시인의 몸의 망각의 영토에서 새로이 부활한 사물들이다. 그것은 결국 존재의 감옥에서 기나긴 고투의 여정을 거쳐 동심의 순수 세계로 그의 세계관과 사물관이 환원하고 있음을 암시한다. 그에게 언어는 이제 시간의 흐름을 따라 유유히 흘러 다니는 나비와 같은 존재인 것이다.

        나비는 순식간에
        째크나이프처럼
        날개를 접었다 펼쳤다

도대체 그에게는 삶에서의 도망이란 없다

다만 꽃에서 꽃으로

유유히 흘러 다닐 뿐인데,

수많은 눈이 지켜보는

환한 대낮에

나비는 꽃에서 지갑을 훔쳐내었다

—「나비」전문

우리 집은 그냥

무당벌레 집이라고 하면

편지가 안 와요

우리 집은

지붕은 빨갛고

지붕에 일곱 개 까만 점이 있는

감자 잎 뒤에 사는

칠점무당벌레 집이라고 해야

편지가 와요

—「칠점무당벌레」전문

동심의 세계에 천착한다고 해서 그의 시 쓰기가 긴장을 잃은 것은 아니다. 내가 아는 송찬호 시인은 자기만족이나 안일에 빠져들 기질이 애초에 없는 사람이다. 그는 늘 자신의 시 작업이 부족하다고 생각하고 스스로 시적 결핍을 느끼는 사람이다. 그러기에 그러한 갈등과 번민 속에서 오늘도 그는 자신과 싸우고 있다. 네 번째 시집 뒤표지의 산문에서 그는 이렇게 말하고 있다.

시 쓰기의 갈등 관계에서 태어난 시. 나는 그것을, 폐기되거나 다시 씌어져야 할 운명으로서, 그 시가 완성본이라 하더라도 '쓰다 만 시'로 분류할 수밖에 없다. 돌아보면, 내가 쓰다 만 시가 어디 「쑥부쟁이」뿐인가.
　　　　　　　　　　　　―시집 『고양이가 돌아오는 저녁』 뒤표지 산문 부분

이것으로 무엇을 이룰 수 있었을 것인가 만년필 끝 이렇게 작고 짧은 삽날을 나는 여지껏 본 적이 없다

한때, 이것으로 허공에 광두정을 박고 술 취한 넥타이나 구름을 걸어 두었다 이것으로 경매에 나오는 죽은 말 대가리 눈 화장을 해 주는 미용사 일도 하였다

또 한때, 이것으로 근엄한 장군의 수염을 그리거나 부유한 앵무새의 혓바닥 노릇을 한 적도 있다 그리고 지금은 이것으로 공원묘지에 일을 얻어 비명을 읽어 주거나 가끔씩 때늦은 후회의 글을 쓰기도 한다
　　(중략)
나는 오래된 만년필을 만지작거리며 지난날 습작의 삶을 돌이켜 본다―만년필은 백지의 벽에 머리를 짓찧는다 만년필은 캄캄한 백지 속으로 들어가 오랜 불면의 밤을 밝힌다―이런 수사는 모두 고통스런 지

난 일들이다!

하지만 나는 책상 서랍을 여닫을 때마다 혼자 뒹굴어 다니는 이 잊혀진 필기구를 보면서 이런 상념에 젖기도 하는 것이다 거품 부글거리는 이 잉크의 늪에 한 마리 푸른 악어가 산다

—「만년필」 부분

그는 현재 속리산의 허리 자락인 마로면 관기리에 살고 있다. 관기는 충북과 보은의 동남쪽 끝머리에 있는데 그가 적음리에서 관기로 이사한 것은 결혼을 하고나서다. 그는 지금 그곳에 진흙집을 짓고 아내와 두 아이랑 살고 있다. 그 흙집은 무려 5년에 걸쳐 시인 혼자서 뚝심과 끈기로 지은 것이다. 나는 그가 그의 말대로 '오래도록 썩지 않을 책'을 쓰길 소망한다. 노래가 죽지 않는 '시의 천축국'에 가닿을 수 있길 열망한다. 우리의 삶이 불연속적이고 유한을 노래할 수밖에 없지만 그 열망만큼은 지속되리라 믿는다. 지난날 습작의 삶을 되돌아보며 그는 또 다른 길을 찾아 순수한 열망을 품고 고독하게 떠날 것이다. 잉크의 늪에 사는 한 마리 푸른 악어를 찾아서!